近世初期『万葉集』の研究

北村季吟と藤原惺窩の受容と継承

大石真由香 著

和泉書院

序文

文学研究のための工具書として、校本と索引と注釈書がある。万葉集はそれらをいちはやく備えた。そのことが、万葉集の読解、訓詁注釈におおきく寄与したことは周知のとおりである。しかしながら、マイナス面もないではない。校本に安住するあまり、テキスト自体の研究がおろそかになった感がいなめない。また、諸注の活字化もいちはやくすすんだ。研究者はそれぞれの注釈書をひもとかずとも、各歌の注を抽出して集めることができるようになった。しかし、それぞれの歌の注は、その注釈書の成立したコンテキストにおいて、読み解かれる必要がある。やはり、注釈書をテキストとして見ることがおろそかになった感がある。

著者大石真由香さんの最初の論文「『万葉拾穂抄』の著述態度について―定家説引用部分を中心に―」（萬葉二〇三号、二〇〇九）で取り上げられたのは、北村季吟の『万葉拾穂抄』である。現代でこそ、契沖の『万葉代匠記』の評価が高いが、同時期に成立した、俳諧師・歌人として名高い季吟の『拾穂抄』の方が同時代的には好まれた。二条派の歌学が盛行していた当時の歌壇の状況を反映したものである。近代的な価値観から契沖が重んぜられたことがあるにしても、ただ、翻刻されていなかったという理由で、万葉集研究で『拾穂抄』が利用されることはすくなかった。それを近世初期地下歌壇というコンテキストにおいて、万葉集を同時代の理解の上におこうとしたのが、大石さんの論文であった。その後、『拾穂抄』が底本とした藤原惺窩校正本から、陽明文庫や天理大学附属天理図書館に蔵される古活字本の書き入れへと、万葉集の文献学的研究が展開する。今、大石さんの目の前には、近世初期の万葉集享受という肥沃な大地が広がっている。はたから見ているかぎり、理想の展開のように思われる。これまで、契沖から真淵、宣長へとつづく学問世界の万葉集が、近代考証学との関わりで中心をしめてきたが、古代から脈々と続いてきた歌そのものの世界での万葉集が再確認されようとしている。そのことが、和歌文学研究の本道のようにも見えるのである。近代万葉集研究の忘れかけていた視座が、本書にはある。

研究はひとりでできるものではない。多くの人との出会いによって、ひとつの研究がかたちづくられてゆく。大石さんが学んだ奈良女子大学は、土地柄から万葉集研究には伝統がある。恩師坂本信幸さんと奥村和美さんが、万葉集研究を牽引しておられ、上代語の奥村悦三さん、中国語学の松尾良樹さんといった万葉集に関連の深い研究をされている先生がおられ、なによりも近世歌壇の研究者大谷俊太さんがおられた。万葉集の研究を志した著者が、近世の万葉集に向かうのに最適の環境があった。さらに、関西の研究者を中心とした萬葉語学文学研究会（前身は萬葉有志研究会）も奈良女子大学で開催されることが多く、学生たちはその手伝いをよくしてくれていた。関西の主だった研究者や同世代の研究者との出会いが、そこにはあったと思われる。そんな環境で、本書の研究がはぐくまれてきた。

また、大学院博士前期課程在学中より、陽明文庫での研究会に参加されており、近衛本万葉集や古活字本の書き入れを調査する機会が与えられたこともおおきい。わが畏友田中大士君が主宰する国文学研究資料館での共同研究や同じく奈良県立万葉文化館での共同研究など、積極的に学外にも交友関係を広げておられる。廣瀬本を蔵する関西大学を日本学術振興会特別研究員の受け入れ機関として選んでいただいたのも、そんな縁のひとつである。さまざまの出会いの結果として、本書がある。

研究に時宜をえたことも重要である。冒頭にふれた、研究環境の整備によって、訓詁注釈とそれに立脚した万葉集そのものを直接対象とする研究が盛行していた中で、一九九三年末の廣瀬本の出現は、それまでの研究の基礎としてあった文献研究、書誌研究の再確認を求めることになった。その流れの中で注釈書においても、注釈書としての理解を再確認することが求めらた。そんな時期に、大石さんは大学院に進まれた。折しも、指導教授の坂本さんが『拾穂抄』の影印・翻刻を編集されていた時期であった。そんな、時と人と研究テーマとの出会いが、本書の出発点にある。

本書のような課題や方法が、万葉集研究の世界において、現在、認知されているかというと、こころもとないところがある。これが万葉集や万葉歌自体の理解にどうつながるのかと問われるような雰囲気が、今もある。だが、和歌文学研究の中で、享受史がひとつの大きなテーマであることは、事実である。万葉集研究でも、それが和歌史の一部であるかぎり、かわりない。本書が契機となって、万葉集研究の世界でこの方面の研究が市民権を得て、ますます盛んになることを願うものである。

本書には、著者の若さゆえの荒削りな部分もまま見られる。考えが及ばない点も多々あろう。しかしそれは、これから成長してゆくための伸び代でもある。本書をひもとかれる諸氏の、あたたかくも厳しい批正を得て、著者の研究や本書のテーマがますます成長することを祈念して、拙い紹介の筆をおく。

二〇一七年正月

関西大学　乾　善彦

目次

第二部　藤原惺窩と『万葉集』

資料篇　岩瀬文庫本『万葉拾穂抄』翻刻

論考篇

〔凡例〕

一、漢字字体は原則として通行の字体とした。

一、『万葉集』の表記は、引用等も含めすべて「万葉集」に統一した。

一、引用や翻刻にあたり、傍線、囲い等は私に付し、漢文部分の連合符は省略した。「／」は改行を表す。

一、『万葉集』の伝本の本文、訓の調査は原則として『校本万葉集』（岩波書店　一九三一年）に拠った。字体が問題になる場合に影印本や原本の調査を行った際には、その旨を注記した。伝本の略称は原則として『校本万葉集』に従うが、神田本（神）は現在の通例に従い、紀州本（紀）と記した。

一、『万葉集』の歌番号は、旧国歌大観番号に拠った。

一、『万葉集』以外の和歌集等の調査に際しては、『新編国歌大観 DVD-ROM』（角川学芸出版　二〇一二年）に拠り、その他の本を底本として引用する場合は、その旨を注記した。

一、刊本『万葉拾穂抄』、『万葉拾穂抄』自筆稿本、『万葉集秘訣』は以下の本に拠った。

・刊本『万葉拾穂抄』

古典索引刊行会編『万葉拾穂抄　影印翻刻』（塙書房　二〇〇二～二〇〇六年）所収の影印

・『万葉拾穂抄』自筆稿本

『万葉集拾穂抄』巻一、巻四（西尾市岩瀬文庫所蔵／貴110-121）

『万葉集拾穂抄』巻二、巻七残簡（一般財団法人石川武美記念図書館（旧お茶の水図書館）所蔵）＊石川武美記念図書館と記す。

・『万葉集秘訣』

『万葉集秘訣』（石川武美記念図書館所蔵）

＊以上の本の引用や翻刻にあたり、濁点・句読点等は私に付した。ただし、『万葉集』の本文部分の清濁は原本に従った。また、イ訓、書入の加筆訂正等の表記方法は本書の資料篇凡例に従った。

一、惺窩校正本『万葉集』は以下の本に拠った。

・前田家一本（公益財団法人前田育徳会（尊経閣文庫）所蔵／一三‐一‐外）

＊尊経閣文庫と記す。所蔵書名を「万葉集（中院本）」とするが、『校本万葉集』以来の慣例に従い「前田家一本」と称した。

・八雲軒本（國學院大學図書館所蔵／貴2893‐2915）

・白雲書庫本（公益財団法人東洋文庫所蔵／五ｃ４）＊東洋文庫と記す。

・「古活字本万葉集」書入（天理大学附属天理図書館所蔵／911.22‐イ29）＊天理図書館と記す。

序　章　『万葉拾穂抄』と惺窩校正本『万葉集』

はじめに

藤原惺窩や北村季吟の活躍した近世初期は、『古今和歌集』を文化の基盤とし、古今伝授など多くの秘伝を生んだ中世歌学の時代から、儒教・仏教などの外来思想が流入する以前の純日本的思想を『古事記』、『日本書紀』、『万葉集』などの上代文献の中から抽出し、あるべき〈古代〉、あるべき国家の姿を捉えようとする国学へと、価値観の転回が起こる過渡期とも言える時代である。(注1) この時期、堂上歌壇においては『万葉集』の訓みの集大成として、あるいは「文化の集積・統合を意図」(注2)して、諸本の訓を網羅的に記した中院本系諸本が多数書写されていた。一方、地下歌壇においては下河辺長流『万葉集管見』、北村季吟『万葉拾穂抄』などに、二条派の中世歌学を受け継ぎながらもその伝授思想から一歩踏み出し、合理的、文献主義的に万葉歌を解釈しようとする近世的研究の萌芽が見られる。堂上・地下それぞれの場において、価値観の転回が起こりつつあったことがうかがえるのである。堂上・地下それぞれの場における『万葉集』写本とその注釈のありようを検討し、この時代における価値観の転回の具体相を明らかにすることで、国学へと至る思想の流れを解明することができよう。しかし、鎌倉時代に画期的な『万葉集』研究を成した仙覚以降、江戸時代の契沖、そして荷田春満、賀茂真淵らによって国学が成立する以前の『万葉集』の受容のありようについては、未だ十分に明らかにはされていない。

本書は、北村季吟と藤原惺窩の『万葉集』研究について取り上げ、契沖が『万葉代匠記』を著す以前の、近世初期地下歌壇における『万葉集』の受容・継承の様相を文献学的方法によって明らかにするものである。

一、北村季吟『万葉拾穂抄』

北村季吟が晩年に著した『万葉拾穂抄』（以下、『拾穂抄』）は、『万葉集』研究史上初の全歌注釈書として評価される。『拾穂抄』の刊本の底本は、藤原惺窩が自ら『万葉集』を校訂したとされる所謂、惺窩校正本であり、その本文（『万葉集』テキスト部分）は、当時の『万葉集』の流布本であった寛永版本（以下、流布本と称する）と異なった特徴を持つ。作者名を題詞より除き、後世の歌集のごとく題詞の下方に記す、流布本の左注を割注形式で題詞の下に移す、歌・序の詞句に流布本と相違する箇所があるなどの特徴である。(注3) なお、『拾穂抄』には自筆稿本の存する巻があるが、(注4) 自筆稿本の題詞、左注の様式は流布本の通りである。本章における『拾穂抄』はすべて刊本を指す。

惺窩校正本の現存写本（完本）としては、『校本万葉集』に前田家一本として掲出される本（尊経閣文庫所蔵）、八雲軒本（國學院大學図書館所蔵）、白雲書庫本（東洋文庫所蔵）、天理図書館所蔵「古活字本万葉集」書入（以下、天理本）の四本が確認されている。(注5) これらの本の題詞、左注等の様式は、刊本『拾穂抄』に特有の様式と一致する。

刊本『拾穂抄』巻一の冒頭に付された総論には、惺窩校正本を底本とした理由について、次のように書かれている。

今予が所用之本は、此仙覚が本をもて妙寿院冷泉殿の校正し給へる本とかや。歌の前書、作者の書やう、訓点等まことに藤歛（ママ）夫の所為しるく学者の益おほく見やすかるべければしばらく用ひ侍し。

『拾穂抄』が惺窩校正本を底本としたのは、和歌集としての様式や訓点の書き方などが『万葉集』初学者には見やすいためであるという。季吟の弟子として歌学を学んできた『万葉集』初学者に向けて『拾穂抄』を著すにあたり、後世の歌集のごとき体裁を持つ惺窩校正本を「学者の益おほく見やす」きものとして底本に選んだのは季吟の工夫と言えるだろう。

一方、用字や訓の採択については、野村貴次氏（注6）によって「底本は流布本と考えられ、それに諸本により初稿本（自筆稿本：筆者注）を作成し、更に刊本作成に当たり惺窩校正本をも用い、また流布本によっても再考を加えている。故に用字・訓に関しては、惺窩校正本の影響はそう大きなものとは思えない。」とされて以来、精査されてこなかった。確かに訓に関しては、定家や仙覚その他、先達の訓を検討した上で採択しているため、底本の影響はあまり大きくない。（注7）しかし、歌、序の詞句や漢字本文の採択に関しては、訓採択とはまた別の段階のものとして考えなくてはならないだろう。

本書において北村季吟、藤原惺窩それぞれの『万葉集』研究について述べるにあたり、本章ではまず、惺窩校正本を『拾穂抄』がどのように用い、どのような基準によって本文採択を行ったのかについて検討を加える。

二、惺窩校正本における序削除箇所について

惺窩校正本巻五には、『万葉集』に本来存在する仏教思想に関わる漢文序等を意図的に削除したと見られる箇所が多くある。（注8）例えば、巻五・八〇二「思子歌」の序の部分は、惺窩校正本の一本である白雲書庫本には存在せず、天理本では古活字本のこの部分が完全に切り取られて、その空白を白紙でつないでいる。（注9）一方、『拾穂抄』には流

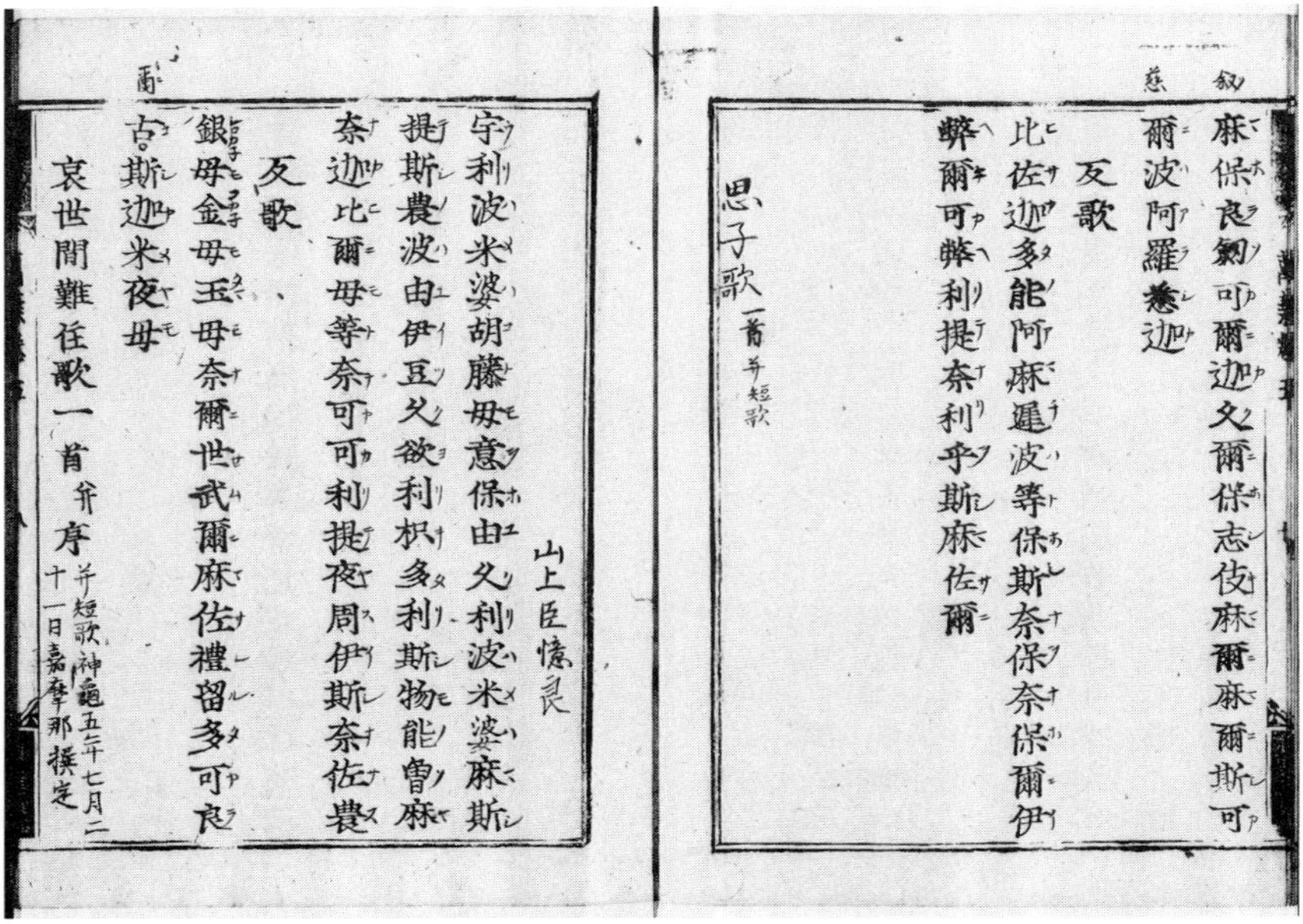
思子歌一首并短歌

麻保良叙可爾迦久爾保志伎麻爾麻爾斯可
爾波阿羅慈迦
反歌
比佐迦多能阿麻遅波等保斯奈保奈保爾伊
弊爾可弊利提奈利乎斯麻佐爾

山上臣憶良
宇利波米婆胡藤母意保由久利波米婆麻斯
提斯農波由伊豆久欲利枳多利斯物能曾麻
奈迦比爾母等奈可可利提夜周伊斯奈佐農
反歌
銀母金母玉母奈爾世武爾麻佐禮留多可良
古斯迦米夜母
哀世間難住歌一首并序　并短歌神亀五年七月二十一日嘉摩郡撰定

図１　天理本（古活字本）・巻五・第７丁裏〜第８丁表（天理図書館所蔵）
古活字の「思子歌」序の部分が切り取られ、題詞が墨書される。

布本と同様に次のような序が存在する。

釈迦如来金口《ノ》正説《マサニトキ玉フ》下等《ヒトシク》思《フコト》二衆生《ヲ》一如《シトラ》中羅睺《ゴ》羅《ラノ》上。又愛《ウツクシミハ》無《ト》レ過《スキタル》レ子《ニ》。至極《ノ》大聖《スラナヲ》尚有《リ》二愛《ム》レ子之心《ヲ》一。況《イハンヤ》乎世間《ヨノナカノ》蒼生《アヲヒトクサ》誰《レカ》不《ン》レ愛《マ》レ子《ヲ》乎《ヤ》。

また、巻五・七九四「日本挽歌」の前には本来長い漢文が存するが、白雲書庫本ではこの漢文の前半と末尾とが大幅に削除されている。天理本においてもこの漢文を含む丁が抜き取られ、前半と末尾を脱した状態の漢文を墨書して補っている。

一方、『拾穂抄』には流布本と同様の長い序が存する。惺窩校正本において削除された部分を、『拾穂抄』によってあげる。

（序前半）

蓋《ケタシキク》聞四生《ノキ》起滅《メツマサニ》方夢《ユメニシテ》皆空《ムナシ》。三界《ノ》漂流《ヒヨウル》喩《タトフ》二環《タマキノ》一不《ルニ》レ息《ヤマ》。所以《コノユヘニ》維摩《ユイマ》大士《ノ》在《イマスモ》二于方丈《ニ》一有《ル》レ懐《イタク》二染疾《コトセンシツノ》之患《ウレヘヲ》一、釈迦《シャカ》能仁《ノウニンノ》坐《スルモ》二於双林《ニ》一無《マヌカル、コトナイヲンノ》レ免《ルル》二泥洹之苦《ミヲ》一。故知《ニ》二聖至極《ノシコクナルスラ》不《アタハ》レ能《ヘ》レ払《フコトリキフ》二力負之尋至《ノルコトヲ》一。三千世界誰《レカ》能逃《ノカレン》二黒闇《コクアンノ》之捜《サクリ》来《ルコトヲ》一。二鼠競《ソキソヒ》走《ハシリテ》而度《ワタル》レ目之鳥《ヲ》旦《アシタニ》飛《ヒ》四蛇争侵《アラソヒヲカシテ》而過《ル》レ隙《ヒマヲ》之駒夕走《ニル》。

（序末尾）

愛河波浪《ノ》已先《ニ》滅《ス》。苦海煩悩亦無レ結《ムスフコト》。従来《モトヨリ》厭離《エンリス》《イトヒナハル、》此穢土《ヱト》。本願託《ス》二生《センコトヲ》彼浄刹《ノ》《ニ》一。

『拾穂抄』八〇二歌序頭注には「此序或本になし。今多本に随へり。」とあり、七九四歌前文頭注には「挽歌の序也。或本此序夕走といふ迄なし。」「今多本にしたがふてしばらく書侍る。」とある。(注10)『拾穂抄』はこの部分に関して惺窩校正本に拠らず、流布本系の他本によって序を挿入したということが分かる。「しばらく」などの表現からは、流布本の形と惺窩校正本の形のいずれがあるべき『万葉集』の姿であるかについて拙速な判断を避け、保留する姿勢がうかがえる。しかし、少なくとも本文採択に関しては惺窩校正本のみに拠るのではなく、校訂しようとする意図のあったことが分かる。

一方、『拾穂抄』には、惺窩校正本に従って、流布本にある漢文の詞句を大幅に削除している箇所もある。例えば、巻五・八九七歌の前に付された「沈痾自哀文」は本来、非常に長大な漢文であるが、惺窩校正本には分量にして流布本の一割強しか存しない。惺窩校正本で削除される箇所は、次のような特徴を持つ（引用は流布本に拠り、返り点、句読点は私に補った）。

（仏教的観念を下敷きにした表現）

況乎、我従二胎生一迄二于今日一、自有二修善之志一、曽無二作悪之心一（謂レ聞二諸悪莫作、諸善奉行之教一也）。所以、礼二拝三宝一、無二日不レ勤（毎日誦経、発露懺悔也）。敬二重百神一、鮮二夜有レ闕（謂レ敬二拝天地諸神等一也）。嗟乎媿哉、我犯二何罪一、遭二此重疾一（謂下未レ知二過去所レ造之罪、若是現前所レ犯之過一、無レ犯二罪過一、何獲二此病一乎上）。

（仏典に拠った表現）

内教云、瞻浮州人寿百二十歳。謹案、此数非二必不レ得レ過レ此。故寿延経云、有二比丘一、名曰二難達一。臨二命終時一、詣レ仏請レ寿、則延二十八年一。

（俗書らしき書に拠った表現[注11]）

帛公略説曰、伏思自厲、以二斯長生一、生可レ貪也、死可レ畏也。天地之大徳曰レ生、故死人不レ及二生鼠一。雖レ為二王侯一、一日絶レ気、積金如レ山、誰為レ富哉、威勢如レ海、誰為レ貴哉。遊仙窟曰、九泉下人、一銭不レ直。

（その他、生への強い執着を表す表現）

無レ福至甚、摠集二于我一。人願天従、如有レ実者、仰願、頓除二此病一、頼得レ如レ平。以レ鼠為レ喩、豈不レ愧乎已見レ上也。

惺窩校正本ではこのように、仏教思想や仏典、あるいは俗書に拠って生への執着、延命への欲求を描いた部分を削除している。『拾穂抄』の当該箇所頭注には、「但此文イには窃《ヒソカニ》　以《レバ》と発端在て長々と書たり。此本は其半にもたらずながら文意明白に首尾達して彼長きよりまされり。亦一家の正本なるべし。」とある。『拾穂抄』は、長々とした序のある流布本の形より、短くても「文意明白に首尾達して」いる惺窩校正本が「一家の正本」として正統に伝えられたものと判断したのである。

また、この「沈痾自哀文」の直後に置かれた詩序も、惺窩校正本には前半と後半とに大幅な削除があり、分量は流布本の三分の一程度となっている。『拾穂抄』のテキスト部分は惺窩校正本に拠っているが、頭注には以下のように書かれている。

世無恒質　……但或本には此文のはじめに、

窃以、釈慈之示教、先開三帰五戒、而化法界、周孔之垂訓、前張三綱五教、以斉済郡国。故知、引導雖二、得悟惟一也。但以ーー。如此の文あり。釈慈は釈迦と慈尊と也。三帰は仏法僧に帰依するをいふ。五戒は不殺生、不偸盗等也。周孔は周公且、孔子也。三綱は君臣、父子、夫婦也。五教は父義、母慈、兄友、弟順、子孝をいふと云々。然ども此本故あるゆへに是にしたがへり。

世終者　イ本此下に、所以《コノユヘニ》惟摩大士《ノ》疾《ヤメル》二玉体《ヲ》于方丈《ニ》一。釈迦能仁《ノ》掩《フ》二金容《ヲ》于双樹《ニ》。内教曰《ニ》、不《ンハ》レ欲二黒闇之後来《ヲ》一、

莫《レ》レ入二徳天之先至一《ニ》。故知《ニヌ》、生必有レ死、死若不《ハ》レ欲不レ如レ不レ生。況乎《ヤ》ーーとあり。能仁は迟（ママ）迦の事。掩二金容《ヲ》于双樹一《ニ》とは尺尊の金色の身を遮羅双樹におほひて入滅し給ふ事也。黒闇は死也。徳天は生也。死の来る事を恐れば生るべからずとの心也。

この部分は「沈痾自哀文」の場合と異なり、惺窩校正本によって削除された部分を頭注で流布本系統本によってすべて補い、語注なども付している。『拾穂抄』は、惺窩校正本の形に「故ある」と考え、テキスト部分はこれに拠るが、頭注に削除箇所の全文を掲載しているのである。このことから、流布本の本文への尊重も見られる。『拾穂抄』の本文校訂の基準としては、「文意」「首尾」が整っているかどうかという点が大きいと思われる。そしてそれがいずれかの本において明白である場合はそれのみを採り、他本の本文にも捨てがたいもののある場合には頭注に掲載するという形をとったということになろう。

三、惺窩校正本における詞句改変箇所について

（1）

惺窩校正本には、今述べたような序のみならず、巻五・八〇〇歌、巻二十・四四六五〜四四六七歌群等では歌本文に流布本と相違する箇所がある。本節では、歌本文の相違箇所を中心に、『拾穂抄』における採否状況を見ておきたい。まず、巻五・八〇〇歌の序および歌本文の詞句の改変について考察を加える。(注12)

〔凡例〕

一、字体は通行のものに改めた。

一、清濁、返り点は原本に従い、句読点は私に付した。

一、『拾穂抄』以下は相違箇所のみを掲出した。漢字一字の異同で訓や解釈が大きく変わらないものについては相違点として掲出しない。

一、相違箇所には私に傍線、囲いと番号を付した。

＊ ―― ……惺窩校正本と『拾穂抄』が一致し、流布本のみ異なる箇所。

＊ □ ……流布本と『拾穂抄』が一致し、惺窩校正本が異なる箇所。

【流布本】

①令反惑情歌一首幷序

②或有人、知敬父母、忘於侍養、③不顧妻子、軽於脱履、④自称畏俗先生。意気雖揚青雲之上、⑤身体猶在塵俗之中。未験修行得道之聖。⑥蓋是亡命山沢之民。所以⑦指示三綱、更開五教、遣之以歌、令反其惑歌曰、

父母乎《チ、ハ、ヲ》　美礼婆《ミレハ》多布斗斯《タフトシ》　⑧妻子美礼婆《メコミレハ》　米具斯宇都久志《メクシウツクシ》　⑨　余能奈迦波《ヨノナカハ》　加久叙許等和理《カクソコトワリ》　母智騰利乃《モチトリノ》　可可良波志母与《カカラハシモヨ》　⑩由久弊斯良祢婆《ユクヘシラネハ》　宇既具都遠《ウキクツヲ》　奴伎都流其等久《ヌキツルコトク》　布美奴伎提《フミヌキテ》　由久智布比等波《ユクチフヒトハ》　伊波紀欲利《イハキヨリ》　奈利提志比等迦《ナリテシヒトカ》　⑪奈何名能良佐祢《ナカナノラサネ》　⑫阿米弊由迦婆《アメヘユカハ》　奈何麻尓麻尓《ナカマニマニ》　都智奈良婆《ツチナラハ》　大王伊麻周《オホキミイマス》……企許斯遠周《キコシヲス》　久尓能麻保良叙《クニノマホラソ》　可尓迦久尓《カニカクニ》　保志伎麻尓麻尓《ホシキマニマニ》　斯可尓波阿羅慈迦《シカニハアラシカ》

【『拾穂抄』】

①反《カヘサフ》レ惑《マトヒヲ》　歌一首幷《ニ》序幷《ニ》短歌／山上臣憶良

②人或《ハ》イ或有人知《テ》レ有《ルコトヲ》二　父母一、忘《ワスレ》二於孝養《ケウヤウヲ》一、③不《スシテ》レ顧《カヘリミ》二　人倫《ヲ》一、……④自《ミ》　称《ラセウスリ》二離俗《ソク》先生《ト》一。……⑤心志《ハ》猶在《ニ》二塵泥《ヂンネイノ》中《ニ》一。……⑥蓋是亡《シ》レ命《ウシナフメイヲ》　之民也。……⑦指《シ》二示《シ》三徳《ヲ》一、更開《ニテ》二五教《カウヲ》一、……

……⑧めこ《妻子》イ夫をみれは《美礼婆》……⑨のかろえぬ《遁路得奴》　はらからうから《兄弟親族》　のかろえぬ《遁路得奴》　おひみいはけみ《老見幼見》　ともかきの《朋友乃》

こととひかはし《言問交》……⑩（ナシ）……⑪なのらさね《名能良佐祢》　⑫あめへゆかは《阿米弊由迦婆》　なかまに〳〵《奈何麻尓々々》……

【白雲書庫本】

①反惑歌一首并序并短歌／山上臣憶良

②人或知《テ》㆑有《コトヲ》㆓父母㆒、忘《レ》㆓於孝養《ヲ》㆒……③不㆑顧《シテ》㆓人倫《ヲ》㆒、……④自称《シテ》㆓離俗先生《ト》㆒、……⑤心志猶在㆓塵泥《ノ》之中《ニ》㆒。……

⑥蓋《シ》是《レ》亡㆑命《ノ》之民也《ナリ》。……⑦指㆓示《シテ》三徳《ヲ》㆒、更《ニ》開《ク》㆓五教《ヲ》㆒。……

……⑧妻夫美礼婆《メヲミレハ》……⑨遁路得奴《ノカロエヌ》　兄弟親族《ハラカラウカラ》　遁路得奴《ノカロエヌ》　老見幼　見《ヲヒミイハケミ》　朋友乃《トモカキノ》　言問交之《コトトヒカハシ》……⑩（ナシ）……

⑪名能良佐祢《ナノラサネ》　⑫阿米奈良婆《アメナラハ》　阿米乃麻尓麻尓《アメノマニマニ》……

『拾穂抄』では、序冒頭に「イ或有人」のイ本注記のある他は、序の詞句はすべて惺窩校正本に拠っている。そして、頭注で解釈の前に次のように流布本系の本文によるイ本注記をしている。

知㆑有《コトヲ》㆓父母㆒忘㆓於孝養《ヲ》㆒　イ本作知㆑敬㆓父母《ヲ》㆒忘㆓於侍養《ヲ》㆒。

不㆑顧㆓人倫㆒　イ妻子ニ作ル。

心志猶《ハ》在㆓塵泥之中《ニ》㆒　イ本身体猶在㆓塵俗之中㆒とあり。父母に孝をわすれ人倫をかろんじて、ぬぎ捨しくつのごとくせば、みづからたかぶるともかひなくけがらはしき事ぞと也。是彼離俗先生が惑へる所をいましむる詞也。

「父母に孝をわすれ人倫をかろんじて」とあるから、序の内容から惺窩校正本を是としてこれを採用したものと思われる。また、このようにも書かれている。

示㆓三徳《ヲ》㆒　イニ三綱に作る。君臣、父子、夫婦の道也。

五教　虞書舜典曰《ニ》、敬《テ》敷《ク》㆓五教《ヲ》㆒。註父子有㆑親、君臣有㆑義、夫婦有㆑別、長幼有㆑序、朋友有㆑信、以㆓五者《ノ》《ノハ》当然之理《ナルヲ》㆒而為《ス》㆓教令《ヲ》㆒也。

儒教では、「君臣」「父子」「夫婦」のあり方を「三綱」（惺窩校正本においては「三徳」とあり、『拾穂抄』もこれに拠る）、それに「長幼」「朋友」のあり方を足したものを「五教」として、「人倫」における重要な要素とする。惺窩校正本では当該歌を、儒教的「人倫」を前面に出したものに改変するが、(注13)『拾穂抄』においても当該歌は儒教的「人倫」思想に基づくものとして解されていたと言えるだろう。

　惺窩校正本における⑧「妻子」から「妻夫」への変更と、⑨「遁路得奴《ノカロエヌ》　兄弟親族《ハラカラウカラ》　遁路得奴《ノカロエヌ》　老見幼見《ヲヒミイハケミ》　朋《トモ》友乃《カキノ》　言問交之《コトトヒカハシ》」の挿入によって、歌の内容は流布本冒頭における「父母」「妻子」への敬意、愛情を表す内容に変わり、親子、夫婦、長幼（兄弟）、朋友のあり方を諭したものとなる。しかし『拾穂抄』には、「遁路得奴《ノカロエヌ》　兄弟《ハラカラ》親族《ウカラ》　遁路得奴《ノカロエヌ》　老見幼見《ヲヒミイハケミ》　朋友乃《トモカキノ》　言問交之《コトトヒカハシ》」の部分を脱した本のあることが記されていない。序において細かく流布本系本文によるイ本注記を記している『拾穂抄』が、歌本文のこれほど大きな異同を無視するのは不自然にも思える。これは前節に述べたように、『拾穂抄』が惺窩校正本の「文意」「首尾」を他本と比較して明らかに優れていると判断した場合に他本の本文注記をしないのと同じように、三綱（三徳）五教を説いた序にふさわしい本文が惺窩校正本の歌本文であると捉えていたことを意味するのではないか。

　だが、ここで注意すべきは、おおよそ惺窩校正本の歌本文を採用している『拾穂抄』において、一部、流布本系の本文を採る箇所のあることである。⑧「めこ《妻子》イ夫をみれは《美礼婆》」という書き方は、「夫」という本文のあることを知った上で「妻子」を採ったことを示している。季吟の見た惺窩校正本が「妻子」を本文とし、「夫」を注記していた可能性がないわけではないが、現存する惺窩校正本四本のいずれにも「妻夫」とあることを考えれば、その可能性は低いだろう。⑫「あめへゆかは《阿米弊由迦婆》　なかまに〳〵《奈何麻尓々々》」についても同様に、現存する惺窩校正本に異同なく「阿米奈良《アメナラ》婆《ハ》　阿米乃麻尓麻尓《アメノマニマニ》」とある以上、『拾穂抄』が意図的に流布本系の本文を採ったと考えるほうが自然である。では、『拾穂抄』はどのような基準によって本文を決定しているのだろうか。

流布本の歌本文冒頭「父母乎《チヽハヽヲ》　美礼婆多布斗斯《ミレハタフトシ》　妻子美礼婆《メコミレハ》　米具斯宇都久志《メクシウツクシ》」は父母への敬意と妻子への愛情を表現したものである。惺窩校正本のように「妻子」を「妻夫」に改変すると、世の中の一般的な夫婦に対して「めぐし」「うつくし」と形容していることになる。「めぐし」の語については『拾穂抄』当該歌頭注に「八雲抄云、日本紀隣愛《メグシ》、いとをしみ。詞林采葉云、愛する也。」と注している。「うつくし」は当該歌に語注はないが、『拾穂抄』における他の歌の注には次のような例がある。

（本文）うつくしき《愛》《イうるはしき めつらしき》　ひとのまきてし《人之纒而師》　しきたへの《敷細之》　わかたまくらを《吾手枕乎》　まく人あらめや《纒人将有哉》

（頭注）うつくしき人のまき　我いとおしと思ふ人とかはせし枕を外のこと人とはまかめやと也。是彼愛人と別去て数十日をへてよめる歌とぞ。　（巻三・四三八）

（本文）わかせこか《吾背子之》　ことうつくしみ《言愛》《イなつかしみ》　いてゆけは《出去者》　もひきもしらん《裳引将知》　ゆきなふりこそ《雪勿零》

（頭注）わがせこがことうつくしみ　ことうつくしみは事うるはしきと同。行儀正しき心也。　（巻十・二三四三）

このように、「うつくし」は男女いずれの形容にも使われるが、恋人など特定の人物に対する愛情を表す語として『拾穂抄』では解釈されている。「妻夫」とした場合、夫婦一般を客観的に見たときの形容としては不適切であるし、夫婦が互いに相手のことを「めぐし」「うつくし」と見ていると解釈するのも無理がある。

また、「妻子」は『万葉集』中に次のような例が存在する（引用は『拾穂抄』による）。

……われよりも《和礼欲利母》　まつしきひとの《貧人乃》　ちゝはゝは《父母波》　うへさむからん《飢寒良牟》　めこともは《妻子等波》《イとら》　こひてなくらん《乞泣良牟》……

ちゝはゝは《父母波》　枕のかたに《枕乃可多尓》　めこともは《妻子等母波》　あとする方に《足為方尓》　かこみゐて《囲居而》　うれへさまよひ《憂吟》……　（巻五・八九二）

おほなむち　すくなひこなの　神代より　いひつきけらし　父母《チヽハヽ》を　見れはたふとく　めこ《妻子》見れは　かなしくめくし　うつせみの　よのことわりと　かくさまに　いひけるものを……　（巻十八・四一〇六）

このように、「妻子」は「父母」と対になるものとして表現されるが、「妻夫」の例は『万葉集』中には存在しない。後世の和歌においても「妻夫」の語は私見の限り見られない。「夫妻」「妻夫」はともに散文には見られるものの、和歌の中で使用する言葉ではなかったのだろう。なお、『拾穂抄』では「めこみれは《妻子美礼婆》」の「こ《子》」の右に「夫」、「み《美》」の右に「を」が書かれているため、「妻夫みれば」「妻夫をみれば」「夫をみれば」あるいは「妻夫をれば」のいずれに読むべきか不明瞭である。しかしいずれにせよ、和歌における先例を重んじる季吟にとっては（注14）、「妻夫」という異様な文字の並びを是とするわけにはいかなかったと思われる。

『拾穂抄』当該歌頭注には「親、妻子、兄弟、親族、老若、朋友等こと問かはしなど、是世の道理也。かくあるとならばと也。」とあり、本文訓として採った「妻子」を用いて解釈している。序の部分の頭注において五教を「父子」、「君臣」、「夫婦」、「長幼」、「朋友」であると説明したのと打ち合わないようにも見えるが、「親」は「父子」の関係、「妻」は「夫婦」の関係を意味する語であり、「兄弟、親族、老若」はすべて「長幼」の関係にあるのだから、矛盾ではない。

もう一箇所、『拾穂抄』が流布本の歌本文を採っている⑫「あめへゆかは《阿米弊由迦婆》　なかまに〳〵《奈何麻尓々々》」の部分は、惺窩校正本の「阿米奈良婆《アメナラハ》　阿米乃麻尓麻尓《アメノマニマニ》」についてイ訓注記もない。さらに頭注には次のようにある。

あめへゆかばながまに〳〵　若天に飛行して此国に住ずは汝がまゝと也。
つちならばおほきみいます　天にゆかばしらず、此地にてならば、天子のおはしまし日月の照す天の下、雲のむかひ水の渡るきはめに天子のきこしめす国の守るべき法なれば、父母、妻子等を捨てほしいまゝにはあるまじき事と也。

ここでも流布本の本文によって解釈を加えているから、流布本のほうが歌としてふさわしいと捉えられていたことが分かる。『拾穂抄』では、序と歌との「首尾」をある程度まで重んじて本文校訂を行ってはいるが、歌本文については、惺窩校正本のように序にぴったりと沿わせることよりは、和歌として自然な形にすることが最重要であったと考えることができる。

（2）

次に、巻二十・四四六五～四四六七歌について考察を加える(注15)（翻刻の凡例は前述の通り）。

【流布本】

①喩族歌一首并短歌

……宇美乃古能《ウミノコノ》　伊也都芸都岐尓《イヤツキツキニ》　美流比等乃《ミルヒトノ》　可多里都芸弖氐《カタリツキテヽ》　伎久比等能《キクヒトノ》　可我見尓世武乎《カヽミニセムヲ》　②安多良之《アタラシ》伎《キ》　吉用伎曽乃名曽《キヨキソノナソ》……

之奇志麻乃《シキシマノ》　夜末等能久尓々《ヤマトノクニヽ》　③安伎良気伎《アキラケク》　名尓於布等毛能乎《ナニオフトモノヲ》　己許呂都刀米与《コヽロツトメヨ》

都流芸多知《ツルキタチ》　伊与余刀具倍之《イヨヽトクヘシ》　伊尓之敝由《イニシヘユ》　佐夜気久於比弖《サヤケクオヒテ》　伎尓之曽乃名曽《キニシソノナソ》

④右、縁淡海真人三船讒言、出雲守大伴古慈斐宿祢解任。是以家持作此歌也。

【『拾穂抄』】

①同年六月十七日諭レ族《サトスヤカラニ》　歌一首并短歌／自レ此以下聖武天皇崩御之後追加レ《テル》之歟。聖武天皇崩御《ノハ》天平勝宝八年五月二日云云。此歌六月十七日作レ之故也。／大伴宿祢家持

④縁三淡海三船讒一《ヨツテアフミノミフネノザンスルニ》　出雲守《ノ》大伴古慈斐《ノコジヒノ》宿祢《ヲ》一解任《セシム》。是以作《ル》二此歌《ヲ》一。

……②きよらしき《吉用良之伎》　たまにもせんを《它真尓茂世武乎》　あからしき《安加良之伎》　つるぎとぐへし《都流芸刀倶倍之》　いにしへゆ《伊尓之敝由》　あたらその名そ《安多良》……

……③すめらしイ名におふとものを……

【白雲書庫本】

同年六月十七日諭族歌一首并短歌　自此以下聖武天皇崩御之後追加之歟。聖武天皇崩御天平勝宝八年五月二日云云。此歌六月十七日作之故。／大伴宿祢家持

④縁淡海三船讒、出雲守大伴古慈斐宿祢解任。是以作此歌。
……②吉用良之伎《キヨラシキ》　它真尓茂世武乎《タマニモセムヲ》　安加良之伎《アカラシキ》　都流芸刀倶倍之《ツルキトクヘシ》　伊尓之敝由《イニシヘユ》　安多良曽乃名曽《アタラソノナソ》……
……③安伎良気倶《アキラケク》　須売良布毛能乎《スメラフモノヲ》……

当該歌群の悍窩校正本による本文改変箇所としては、流布本に「安多良之伎《アタラシキ》　吉用伎曽乃名曽《キヨキソノナソ》」とある大伴の「名」の形容を、「吉用良之伎《キヨラシキ》　它真尓茂世武乎《タマニモセムヲ》　安加良之伎《アカラシキ》　都流芸刀倶倍之《ツルキトクヘシ》　伊尓之敝由《イニシヘユ》　安多良曽乃名曽《アタラソノナソ》」と長大なものにしている点が最も大きい変更点である。『拾穂抄』当該歌頭注にはこの部分について次のように説明する。

きよらしき玉にも　後代の亀鑑にもし、玉にもすべく曇らぬ心也。イ本きく人のかゞみにせんをあたらしききよきその名ぞおほろかに心おもひと有て、きよらしき玉にもせんをといふより以下、いにしへゆあたらといふまで卅二字なし。今此本にしたがへり。イ本も詞づかひよく聞えたり。

あからしきつるぎとぐべし　さびたるつるぎをとげと讒言を晴よの心を云。

いにしへゆ　古よりのゆへを思へば無礼の名をとるは惜しき事ぞと也。

頭注には流布本の本文をイ本としてあげ、「詞づかひよく聞えたり」とも述べるが、本文としては悍窩校正本の本文を採用し、それによって語釈も加えている。「たまにもせん」という表現は、大伴氏としてあるべき「曇らぬ心」の比喩表現であると言い、「つるぎとぐべし」は、淡海三船による「讒言を晴よ」の意味であると解釈する。そして、「いにしへゆ」の部分は、大伴氏が天皇家に仕えてきた「古よりのゆへを思へば無礼の名をとるは惜しき事ぞ」の意味が込められているという。

また、第二反歌（四四六七歌）の『拾穂抄』頭注には、このように書かれている。

つるぎたちいよゝとぐ　古より大伴といふ名は曇ぬ名ぞと也。深く讒を歎く心也。ながうたのつるぎとぐべしの心也。続日本紀十九《ノ》天平勝宝八年五月癸亥、出雲国守大伴宿祢古慈斐《コジヒ》、内豎淡海真人三船《ナイジユアフミノ》、坐《ツミセラレソ》下　誹二謗《シリ》朝廷無《ヲ》中《スルニ》人臣《ノ》之礼《ヲ》上、禁《セラル》二於左右衛士府《ノ》《ニ》一。丙寅、詔《シテ》並《ニ》放《ハナヒユルス》免《ス》。此紀ニハ古慈斐、三船ともにつみせらるると見ゆ。此時の事にや。此集には三船が古慈斐を讒せしとみゆ。若、三船一人つみせらるべかりしを、三船讒して古慈斐を縁坐せしめしにや。ともに同月に放免すとあれば、おもきつみにはあらざるべし。

第二反歌の「つるぎたちいよゝとぐ」の表現は、「なが歌のつるぎとぐべしの心也」とあるから、『拾穂抄』では惺窩校正本の長歌本文「あからしきつるぎとぐべし」を、反歌との対応から見て妥当と判断して採用したと考えられる。

さらに、当該歌群左注（『拾穂抄』や惺窩校正本では歌の前にこれを置いている）の④「縁《ヨツテ》三淡海《アフミノ》三船讒《スルニ》一出雲守大伴《ノ》古慈斐《コジヒノ》宿祢《ヲ》一解任《セシム》。是以作《ル》二此歌《ヲ》一。」に関連して、『拾穂抄』は『続日本紀』天平勝宝八歳五月条を引用し、当該歌の内容を歴史的事実として捉えようとしている。④では淡海三船が大伴古慈斐を讒したとある一方、『続日本紀』は大伴古慈斐と淡海三船がともに朝廷を誹謗し、人臣の礼を失したとして刑に処せられたことが記されている。『拾穂抄』はこの二つの記述の相違について、本来は淡海三船のみの罪であったはずが、三船の讒言によって大伴古慈斐までも罪に問われたのであろうと述べる。(注16)大伴古慈斐が朝廷誹謗により罪を得たという史書の記述と当該歌左注との結びつきは、惺窩校正本の歌本文を用いて大伴の「名」を強調し、「さびたるつるぎをとげ」と言い、さらに「讒言を晴よ」「古よりのゆへを思へば無礼の名をとるは惜しき事ぞ」と述べることでより強化される。『拾穂抄』はこの点を踏まえて、惺窩校正本をよりよい歌本文として採用したと考えられる。

もう一点、惺窩校正本では、第一反歌の「安伎良気伎《アキラケク》　名尓於布等毛能乎《ナニオフトモノヲ》」が「安伎良気倶《アキラケク》　須売良布毛能《スメラフモノ》乎《ヲ》」(注17)に改変されている。『拾穂抄』では、「すめらしものを」(注18)を本文とし、流布本の「名におふとものを」をイ訓として右傍に提示している。この部分の漢字本文の提示はない。『拾穂抄』当該歌頭注では、「しきしまのやまとの日本に住らん物、いかで我君をそしり、臣の礼をなみすべき。勉よと也。」と言う。「すめらし」を「住らん」と解釈しているが、「いかで我君をそしり、臣の礼をなみすべき」から、日本に住む者は皆天皇に忠節を尽くすべきであるという認識による解釈と分かる。これは『続日本紀』の「坐《ツミセラレソ》下誹《シ》二謗《リ》朝廷《ヲ》無《スルニ》中人臣之《ノ》礼《ヲ》上」という記述を意識した注釈である。長歌末尾の頭注にも、「愚案先祖の忠節を立ぬをいきどをりはげます詞也。ますらおのども、ますらおのこどもと也。又、ますらおのともは臣の字也。其時はすみてよむべし。」とあり、臣下としてのあり方を強調した結びとして解釈している。『拾穂抄』はこの第一反歌第四句について、流布本の「名におふとものを」もイ訓として残しはしたものの、長歌末尾と関連づけ、臣下としての忠節のあり方を説く惺窩校正本の本文のほうが、史書の記述によく対応するという判断があったのではないだろうか。

おわりに

これまで、「用字・訓に関しては、惺窩校正本の影響はそう大きなものとは思えない。」とする野村氏の論（前掲）が定説となっていた。『拾穂抄』は確かに訓だけでなく本文についても底本のみに拠らず、流布本系統本等によって校訂し、独自のテキストを作ろうとしていると言える。しかし、これまでに述べ来たったように、底本である惺窩校正本はある程度の影響力を持っているというべきだろう。

『拾穂抄』の本文校訂の基準は、一つのまとまりを持つ序と歌本文、あるいは歌群としての「文意」「首尾」が整っているかどうかという点が大きかったものと思われる。諸本の詞句に大きな異同のある場合、いずれかの本文が明確に「文意」「首尾」の整ったものである場合はそれのみをテキストとして採り、一方、他本の本文にも捨てがたいもののある場合には頭注にそれを掲載するという形をとっている。『拾穂抄』は「文意」「首尾」が整った正統な伝本であるとの考えから惺窩校正本を尊重するのである。また、左注の内容に関わって、史書の記述に「首尾」よく対応する惺窩校正本の本文をよりよい本文として採用する。一方で、和歌における先例を重んじる季吟は、歌本文を和歌として自然な形にすることも重視する。和歌のことばとして不適切な語句のある場合には、流布本系統本等によって本文を改めている。『拾穂抄』においては、底本である惺窩校正本を正統な伝本として尊重しつつ、しかし必ずしもその形を留めなければならないとは考えていない。『拾穂抄』の本文校訂は、あくまで「文意」「首尾」の整い、かつ和歌としての完成度の高い『万葉集』を作り上げるためのものであったと考えられる。その点で、多くの写本を検討し、客観的なテキストクリティックを目指した仙覚や契沖とは、その目的自体が異なっているのである。

『万葉集』を和歌集としてよりよいものにしようとする態度は、『拾穂抄』の底本である惺窩校正本の本文校訂の態度にも見られる。[注19] 北村季吟、藤原惺窩両者の『万葉集』研究の態度には、契沖が『万葉代匠記』を著す以前の、近世初期に特有の『万葉集』に対する理解、受容のありようがうかがわれるのである。本書は、近世初期における『万葉集』の受容、継承の様相を明らかにし、国学へと至る思想の流れを解明するための足がかりとして、第一部では北村季吟の『万葉集』研究について、第二部では惺窩校正本『万葉集』について取り上げ、両者の『万葉集』理解の方法を明らかにする。

注

（1）小川靖彦氏『万葉集と日本人―読み継がれる千二百年の歴史』（角川選書　二〇一四年）の第六章「賀茂真淵の〈批評〉―江戸時代における『万葉集』」（一七一頁～二〇三頁）。

（2）小川靖彦氏『万葉学史の研究』（おうふう　二〇〇七年）の終章「万葉学史の研究の課題」一「今後の研究課題」（五六二頁）。

（3）『校本万葉集　首巻』（岩波文庫　一九三一年）の「万葉集諸本系統の研究」第三章「万葉集諸本各説」第三節「類聚、仮字書、抄出、改定に係る諸本」（三五七頁～三五九頁）、野村貴次氏『北村季吟の人と仕事』（新典社　一九七七年）の第二章「仕事」第四節「『万葉拾穂抄』」一「この書物の大略」および二「本文について」（三五〇頁～三九四頁）等にすでに指摘がある。本書第三章に詳しく論じる。

（4）西尾市岩瀬文庫に所蔵される巻一、巻四、および石川武美記念図書館に所蔵される巻二、三葉の巻七残簡は、北村季吟による自筆稿本と目され、元禄四（一六九一）年頃に刊行される以前の注釈本文を持つと考えられる。本書第三章に詳しく論じる。

（5）なお、高野辰之氏『古文学踏査』（大岡山書店　一九三四年）の「万葉集所見」4「出でよ冷泉家伝本」に、藤原惺窩自筆の巻五・八〇〇～八〇一歌および巻二十・四四六五・四四六六歌の書き付けられた紙背文書二葉が紹介されている。惺窩校正本については、本書第二部に詳しく論じる。

（6）注3野村氏著書の第二章「仕事」第四節「『万葉拾穂抄』」二「本文について」（三九三頁）。

（7）本書第一章に詳しく論じる。

（8）本書第五章に詳しく論じる。

（9）白雲書庫本は、巻五において序の削除されている部分の多くが朱によって書き加えられている。しかしこの朱書入は後人のものであることが明らかになっているため、本書では論じない。なお、前田家一本は、当該歌序や、後に述べる七九四歌前文、八九七歌前文（沈痾自哀文）、詩序など、他の惺窩校正本諸本において削除されている箇所に仙覚本系の本文が存する。惺窩校正本の諸本間の異同については本書第六章において論じることとし、本章においては白雲書庫本と天理本に拠って論じる。

（10）『拾穂抄』において「多本」の語は他に巻五・八九二「貧窮問答歌」の頭注の一箇所のみである。ここには「楚《タカノ》《イタメ》取《トル》此本にはいためとると点ず。見安にはたかのとると訓ず。多本如此也。」とある。寛永版本には、問題となっている「楚」の語に訓は存しない。「タカノ」の訓を持つ主な写本は西本願寺本、大矢本、京大本、温故堂本である。仙覚の『万葉集註釈』（京都大学国語国文資料叢書別巻二『仁和寺蔵万葉集註釈』臨川書店　一九八一年）にも「タカノ」

と訓じられている。『拾穂抄』における「多本」とは、季吟の披見した仙覚本系の本を指すと考えられる。

(11) 『帛公略説』がどのような書であるかは明らかではない。一説に、『神仙伝』に見える道士・帛和の著とも言うが、単にその名に仮託した俗書とも言う（神田喜一郎氏「万葉集の骨格となつた漢籍」『万葉集大成　第二十巻』平凡社　一九五五年）。なお、前項に書名をあげた『寿延経』は正倉院文書にもその名が見え、敦煌本『仏説延寿命経』に合致する内容が見えるが、これも正式の仏典ではなく、仏典の形式を模して通俗的、現世的信仰を説く偽経である（前掲神田氏論文、新編日本古典文学全集）。「沈痾自哀文」にはこのような俗書が多く引用される。

(12) 惺窩校正本八〇〇歌自体の解釈については本書第八章に詳しく論じる。

(13) 本書第五章および第八章に詳しく論じる。

(14) 例えば、『拾穂抄』巻一総論に「古より和歌によみ、序にもかきて、先達の用ひきたれる名目《ミヤウモク》は今更改《アラタ》めがたかるべきによりて、其まゝ古点を用ひ、或は新古両点をならべしるして侍し。」とあることから、その方針が分かる。本書第一章に詳しく論じる。

(15) 惺窩校正本四四六五〜四四六七歌群自体の解釈については本書第九章に詳しく論じる。

(16) 当該歌左注と『続日本紀』との記述の矛盾については、現在までさまざまに議論されてきたところである。川口常孝氏『大伴家持』（桜楓社　一九七六年）の第四章「華厳教学の確立と奈良政界」第五節「喩族歌と世間厭離の歌」（九四六頁〜九八一頁）に諸説が整理されている。この矛盾については、『万葉代匠記』初稿本が「孝謙紀によれば、勝宝八歳五月に、古慈悲も三船も、共に罪有て、左右衛士府に禁ぜらると見えたるを、こゝにはいかで三船の讒言にて古慈悲は任を解るとかゝれけん、知がたし」（『契沖全集　第七巻』（岩波書店　一九七四年）に拠り、濁点は私に付した）と述べたのが初めであるごとくに捉えられているが、それ以前に『拾穂抄』によってすでに指摘されていたのである。

(17) 注5高野氏著書所収の影印によれば、惺窩筆紙背文書ではこの部分を「素面等布毛能乎」に作るが、訓は変わらない。

(18) このままでは文法的にも説明できず、文意も通じない。「すめらし」は「すめらふ」または「すめりし」の誤りか。

(19) 本書第七章に詳しく述べる。

第一部　北村季吟の『万葉集』研究

第一章　『万葉拾穂抄』の著述態度について

——定家説引用部分を中心に——

はじめに

北村季吟の著した『万葉拾穂抄』（以下、『拾穂抄』）は、『万葉集』研究史上初の全歌注釈書でありながら、「旧注の集大成という点で認めらるべきではあるが、この中より彼の創見なり新説を求めることは出来ない（注1）」とされ、内部を深く検討し、季吟の注釈の意図を探ることを試みた研究がこれまであまりなされて来ていない。

刊本『拾穂抄』巻一の初めに置かれた総論には、次のように書かれている。

愚案万葉におゐて仙覚由阿委き者と見ゆ。但其説におゐては、故実《こじつ》を沙汰《さた》せずしてみだりに自見《ジケン》をなせりと見ゆる所々すくなからず。且又《カツマタ》出所来歴《レキ》とて書出し中に不審《フシン》なきにしもあらず。よく正《タヾ》しあきらめずして此両法師の詞を証拠《シヨウコ》とし用ひ侍らば、あやまりを伝る事おほかるべし。

ここでは、『万葉集』研究の先人として仙覚、由阿を尊重しつつも、自説をみだりに主張する態度を批判的に捉え、その利用する文献の由緒についても危惧する。ここからは季吟の仙覚に対する批判的態度と文献主義的態度を読み取ることができ、確固たる執筆目的を持って『拾穂抄』を記したことが知られる。その点で、単なる「旧注の集大成」にとどまるものとは言えない。また、藤原定家の説に対しては崇拝的な態度が見られるというのが従来の見解であったが、これも個別の検討が必要と思われる。

本章は『拾穂抄』について、季吟に大きく影響を与えたとされる定家の説の引用部分を中心に、①定家訓を本文訓として採択する場合、②定家訓をイ訓とする場合、③仮名書き本文の場合の採択のありようの三点から考察を試み、その著述態度を明らかにすることを目的とする。

一、『万葉集長歌短歌説』

『拾穂抄』の中で季吟の引用した定家の説は、書名のあがっているものでは『僻案抄』、『詠歌大概』、『万時』（『万事』とも）がある。『拾穂抄』の総論の中には「京極中納言定家卿万時曰」として以下の文章が引用されている。

万葉集時代事古来賢者《ノ》猶遺レ疑《スヲ》。近代《ノ》好士重《テ》相論《シテ》頻《ニ》作《リ》二勘文一、互《タカヒニ》為二己理《カト》一。末愚倩《ツラ〳〵》見《テ》二本集《ヲ》一有レ所《リ》二斟酌《スル》一。何《レカ》是何《レカ》非、只可レ随《フ》二後学《ノ》之所レ存《ニ》一。云《ヒ》レ人《ト》云《テ》レ我全《ク》不レ称二自説《ノ》之有レ謂《ヒ》。……凡和漢書籍《ジャクノ》之習《ヒ》多以レ所二註《可イヲ》載《スル》一為二其時代《ノ》之書《ト》一。何抛《ンソナケウツテ》二本集之所《ヲ》レ見《ルイタニ》徒《ン》勘二他集《ノ》之序詞《ヲ》一哉《ヤ》。似レ無《タリナキニ》二其謂《イハレ》一。

この文章は、そのまま『万葉集長歌短歌説』（以下、『長短歌説』）に見られる。（注2）

また、『拾穂抄』巻四・四八七歌第四句の本文には「古来けのころころは《気乃己呂其侶波》定家卿万時けふこのころは類聚同」とあり、当該箇所頭注には「此下句、気乃己呂其侶を類聚万葉幷定家卿、けふ此ころは恋つゝもあらんと和せり」とある。この部分は『長短歌説』の「あふみのとこの山なるいさや河けふこのころはこひてしもあらん」に該当する箇所と見られる。また、『拾穂抄』巻一・五歌頭注に「短歌　此事定家卿万事に委」とある。これは『長短歌説』の本文冒頭に「万葉集長歌載短歌字之由事」とあることから、書名の略称として「万事」と書いたものと推測される。（注3）以上のことから、『拾穂抄』における「万時」（「万事」とも）とは『長短歌説』をさすと考えられる。（注4）

ここに述べた『長短歌説』引用例の他、『拾穂抄』には「定家卿説」等とのみ書かれた説の中に『長短歌説』からの引用と考えうる箇所が二十六箇所ある。『長短歌説』の中に訓のある歌は三十四首（一〇二〇／一〇二一歌は二首と数えた）あるが、そのうち八十％近い二十七首分を『拾穂抄』では引用しており、逆に引用しなかった歌はほとんどが訓に異同のないもので、あえて引用する必要がなかったと考えられる箇所である（章末［別表］参照）。これらのことから、季吟が長歌およびその反歌の訓を定めるにあたり、定家の当該書物を重視していたことがうかがわれる。以下、『長短歌説』の引用箇所について、具体例をあげながら考察を進める。

二、『万葉拾穂抄』と『万葉集秘訣』

（本文）……かくら《隠》イこもりくの《口乃》　はつせ《泊瀬》の山は《山者》　まきたてる《真木立》　あら山みちを《荒山路乎》……

（頭注）かくらイこもりくのはつせ　隠口、定家卿点にはかくらくとよめり。然ども此集十三己母理久《ニコモリク》乃泊瀬《ハツセ》とも書。日本紀雄略天皇紀挙暮利矩能播都制《ニコモリクノハツセ》ともあれば、仙覚由阿等、此隠口もこもりくのはつせとよむべしといへり。但和歌にはこもりくともこもり江ともかくらくのともよめり。八雲抄にもかくらくの有。祇注にも隠江《コモリク》《コモリ江》両儀也云々。

（巻一・四五）

当該箇所は、『長短歌説』には「……かくらくの　はつせの山は……」とある。漢字本文「隠口乃」について、『拾穂抄』では本文訓に「定家卿点」である「かくらくの」を採択し、イ訓として仙覚、由阿の訓である「こもりくの」をあげている。頭注においては仙覚が訓の根拠とした『万葉集』巻十三や雄略紀歌謡を引くが、「但和歌にはこもりくともこもり江ともかくらくともよめり」と中世以来の和歌の伝統を重んじる注を記し、『八雲御抄』訓「かくらく」、宗祇訓「コモリク」「コモリ江」をも紹介している。

『八雲御抄』[注5]巻第五名所部「山」の「はつせ」の項には「かくらくの―。あまを舟―。」とあり、『奥義抄』[注6]上式「二十五　出万葉集所名」の「山」の項目にも「はつせの山コモリエノ アマヲブネ」「とませの山カクレヌノ」とある。中世歌学においては「はつせ」、もしくは「泊瀬」の訓みから生まれた「とませ」の枕詞として「かくらくの」「こもりえの」「かくれぬの」等が用いられていたことが知られる。[注7]

一方、仙覚『万葉集註釈』[注8]（以下、『仙覚抄』）は「古点」として「カクラク」、「カクレク」、「コモリエ」をあげた上で「コモリクノハツセノヤマトイフベシ」とし、その根拠として、『万葉集』巻十三「己母理久乃　泊瀬之河之」（三二六三歌）、「己母理久乃　波都世乃加波乃」（三二九九歌）および『日本書紀』歌謡「挙暮利矩能、播都制能野磨播……挧暮利矩能、播都制能夜磨播」（雄略天皇六年三月条）をあげている。また、『釈日本紀』[注9]巻二十六・和歌四の当該書紀歌謡の項には「挙暮利矩能《コモリクノ》」について「籠国也。言奥邃也。万葉集曰。隠口泊瀬山。」と釈されており、「コモリク」の語義理解の様相が知られる。

季吟は『万葉集秘訣』[注10]（以下、『秘訣』）の中で巻十三・三三三一歌をとりあげ、次のように注している。

第十三挽歌
隠来之《コモリクノ》　長谷之山《ハツセノヤマ》　青幡之《アヲハタノ》　忍坂山者《ヲシサカヤマハ》　走出之《ワシリテノ》　宜　山之《ヨロシキヤマノ》　出立之《イテタチノ》　妙　山叙《クハシキヤマソ》　惜　山之《アタラシキヤマノ》　荒巻惜《アレマクヲシモ》

……此うたは日本紀十四雄略紀曰、六年春二月壬子朔乙卯天皇遊乎泊瀬小野観山野之体勢慨然興感歌曰、こ《挙》もりく《暮利矩》のはつせのやまはいまたち《伊麻拖智》のよろしきやまわしりで《和斯里氏》のよろしきやまのこもりくのはつせのやまはあやにうるくはしあやにうるくはし……釈曰、挙暮利矩《コモリクハ》籠国《也》。言《イフコヽロハ》　奥区也。……此集こもりくの説々あまたあれど籠国の儀本説なるべし。はつせのくにともいへばなるべし。……万葉の諸抄此本説を見及ばざるにや、更に手をつけず。其ゆへに口訣に注し侍し。

ここでは、漢字本文「隠来」について『日本書紀』歌謡の仮名書き例を根拠として用い、「籠国」を本説であると説明している。『秘訣』においては季吟自身が「コモリク」と訓じる説を推しているのである。

このように季吟には、仮名書き例を提示し、そこから訓字主体表記の訓を考えるという帰納的な方法による訓読への志向が認められる。「隠口」あるいは「隠来」「隠国」「隠久」の漢字本文を持つ歌について、『拾穂抄』では当該歌と巻十一・二五一一歌を除く十五例すべての本文訓を「こもりく」としていることも、季吟が合理的に『万葉集』の訓を復元しようという意図を持っていたことを裏付けていよう。(注11) その上で、初出となる当該歌注では、和歌における先例として複数の訓をあげ、本文訓としては定家訓を採ったのである。ここには、仮名書き例を根拠とする帰納的で合理的な『万葉集』の訓の復元を目指す一方で、定家に象徴される和歌の伝統の中で受容されてきた『万葉集』を保存しようとする意図も見てとれる。

では、『拾穂抄』の定家への態度とはどのようなものであったのか。『拾穂抄』には、定家の作歌を根拠とし、万葉歌を訓じている例が二例ある。ここでは巻六・九五五歌の例をあげて『拾穂抄』の定家に対する評価について考察しておきたい。

(本文)さゝ《刺》仙さす竹の《竹之》　おほみやひとの《大宮人乃》　いへとすむ《家跡住》　さほの山をは《佐保能山乎者》　おもふやもきみ《思哉毛君》

(頭注)さゝ竹のおほみや人の　仙曰、……古語によらば、さす竹といふべき也。……愚案仙覚さす竹の事しらざるにや、注する事なし。口訣別にしるせり。然ども、定家卿の歌、へ散もせじ衣にすれるさゝ竹の大宮人のかざす桜は。此さゝ、さす、五音通ずれば両点可用中に、定家卿はさゝ竹を用ひ給へば、此点も捨べからず。　(巻六・九五五)

『拾穂抄』当該歌初句は「さゝ竹の」を本文訓として採択し、「さす」をイ訓としてあげている。

漢字本文「刺竹」を持つ万葉歌は当該歌を含めて七首あり、『拾穂抄』で本文訓を「さすたけ」としているものは、次の四首である。

……一云　さすたけの《刺竹之》　みこのみや人《皇子宮人》　ゆくゑいさにて《帰辺不知尓為》　（巻二・一六七一云）

……一云　さす竹の《刺竹》　みこのみかとを《皇子御門乎》……　（巻二・一九九一云）

さすイさゝ竹の《刺竹》　はにかくれたる《歯隠有》　わかせこか《吾背子之》　わがりしこずは《吾許不レ来者》　われこひめやも《吾将レ恋八方》　（巻十一・二七七三）

……さす竹の《刺竹之》　とねりおとこも《舎人壮裳》　忍ふらひ《忍経等氷》　かへらひ見つゝ《還等氷見乍》……　（巻十六・三七九一）

このうち巻十一・二七七三歌はイ訓として「さゝたけの」をあげている。一方、本文訓を「さゝたけ」としているものは、次の二首である。

……さゝイさすたけの《刺竹》　おほみやひとの《大宮人能》　ふみならし《踏平之》　かよひしみちは《通之道》……　（巻六・一〇四七）

……さゝ竹のイさす竹の《刺》　おほみやこゝと《大宮此跡》　さためけらしも《定異等霜》　（巻六・一〇五〇）

いずれも当該歌と同じくイ訓として「さすたけ」をあげている。これら当該歌を含めた三首はいずれも「大宮」にかかるものである。『拾穂抄』は「大宮」にかかる枕詞として捉えるべきところでのみ「さゝたけ」と訓じているのである。

当該歌について季吟は『秘訣』の中でも言及している。

同第六　大宰小弐石河朝臣足人歌

刺竹之《サスタケノ》大宮人　此歌さすたけの事仙覚等不知歟、注せず。……是は日本紀二十二聖徳太子御歌に佐須陀気能枳《サスタケノキ》弥波夜那祇《ミハヤナキ》とある詞也。釈《ニ》曰、私記《ニ》曰師説《ニ》佐須陀気《サスタケハ》謂《イフ》レ矢《ヲ》也。言《イフコヽロハ》　以レ矢《ヲ》刺《ス》レ身之事。甚《ダ》可《シ》二恐懼《ヲソレヲソル》一。故欲《ニスル》レ言《ント》レ君《ト》之発語《ニ》有《リト》二此辞《ノ》一也。或説《ニ》古《ハ》謂《テ》下刺《サス》二胡籙《ヤナグヒニ》一之矢《ヲ》上為《ス》二刺矢《ト》一也。陀気《タケハ》謂《フ》レ矢《ヲ》也。さすたけとは矢をいふ。矢はおそるべき物なれば、さすたけのきみともさすたけの大宮人ともいへり。さすたけのとねり男も矢をさす物の心にてもをそるべき儀にてもよくきこえ侍り。又さゝたけの大宮人といへるもさすたけのと同。さとすと通ずれば也。

『秘訣』は『日本書紀』歌謡「佐須陀気能《サスタケノ》　枳弥波夜那祇《キミハヤナキ》」（推古天皇二十一年十二月条）を引用し、これについて『釈日本紀』に「佐須陀気《サスタケ》謂《ハイフ》レ矢《ヲ》也」とあることを指摘する。仮名書き例および『釈日本紀』の語義理解を根拠として、「さすたけ」訓を中心に据えて「刺竹」について解釈しようとしている。すなわち、「さす竹」＝矢は「おそるべきもの」であるから「君」や「大宮人」にかかる枕詞であるという。また、

さすたけの　大宮人は　いまもかも一云いまさへや　ひとなふりのみ　このみたるらん　（巻十五・三七五八）

の一例は「大宮」にかかる枕詞の例でありながら、『拾穂抄』ではイ訓をあげることなく「さすたけの」としている。この部分は刊本『拾穂抄』には漢字本文が示されていないが、寛永版本によってあげると、「佐須太気能　大宮人者　伊麻毛可母　比等奈夫理能末　許能美多流良武」とある。このことから、季吟は仮名書きの漢字本文に対して忠実に、そしてそこから訓字主体表記の訓を考えるという帰納的な方法で、矢をイメージさせる枕詞として「刺竹」を捉え、「さすたけ」と訓じるべきであるとの考えを持っていたことが知られる。その上で、「大宮」の枕詞となる「刺竹」の場合に限っては音通による同一性を根拠として例外的に「ささたけ」訓を許容しているのである。その許容の根拠として『拾穂抄』巻六・九五五歌頭注には定家作歌をあげている。

この定家作歌における「衣にすれるさゝ竹の大宮人」の文脈での「さゝ竹」は、大宮人の衣に摺り模様として描かれた笹竹である。この歌を詠んだ時に定家の頭の中にイメージされていた「大宮人」は、矢を携えた勇壮たる姿ではなく、笹竹模様の摺り衣を纏った優雅な姿であったのではないか。

定家の『五代簡要』（注12）では、この九五五歌相当箇所は「さゝたけの大宮人のいへとすむ」と掲出されている。ここから、定家が当該歌句を「ささたけ」と訓じていたことが知られるが、一〇四七歌相当箇所「刺竹の大宮人」に対する書入〔冷志〕は「サシ竹大宮人」、三七五八歌相当箇所の書入〔冷新〕は「さす竹の大宮人」とある。このように次点期の訓を順次書き入れる『五代簡要』の態度を、渡邉裕美子氏（注13）は「校本制作的といえるような態度」とさ

れ、三種の訓の存在を知った上で定家が詠歌において「ささたけ」訓を用いたことについては、「俊成が指し示した「優なる句」であるか否かという基準に見合うものとして、「ささたけの」が選択されていると考えられる。」と判断された。「優なる句」とは王朝和歌において好まれた〈優艶美〉(注14)の要素を持つ表現を言う。「ささたけの」は家隆、定家あたりから詠まれ出した歌ことばで、特に定家の当該歌は『新勅撰集』にも採られ、以後、「ささたけの大宮人」の「衣」や「袖」を詠む歌が出るなど、後世に影響を与えている。定家は摺り衣をイメージさせる「優なる句」として「ささたけの」を読み込んだのだと考えられる。

先にあげた『秘訣』の論理性を持ってすれば、季吟にとって「刺竹」の訓を「さすたけ」に統一することは容易なことであっただろう。にもかかわらず、あえて「ささたけ」訓を残したのである。それは定家作歌の表現力が万葉歌理解に有効に働くとの考えがあったからであろうと思われる。この考えは、巻十一・二七七三歌において本文訓に「さすたけ」を採りながら、頭注では「さす竹、箭をもいへど、こゝは笹竹也。……竹のはにかくれ忍び来たりし人の恋しく難レ忘心也。」と解釈し、「葉」にかかる枕詞として歌意に対応する訓である「ささたけ」をイ訓として残す態度からもうかがわれる。(注15)

当該歌頭注の「両点可用中に、定家卿はさゝ竹を用ひ給へば、此点も捨べからず」は、イ訓である「さすたけ」を排除する姿勢ではなく、むしろ『日本書紀』での仮名書き例を援用して訓じるという前提のもと、定家作歌を基にした訓読も可能であることを提示したものであり、『拾穂抄』が必ずしも一つの訓を選択しようという意識を持って書かれたものではないことが分かる。季吟にとって訓読と歌の解釈とは不可分のものなのであり、その歌の解釈は、ただ一つの訓読を定めることによって深まるとは考えなかったのである（後述）。定家が万葉歌の数ある訓を知った上で、その中から自詠歌の内容に即したものを選んだのと同様に、季吟もただ一つの訓読に囚われることなく、定家に象徴される中世和歌の表現力を可能な限り保存することで、歌の解釈を深めようとする態度を持っていたのだと考えられる。そうして万葉歌の解釈を考える上での規範として位置づけられたのが定家なのではないだろうか。(注16)

三、『拾穂抄』自筆稿本から刊本へ

（本文）やすみしる《八隅知之》仙由し、　わかおほきみの《我大王乃》　あしたには《朝庭》　とりなてたまひ《取撫賜》　ゆふへには《夕庭》　いよせたてゝし《伊縁立之》……

（頭注）やすみしる　八隅知之、古点ヤスミシル、ヤスミシリシ両説也。定家卿抄にはヤスミシリシと和《ス》。尤可レ然歟。新古今序には京極殿今はやすみしる名をのがれてとあり。八雲御抄、帝王の所にやすみしると有。近代柏玉集にもやすみしるとよませ給ふ。やすみしると歌には可用之か。仙覚由阿等、八隅知之をヤスミシルとよめば之の字和しがたしといへど、之の字よまぬ事例あり。百伝之をもゝつたふとよむたぐひおほし。又日本紀には夜輪瀰始《ヤスミシ》之と有。是も釈には八隅知《ヤスシル》也。言レ知《フ》二四海八埏《ヲ》一也云々。然ば日本紀にてはやすみしゝとよむべくとも、此集の八隅知之は古点に任せてやすみしるとか。定家卿の和に随ひてやすみしりしと両義の内を可用之。仙覚由阿等の説一偏にやすみしゝとのみ云も如何。

（巻一・三）

ここでは、巻一・三歌冒頭漢字本文「八隅知之」の訓についての問題を取り上げる。定家訓「やすみしりし」は『長短歌説』にあげられた巻一・四五歌「やすみしりし　わかおほきみの　たかくてる　日の皇子」からの引用と思われる。(注17)

『仙覚抄』巻一・三歌の注釈部分では、「ヤスミシル」「ヤスミシリシ」「アメシリシ」といった従来の訓をあげた上で、「ヤスミシル」「ヤスミシリ」「ヤシマシル」と訓めば「之」字を訓じないことになり、「ヤスミシリシ」「クニシリシ」と訓み、つまり「之」を過去の助動詞と捉えた場合、先帝を慕う意となり行幸従駕の歌として不適切であるために否とし、「ヤスミシシ」と改訓する。その根拠は、『日本書紀』歌謡「夜輸濔始之　和我於朋枳濔波」（仁徳天皇五十年三月条）、「野須瀰斯志　倭我飫裒枳瀰能」（雄略天皇五年二月条）、『続日本紀』歌謡「夜須美斯志和己於保支美波」（聖武天皇天平十五年五月条）などの仮名書き例である。

一方、『拾穂抄』自筆稿本の三歌は（注18）「やすみしる」を本文訓とし、イ訓はあげない。頭注には、次のようにある。

やすみしる　八隅知之。古点はやすみしる也。八雲抄、帝王のしたにもやすみしると有。新古今後京極殿の序にも、今はやすみしる名をのがれてと有。此集にても古点の如く可読歟。仙覚由阿等は八隅知之をやすみしるとよめば之の字和せられず。やすみしゝと読べし云々。然共之の字はよまでよむ事文法例有。其外此集に此間をこゝとよみ、此集三に何物をなにと読たぐひ也。八隅は八嶋の儀と仙覚説さもあるべし。又仙覚由阿やすみしゝと点ずる故は、日本紀十一同十四にやすみしゝと云詞あれば也。風土記巻向《ニマキモクノヒ》　日代宮《シロノミヤ》大八洲照《テラス》臨天皇《アメスベラキノ》　之世大倭《ミヨヲホヤマトシ》　志紀弥豆垣《キミヅガキ》　国《ノクニ》大八島国所　知天皇《ノクニシロシメスアメスベロキノミカド》　朝庭などいへる心と同注略。此点可随所好。

自筆稿本では、「古点はやすみしる也」と言い、『八雲御抄』、『新古今集』序の例をあげ、「此集にても古点の如く可読歟」と述べ、集中にも「之の字はよまでよむ事文法例有」として「古点」（注19）である「やすみしる」を採るべきとの見解を述べる。しかし、『日本書紀』の仮名書き例を指摘するなど仙覚の方法への理解も示しており、結論は「可随所好」として断定を避けている。また、自筆稿本を一旦書き上げた後に新たに書き加えたと思われる欄外の書入には、「定家卿はやすみしりしと和給。俊成卿古来風体にはやすみしると有。此両卿の説の外用まじくこそ。」と、俊成、定家の説を重んじる内容の注が見られる。

刊本では自筆稿本の欄外にある俊成説「やすみしる」、定家説「やすみしりし」を両訓とも「古点」として頭注に書き入れている点で、俊成、定家に対する敬意は高まっていると言えるだろう。本文訓として採択した「やすみしる」については、『新古今集』序、『八雲御抄』、『柏玉集』をあげ、和歌では「やすみしる」と訓むべきかと言う。「やすみしる」は勅撰集にも、

やすみしるわがすべらぎの御世にこそさかゐのむらの水もすみけれ　（『玉葉集』巻第七・賀歌・一〇九六）

とあり、『拾穂抄』に例としてあがっている『柏玉集』には、

八隅しる心の道にくる春を先民の戸のことぶきにせん　（『柏玉集』第一・春歌上・二四）

とある。中世・近世において、「やすみしる」は歌ことばとしてある程度定着したものであったようだ。(注20) このことから、『拾穂抄』を著すにあたって季吟には、和歌における先例を重視して万葉歌を訓じるべきだとの考えがあったものと思われる。その際に俊成、定家のつけた訓は、歌ことばとして認められ得るかどうかの判断基準として意識されたのではないか。特に定家説は、和歌における先例が見られないにもかかわらず、「定家卿の和に随ひてやすみしりしと両義の内を可用之」として肯定している。歌道の先人としての定家の存在は非常に大きいものであったと考えられる。

一方、仙覚、由阿の新点「やすみしし」については、「之」を訓じない例として「百伝之」をあげ、『釈日本紀』にも「夜輪瀰始之《ヤスミシ》」に「八隅知也《ヤスシル》」の注のあることを根拠に批判している。自筆稿本に比べ、批判の根拠が直接的なものになっている点で、反論の度合いは強まっていると言えるだろう。ただし、刊本においても『日本書紀』の例をあげ、「日本紀にてはやすみし、とよむべくとも」と述べていることから、仙覚説を理解できなかったわけではない。前節で述べたように、合理的な訓読方法を知りながら、和歌での先例を重視して万葉歌を訓じるべきだという判断を下したのである。「仙覚由阿等の説一偏にやすみし、とのみ云も如何。」には、仙覚の説への反論以上に、その態度への非難が込められていると思われる。季吟が仙覚に対して批判的であるのは、総論に「故実《こじつ》を沙汰《さた》せずしてみだりに自見《ジケン》をなせりと見ゆる所々すくなからず」と述べるように、みだりに自説を主張する傲慢さゆえであ

る。ここは、独断に陥ることを嫌うことから複数の説を保存しようとする『拾穂抄』の姿勢をまず捉えるべきではなかろうか。

四、仮名書き歌の場合

これまでに、『拾穂抄』が合理的立場から訓読を行う一方で和歌での先例を重視しており、その場合に歌ことばとして認められ得るかどうかの判断基準として定家の訓が意識されたのではないかと述べた。しかし、漢字本文が仮名書きの場合はどうであろうか。仮名書き例は、合理的立場から考えるならば、一つの訓みに確定せざるをえない。定家が漢字本文と対立する訓読をしている場合の、『拾穂抄』の定家に対する評価を見ていきたい。

（本文）あをによし《青丹吉》　ならのいへには《寧楽乃家尓者》定家卿みやこは　よろつよに《万代尓》　われもかよはん《吾母将通》　わするとおもふな《忘跡念勿》　（巻一・八〇）

第二句漢字本文「寧楽乃家尓者」について、『拾穂抄』は本文訓として漢字本文に忠実な「ならのいへには」を採択し、イ訓として定家訓「ならの都は」をあげる（注21）。そして頭注で「定家卿はならの都はと和し給ふ。本のかはりめにや。歌の心は、なが歌に千世にてもきませ大君といふをうけて義はかはる事なし。」と述べている。意味に変わりはないという理解をした上で、漢字本文に適合する「いへには」を本文訓として採択し、イ訓として定家訓を書き添えている。漢字本文に適合する訓を本文訓として採択することで合理的判断を重視する立場を取るが、一方で、用いたテキストが異なっていたのだろうと推定することで、定家説を尊重している。ここにも、単なるテキストの訓読にとどまらず、多数の訓を保存しようとする意図が捉えるのである（注22）。

しかし、テキストの異なりというだけではない例も見られる。

（本文）あふみちの《淡海路乃》　とこの山なる《鳥籠之山有》　いさやかは《不知哉川》　けのころころは《気乃己呂其侶波》《古来》定家卿万時けふこのころは類聚同　こひつゝも《恋乍裳》
あらん《将レ有》

（頭注）あふみぢのとこの山なる　とこの山いさや川、淡海《アフミ》の名所也。此下句気乃己呂其侶を、類聚万葉幷定家卿、けふ此ころは恋つゝもあらんと和せり。たとひけのころ〳〵とよむとも、心はけふ此比はといふなるべし。けのはけふのといふを中略の詞也。ころは、のとろと五音通。……下句は、かくてけふ此比は恋つゝもあるべきを、さて行末はいかゞせんとふくめたる也。（巻四・四八七）

第四句漢字本文「気乃己呂其侶波」の訓について、本文訓では漢字本文に忠実な「けのころころは」を採択し、イ訓として定家や『類聚万葉』の訓「けふこのころは」をあげている。（注23）仮名書きである以上、訓読は漢字本文に忠実なものを選択するという意識が優先している。しかし、語義については「けの」は「けふの」の中略、「ころころ」は「このころ」と五音相通であると言い、「けのころころ」と「けふこのころ」を同義と理解する。「たとひけのころ〳〵とよむとも、心はけふ此比はといふなるべし。」との見解は、『拾穂抄』において定家説が歌の趣向、意味内容を理解する上で重要な役割を果たすものとして意識されていることを示すと理解される。

同様のものに次の一例があげられる。

（本文）こそ見てし《去年見而之》　秋の月夜は《秋乃月夜者》　てらせとも《雖照》　あひ見しいもは《相見之妹者》　いやとし《弥年》定とをさかる《放》

（頭注）こぞ見てし秋の月夜は　妹と見し月は又照せども妹は弥年隔て遠ざかりて悲しと也。人丸集、拾遺集等には、秋の月夜は宿れども相みし妹はいや遠ざ《定家同》かると有。（巻二・二一一）

結句漢字本文「弥年放」について、刊本『拾穂抄』は「いやとしさかる」を本文訓とし、イ訓として定家訓「とをさかる」をあげており、頭注では歌の解釈に触れて「妹は弥年隔て遠ざかりて悲しと也。」と述べる。本文訓には漢字本文に忠実な「としさかる」を採りながら、解釈には定家訓「とをさかる」の意を加え、折衷案となっている。ところが、自筆稿本では「いや年さかる」を本文訓とし、イ訓をあげていない。頭注も「妹は弥年も隔たりて悲しきと也。」とある。定家についての言及がなく、解釈にも「遠ざかる」の説が入っていない。刊本作成の際に定家訓をイ訓として加え、解釈にもそれを反映させたということになる。

では、なぜ刊本『拾穂抄』ではイ訓による解釈を当該歌の解釈として含めたのだろうか。自筆稿本では「としさかる」の語を「年も隔たりて」と、「妹」と逢わない状態で歳月が過ぎるという時間的な距離を表すものと解釈している。それに対して、刊本には「妹は（弥年隔て）遠ざかりて悲し」とあるから、「妹」が離れて遠くにあるという物理的な距離、もしくはそれを原因として疎遠になってしまったという心理的な距離感が受け取られる。こうして二重の解釈をすることによって、当該歌は時間的、物理的、心理的な距離を表現したものとなり、歌としての奥行ができる。これは、定家訓を取り入れた解釈が歌の読解を深めるという意識があってのことと考えられる。

以上のことから言えることは、特に仮名書き例の場合、最低限漢字本文から逸脱しない訓を本文訓として採択するという態度が、刊本『拾穂抄』の第一に取るべき基本姿勢であったということである。第二節であげた巻一・四五歌「隠口」について、定家説「かくらく」を本文訓として採択し得たのは、「こもり江」「かくれぬ」とは異なり、「隠口」という漢字本文との齟齬が生じないとの判断があったからであろう。(注24)『拾穂抄』以前の『万葉集』研究の中心にあったのは、和歌として『万葉集』を受容する立場のものであり、仙覚のように合理的な訓みを提唱する研究はむしろ異端であった。二条派の伝統的歌学を学んできた季吟が初の全歌注釈書である『拾穂抄』において、漢字本文に即した訓読を提唱したことは、以後、国学と呼ばれる実証的研究の先蹤としての大きな第一歩であったと言えるだろう。

次に、『拾穂抄』が歌の趣向、意味内容の理解への問題意識を持っていたことも知られる。そしてそのために重要な役割を果たしていたのが定家説であったと考えられる。定家の訓読――つまり定家の『万葉集』研究――に対する尊重は、それが万葉歌理解に有用なものと季吟が考えたためと思われる。二条派歌人である季吟にとって、その祖である定家の訓読なり解釈が違和感なく受け入れられたのは当然のことであっただろう。しかしながら一方で、『万葉集』の全歌に亘って付訓の可能性を検討し、その中で漢字本文に即して訓むことを目指し、さらに歌の内容理解を深めようとしたことに『拾穂抄』の意義があると考えられる。

おわりに

ところで、当該書物の執筆動機となったのが、季吟の師・松永貞徳の『万葉集』への関心であったことは、以下にあげた『拾穂抄』総論より読み取ることができる。

> 先師逍遊軒貞徳若くて玄旨法印につかふまつりしより、八旬余歳までに万葉集の註解《チウカイ》に心ざし有て諸本をあつめ、諸抄を求《モト》めて吟翫《ギングハン》せられしに、学者に講習《コウシフ》のいとま、予にいひけらく、彼御堂《ミダウ》殿の上東門院へまいらせられしかなの万葉集見出る事ありやと多年心にかけたりといへど、いまだ見出ず。わづかに敦隆《アツタカ》の類聚《ルイジュ》万葉を得たり。此書、万葉のうたを仮名《カナ》に書て真名《マナ》をかたはらに書そへられし、童蒙初学《ドウモウシヨガク》の者にたよりあり。同くは全《ゼン》部《ブ》廿巻如《カクノゴトク》レ此あらまほしけれど、眼病《ガンビヤウ》堪《タヘ》がたくて今にこゝろざしをとげず。汝筆受《ナンヂヒツジュ》せば思ひ立なん。其次手に諸抄を勘へて註解をもすべしとて、予を召《メシ》て折々かうがへしるされしに、二年ばかりのほどに第一第二の巻出来たりし。されど終に事ならずして身まかりぬ。其草案《サウアン》のさま、予が胸臆《ケウヲク》にのこれりしも、卅年前《ネンゼン》のことなれば忘却《バウキヤク》の事のみながら、猶先師の遺志《イシ》をむなしくせじとばかりに、禿筆《トクヒツ》をとり侍し。

これによると、貞徳は先に『万葉集』の註解を志し、諸本を集め、講釈を行っていた。そしてその間に、『類聚万葉』を見る機会があり、かなを主体として漢字を傍らに書き添える形式のかな万葉を、「童蒙初学の者」のために制作する意志を持っていたことが知られる。しかし貞徳は病のため、その意志を遂げることができず、季吟に託したのである。季吟は「猶先師の遺志《イシ》をむなしくせじとばかりに、禿筆《トクヒツ》をとり侍し。」と述べており、『拾穂抄』には貞徳の考え方が色濃く反映されていると考えられる。このことから、季吟もまた『拾穂抄』の読者として万葉初学者を想定していたと見ることができよう。

季吟には俳諧師・歌人として門弟も数多くおり、『拾穂抄』執筆以前にもしばしば彼らに古典を講釈し、それをもとに多くの注釈書を書き記している。季吟の注釈書が門弟指導のために書かれたものであることは既に指摘されており、(注25)『拾穂抄』もまた同じように、それまでに季吟によって講釈された古典の基本的知識や二条派歌学の知識を持つ門弟を中心とした者たちに対し、新たな古典の分野として、『万葉集』についての基礎的な知識を記したものであったと考えられる。

本章では、季吟に仙覚批判の態度が見られることを述べ、そのありようについて例をあげて考察してきた。それは仙覚の実証性自体に向けられているというよりは、むしろ伝統というものに価値を置かず、自説をみだりに主張するその傲慢な態度に対するものであった。逆に、仙覚の実証的研究については、ある部分では評価し、取り入れてもいる。それもまた貞徳の影響が大きいと考えられる。

西田正宏氏は、(注26)貞徳が晩年に著した歌語辞典『歌林樸樕』(注27)（以下、『樸樕』）が『袖中抄』の実証主義的方法論を継承し、実証を重んじる姿勢に貫かれていると述べる。『樸樕』の「ユハタ」の項目に「ヨミ方ニハ定家卿、歌学ニハ顕昭也」とあるが、西田氏は貞徳が「読方」（歌の趣向に関する学問）の先達として定家、「歌学」（歌語に関する学問）の先達として顕昭を位置づけており、「かくて貞徳は、「読方」「哥学」のそれぞれの最高の権威者を師と仰ぎ、それを受け継ぐこととなった。」と述べ、貞徳が二条派の伝統的和歌解釈に加え、六条家流の実証的歌学を取り入れることで師としての権威を獲得したと指摘する。

季吟にとっての仙覚は、貞徳が顕昭を師として仰いだほどには権威ある存在ではなかっただろう。しかし、季吟は貞徳の重視した実証そのものを必要としたのである。それが貞徳の遺志でもあり、その教えの中にあった季吟の必然でもあったのであろう。そうして実際の注釈を行う際に、先達がなくては「手舞足踏《テノマヒアシノフミ》たづきあるまじき事どもあれば」（総論）ということで合理的、帰納的方法の手がかりとして扱われたのが『仙覚抄』であったと考えられる。

一方、先に述べたように、自説をみだりに主張する傲慢な者として仙覚は非難の対象にもなる。これは、二条派の思想の基盤であった定家歌学のあり方に相反していたからだと思われる。第一節に総論の「京極中納言定家卿万時曰」以下を引用したが、その前半部の「何《レカ》是何《レカ》非、只可レ随《フ》二後学《ノ》之所レ存《ニ》一。」は、定家が『万葉集』の時代のことについて、これまでも様々に論じられ、また自分も考えるところがあるが、その是非は学ぶ者の所存に従うべきで、自説を殊更に主張するものではない、との意思を述べた部分である。また、定家の書写した貞応二年本『古今集』の奥書には「此の如き用捨は、只其の身の好む所に随ふべく、自他の差別を存すべからず。志の同じき者は、之に随ふべし。」（注28）ともある。自説（家説）がありながら、それを相対的に評価するというあり方は、定家以来の古典解釈の方法であった。（注29）仙覚の態度への批判は、定家歌学を受け継いだ季吟の考え方から来るものなのである。初学者に対する講釈の場にあって、この態度は、むしろ当時としては当然のものであった。その範疇を越えて「志の同じき者は、之に随ふべし。」と言うべき自説のある場合、それは『秘訣』という形で別注されることとなる。『拾穂抄』の読者である万葉初学者に対し、『秘訣』の読者（被伝授者）として想定された者を季吟は「就学の人」と呼んでいるのであるが、これについては第四章で述べる。

かくて季吟は合理的な訓読の方法を根底に置きつつ、万葉歌のより深い解釈を目指し、諸注集成的な要素を残した。その態度は、自説がある場合にもそれのみを主張することなく、それを相対化する定家の古典解釈の態度を踏襲したものであった。定家は季吟にとって、訓読に際しての歌ことばの規範であり、和歌理解の規範であり、古典註釈態度の規範であったのである。

注

（1）野村貴次氏『北村季吟の人と仕事』（新典社　一九七七年）の第二章「仕事」第四節「『万葉拾穂抄』」一「この書物の大略」（三六〇頁）。

（2）書名『万葉集長歌短歌説』は『国書総目録』における統一書名に拠った。引用は続群書類従一六輯下『定家卿長歌短歌説』に拠った。なお、『長短歌説』の定家著作への疑問も提唱されているが（五月女肇志氏『藤原定家論』（笠間書院　二〇一一年）の第一編「万葉摂取論—俊頼から定家へ」第三章「藤原定家『百人一首』自撰歌考」注（9）（五六頁〜五七頁））、本書では『拾穂抄』が定家説と捉えていることを尊重し、定家著作であるという前提に立って検討を進める。

（3）他に、『拾穂抄』頭注に「万時」と記された部分が二箇所（いずれも巻二）あり、本文にイ訓として「万時」訓をあげているところが一箇所（巻一）あるが、いずれも『長短歌説』に該当部分を確認できる。

（4）室町期の歌論書『正徹物語』に、次のような一節がある。

六〇　万時とて万葉の時代を定家の勘《かうが》へられたる物《もの》あり。重宝也。為秀の自筆の本を了俊のくれられしを、人のほしがられし程に出し侍りき。そつ〳〵としたる物《もの》也。（日本古典文学大系65『歌論集　能楽論集』）

正徹が『万時』を、定家が万葉時代の事について言及した書物と考えていたことが知られる。これに従えば、『長短歌説』を当時の人々が『万時』と呼び習わしていたものと考えられる。また、東洋文庫に外題を『長歌短歌古今相違帖』とする木村正辞筆本が存し（請求番号：三Ｆａへ40）、この題簽の右横には正辞筆の『万時』なる後補紙片がある。この本の「万葉集時代事……」の部分に対する正辞による朱書入に「此万時の文拾芥抄に載せたるには少しく異同あり、拾穂抄に引けるは此文と全く同じ……これ季吟も此本をもて正説とし拾芥抄なるは異伝とせるなり」とある。

なお、『長短歌説』の一本に書名を『万治』とする本がある（京都大学附属図書館中院文庫蔵。宝永三年写。請求記号：中院/VI/155）。また、神作研一氏が紹介された『六窓翁蔵書目録』の一五〇番目の項目に「一　万葉集　貞徳筆記　万治」とある（「『六窓翁蔵書目録』―松井幸隆の歌学一斑―」『金城日本語日本文化』第八三号　二〇〇七年三月）。この「万治」がいかなるものであるかは知られないが、これが仮に中院本『万治』の祖本にあたるものを貞徳が書写したものであるとすれば、季吟の見た『長短歌説』がこの本である可能性はあるだろう。

（5）引用は日本歌学大系別巻三『八雲御抄』に拠った。

（6）引用は日本歌学大系第一巻『奥義抄』に拠った。

（7）定家自身が和歌や歌句を書き記したとされる『五代簡要』の、『万葉集』四二四歌相当の箇所には「かくれぬのは《は》つせ《つせのやま》をとめかてにまける」とあり、その他、書入箇所には一〇九五歌「かくらくのはつせのひはら」、一四〇七歌「かくらくのとませの山にかすみたち」、一五九三歌「カクラクノ《コモリエノ》ハツセノ山ハイロツキヌ」、二五一一歌「かくらくのとよはつせちは」がある。定家周辺においても「かくらくの」が優勢であったことが分かる（『五代簡要』の引用は冷泉家時雨亭叢書第三十七巻『五代簡要　定家歌学』（朝日新聞社　一九九六年）に拠った）。なお、「隠口の初瀬」の中世和歌における摂取については平田英夫氏「「こもり江の初瀬」の生成―中世和歌における万葉世界の展開―」（『和歌文学研究』第八〇号　二〇〇〇年六月）に詳しい。

（8）引用は、巻一のみ冷泉家時雨亭叢書第三十九巻『金沢文庫本万葉集巻第十八　中世万葉学』（朝日新聞社　一九九四年）に拠り、巻二以降は京都大学国語国文資料叢書別巻二『仁和寺蔵万葉集註釈』（臨川書店　一九八一年）に拠った。濁点、句読点は私に付した。

（9）引用は新訂増補国史大系第八巻『日本書紀私記　釈日本紀　日本逸史』に拠った。

（10）石川武美記念図書館所蔵『万葉集秘訣』（外題はなく、書名は内題に拠る）を指す。これは『拾穂抄』において詳しく述べず、「口訣」「秘訣」としたものを二十一項目で別注したものである。その内容は史書等の文献を根拠として仙覚を批判しようとするものが多く、訓読を主とする仙覚に対し、文献を用いて歌の内容を理解することを目的としたと考えられる。翻刻にあたっては、濁点、句読点は私に付した。なお、『万葉集秘訣』については本書第四章に詳しく述べる。

(11)　これら十五例はすべて「泊瀬（始瀬、長谷）」に直接かかる例だが、巻十一・二五一一歌は「豊泊瀬道」にかかるものなので、例外を認めたのであろう。ただしこの例も、本文訓は「かくらくの」とするが、イ訓として「こもりくの」を書き添えている。

(12)　冷泉家時雨亭叢書本『五代簡要』は、従来知られていた彰考館文庫所蔵『五代簡要』および志香須賀文庫所蔵『万物部類倭歌抄』の祖本と言われており、この二本が書写された後に定家もしくは定家周辺の人物によって順次書入がされている（冷泉家時雨亭叢書第三十七巻『五代簡要　定家歌学』（注7）の解題によった）。山崎福之氏「「定家本万葉集」攷一―冷泉家本『五代簡要』書入と広瀬本―」（『上代語と表記』おうふう　二〇〇〇年）は、冷泉家時雨亭叢書本と志香須賀文庫本とに共通して見られる書入を書入〔冷志〕、冷泉家時雨亭叢書本によって新たに発見された書入を書入〔冷新〕と称された。本章での表記も以下、これに従う。

(13)　渡邉裕美子氏「『五代簡要』の増補と詠歌―『万葉集』をめぐって―」（早稲田大学国文学会『国文学研究』第一二九集　一九九九年十月）（二六頁）。

(14)　田村柳壱氏「俊成歌論における万葉摂取について」（『語文』第三九輯　一九七四年三月）。

(15)　契沖の『万葉代匠記』（引用は『契沖全集』第一～七巻（岩波書店　一九七三年～一九七五年）に拠り、濁点は私に付した）初稿本もまた当該箇所の訓に関して「後の歌にさす竹はさゝ竹なりと心得て、定家卿も、衣にすれる、さゝ竹の大宮人とよみ給へり。左と須と音通すれば、まことにさすはさゝにても侍るべし。」（枕詞「さす竹の」）、「後々にさゝ竹の大宮人と読るにあはすれば、さすのすとさゝのさと五音通じて、さすはやがてさゝにや。」（当該歌注）としているが、精撰本では「後ノ歌ニサ、竹ノ大宮人トヨメルハ、今ノ耳ニハ聞ヨケレド、古ノ人ハ頭ヲ掉《フラ》ムヤウナツカムヤ、料リガタシ。」（惣釈枕詞下「刺竹」）と見解を変えている。

(16)　定家作歌引用例は他に三首あるが、そのうち訓の採択に利用しているものは、次にあげる巻十一・二三五三歌のみである。

（本文）はつせ《長谷》のや《イはつせの》　ゆつきかした《弓槻下》に　わかかくせるつま《吾隠在妻》　あかねさし《赤根刺》　てれる《所レ光》　月夜に《月夜迩》　人見てんかも《人見点鴨》

一云　ひと《人》見《見》つらんか《豆良牟可》

（頭注）はつせのやゆつきか　此五文字、諸本はつせのと四字に点ず。然ども、定家卿、〳〵初瀬のやゆづきが下に
隠ろへて人にしられぬ秋風ぞ吹とよみ給ふにしたがはゞ、初瀬のやと読べし。弓槻、見安云つきの木也。
愚案弓に造る故弓槻と云。

後世の和歌の引用例は多いが、その多くは内容解釈の助けとするために同趣向の歌をあげるというものである。訓の採択に使用するものもあるが、歌ことばの一例としてあげるというもので、定家歌のように、この歌に従えばこう訓むべきだ、とする主張は他の歌人の歌に関してはしていない。

(17)『長短歌説』に三歌の掲出はない。また、「やすみしりし」訓を指摘しているのは『拾穂抄』では当該箇所のみであるが、それは先にあげた巻一・四五歌の「隠口」の訓読に初出のみ定家訓「かくらく」を本文訓として採用するのと同じ理由と考えられる。

(18)『拾穂抄』の自筆稿本巻一、巻四が西尾市岩瀬文庫に、巻二と巻七残簡が石川武美記念図書館に所蔵されている。なお、自筆稿本は寛永版本等の流布本系統の『万葉集』テキストを底本としていると考えられ、訓採択もこれに近似する。しかし刊本では、惺窩校正本を披見したことにより再度本文校訂を行っている。これについては本書第三章に詳しく論じる。

(19)自筆稿本『拾穂抄』総論「万葉集点和」の項には、次のようにある。

天暦のみかどの御とき、広幡の女御のすゝめ申させ給ひけるによりて、源順、大中臣能宣、清原元輔、坂上望城、紀時文謂之梨壺五人にみことのりして昭陽舎梨壺におゐて和点をくはへしめ給ふ。これを古点といへり。其後、法成寺関白道長公上東門院にまいらせられんとて漢字の外に仮名のうた別にかゝしめ給ふ藤原家経書之。其外に大江佐国《スケクニ》、藤原孝言《タカトキ》、権中納言匡《マサ》房、源国信《サネ》、源師頼、藤原基俊等をの〳〵点をくはへらる。これを次点といへり。又権律師仙覚点をくはふるを新点といふ。

このことから、季吟は現代とほぼ同じ「古点」「次点」「新点」の認識を持っていたことが分かる。しかし、実際の注釈の中では「古点」と「次点」の区別は明確でない。「古点」という場合、その多くは『仙覚抄』からの引用部分で

あり、季吟の言う「古点」は仙覚が「古点」としてあげた訓のことを指すことが多い。そうでない場合も、季吟が自説を述べるにあたって、仙覚以前の点、または古く由緒ある点を「古点」と広く言うようである。

(20) 二条派に関わる尭孝、細川幽斎、そして貞徳もそれぞれ、次のような和歌を詠んでいる。

八すみしるそのかみたかき恵もてやすくや四の国守るらし　（『尭孝法印集』・一一四）

八隅しる君がめぐみをよにうけて残る隈なき春はきにけり　（『衆妙集』・春部・一四六）

咲く花の心までもや八隅しる君ゆたかにて風ふかぬ世は　（『逍遊集』巻第六・雑歌・二八二四）

(21) 『校本万葉集』によると、当該歌は『万葉集』諸本で漢字本文に異同はないが、古葉略類聚鈔が「ミヤニハ」、紀州本、伝冷泉為頼筆本、広瀬本が「ミヤコハ」と訓じている。

(22) 同様のものに巻二・二〇〇歌、二〇一歌、二三二歌の三例がある。他の書物に関してテキストの異なりを推定する例は、『和歌童蒙抄』四例、『類聚万葉』三例、『奥義抄』一例がある。

(23) なお、『校本万葉集』によると、細井本および広瀬本には「チノコノコロハ」とある。「チ」は「ケ」の誤写と思われる。

(24) 例えば『宗祇抄』については、小川靖彦氏『万葉学史の研究』（おうふう　二〇〇七年）の第二部「日本語史・日本文学史のなかの万葉集訓読」第五章「統合される「よみ（訓み・読み）」―宗祇『万葉抄』における万葉集訓読―」（二二四頁～二五〇頁）に詳しい。宗祇が漢字本文を持つテキストを基にしていたとしても、本文と訓との対応はおおよそ緩やかなものであり、その判断基準は意味に大きなズレが生じるかどうかという点であった。

(25) 榎坂浩尚氏「季吟の古典註釈の成立」（『国語国文』第二二巻四号　一九五三年四月）、川村晃生氏「北村季吟の「八代集抄」」（『国文学解釈と鑑賞』第五〇巻一号　一九八五年一月）など。

(26) 西田正宏氏『松永貞徳と門流の学芸の研究』（汲古書院　二〇〇六年）の第一章「松永貞徳の学芸」第二節「貞徳の志向―『歌林樸樕』をめぐって―」（三〇頁～四五頁）。

(27) 引用は日本古典文庫『歌林樸樕』に拠った。

(28) 引用は新日本古典文学大系5『古今和歌集』に拠った。

（29）　この定家の古典注釈の姿勢については、上野順子氏「御子左家歌学の形成―『顕註密勘』攷―」（和歌文学論集10『和歌の伝統と享受』　風間書房　一九九六年）、浅田徹氏「顕註密勘の識語をめぐって」（『和歌文学研究』第七二号　一九九六年六月）、今井明氏「定家の「破題」的詠法と『顕注密勘』」（『香椎潟』第四三号　一九九八年三月）、三木麻子氏「『顕注密勘』と定家の和歌表現」（『王朝文学の本質と変容　韻文編』　和泉書院　二〇〇一年）等に詳しい。宗祇の注釈書『古今和歌集両度聞書』や、同じく連歌論書『老のすさみ』の跋文にこの定家の奥書が引用されており、定家以降、特に二条派歌人らの中で、これは基本的な態度であったと考えられる。『拾穂抄』にもまた「可随所好」の言葉が散見されるが、これについては本書第二章に論じる。

［別表］『拾穂抄』『長短歌説』訓読対照表

〔凡例〕

一、『万葉集』漢字本文は寛永版本に拠り、漢字字体は通行のものに改めた。

一、『長短歌説』は原則として続群書類従本に拠るが、一部、九州大学附属図書館細川文庫所蔵『長歌短歌古今相違事』（所在番号：543／チ／8）と校合した部分がある。

一、『拾穂抄』の頭注部分の項目の初めには◇を付し、頭注のみ濁点を私に付した。

	1	
巻	一	
歌番号	四〇	
『万葉集』漢字本文	鳴呼見乃浦尓　船乗 為良武　㛴嬬等之　珠 裳乃須十二　四宝三 都良武香	
『長短歌説』	をみの浦に　ふなのり すらん　あまとものた まものすそに　しほみ つらんか	
刊本『拾穂抄』訓読	をみ仙あみのうらに　ふ なのりすらん　をとめ らのイニ京極黄門あまとものたまものすそに　しほ みつらんか	
刊本『拾穂抄』頭注（関連記事のみ）	◇鳴呼《ヲ》見《ミ》のうらに　敦隆の類聚万葉、八雲御《ア》抄《ミ》、名寄等、殊には京極黄門、をみのうらと和給ふ。拾遺集にはをふのうら云々。仙点あみ如何。見安にはをみの浦伊勢と云々。中の五文字を京極黄門はあまとものとよみ給ふ。尤可用歟。京より思ひやる心也。	◇やすみしる　八隅知之、古点ヤスミ

2

一

四五

八隅知之 吾大王 高
照 日之皇子 神長柄
神佐備世須登 太敷
為 京乎置而 隠口乃
泊瀬山者 真木立 荒
山道乎 石根 禁樹押
靡 坂鳥乃 朝越座而
玉限 夕去来者 三雪
落 阿騎乃大野尓 旗
須為寸 四能乎押靡
草枕 多日夜取世須
古昔念而

やすみしりし わかお
ほきみの たかくてる
日の皇子 神なから 神
さひせすと ふとしけ
る みやこを、きて か
くらくの はつせの山
は ま木たてる あら山
みちを いはかねの ふ
せきをしなひき 坂鳥
の あさこえまして た
まきはる ゆふさりく
れは みゆきふる あき
のおほのに はたす、
き しのを、しなみ く
さまくら たひやとり
せす むかし思ひて

やすみしる わかおほ
きみの たかくてるイた
かてらす 日のわかみこ
は 神なから 神さひせ
すと ふとしけイしきる
しイ みやこを、きて
かくらイこもりくの は
つせの山は まきたて
る あら山みちを いは
かねの ふせきをしな
ひきイなみ さかとりの
あさこえまして 玉き
はる 夕さりくれは み
ゆきふる あきのおほ
のに はたす、き しの
をゝしなみ くさまく
ら たひやとりせす む
かしおもひて

シル、ヤスミシリシ両説也。定家卿抄にはヤスミシリシと和《ス》。尤可レ然歟。新古今序には京極殿今はやすみしる名をのがれてとあり。八雲御抄、帝王の所にやすみしると有。近代柏玉集にもやすみしるとよませ給ふ。やすみしると歌には可用之か。仙覚由阿等、八隅知之をヤスミシルとよめば之の字和しがたしといへど、之の字よまぬ事例あり。百伝之をも、つたふとよむたぐひおほし。又日本紀には夜《ヤ》輪《ス》瀰《ミ》始《シ》之と有。是も釈には八隅知《ヤスシル》也。言《フ》レ知二四海八埏《ヨ》一也云々。然ば日本紀にてはやすみし、とよむべくとも、此集の八隅知之は古点に任せてやすみしるとか。定家卿の和に随ひてやすみしりしと両義の内を可用之。仙覚由阿等の説一偏にやすみし、とのみ云も如何。（巻一・三歌注）

◇わがおほきみの高くてる　定家卿の点也。仙点たかてらす云々。おほきみ、持統を申歟。高く照日之皇子とは日並《ヒナミ》皇子なるべし。持統のうませ給へる御子にて御威光有しをたつとみてよめる詞なるべし。日並は即草壁皇子也。

◇かくらイこもりくのはつせ　隠口、定

	3	4
	一	一
	四六	四七
	阿騎乃尓　宿旅人　打靡　寐毛宿良自八方　古部念尓	真草苅　荒野者雖有　葉過去　君之形見　跡曽来師
	秋の丶にやとるたひ人　うちなひき　いもねらめやも　むかしおもふに	まくさかる　あらのは　あれと　はすきさる　きみか丶たみの　あとよりそこし
	祇あきの丶に仙あきのにやとる旅人　うちなひき　いもねらめイジやも　いにしへイむかしへおもふに	まくさイみくさかる　あらのはイにはあれと　はすきゆく　きみかかたみの　あとよりそこし
家卿点にはかくらくとよめり。然ども此集十三己母理久《ニコモリク》乃泊瀬《ハツセ》とも書。日本紀雄略天皇紀挙暮利矩能播都制《ニコモリクノハツセ》ともあれば、仙覚由阿等、此隠口もこもりくのはつせとよむべしといへり。但和歌にはこもりくともこもり江ともかくらくともよめり。八雲抄にもかくらくのと有。祇注にも隠江 コモリク コモリ江 両儀也云々。	◇あきの丶にやどる旅人　定家卿秋の丶にと和《シ》給ふ。宗祇本亦如此。仙覚、あきのにとよむべし云々。然ども定家卿宗祇等の説を可用之。いもねらめやも、定家卿の和也。仙本はいもねらじやもと有。義は同歟。……愚案いもねらめやもは猶義明か也。	◇まくさかるあらのはあれど　定家卿和也。見安云、葉過ゆくは比の過たる也。愚案秣かる荒野はかはらであれど比過たり。されど日並のみこの形見のあとなるより軽皇子ゆきやどり給ふと也。仙点は、みくさかるあらのにはあれど丶和して、みくさは薄也。葉は言の葉也。彼日並のみこのふる事に成給ひたれば、葉過ゆくとよめる也。薄かるほどの荒野にはあれど等いへり。然

						不用之。
5	一	五三	藤原之 大宮都加倍 安礼衝哉 処女之友 者 之吉召賀聞	ふちはらの おほみや つかへ あれせはや を とめのともは しよく めすとも	ふちはらの おほみや つかへ あれせん古万時 せはや おとめかイのと もは しきり古よくめす かも万時にはともとあり	◇ふぢはらのおほみやか(ママ)へ あれせん やは我せん也。……愚案乙女友はしき りて召なれば、我もめされて宮づかへ せんと也古点。口決
6	一	八〇	青丹吉 寧楽乃家尓 者 万代尓 吾母将通 忘跡念勿	あをによし ならの宮 こは よろつよに われ もかよはむ わすると おもふな	あをによし ならのい へには定家卿みやこは よ ろつよに われもかよ はん わするとおもふ な	◇あをによしならのいへ 定家卿はな らの都はと和し給ふ。本のかはりめに や。歌の心は、なが歌に千世にてもき ませ大君といふをうけて義はかはる事 なし。
7	二	一九七	明日香川 四我良美 渡之 塞益者 進留水 母 能杼尓賀有万思 一云水乃与杼尓加有益	あすか、は しからみ わたし せかませは な かる、水も のとけか らまし	あすか川 しからみわ たし せかませは なか る、水も のとにかあ らけからまし 一云 水の よとにか あらまし	◇あすか川しがらみ渡し ……愚案定 家卿はのどけからましと和し給ふ。尤 可用之。水も長閑ならんに此皇女はと め難しと也。
8	二	一九八	明日香川 明日谷一云左倍将 見等 念八方一云香毛念 吾 王 御名忘世奴一云不所忘一云御名	あすか、は あすたに みむと おもふやも わ かおほきみの みなわ すれせぬ	あすか川 あすたに一云 さへ見んと おもふイお もへやも一云おもふかも わ かおほ君の み名わす れせぬ一云御名わすられぬ	◇あすか川あすたにみん ……念八《ヲモフヤ》 方《モ》、定家の和可用也。仙思へや不用。
9	二	二〇〇	久堅之 天所知流 君 故尓 日月毛不知 恋 渡鴨	久かたの あめにしほ る、きみゆへに 日月 もしらす こひわたる	久かたの あめにしらる、 定家卿しほる、 君ゆへに 日月もしらす こひわた	◇久かたのあめに知る、 ……愚案定 家卿はあめにしほる、と和給ふ。本の 異か。魂は天に帰する心にや。

				かも	るかも	
10	二	二〇一	埴安乃 池之堤之 隠沼乃 去方乎不知 舎人者迷惑	はにやすの 池のつゝみの かくれぬの ゆくゑもしらす とねりまとひぬ	はにイうへやすの 池の堤の かくれぬの ゆくゑを定もしらす とねりはまとふ	◇はにやすの池の堤　……定家卿はゆくゑもしらずと和し給ふ。本の異にや。
11	二	二〇六	神楽波之 志賀左射礼浪 敷布尓 常丹跡君之 所念有計類	さゝなみの しかさゝらなみ しきしくにつねにときみか おほしたりける	さゝなみの しかさゝれ定ら波 しく〳〵にしきしくに定家卿 つねにときみか おほしたりける	◇さゞなみのしがさゞれ波　しく〳〵にはしきる也。とこ波とて波は常によせしきれば、常にといはん序に上句はいへり。常にと思召たりしに無常の習悲しと也。
12	二	二〇八	秋山之 黄葉乎茂 迷流 妹乎将求 山道不知母一云路不知而	秋山の もみちをしけみ 迷ぬる いもをもとめん 山ちしらすも	秋山の もみちをしけみ まとひぬる いもをもとめん 山路しらすも　一云 みちしらすして	（イ訓関連記事ナシ）
13	二	二〇九	黄葉之 落去奈倍尓 玉梓之 使乎見者 相日所念	もみちはの ちり行なへに たまほこの つかひをみれは あひしもおもほゆ	もみちはの ちりゆくなへに 玉つさの定家卿ほこの つかひを見れは あひし日定もおもほゆ	◇もみぢばのちりゆく　長歌に、紅葉々のちりていゆくと玉づさの使のいへばとの心也。折ふし紅葉のちるからに使も妹が過ゆきしといふを見れば懐旧の情おこると也。逢し日とは妹に相し昔を思ひ出ると也。
14	二	二一一	去年見而之 秋乃月夜者 雖照 相見之妹	こそ見てし 秋の月よは てらせとも あひみしいもは いやとをさ	こそ見てし 秋の月夜は てらせとも あひ見しいもは いやとし定とをさ	◇こぞ見てし秋の月夜は　妹と見し月は又照せども妹は弥年隔て遠ざかりて悲しと也。人丸集、拾遺集等には、秋

			者 弥年放	かる	かる	の月夜は宿れども相みし妹はいや定家同遠ざかると有。
15	二	二一二	衾道乎 引手乃山尓 妹乎置而 山径往者 生跡毛無	ふすまちを ひきての山に いもをゝきて 山ちをゆけは いけりともなし	ふすまちを ひきての山に 妹を置て やまちをゆけは いけりともなし	（イ訓関連記事ナシ）
16	二	二一四	去年見而之 秋月夜 雖度 相見之妹者 益年離	こそ見てし	一云 こそ見てし 秋の月夜は わたれとも あひ見しいもは いやとしさかる	（イ訓関連記事ナシ）
17	二	二一五	衾路 引出山 妹置 山路念迩 生刀毛無	ふすまちを	一云 ふすまちを ひきての山に 妹をゝきて やまちおもふに いけりともなし	（イ訓関連記事ナシ）
18	二	二一六	家来而 吾屋乎見者 玉床之 外向来 妹木枕	家にきて わかやとを見れは たまゆかの ほかにをきける いもかこまくら	いへに来て わか屋を見れは 玉ゆかの ほかにむきをき定家ける 妹かこまくら	◇いへに来てわか屋をみれば ……人丸家集并拾遺集には、家にいきて我屋をみれば玉笹の外にをきけると有定家も。置ける
19	二	二一八	楽浪之 志我津子等 何一云 志我津之子我 罷道之 川瀬道 見者不怜毛	さゝなみの しかつのこらか まかりちの 川せのみちを 見れはかなしも	さゝなみの しかつのこらか一云志《シ》我《ガ》乃《ノ》津《ツ》之《ノ》子《コ》我《カ》ゆくみち定家まかりちの 川瀬のみちを 見れはさひしも定家卿はまかりちの河せのみちを見れはかなしもと和ヌ	◇さゞなみのしがつの ……拾遺集には、しがのてこらがまかりにし河瀬のみちを見ればかなしもと有万時の。和近

20	二	二一九	天数 凡津子之 相日 於保尓見敷者 今叙悔	あまつかす おふしつこしの あひし日を おほに見しかは いまそくやしき	あまかそふ をふしつのこか あひし日を おほに見しかは いまそくやしき	◇あまかぞふをふしづのこ ……愚案仙説は天にさそふといひて、うせたる事をいふなるべし。但、師説は此をふしづのこにあひし日をかぞへみるに、おほよそにのみ見し事の今悔きと也。第三句に懸し五文字也。をふしづのこは采女を云也。長歌にほのに見し事悔きをと同心也。おほにはおほよそになり。万時にはあまつかす卅三天の心にや。
21	二	二三一	高円之 野辺秋芽子 徒 開香将散 見人無尓	たかまとの 野への秋はき いたつらに さきかちるらん 見る人なしに	たかまとの のへの秋萩 いたつらに さきかちるらん 見る人なしに	（イ訓関連記事ナシ）
22	二	二三二	御笠山 野辺往道者 己伎大雲 繁荒有可 久尓有勿国	みかさ山 のへゆくみちは こきたくも あれにけるかも ひさにあらなくに	みかさ山 のへゆく道は こきたくも しけくあれたるか ひさにあらなくに	◇みかさ山のべゆく道は ……定家卿下句をあれにけるかもと和し給ふ。本のかはりたるにや。
23	四	四八五	神代従 生継来者 人多 国尓波満而 味村乃 去来者行跡 吾恋流 君尓之不有者 昼波日乃 久流留麻弖 夜者夜之 明流寸食 念乍 寐宿難尓登 阿	神代より うみつきたれは 人おほく くにゝはみえ《ち賊》て あちむらの さりきはゆけと わかこふる 君にしあらす ひるは日の くるゝまて よは夜の あくるき	かみよゝり あれ定家う みつぎくれたれは 人さはにイおほく 国にはみちて あちむらの さはきイいさとはゆけと わかこふる 君にしあらねは ひるは日の くるゝまて よイよるは夜の あくる	◇あちむらのさはきは 定家卿如此也。イいざとは、仙曰、味村は鳥也。いざとはゆけどゝは鳥のたつ羽音ざときこゆれば云。又村鳥の習ひ、一つも立初れば皆さそはれたてば、いざとはゆけどゝよそへよめる也。愚案味村のとはさはぎはゆけどゝ、いはん枕詞也。

番号	巻	歌番号	本文	訓	訓	注
			可思通良久茂　長此夜乎	け　思つゝ　ねなくにと　あかしつらくも　なかきこのよを	きはみ　おもひつゝ　いもねがてにと　あかしつらくも　なかきこの夜を	人おほく国にみちてさはぎはゆけど、我思ふ君ならねば終日終夜思ひつゝ明しつると也。……
24	四	四八六	山羽尓　味村騒　去奈礼騰　吾者左夫思恵　君二四不在者	山のはに　あちむらさはき　いぬなれと　我は　さむしゑ　きみにしあらねは	やまのはに　あちむらこまは　すくさるなれと 袖中仙むらさはき　ゆくなれと　われはさむしゑ ふしみ　君にしあらねは	◇やまのはにあぢむらこまは　古来風体如此。祇本亦同。祇曰あぢむらこまとは白駒《ハック》、駒影《クエイ》などいひて隙ゆく駒などのごとし。山の端に日影のさる心をいへり。又あぢむらさはぎゆけども我はさびしもともよめりともいへり祇註是迄。袖中抄にはあぢ村さはぎと有仙本同。顕昭云、あぢ村さはぎゆけど君にてなければさびしと云也云々。然共両流不用之。
25	四	四八七	淡海路乃　鳥籠之山有　不知哉川　気乃己呂其侶波　恋乍裳将有	あふみちの　とこの山なる　いさや河　けふこのころは　こひてしもあらん	あふみちの　とこの山なる　いさやかは 古来 けのころころは定家卿万時けふこのころは類聚同　こひつゝもあらん	◇あふみぢのとこの山なる　とこの山いさや川、淡海《アフミ》の名所也。此下句気乃己呂其侶を、類聚万葉幷定家卿、けふ此ころは恋つゝもあらんと和せり。たとひけのころ〳〵とよむとも、心はけふ此比はといふなるべし。けのはけふのといふを中略の詞也。ころは、のころと五音通。……下句は、かくてけふ此比は恋つゝもあるべきを、さて行末はいかゞせんとふくめたる也。……
			名寸隅乃　船瀬従所	なきすみの　ふなせにみゆる　あはちしま　松	なきすみの　ふなせにみゆる　あはちしま　まつ	

26	六	九三五	見　淡路島　松帆乃浦尓　朝名芸尓　玉藻苅管　暮菜寸二　藻塩焼乍　海未通女　有跡者雖聞　見尓将去　余四能無者　大夫之　情者梨荷　手弱女乃　念多和美手　徘徊　吾者衣恋流　船梶雄名三	帆の浦に　あさなきに　玉もかりつゝ　ゆふなきに　もしほやきつゝ　あまをとめ　ありとはきけと　みにゆかん　よしのなからは　ますらおの　心はなしに　たをやめの　思たゆみて　やすらはん　われはきぬ　こふる　ふなかちをなみ	ほの浦に　あさなきに　玉もかりつゝ　ゆふなきに　もしほやきつゝ　あまおとめ　ありとはきけと　見にゆかん　よしのなけれ定なからは　ますらおの　こゝろはなしに　たはやイをやめの　おもひたはみて　たちとまり定家やすらはん　われはそ恋る　ふなかちをなみ	（イ訓関連記事ナシ）
27	六	九三六	玉藻苅　海未通女等見尓将去　船梶毛欲得　浪高友	たまもかる　あまをとめらか　見にゆかん　舟のかちもか　浪たかくとも	玉もかる　あまおとめらを　見にゆかん　ふなかちもかなふねのかちもか　波たかくとも	◇たまもかるあまおとめら　是も長歌と同意也。第四句、俊成卿はふなかぢもかな、定家卿はふねのかちもかと和《ス》。
28	六	九三七	往回　雖見将飽八　名寸隅乃　船瀬之浜尓四寸流思良名美	ゆきかへり　みれとあかんか　なきすみの　ふなせのはまに　しきるしらなみ	ゆきかへり　見れとイみともあかんや　なきすみの　ふなせのはまにしきるしらなみ	◇ゆきかへり見れどあかんや　定家卿の和也。仙点は見ともあかめやと和《ス》。或は見るともあかめや也。
29	六	一〇一九	石上　振乃尊者　弱女乃　惑尓縁而　馬自物縄取附　肉自物　弓笶囲而　王　命恐　天離	いその神　ふるのみことは　たをやめの　まとひによりて　むまよりも　縄とりつけて　しゝよりも　弓矢かくみて　おほきみの　みことか	いそのかみ　ふるのみことは　たはを定やめの　まとひによりて　むましものよりも　なはとりつけて　しゝし物よりも　ゆみやかこみかくみて　お	◇馬し物　馬は縄付る物なれば諷詞によめり。乙丸の流され給ふいましめのさま也。定家卿は馬よりもと和し給ふ。◇しゝし物弓矢かこみて　鹿は弓矢にてかこみ狩を諷詞に置也。定家卿はしゝよりも云々。

			夷部尓退 古衣 又打山従 還来奴香聞	しこみ あまさかる ひなへにまかり ふるころも またうち山に かへりこぬかも	ほきみの みことかしこみ あまさかる ひなへにまかり ふるころも まつち《またうち》山より かへりこぬかも	◇ふる衣まつち山　仙曰、まつちといふは又うちと云にかよへば諷詞に古衣とをける也。愚案定家卿はまたうち山と和し給ふ。八雲御抄、まつち山紀伊云々。土佐の道路か。
30	六	一〇二〇	王 命恐見 刺並之 国尓出座耶 吾背乃 公矣	おほきみの みことかしこみ さしならへ 国にいてますや わせこの おほやけことにか	おほきみの みことかしこみ さしなみし定家卿さしならへ 国にいてますイいますすや わかせのきみを	◇おほきみのみこと　……定家卿、此歌次の長うたと一首によみつゞけ給ふ故、　和訓も異也。執学の人のため別註《ス》。
31	六	一〇二一	繁巻裳 湯湯石恐石 住吉乃 荒人神 船舳 尓牛吐賜 付賜将 島之埼前 依賜将 礒乃埼前 荒浪 風尓不 令遇 草管見 身疾不 有急 令変賜根 本 国部尓	けまくも ゆゝしかしこし 住吉の あら人神の 舟のへに 牛吐たまひ つけたまひ ゐしまのさきに よりたまひ ゐいそのさきに あらきなみ 風にあはせす くさつゝみ 病あらせす すみやかに 帰へらしめたまへ 根本国部《ネモトノクニヘ》に	かけまくも ゆゝしかしこし すみの江の あら人かみの ふなのへに うしはき給ひ つけ給はん しまのさき〳〵 より給はん いそのさき〳〵 あらなみの風にあはせす 草つゝみ やまひあらせす すみやかに かへし給はね もとの国へに	◇かけまくもゆゝしかしこし　新点は是より一首也。住吉を懸て祈る恐を云也。定家卿前後一首に和給《シ》心面白けれど、先しばらく新点にて注《ス》。
32	六	一〇二二	父公尓 吾者真名子 叙 妣刀自尓 吾者愛 児叙 参昇 八十氏人	ちゝ君に 我は眼《真名子》そ 妣《ハヽ》刀自《トジ》に 我はし《愛》をこそ まうのほり やそ氏人の たむけすと かしま	ちゝきみに われはまなこそ はゝとしに われはまなしほこそ まうのほりさしのほり やそ	（イ訓関連記事ナシ）

			乃 手向為等 恐乃坂尓 弊奉 吾者 叙追遠杵土左道矣	のさかに ぬさまつり我をそをへる とをき土左地に	うち人の たむけすとかしこの坂に ぬさまつり 吾はそをへる とをきとさちを（に定家卿）	
33	六	一〇四七	……春尓之成者 春日山 御笠之野辺尓 桜花 木晩穻 貌鳥者 間無数鳴 露霜乃 秋去来者 射鉤山 飛火賀塊丹 芽乃枝乎 石辛見散之 狭男牡鹿者 妻呼令動……	はるさりくれは かすか山 みかさの、へに 桜はな このくれされに かほとりの まなくしはなく つゆしもの 秋さりくれは 伊こま山 とふひかくれには きのえを しからみちらし さをしかは つまよひとよめ	……春になれは かすかやま みかさののへに さくらはな このくれかくれ（されに） かほとりは（の） まなくしはなく 露霜の 秋さりくれは いこまやま とふひかくれに 萩のえを しからみちらし さをしかは つまよひとよみ（定め）……	◇かげろふの春にし（定春されくれば）　蜻蛉は春天に遊ぶ物なれば春の枕詞にをく也。 ◇このくれかくれ（定このくれされに）　木くらき所也。
34	十九	四一五六	……流辟田乃 河瀬尓 年魚児狭走 島津鳥……	なかるさきたの 河のせに あゆこさはしる しまつとり	……流るさき田の 河の瀬に あゆこさはしり しまつとり……	（イ訓関連記事ナシ）

第二章　『万葉拾穂抄』における「可随所好」について

はじめに

『万葉拾穂抄』（以下、『拾穂抄』）は、北村季吟の他の注釈書類と同様に巻頭に総論が置かれ、『万葉集』についての総記、研究史および『拾穂抄』執筆に対する態度等が書かれている。その中に、『万葉集長歌短歌説』（以下、『長短歌説』）からの引用部分がある。

京極中納言定家卿万時曰、万葉集時代事古来賢者《ノ》猶遺《ス》レ疑《ヲ》。近代《ノ》好士重《テ》相論《シテ》頻《ニ》作《リ》二勘文一、互《タカヒニ》為二己《カ》理《ト》一。末愚倩《ツラ〳〵》見《テ》二本集《ヲ》一、有《リ》レ所二斟酌《スル》一。何《レカ》是何《レカ》非、只可レ随《フ》二後学《ノ》之所レ存一。云《ニ》レ人《ヒ》云《トテ》レ我《ト》全《ク》不レ称二自説《ノ》之有一レ謂《ヒ》。

これは定家が『万葉集』の時代のことについて、これまでも様々に論じられ、また自分も考えるところがあるが、その是非は学ぶ者自身の見解に従うべきで、自説を殊更に主張するものではない、との意思を述べた部分である。

定家の古典注釈態度の後世への影響力については前章にも述べたが、本章で論ずる内容とも関わるため、今一度確認しておきたい。定家の書写した『古今集』のうち、二条家の証本となった貞応二年本の奥書には、次のように書かれている。

近代の僻案の好士、書生の失錯を以ちて、有識の秘事と称す。道の魔性と謂ひつべく、之を用ゐるべからず。

　但し此の如き用捨は、只其の身の好む所に随ふべく、自他の差別を存すべからず。志の同じき者は、之に随ふべし。（注1）

ここには、先に季吟による引用をあげた『長短歌説』と同様の見解が述べられているが、後世への影響力の面から考えると、こちらのほうがより大きいだろう。例えば、宗祇による注釈書『古今和歌集両度聞書』（以下、『両度聞書』）には、奥書にも次のような注釈が付されている。

　但、如此用捨只可随其身之所好。不可存自他差別

　　とは、和之道也。此集の大意なれば也。

　志同者可随之

　　とは、他人此志おなじくはこれにしたがへといへる也。（注2）

宗祇はまた、連歌論書である『老のすさみ』の跋文（注3）でも次のように述べる。

　詮とする所、此道は、心ざしを手にかけ、足に実地をふむで、きざはし登るごとく稽古すべき物なり。定家卿古今のおく書に、但、如レ此用捨可レ随二其身所存一、不レ可レ存二自他之差別一、志同者可レ随レ之云々。甚恐ありといへども、此一帖も以二彼奥書一為レ心而已。

宗祇も定家の貞応二年本『古今集』奥書のもつ意義を重要視していたことがうかがえる。さらに、『両度聞書』八〇三歌注には、次のようにある。

　御注（東常縁の以前の注釈：筆者注）には、いねてふ事もは、ゆけなどいふ心と侍り。只今の聴聞（東常縁の現在の解釈：筆者注）、いなといふ事もかけなくにと也。いやといふ事もいはぬにといふ義也。心はいづれもあらは也。されど、人をいねといふも、いやといいはぬにといふは歌ざままさるにや。人の所好によるべし。

解釈は学ぶ者自身の見解や好みに随ってよいのだという姿勢は、二条派歌人らの古典注釈において基本的な態度

であったことが知られる。二条派歌学の流れを引く貞徳を師とする季吟も当然、貞応二年本『古今集』および宗祇の『両度聞書』などを見ていたはずであり、季吟もまたその伝統の中に身を置く者として、この態度を尊重したのに相違ない。

『拾穂抄』の注釈部分には、「可随所好」等の言葉が二十四箇所存する。すでに述べたように、『拾穂抄』の総論には『長短歌説』が引用されており、この態度が定家の言葉を受けたものであることは明白である。しかし、定家の言う「只可レ随フ二後学ノ之所レ存ニ一」「只其の身の好む所に随ふべく」の示す意味と、季吟の用いる「可随所好」の示す意味とを同質のものと判断してよいのだろうか。(注4)

浅田徹氏(注5)によると、定家はある時期に『古今集』の六条家証本や、顕注（顕昭の『古今秘注抄』）を披見し、それをきっかけとして、俊成から相伝した家本が伝貫之筆本（新院御本）の正統な転写本であることの信憑性を疑うようになり、また、家の『古今集』解釈が相対的なものでしかないことを認識するに至った。そこで定家は家本の来歴による権威付けを捨て、俊成から「家説」を相伝していることによって自らの正当性を主張することになったという。ところがその場合、他家の「家説」相伝者も同様の主張ができることになる。そこで、「「家」同士の垣根を越えて攻撃し合うべきではない」という姿勢を選び取ることになったというのである。

一方、季吟にも尊重すべき二条派歌学のあり方や、『拾穂抄』執筆の動機となった先師・松永貞徳の説はあった。しかし当時、『古今集』等に比べて研究の遅れていた『万葉集』には古今伝授のごとき家々の秘説があるわけではなく、「可随所好」と言ってまで配慮するべき他家が存したわけでもなかった。

では、『拾穂抄』に多用される「可随所好」等の言葉は、定家の見出だしたこの姿勢をどのように受け継ぎ、あるいはどのような質的相違を有しているのであろうか。本章では、季吟の用いた「可随所好」等の言葉を検討し、『拾穂抄』という書物の持つ性格について小考を加えることを試みる。

一、『拾穂抄』における「可随所好」

『拾穂抄』の注釈部分に存する「可随所好」等の言葉二十四箇所のうち、自説や「師説」（貞徳の説）を含まず、複数の先行説を問題としているものは十六箇所、うち仙覚の説と他説を比較する際に用いている例は八箇所である。定家説を提示する時には一度もこの「可随所好」等の言葉を用いておらず、定家説に対しては特別の尊重の意図があったものと考えられる。他、先行説と「師説」との比較に四箇所、先行説と自説との比較に四箇所あるが、自説と見られる四箇所のうち二箇所は、それが自説であることを明示しておらず、『拾穂抄』に引用元が記されていないことと現存する他文献にその説が存しないことを以て季吟の自説であると推測されるまでである。以下、実例をあげて考察する。

（例1）

（本文）さね《核》かつら《葛》　のち《後》にイのちもあは《相》んと　ゆめ《夢》にのみ《耳》　うけ《受》ひ《日》わたれ《度》とイうけひそわたる　とし《年》へ《経》につゝ《乍》

（頭注）さねかづらのちもあはん　さねかづらは枝はひわかれて末に行あふ事有を、後に逢んといはん諷詞にをけり。歌心は、思ひねなどの夢にのみは今こそあらめ、後にはあはんと誓《チカ》ふと見れど、只年はへつゝあはずと歎く心也。是類聚の和古点なるべし。新点には、後もあはんと夢にのみうけひぞわたると和す。一たびの後も逢んと夢中にのみちかひわたりて年へつゝ、現にはあはずと歎く心也可随所好。

（巻十一・二四七九）

『拾穂抄』は本文訓に『類聚万葉』の採る「古点」である「のちにあはんと」「うけひわたれど」を採択し、イ訓として仙覚訓「のちもあはんと」「うけひぞわたる」を書き添える体裁をとる（注6）。そして頭注において古点、新点それぞれを採った場合の解釈を試みている。前者を採る場合、その解釈は、思い寝などの夢にのみ逢うのは今だけだ、後にはきっと直接逢おうと誓うが、年を経て今なお逢えないと歎くのであり、未だ逢瀬を果たさない状態で詠んだ歌となる。一方、後者によると、一度の逢瀬の後もずっと逢おうと夢の中で誓い続けて年を経て、現実には逢わないままであることを歎く歌となり、一度の逢瀬を果たした後の歌であることが明確になる。『拾穂抄』は古点、新点それぞれの差異を認識した上で「可随所好」と判断している。古点を本文訓としていることから、『拾穂抄』の見解としては古点を重視しようとしていると見ることはできるが、それを明示しないままに、解釈を異にするもう一種の訓読を許容し、頭注にはいずれの場合の解釈も掲げている。

（例2）

（本文）かくはかり《如此計》　恋つゝあらすは《恋乍不有者》　高山の《高山之》　いはねしまきて《磐根四巻手》　しなまし物を《死奈麻死物乎》　（巻二・八六）

（頭注）かくばかりこひつゝ　祇曰、此歌第二句恋つゝあらずはとは、恋つゝあらんずるにはといふ詞也。仙曰、恋つゝあらずはとは、こひつゝあられずはなどいふ詞なり。愚案両義何も捨がたきにや。……祇仙二義、可レ依レ歌歟。

（本文）すみの江の《住吉乃》《すみよしのイ》　つもりあびきの《津守網引之》　うけのをの《浮笑緒乃》　うかひ《得干》《イかみ》かゆかん《蚊将レ去》　こひつゝあらすは《恋管不レ有者》

（巻十一・二六四六）

（頭注）すみの江の津もり　祇曰、上は序の詞也。如レ常。うかびかゆかんとは、かゝる恋をせずは浮ぶ事もあるべき物をと也。愚案つもりあびきは津守の網引也。恋つゝあられずは浮れ行かせんと師説也。両説可随所好歟。

当該二首は、「こひつゝあらずは」と訓読されるべき箇所の解釈が問題となっている。巻二・八六歌の『拾穂抄』所引宗祇説は「恋つゝあらんずるには」と解釈し、一方、巻十一・二六四六歌の『拾穂抄』所引宗祇説においては「かゝる恋をせずは（浮ぶ事もあるべき物を）」としており、解釈が齟齬する。なぜ同一の表現においてこのようなことが起こるのだろうか。

平安期以降の勅撰集における「ずは」は、次のように多く見られる。

① かりこもの思ひみだれて我こふといもしるらめや人しつげずは　（『古今集』巻第十一・恋歌一・四八五）
② いそのかみふるのなか道なかなかに見ずはこひしと思はましやは　（『古今集』巻第十四・恋歌四・六七九）
③ もしもやとあひ見む事をたのまずはかくふるほどにまづぞけなまし　（『後撰集』巻第十二・恋四・八二一）
④ 君こずはひとりやねなむささのはのみ山もそよにさやぐ霜よを　（『新古今集』巻第六・冬歌・六一六）

この四例のうち、①と④はそれぞれ、現在から近未来かけて「人しつげず」、「君こず」という状態が続いた場合を仮定し、その結果、「我こふといもしるらめや」（「我こふ」と妹は知らないままである）、「ひとりやねなむ」の状態が導かれるだろうと予測するものである。②と③はそれぞれ、過去から現在にかけて仮に「見ず」、「あひ見む事をたのまず」という状態にあったならば、と現実に反することを仮定し、その結果、主体が「こひしと思はましやは」（「こひし」とは思わなかった）、「まづぞけなまし」という状態になったことだろうと推測するものである。いずれも「もし〜なかったならば」という反実仮想あるいは仮定条件節を作る。

『拾穂抄』二六四六歌に引用された宗祇説は、平安期以降のこのような例に則った解釈である。すなわち、「かゝる恋をせずば浮ぶ事もあるべき物を」とは、「（過去から現在にかけて）もしこのような恋をしなかったならば」と現実に反する状態を仮定し、その結果、「浮かぶ、つまり報いられることもあるはずなのに」と理想的な状態を推測し、現実はそれに反して「こんな恋をしたばかりに報いられない辛さに耐えなければならない」状態にあることを言外に匂わす表現となる。対して八六歌は、この意では解釈できない。そこで宗祇は「こひつゝ、あらずは」の「ず」を推量の助動詞「んず」に通じるものと考え、「恋つゝ、あらんずるには」という解釈を提示した。すなわち「（現在から近未来にかけて）もし仮に恋し続けるような時には」と恋の続いた状態を仮定し、その場合には「死なまし」（死んでしまったほうがよい）というべき辛い状態になるだろうと予測する。「ず」を「んず」の意と捉えることによって、本来あるべきと宗祇の考える、平安朝的解釈通りの仮定の意を残したということになろう。

一方、『拾穂抄』八六歌頭注に引用された仙覚説は「こひつゝあられずは」の意とする。仙覚『万葉集註釈』[注7]（以下、『仙覚抄』）の当該項目には、「此詞第二句、恋乍不有者トイフハ、コヒツヽ、アラレズハナドイフコトバ也。此類多、以可出来。下皆放（ママ）之。[注8]」とあり、仙覚は同一歌句について、歌ごとに別の意に解することを認めていない。八六歌を仙覚説によって解釈すると、「かくばかり恋ひつつ」という状態で、「在」る――すなわち、このまま心身とも健康に生存する――ということが不可能であるならば、と言い、現在から近未来にかけて同じ状態が続く場合に、自らがその状態に耐えられないことを想定する意となる。[注9]この二句を受けて、下句では「死なまし」、すなわち「いっそ自ら命を絶ったほうがよい」と結ぶのである。仙覚説は、仮定の意に解しながら、他の同一歌句の解釈に齟齬を来さない解釈であると言えるだろう。二六四六歌の『拾穂抄』所引「師説」には「恋つゝあられずは浮れ行かせん」とあり、仙覚説を踏襲したものと見られる。

『拾穂抄』は八六歌頭注において「両義何も捨がたきにや」とし、二六四六歌頭注では「両説可随所好歟」として、いずれも自説を表明していない。また、八六歌頭注の「可レ依レ歌歟」の言葉からは、同一の表現であってもそれぞれの文脈において意をとるべきであるとの考え方がうかがわれる。仙覚のように同一歌句については常に同一の解釈でなくてはならないとは考えていない。（例1）（例2）に共通する『拾穂抄』の方法としては、自説を表明せず、複数の先行説をあげた上で、読者である各人に最終的な判断を委ねようとしていると言えよう。

二、定家の用いた「可随所好」

前節で述べた『拾穂抄』の著述態度は、その方法の基盤となった定家のそれをどのように受け継ぎ、あるいはどのような質的相違を有しているのであろうか。『顕注密勘抄』による定家の古典注釈態度の研究は、浅田徹、上野順子両氏（前掲）に既に詳しいが、ここで『顕注密勘抄』の一例を引用し（注10）、定家の古点注釈態度の具体相を確認しておきたい。

いざゝくら我もちりなむいとさかりありなば人にうきめみえなむ（七七）

［顕注］いとさかりとは、いとは最也。さかりは盛也。普通にはひとさかりとある、両証本にいとさかりと侍れば、其本につくべし。

［密勘］最さかりの事、此歌のひ文字の傍にいの字をつけたる本多侍めり。いづこの貴所証本ありとも、短才愚意には一向にもちゐるべからず。……最盛におきては、いかなる証本ありとも、短慮に用侍べからず。但、何事も人のこのみおもはむにしたがふべし。子孫門弟も此説のげにもと覚えてつかむ人は、又もゝちゐ給べし。今はかく云出づる説になれば、たがひにそねみふせぐべからず。

［密勘］部分では、顕昭の用いた証本の説「いとさかり」ではなく、「ひとさかり」説を是とし、さらに顕昭の説に対しては「いづこの貴所証本ありとも、短才愚意には一向にもちゐるべからず。」「いかなる証本ありとも、短慮に用侍べからず。」と痛烈に批判する。定家は自説（家説）と他説の相違を明示し、採るべき説を明確に示しているのである。しかし一方で、「子孫門弟も此説のげにもと覚えてつかむ人は、又もゝちゐ給べし。今はかく云出づる説になれば、たがひにそねみふせぐべからず。」と述べているのであり、ここに定家の「一家」同士の垣根を越え

て攻撃し合うべきではない」との考えが明確に表れていると言える。定家の古典注釈態度は「家」という意識に裏打ちされたものであり、その枠の中で自説（家説）と他説を明確にし、相対化するのである。

『顕注密勘抄』にはこれに準ずる表現が六例見られるが、当該本は定家が［顕注］（六条家説）と家説（御子左家説）とを対置し、特に「証本」の相違による本文の問題について提示したものであるので、家の違いへの配慮が見られるのは当然のことと言うべきかもしれない。そこでもう一例、解釈の問題に関して用いた例を『僻案抄』からあげておきたい。(注11)

わが門にいなおほせどりのなくなべにけさふくかぜにかりはきにけり（二〇八）

此鳥、さま〴〵に、清輔朝臣等の人〴〵説々をかきて、事きらざるべし。この雁はきにけりといふに、此鳥かりといふ説は、あるべからず。時の景気、秋風すゞしくなり行ころ、庭たゝき、なれきたりて、おとろへゆく秋草の中におりゐて、色もこゑもめづらしきころ、はつかりのそらにきこゆる、当時ある事なれば、つねの人の門庭などになれこぬ鳥を、とほくもとめいださで、めのまへにみゆる事につくべしと思給也。

後年に追注付。

ある好士、安芸国にまかれりけるに、宿所よりたちいでたりけるに、にはたゝきのおりゐてなきけるを、女のありけるがみて、いなおほせどりよといひけるをきゝて、などこの鳥を、いなおほせ鳥とはいふぞと問ければ、このとりきたりなく時、田より稲をおひて家々にはこびおけば申也といひけり。……一州一村にも、当時かく申さむにとりては、ひとへにおしていはむよりは、もちゐるべし。但、可㆑随㆓人々所㆒㆑好。

「いなおほせどり」の正体については、以後、古今伝授の大事となる「三鳥伝」として様々に論じられることになる。『僻案抄』では雁であるとする説を非難し、「にはたゝき」とする説を採り、その証拠となる説話を載せている。定家の採るべきと考える説は明確に示されるが、その上で最後に「可レ随二人々所レ好」と述べて説の相対化を図っている。

晩年の定家は、複数の著作に亘ってこの術語を用いている。その時、常に自分の採るべき説を明示した上で、なおそれが絶対的なものではないことを書き添える。これは、『拾穂抄』が自説を主張することなく複数の先行説を提示し、それら先行説を対象として「可随所好」と述べるのとは、根本的に異なった性質を持つものと言える。

三、『拾穂抄』における「可随所好」の意味

ここで、『拾穂抄』に論を戻したい。自説を多くは述べない『拾穂抄』における「可随所好」には、どのような意味があるのであろうか。『拾穂抄』における個々の注釈をあげて検討する。

（例3）

（本文）たまちばふ《霊治波布》　神をもわれは《神毛吾者》　うちすてき《打棄乞》　しえやいのちの《四恵也寿之》　おしけくもなし《恡無》

（頭注）たまちばふ神をも我は　童蒙抄云、たまちばふとは、あらたに霊のあらはれて光り飛といふなるべし。しえやはよしやと云也云々。袖中抄云、たまちばふ神とは、たまはたましゐ也、ちばふはたばふといふ歟。たばふはたまふ也。たましゐを給ふ神と云也。其神をもうち捨て命おしからずとよめる歟。ちとたと同五音なり。愚案範兼卿、顕昭法師、いづれも先達の説、両説可レ随二所好ニにや。見安云、たまちばふは、たましゐをちらす心也云々。是童蒙抄の説に随ふなるべし。仙覚は、神道は物を見そなはす事みち早くおはしませば、たましゐ道早き神をも我はうち捨つとよめる也云々。此説は範顕の両説をも見ず、私の義を立たるにや、不レ足《タラ》レ用《ルニ》歟。

（巻十一・二六六一）

『拾穂抄』は初句「霊治波布」の語義について、『和歌童蒙抄』を引用して「あらたに霊のあらはれて光り飛というふなるべし。」と言い、また『袖中抄』を引用して「たましゐを給ふ神と云也。」と言う。この両説について「範兼卿、顕昭法師、いづれも先達の説、両説可レ随ニ所好ニや。」と述べており、「先達の説」であるから用いてよいのだとする『拾穂抄』の態度が見てとれる。一方、「たましゐ道早き神」と解する仙覚説に対しては「此説は範顕の両説をも見ず、私の義を立たるにや、不レ足《タラ》レ用ルニ歟。」と痛烈に批判する。ここには「先達の説」を見ずに独断に陥ることを嫌う『拾穂抄』の姿勢が見てとれる。季吟にとって「先達の説」は保存されなければならないものなのであり、それが複数ある場合にはすべてがその対象となる。その際に用いた術語が、定家から受け継いだ「可随所好」の言葉であった。季吟は『拾穂抄』を執筆するにあたって、必ずしも合理的に一説を選び取り、それを自説として持つことを考えなかったのである。

（例4）

（本文）てもすま《手寸十名》イたきそなに《相》　うへしも《植之名》イなしるく《知久》　出みれは《出見者》　やとのわさ《屋前之早》仙はやはき《芽子》　さきにけるかも《咲尓家類香聞》

（頭注）てもすまにうへしも　範兼童蒙抄此歌注云、手もすまにとは手もやすまずといふ也。又わさ萩といへり。仙覚抄云、此歌第一二句ノ古点には、てもすまにうへしもしるくと点せり。聊あひかなはず。今和しかへて云、たきそなへうへしなしるく也。てもすまといふ古語はあれども、この発句しかはよまれず。たきそなへとは、たきはあぐる儀也。あげそなへといふ詞也。草木はうふる時に深くうへたるはあしき也云々。愚案此集の詞古語によりて文字をもよみて、莫囂円隣《ユフヅキ》、新何本仙点《アハナン》、楽々浪《サヽナミ》、若末長《ワカタチ》の類、あながち其文字にかゝはらぬ事おほし。且又異本の文字のかはりたる事も知がたし。いはんや範兼卿などの古人も改ざる古点ををして、たきそなへなど私の点をくはふるのみにあらず、たきはあぐる儀也など臆説《ヲクセツ》をなす事、憚あるべき事なるべし。然ども仙覚も此集におゐては先達なれば、其説をも書そへをき侍り。後人の好む所に随ふべし。

（巻十・二二一三）

当該歌初句「手寸十名相」に対し、本文訓には「てもすまに」を用い、頭注に『和歌童蒙抄』を引用してその語義を「手もやすまず」の意と解した。イ訓として仙覚訓「たきそなへ」をあげるが、頭注には仙覚の説を「臆説」と言い、先の例と同じく「先達の説」をないがしろにするその態度を痛烈に批判する。しかし一方で、「仙覚も此集におゐては先達なれば、其説をも書そへをき侍り。」とも言う。『拾穂抄』においては批判の対象となる仙覚の説もまた「先達の説」なのである。『拾穂抄』執筆に臨んだ季吟にとって「可随所好」等の術語は、定家の意図したような「家」の意識に裏打ちされた自説（家説）の相対化とは異なり、「先達の説」を、たとえ自分にとって首肯しがたい説であっても次代に伝え残すことの必要性を意識したものであったと考えられる。

ところで、同じ先行説の複数並記と言っても、（例1）（例2）の場合と当該箇所とでは、その姿勢が全く異なる。（例1）（例2）においては、『拾穂抄』はいずれも仙覚説に対して好意的であり、（例1）では進んで仙覚説による歌の解釈を試みているし、（例2）においても「捨がたき」説であると述べている。この二例からは、仙覚の説を積極的に理解しようとする姿勢が見られる。一方、当該箇所では「後人の好む所に随ふべし」とは言うものの、『拾穂抄』が仙覚に批判的であることは一目瞭然である。この姿勢はむしろ、顕昭等六条家の説を批判しつつ、「只其の身の好む所に随ふべく」等と述べる定家の態度に近いものがある。季吟は定家を祖とする二条派歌人ではあるが、仙覚は定家にとっての六条家のような対立する「家」という存在ではありえない。では、なぜ『拾穂抄』はこのように仙覚の説を痛烈に批判しながらも次代に伝え残すべき説として位置づけるという、一見矛盾とも思える態度をとることになったのだろうか。

今一度、『仙覚抄』と『拾穂抄』の当該歌の注釈方法を確認しておきたい。仙覚は、「手寸十名相」を「たきそなへ」と一字一音式に訓もうと試みた。それは「てもすまといふ古語はあれども、この発句しかはよまれず。」との理由からである。ところが、訓読を変えたことによって解釈をも変更する必要が生じた。そこで仙覚は、「草木はうふる時に深くうへたるはあしき」ゆえに、浅くあげて植える意、つまり「あげそなへ」と解釈したのである。仙覚訓「たきそなへうへしなしるくいでみればやどのはやはぎさきにけるかも」(注12)に従ってこの一首の解釈を試みると、適切に浅く植えて万全の準備をしておいたので、その「はやはぎ」という名の通りに家の萩は早く咲いたよ、となる。しかし当然のことながら、「たきそなへ」の語は和歌において例がなく、さらに「たき」を「あぐる儀」と解釈したことに『拾穂抄』は納得しなかった。『拾穂抄』は、伝統的な和歌において用いられない言葉を見ると、非常に神経質に反応する。それが、『拾穂抄』が保守的と評される原因の一つでもある。殊に当該歌の場合、古点に従って「手もすまに」を用いれば、『和歌童蒙抄』において範兼の注した歌語として理解できる。そうなると、『拾穂抄』としては是非とも古点を採りたいところであろう。(注13)そこで古点擁護の立場から、「其文字にかゝはらぬ」訓読の例として仙覚新点である巻一・九歌「莫囂円隣《ユフヅキ》」「新何本《アハナン》」をあげる。ここで『拾穂抄』は古点を採るために仙覚の論理に頼ったということになる。しかしこれは、『拾穂抄』にとって苦渋の選択というようなものではなかったと思われる。例えば、当該歌の訓採択の根拠としてあげられている九歌では、頭注に「愚案莫囂円隣之大相兄爪を夕月のあふぎてとよみ、新何本をあはなんとよむ事、愚意などの及ぶ所にあらずながら、只彼抄に任せて書付侍る所也。」と述べている。『拾穂抄』が訓読の先人として仙覚を相当程度に尊重していることが見てとれる。訓読に関して仙覚の論理を根拠とすることに、『拾穂抄』はそれほど躊躇しなかったものと考えられる。

さて、当該歌頭注の「たきそなへなど私の点をくはふるのみにあらず」という言葉からは、歌語として認められる古点を、和歌に先例のない「たきそなへ」へと改訓したこと自体への非難も多分に見てとれるが、当該箇所の仙覚への非難のありようは、それ以上に解釈の方へ向けられている。その訓読によってどのように解釈できるか、というのが『拾穂抄』にとっての最終的な関心の置き所であったのではないか。当該歌の場合、新点を採れば和歌に例のない「異様な」言葉遣いになり、解釈も、「適切に浅く植えた」という理由によって「名の通りの結果が出た」という理屈めいた歌になる。古点によれば、歌語として認められる「優美な」言葉遣いであり、解釈においても「手もやすまず、一生懸命に植えた甲斐あって美しく花が咲いた」となる。理詰めの印象はなくなり、和歌らしい和歌と言えるだろう。仙覚の訓読に対する見識についてはある程度認めて自身もそれを利用するが、殊に解釈においては、季吟は二条派歌人としての正統な学問の継承者である。その点、歌人として無名の仙覚には劣るはずもない。この時、歌人としての先達である範兼らの和歌理解をむやみに覆そうとする仙覚には我慢がならなかったのであろう。しかし一方で、仙覚の訓読に関する見識をないがしろにすることはできなかった。その結果、『拾穂抄』では非難しながらも仙覚訓を書き添えるという、一見矛盾とも見える立場を取ることになったのではないだろうか。反対に（例1）（例2）において『拾穂抄』が仙覚に好意的であるのは、仙覚説による歌の解釈に納得できたためと考えられる。

おわりに

『拾穂抄』の「可随所好」を定家のそれと比較すると、根本的にその意図するところは異なっている。晩年の定家は、複数の著作に亘ってこの術語を使うが、常に自分の採るべき説を明示した上で、なおそれが絶対的な解釈ではないことを示すのである。それは浅田氏の述べるように「「家」同士の垣根を越えて攻撃し合うべきではない」との考えを示すためのものであり、そこには強い「家」の意識が存する。一方、季吟が『拾穂抄』においてこの術語を用いる際、自説を明らかにしない場合が多い。複数の先行説をあげた上で、読者である各人の好みによって解釈すればよいとして、『拾穂抄』がどの説に立つのかという点に必ずしも言及しないのである。『拾穂抄』にとっては、複数の「先達の説」を保存し、次代に伝え残すことが重要な目的の一つであったためであろう。ただし、定家説を提示する時にはこの術語を決して用いない。歌道の先人としての定家に対する特別の尊重の念が垣間見える結果と言えよう。

そして『拾穂抄』における最終的な目的は、万葉歌をどのように解釈するかという点であったと考えられる。そのためには仙覚の実証的な訓読への態度は不可欠であり、仙覚の訓読に対する見識については相当程度の尊重が認められる。しかし解釈においては、歌人としての先達の和歌理解に仙覚など及ぶべくもないと考えていたのではないだろうか。『拾穂抄』を著した季吟は「家」同士の対立という立場にはなく、仙覚に対する尊重と非難の共存した思いを、「可随所好」という術語で表したのだと考えられる。二条派の学問の継承者である季吟にとって、正統な学問の継承者ではない仙覚は究極的には蔑視の対象であったはずである。そのような境遇の中で、季吟には仙覚の学問を批判しながらも非常に謙虚に吸収しようという意識が見られる。それは季吟がそれだけ真摯に『万葉集』と対峙しようとした結果と言えるのではないだろうか。

注

（1）引用は新日本古典文学大系5『古今和歌集』に拠った。

（2）引用は片桐洋一氏『中世古今集注釈書解題（三）』（赤尾照文堂　一九八一年）の資料篇「両度聞書」に拠った。なお、これについて金子金治郎氏『連歌論の研究』（桜楓社　一九八四年）の第四章「宗祇の連歌論」4「宗祇連歌論の人間主義―『老のすさみ』の解析―」1「『老のすさみ』の構成」（三五三頁）には、次のように言う。

> 前半では、近代僻案の好士を手厳しく批判するが、宗祇引用の部分では鋭鋒を納め、諸説の取捨は、人の好む所に随うべきで、徒に差別を言い立てるには及ばない。自分と志を同じくする人が用いてくれれば、それでよいとしている。この後半の態度を『両度聞書』は、「和の道也、此集の大意なれば也。」と評価する。おそらく宗祇も

そのつもりで、定家の奥書を引いたことであろう。

（3）引用は能勢朝次著作集第七巻『連歌研究』（思文閣出版　一九八二年）所収「老のすさみ（宗祇連歌論書）評釈」に拠った。

（4）見解や考え方を意味する「所存」と、解釈における趣向や好みを意味する「所好」とは、例えば貞応二年本『古今集』奥書の「可随其身之所好」の部分を、『老のすさみ』跋文で「可随其身之所存」と引くことなどから、ほぼ同義に解されていたと言えるだろう。『両度聞書』所引の『古今集』奥書では「可随其身之所好」となっている。両者の語義の相違に関しては、ここでは詳しくは触れないものとする。

（5）浅田徹氏「顕註密勘の識語をめぐって」（『和歌文学研究』第七二号　一九九六年六月）。他に、同氏「定家本とは何か」（『国文学』第四〇巻一〇号　一九九五年八月）、上野順子氏「御子左家歌学の形成―『顕註密勘』攷―」（和歌文学論集10『和歌の伝統と享受』　風間書房　一九九六年）などにも論がある。

（6）実際には、類聚古集には「のちにあはむと」「うけひそわたる」とある。『校本万葉集』所収の写本に「うけひわたれど」を採るものはなく、後世の歌集、歌学書等への再録も、私見の限り、『袖中抄』の「さねかづらのちにあはんと夢にのみ受日ぞわたるとしはへにつつ」（第二十・一〇一五）のみであり、「うけひわたれど」としたものは見当たらない。

（7）引用は、特に指定しない限り、巻一のみ冷泉家時雨亭叢書第三十九巻『金沢文庫本万葉集巻第十八　中世万葉学』（朝日新聞社　一九九四年）に拠り、巻二以降は京都大学国語国文資料叢書別巻二『仁和寺蔵万葉集註釈』（臨川書店　一九八一年）に拠った。濁点、句読点は私に付した。

（8）「放」は「倣」の誤り。

（9）この解釈においては、『万葉代匠記』精選本の当該歌注に「恋ツ、アラズハト云詞、集中ニ多シ。恋ル験ノアラズハトモ聞エ、又サテモアラレズハトモ聞ユ。」（『契沖全集　第一巻』（岩波書店　一九七三年）に拠り、濁点は私に付した）とあるのを参考にした。

（10）引用は日本歌学大系別巻五『顕注密勘抄』に拠った。

(11) 引用は日本歌学大系別巻五『僻案抄』に拠った。

(12) カタカナ本『仙覚抄』（万葉集叢書第八輯『仙覚全集』　臨川書店　一九七二年）では、当該歌第四句の訓は「ヤトノハツハキ」となっているが、近世版本であるひらがな本『仙覚抄』（国立国会図書館蔵本（請求記号：特1-950）ほか）には「やとのはやはぎ」との傍訓がある。季吟の見た『仙覚抄』は版本であったと考えられる。

(13) 当該歌は『夫木和歌抄』にも「てもすまにうゑしもしるくいでみればやどのはつはぎさきにけるかも」（巻第十一・秋部二・四〇九一）として再録される。また、『万葉集』巻八・一六三三歌に「手母須麻尓　殖之芽子尓也　還者　雖見不飽　情将尽」（寛永版本に拠った）とあり、この歌の初句は確実に「手もすまに」と訓読できる。さらに、これは『綺語抄』に「てもすまに　うゑしはぎにやかへりては見れどもあかずこころつくさん」（下・七〇八）と再録されている。このことからも、「手もすまに」が歌語として認識されるものであったことがうかがわれる。この歌では、萩を植えるときの植え方について「手もすまに」という表現を用いている。とすると、同じく萩を植えるときの植え方について表現した当該歌を「手もすまに」と訓読すべきと『拾穂抄』および古点を守ってきた先人たちが考える必然性はあるように思う。

第三章　『万葉拾穂抄』自筆稿本について

——岩瀬文庫本の検討から——

はじめに

西尾市岩瀬文庫に所蔵される『万葉拾穂抄』（以下、岩瀬文庫本）は、『万葉拾穂抄』（以下、『拾穂抄』）の自筆稿本と目される一本であり、巻一、巻四が存する。自筆稿本としては他に石川武美記念図書館に巻二および、三葉の巻七残簡が所蔵されている（竹柏園旧蔵により、以下、竹柏園本）。これら自筆稿本は、『拾穂抄』が元禄四（一六九一）年頃に上梓される以前の注釈本文を持つと考えられる。自筆稿本としては、野村貴次氏（注1）によって竹柏園本が翻刻、紹介されたが、岩瀬文庫本は未だ世に知られていなかった。

まず、岩瀬文庫本の書誌事項を確認しておく。

四針袋綴二冊（巻一、巻四各一冊）、縦二〇・四cm×横一四・二cm。巻一、巻四それぞれ、薄縹色亀甲押型文表紙の左肩に題簽（縦一三・七cm×横二・七cm）、「万葉集拾穂抄　一」「万葉集拾穂抄　四」と墨書する。本文と別筆であるので後補題簽であろう。巻一奥に「万葉集第一終／天和二年壬戌陽月朔日註解始而同十八日終功墨付四十八枚　季吟（印）」、巻四奥に「万葉集巻第四／天和二年霜月廿七日染筆而十二月十二日註解畢墨付五十四枚　季吟（印）」とある。

季吟の著した注釈書の多くには、注釈に入る前に、総記、研究史および研究態度等を述べた総論的な部分（以下、総論）が付されている。『拾穂抄』の刊本もそうであるように、岩瀬文庫本巻一にも、注釈に入る前に総論が付される。また、刊本には元禄三年林鳳岡序、貞享四年武田兼山序、貞享五年冷泉為経序（版下はそれぞれ別筆）の三種の序が総論の前に置かれているが、岩瀬文庫本には兼山序のみがある。但しこの序は総論、注釈とは明らかに別筆であり、刊本の兼山序とも別筆である。岩瀬文庫本の兼山序の最後に「印判アリ」の書入があることなどから、これは写しであると考えられる。しかし、これに「冀《クハ》良玉之《ノ》遇二卞嬌〈室〉〔宝〕剣之《ノ》得《ンコトヲ》二雷煥一。可謂此書之《ノ》捷径《ナリト》矣。」とある一節は、刊本の兼山序にはなく、岩瀬文庫本の兼山序は刊本のそれより文言が少し長い。このことから、刊本からの書写とは考えられない。刊本の版下になる以前の草稿的な兼山序が別に存したものと推測される。なお、岩瀬文庫本の兼山序に付された訓点は序本文とは別墨であるが、別筆であるかは不明である（「印判アリ」の文字は訓点と同墨）。

竹柏園本は、表紙、装丁、料紙等や、テキストの様式、欄外への書入のありようが岩瀬文庫本と等しい。また、巻二奥には「万葉集巻第二終／天和二年十月十八日註始而十一月六日解此一巻畢墨付四十九枚　季吟（印）」とあり、岩瀬文庫本巻一の注解の完了した日にこの巻二を注し始めたことが分かる。このことから、岩瀬文庫本と竹柏園本とは連続して著された自筆稿本の一部であると考えてよい。

さて、本章では、自筆稿本の注釈態度と刊本のそれとを比較し、この二本間の著述態度の相違を検討したい。今回、岩瀬文庫本を視野に入れることにより、巻一冒頭におかれた総論の相違を検討できるのは、『拾穂抄』の著述態度を考察する上で有意義である。ここでは特に巻一を取り上げて考察を進めることとする。

一、刊本『拾穂抄』の底本について

刊本『拾穂抄』の大きな特徴は、本文（『万葉集』のテキスト部分）が当時の『万葉集』の流布本であった寛永版本（以下、流布本）と異なった様式を持つことである。以下、野村氏論文[注2]に従って主たる相違点をあげ、自筆稿本と比較しておく。

① 流布本は漢字本文を記した右傍らに片仮名訓が付されているが、刊本は平仮名で訓読を記した右傍らに小さく漢字本文を付している。自筆稿本の漢字・仮名のありようは、原則としては刊本と同じく平仮名主体表記で、右傍らに小さく漢字本文を記してある。ただし難訓歌については、漢字本文主体表記の右傍らに訓を添える形式をとる箇所もある。

② 題詞と歌の関係は、刊本では題詞を低く歌を高く書き、作者名は題詞より除き、後世の歌集のごとく題詞の下方に記している。自筆稿本も題詞を低く歌を高く書くが、作者名は流布本と同じように『万葉集』本来の題詞の形式をとる。

③ 刊本では、左注はすべて割注形式で題詞の下に移している。自筆稿本は刊本と異なり、流布本と同じように左注形式をとる。

④ 刊本では、歌集出歌についてそのように記さず、直ちに作者名として「柿本朝臣人麻呂」等とする。自筆稿本では人麻呂歌集出歌について、流布本の通り左注形式で書かれる（ただし、巻七残簡に一例が残るのみ）。

⑤ 刊本は巻一、二、十一、十二等で歌の順序に相違が見られる。自筆稿本は刊本と異なり、流布本と同じ歌順になっている。

このように、自筆稿本の様式はむしろ流布本に近似しており、刊本の様式のほうが特異である。野村氏は竹柏園本について、貼紙による訂正、欄外への追加書入等が見られるものの、その本文の行数、字詰め、字形等が整然としていることから、「全巻完成後改めて浄書する考えがあったとは思えず、直ちに版下用に書いたものと考えられる」(注3)とし、それを改めて刊本用に版下を浄書し直すに至った動機を、惺窩校正本を披見したことであると推測する。刊本の総論には、次のように書かれている。

　今予が所用之本は、此仙覚が本をもて妙寿院冷泉殿の校正し給へる本とかや。歌の前書、作者の書やう、訓点等まことに藤歛(ママ)夫の所為しるく学者の益おほく見やすかるべければしばらく用ひ侍し。

つまり、そのテキスト部分の底本となったのが、仙覚本をもとにして藤原惺窩（妙寿院）が校正を加えた本、すなわち惺窩校正本であると述べている。また、刊本の巻一巻頭に付されている貞享五年冷泉為経序にも、次のようにある。

　我が先、惺斎家伝の一本有り、数本を取りて之を校正し、秘して家を出ださず。時に田玄之、之を懇求し、惺斎已むを得ずして之を許す。玄之太いに喜びて謄写し、以て其の家に伝へ、曽孫に及ぶ。玄恒と北村季吟とは素好有るが故に、彼をして之を写すことを得しむ。今、拾穂鈔の起こる所由也。(注4)

刊本の底本は、冷泉家伝来の一本に惺窩が他の数本によって校正を加えた本を吉田玄之（角倉素庵）が謄写して子孫に伝えたものであるとしている。

惺窩校正本の現存諸本(注5)はいずれも漢字本文主体の片仮名傍訓形式であるが、作者名は題詞から省いて平安以降の和歌集のごとく題詞の下方に移し、流布本の左注にあたる部分を題詞または歌の下に割注で記している。(注6)歌順も同様に惺窩校正本諸本と刊本『拾穂抄』とが一致する。(注7)これらの様式はすべて、刊本『拾穂抄』作成に当たって惺窩校正本により改めたと考えられている刊本特有の様式と一致する。野村氏に、「仮名書きはその師松永貞徳の遺志により季吟が作為したもので、底本は漢字を主体にその傍らに仮名が附いていたものと思われるが、その他の特色（題詞・左注の様式、歌順等：筆者注）は惺窩の作為によるものと考えられている。(注8)」とあるが、惺窩校正本写本によってその推測は一応の実証を得るのである。

惺窩校正本は、多く新点（仙覚訓）を採る。例えば、巻一・三歌、三六歌、四五歌等の「八隅知之」を「ヤスミシシ」と訓み、八歌「熟田津」を「ニキタツ」、一七歌「味酒」を「ウマサカノ」と訓むごとくである。一方、『拾穂抄』の場合、自筆稿本では「八隅知之」を「やすみしる」、「熟田津」を「なりたつ」、「味酒」を「あちさけの」と訓んでいる。刊本の三歌、八歌、一七歌においてもそれぞれ本文訓は自筆稿本と同様であり、イ訓として仙覚訓を書き添えている。自筆稿本頭注に「仙曰、熟田津《ニキタツ》《ナリタツ》、古点にはむまたつ、或はなりたつと点ず。日本紀廿六曰、庚戌御船泊《ル》二伊与熟田津石湯行宮《ニ》一熟田津此《コヽニハ》云二你枳駝豆《ニキタツ》一。日本紀のごとくはにきたつと和すべし。」（八歌）、「味酒、仙曰、古点はあぢさけと点せり。然共古語によらばうまさかといふべきなり。」（一七歌）とあることから、自筆稿本の段階で仙覚訓を認識していたことが分かる。刊本の段階ではそれをイ訓として、歌本文の隣りに書き添えるのである。刊本一七歌頭注に「愚案両点捨がたきにつきて、猶古点は和歌にもよみたれば、あぢさけを本に用ひてうまさかをも書添たり。」とあり、季吟が自らの意志で本文訓、イ訓を定めていたことが分かる。このため、惺窩校正本の『拾穂抄』訓読への影響はそれほど強くはないと考えられる。(注9)

二、引用箇所の表記の相違

前章に述べたように、『拾穂抄』の総論には、『万葉集』についての総記、研究史、および季吟の『拾穂抄』執筆に対する研究態度等が書かれる。ここでは、研究態度について書かれた部分における自筆稿本と刊本の比較を行う。

特に仙覚説の取捨に関しては、自筆稿本には次のように記されている。

仙覚由阿みづから了簡して古点をあらため其義をかへたる所々はたゞ古人の歌によみきたれるにまかせて、一向に用ひざる事どもおほく侍し。これも往しをとがむる罪はのがれぬわざながら、かつは故実をたてかつは後学のまよひを晴しめんとなり。是亦先師の遺意なればやむにもよしなき物なるべし。

しかし刊本では、次のように記述が変化する。

仙覚由阿みづから了簡《リャウケン》して古点をあらため其義をかへたる所々は只古人の歌によみきたれるにまかせて、一向に用ひざる事どもおほく侍し。往《イ》しをとがむる罪あるに似たれど、故実をたて後学のまよひをとかしめんためのわざにて、古賢の例もあるにまかせてなり。是亦先師の遺意なればならし。

仙覚説を一向に用いない所のあることについて、自筆稿本では先師・貞徳の遺志に従うという消極的な姿勢をとっているが、刊本では「古賢の例」を尊重するとして、方針についての積極的理由が加わっている。

では、この態度の相違は、実際の注釈の中にどのような形で現れてくるのだろうか。そして「古賢の例」とは具体的には何を指すのだろうか。まず、文献引用の際の表記上の相違について検討する。例えば、自筆稿本巻一・二〇歌は次のように仙覚説を引用して書かれている。

（本文）あかねさす《茜草指》　むらさき野ゆき《行【逝イ】》　しめの行《標野ゆき》　のもり《野守》は見すや《不見哉》　きみ《君》か袖ふる

（頭注）あかねさすむらさきの　……仙曰、紫野しめの蒲生野に在といへり。紫は根を用ゆ。其根赤き物なればあかねさす紫とつゞけ名付る也。字訓にも紫は深赤とかけるは此儀也。皇太子の答へ給ふ御歌に、むらさきのにほへるいもとつゞけ給へるも、赤きを丹といへば紫の匂へると詠ぜしめ給ふ也。

頭注の仙覚説引用は、仙覚『万葉集註釈』(注10)に（以下、『仙覚抄』）に次のようにある部分である（傍線は『拾穂抄』

への被引用箇所を指す)。

或ハムラサキノ、シメノ、蒲生野ニアリトイヘリ。コレハサモトキコユ。サテ、アカネサストイフ発句ハ帝ヲ日ニタトヘタテマツレバ、ミユキノナレルヲアカネサストヨソヘム、サルコトモハベルベキ歟。タヾシコレハ古語ノヨソヘコトバノサマヲミルニ、ムラサキハ根ヲ用トスルモノ也。ソノ根アカキモノナレバ、アカネサス紫トツヾケタル也。紅紫浅深アリトイヘドモ同赤色ノ接也。サレバ字訓ノ所ニモ、紅ヲバ浅赤トカキ紫ヲバ深赤トカケルハ此義也。皇太子ノ答御歌ニ紫ノニホヘルイモヲトツヾケ給ヘルモ、アカキヲニトイフコトアレバ、ムラサキノニホヘルトハ令詠給也。

自筆稿本の注釈は『仙覚抄』からの略注となっていることが分かる。それに対して刊本では、「祇曰、紫野しめ野蒲生野に有。あかねさすといふ発句は古語のよそへ事也。紫は其根赤き物也。紫は深赤とかける其儀也仙同義。」となる。宗祇の『万葉抄』[注11](以下、『宗祇抄』)を引用する形に変わり、『仙覚抄』については「同義」と書き添えるに留めている。実際の『宗祇抄』には、次のようにある。

紫野標野蒲生野にあり。あかねさすといふ発句は古語のよそへごと也。紫は其根赤き物也。又紅葉(ママ)に浅深ありといへども、たゞ赤きにとれり。紅を浅赤とかき、紫を深赤とかけるは此義也。

この例の場合、『宗祇抄』の内容は『仙覚抄』の注釈内容の略注になっている。刊本では宗祇によって略注された仙覚説を用い、それをさらに略して収めている。『宗祇抄』にはこのようにしばしば『仙覚抄』の説が略注されて載せられている。『宗祇抄』は「私云」などとして自説を展開する部分もあるが、多くは『仙覚抄』の略注である。『拾穂抄』においては、『仙覚抄』そのものから引用する場合には「仙曰」とし、『宗祇抄』の略注をもとに引用する場合には「祇曰」とする傾向があるようであるから、この場合、刊本では『宗祇抄』による略注を用いたために「祇曰」の形を用いたものととりあえずは考えられよう。

しかし、それだけでは説明できない例も存在する。

（本文）【打】うつ麻《あさ》を袖中うめるを、をみ《麻続》のおほきみ《王》　あまなれや《白水郎》　いらこかしまの　たまもかり《珠藻苅》食しく袖中点ます仙点

（頭注）うつあさをみの　仙曰、うつとは物をほむる詞の随一也。よき麻のをといふ詞也。

（自筆稿本・巻一・二三）

引用元である『仙覚抄』には「ウツトイフハモノヲホムル詞ノ随一也。ヨキアサヲト云コトバ也」とあるので、引用はほぼ忠実であると言える。しかし刊本頭注には、「祇、うつといふは物をほむる詞の随一也。よき麻の苧といふ詞也仙同。」とある。『仙覚抄』からの忠実な引用であるにもかかわらず、引用元を「祇」とし、『仙覚抄』に関しては「同」と記すに留めている。

（本文）こせ山《巨勢》の　つら〳〵《列列》つはき《椿》　つら〳〵《都良々々》に　見つゝ《乍》おもふな　こせのはる野を

（頭注）こせ山のつら〳〵椿　……仙曰、目もはなたずみるをつら〳〵見るといふ祇同。

（自筆稿本・巻一・五四）

『仙覚抄』の当該項目には次のように記されている。

コセヤマノツラ〳〵ツバキツラ〳〵ニトヨメルハ、椿ハツル〳〵トシタルモノナレバ、目モカレズミルニヨソヘタル也。人ノモノヲミルニメモハナタズミルヲツラ〳〵トミルトイフコト也。

自筆稿本は、『仙覚抄』の傍線部から引用したものであることが分かる。それが刊本になると、「祇曰、物をつら〳〵と見る也。目もかれぬ心也仙曰(ママ)。」と『宗祇抄』から引用する形に変化する。『宗祇抄』の当該項目には、「心は物をつら〳〵と見る也。目もかれぬ心也。」とある。確かに『宗祇抄』からの忠実な引用であるために引用元の表記を「祇曰」とするのであるが、自筆稿本にも「祇同」の言葉のあることから、自筆稿本の段階ですでに『宗祇抄』の当該項目を目にしていたことは明らかである(注12)。そしてこの場合、あえて『宗祇抄』の略注に依らなければ

ならないほど長い注釈であるわけでもない。にもかかわらず、引用元を『宗祇抄』に変えているのである。

これら二例からは、刊本『拾穂抄』による意図的な操作が見られるように思う。それは、刊本の総論にあった「古賢の例」を積極的に用いようとする態度と関わるのではないだろうか。宗祇は古今伝授の成立にも密接に関わった、言うまでもなく中世歌学の権威である。それに対し仙覚は、現代でこそ実証的『万葉集』研究の祖とされているが、和歌の実作と関わって学問が行われた中世歌学においては権威ある存在ではなかった。さらに、本書第一章に述べたように、刊本『拾穂抄』の読者として想定されたのは弟子を初めとする歌学の知識を持った万葉初学者である。そのことを視野に入れると、この改変は、中世歌学の知識を持つ読者への配慮によるものと考えられよう。総論に言う「古賢の例」とは、宗祇に象徴されるような中世歌学において権威ある人々の説を指していると考えられる。

三、注釈内容から見る姿勢の相違

次に、注釈内容や訓の採否の相違から、より直接的に自筆稿本と刊本の間の注釈態度の相違について検討する。本書第一章において、巻一・三歌冒頭の漢字本文「八隅知之」の訓について取り上げた際、自筆稿本の段階では、古くから和歌などに詠まれてきた「古点」の「やすみしる」を尊重し採用する一方で、仙覚の理論に対しても理解を示すが、後に欄外へ書入を行う段階で俊成、定家の説を重んじる態度が明確になり、刊本でもその立場を維持しつつ、「故実《こじつ》を沙汰《さた》せずみだりに自見《ジケン》を」なす仙覚の態度への批難を強めていることを指摘した。同様の注釈態度の変化が見られるものを二例見ておきたい。巻一・四六歌は、自筆稿本には次のように書かれている。

（本文）阿騎の野に《尓》祇本あきの、に　や《宿》とる旅人　打な《靡》ひき　いもね《寐毛宿》らじやも　い《古》にしへ《部》おもふに

（頭注）阿騎乃尓やどる旅人　仙曰、初句多くはあきの、にと点せり。然共初句を四字に読る事、此集、日本紀、
風土記等の歌にもおほかるべし。愚案四字ある歌を五文字によみつくる事、此集の習ひ也。古点に任
て阿騎の野にとよむべし。

初句漢字本文「阿騎乃尓」について、訓読は「阿騎の野に祇本あきの、に」と、宗祇説に従って訓じている。頭注には仙覚の「あきのに」と四字に訓む説をあげ、「四字ある歌を五文字によみつくる事、此集の習ひ也。」と批判する。それに対して自筆稿本は宗祇説に従って五字に訓み、四字の本文を五文字に訓読することは『万葉集』の慣例であるとして仙覚を批判するのである。（注13）

ところが刊本では、次のように記述が変化する。

（本文）祇あきの、に《阿騎乃尓》仙あきのに　やどる旅人《宿旅人》　うちなひき《打靡》　いもねらめイ自《ジ》やも《寐毛宿良目八方》　いにしへ《古部》イむかしへおもふに《念尓》
（頭注）あきの、にやどる旅人　定家卿、秋の、にと和し給ふ。宗祇本亦如此。仙覚、あきのにとよむべし云々。
然ども定家卿、宗祇等の説を可用之。

本文訓として定家、宗祇の「あきの、に」を採択し、イ訓として仙覚の「あきのに」をあげているが、頭注においては自筆稿本で述べた仙覚批判の部分が削られ、代わりに提示されるのが「定家卿、宗祇等の説を可用之」の言葉である。理屈による批評を避け、歌学において権威ある人物の説であることを拠りどころとしているのである。初句の他、自筆稿本の下句「いもねらじやも　いにしへおもふに」が刊本に至って「いもねらめイ自《ジ》やも　いにしへイむかしへおもふに」と改変されているのは、定家著述の『万葉集長歌短歌説』（注14）（以下、『長短歌説』）に、

秋の、にやとるたひ人うちなひきいもねらめやもむかしおもふに

とあるのに影響を受けた結果と考えられる。訓全体に亘って定家の権威を前面に出したものになっていると言える。
また、巻一・四七歌については、自筆稿本に次のようにある。

（本文）真草《まイ》《みくさ》かる　あら《荒》野には定あらのはトヨムあれと《雖有》　葉過ゆく《去》　きみかたみ《君形見》の　あと《跡》よりそこし《曽来》

（頭注）真草かる荒野には　仙曰、古点にはまくさかると云々。長歌にも旗薄とよめり。み草は薄也前注。葉過去《ユク》は仙曰、葉はことのは也。彼日なめの皇子《みこ》のふる事になり給ひたれば葉過ゆくとよめる也。薄かるほどのあら野にはあれど君が形見の跡より来たり給へるといへるなるべし。愚案秣かる、古点も害なきにや。

この歌は、上二句漢字本文「真草刈　荒野者雖有」の訓が、本文訓「みくさかる　あらのにはあれと」とイ訓「まくさかる　あらのはあれと」に分かれている。イ訓とする定家訓は『長短歌説』の、

まくさかるあらのはあれとはすきさるきみかゝたみのあとよりそこし

からの引用と思われるが、本文訓は流布本の「ミクサカル　アラノニアレト」とも一部齟齬している。本文訓「みくさかる　あらのにはあれと」は『仙覚抄』の訓を用いたものと思われる。頭注には「秣かる、古点も害なきにや」ともあるが、基本的に仙覚説に従う形となっている。実際の『仙覚抄』は、「古点ニハマクサカルアラノハアレド」とあることを提示した後、次のように「真草」を「ミクサ」と訓み換え、さらに「に」の読み添えをする理由を説明する。

ミクサトイフハス、キ也。長歌云、ハタス、キシノヲオシナミトヨメリ。第二句、アラノハアレド、テハ其理分明ニキコエズ。アラノニハアレド、キコエタリ。ヨリテニノ字ヲ点ジイレタル也。

そして当該歌全体を「ス、キカルホドノアラノニテハアレドモ、キミガ、タミノアトヨリキタリタマヘルトイヘルナルベシ」と解釈している。当該歌に関しては、仙覚の改訓の根拠となるのは語句や歌全体の意味である。

それに対し、刊本には次のようにある。

（本文）まくさ《真草》イみくさかる《刈》　あらのは《荒野者》イにはあれと《雖有》　はすき《葉過》ゆく《去》　きみかたみ《君之形見》の　あと《跡》よりそこし《曽来師》

（頭注）まくさかるあらのはあれど　定家卿和也。見安云、葉過ゆくは比の過たる也。愚案秣かる荒野はかはらであれど比過たり、されど日並のみこの形見のあとなるより軽皇子ゆきやどり給ふと也。仙点はみくさかるあらのにはあれど、和して、みくさは薄也、葉は言の葉也。彼日並のみこのふる事に成給ひたれば葉過ゆくとよめる也。薄かるほどの荒野にはあれど等いへり。然不用之。

「真草」については定家訓をもとに「まくさ」と訓じ、第二句に関しても定家訓に従って「あらのはあれと」を本文訓とする。仙覚説はイ訓としてあげているものの、頭注において「然不用之」と切り捨てている。解釈に関しては、本文訓とした定家説に忠実に「秣かる荒野はかはらであれど比過たり、されど日並のみこの形見のあとなるより軽皇子ゆきやどり給ふと也。」としている。しかし、「あらのはあれど」について「荒野はかはらであれど」と「かはらで」を補わなければ解釈できず、また「はすぎゆく」の下にも「されど」と逆接を補わなければならない。刊本に記されたような解釈にするためには、定家訓に対してかなり言葉を補って無理をしなくてはならないのである。

この場合、刊本は定家訓を採るべき訓としてまず定め、それをもとに解釈したものと考えられる。仙覚が歌としての意味が通るように改訓するのとは逆のやり方である。自筆稿本では基本的に仙覚説を踏襲するが、刊本では定家の説を取り入れようという意識から定家訓に沿った解釈を試み、仙覚説は略注するものの、「然不用之」との判断を下すのである。

これら二例から、自筆稿本には仙覚説を基とする姿勢が比較的強く見られるのに対し、刊本では定家、宗祇等、中世歌学における権威、つまり「古賢の例」を規範とした注釈へと変化していることが見て取れるのである。

おわりに

本章では自筆稿本と刊本とを比することにより、『拾穂抄』の執筆態度の変化を考察してきた。季吟が天和二年十月に自筆稿本巻一の執筆に取りかかってから、貞享元年五月に刊本の浄書を始めるまでの期間は一年半あまりである。[注15]この期間に惺窩校正本を披見し、少なくとも巻七までは書き上がっていた自筆稿本を版下として用いることを断念し、[注16]改めて惺窩校正本を底本としたテキストを作成し、注釈し直したと考えられる。

刊本は「歌の前書、作者の書やう、訓点等まことに藤歛（ママ）夫の所為しるく学者の益おほく見やすかるべければ」として、刊本の様式を惺窩校正本のそれに合わせたのであった。「前書」（題詞）、「作者の書やう」を、平安以降の和歌集のごとく作者のみ題詞から独立させて下方に移したのは、平安期以降の和歌集の様式に馴染んだ、歌学の知識を持つ弟子ら読者を意識した改変であろうと思われる。また注釈内容についても、仙覚説を基とし、それに批評を加えるという方法から、定家、宗祇等、中世歌学における権威、つまり「古賢の例」を規範とした注釈へと変化していた。その他、巻一を概観すると、自筆稿本において『仙覚抄』に依っていた部分を、刊本では『袖中抄』等からの引用とし、また『奥義抄』の説を新たに加えるなど、より多くの歌学書を引用しようとする態度が見られた。総論における自筆稿本と刊本の見解の相違は、確かに、実際の注釈態度の相違として反映されていると言えるだろう。第二節に述べたようにこの改変は、季吟が刊本の浄書にあたって『拾穂抄』を、歌学の知識を持つ者に対する『万葉集』入門書として完成させようとした結果であろうと考えられる。

注

（1）野村貴次氏『北村季吟の人と仕事』（新典社　一九七七年）の補遺篇二「竹柏園本『万葉拾穂抄』の翻刻―刊本執筆の事情を窺う一資料として―」（五四五頁～六一三頁）。

（2）注1野村氏著書の第二章「仕事」第四節「『万葉拾穂抄』」一「この書物の大略」四（三六三頁～三六九頁）、および二「本文について」一（三七二頁～三七三頁）、四（三七九頁～三八二頁）。ただし、目録に関する相違点と、自筆稿本が残らない巻についての相違点は省いた。

（3）注1野村氏著書の第二章「仕事」第四節「『万葉拾穂抄』」二「本文について」三（三七六頁～三七八頁）。

（4）原文は漢文。私に書き下し文に改めた。

（5）完本としては、『校本万葉集』に前田家一本として掲出される本（尊経閣文庫所蔵）、八雲軒本（國學院大學図書館所蔵）、白雲書庫本（東洋文庫所蔵）、および天理図書館所蔵「古活字本万葉集」書入（以下、天理本）の四本が知られている。本書第二部に詳しく論じる。

（6）ただし、前田家一本巻十までは流布本と同じように左注形式になっている。この点については本書第六章に詳しく論じる。

（7）ただし天理本には、歌順の訂正が見られない部分もある。これは、もとが活字無訓本であるために訂正に限界があったためと考えられる。これについては、本書第五章に詳しく論じる。なお、天理本を除く写本三本は、「或本歌」を本文歌の下に割注で記しているが、刊本『拾穂抄』では本文歌の次行に一～二字下げて記している。

（8）注1野村氏著書の第二章「仕事」第四節「『万葉拾穂抄』」二「本文について」一（三七三頁）。

（9）「八隅知之」については本書第一章に述べた。

（10）引用は、巻一のみ冷泉家時雨亭叢書第三十九巻『金沢文庫本万葉集巻第十八　中世万葉学』（朝日新聞社　一九九四年）により、巻二以降は京都大学国語国文資料叢書別巻二『仁和寺蔵万葉集註釈』（臨川書店　一九八一年）に拠った。濁点、句読点は私に付した。ただし、季吟が用いた『仙覚抄』は版本であると思われる。例えば当該箇所の写本に「ソノ根アカキモノナレバ、アカネサス紫トツヾケタル也」とある部分が、版本では「その根《ね》あかきものなれば、あかねさす紫《むらさき》とつゞけ名也《なづくるなり》」となっている（版本の翻刻は、国立国会図書館蔵本（請求記号：特1-950）に拠り、濁点は私に付した）。

(11) 引用は万葉集叢書第十輯『万葉学叢刊中世篇』（臨川書店　一九七二年）に拠った。濁点、句読点は私に付した。

(12) 自筆稿本当該項目の欄外書入には「祇曰、つら〳〵椿、きら〳〵としたる椿を云也。」とある。

(13) 自筆稿本当該項目の欄外書入には「祇曰、ぬるすがたをなびくとよめり。」とある。

(14) 書名『万葉集長歌短歌説』は『国書総目録』における統一書名に拠った。引用は続群書類従十六輯下『定家卿長歌短歌説』に拠った。なお、『拾穂抄』に引用された定家説の多くが『万葉集長歌短歌説』に見られるものであることについては本書第一章に述べた。

(15) 刊本巻一奥に「天和二年壬戌陽月朔日註解而同十八日終此一巻　季吟／貞享元年甲子五月十一日重而染筆六月朔日終此巻墨付五十二枚」とある。

(16) すでに述べたように、巻一、二、四、および巻七残簡は自筆稿本が現存する。現存自筆稿本の奥書にある日付から、これら『拾穂抄』自筆稿本は巻一から順に作成されていたものと推測される。また、刊本巻八の奥には、「天和三年二月三日註解此一巻同十五日終功於新玉津嶋之庵下／此一巻従貞享二年九月十八日到十月朔日終再写之功」とあり、巻九の奥には、「天和三年二月十六日染筆而同廿七日注解此一巻畢／貞享二年十月二日重而染筆而同十五日於灯下終書写之功矣」と記されている。さらに、季吟自身が新玉津島社に奉納した『新玉津島記』には、「いとまある時は、万葉集を註し侍るに、けふは天和三年五月二十九日と云日なるに、十一のまきをかきをはりぬ。」とある（引用は『道の栄』（北村季吟大人遺著刊行会　一九六二年）に拠った）。これらのことから野村氏（注1著書の第二章「仕事」第四節「『万葉拾穂抄』」二「本文について」三）は、「巻三・五・六・七・十は未詳ではあるが、……巻一より順を追い巻十一までは出来ていたと思われる。」（三七六頁）と述べる。さらに続けて、

　巻十二以下については考える資料はないのであるが、もし出来ていなかったとすれば、刊本執筆に際し新たに注解せねばならぬはずであるから、初稿本のある巻に比して進行日程が遅れると思う。しかし、……巻々により多少の遅速はあるが、巻十一を境に大きな変動があるようにも思えない。……少なくとも刊本用の浄書にかかった

五月までに、巻十二以下巻二十までの注解を行っていたにちがいないと考えられるのである。と述べている（三七六頁〜三七七頁）。巻十一まで初稿本（自筆稿本）が完成していた可能性は高く、巻一の注解を始めた天和二年十月から巻十一が完成したとされる天和三年五月二十九日まではわずか八か月である。この時から刊本巻一の浄書にとりかかる貞享元年五月十一日までは約一年あるため、残り九巻分にも、流布本を底本とする初稿本が存在していた可能性はあるだろう。しかし、自筆稿本巻一、二、四の奥書や、刊本巻八、九の奥書からは、初稿本の注解も一巻につき約半月で完成させていることが分かる。野村氏の言う「もし出来ていなかったとすれば、……初稿本のある巻に比して進行日程が遅れると思う。」というのは、浄書された初稿本が巻二十まで存在したことの根拠としてはあたらないのではないか。初稿本巻一の注解開始以前に、先行諸説や自説を書き入れた手控え本（草稿本）が季吟の手元に二十巻揃っていた可能性は高いだろうが、浄書された初稿本の巻十二以降の存在は不明とする他ないであろう。

第四章　『万葉集秘訣』の意義

はじめに

北村季吟の自筆とされる『万葉集秘訣』（以下、『秘訣』）は、石川武美記念図書館に所蔵される。(注1)まず、書誌事項を確認しておく。濃紺無地表紙、寸法縦二〇・六㎝×横一四・五㎝、墨付十八丁（一面十行）で、題簽、外題はなく、内題を「万葉集秘訣」とする。内容は二部に分かれており、十六丁表までは、『万葉拾穂抄』（以下、『拾穂抄』）に延べ四十箇所見られる、「口訣有り」「秘訣、別に注し侍る」等とのみ書き、詳しく述べなかった内容を二十一項目で別注したものである。十六丁表には次のような奥書がある（私に書き下し文に改めた）。

右二十一ヶ条、万葉拾穂抄の秘訣也。執学の人に伝へん為、別所に抄出せしむる也。此の内、久米之若子・弱女之惑・玉勝間は此の抄の三箇之大事と為すべき而已。

貞享四年正月十三日書新玉津島月下　　季吟

十六丁裏からは、定家が歌を詠む際の参考のために『万葉集』から抄出したという「玄旨」なる書物から万葉歌三十六首を記したものであり、『秘訣』とは別の書物を合綴したものと考えてよい。(注2)この「玄旨」の末尾にあたる十八丁裏には、季吟による次のような奥書が存する。

右彼玄旨にかき出させ給へる歌、拾穂抄に沙汰せし所也。俊成卿古来風体は世におほく見え侍ればしるすに及び侍らず。此玄旨は宗匠家代々秘本にて世にまれなれば、此秘訣の奥にかき添侍し。偏執学の人のためとし侍る所ならし。

貞享四卯年上元日　新玉津島寓居士

刊本『拾穂抄』巻二十の奥書に、

貞享三丙寅年八月廿日巳上剋雨天書新玉津島庵下墨付五十四枚　季吟

同年十二月廿九日辰剋終再考之功者也　新玉津嶋寓居士六十三歳

とあることから、『秘訣』は『拾穂抄』の浄書に引き続き、約半月で書き上げられたことになる。『拾穂抄』執筆中に、『秘訣』に記す内容についてある程度の草稿を作っていたものと推測される。(注3)このことから、両書には深い関連性があるものと思われる。

筆者は本書第一章において、『拾穂抄』が「童蒙初学の者」のための仮名書き『万葉集』を制作する意志を持っていた先師・貞徳の遺志を継いで、門弟を中心とする万葉初学者を対象として書かれたものであることを指摘した。では、その『拾穂抄』には書かず、『秘訣』に別注する内容とはどのようなものなのだろうか。本章では『拾穂抄』との著述態度の比較を通じ、『秘訣』の意義を明らかにする。

一、定家への眼差し

『秘訣』には、『拾穂抄』における注釈と齟齬する説を述べる場合がある。巻六・一〇二〇／一〇二一歌は、その典型的な例と言える。当該歌は現在では一首とみなされているが、古来、二首と解する説があり、次に引用する

『拾穂抄』および『秘訣』の一節からも、後者が定説であったことがうかがえる。

【拾穂抄】

（本文）おほきみの《王》　みことかしこみ《命恐見》　さしなみし《刺並之》定家卿さしならへ　国にいてますイいますや《国尓出座耶》　わかせのきみを《吾背乃公矣》　かけまくも《繫巻裳》　ゆゝしかしこし《湯々石恐石》　すみの江の《住吉乃》　あら人かみの《荒人神》　ふなのへに《船舳尓》　うしはき給ひ《牛吐賜》　つけ給はん《付賜将》　しまのさき〱《嶋崎前》　より給はん《依賜将》　いそのさき〱《礒崎前》　あらなみの《荒浪》　風にあはせす《風尓不合遇》　草つゝみ《草管見》　やまひあらせす《身疾不有》　すみやかに《急》　かへし給はね《令変賜根》　もとの国へに《本国部尓》

（頭注）おほきみのみこと　……定家卿、此歌次の長うたと一首によみつゞけ給ふ故、和訓も異也。執学の人のため別註《ス》。（巻六・一〇二〇）

かけまくもゆゝしかしこし　新点は是より一首也。住吉を懸て祈る恐を云也。定家卿前後一首に和《シ》給心面白けれど、先しばらく新点にて注《ス》。（巻六・一〇二一）

【秘訣・第七項目】

是定家卿万時に書出給ひしとをり也。おほきみのみことかしこみとは女色のかしこまりに配流する心也。さしならべくにゝいますやとは京を出るより国々双べておはす心也。おほやけごとに王命によりて左迁すればおほやけごと、云也。……如此あれば京極黄門の和訓正説也。其故は此前書に歌三首幷短歌とあり。口の長歌三首と後の反歌おほさきの神の小浜といふ短歌なるべし。長歌一首の次に反歌をまじへて又ながうた二首あるべきやうなし。心を付て可見なり。然ども世間に新点ひろまり皆人其義にのみ心得し故に先しばらく其まゝに注解して、此正説の埋木にて朽ぬべきも口おしければ別注にかきそへ侍し。

『万葉集』の写本では、当該歌の漢字本文「吾背乃公矣」を長歌の一部とし、「ワカセコノオ（ヲ）ホヤケコトニ」と訓じるもの（元、広、細）と、短歌末尾として以下の長歌と別の歌と考え、「ワカセノキミヲ」と訓じるもの（紀、宮、西、温、矢、京）とがある。仙覚本系諸本は寛元本系の神宮文庫本を含めすべて二首に分けている。しかし、『仙覚抄』に当該歌の注釈はなく、仙覚文永本系の西本願寺本や京大本等の訓が墨で書かれていること、非仙覚本系の紀州本も二首に分けていることから、仙覚以前に当該歌を二首とする写本が存在し、仙覚が本文校訂に用いた写本の中にもその系統のものがあったと考えられる。

『拾穂抄』は「新点」に従って当該歌を二首としているが、頭注には「執学の人のため別註《ス》」「定家卿前後一首に和給《シ》心面白けれど、先しばらく新点にて注《ス》」とし、自説が別にあることを示唆して『秘訣』に別注する旨を述べる。『秘訣』では「世間に新点ひろまり皆人其義にのみ心得し故に先しばらく其まゝに注解して、此正説の埋木にて朽ぬべきも口おしければ別注にかきそへ侍し。」として、定家の「万時」つまり『万葉集長歌短歌説』（以下、『長短歌説』(注4)）の説が「正説」であることを説き、新点が広まって皆その意味にしか理解しないから『拾穂抄』ではそのままに注解したが、正説が失われるのが惜しいので別注したのだと、『秘訣』に別注した意図について述べている。そして、一〇二〇／一〇二一歌を一首と見る定家の説に沿って解釈を進める。『長短歌説』はこの部分を長歌の一部と考え、「わがせこの　おほやけごとに」と訓じ、当該歌群を掲出した直後に「長歌三首如此。反歌只一首也。」とする。これは「吾背乃公矣」までを独立した短歌と見る説への反論と見られる。

『秘訣』の「此前書に歌三首并短歌とあり。」とは、一〇一九〜一〇二三歌群の題詞「配《スル》二土左《ノ》国《ニ》一之時歌三首并短歌／石上乙麻呂卿」（『拾穂抄』より引用）を指す。『秘訣』は定家の説を一歩進め、「長歌一首の次に反歌をまじへて又ながうた二首あるべきやうなし。」と述べる。これが、一〇二〇／一〇二一歌を一首と見る『秘訣』の論理である。が、それだけでなく、前半に一首解釈を試みたのち、「如此あれば京極黄門の和訓（『長短歌説』の訓：筆者注）正説也。」と述べていることから、歌の解釈をも訓読の論拠としていることがうかがえる。その解釈とは、「女色のかしこまり」、つまり密通の事実を恐れ謹んで、「京を出るより国々双べておはす」中を配流された「吾背」が、

「王命によりて左迁」されたのであるから、再び「おほやけごと」によって「もとの国へ」へと「すみやかにかへし給はね」と願う歌であるとするものである。歌の内容から考えても、この歌を二首に区切るべきではないと『秘訣』は判断するのである。『秘訣』の説は定家説への賛同ではあるが、決して盲従ではなく、定家の説が歌の解釈において有益であるとの判断からこれを用いたものと考えられる。

このように、『拾穂抄』では当時の定説でもって注釈し、あえて書かずにおいた「正説」を論理的な態度によって別注したのが『秘訣』であることが知られる。つまり、『拾穂抄』では『万葉集』初学者を対象に一般的、もしくは分かりやすい説を用いて注釈し、その段階を終えた「執学の人」に対して著した『秘訣』には、より深く掘り下げた季吟の自説を記しているのである。一〇二〇／一〇二一歌は、これを二首に分けて解するという定説に定家が疑問を抱き、それを踏まえて季吟が論理的に説明を加えたものと言える。

二、季吟の方法

はじめに述べた通り、『秘訣』は仙覚説に対する批判や、仙覚とは異なる見解を述べるものが多い。明らかに仙覚への反論と見られるものが二十一項目中十二項目あり、野村氏は「おだやかな性質の季吟としては、これらの言葉に何か対抗意識のようなものが感じられるのである。(注5)」と述べている。

『秘訣』二十一項目のうち、『日本書紀』、『続日本紀』等の史書や『和名類聚抄』などを用いた文献的考証が十三項目あるが、中には後の第三節に述べるごとく仙覚と同じ見解を述べるものもある。「道理と文証(注6)」によって論理的に『万葉集』を訓読、解釈しようとした仙覚について、季吟はある点においては研究上の共通性を認識していたことになる。それでもなお多くの場合に仙覚を批判する『秘訣』が目指したものは何であったのか。具体例を検討しつつ明らかにしたい。

【秘訣・第十七項目】

赤駒之《アカゴマノ》　射《イ》去《ユキ》羽《ハ》計《ハカリ》ハヽカルとよむべし 正ハハカル　真田葛原《マクスハラ》　何《ナニノ》伝言《ツテコト》　直《タヽニ》将レ吉《シヨケン》エケンとよむべし 正エケン

此歌この集にては恋の歌と聞ゆ。日本紀二十七天智云、十年十二月癸亥朔乙丑天皇崩二《カミサリマシヌ》于近江《ノ》宮《ニ》一。癸酉殯二《モガリス》于新宮《ニ》一。于レ時童謡曰《ニ》阿箇悟馬能以喩企波々箇屢麻矩儒播羅奈尓能都底挙騰多拖尼之曳鶏武《アカゴマノイユキハバカルマクズハラナニノツテコトタダニシエケン》云々。此童謡三首あるうちの一首也。釈日本紀曰赤駒《アカコマ》也。又吾駒《アガコマ》也。又曰行憚《ユキハヾカル》　也。伊《イ》者助語也。又曰真葛原《マクズハラ》也。又曰何《ナニノ》伝言《ツテコト》也。又曰直　得《タヾニエケン》　也。しかれば此集にても羽許をはゞかるとよみ、直将吉をたゞにしえけんと和すべし。吉の字えの訓あり。住吉と書てすみの江とよむたぐひなり。歌の心は駒の行はゞかる真葛原はかよひがたき道也。事伝などいひかよはす事も自由ならぬ中に、たまく／＼つてことする人の何のふしもなき事をいひおこせしをかこちてよめるなるべし。かくかよひがたき道にしも何たるつてことをたゞにえたりけん、あやしやと也。つてことは言伝といふ心也。仙覚由阿等、此歌日本紀并釈をも勘がへずみだりに点じて義分明ならねば、今正説を口訣とし侍り。

『拾穂抄』巻十二・三〇六九歌ではこれを、

あかこまの《赤駒之》　いゆきはゝかり《射去羽計》　まくすはら《真田葛原》　なにのつてこと《何伝言》　たゝにしよけん《直将レ吉》

と訓じ、頭注では「仙点かくのごとし。おそらくはあやまれり。いゆきはゞかるとよみ、落句をもたゞにしえけんとよむべし。慥に文証あり。且又正義あり。秘決、別に注し侍る。」とある。本文訓は仙覚訓に従い、頭注で自説を記しながら詳しくは述べず、『秘訣』に譲っている。

『秘訣』ではまず、『日本書紀』巻第二十七の天智天皇紀歌謡の仮名書き例をあげ、『釈日本紀』の解釈を引用して当該歌の解釈を試みている。すなわち、「駒の行はゞかる真葛原」とは「かよひがたき道」で、伝言も自由にはならない仲の比喩であり、そのような中で「たま〳〵つてごとする人」が「何のふしもなき事」を言ってよこしたことを恨んで、「（私は）何たる（たわいもない）つてごとをたゞにえたりけん、あやしや」と恨み言を言う歌と解する。この解釈は、『釈日本紀』の結句の解釈「直得」を用いたことが大きい。

『秘訣』は「仙覚由阿等、此歌日本紀幷釈をも勘がへず」として仙覚、由阿を批判するのであるが、現行の『仙覚抄』にも『詞林采葉抄』にも当該歌の注はない。江戸期の流布本であった寛永版本は第二句を「イユキハハカリ」、結句を「タ、ニシヨケム」と訓じており、これが仙覚本系の本であることはその奥書によって知られるので、『秘訣』の批判は寛永版本あるいは同系統の本を見てのものと思われる。(注7)

では、なぜ仙覚本は『釈日本紀』の解釈を採らず、『日本書紀』の仮名書き例を無視してまで「ヨケム（＝良けむ）」と訓じ得たのか。まず、『万葉集』の写本で「エケム」の訓を採ったものは『校本万葉集』所収諸本には見当たらない。非仙覚本系の元暦校本、古葉略類聚鈔に「タタニモヨケム」とあることから、仙覚以前の訓はこれであったと考えられる。仙覚寛元本系の神宮文庫本、細井本もこれを踏襲する。仙覚文永本系では、紀州本、温故堂本、陽明本に非仙覚本、寛元本と同じ「タタニモヨケム」とある一方、西本願寺本には「タタニソマ《モヨ》ケム」、大矢本、京大本には「タタニシヨケム」（訓はすべて墨書）とある。

『日本書紀』の仮名書き例を万葉歌訓読に多く利用した仙覚が、当該項目についてのみ『日本書紀』、『釈日本紀』を見なかったとは考えがたい。仙覚は当該歌を『釈日本紀』における『日本書紀』歌謡の解釈とは一線を画すものとして、『万葉集』それ自体の持つ漢字本文「直将吉」を重んじて「ヨケム」の訓を是としたのではないだろうか。

ここで再び『秘訣』に立ち返り、「義分明ならねば」の言葉に着目したい。季吟が当該項目を『秘訣』として別注したのは、仙覚の「義」、つまり解釈に納得しなかったからである。『日本書紀』の仮名書き例を用いた独自の訓採択をするにあたり、「歌の心」を詳細に述べていることからも、これが一首の「義」を「分明」にすることを目指した注釈であることが知られる。『秘訣』では当該歌の「義」を「分明」にするのに有益な資料として『釈日本紀』を利用したのだと言える。(注8)

三、「三箇之大事」の一

『秘訣』二十一項目を記し終えた後、十六丁表の奥書に「久米之若子」「弱女之惑」「玉勝間」の三項目を「三箇之大事」とする旨が記されている。『秘訣』における「三箇之大事」は、従来、保守的な一面のみが取り上げられてきた。(注9)『秘訣』の価値を、「彼自身が新しく秘訣を設けるに当たって、単に中世的な無意味な秘訣を作ることなく、文献的な立証によって有意義たらしめようとしていたことが認められ(注10)」ると評価する野村氏も、この「三箇之大事」については、

最後に、「久米之若子」「弱女之惑」「玉勝間」の三条が、三箇の大事であると述べているが、いかなる根拠に基づいたものか明らかではない。おそらく、これこそ中世歌学の意味のない秘事・秘伝の模倣であり、季吟の保守的な面を如実にあらわしたものといえよう。(注11)

と述べ、季吟が『秘訣』を著すにあたって「三箇之大事」を定めた意図を掘り下げては考えられなかった。

古今伝授の切紙伝授期の相伝には、ある一つの意味のまとまりを為す口伝を「三箇大事」「四箇大事」「七箇大事」というように体系づける形式がある。確かに『秘訣』の定めた「三箇之大事」という形式は「古今伝授三箇之大事」を模したものである。しかし、これまで述べてきたように、『秘訣』は文献を用い、独自の論をあくまで論理的に展開することを目指したものである。当該書物における「三箇之大事」も、二十一項目のうち特に重要と考える根拠があって選ばれたものと考えられる。ここからは『秘訣』の「三箇之大事」について検討し、その選定の

意図を探ることを試みる。

【秘訣・第二項目】

第三　博通法師往《テ》二紀伊国《ノ》一見《テ》二三穂石室《ノイハヤヲ》一作歌
皮為酢寸《シノススキ》　久米能若子《クメノワカコ》

日本紀顕宗天皇紀曰弘計《クケ》天皇更名来目稚子《マタノナクメノワカコ》とあり、是也。御父君を市辺押磐《イチヘヲシイハノ》皇子と申せしが、雄略天皇に殺され給ふに、恐れて兄《コノカミヲ》億計王《ケノヲホキミ》とゝもににげのがれて丹波播磨などに隠れまし〳〵ける。それをしの薄の穂に出ぬ心にてしのすゝきくめのわかことといへり。又はしのすゝきとは下句三穂の岩屋をいはん諷詞也。此集の習ひ枕詞を句を隔て用る事おほし。但来目若子《クメノ》三穂の岩屋にいませし事は日本紀に見えず。記しもらせしにや。此集にかくよみしうへは其比みほの岩屋にかくれおはせし事のいひ伝へなど有しなるべければ其分なるべし或久米仙等之説非也。

当該項目は、『万葉集』巻三・三〇七歌の「久米能若子」という人物についての記述である。『拾穂抄』では、

しのすゝき《皮為酢寸》　くめのわかこか《久米能若子我》　いましける《伊座家留》イ家牟《ケン》　みほのいはやは《三穂乃石室者》　見れとあかぬかも《雖見不飽鴨》
一云　あれにけるかも《安礼尓家留可毛》

と訓読され、頭注には次のように書かれる。

しのすゝきくめのわかこ　祇曰、ほに出ぬをしの薄といふ。古く人の住たる石室《イハヤ》をみて読る也。見安云、久米《クメ》能若子《ノワカコ》、くめは姓也、若子は名也。愚案此儀仙覚にしたがへり、非也。くめのわかこ一人の御名にて姓などいふことにあらず。たゞしき事ながら見あたらざるにや。口訣、別に注す。

『拾穂抄』では『宗祇抄』および『万葉見安』（以下、『見安』）を引用し、『見安』の「久米」＝姓、「若子」＝名であるという説について、「此儀仙覚にしたがへり、非也」として否定するのみにとどめ、（注12）自説については『秘訣』

に別注する旨を述べる。『秘訣』では『日本書紀』の記事をあげ、「久米之若子」が「来目稚子」＝弘計天皇（顕宗天皇）であるとする説を展開する。弘計天皇が雄略天皇に殺されることを恐れて兄とともに逃げ隠れていたことから（『日本書紀』巻第十五顕宗天皇即位前紀）、「しの薄の穂に出ぬ心にてしのすゝきくめのわかことといへり」と言う。この項目での『秘訣』の主張は、「久米之若子」が「来目稚子」＝弘計天皇であるという説であり、それを『日本書紀』によって立証している。この『日本書紀』の記事を歌に取り込むことにより、「しのすゝき」が「久米之若子」にかかる理由が、「久米之若子」が「隠れしのんでいた」からであるという新たな解釈が生まれる。

当該歌について、仙覚『万葉集註釈』（注13）（以下、『仙覚抄』）には次のように書かれている。

シノスヽキトハホニイデヌスヽキヲイフ。シノトイフハシノブトイフコトバナリ。クメトハコムトイフコトバナレバ、クメトイハムタメノ諷詞ニシノスヽキトヲケル也。

「シノ」＝「忍ぶ」と解釈するのは『秘訣』も『仙覚抄』も同じである。しかし仙覚説は、「クメ」＝「込む」であるから、同じく外に表れない意を持つ「シノ（忍）」を冠する「シノスヽキ」にかかるという。『秘訣』は仙覚説を用いつつ、『日本書紀』の記事を取り込んで独自の解釈を成したと見ることができよう。（注14）『秘訣』は『日本書紀』という『万葉集』と同時代の文献を用いた考察によって、『万葉集』を史書の中に根拠づけられる歴史的事実として位置づけようとしたのではないだろうか。

四、「三箇之大事」の二

【秘訣・第五項目】

第六　石上乙麻呂《ノ》卿配《スル》二土左国《ノニ》一之時歌

石上《イソノカミ》　振之《フルノ》尊者《ミコトハ》　弱女乃《タハヤメノ》　惑《マトヒニ》尓縁而《ヨリテ》　此歌女の事のあやまちにて石上乙まろの卿ながされゆく事とはきこえて其故を仙覚由阿其外の諸抄にもしるさず。これは続日本紀十三天平十一年三月曰庚申石上《イソノカミノ》朝臣《アソン》乙麻呂《ヲトマロ》坐《ツミセラレテ》レ姧《ヲカスニ》二久米連《クメノムラジ》若売《ワカメヲ》一配二流《ナガサル》土左国《ノニ》一。若売《ワカメハ》配《ス》二下総国《ノニ》一焉とあり。是にてたをやめのまどひによりてといへる所分明にきこえ侍るにや。但万葉集と続日本紀とは一年の異あるも万葉は続日本紀より古き物なれば此集を証とすべし。

当該項目は、『万葉集』巻六・一〇一九歌の「弱女乃惑」の語についての注釈である。『拾穂抄』の当該歌頭注では、「此詞書幷に此うた、いかなるゆへといふ事諸抄にしるさず。よりて此一巻の口訣にて別に注し侍し。」「たはやめのまどひに　此詞、諸抄に註しもらせり。さして深き事ならねど口訣ならずは知人稀歟。」としている。『秘訣』は「仙覚由阿其外の諸抄にもしるさず」として、この歌の歴史的背景に触れた注釈のないことを指摘する。そして『続日本紀』第十三・天平十一年三月条を引用し、「弱女乃惑」の「弱女」にあたる女性が「久米連若売」であるとする。『続日本紀』の当該記事は、一〇一九～一〇二三歌題詞「配《スル》二土左国《ノニ》一之時歌三首幷短歌／石上乙麻呂卿」（『拾穂抄』より引用）に合致する。配流の原因が「久米連若売」との密通であることが『続日本紀』によって知られ、「弱女之惑」の「弱女」が「久米連若売」であるという主張は文献的証拠のあることと言える。『続日本紀』という史書を用いた文献的考証によって、当該歌は歴史的事実として位置づけられることとなる。このように「弱女之惑」の内容を史書を用いて具体的に示すことで、当該歌およびこの歌群の意味内容は明確になっている。『秘訣』の「是にてたをやめのまどひによりてといへる所分明にきこえ侍るにや」という言葉は、第二節でも述べたように、『秘訣』が歌の解釈を「分明」にすることを目指していたことを示していよう。『秘訣』において、歌もしくは歌群の「義」を「分明」にするとは、『万葉集』を歴史的事実として捉えようとすることにあると推測される。

五、「三箇之大事」の三

【秘訣・第十六項目】

第十二巻　正述心緒歌之内
〔一〕玉勝間《タマカツマ》　相《アハント》　登云者《イフハ》　誰有香《タレナルカ》　相有時《アヘル》左倍《トキサヘ》　面隠《ヲモカクレスル》為

袖中抄、仙覚抄等の諸抄、推量の説さま〴〵あれど皆非也。たまがつまとはむかしありける女の名なる事をしらざるゆへ也。（『日本書紀』十一・仁徳天皇十六年秋七月条の引用を略す：筆者注）玖賀《タマガ》媛《ヒメ》とあれども已に帝の速待が妻に給へるゆへ玉がつまといふなるべし。扨此うたはかの速待をあまなはずして何ぞよく君がつまとならんやといひし心をよめり。かくはやまちをあまなはぬに誰かはあはんといふや、かく速待にあへるときだにおもかくれしてなびかねばとの心なるべし。次に、たまがつまあべしま山の夕露に旅ねはえずや《古来風体たびねしかねつ》長き此夜を。是は速待にそへて桑田にをくりつかはさる丶道に此あべ嶋山あるなるべし。秋七月やう〳〵長き夜を心にもあらぬ男にいざなはれて旅ねしかねけんとの心也。次に、玉がつま嶋くま山の夕暮に独や君が山路こゆらん。是も思はぬ人にいざなはれゆけば、一人や君がとよめり。是彼やもめにて年をへんといひし心をうけてひとりといふ也。君は玉がつまをさしてよめり。一云夕霧にながこひしつ丶いねかてぬかもとは帝をこひ奉りていねがたく思ひあかす心なるべし。桑田は丹波也。摂津よりの道の山也。

当該項目では、巻十二・二九一六歌の「玉勝間」について、これが人名であると述べている。『拾穂抄』の当該歌頭注には、次のように書かれている。

たまがつまあはんといふは　袖中抄に顕昭云、玉がつまとは妻をほめていふといへり。……愚案玉がつまの事本文あり。かゝるをしはかりの事にてしらるべきにあらず。秘訣別注《ニス》。或説曰、玉がつまは若玉の緒といふか。上に玉の緒の嶋心といへり。是は玉を緒にてしむる心也。後二首の歌にともに嶋といふ字をよみしは其心なるべし。この歌にあはんといふはとよめるは、玉のをはあはする心をつゞけしにや。仙覚は、玉がつまとは玉くしげといふ詞也。阿波国風土記云、勝間井《ハ》冷水出《ツ》㆓于此《コヽニ》㆒焉、所㆔以名《ル》㆓勝間井《ト》㆒者、昔倭健《ヤマトタケノ》天皇乃依《テ》㆓大御《ミ》櫛笥之《ノ》忌《ニ》而、勝間栗人《ノクリントト云》者《ノ》穿㆑井《ヲ》、故為㆑名《ト》也云々。愚案此説に随ひて見安にも玉勝間、玉くしげ也、又は櫛《クシ》をも云と云也といへり。櫛《クシ》の説は詞林采葉の儀にしたがへり。然共、此風土記の心は、勝間栗人が掘たる間、勝間井と名付しと也。大御櫛笥の故によりてほりしゆへといふにはあらず。然に此風土記をよりどころにて玉勝間は玉くしげといはん事ひが事なるべし。或説の玉のをといふ事、猶狼藉の臆説なるべし。本説をしらずはいかで的当すべき。口訣別注《ス》。

『拾穂抄』では、『袖中抄』、『万葉集管見』（「或説」として引かれた部分。以下、『管見』）、『仙覚抄』、『見安』、『詞林采葉抄』等の説をあげ、すべて「をしはかり」「ひが事」「臆説」であると批判する。そして、「本説をしらずはいかで的当すべき」として「本説」の説明を『秘訣』に譲っている。季吟には主張すべき自説がありながら、『拾穂抄』においては従来の説を集成するという形にとどめている。

『拾穂抄』に掲出された説を整理すると、まず『袖中抄』では「玉勝間」は妻をほめて言う言葉であるとする。「或説」として引かれる『管見』は、「玉勝間」を「玉の緒」の意と解釈し、玉を緒でしめる意から「嶋」にかかる枕詞であり、当該歌の場合には「あはむ」にかかる、やはり枕詞であると解釈する。『仙覚抄』では『阿波国風土記』を用いて「玉勝間」＝玉櫛笥と解し、枕詞ととらえる。[注15]『見安』も「玉勝間」＝玉櫛笥とする。また、「玉勝間」を「櫛」の意とするのは、『詞林采葉抄』[注16]に次のように言うのを引いたものと思われる。

玉カツマアベ嶋山ノユフ露ニタビネハエズヤナガキ此夜ヲ

此歌ニテハ玉カツマハ恋ノ魂ノアヘギアリクヲ申トモ云ヘリ。雖然美作国風土記曰、日本武尊櫛ヲ池ニ落シ入玉。因テ号ク二勝間田ノ池ト一云云。此ハ勝間ハ櫛古語也ト見タリ。

これも枕詞説の一つと見てよいだろう。つまり、季吟の引用する諸説において「玉勝間」は、『袖中抄』で「妻」の意に解する以外はすべて枕詞であると解釈されているのである。

『秘訣』ではまず、『拾穂抄』に引用した諸抄について「推量の説さま〴〵あれど皆非也」と否定し、『日本書紀』を引用して「玉勝間」を「玖賀媛」のことであるという。そして、この玖賀媛が速待の求婚に応じなかったという説話に沿って、当該歌の意味を「かくはやまちをあまなはぬに誰かはあはんといふや、かく速待にあへるときだにおもかくれしてなびかねば」と解釈する。当該歌の他、『万葉集』には「玉勝間」の語を用いた歌として「たまがつまあべしま山の夕露に旅ねはえず《古来風体たびねしかねつ》や長き此夜を」(巻十二・三一五二歌)、「玉がつま嶋くま山の夕暮に独や君が山路こゆらん」「一云夕霧にながこひしつ、いねかてぬかも」(巻十二・三一九三歌)の二首がある。『秘訣』ではこれらについても『日本書紀』の当該記事に関連させた解釈を試みている。三一五二歌を『秘訣』に従って解釈すると、玖賀媛が速待に従って媛の出身地である桑田へ行く旅中に安倍嶋山があり、「秋七月やう〳〵長き夜を心にもあらぬ男にいざなはれて旅ねしかねけん」となる。三一九三歌についても同様に桑田へ行く旅中の作として「思はぬ人にいざなはれゆけば、一人や君がとよめり」と解釈し、「一云」については「帝をこひ奉りていねがたく思ひあかす心なるべし」とする。

この『秘訣』の説は、野村氏が「もちろん承服し難い。ただ何かの文献により、確証を得ようと努力していることだけは認めてよいと思う。(注17)」と言うように、現代の実証的観点からは到底納得のできるものではない。「玖賀」は「クガ」と訓むべきものであるし、天皇が速待の妻にと与えたものだから「玖賀媛」を「タマガツマ」と呼んでいるのだという解釈も、「安倍嶋山」や「嶋熊山」の歌が、玖賀媛が速待に従って桑田へ行く旅中のことを題材にしたという説も、牽強付会と言わざるを得ない。しかし、『万葉集』に描かれた事柄を歴史的事実として捉えようとすることが『秘訣』の成そうとしたことであるならば、『日本書紀』の記事は当該歌群を解釈する上で十分に意味を持つものとなる。「玉勝間」を枕詞と解する従来の説を表の解釈とすれば、『秘訣』の述べる内容は裏の解釈であると言えよう。

「三箇之大事」の三例はすべて、『拾穂抄』にあげられた従来の説である表の解釈に対し、史書を踏まえた新たな裏の解釈を付加し、その歌、もしくは歌群のもつ意味を歴史的事実に基づくものとして「分明」にしたものであると言える。この「表」「裏」の二重構造は、古今伝授における所謂「表説」「裏説」に対応している。『秘訣』という書名もこの点に由来するのではないか。この意味では、確かに季吟は中世歌学の伝統に則って『秘訣』を著したと言うことができる。しかし、『秘訣』を著すにあたって季吟が丹念に資料にあたり、文献的証拠を示した上での立論を目指したことは、以後、国学と言われる実証的上代文学研究の先蹤として評価してよいのではないだろうか。

おわりに

ここまでに、『秘訣』における季吟の方法について、実際の注釈のありようを考察してきた。

『秘訣』の奥書からは、これが「執学の人」のために書かれたものであることが知られる。『拾穂抄』の頭注でも、『秘訣』への別注を述べるにあたり、「執学の人のため別註《ス》」（巻六・一〇二〇）、「此一巻の口訣に別に注して執学の人に伝んとす」（巻二十・四五一六）等と記しており、『秘訣』が「執学の人」に対して記したものであることを強調する。また、『拾穂抄』総論には、次のようにある。

或問、学者の見やすきを要とする注解とならば、此抄にそこばくの口訣を残せる事如何。答、是亦学者のために仙覚由阿抄の諸抄適見もらせる所々を別に注せり。彼経信卿のいせ物語の知顕抄、逍遙院殿の万葉抄などの擬書のたぐひにはあらず。来歴本文故ある事どもなれば、執学の人の問来んをまつもの也。しゐて秘し隠すべきにはあらず。

『秘訣』は「学者」のため、「執学の人の問来んをまつ」ために記すのだとし、その内容についても、「来歴本文故ある事」、つまり文献重視の立場から記したものであると執筆動機、執筆態度を明らかにする。季吟は『拾穂抄』の読者である「童蒙初学の者」に対応する語として、『万葉集』の基礎知識をすでに学び終え、さらに学ぶ意欲のある者を指す「執学の人」の語を意図的に使用している。

『秘訣』二十一項目の多くは史書を用いた考証であるが、中でも「三箇之大事」にあげられた三項目は、万葉歌に関係する人物を明確に史書の中に見出せた例と言える。季吟は二条派歌学の伝授思想の中に身を置く人物であり、初学者に向けた古典注釈書を数多く出版する一方で、直接の師弟関係を重視し、『秘訣』という形で『万葉集』の解釈を残したのは当然のことであっただろう。しかしその境遇の中で、季吟の示した「裏説」が決して「意味のない秘事・秘伝の模倣」などではなく、丹念に資料にあたり、文献的根拠を明らかにした上での立論であることは評価できる。伝授の形式を用いながらも文献資料を重視した独自の内容を持つ『秘訣』は、季吟の学問背景にあった二条派歌学における伝授のあり方と、季吟自身の文献主義的精神が共存する中で生まれてきたのである。

注

（1）　当該書物についてはすでに野村貴次氏『北村季吟の人と仕事』（新典社　一九七七年）の第二章「仕事」第四節「『万葉拾穂抄』」三「秘訣本」（三九四頁～四三二頁）に論考および翻刻がある。当該書物は、帙題簽に「万葉集秘訣北村季吟自筆稿本」とある「自筆稿本」の部分をミセケチにして、「著」に訂正されており、また帙見返しに「自筆に非ず」とある。しかし、本文の筆跡は『万葉拾穂抄』自筆稿本の文字と別筆であると考える積極的な根拠はないように思う。野村氏の説に従い、季吟の自筆と考えておく。なお、この他、日本大学総合学術情報センター所蔵の貴重書に「古今集並歌書伝授書」とされる北村季吟の注釈書類があり、その中に元禄十五年の奥書のある『万葉集口訣』と題された書物があるが（『日本大学総合学術情報センター所蔵貴重書展　書物が伝える日本の美―書写と印刷文化―』日本大学総合学術情報センター　二〇〇一年）、未見。

（2）「玄旨」の内容は、定家仮託書である『桐火桶』の万葉歌抄出部分と合致する。『桐火桶』には「和歌風体抄」「幽旨」「玄旨」等の異名があり（『国書総目録』による）、その内容は①序、②『万葉集』と『古今集』からの秀歌撰、③歌仙秀歌撰とその評、④百首詠故実・三ケ大事を主とする秘事口伝説の四部分より成る（徳川黎明会叢書和歌篇四『桐火桶・詠歌一体・綺語抄』所収『桐火桶』佐藤恒雄氏解説に拠った）。『桐火桶』は寛永十五年に刊行されており、これを季吟が見る可能性はあるが、版本系統の『桐火桶』は万葉歌「秋風の寒く吹なへに我宿の浅茅かもとに蛬鳴」（引用は当該『秘訣』所収「玄旨」に拠った）および『古今集』歌数首を欠いている。一方、『秘訣』所収の「玄旨」には前掲の一首が存在する。また季吟自身が当該書物の奥書に「此玄旨は宗匠家代々秘本にて世にまれなれば」と述べていることからも、版本からの抜書とは思われない。なお、東大国文研究室蔵「三五記」合綴「幽旨」（応永三年写）には明徳三年の祥阿による「此書鵜本末玄旨已上五帖宗匠家之代々秘本也然間不被出函底云々」との本奥書がある。

（3）しかし、『拾穂抄』に延べ四十箇所見られる「口訣」「秘訣」「別注」等の箇所のうち、『秘訣』では二十一項目のみが注されている。『拾穂抄』頭注における複数の箇所の「口訣」「秘訣」等の言葉が『秘訣』の同一項目を指す場合もあるが、現存の『秘訣』に全くその叙述のないものも九箇所ある。これについて野村氏（注1論考）は「季吟のいわゆる執学の人に対し、それぞれ必要に応じて書き抜いたためであろうと思われる。」（三九九頁）としているが、実際のところは明らかではでない。

（4）書名『万葉集長歌短歌説』は『国書総目録』における統一書名によった。引用は続群書類従十六輯下『定家卿長歌短歌説』に拠った。なお、『拾穂抄』に引用された定家説の多くが『長短歌説』に見られるものであることについては本書第一章に述べた。
（5）注1野村氏論考（四〇五頁）。
（6）小川靖彦氏『万葉学史の研究』（おうふう　二〇〇七年）の第三部「仙覚の万葉学―十三世紀における知の変革―」第三章「道理と文証―『万葉集註釈』の知の形式―」（三四一頁〜四一四頁）。
（7）第二句「イユキハハカリ」は仙覚本系の諸本に共通する訓であるが、結句「タ、ニシヨケム」は仙覚本系写本のうち、寂印成俊本を祖本とする大矢本、京大本に特有の訓である。江戸期に刊行された活字附訓本、それを製版した寛永版本は寂印成俊本系のうち大矢本系の本による校合を経ているため、『秘訣』の言う仙覚の訓がこれら流布本による可能性が高い。
（8）なお、他の項目においても、例えば巻十一・二三五一歌を注釈した『秘訣』第十四項目では、「古人の正説、義におゐて分明也。」として『奥義抄』の説に賛同する形で一首の解釈を施している。また、『拾穂抄』巻二十・四五一六歌の頭注に「愚案仙覚抄、見安等、いやしけの注ばかりにてよごと〻いふ事慥ならざるゆへ、此歌の議分明ならず。よごとといふ事慥なる出所ある詞なれども両抄見あたらざるなるべし。」として、『秘訣』第二十一項目で『日本書記』を用いて「よごと」を注釈している。これらのことからも、『秘訣』は万葉歌の「義」を「分明」にすることを目指していたと考えられる。
（9）『校本万葉集　十七』（岩波書店　一九三二年）の「万葉集諸本輯影解説」第五部「註釈書および参考書」第二五六「万葉集秘訣」の項目には、「季吟は旧派の学者として伝授思想を種々の点に示してゐるのであるが、この書もその意味に於いて注意すべき材料であつて、二十一箇条の中から三箇の大事を挙げて、古今集三箇の大事に擬した事などに、季吟の態度を見ることが出来る。」（七九頁）と書かれている。
（10）注1野村氏論考（四一六頁）。
（11）注1野村氏論考（四一五頁）。
（12）『拾穂抄』では『見安』の姓名説を指して『仙覚抄』に従ったものと説明するが、仙覚『万葉集註釈』の当該歌注に姓名説は見えない。

(13) 引用は、特に指定しない限り、巻一のみ冷泉家時雨亭叢書第三十九巻『金沢文庫本万葉集巻第十八　中世万葉学』（朝日新聞社　一九九四年）により、巻二以降は京都大学国語国文資料叢書別巻二『仁和寺蔵万葉集註釈』（臨川書店　一九八一年）に拠った。濁点、句読点は私に付した。

(14) 『拾穂抄』に「或説」として間々登場する下河辺長流の『万葉集管見』（以下、『管見』）に、次のような注釈がある（引用は万葉集叢書第六・七輯（臨川書店　一九七二年）所収『万葉集管見』に拠り、濁点は私に付した）。

しのすゝきくめの若子がいましける三ほのいはや　此うた、しのすゝきといひ出たる、下句に、三穂の岩屋と云んため也。くめとつゞくこと葉にはあらず。すゝきの穂といふ詞なり。くめの若子は久米の仙がことなり。此いはやに行《ヲコナヒ》けるを思ひいで、よめる也。

『秘訣』に「或久米仙等之説非也」とあるのは、『管見』の「くめの若子は久米の仙がことなり」を指したものと考えられる。このことから、『秘訣』の「又はしのすゝきとは下句三穂の岩屋をいはん諷詞也」は『管見』の影響を受けたものと思われる。これについて野村氏は、「三穂にかかるとの説を季吟自身のものらしく説いているのは剽窃と言わねばならない。」（注1野村氏論考（四〇六頁））と批判的に述べているが、この項目で『秘訣』の言わんとしている内容はあくまで「久米之若子」＝弘計天皇説である。

(15) 『拾穂抄』はこの仙覚説について「勝間栗人が掘りたる間、勝間井と名付しと也。大御櫛笥の故によりてほりしゆへといふにはあらず。」と言う。野村氏が「底本の相異か季吟の説明が理解できない。」（注1野村氏論考（四一四頁））と述べているように、確かに季吟の説明は難解である。これは、季吟の見た『仙覚抄』に問題があったためである。カタカナ本『仙覚抄』には、「タマカツマトイフハ、タマクシゲトイフコトバ也。阿波国風土記ニ云、……粟人者、櫛笥者勝間云也已上。サレバ今ノ歌ニハアハムトイフハトイヒイデムタメノ諷誦（ママ）ニタマカツマトヲケル也。」とある。『阿波国風土記』に、阿波の人が櫛笥のことを勝間と言いならわしていると書かれていることを根拠として、「玉勝間」と「玉櫛笥」を同様に「ア（ハ）」を導く枕詞とする明解な説明である。しかし、近世版本であるひらがな本『仙覚抄』（国立国会図書館蔵本（請求記号：特1-950）ほか。濁点は私に付した）では、「たまかつまといふは、たまくしげといふ詞なり。阿波国《あはのくにの》風土記《ふど》云《きにいはく》……勝間栗人《かつまのくりんど》者《、いふもの》穿《ほる》レ井《ゐを》故《かるがゆへに》為《なす》レ名《など》也已上。さればいまの歌には、あはんといふはと、いひいでんための諷詞《ふうし》に、たまかつまとをける也。」となっている。契沖の『万葉代匠記』精撰本にもこの本文が引用されており、「〈只〉其事ニ依テ勝間粟人ト云者ガ井ヲ穿タル〈故ニ、井ノ名ヲ勝間ト云〉トコソ云ヘルヲ、玉勝間ハ玉匣ヲ云トハイカニ意得ラレケム。唯勝間〈井〉ヲホメテ玉勝間ト云ヒ、勝間ハ風土記ニ載テ阿波ニ名アレバ、アハムヲ阿波ニソヘムタメニ玉勝間トハ置ケリトソ申サルベキ。」とある（引用は『契沖全集　巻五』（岩波書店　一九七五年）に拠り、濁点は私に付した）。ここからは契沖も『仙覚抄』の記述に対し、とまどいを感じていたことが知られる。季吟、契沖ら近世期の学者の見た『仙覚抄』は版本であったと考えられる。

(16)　引用は万葉集叢書第十輯『万葉学叢刊』（臨川書店　一九七二年）所収『詞林采葉抄』に拠り、濁点は私に付した。

(17)　注1野村氏論考（四一四頁）。

第二部　藤原惺窩と『万葉集』

第五章　惺窩校正本『万葉集』について
——天理図書館所蔵「古活字本万葉集」の検討から——

西川安之

はじめに

藤原惺窩は下冷泉家五代当主・為純の三男として生まれ、仏門に入るが、天正年間の朝鮮国使との交流などから儒学に傾倒し、僧籍を去って儒者となる。慶長九年には後に江戸幕府の儒官の代表となる林家の始祖・林羅山が入門し、惺窩は日本における近世朱子学の開祖と言われる。一方、歌学にも精通し、木下長嘯子、松永貞徳らと交友があった。（注1）和学の面では『万葉集』、『日本書紀』に特に関心が深く、『万葉集』校訂の他、『日本書紀』神代巻にも「一大改修を施さうと企てた」ことが知られる。（注2）

天理図書館には、全巻墨書の訓が付され、次のような奥書のある「古活字本万葉集」が所蔵されている（以下、天理本）。

此万葉集之点者、妙寿院惺斎公、浅野紀伊守幸長公所望ニヨリテ、門人伯郎ト云能筆ニ命シテ写サセ点ヲ改奉之御本之点ノ写也。可秘之。

当該本が所謂惺窩校正本の訓点を書き入れた本であることは夙に指摘されていたが、（注3）古活字本（所謂、活字無訓本）への書入本であるため、『校本万葉集』にも紹介されていない。惺窩校正本の現存写本（完本）としては他に、前田家一本（尊経閣文庫所蔵）、八雲軒本（國學院大學図書館所蔵）、白雲書庫本（東洋文庫所蔵）の三本が知られている。このうち、前田家一本、白雲書庫本は『校本万葉集　首巻』(注4)に書誌的紹介が行われ、八雲軒本は近年、多田元氏によって紹介された。(注5)しかし、惺窩校正本それ自体の研究はこれまでにほとんど行われてこなかった。

本書第一部に論じてきたように、北村季吟『万葉拾穂抄』（以下、『拾穂抄』）の刊本の本文（『万葉集』のテキスト部分）は当時の『万葉集』の流布本であった寛永版本と異なる部分が多く、それは刊本『拾穂抄』が惺窩校正本を底本にしていることに起因する。(注6)北村季吟の後世への影響力を考えれば、『万葉集』の受容史における惺窩校正本の位置を確認することは、近世初期の『万葉集』受容の様相を知るためには不可欠である。本章では天理本について検討し、その校合本である惺窩校正本の校訂の意図について考えたい。

一、惺窩校正本の特徴

惺窩校正本（天理本、白雲書庫本）の仙覚本との相違点については(注7)『校本万葉集　首巻』（前掲）にも述べられているが、ここに改めてあげておく（本章で主に扱う項目を**ゴチック体**で示す）。(注8)

A　各巻の目録が別冊（上下二巻）にまとめられている。ただし、天理本は各巻に墨書（一部、古活字）の目録が付されている。

B　**作者名を題詞より除き、後世の和歌集のごとく題詞の下方に記している。**

C　**仙覚本の左注に「人麻呂歌集所出」、「金村歌集所出」等とある歌について、歌集所出とせず、直ちに作者名として記している。作者の知られない歌には「作者未詳」等と記し、仙覚本巻十九の作者名のない歌には**

「大伴宿祢家持」と記している。

D　巻七で、仙覚本に「詠□」（「詠天」「詠月」等）、「寄□」（「寄衣」「寄玉」等）とあるのを、「詠□歌□首」「寄□歌□首」としている。

E　巻一、二、七、十一、十二等で仙覚本との歌順の相違が見られる。

F　仙覚本の左注を、割注形式で題詞または歌の下に移している。

G　西本願寺本等の一部写本に見られる朱注文（勘物）を題詞または歌句の下に割注形式で記している。

H　漢字本文に返り点を付して訓む場合、上から読み下して書かず、「念曽《ヲモヒソ》所《ル》レ焼《ヤク》」（巻一・五歌）、「寐夜《ヌルヨ》不《ス》レ落《ヲチ》」（巻一・六歌）のごとく訓むべき字の傍らに顚倒させて訓を付す。

I　「オモフ」を「ヲモフ」、「オホキミ」を「ヲホキミ」と書くなど、独特の仮名遣いを用いている。

J　巻五・八〇〇歌、巻二十・四四六五〜四四六七歌群で序、歌句に仙覚本と相違する箇所がある。

K　巻五・七九四歌前文、八〇四歌序、八九七歌前文、詩序等で、仙覚本に存在する漢文のうち、仏典関係箇所等に削除が見られる。

天理本には歌本文の右傍に墨書されたカタカナ訓の他、底本の様式を記した墨と朱による書入がある。すなわち、Bに該当する書入として、題詞にある作者名に朱で丸印して消し、後世の和歌集のごとく題詞の下方に墨書する。Fに該当する書入として、左注に、これが題詞の下に細字で移されていることを意味する符号がある。また、Eに該当する書入、改変として、例えば巻一では五四歌の直後に五六歌を挿入することを意味する符号があり、巻十一、十二では、丁を切り取って順序を入れ替えるといった大規模な改変も行われている。そして、Cに該当する書入として、巻十九の作者名のない歌にも、題詞の下方に「大伴宿祢家持」と作者名が加えられており、左注に歌集出歌の注記のある歌群では、その歌群の前に「柿本朝臣人麻呂」「田辺福麻呂」等と作者名として掲出している。なお、

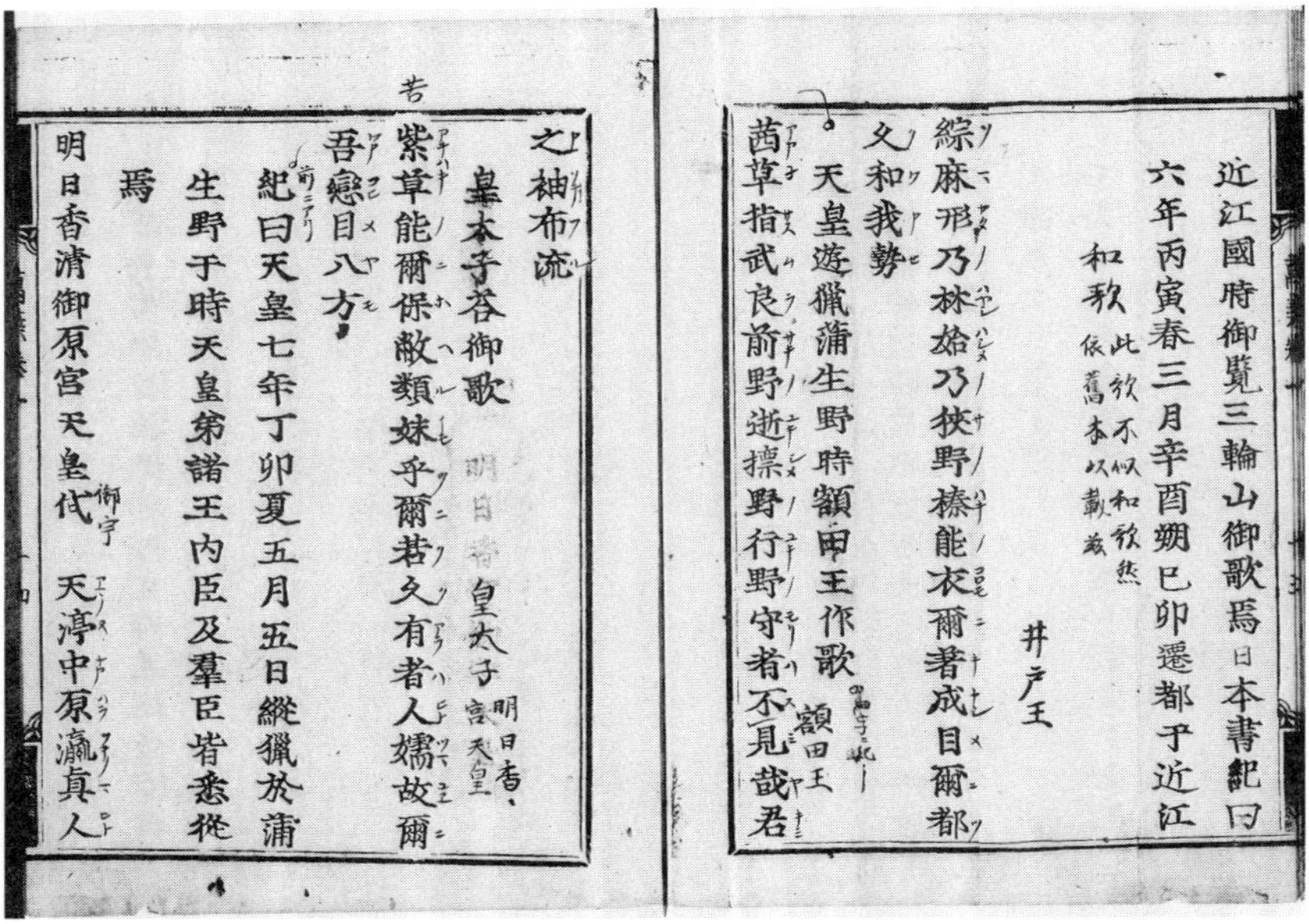
近江國時御覧三輪山御歌焉日本書紀曰
六年丙寅春三月辛酉朔己卯遷都于近江
和歌 此歌不似和歌然依舊本以載焉
井戸王
綜麻形乃林始乃狭野榛能衣爾著成目爾都
久和我勢
天皇遊獵蒲生野時額田王作歌 額田王
茜草指武良前野逝標野行野守者不見哉君
之袖布流
皇太子答御歌 明日香宮御宇天皇
紫草能爾保敝類妹乎爾苦久有者人嬬故爾
吾戀目八方
紀曰天皇七年丁卯夏五月五日縱獵於蒲
生野于時天皇弟諸王内臣及群臣皆悉從
焉
明日香清御原宮天皇代 御宇 天渟中原瀛眞人

図2　天理本（古活字本）・巻一・第13丁裏〜第14丁表（天理図書館所蔵）
題詞、作者名は墨書され、左注を題詞の下に細字で移すことを示す符号がある。

A～Kの他、巻二の一九七歌、二〇〇歌、二〇八歌等の前に仙覚本に「短歌」とあるのを「反歌」に統一していることも、天理本を含む惺窩校正本の特徴として加えておく。

では、この大規模な改変は如何なる理由によって行われたものであろうか。

相違点Bの作者名を題詞の下方に記すという様式は勅撰集に代表される平安期以来の和歌集に見られるものである。同様に、Cの改変を行うことにより、勅撰集に見られる様式として整ったものとなる。相違点Eの歌順の変更については、例えば巻一・五六歌を五四歌の直後に置くのは、「或本歌」である五六歌を、本文歌（『万葉集』として正式に採択した歌）である五四歌の直後に置こうとする措置である。天理本は書入本であるため、記号によって歌順の変更を示しているが、白雲書庫本等写本では五四歌の下に「一云」として割注で五六歌を記している。つまり、或本歌を本文歌とは別の独立した一首とするのではなく、異伝として扱っているのである。相違点Fについても同様に、左注を『万葉集』の本文ではなく、勘物として扱う措置と考えられる。天理本等惺窩校正本では、相違点Gのように、西本願寺本等一部写本に見られる朱注文（勘物）も割注形式で記している。左注は『万葉集』が巻子本に書かれていた比較的古い時代から本文として存在したものであり、一方、朱注文は巻子本の裏書としてあったものや、仙覚本に特有のものなど、確実に後世の書入である。（注9）惺窩校正本は、古くから『万葉集』本文としてあった或本歌や左注と、巻子本の裏書や仙覚本特有の後世の書入である朱注文とを一括して勘物として扱い、『万葉集』を「本文」とそれ以外の「勘物」の二段階に分けたのである。（注10）

また、巻十一、巻十二の歌順変更に関しては、『万葉集』本来の形は人麻呂歌集歌とそうでないものとをまず大分類とし、それぞれの中に「正述心緒」「寄物陳思」「問答」の小分類をなす。しかし、天理本等惺窩校正本ではまず「正述心緒」「寄物陳思」「問答」等題目を大分類とし、その中を人麻呂歌群と作者未詳歌群とに分けている。平安期以来の勅撰集は部立、題目を立ててその内容に従って歌を配列するのが基本であることから、これもまた勅撰集に代表される和歌集の様式に則った改変と考えられる。（注11）このように考えると、相違点Dの「詠□歌□首」「寄□歌□首」等の

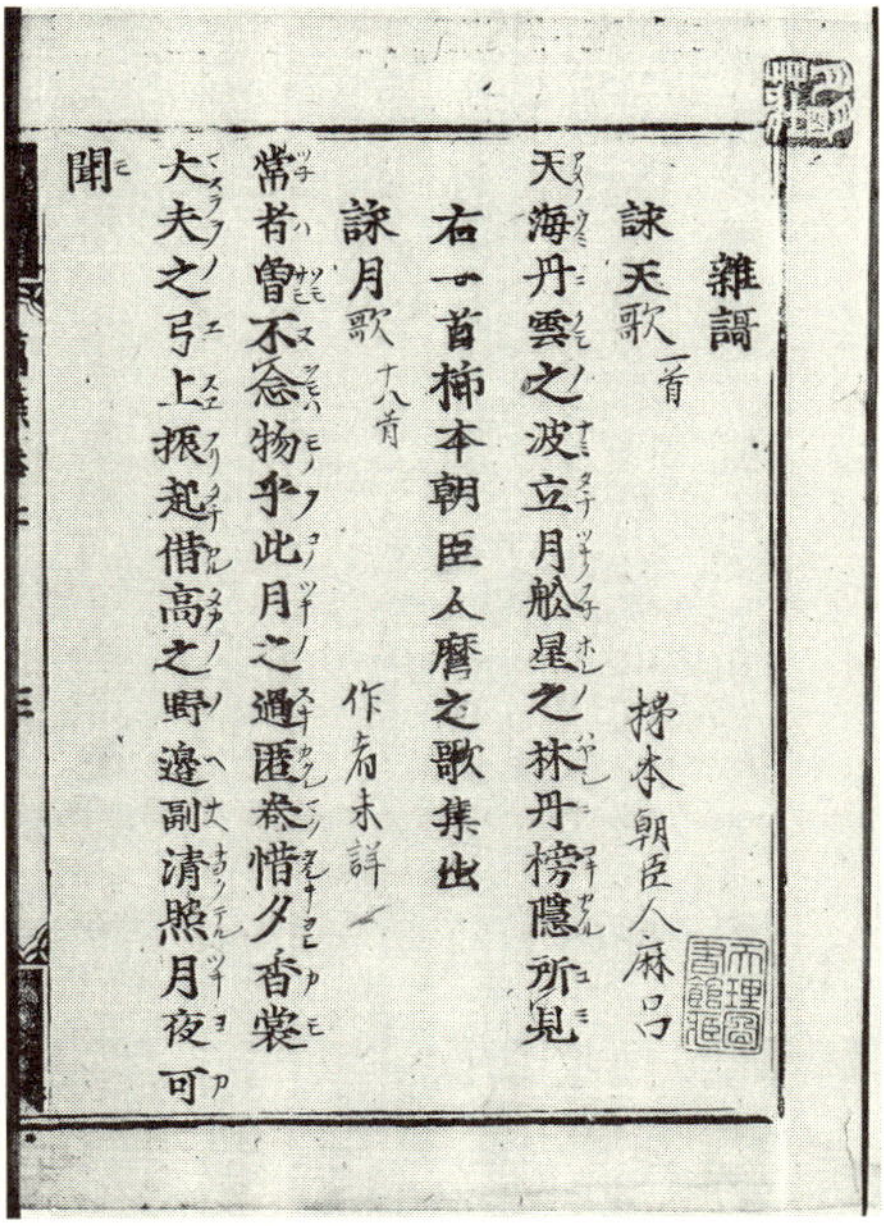
雑詞
詠天歌 一首　柿本朝臣人麻呂
天海丹雲之波立月船星之林丹榜隠所見
右一首柿本朝臣人麿之歌集出
詠月歌 十八首　作者未詳
常者曽不念物乎此月之過匿巻惜夕香裳
大夫之弓上振起借高之野邊副清照月夜可
聞

図3　天理本（古活字本）・巻七・第3丁表（天理図書館所蔵）
題詞の下に「歌□首」、作者名が墨書される。

様式も、鎌倉初期から一般的になった「詠□首和歌」の形式や、平安期以降の和歌集の「寄□恋」「寄□述懐」の形式に則って「歌」という名詞を加えたものと推測される。

『万葉集』の刊行本としては、近世初期に林道春校本（内閣文庫所蔵）を底本としてできた所謂活字無訓本（天理本もこれである）が初めであり、その後、それを巻七錯簡本系の一本と校合して訓を付した所謂活字附訓本、そしてそれを整版した寛永版本が出る。藤原惺窩が活躍した中世末期から近世初期という時代には、『万葉集』の出版に対する気運は高まっていたとはいえ、いまだ流布するには至っていなかった。勅撰集に代表される平安期以来の和歌集の様式に馴れた人々にとって、『万葉集』が学びにくいものであったことは想像に難くない。季吟が刊本の浄書にあたり惺窩校正本を底本とした理由として「歌の前書、作者の書やう、訓点等まことに藤歛《（ママ）》夫の所為しるく学者の益おほく見やすかるべければ」と述べていることからも、それ以前の『万葉集』写本の「前書」（題詞）や「作者の書やう」などの様式が、「学者」にとって「見やす」きものではなかったことが知られる。近世儒学の祖として啓蒙的学問の基礎を築いてきた惺窩が、自らの、あるいは弟子や子孫の学びに資するために勅撰集に準ずる様式へと『万葉集』を改変しようとしたことは、必ずしも考えがたいことではないだろう。

二、詞句の相違についての検討

前節では、惺窩校正本による変更点は、勅撰集に代表される平安期以来の和歌集に準ずる形に『万葉集』を改変しようという意図によるものと述べた。しかし、相違点Jにあげた巻五・八〇〇歌、巻二十・四四六五～四四六七歌群は、歌中の詞句が大幅に改変されており、それは現存の『万葉集』諸本には見られないものである。これについては、単に「勅撰集に準ずる形」としては片付けられない問題である。まず、ここに二歌群の本文をあげる。仙

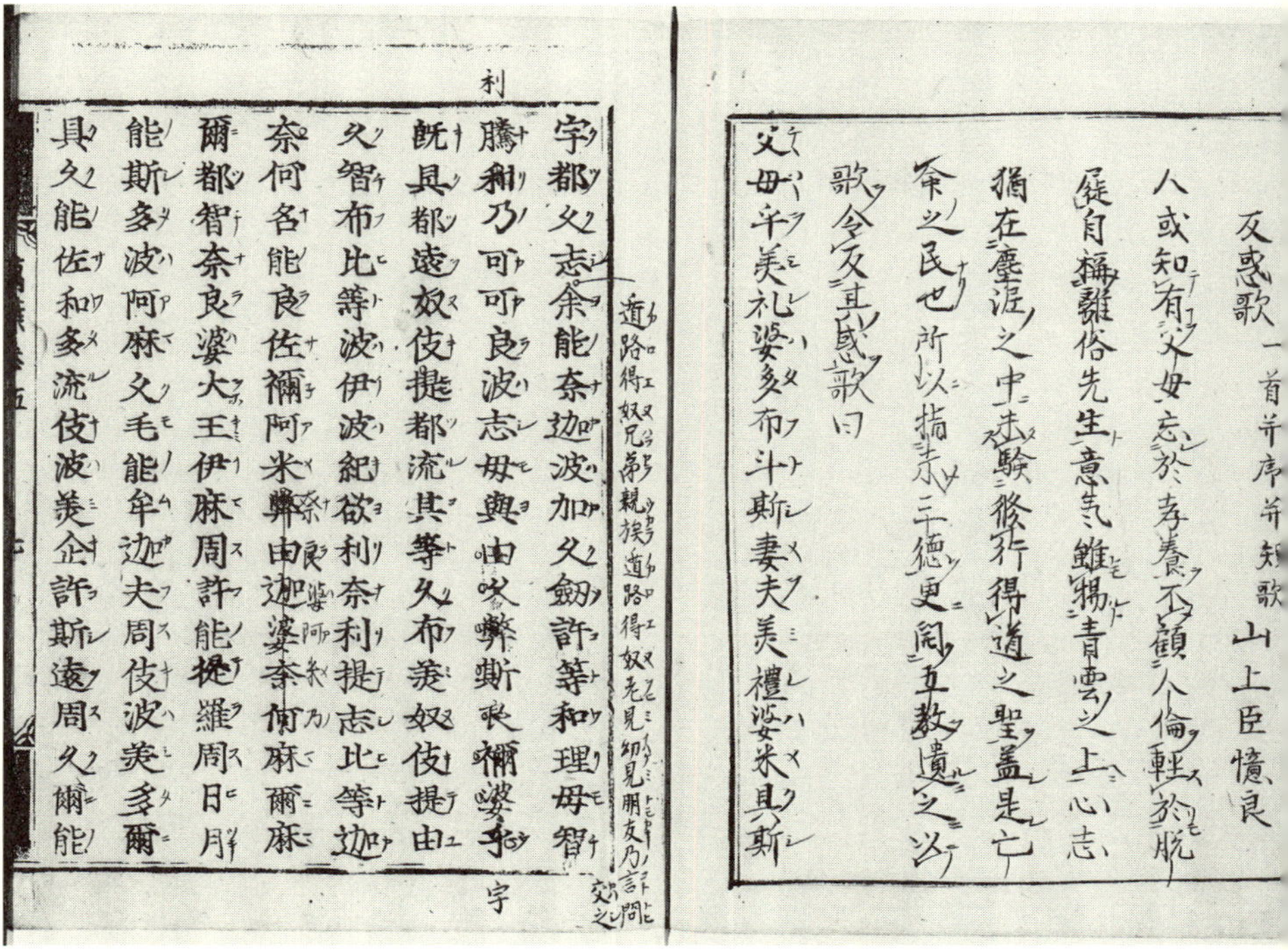

図４　天理本（古活字本）・巻五・第６丁裏〜第７丁表（天理図書館所蔵）
「反惑歌」の題詞、作者名、序が墨書され、歌本文に「遁路得奴……」の挿入が見られる

覚本の本文と比較するため、西本願寺本を並べて掲出する。また、相違箇所に傍線と番号を付し、惺窩校正本二本については西本願寺本と異なる箇所のみ掲出する。なお、漢字一字の違いで訓や解釈に相違のないものについては異同として掲出しない。(注12)

●巻五・八〇〇歌

【西本願寺本】

①令反惑情《ノ》歌一首并序
②或有人《ハテ》一知レ敬《テ》　父母《コトヲ》一忘《ヲ》於侍養《レ》一③
不レ顧《シテ》妻子《ヲ》一軽《スヨリモ》於　脱屣《シ》一　自称《ミ》《シテ》　④畏
俗先生《ト》一意気雖《トモアカルト》レ揚　青雲之上《ウヘニ》一⑤身
体猶在《テ》塵俗之中《ナカニ》一未《タセ》レ験修行得道之聖《ヲ》一
蓋是《シレ》⑥亡命山沢之民《ナリ》　所以指示《ニシテ》⑦
三綱《ヲ》一更開五教《ニクヲ》一　遺《オクルニ》　之以《ヲテ》レ歌令《ヨシム》レ反《サ》
其惑《ノヒヨ》一歌曰
父母乎《チ、ハ、ヲ》　美礼婆多布斗斯《ミレハタフトシ》　⑧妻子《メコ》
美礼婆《ミレハ》　米具斯宇都久志《メクシウツクシ》　⑨余《ヨ》

能奈迦波《ノナカハ》　加久叙許等和理《カクソコトワリ》　母智騰利乃《モチトリノ》　可可良波志母与《カカラハシモヨ》　⑩由久弊斯良祢婆《ユクヘシラネハ》　宇既具都遠《ウキクツヲ》　奴伎都流其等《ヌキツルコト》
久《ク》　布美奴伎提《フミヌキテ》　由久智布比等波《ユクチフヒトハ》　伊波紀欲利《イハキヨリ》　奈利提志比等迦《ナリテシヒトカ》　⑪奈何名能良佐祢《ナカナノラサネ》　⑫阿米弊由迦婆《アメヘユカハ》　奈《ナ》
何麻尔麻尔《カマニマニ》　都智奈良婆《ツチナラハ》　大王伊摩周《オホキミイマス》……

【天理本】

①反惑歌一首幷序幷短歌　山上臣憶良
②人或知《テ》レ有《コトヲ》二父母一、忘《レ》二於孝養《ヲ》一③不《シテ》レ顧二人倫《ヲ》一……④離俗先生《ト》一……⑤心志猶在二塵泥《ノ》之中《ニ》一……⑥亡レ命《ノ》之民
也《ナリ》……⑦三徳《ヲ》一……
……⑧妻夫《メヲ》……⑨［遁路得奴《ノカロエヌ》　兄弟親族《ハラカラウカラ》　遁路得奴《ノカロエヌ》　老見幼《ヲヒミイハケミ》　見　朋友乃《トモカキノ》　言問交之《コトトヒカハシ》］……⑩〈由久弊斯良祢
婆〉……⑪奈何名能良佐祢《ナカナノラサネ》　⑫阿米奈良婆《アメナラハ》　阿米乃麻尔麻尔《アメノマニマニ》……

【白雲書庫本】

①反惑歌一首幷序幷短歌／山上臣憶良
②人或知《テ》レ有《コトヲ》二父母一忘《レ》二於孝養《ヲ》一③不《シテ》レ顧二人倫《ヲ》一……④離俗先生《ト》一……⑤心志猶在二塵泥《ノ》之中《ニ》一……⑥亡レ命《ノ》之
民也《ナリ》……⑦三徳《ヲ》一……
……⑧妻夫《メヲ》……⑨遁路得奴《ノカロエヌ》　兄弟親族《ハラカラウカラ》　遁路得奴《ノカロエヌ》　老見幼《ヲヒミイハケミ》　見　朋友乃《トモカキノ》　言問交之《コトトヒカハシ》……⑩（ナシ）……⑪名能《ナノ》
良佐祢《ラサネ》　⑫阿米奈良婆《アメナラハ》　阿米乃麻尔麻尔《アメノマニマニ》……

●巻二十・四四六五～四四六七歌

【西本願寺本】

①喩族歌一首幷短謌

……宇美乃古能《ウミノコノ》　伊也都芸都岐尓《イヤツキツキニ》　美流比等乃《ミルヒトノ》　可多里都芸弖氐《カタリツキテテ》　伎久比等能《キクヒトノ》　可我見尓世武乎《カカミニセムヲ》　②安多良《アタラ》之伎《シキ》　吉用伎曽乃名曽《キヨキソノナソ》……
之奇志麻乃《シキシマノ》　夜末等能久尓々《ヤマトノクニ、》　安伎良気伎《アキラケキ》　③名尓於布等毛能乎《ナニオフトモノヲ》　己許呂都刀米与《ココロツトメヨ》
都流芸多知《ツルキタチ》　伊与余刀具倍之《イヨヨトクヘシ》　伊尓之敝由《イニシヘユ》　佐夜気久於比弖《サヤケクオヒテ》　伎尓之曽乃名曽《キニシソノナソ》
④右縁《テ》淡海真人三船讒言《ニ》一出雲守大伴古慈斐宿祢解任　是以家持作此歌一也

＊四四七〇歌の左注に「以前歌六首⑤六月十七日⑥大伴宿祢家持作」とあり。

【天理本】
⑤同年六月十七日①諭族歌（一首并短歌　自此以下聖武天皇崩御御之後追加之歟　聖武天皇崩御天平勝宝八年五月二日云云　此歌六月十七日作之故）④縁淡海三船讒出雲守大伴古慈斐宿祢解任　是以作此歌／⑥大伴宿祢家持

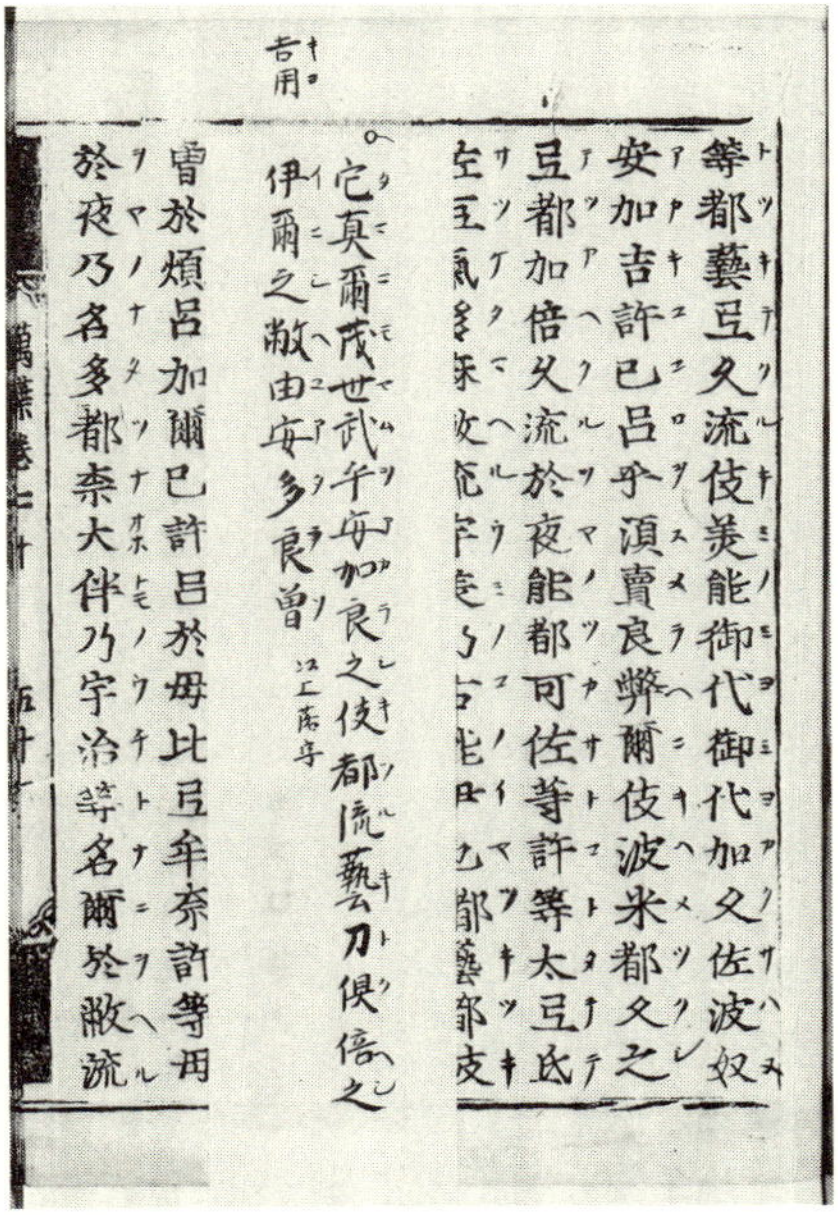
吉用
等都藝豆久流伎美能御代御代加久佐波奴
安加吉許己呂乎須賣良弊爾伎波米都久之
豆都加倍久流於夜能都可佐等許等太豆氐
它真爾茂世武乎安加良之伎都流藝刀倶倍之
伊爾之敝由安多良曽
曽於煩呂加爾已許呂於母比弖牟奈許等母
於夜乃名多都奈大伴乃宇治等名爾於敝流

図５　天理本（古活字本）・巻二十・第51丁表（天理図書館所蔵）
貼紙によって「諭族歌」の歌本文に歌句が挿入される。

……②吉用良之伎《キヨラシキ》【它真尓茂世武乎《タマニモセムヲ》　安加良之伎《アカラシキ》　都流芸刀倶倍之《ツルキトクヘシ》　伊尓之敝由《イニシヘユ》　安多良曽《アタラソ》以上落字】乃名曽《ノナソ》……
……③須売良布毛能乎《スメラフモノヲ》……

【白雲書庫本】
⑤同年六月十七日①諭族歌（一首并短謌　自此以下聖武天皇崩御之後追加之歟　聖武天皇崩御天平勝宝八年五月二日云云　此歌六月十七日作之故）／⑥大伴宿祢家持
④縁淡海三船讒出雲守大伴古慈斐宿祢解任　是以作此歌

……②吉用良之伎《キヨラシキ》　它真尓茂世武乎《タマニモセムヲ》　安加良之伎《アカラシキ》　都流芸刀倶倍之《ツルキトクヘシ》　伊尓之敝由《イニシヘユ》　安多良曽乃名曽《アタラソノナソ》……

……③須売良布毛能乎《スメラフモノヲ》……

この問題に最初に取り組んだのは高野辰之氏である。高野氏は惺窩筆の『日本書紀』神代巻および『万葉集』の当該二歌群の書かれた紙背文書二十四枚を購入し、検討を加えられた（以下、高野氏旧蔵紙背本）(注13)。高野氏旧蔵紙背本の八〇〇歌序は、次のようにある。

反《カヘサヒシマトヒヲ》レ惑歌　長歌一首幷短歌一首　　山上《ノウエノ》臣《ヲン》憶良《ヲクラ》

或人《ハヒト》知《レトモ》レ有《ルコトヲ》二父母《カソイロ》一、忘《ワスレ》二於孝《ヲヤヲモヒノ》養《ヒタシニ》一、不《ズテ》レ顧《カエリミ》二人倫《ヒトスゲヲ》一、軽《カロンシ》二於《ヨリモ》脱《ヌケル》屣《ウキクツ》一、自《ミツカラ》称《ナノリ》二離《ハナレタル》レ俗《タ、》先生《フトサキント、》一、意気《コ、ロダツイキザシ》雖《ドモ》レ揚《アガラヘ》二青雲之上《アヲヤカノクモノ》一、心志《コ、ロネノヲモサシ》猶《ナヲ》在《リテ》二塵泥《チリヒヂノ》之中《ウチニ》一、未《タ》レ験《ス》二修行《コ、ロミヲサメワザヲ》得《ウル》レ道《ミチヲ》之聖《ヒシリヲ》一、蓋《シク》是亡《レウシナヒシ》レ命《ミコトノリヲ》之民［也《ナラシ》］、所《コノ》以《ユヘニ》指《ムネト》二示《シシメシ》［三徳更開］五教《ノヲシエヲ》一、遺《ヲクルニ》レ之以《ニ》レ歌《シテ》、令《シメ》レ反《シカヘサヒセ》二其惑《ノヲ》一歌曰《ニイヒケラク》

高野氏はこの序に付された訓について、「作者の名が題の下にあること位は惺窩の改めたことかとも思はれるが、こんな古雅な訓は惺窩が下し得たであらうかが危ぶまれる。」「右の訓にしても惺窩が勝手に施したものとは思へない。必ず由つて起る処があらう。」とする(注14)。また、歌中に⑨「遁路得奴《ノカロエヌ》、兄弟親族《ハラカラウカラ》、遁路得奴《ノカロエヌ》、老見《ヲヒミ》幼見《イハケミ》［朋友乃《トモカキノ》言問交之《コトトヒカハシ》］」が挿入されていることについても、「たゞ「朋友乃《トモガキノ》言問交之《コトトヒカハシ》」の一句だけが、欄外より挿入のしるしがつけてあつて、惺窩が添加したとすれば、此の句だけでは無かつたかと思はしめられる。同時に詞書の欄外に「三徳更開」の四字があつて、指二示五教一の中間に挿入されるしるしがついてゐるので、此二つの欄外文字は、むしろ脱落したのを補つたものとして見るのが穏当かと考へさせられる。」とし(注15)、これら仙覚本との相違が惺窩の所為によるものではなく、冷泉家伝本にあったものと推測する。またその後、永井義憲氏は初めて天理本を紹介し、この本文の改変について、「惺窩が私に改訂したとするならば、その余りに大胆にして、無用の努力をした事に驚かざ

るを得ない。私は彼の家に伝はる本の姿がこれではなからうかと推測してゐる。」[注16]と言う。

ここで、高野氏が問題にされた「古雅な訓」について検討を加えたい。藤原惺窩が高野氏旧蔵紙背本の序のごとく漢文体を全文訓読するのは不自然なことなのであろうか。

ところで、漢文体を訓読する際に音訓両読する形式を文選読という。平安以来の伝統的な文選読は全文に付されるものではなく、ごく一部分の難読語や感動の中心部のみに施される特殊な読み方であった。この文選読は、中世の抄物においてようやく多く見られ、近世の版本に継承される。その版本における文選読の盛況の発端となったのが、惺窩の訓点であると言われる。[注17]竹治貞夫氏は、その訓点に惺窩が関わったとされる慶安版『楚辞』について論及され、「本書の訓読に用いられた和語は後述する如く甚だ雅馴であり、藤原定家十三世の孫で和歌を善くした惺窩の加点たるにふさわしいものである。」「そもそも本書の文選読は朱子集注によって楚辞を講ずる儒者惺窩が、その訓釈に便するために文選読の形式を利用した結束（ママ）生じたものである」[注18]と言う。惺窩は漢文体を和語でもって読もうとする意識を持っていたということである。とすると、高野氏旧蔵紙背本の序が全文訓読され、その訓読の仕方が「古雅」な和語を中心とするものであるのは、何ら問題のないことであるように思われる。

平成に入り、定家本『万葉集』の系統と考えられる広瀬本が出現した。この広瀬本や、同じ冷泉家本系の細井本巻五には惺窩校正本に見られる詞句の相違は見られない。つまり、この詞句の相違は広瀬本、細井本（巻四～六）の共通祖本まで遡ることができない。冷泉家本系の現存二本に見られないものである以上、惺窩自身の改変である可能性を考えるべきではないだろうか。高野氏は自身でも高野氏旧蔵紙背本にある『日本書紀』神代巻の改変について、「神代巻に対して宋学の見解よりして分段を試み、且つ其の各段に筆を加へて「一書曰」を本文の中に取入れもすれば、本文の二三字を削ることも避けようとはしてゐない。更に進んで一節一条の入れかへをもしてゐる。繋きを削ることにも意を用ひて、一大改修を施さうと企てたのである。」「宋儒の説だけに基いて神代紀を説かうとした者は、前後を通じて惺窩一人だけである。而して惺窩は神代紀の上に改竄を為さうと試みて、事が成就せずして中止した。(注19)」と論じている。このことからも、惺窩校正本の改変が惺窩によるものである可能性は高いと考えられる。

三、惺窩校正本の意図

（1）

本節では、先にあげた二歌群の序および歌本文の詞句改変の内実について検討する。まず、巻五・八〇〇歌について取り上げたい。(注20)

詞句改変の中には、②の「侍養」から「孝養」、④の「畏俗先生」から「離俗先生」、⑤の「塵俗」から「塵泥」など、より平明な言葉にはなっているものの、大きな意味の変化を生じないものもある。しかし、③の「不顧妻子」から「不顧人倫」への変更、そして⑧の「妻子」から「妻夫」への変更と、⑨の「遁路《ノカロ》得奴《エヌ》　兄弟親族《ハラカラウカラ》　遁路《ノカロ》得奴《エヌ》　老見《ヲヒミ》幼見《イハケミ》　朋友乃《トモカキノ》　言問交之《コトトヒカハシ》」の挿入は、序と歌とが連動して意味の変化を引き起こしている。

「人倫」は、かつて僧籍にあった惺窩がこれに反感を覚え、儒者としての立場を確立した際に重んじた言葉であった。林羅山編「惺窩先生行状(注21)」には、次のようにある。

先生いへらく、我久しく釈氏に従事す。然るに心に疑ふこと有り。聖賢の書を読むに、信じて疑はず。道果茲に在り。豈に人倫の外ならん哉。釈氏既に仁種絶え、又義理を滅す。是異端と為すが所以也。……仏者より之を言はば、真諦有り、俗諦有り。世間有り、出世有り。若し我を以て之を観ば、則ち人倫皆真也。未だ君子を呼びて俗と為すを聞かざる也。我恐るらくは僧徒乃ち是俗也。聖人何んぞ人間の世を廃せん哉。

ここからは、惺窩の当代仏教への不信感と、「人倫」を人の道の真と信ずる姿勢が見られる。またここでは、出家する僧徒が「人倫」を顧みないものの代表として取り上げられている。③は「妻子」から「人倫」へと変更することにより、その後の④「離俗先生」の詞句と相俟って、惺窩の最も嫌った人間像を描き出すものとなっている。

また、「人倫」とは、例えば『毛詩』巻第一国風・周南「関雎」の序「先王以是経夫婦。成孝敬。厚人倫。美教化。移風易俗。」に対し、清原宣賢講述の『毛詩抄』(注22)には次のようにある。

倫、理也、君臣父子之義、朋友之交、男女之別、皆是人之常理、父子不親、君臣不敬、朋友道絶、男女多違、是人理薄也、故教民使厚此人倫也。君臣父子の道のないは薄《ウスイ》ぞ。是を厚うする道があるぞ。上には夫婦君臣父子の三綱の道を云て、こゝで広《ヒロウ》なつたぞ。夫婦父子君臣の三綱ばかりではないぞ。朋友兄弟もぞ。

ここでは「夫婦」「父子」「君臣」のあり方を「三綱」とし、それに「朋友」「兄弟」のあり方をさらに足して「人倫」を説明している。

惺窩校正本における⑧の「妻子」から「妻夫」への変更、そして⑨の「遁路得奴《ノカロエヌ》　兄弟親族《ハラカラウカラ》　遁路得奴《ノカロエヌ》　老見《ヲヒミ》　幼見《イハケミ》　朋友乃《トモカキノ》　言問交之《コトトヒカハシ》」の挿入によって、当該歌冒頭は「親子」「夫婦」「兄弟」「朋友」のあり方を諭したものとなる。つまり、「三綱五教」のうち「君臣」を除く四項目について言及したものとなるため、序との連動が明確になる。そして、⑫の「阿米弊由迦婆《アメヘユカハ》　奈何麻尓麻尓《ナカマニマニ》」から「阿米奈良婆《アメナラハ》　阿米乃麻尓麻尓《アメノマニマニ》」への変更は、直後の「都智奈良婆《ツチナラハ》　大王伊摩周《オホキミイマス》」の語との関わりの中で捉えられるべきものであり、これは「三綱五教」のうちの残りの一つ、「君臣」を説く部分にあたると考えられる。惺窩校正本当該歌のこの一首の中には「三綱五教」の説く「親子」「夫婦」「兄弟」「朋友」、そして「君臣」のあり方が示されていると言え、確かに儒教思想による改変と見ることができる。

また、序章においても指摘したが、惺窩校正本では巻五の漢文序等の一部もしくは全文の削除されるところがあり、それらのほとんどが仏教思想に基づく箇所である。改めて一例をあげれば、白雲書庫本、天理本ではともに巻五・八〇二歌「思子歌」の序の部分が完全に削除されている。(注23)この序は、西本願寺本には次のようにある。

釈迦如来《ノ》金口《ノ》正説、等《シク》思《コト》衆生《ヲ》㆒如《シ》羅睺羅《ノ》㆒　又説　愛《カク》無《ハシ》過《タルハ》　子《ニ》㆒　至極《ノ》大聖、尚有《リ》愛㆑子之心㆒　況乎世間《ノ》蒼生、
誰《カ》不《ラム》　愛《セ》子《ヲ》㆓乎

惺窩は『万葉集』を自己の信ずる儒教理念に基づいて改変し、また、不要の仏典関係箇所を削ぎ落としたものと考えられる。

（2）

次に、巻二十・四四六五〜四四六七歌について取り上げる。(注24)天理本、白雲書庫本に、日付の題詞への挿入（⑤）、左注の位置の変更（④）、そして、題詞の下に本来の『万葉集』のテキストには見られない割注の挿入が見られる（①）。⑤の日付の挿入については、当該歌のみによって論じられるものではないため、第六章に譲る。また、④の左注の位置については第九章で改めて論じる。①の割注の挿入は相違点Gに相当するものである。西本願寺本の当該歌の行間には朱にて「自此歌以下聖武天皇崩御之後追書入之歟以何知者聖武天皇崩御天平勝宝八年五月二日云々然此歌六月十七日作之故也」との勘物が存する。これを惺窩校正本では割注として記したのである。(注25)

歌本文の改変としては、②について仙覚本に「安多良之伎《アタラシキ》　吉用伎曽乃名曽《キヨキソノナソ》」とあるのを、「吉用良之伎《キヨラシキ》　它真《タマ》尓茂世武乎《ニモセムヲ》　安加良之伎《アカラシキ》　都流芸刀倶倍之《ツルキトクヘシ》　伊尓之敝由《イニシヘユ》　安多良曽乃名曽《アタラソノナソ》」と詞句を長大なものにしている点が最も大きい変更点である。この部分は、大伴の「名」について叙述した、歌の主眼を成す部分である。本来、「あたらし」「清し」の二つの形容詞のみで表現していた大伴の名について、惺窩校正本では、「玉にもせむ」「剣磨ぐべ

し」という二種の比喩表現を付加する。この二種の比喩表現は、直前に「聞く人の　鑑にせむを」と対応している。この付加によって、大伴の「名」を「鏡」「玉」「剣」という三種の神器を用いて表現したことになる。刊本『拾穂抄』の頭注には「後代の亀鑑にもし、玉にもすべく曇らぬ心也。」（四四六五歌頭注）、「古より大伴といふ名は曇ぬ名ぞと也。深く譏を歎く心也。ながのつるぎとぐべしの心也。」（四四六七歌頭注）とある。この改変は、天皇家の至宝である三種の神器を比喩に用いることによって、大伴氏の「曇らぬ心」「曇ぬ名」を強調するものとなっていると言える。

さらに、第一反歌の③「名尓於布等毛能乎《ナニオフトモノヲ》」が「須売良布毛能乎《スメラフモノヲ》」に改変されている。「すめらふ」という語は例がないが、四四六五歌に天皇の側を意味する「須売良弊《スメラヘ》」の語のあるのが参考になるだろう。当該歌のこの部分は「隠さはぬ　明き心を　皇辺に　極め尽くして」とあり、天皇に忠心を捧げることを言う文脈である。この改変によって、「心努めよ」と表明する理由を「大伴」を名に負う氏であることに求めるのではなく、「すめらふ」、つまり天皇の側に仕える臣下であることに求めることになる。ここに、儒学において最も重視された「君臣」の道が説かれるのである。

「惺窩先生行状」(注26)には、慶長十一年以来の浅野幸長との交流のさまが記されている。

> 十一年丙午。……此の歳先生南紀に赴く。蓋し太守浅野幸長、之を招く也。其の待する所、尤も謹たり。弱《ワカノ》浦に菅神廟有り。太守、先生に請ひて其の碑銘を誌さしむ。又太守の為に経書要語三十件許を抄し、倭字の註解を添へ、一小冊と為す。賓褚に便なり、顧諟に備ふ。是、政の為の存心なり、資治の守約也。太守、甚だ喜ぶ。……先生に請ひて古文真宝を講ぜしむ。其れ太守の眄睞渥厚を以て、故、紀に遊ぶ。冬に往きて春に還ること年有り。

これによると、惺窩は浅野幸長の所望により経書を注解して君主の心得を教示し、厚遇を受けている。行状には惺窩が『万葉集』を講じたとの記録はないが、先にあげた天理本の奥書からは、この浅野幸長が惺窩校正本を所望したことが知られる。慶長十一年以降の数年間に亘る経書の講義の中で、『万葉集』が講じられた可能性は十分に考えられるだろう。その際、惺窩は『万葉集』をあくまで「人倫」を説くための資料として利用したのではないかと疑われる。

（3）

ここまでの考察から、惺窩校正本は儒学的立場から『万葉集』の内容を積極的に改変しようと試みていると考えられる。しかし私見の限り、歌の内容にまで踏み込んだ大幅な改変が見られるのは、高野氏旧蔵紙背本二葉に見られる当該二歌群のみである。

ここで、高野氏旧蔵紙背本と惺窩校正本四本との関係について触れておきたい。高野氏旧蔵紙背本の序に「古雅」な訓が付されていることは先に述べた。しかし一方、天理本、白雲書庫本等、返り点と送りがなのみの簡素な訓点の本が存する。巻五・八〇〇歌の序において天理本の訓点と白雲書庫本の訓点とがほぼ一致することを考えると、完本としての惺窩校正本の原本はこの二本のような形であったと推測される。言い換えると、高野氏旧蔵紙背本の訓の形態のみが惺窩校正本としては異質なのである。高野氏の論(注27)によれば、この紙背文書二十四枚はすべて、賀古宗隆から惺窩に送られた書状の紙背に『日本書紀』神代巻および『万葉集』長歌二首を書き付けたものである。高野氏がこれを購入した際には袋綴にしてあったようだが、惺窩自身がこれを他者に披見させたとは思われない。一方、刊本『拾穂抄』の巻一冒頭に付されている冷泉為経序には、惺窩校正本について「秘して家を出ださず」とはあるものの、角倉素庵に請われて謄写させていることが知られる。(注28)天理本の奥書も同様に、浅野幸長の所望に従って書写させたことが見える。また、白雲書庫本は「白雲書庫」の蔵書印のあることからそう呼ばれるが、これは惺窩門の松永尺五の門人である野間三竹の蔵印である。(注29) 憶測の域を出るものではないが、所謂惺窩校正本は弟子などに書写させることを目的としてあったものであり、それとは別に惺窩自身の手控え本として高野氏旧蔵紙背本はあったのではないか。つまり、惺窩はこの二歌群を「人倫」を説くための重要な歌と認識したためにあえて内容をも改変し、訓点を詳しく記した手控えを残していたのではないだろうか。

おわりに

本章では主に天理本を取り上げ、惺窩校正本の特徴と、その『万葉集』改変の意図について論じてきた。当該本は平安期以来の勅撰集に準ずる様式に改変されている。『万葉集』のいまだ流布せず、『古今集』を初めとする勅撰集の様式が和歌集として当然のものであった当時において、この改変が『万葉集』の学びに資するところのあったであろうことは容易に想像される。また一方で、当該本には儒学的な「人倫」思想に基づく内容の改変が施され、更に仏典関係箇所が削除されている。このことから、この改変は仏教的思想を廃し、儒者として「人倫」を重んじ、経書等を用いてそれを講義した惺窩の所為によるものと考えられる。この特殊な『万葉集』は後に、「童蒙初学の者」に向けた『万葉集』注釈書の製作を志した北村季吟によって『拾穂抄』の底本とされ、これの刊行によって流布するに至るのである。

注

(1) 太田兵三郎氏「藤原惺窩の人と学芸」(『藤原惺窩集　上巻』思文閣出版　一九四一年)、『国史大辞典』、『日本古典文学大辞典』、『国書人名辞典』を参照した。

（2）高野辰之氏『古文学踏査』（大岡山書店　一九三四年）の「藤原惺窩の神代紀改修」（四二九頁）。

（3）永井義憲氏「惺窩校訂の万葉集に就いて」（『国文視野』第四輯　一九三七年三月）、注1太田氏著書の「藤原惺窩の人と学芸」（六三頁）。

（4）『校本万葉集　首巻』（岩波文庫　一九三一年）の「万葉集諸本解説」第三部「類聚、仮字書、抄出、改定に係る諸本」第四種「改定本」（二〇五頁〜二〇六頁）、および「万葉集諸本系統の研究」第三章「万葉集諸本各説」第三節「類聚、仮字書、抄出、改定に係る諸本」（三五五頁〜三五七頁）。

（5）多田元氏「國學院大學図書館新蔵書八雲軒本『万葉集』について」（『國學院大學図書館紀要』第四号　一九九二年三月）。

（6）注4『校本万葉集　首巻』の「万葉集諸本系統の研究」第三章「万葉集諸本各説」第三節「類聚、仮字書、抄出、改定に係る諸本」（三五七頁〜三五九頁）、野村貴次氏『北村季吟の人と仕事』（新典社　一九七七年）の第二章「仕事」第四節「『万葉拾穂抄』」一「この書物の大略」および二「本文について」（三五〇頁〜三九四頁）等に指摘がある。本書序章にも述べた。

（7）惺窩校正本の底本は所謂冷泉家本系の一本ではなく、仙覚本のうち文永三年本系の本であると考えられる（詳しくは本書第七章に論じる）。そのため、本章では惺窩校正本と比較する仙覚本として、文永三年本系の代表たる西本願寺本（石川武美記念図書館所蔵）を用いることとする。以下、「仙覚本」と言う際にはこれに同じ。

（8）うち、A〜C、E、F、H、Jは、注4『校本万葉集　首巻』の「万葉集諸本系統の研究」第三章「万葉集諸本各説」第三節「類聚、仮字書、抄出、改定に係る諸本」（三五六頁〜三五七頁）に既に指摘がある。Gは注6野村氏著書の第二章「仕事」第四節「『万葉拾穂抄』」一「この書物の大略」（三六四頁〜三六五頁）、Iは注5多田氏論文（二八頁）、Kは注1太田氏著書の「藤原惺窩の人と学芸」（六三頁）による。Dについては私に補った。なお、J、Kについては本書序章にすでに触れた。A、F、J、Kについては本書第六章、Gについては本書第七章にも論じる。

（9）『万葉集』写本の勘物については、浅田徹氏「元暦校本万葉集巻一の書入れについて—注釈の場としての歌書勘物—」（『国文学研究』第一〇〇集　早稲田大学国文学会　一九九〇年三月）に論がある。

(10) 書物を本文と、それに対する二行割書の注釈とに分ける形式は、『十三経注疏』や漢籍における類書、国書では『令義解』、『令集解』などに見られる。また、『日本書紀』の古本系統の写本では、「一書」を二行割書にする。惺窩校正本の形式は、このような漢籍や史書の注釈の形式に倣ったものであろう。

(11) ただし巻七においては、天理本は一三〇七～一三一〇歌を脱するのみで歌順の改変は見られない。しかし白雲書庫本は、巻十一・十二にある歌順変更と同様に、歌題を大分類としてその中に人麻呂歌群と作者未詳歌群を置く歌順となっている。巻七の歌順については天理本が原本に忠実でないと考えるのが妥当であろう。古活字本への書入によって原本を再現しようとする天理本にとっては、歌順の相違を再現するのは困難であったと想像されるからである。

(12) 西本願寺本の掲出は『西本願寺本万葉集（普及版）』（おうふう　一九九三～一九九六年）に拠った。なお、【　】は貼紙、「　」は欄外挿入、〈　〉はミセケチによる本文抹消を示す。

(13) 当該本は現所蔵者不明であるが、注2高野氏著書の「万葉集所見」4「出でよ冷泉家伝本」（七五頁～八七頁）に影印が載る（巻二十・四四六五歌の途中まで）。翻刻はこの影印によって私に行った。その際、清濁は原本に従った。

(14) 注13高野氏論考（八四頁～八五頁）。

(15) 注13高野氏論考（八三頁）。

(16) 注3永井氏論文（一六頁）。なお、注4『校本万葉集　首巻』の「万葉集諸本系統の研究」第三章「万葉集諸本各説」第三節「類聚、仮字書、抄出、改定に係る諸本」（三五九頁）、注1太田氏著書「藤原惺窩の人と学芸」の「国学」（六三頁）には、惺窩自身による改変の可能性について指摘がある。

(17) 壽岳章子氏「抄物の文選読」（『国語国文』二二巻一〇号　一九五三年十月）、築島裕氏『平安時代の漢文訓読語につきての研究』（東京大学出版会　一九六三年）の第三章「訓法」第二節「文選読」（二六一頁～二九四頁）、竹治貞夫氏「慶安版楚辞の文選読について」（『徳島大学学芸紀要　人文科学』第一六巻　一九六七年二月）を参照した。

(18) 注17竹治氏論文（六六頁、七〇頁）。

(19) 注2高野氏論考（四二九頁、四三三頁）。

(20) 巻五・八〇〇歌の解釈については、本書第八章に詳しく論じる。

(21) 注1太田氏著書の「惺窩先生文集　行状」(八頁)に拠って、私に書き下し文に改めた。
(22) 引用は『毛詩抄　詩経(一)』(岩波書店　一九九六年)に拠った。引用部分前半の「此人倫也。」までは『毛詩正義』の引用であり、後半はそれを宣賢が注解したものである。惺窩は新注の学者ではあるが、吉田兼見の猶子となっており、宣賢の出身である吉田家の学問との関わりは深いと思われる。
(23) この序の内容が仏教本来の思想からかけ離れたものであることはこれまでに多くの指摘があるが、ここではあくまで仏典を基にした内容になっていることを示すにとどめる。なお、注1太田氏論考にも「尚この天理本にあつては、万葉集の仏教関係の箇所は殆んど削除されてをり、……このことはこの本の作者が儒者としての惺窩などであつたのではなからうかと疑はしめるものがあることを言ひ添へて置く。」(六三頁)とある。序章でも述べたが、当該箇所の他、巻五・七九四歌前文(序)の前半部、八九七歌の前に置かれた「沈痾自哀文」の前半部および末尾、同じく詩序の前半部に削除の跡がある。これらはすべて漢籍享受に優れた山上憶良の文章である。その中から仏典関係箇所(「釈迦」等の名が記された箇所など)が削られている。
(24) 巻二十・四四六五〜四四六七歌群の解釈については、本書第九章に詳しく論じる。
(25) この勘物については、本書第七章に改めて論じる。
(26) 注21に同じ(九頁〜一〇頁)。
(27) 注13高野氏論考(七九頁)。
(28) 本書第三章に本文を掲示した。
(29) 佐佐木信綱氏『万葉集事典』(平凡社　一九五六年)の「諸本—刪定本」のうち「白雲書庫本万葉集」(六五二頁)の項目を参照した。

第六章　惺窩校正本『万葉集』の成立

――前田家一本・八雲軒本・白雲書庫本の比較から――

はじめに

惺窩校正本に関する近代以降の研究は、『校本万葉集　首巻』(注1)に前田家一本（尊経閣文庫所蔵）、白雲書庫本（東洋文庫所蔵）の書誌的紹介が行われたのが初めである。次いで、高野辰之氏が惺窩自筆と目される零本を得て紹介され(注2)（以下、高野氏旧蔵紙背本）、永井義憲氏が天理図書館所蔵「古活字本万葉集」書入（以下、天理本）を紹介された。(注3)また、昭和六十三年に國學院大學が購入した八雲軒本（國學院大學図書館所蔵）について多田元氏(注4)が調査・紹介された。これらはいずれも書誌的な類似性からそれぞれの本が惺窩校正本の系統に連なるものであることの紹介と、仙覚本との相違点が惺窩の所為によるものか冷泉家伝本によるものかという点に着目した論であった。現存諸本を比較し、それぞれの本の相関関係について指摘する論は見られなかったのである。

その原因の一つには、惺窩校正本が仙覚本を独自に改変したものであるため、『万葉集』の系統的研究や、本文の選定のための『万葉集』写本として取り上げにくいということが考えられる。しかし、正しい本文を選定し、その訓みを定めることだけでなく、平安期以降、様々な場で受容されてきた『万葉集』の、それぞれの場での受容のありようについて知ることもまた、『万葉集』研究の一側面である。

藤原惺窩は儒者として同時代に大きな影響を与え、後に幕府の要人となる林羅山もその門下であった。林羅山は、林道春（羅山）校本が『万葉集』テキスト初の活字本とされる活字無訓本の底本となるなど、『万葉集』の活字化に大きく貢献した人物である。この時代の、特に『万葉集』の活字化に向かう流れを知る上で、惺窩周辺の『万葉集』の受容の様相を把握しておく必要がある。

以上のことを踏まえ、本章は、惺窩校正本四本のうち主に前田家一本、八雲軒本、白雲書庫本の三本を取り上げて比較検討し、惺窩校正本の成立過程を明らかにしようと試みるものである。

一、写本三本の書誌事項

まず、前田家一本、八雲軒本、白雲書庫本の書誌事項を記す。

【前田家一本】

［所蔵書名］万葉集（中院本）　［表紙］水色無地表紙

［冊数］二十三冊（作者目録一冊、目録二冊、本文二十冊）

［体裁］五針袋綴、縦三〇・五cm×横二一・六cm、一面八行

［外題］なし　［内題］「万葉集目録上（下）」「万葉集巻第一（〜二十）」（作者目録は内題なし）

［尾題］「万葉集目録上」「万葉集目録下終」「万葉集巻第一（〜二十）」（作者目録は尾題なし）

［序跋奥書］なし

［印記］各冊墨付一丁右上部に朱方印（陽刻）「前田氏尊経閣図書部」

【八雲軒本】

［所蔵書名］万葉集（八雲軒本）　［表紙］丹表紙　卍繋ぎ（紗綾形）桔梗唐草文
［冊数］二十三冊（目録二冊、作者目録一冊、本文二十冊）
［体裁］五針袋綴、縦二九・四cm×横一九・九cm、一面七行
［外題］左肩に打付書「万葉集目録上（―目録下）」「万葉集歌人姓名」「万葉集一（―十九）」「万葉集二十畢」
［内題］「万葉集目録上（下）」「万葉集歌人姓名」「万葉集巻第一（―二十）」
［尾題］「万葉集目録上」「万葉集目録下終」「万葉集巻第一（―二十）」（作者目録は尾題なし）
［序跋奥書］なし
［印記］各冊墨付一丁下部に墨長方印（陰刻）「八雲軒」、各冊末尾下部に墨丸印（陰刻）「藤亭」、双枠の墨方印（陽刻）「安元」
［備考］巻一前半のみ朱の書入あり。

【白雲書庫本】

［所蔵書名］万葉集（白雲本）　［表紙］丹表紙
［冊数］十一冊（目録一冊、本文十冊）
［体裁］四針袋綴、縦二九・〇cm×横二一・七cm、一面七行
［外題］左肩に打付書「万葉集目録上下」「万葉集一之二（―十九之二十）」
［内題］「万葉集目録上（下）」「万葉集巻第一（―二十）」
［尾題］「万葉集目録上」「万葉集目録下終」「万葉集巻第一（―二十）」
［序跋奥書］なし
［印記］各冊墨付一丁または前遊紙に朱方印（陰刻）「小諸蔵書」、各冊末尾に双枠の朱印（陽刻）「白雲書庫」

［備考］目録の冒頭に「万葉集白雲本校異」と題する仮綴の三丁が綴じ込まれている。巻六前半まで朱の書入、紙片挟み込み多し。

惺窩校正本写本三本には書写奥書など成立の分かるものはないが、本書第五章にも述べたように、白雲書庫本の「白雲書庫」とは惺窩門の松永尺五の門人・野間三竹の旧蔵本である。八雲軒本は、「八雲軒」の蔵書印のあることからそう呼ばれ、これは脇坂安元の号である。(注5) 多田氏はこの本を脇坂安元筆とし、安元は林羅山と親交があることから、羅山を通じて惺窩校正本を入手したものと推測する。また、天理本には書写奥書があり、天理本の校合本は藤原惺窩が紀伊守浅野幸長の所望によって門人に書写させ、点を改めた本であることが知られる。(注6) さらに、刊本『万葉拾穂抄』（以下、『拾穂抄』）巻一冒頭に付された冷泉為経序によれば、『拾穂抄』が底本とした惺窩校正本は、吉田玄之（角倉素庵）が惺窩に請うて書写し、子孫に伝えた本であったことが分かる。(注7)

これらのことから、前田家一本以外の現存する惺窩校正本は、天理本の校合本を所持していた浅野幸長を含めいずれも惺窩の門人が伝えたものであることが分かる。刊本『拾穂抄』がこれを底本としたことで世に知られる以前に、惺窩の門人の間では惺窩校正本が書写され伝えられていたのである。

二、前田家一本と八雲軒本

（1）

前章の繰り返しになるが、惺窩校正本（白雲書庫本、天理本）の仙覚本(注8)との主な相違点をここに改めてあげておく（本章で主に扱う項目を**ゴチック体**で示す(注9)）。

A　各巻の目録が別冊（上下二巻）にまとめられている。ただし、天理本は各巻に墨書（一部、古活字）の目録が付されている。

B　作者名を題詞より除き、後世の和歌集のごとく題詞の下方に記している。

C　仙覚本の左注に「人麻呂歌集所出」、「金村歌集所出」等とある歌について、歌集所出とせず、直ちに作者名として記している。作者の知られない歌には「作者未詳」等と記し、仙覚本巻十九の作者名のない歌には「大伴宿祢家持」と記している。

D　巻七で、仙覚本に「詠□」（「詠天」「詠月」等）、「寄□」（「寄衣」「寄玉」等）とあるのを、「詠□歌□首」「寄□歌□首」としている。

E　巻一、二、七、十一、十二等で仙覚本との歌順の相違が見られる。

F　仙覚本の左注を、割注形式で題詞または歌の下に移している。

G　西本願寺本等の一部写本に見られる朱注文（勘物）を題詞または歌句の下に割注形式で記している。

H　漢字本文に返り点を付して訓む場合、上から読み下して書かず、「念曽《ヲモヒソ》所《ル》レ焼《ヤク》」（巻一・五歌）、「寐夜《ヌルヨ》不《ス》レ落《ヲチ》」（巻一・六歌）のごとく訓むべき字の傍らに顚倒させて訓を付す。

I　「オモフ」を「ヲモフ」、「オホキミ」を「ヲホキミ」と書くなど、独特の仮名遣いを用いている。

J　巻五・八〇〇歌、巻二十・四四六五〜四四六七歌群で序、歌句に仙覚本と相違する箇所がある。

K　巻五・七九四歌前文、八〇四歌序、八九七歌前文、詩序等で、仙覚本に存在する漢文のうち、仏典関係箇所等に削除が見られる。

まず、前田家一本の特徴について確認する。前田家一本は全巻一筆と見え、後代の書入などは一切見られない。白雲書庫本、天理本との相違点としては、次の四点があげられる（記号は先にあげたA〜Kと対応する）。

A　別冊の目録が、目録上下二巻に加え、作者目録一巻を持つ。

F　巻十までは仙覚本と同様の左注を持ち、巻十一以降、左注を割注形式で題詞または歌の下に移す。

G　白雲書庫本、天理本において作者名の下にある割注（仙覚本系の一部写本に見られる勘物の内容）が、存在しない箇所がある。(注10)

K　巻五・七九四歌前文、八〇四歌序、八九七歌前文・詩序等の削除が見られない。

Fについて一例をあげる。

●巻十・一九二六〜一九二七歌

春山之《ハルヤマノ》　馬酔花之《ツヽシノハナノ》　不《ヌ》レ悪《ニクカラ》　公尓波思恵也《キミニハシヱヤ》　所《ヌ》レ因友好《ヨリトモヨシ》

石上《イソノカミ》　振乃神杉《フルノカミスキ》　神備而《カミヒテモ》　吾八更更《ワレヤサラ〳〵》　恋尓相尓家留《コヒニアヒニケル》

右一首不有春歌而以和故載於茲次

●巻十一・二六三四歌

里遠《サトトホミ》　恋和備尓家里《コヒワヒニケリ》　真十鏡《マソカヽミ》　面影不《ヲモカケス》レ去《サラ》　夢所《ユメニエ》レ見社《ミコソ》　此／首見柿本人麻呂歌中一然句句異故載之

これら二箇所に見える注記は、該当する歌をこの場所に載せた理由について述べている点で共通している。ところが、前者は仙覚本の通り歌の次の行に題詞や歌と同じ大きさで書かれている。一方、後者は歌の下に割注形式で書かれている。これはつまり、前田家一本巻十までの左注が仙覚本の形を留めていることを意味している。(注11)

前田家一本では、作者名を題詞より除き、題詞の下方に記すといった方針（相違点B）は他の惺窩校正本と同様に全巻に貫かれている。また、巻五・八〇〇歌の歌句の改変も他の惺窩校正本同様に行われている（相違点J）。このことから前田家一本は、巻十までを仙覚本とする取り合わせ本とは考えられず、全巻一貫して惺窩校正本の一本であると考えざるを得ない。しかし一方で、左注等の記し方は、巻十までは原則として仙覚本の通り次行に歌本文と同じ大きさで書かれ、巻十一以降はすべてを割注にしているのである。

八雲軒本は、次の二点については前田家一本と共通する。

A　別冊の目録が、目録上下二巻に加え、作者目録一巻を持つ。

G　白雲書庫本、天理本において作者名の下にある割注が、存在しない箇所がある。

一方、左注は巻一からすべて題詞または歌の下に割注で書かれ（相違点F）、巻五の序等（相違点K）も白雲書庫本、天理本と同様の削除が見られる。つまり、前田家一本のみ左注の様式を異にし、巻五の序の改変、削除が行われていないのである。

（2）

同じ惺窩校正本の中で、なぜ前田家一本のみが大きく相違しているのだろうか。巻五・七九四歌前文、八〇四歌序を取り上げて考えたい。次に、諸本の相違箇所に傍線と番号を付して掲出する。

●巻五・七九四歌序（前文）

【前田家一本】

①同年七月二十一日②挽歌一首并短歌／③筑前守山上臣憶良

④蓋聞《シク》四生《ノ》起滅方《ナラヒテ》夢皆空《ニナシ》　三界《ノ》漂流喩《テマカリタマニ》環　不レ息　所以《コノユヘニ》　維摩大士在《テ》于方大《ニ》有《ニリ》レ懐《コト》　染疾之患《ウレヘヲ》一　釈迦能仁坐《シテ》於双林《ニ》一無免《シコトナイヲム》　泥洹之苦《ヲ》一　故知《ニヌ》　二聖《ノ》至極《ナル》　不能払力負之尋至《ネコトヲ》一　三千世界誰能逃《カクレム》　黒闇之捜《アナクリ》　来《ルヲ》一　二鼠競《キソヒ》走《テ》而度目之鳥旦《リタニ》飛《ヒ》　四蛇争《ソヒヲカシテ》侵《ナン〈トスルコト/スルコトヲ》　而過《レ》隙之駒夕走《ニル》　嗟《ア》乎痛《シキ》哉　紅顔共《トモニ》二三従一長逝《クキヌ》　素質与《トト》二四徳一永滅《クエヌ》　何《ナンソ》図《ハカラン》　偕老違《シテ》二於要期《ニ》一独飛生《ニ》二　於半路《ニ》一　蘭室《ノ》屏風徒《ニテ》張断《レ》腸之哀《カヒ》弥痛《イタミ》　枕頭《ノホトリノ》　明鏡空《クテ》懸染《レ》筠《ムルタケヲ》　之涙逾《タイヨ〈ツ》　落

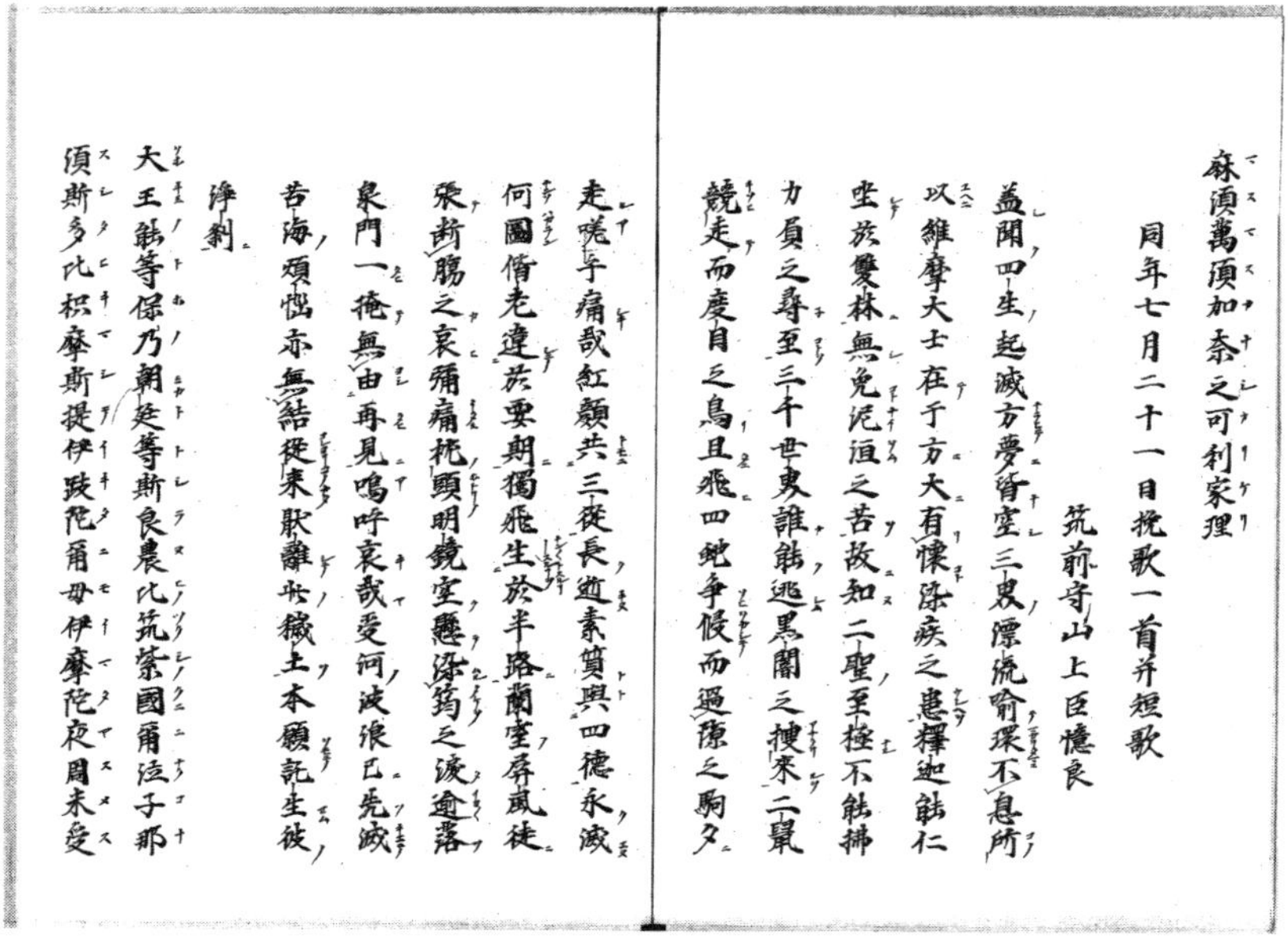

図６　前田家一本・巻五・第１丁裏〜第２丁表（尊経閣文庫所蔵）
「挽歌」序（前文）

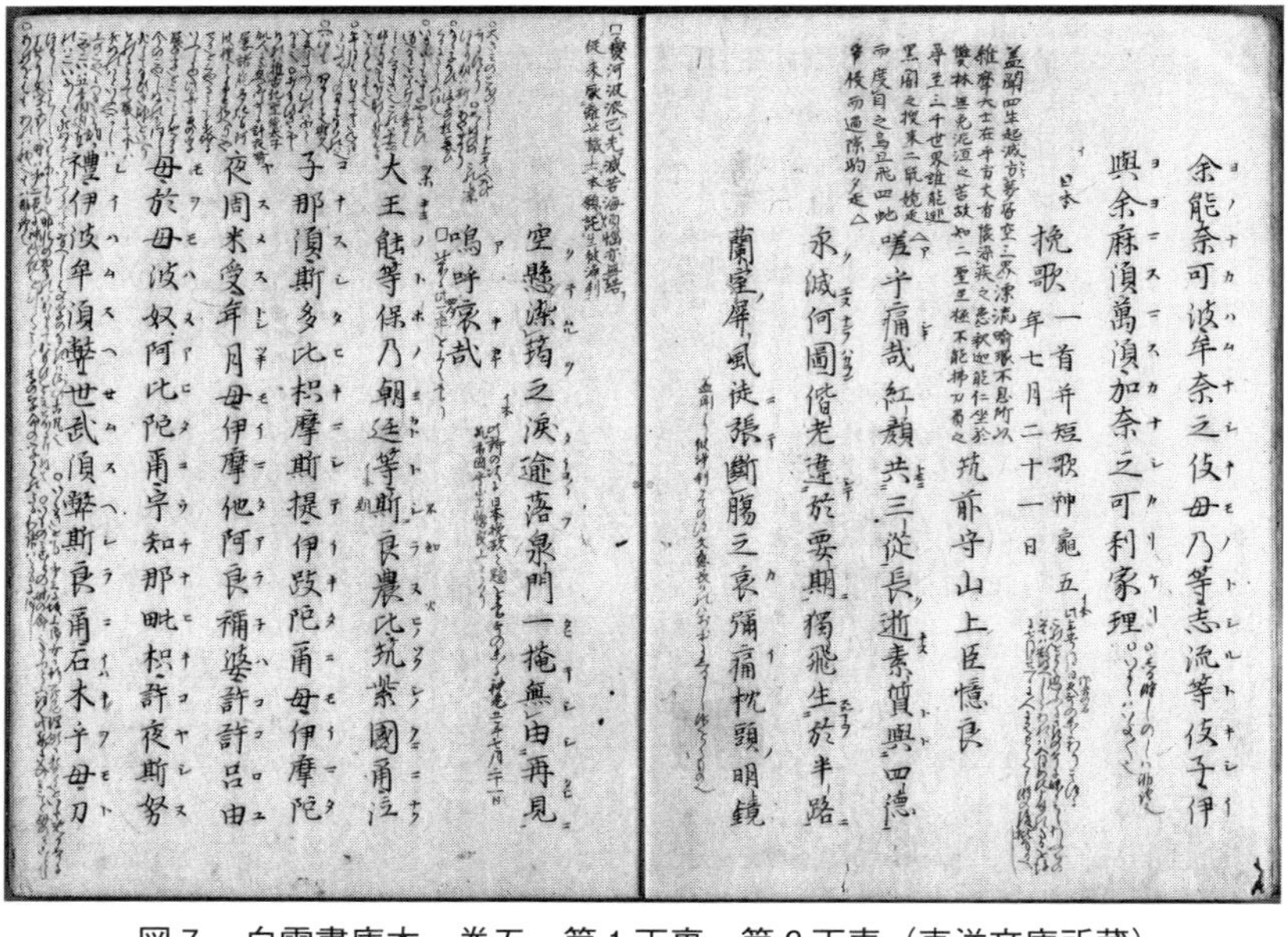

図７　白雲書庫本・巻五・第１丁裏〜第２丁表（東洋文庫所蔵）
図６の前田家一本に比べ、「挽歌」序が短い。

泉門一《タヒ》掩《テ》無レ由《ヨシ》二再《タヒ》見《ニ》一　嗚《ア》呼哀《キ》哉《ヤ》　⑤受（ママ）河《ノ》波浪已先滅《ニツキエテ》　苦海《ノ》煩悩亦無レ結　従《コレヨリコノカタ》来　猒離《シテ》此《ノ》穢土《ヲ》一本願《ヲモテ》　託
生《セム》彼《ノ》浄刹《ニ》一

【八雲軒本】

①同年七月二十一日②挽歌一首幷短歌／③筑前守山上臣憶良

④　嗟《ア》乎痛《シキ》哉　紅顔共《トモニ》二三従一長逝《クキヌ》　素質与《トト》二四徳一永滅《クエヌ》　何図《ナンソハカラン》　偕老違《シテ》二於要期一独飛生《スルコトヲ》二於半路《ニ》一　蘭

室《ノ》屛風徒《ニ》張《テ》断レ腸之哀弥《カ》痛《ム》枕頭《ノ》明鏡空《ク》懸《テ》染《ムル》レ筠《ヲ》之涙逾《タ〳〵》落《ツ》　泉門一《タヒ》掩《テ》無《シ》レ由《シ》二再《タヒ》見《ニ》一　嗚《ア》呼哀《キ》哉　⑤

【白雲書庫本】

②挽歌一首幷短歌神亀五年七月二十一日①／③筑前守山上臣憶良

④　嗟《ア》乎痛《シキ》哉　紅顔共《トモニ》二三従一長逝《クキヌ》　素質与《トト》二四徳一永滅《クエヌ》　何図《ナンソハカラン》　偕老違《シテ》二於要期《ニ》一独飛生《スルコトヲ》二於半路《ニ》一　蘭

室《ノ》屛風徒《ニ》張《テ》断レ腸之哀弥《カ》痛《イ》枕頭《ノ》明鏡空《ク》懸《テ》染《ムル》レ筠《ヲ》之涙逾《タイヨ〳〵》落《ツ》　泉門一《タヒ》掩《テ》無《シ》レ由《シ》二再《タヒ》見《ニ》一　嗚《ア》呼哀哉《キカナ》　⑤

【参考：西本願寺本】

④蓋《シ》聞《ク》四《ノ》生起滅方《ナラヒテ》夢《ニ》皆空《ナシ》　三界《ノ》漂流《リウ》喩環《テマカリタマニ》　不レ息　所以《コノユヱニ》　維摩大士在《テ》于方丈《ニ》一有《リ》レ懐《コト》　染疾之患《ウレヱヲ》一　釈迦能仁

坐《シテ》二於双林《ニ》一無《シ》免《コトナイヲム》　泥洹之苦《ヲ》一　故《ニ》知《ヌ》　二聖《ノ》至極《ナル》不能払力負之尋至《ネコトヲ》一　三千世界誰能逃《カクレム》　黒闇之捜来《アナクリルヲ》一　二鼠競《キヲヒ》

走《ハシリテ》而度目之鳥且《タニ》飛《ヒ》四蛇争《ソヒヲカシテ》侵　而過レ隙之駒夕《ニ》走《ル》　嗟《ア》乎痛《シキ》哉　紅顔共《トモニ》三従《ト》一長逝《クキヌ》　素質与《ト》二四徳一永滅《クエヌ》　何図《ナンソハカラム》

偕老違《シテ》　於要期《キニ》独飛生《スルコトヲ》　於半路《ニ》　蘭室《ノ》屛風徒《ニ》張《テ》断レ腸之哀《カヒ》　弥痛《イタミ》　枕頭《ノホトリノ》　明鏡空《ク》懸《テ》染《ムルタケヲ》レ筠　之涙逾《タイヨ〳〵オツ》　落　泉門一《タヒ》掩《テ》

無レ由《ヨシ》再《ヒ》見《ニ》一　嗚《ア》呼哀《カナシキカナヤ》　哉　⑤愛河《ノ》波浪已先滅《ニツキエテ》　苦海《ノ》煩悩亦無レ結　従《コレヨリコノカタ》　来　猒離《シテ》　此《ノ》穢土《ヲ》一本願《ヲモテ》　託二生《セム》　彼《ノ》浄刹《ニ》一

②日本挽謌一首

＊七九九歌の左注に「①神亀五年七月廿一日③筑前国守山上憶良上」とある。

●巻五・八〇四歌序

【前田家一本】

⑥同年七月二十一日　⑦世間難《ノ》レ住〈スミ〉歌一首幷短歌幷序　⑧嘉摩郡撰定之／⑨山上臣憶良

⑩易《クシテ》レ集《マリ》難《キハ》レ排《ハライ》八大辛苦《ノ》　難《クシテ》レ遂易《キハ》レ尽百年賞楽《ノ》　古人所《ノ》レ歎今亦及《フ》レ之《ニ》　所以因作《テテ》二一章之歌《ヲ》一以撥《テハラフ》二一毛之歎《ヲ》一

其歌曰

【八雲軒本】

⑥同年七月二十一日　⑦世間難住歌一首幷短歌幷序　⑧嘉摩郡撰定之／⑨山上臣憶良

⑩哀《フ》一世間難《ノ》レ住《キヲ》　所以因作《テテ》二一章《ノ》之歌《ヲ》一以撥《テハラフ》二一毛《ノ》之歎《ヲ》一　其歌曰

【白雲書庫本】

⑦世間難住歌一首幷短歌幷序⑥神亀五年七月二十一日嘉摩郡撰定／⑨山上臣憶良

⑩哀《フ》二世間難《ノ》レ住《キヲ》　所以因作《テテ》二一章《ノ》之歌《ヲ》一以撥《ハラフ》二一毛之歎《ヲ》一　其歌曰

【参考：西本願寺本】

⑦哀《カナシフ》　世間難《ノ》レ住《キヲスミ》歌一首幷序

⑩易《クシテ》　集《マリ》一難《キハ》　排《ハラヒ》一八大辛苦《ノ》　難《クシテ》レ遂易《キハ》レ尽百年賞楽《ノ》　古人所《ノ》レ歎今亦及《フ》レ之《レニ》　所以因作《テテ》一章之詞《ヲ》一以撥《ハラフ》　一毛之歎《ヲ》一

其歌曰　＊八〇五歌の左注に「⑥神亀五年七月廿一日⑧於《シテ》　嘉《カ》摩《マ》郡《ノニ》一撰定⑨筑前国《ノ》守《ノ》山上憶良」とある。

題詞、作者の書き方について、仙覚本（西本願寺本）で歌群末尾にあった情報（相違点①⑥⑧）を、惺窩校正本では題詞に移して序（前文）の前に置き、作者名（相違点③⑨）を題詞の次の行に移している。この点は三本とも同様である。しかし、白雲書庫本のみ「一首幷短歌」等の記述や日付を割注にしており（相違点①⑥）、題詞の形式は前田家一本と八雲軒本が近い。次に、序（前文）の本文（相違点④⑤⑩）はいずれも前田家一本が仙覚本とほぼ同じ本文を有し、八雲軒本、白雲書庫本に大幅な削除または改変が見られる。この削除、改変は天理本にも見られ、仙覚本の本文を残しているのは現存の惺窩校正本では前田家一本のみである。(注12)その上、前田家一本は、七九四歌序冒頭の「蓋聞《シク》四生《ノ》起滅方《ナラヒテ》　夢皆《ニ》空《ナシ》」や「環《マカリタマニ》　不レ息」「三千世界誰能逃《カクレム》　黒闇之捜《アナクリ》　来《ルヲ》二」など、訓の子細に至るまで全く西本願寺本と同一である。仙覚本と前田家一本の訓点とが別々に付された結果とは認めがたく、前田家一本の訓点は仙覚本系の写本の訓点を元に成ったと推測される。(注13) つまり、前田家一本は、題詞、作者の書き方は他の惺窩校正本と共通する一方、巻五の序（前文）については他の惺窩校正本で削除される箇所が仙覚本の通りに存在し、その訓点も仙覚本を元にして付されたものと考えられる。

では、前田家一本、八雲軒本、白雲書庫本の三本はどのような関係にあるのだろうか。

前田家一本の左注の処理方法が巻十を境に転換すること、前田家一本にのみ仙覚本の本文がそのまま残っていることは、前田家一本が未定稿本である可能性を示唆する。つまり、前田家一本は惺窩校正本写本三本の中で最も古い形であると考えられる。仙覚本の題詞、作者の書き方を後世の和歌集のごとくに改めたものが前田家一本の形である。そして、後に序の一部を削除し、左注を割注形式に統一して八雲軒本、白雲書庫本が成立したのではないか。八雲軒本は序の一部が削除されている点は白雲書庫本と同様であるが、題詞や割注の書き方は前田家一本に近い。これは八雲軒本が前田家一本と白雲書庫本の中間本であることを表していると考えられる（この点についてはさらに後述する）。

三、惺窩校正本の成立過程

本書第五章でも触れたが、惺窩校正本の零本に高野氏旧蔵紙背本がある。これは、賀古宗隆が藤原惺窩に宛てた書状二十四枚の紙背に惺窩が自身で『日本書紀』神代巻および『万葉集』の二歌群を書きつけ、朱で校正したものであるという。(注14) この二歌群というのが、相違点Jにある巻五・八〇〇〜八〇一、巻二十・四四六五〜四四六七の序及び歌である。まず、巻二十・四四六五歌の題詞のみ諸本の本文をあげる。

【高野氏旧蔵紙背本】　諭レ族《サトセシヤカラヲ》　歌長歌一首幷幷《ヒ》短歌二首　大伴宿祢《ノスクネ》家持《ヤカモチ》

【前田家一本】　同年六月十七日諭族歌一首幷短歌自此以下聖武／天皇崩御之後追加之歟聖武天皇崩御天平勝宝八年五月二日云云此歌六月十七日作之故／大伴宿祢家持

【八雲軒本】　同年六月十七日諭族歌一首幷短歌自此／以下聖武天皇崩御之後追加之歟聖武天皇崩御天平勝宝八年五月二日云云／此歌六月十七日作之故／大伴宿祢家持

【白雲書庫本】　同年六月十七日諭族歌一首幷短謌自此以下聖武／天皇崩御之後追加之歟聖武天皇崩御天平勝宝八年五月二日云云此歌六月／十七日作之故／大伴宿祢家持

【参考：西本願寺本】　喩族歌一首幷短謌

前田家一本、八雲軒本、白雲書庫本の三本は、いずれも題詞冒頭に「同年六月十七日」と日付が入り（注15）、さらに題詞の下に割注で西本願寺本等一部の写本に存する朱の勘物の内容を記している（注16）。これら三本と比較すると、高野氏旧蔵紙背本では訓点は付されているものの、題詞のありようは仙覚本の状態を留めていると言ってよい。これは高野氏旧蔵紙背本が改変の最も初期段階のものである可能性を示唆する。

次に、高野氏旧蔵紙背本、前田家一本および西本願寺本の巻五・八〇〇歌の序の一部（高野氏旧蔵紙背本のみ歌本文の一部も）をあげる（注17）。

【高野氏旧蔵紙背本】

反レ惑《カヘサヒシマトヒヲ》　歌長歌一首幷幷《ヒ》短歌一首　山上《ノウエノ》臣憶良《ヲンヲクラ》

或人《ハヒト》知《レトモ》レ有二《ルコトヲ》父母一《カソイロ》、忘二《ワスレ》於孝養一《ヲヤヲモヒノヒタシニ》、不《ズテ》レ顧二《カエリミ》人倫一《ヒトスゲヲ》、……心志《コヽロネノヲモサシ》猶《ナヲ》在二《リテ》塵泥之中一《チリヒヂノウチニ》、……蓋《シク》是亡《レウシナヒ》レ命《シミコトノリヲ》之民［也］《ナラシ》、所以《コノユヘニ》指二示一《ムネトシシメシ》［三徳更開］五教一《ノヲシエヲ》、……

……妻夫《メヲ》美礼婆《ミレハ》、米具斯宇都久志《メクシウツクシ》、遁路得奴《ノカロエヌ》、兄弟親族《ハラカラウカラ》、遁路得奴《ノカロエヌ》、老見《ヲヒミ》幼見《イハケミ》、［朋友乃《トモカキノ》言問交之《コトトヒカハシ》］余能奈《ヨノナ》迦波《カハ》、加久叙許等和理《カクソコトワリ》、……都智奈良婆《ツチナラハ》、大王《ヲホキミ》伊摩周《イマス》、……

【前田家一本】

反惑歌一首并序并短歌／山上臣憶良

人或知テレ有ルコトヲ二父母一忘レ二於孝（一云侍）養ヲ一不シテレ顧ミ二人倫ヲ一（一云妻子ヲ）……心志（一云身体）猶在二塵泥ノ（一云俗）中ニ一……蓋シ是レ亡レ命山沢之民也ナリ所以ニ

指二示シテ 三徳一（一云綱）更ニ開ク二五教ヲ一……

【参考：西本願寺本】

令反惑情ノ歌一首并序

或ハ有テ人一知テレ敬コトヲ 父母ヲ一忘レ於侍養ヲ一不シテレ顧妻子ヲ一……身体猶在テ塵俗之中ナカニ一……蓋シ是レ亡命山沢之民ナリ 所以ニ指示シテ 三綱ヲ一更ニ開ク

五教ヲ一……

高野氏旧蔵紙背本は他本に比べ、序の訓点が非常に丁寧ではあるものの、序中の「心　志《コヽロネノヲモサシ》」、歌中の「大王《ヲホキミ》」など独特の仮名遣い「ヲ」を用いている点は他の惺窩校正本と共通する（相違点Ⅰ）。

惺窩校正本当該歌の最も特徴的な点は、序のみならず、歌句にまで大幅な改変が加えられているところである（相違点J）。高野氏旧蔵紙背本によって再掲すれば、「遁路得奴《ノカロエヌ》、兄弟親族《ハラカラウカラ》、遁路得奴《ノカロエヌ》、老見幼見《ヲヒミイハケミ》、朋友乃《トモカキノ》、言問《コトトヒ》交之《カハシ》」が挿入されている点である。高野氏はこの点について、「たゞ「朋友乃言問交之《トモガキノコトトヒカハシ》」の一句だけが、欄外より挿入のしるしがつけてあつて、惺窩が添加したとすれば、此の句だけでは無かつたかと思はしめられる。同時に詞書の欄外に「三徳更開」の四字があつて、指二示五教一の中間に挿入されるしるしがついてゐるので、此二つの欄外文字は、むしろ脱落したのを補つたものとして見るのが穏当かと考へさせられる。(注18)」とされ、欄外挿入以外の仙覚本との相違点は冷泉家伝来本にすでにあったものと推測された。

しかし、本書第五章で述べたように、惺窩校正本のこのような歌句の相違は『万葉集』諸本には見られず、高野氏の論の後に新たに出現した、所謂定家本の系統を引く広瀬本にも見られないものである。このことから、惺窩校正本の序および歌句の改変は藤原惺窩自身の手になるものと考えておくのが現段階では最も穏当である。むしろ、序中の「也」を含む欄外挿入三箇所がいずれも仙覚本と相違する部分であることを思えば、惺窩校正本の成立過程を示すものととらえるほうが自然ではないか。つまり、惺窩がこの歌の改変を試みた当初の段階では「也」「三徳更開」「朋友乃　言問交之」の語句が入っておらず、後に推敲して挿入したということである。そして前田家一本では仙覚本との異同を「一云」として示し(注19)、訓点も仙覚本を元にした簡素なものになる。八雲軒本、白雲書庫本に至ると異同の併記がなくなるので(注20)、これが決定稿ということであろう。

題詞の書き方や序の削除、改変のみならず、歌本文にまで大幅な改変を行っているのは惺窩校正本の中でもこの二歌群のみである。惺窩は当初から『万葉集』全体を校訂しようとしていたのではなく、まずこの二歌群を『万葉集』から見出して改変し、それを踏襲する形で、題詞、作者名等の書き方を後世の和歌集のごとき様式にした『万葉集』の制作を志したのではないか。その最初の形が前田家一本と考えられる。そして、その後にさらに左注、日付の表記などを整え、仏典関係箇所を削除するなどの改変を続け、その各段階において八雲軒本、白雲書庫本、天理本が成立したと考えられる。つまり、現存する惺窩校正本写本は一つの完成した原本を元にした兄弟関係にあるのではなく、原本自体が複数回の改変を経ていると考えるのが穏当なのではないだろうか。

高野氏旧蔵文書の書状面には、藤原惺窩と賀古宗隆との間に交わされた書籍の貸借について書かれたものがいくつかある。そのうちの一通（第十五通目）をここにあげる(注21)。

今朝預二尊／書一候。即不レ呈二／急答一多／罪々々。毛詩／二冊彼方ニ／被レ点之由候而／必々被レ下候。此／方にも二三十丁／点懸候間、迚之／儀に仕立申／度候へ共、御急之／由候間、不レ及二是／非一候。二冊慥／返進申候。又／左兵衛殿は／早御上国候而の／儀□。但州／より御使候哉如何。不宣。

臘月朔日　　宗隆（花押）

猶々今日《ヨリ》／当番之儀候間、／□□以二書／状一申候事も難レ成／候はんと遺恨候。／又御家之事早／仰候通得二其意一存候。／又毛詩之事彼方《ニ》／被二点果一候者、早々／拝借可レ忝候。以上。

〆

妙寿様尊答　　　　賀勘左宗隆

この書状の概略は、宗隆が惺窩の点じた『毛詩』を借りていたが、まだすべてを写さないうちに惺窩が別所で点をするのに必要とのことで返却しなければならず、そこでの点が終われば必ずもう一度貸してほしいと頼んでいるというものである。この書状から、惺窩は自分の点じた本を人に貸すにあたって副本を作成せず、原本自体を貸し出していた可能性がうかがえる。惺窩校正本における未定稿本、中間本の存在は、そのような惺窩周辺での書写のありようを反映したものと考えられる。

四、惺窩校正本の成立時期

惺窩は多くの大名と交友があり、経書を講じ、君主の心得を教示するなどしている。その一人である浅野幸長との交友は、林羅山編「惺窩先生行状」(注22)によって知られる。これによると、惺窩は慶長十一年からの数年間、浅野幸長に経書の講義を行っている。浅野幸長が惺窩校正本を所望した（天理本奥書）(注23)のはおそらくこの頃であろう。天理本は白雲書庫本に近い、新しい形態のものである。天理本奥書によれば、天理本の校合本は浅野幸長の所望によって惺窩が門人に書写させ、点を改めた本であるという。浅野幸長は慶長十八年八月に没しているため、遅くとも慶長十八年には、惺窩校正本は天理本、白雲書庫本の形になっていたと考えられる。

一方、時期の上限については、高野氏(注24)が次のように述べる。

紙背の宗隆文書によつて、時代判定をすれば、長嘯子が若狭の小浜の城主であつた時であり、赤松廣道《ママ》の自尽前であり、大徳寺の董甫和尚すなはち惺窩の叔父の入寂前であり、惺窩が蓄髪を為す以前である。約言すれば、関ヶ原合戦の以前であつて、決して慶長の四五年頃を下るものではない。

長嘯子が「若狭少将」と呼ばれていたのは文禄三（一五九四）年から慶長五（一六〇〇）年であり、赤松廣通の自尽は慶長五年、大徳寺の董甫宗仲（紹仲）の入寂は慶長六年である。また、高野氏旧蔵の賀古宗隆書状には、惺窩、宗隆がともに度々伏見に赴き、赤松廣通とおぼしい「左兵衛殿」と親しく交流していたことがうかがわれる。このことから、賀古宗隆による書状が惺窩のもとに届いたのは、関ヶ原の戦いの起こる慶長五年九月以前と考えられる。(注25)

しかしながら、前節で述べたように高野氏旧蔵紙背本に記された惺窩自筆の二歌群が惺窩校正本の最初の姿だとすれば、惺窩校正本成立の上限は、この書状が惺窩の手元に届いた以降ということになる。この書状の内容のみによって、惺窩校正本の構想開始の上限を慶長四、五年以前であるとは言えないだろう。

太田兵三郎氏「藤原惺窩略伝」(注26)には、次のように書かれている。

同年（慶長五年：筆者注）九月家康の入洛に当つて、惺窩は召されて深衣道服して謁見した。この時同席に、曽ての五山に於ける旧相識にして現在家康に仕へ記録を掌る僧承兌（西笑）及び霊三（玄国《ママ》）の両人あり、惺窩の仏を捨て、儒に帰せるを真諦を捨て、俗諦に入るものとして、且惜しみ且責めたるに対し、惺窩は人倫こそ真であり、之を捨つる仏家こそ異端なりとし、堂々自己の所信を披瀝し、却つて両人の蒙を啓く所があつた。

「惺窩先生行状」(注27)にこの時の惺窩の言葉が残されており、「人間の世」を捨てる仏家こそが「人倫」を顧みない「俗」であると述べている。(注28)本書第五章で述べたように、惺窩のこの時の発言と八〇〇歌序の内容は呼応する。「惺窩先生行状」に描かれた慶長五年九月の出来事と、惺窩自筆の二歌群の書き付け時期との先後関係までは特定できないものの、二歌群の改変、書き付け時期は慶長五年前後であろうと推測できる。(注29)

惺窩校正本は慶長五年ごろに構想が開始され（高野氏旧蔵紙背本）、遅くとも慶長十一年からの数年間の間には完本（前田家一本）が存在し、慶長十八年には現存する最も新しい形（白雲書庫本、天理本）になっていたと考えられる。

おわりに

本章では、前田家一本、八雲軒本、白雲書庫本の写本三本を主として取り上げ、各本の関係について検討してきた。惺窩はまず巻五・八〇〇～八〇一歌、巻二十・四四六五～四四六七歌の二歌群を『万葉集』から見出して改変し、それを踏襲する形で『万葉集』全体の改変に取りかかったと思われる。前田家一本が他の惺窩校正本に比べ、未定稿であることを思わせる箇所があり、仙覚本の形を留めていることから、これが惺窩校正本写本三本の中で最も古い形である推測される。そして、前田家一本成立後も、左注、日付の表記などを整え、仏典関係箇所を削除するなどの改変を続け、その各段階において弟子たちの求めに応じて貸し出し、八雲軒本、白雲書庫本、天理本が成立したと考えられる。

惺窩校正本原本は、慶長五年ごろに構想が開始され、慶長十八年までの期間に度々の改変が加えられたものと思われる。この時期は、惺窩周辺において『万葉集』に対する意識が高まった時期とも言える。寛永版本以前の活字本である活字無訓本、活字附訓本は、その成立時期が明らかにされていないが、活字無訓本の底本は惺窩門の林羅山の手になる本である。この林道春（羅山）校本の底本は細井本であり、惺窩校正本との直接の関係は今のところ見出せていない。しかし、惺窩校正本の成立と『万葉集』の活字化は、いずれも惺窩周辺の『万葉集』への関心を反映したものであると言えるだろう。

注

(1) 『校本万葉集　首巻』(岩波文庫　一九三一年)の「万葉集諸本解説」第三部「類聚、仮字書、抄出、改定に係る諸本」第四種「改定本」(二〇五頁〜二〇六頁)、および「万葉集諸本系統の研究」第三章「万葉集諸本各説」第三節「類聚、仮字書、抄出、改定に係る諸本」(三五五頁〜三五七頁)。
(2) 高野辰之氏『古文学踏査』(大岡山書店　一九三四年)の「万葉集所見」4「出でよ冷泉家伝本」(七五頁〜八七頁)。
(3) 永井義憲氏「惺窩校訂の万葉集に就いて」(『国文視野』第四輯　一九三七年三月)。
(4) 多田元氏「國學院大學図書館新蔵書八雲軒本『万葉集』について」(『國學院大學図書館紀要』第四号　一九九二年三月)。
(5) 注4多田氏論文。
(6) 天理本の奥書本文は本書第五章に掲出した。
(7) 冷泉為経序本文は本書第三章に掲出した。
(8) 本章で『万葉集』本文について「仙覚本」と言う場合、西本願寺本(石川武美記念図書館所蔵)を指す。西本願寺本の掲出は『西本願寺本万葉集(普及版)』(おうふう　一九九三〜一九九六年)に拠った。
(9) これは本書第五章の再掲である。出典等は第五章に記した。なお、これらのうちB〜Eは、平安期以来の和歌集、特に勅撰集の様式に合わせるための改変と見られる。一方、J、Kは『万葉集』を儒教的理念に基づいて改変し、仏典や仏教思想に拠った部分を排除するというものである。
(10) 前田家一本にも白雲書庫本等と同じように題詞や歌の下に朱注文(勘物)に対応する割注は存在する。これについては本書第七章でも触れる。しかし、作者に関わる記述が一部ないなど、白雲書庫本等に比べると、記述の少ない部分がある。例えば巻一・一三歌の作者名を前田家一本では「中大兄　近江宮御宇」とする。この部分は、西本願寺本に「中大兄　近江宮御宇天皇」とあり、仙覚本系写本の割注の形に近い。ところが、白雲書庫本の割注は「近江大津宮謚曰天智天皇　母皇后宝皇女皇極天皇是也　紀曰天豊財重日足姫天皇四年乙巳立中大兄為皇太子　号葛城皇子」となっている。これは、西本願寺本巻一・一三歌の前後に分けて「皇極天皇天豊財重日足姫四年六月譲位於軽太子以中大兄為皇太子天智天皇是也」「号葛城皇子又名中大兄王後名天智天皇　母皇后宝皇女今称皇極天皇是也」とある朱注文（勘物）の内容に対応する。

(11)　ただし、仙覚本巻十・一八三八左注「右一首筑波山作」、一八四二左注「右二首問答」について、前田家一本ではそれぞれ歌の下に「此一首筑波山作之」「此二首問答也」と割書される。一方、仙覚本巻十・二〇三三歌の次行にある「此謌一首庚辰年作之」を、前田家一本では「右一首庚辰年作之」と左注の形式にしている。また、仙覚本巻十・二一九七歌の次行には割書で「謂大城山者在筑前御笠郡之大野山頂号曰大城者也」とあり、前田家一本ではこの部分は割書の形式を踏襲して「大城山者在筑前御笠郡之大野山頂」とする。これらのことから、前田家一本の巻十では、地名など歌の内容に関わるものは割注に、作歌年や掲載理由など歌の内容に直接関わらないものは左注に、というように分類していたのではないかと考えられる。なお、巻十一以降は「右……」という左注形式が一切見られなくなる。

(12)　傍線部④について西本願寺本と前田家一本とを比較すると、本文の異同は西本願寺本に「方丈《ニ》」とあるところ、前田家一本では「方大《ニニ》」とする一カ所である。京大本、広瀬本も西本願寺本と同じく「方丈」とある。一方、活字無訓本には「方大」とある（国立国会図書館デジタルコレクション http://dl.ndl.go.jp/（書誌ＩＤ：000007317439））。なお、活字無訓本の底本である林道春校本（内閣文庫所蔵／特096-0011）には「方丈」とある（国立公文書館デジタルアーカイブ https://www.digital.archives.go.jp/）。

(13)　惺窩校正本三本に共通して存在する箇所についても、西本願寺本の七九四歌前文の「断レ腸之哀《カヒ》　弥痛《イタミ》　枕頭《ノホトリノ》　明鏡空懸《クテ》」の部分は、訓も含め前田家一本と全く同一である。八雲軒本は「断レ腸之哀《カ》弥痛《ム》枕《ノ》頭明鏡空懸《クテ》」、白雲書庫本は「断レ腸之哀《カ》弥《イ》痛枕《ノ》頭明鏡空懸《クテ》」となり、訓が少ない。一方、西本願寺本に「偕老違《シテ》　於要期《キニ》独飛生《スルコトヲ》　於半路《ニ》」とある部分が、前田家一本は「偕老違《シテ》二於要期《ニ》一独飛生《ナン〳〵トスルコト》《スルコトヲ》二於半路《ニ》一」、八雲軒本は「偕老違《シテ》二於要期《ニ》一独飛生《スルコトヲ》二於半路《ニ》一」、白雲書庫本は「偕老違《シテ》二於要期《ニ》一独飛生《スルコトヲ》二於半路《ニ》一」となっている。惺窩校正本三本には返り点が付されて、前田家一本のみ一部文選訓みをするなどの相違はあるものの、訓の付し方は西本願寺本に極めて近いと言えるだろう。

(14)　注2高野氏論考。惺窩自筆によるこの草稿が初めからこの二歌群のみであったことについては、同著書の「藤原惺窩の神代紀改修」〔附記〕一に「右の万葉集の歌は二首だけであつたことは、最後の行下に、五分に九分の長方形の朱印があり、之を掩つて六分に七分といふ方形に近い黒印が斜に捺してあるので知られる。黒印の為に朱印の文字は判読しがたいが、黒印は豊の字の如くで、木下長嘯子の章では無いかと思はれる。」（四三八頁～四三九頁）と言及されている。なお、この文書は現所蔵者不明であるが、賀古宗隆書状の面は東京大学史料編纂所に影写本が所蔵されており、紙背の万葉集二歌群のうち巻五・八〇〇～八〇一歌の全部と巻二十・四四六五歌の冒頭は高野氏著書に影印が載る。本章における賀古宗隆書状の翻刻は東京大学資料編纂所の影写本により、巻五・八〇〇歌、巻二十・四四六五歌題詞の翻刻は高野氏著者の影印によった。

(15)　仙覚本では、日付は四四七〇歌左注に「以前歌六首六月十七日大伴宿祢家持作」とある。

(16)　西本願寺本のこの部分の勘物については、本書第五章に掲出した。

(17)　天理本、白雲書庫本の当該箇所と、高野氏旧蔵紙背本、西本願寺本の当該歌序の全文を本書第五章に掲出した。なお、高野氏旧蔵紙背本引用中の［　］は欄外挿入であることを示す。

(18)　注2高野氏論考（八三頁）。

(19)　ただし前田家一本では「亡レ命山沢之民」の部分のみ注記なく仙覚本の本文を採用する。

(20)　八雲軒本の当該箇所の本文は、本書第五章に掲出した白雲書庫本の本文と異同がない。

(21)　賀古宗隆書状の翻刻にあたり、大谷俊太氏にご指導いただいた。翻刻にあたっては、返り点、句読点は私に付した。また、虫損等により文字の判読が不可能な箇所は□とした。

(22)　太田兵三郎氏『藤原惺窩集　上巻』（思文閣出版　一九四一年）所収「惺窩先生文集　行状」。本文は本書第五章に掲示した。

(23) 天理本奥書の本文は本書第五章に掲出した。
(24) 注2高野氏著書の「藤原惺窩の神代紀改修」(四二八頁)。
(25) ただし、宗隆は惺窩を「貴老様」と呼んでおり、惺窩が数え年四十歳となる慶長五年に近接する時期であることが望ましい。
(26) 注22太田氏著書の「藤原惺窩略伝」(一四頁)。
(27) 注22太田氏著書の「惺窩先生文集　行状」(八頁)。本文は本書第五章に掲出した。
(28) 巻五・八〇〇歌については本書第八章に詳しく述べる。
(29) また、阿部吉雄氏「藤原惺窩と赤松廣通」(『東京大学教養学部人文科学科紀要』第三〇号　一九六三年五月)は、「慶長三年の末、(惺窩は：筆者注)端なくも捕虜の朱子学者姜沆とめぐり会うことができた。これより同五年四月、姜沆が帰国するまでの一年有余の間は、惺窩の思想の最も高潮した時であって、……まことに慶長四、五年の間は惺窩の思想生活の転換期であり、近世儒学の黎明期であった。」(一七九～一八〇頁)と述べている。

第七章　悍窩校正本『万葉集』の底本と本文校訂

はじめに

悍窩校正本の底本については、『校本万葉集　首巻』に、悍窩校正本の現存完本の一本である前田家一本の性質として、「その一般的形式としては題詞を低く歌を高く書いてゐて、訓は片仮字で漢字の右傍に附してゐる。その訓は仙覚の点であるから多分仙覚本によつて行つたものであらう。」(注1)としている。また、野村貴次氏『北村季吟の人と仕事』にも、底本等は不明としながらも、『万葉拾穂抄』総論の記述(注2)などをもとに、「悍窩校正本の底本は仙覚系の一本であり、それを底本にし、数本を以て校合し、更に歌順・書式等を悍窩が作為したものが、悍窩校正本であると考えられるので、仙覚系本の変形ということが出来る。(注3)」とある。『校本万葉集』に述べるように、訓に関して言えば、例えば巻一・三歌、三六歌、四五歌等の「八隅知之」を「ヤスミシシ」と訓み、八歌「熟田津」を「ニキタツ」、一七歌「味酒」を「ウマサカノ」と訓むごとく、多くの箇所で仙覚訓を採る。このように、悍窩校正本は冷泉家（下冷泉家）に数種あったであろう『万葉集』のうちの一本を底本とし、他の数本を校合して成ったと考えられてきた。そして、そのうちの少なくとも一本が仙覚本系の本であると考えられる。

では、悍窩校正本はいかなる系統の本を底本とし、そこにどれほどの校合を加えて成立したのであろうか。本書

第六章でも指摘したように、惺窩が『万葉集』の校訂に用いた写本の系統を把握することは、後に林道春（羅山）校本を元に出版された活字無訓本、そして活字附訓本、寛永版本へと受け継がれる『万葉集』の校訂作業への道筋を辿る上で重要となる。本章では、惺窩校正本の底本と本文校訂について考察を試みる。

一、惺窩校正本の勘物部分について

惺窩校正本は、西本願寺本等の一部写本に見られる朱の勘物を題詞または歌句の下に割注形式で記している。例えば白雲書庫本の巻一冒頭は「泊瀬《ハツセ》朝倉《アサクラノ》 宮《ノ》御宇」の下に二行割書で「太泊瀬《ヲホハツセ》稚武《ワカタケ》天皇諡曰雄略天皇　系図云長谷朝椋宮云云大和国城上郡磐坂谷是也」と書かれ、一歌末尾に続けて二行割書で「虚見津山跡国者櫛玉饒速日命《クシタマニキハヤヒノミコト》　乗天磐船而廻行虚空故此国号虚見津大和之国天磐舟　鳥《(ママ)》也見古事記序」とある。この割注は前田家一本、八雲軒本、天理本にも見られる。

これに対し、西本願寺本には巻一冒頭「泊瀬《ハツセ》朝倉《アサクラ》宮御宇天皇代太泊瀬《オホハツセ》稚武《ワカタケ》天皇」の「泊瀬朝倉」の右に朱にて「雄略天皇」、割書で書かれた「太泊瀬稚武天皇」の下に朱にて「系図云長谷朝椋宮云々大和国城上郡磐坂谷是也」との勘物がある。また、一歌の上に「本朱神代事也　櫛玉饒速日命《クシタマニキハヤヒノミコト》　乗《リ》天磐船一而廻行《給フ》　虚空一故此国《ノ》号《ヲ》虚見津大和之国一天磐舟鳥《(ママ)》也見古事記序」（「本朱」のみ朱書）との頭書がある。

『校本万葉集』によると、この三箇所の勘物をすべて持つ『万葉集』写本は西本願寺本の他に、紀州本、神宮文庫本、細井本、温故堂本、陽明本、京大本がある。紀州本を除きすべて仙覚本である（注4）。紀州本は巻一～十が非仙覚本系とされるが、巻四までは仙覚本によって校合されている（注5）。この勘物も仙覚本から書き入れられたものである可能性が高い。なお、非仙覚本系の元暦校本には「系図云……」の勘物がなく、広瀬本には「雄略天皇」のみ存する。

このことから、惺窩校正本の割注は、仙覚本に存する勘物を書き入れたものであると考えられる。

もう一例あげる。白雲書庫本では、巻二十・四四六五歌題詞の下に割注で「自此以下聖武天皇崩御之後追加之歟聖武天皇崩御天平勝宝八年五月二日云云此歌六月十七日作之故」と書かれている。これも前田家一本、八雲軒本、天理本のすべてに同様に存する。(注6)一方、西本願寺本の当該歌の行間には朱にて「自此歌以下聖武天皇崩御之後追書入之歟以何知者聖武天皇崩御天平勝宝八年五月二日云々然此歌六月十七日作之故也」との勘物が存する。この勘物を有する写本は他に、神宮文庫本、細井本、温故堂本、陽明本、京大本である。

惺窩校正本の文言とは若干の異同はあるものの、これら仙覚本の勘物と惺窩校正本の五十一首に亘って五十八箇所見られるこの種の割注とは同質のものと考えてよく、惺窩校正本の作成にあたって仙覚本系の一本が存在したことは確かである。(注7)

二、歌本文から見る底本の推定

（1）

惺窩校正本については、高野辰之氏に「前掲の序文（刊本『万葉拾穂抄』巻一にある冷泉為経序：筆者注）に「取二数本一校二正之一」とあるのは家伝の本を校正するに数本を参考にしたといふ意で、惺窩が数本に拠つて改修した一書を家伝の本としたといふ意には思へない。詰る処、惺窩の生れた冷泉家には、其の前からの家伝本があつたとかう見るのであつて、出でよといふのは其の本のことである。(注8)」とあるなど、冷泉家本系の本の影響が指摘されていた。(注9)下冷泉家の生まれという惺窩の出自を考慮すれば、冷泉為経序にある「惺窩家伝」の本の中に、現在、冷泉家本系と称されている定家本系の『万葉集』が存在した可能性は十分にある。まず、『万葉集』諸本のうち仙覚本と非仙覚本とに異同のある例をとりあげ、惺窩校正本の本文採択の様相について検討する。[注10]

（例1）……上立《ノホリタチ》　国見《クニミ》乎《ヲ》為波《スレハ》　畳有《カサナレル》《タヽナハル》　青垣山《アマノカクヤマ》《アヲカキヤマノ》　……　（巻一・三八）

・為波…宮、細、西、温、陽、文、矢、近、京、無、附、前、八、白、（天）

・為埶婆…元（右に朱「波」）

・為藝波…類（右に墨「可考」）、古、紀

・為勢婆…冷、広

当該箇所は、『校本万葉集』所収の非仙覚本にはすべて「為」と「波」の間に「勢」「藝」などの一字が入っている。一方、仙覚本では、寛元本系の神宮文庫本、細井本を含めすべて「為波」となっている。[注11]　惺窩校正本は仙覚本系の本文と一致する。ただし訓については、古葉略類聚鈔に漢字本文に即した「クニミヲシケハ」と訓まれ、金沢文庫本に当該箇所の訓がない他は、非仙覚本系の本にも「クニミヲスレハ」とある。[注12]　惺窩校正本にも『万葉集』諸本と同じく「クニミヲスレハ」とある。このように訓むのであれば、非仙覚本にある「藝」「勢」の一字は不要である。「藝」「勢」の字のないほうが自然との判断から、惺窩校正本が独自に削除した可能性も考えられる。

しかし、仙覚本と非仙覚本とに異同のある歌において、惺窩校正本ではそのほとんどが仙覚本に一致する。以下のような例があげられる。

（例2）常世《トコヨ》辺《ヘニ》　可《ヘキ》レ住物乎《スムモノヲ》　剣刀《ツルキタチ》　已之《サカ》心柄《コヽロカラ》　於曽也《ヲソヤ》是君《コノキミ》　（巻九・一七四一）

・心柄…宮、細、西、温、陽、矢、近、京、無、附、前、八、白、（天）

・行柄…藍、壬、類、古、広、紀

（例3）……嘆蘇良《ナケクソラ》　夜須家久奈久尔《ヤスケクナクニ》　念蘇良《ヲモフソラ》　苦伎毛能乎《クルシキモノヲ》……　（巻十九・四一六九）

・夜須家久奈久尓…宮、細、紀、西、文、温、陽、矢、近、京、無、附、前、八、白、(天)
・夜須家奈久尓…元
・夜須家良奈久尓…広

(例3)は非仙覚本系の元暦校本、広瀬本の本文がいずれも単独異文となっているが、(例2)では、非仙覚本系諸本のすべてで同じ本文「行柄」を持つ。このような場合にも惺窩校正本が仙覚本系の本文に一致するということは、惺窩校正本の本文がすなわち仙覚本の系統であることを意味するだろう。他に、「衣　人者《キヌキシヒトハ》」(巻七・一三一一/元、類、古、広、紀は「皆」)、「雉尓《キシニ》絶多倍《タユタフヘ》」(巻七・一三八九/元、類、古、広、紀は「誰」)、「布靡《フミ》越者《コエハ》」(巻九・一七三一/藍、壬、類、古、広、紀は「麻」)、「麻笥《ヲノケ》乎《ヲ》無登《ナミト》」(巻十三・三二七二/元、類、広は「司」)など、このような例は枚挙にいとまがない。

以上のような例から、惺窩校正本の底本は仙覚本系の一本と推測される。

(2)

では、仙覚本のうちどの系統の本を底本にしているのか、という推定は可能であろうか。ここからは、仙覚本の諸本間に異同の見られる例をとりあげる。

(例4)　萱草《ワスレクサ》　吾紐二付《ワカヒモニツク》　香具山乃《カクヤマノ》　故去之里乎《フリニシサトヲ》　不レ忘之為《ヌワスレカタメ》　(巻三・三三四)

〔本文〕
・不忘之為…紀、宮、細、西、温、陽、矢、近、京、無、附、前、八、白、(天)
・王心之為…類、紀(左)
・忘之為…広

〔訓読〕(注13)

・ワスレヌカタメ…西（「ヌ」元青）、温、陽（「ヌ」青）、矢（「ヌ」青）、近（「ヌ」青）、附、前、白、天
・ワスレスカタメ…八
・ワスレシカタメ…類、紀、宮、細
・ワスレ　カタメ…京
・キミ心セヨ…広

当該歌結句は、紀州本およびすべての仙覚本で「不忘之為」とする。現代では、類聚古集および紀州本の左にある「王心」は、元々「忘」とあったものの誤写と考え、広瀬本のように「不」のない「忘之為」が本来の形であったと考えられている。一方、訓読を見ると、仙覚寛元本においては類聚古集、紀州本にある非仙覚本系の訓を受け継ぎ「ワスレシカタメ」とする。類聚古集は本文に打消「不」が存在しないことから、「ワスレシ」の「シ」は過去の助動詞と考えられる。一方、紀州本、仙覚寛元本の本文は「不忘」とあるので、この「シ」は打消意志の「ジ」と考えられる。「ワスレヌカタメ」の訓は文永本以降の仙覚改訓である。

仙覚『万葉集註釈』(注14)（以下、『仙覚抄』）には次のようにある。

萱草ハ忘ル憂ヲ一草也。ワスレジガタメトイフベキニアラズ。此歌ノ心ハカグヤマノフリニシサトノワスレガタクテコヽロクルシケレバ、ワスレグサヲワガヒモニツケテ、シルシヲエテ、ウレヘヲノゾカムトオモヘルコヽロナレバ、ワスレヌガタメト点ズベキ也。カヤウノタグヒハ一字ナレドモタガヒヌレバソノ心アラハレザルガユエニハヾカリヲカヘリミズ和シ換フルナルベシ。

「ワスレジガタメ」と訓んで「決して忘れないために」の意と解釈すると、愁いを忘れる草である「萱草」を身につけるという歌の内容と矛盾する。そのため、「ワスレヌガタメ」と訓んで「忘れられないので（それを忘れる

ために）」の意と解釈すべきだと言うのである。寛元本から文永本の間に仙覚の当該歌理解の深まりが見られる。惺窩校正本では訓を「ワスレヌ（ス）カタメ」としていることから、底本は文永本の系統であろうとひとまずは推測される。

（例5）今谷毛《イマタニモ》　目莫令レ乏《メナシメソトモ》　不二相見一而《スアヒミテ》　将レ恋年月《ムコヒトシツキ》　久家真国《ヒサシケマクニ》　（巻十一・二五七七）

・真国…嘉、文、西、紀、温、陽、矢、近、京、前、八、白、天

・莫国…広、宮、細、無、附

（例6）知知波波我《チチハハカ》　可之良加伎奈氏《カシラカキナテ》　佐久安礼天《サクアレテ》　伊比之気等波是《イヒシケトハセ》　和須礼加祢津流《ワスレカネツル》　（巻二十・四三四六）

〔本文〕

・気等波是…西、前、八、白

・気等婆是…元、紀、温、陽、矢、近、京（赭「古」「波曽」あり）、（天）

・古度波曽…類、広

・古度婆曽…宮、細、無、附

〔訓読〕

・ケトハセ…西、紀、温、陽、矢、近、京、前、八、白、天

・コトハソ…元、類、広、宮、細、附

この二例はいずれも、仙覚寛元本と仙覚文永本とに異同のある例である。惺窩校正本諸本はいずれも文永本の本文を用いている。（注15）（例6）は中でも文永三年本系の西本願寺本と同一の本文を持つ。この例は、元暦校本では漢字本文を「気等婆是」としながら「ことはそ」と訓をつけているが、類聚古集、広瀬本、および仙覚寛元本では漢字本文「古度婆（波）曽」に対して「コトハソ」の訓がある。一方、仙覚文永本諸本には「気等婆《ケトハ》（波《ハ》）是《セ》」とある。

このように、漢字本文が寛元本と文永本とで対立する場合、惺窩校正本の本文は文永本に一致する。このことから、惺窩校正本は訓だけでなく漢字本文も、仙覚文永本系の一本を底本として成ったと考えてよいと思われる。

(3)

ここからはさらに、仙覚文永本の中のどの系統の本を底本にしているのか、絞り込んでみたい。

(例7)……若草《ワカクサノ》　其嬬《ソノツマノコ》 子者《ハ》　不怜弥可《サヒシミカ》　念《ヲモヒテ》 而寐良武《ヌラム》　悔弥可《クヤシミカ》　念《ヲモヒコフラ》 恋良武《ム》……　(巻二・二一七)

・(ナシ)……温、陽、矢、近、京（楮「悔弥可念恋良武」）、附

・悔弥可　念恋良武…類、広、紀、宮、細、西、無、前、八、白、天

近世初期に広く書写の行われた仙覚文永十年本系の写本には、「悔弥可　念恋良武」の二句が抜けている。しかし、惺窩校正本にはこれが存在する。白雲書庫本には、第一冊（目録上）の初めに「万葉集白雲本校異」と題される墨書の文章が綴じ込まれており、その中で、白雲書庫本に仙覚や成俊等の奥書がないことを根拠として惺窩校正本が「仙覚律師以前の古本に系統を有すること勿論なり」と論じ、さらに次のように述べられている。

一通行本（宝永六己丑年出雲寺和泉掾印行大正九年まで二百十二年以前になる）其他の諸本及古写諸本の中多くは巻の二吉備の采女ノ死時、柿本ノ人麿ノ作歌ノ中の不怜弥可《サヒシミカ》念而寐良武の句の下に悔弥可《クヤシミカ》念《オモヒコフラ》 恋良武《ム》の二句を脱せり、然るに此古本には此二句を存せり、木村老博士も此句を以て金玉に比して賛せられたり

しかしこの二句は、非仙覚本系諸本の他、仙覚寛元本や西本願寺本等の仙覚文永三年本にも見られる本文である。そのため、この二句が存在するという理由によって惺窩校正本を仙覚以前の「古本」であると判断することはできないが、文永十年本系でない可能性が高いことは指摘できるだろう。

(例8)　客 在者《タヒニアレハ》　三更刺而《ヨナカヲサシテ》　照月《テルツキノ》　高嶋山《タカシマヤマニ》　隠 惜毛《カクラクヲシモ》　(巻九・一六九一)

・刺而…藍、壬、類、紀、宮、細、西、無、附、前、八、白、(天)
・判而…京、近
・刿而…広、温、陽、矢

当該歌第二句の「刺」字について、温故堂本、京大本等文永十年本系の諸本、および広瀬本に「判」またはそれに一画多い「刿」が用いられている。[注16] この字については『校本万葉集　十八』新増補追補[注17]に、

「刺」「判」はしばしば紛らわしいが、校本万葉集首巻の異体字表によれば別字で混同がないと言ってよい。この歌で藍・壬・類・神（紀州本：筆者注）などの非仙覚本には「刺」の字が書かれ、「……サシテ」の訓は動かないかのように思われた。しかし、広瀬本には、訓は「サシテ」とあるが、本文は陽・矢と同じ「刿」となっていて、それは「判」の異体である。

とされ、「刺」と「判」「刿」が明確に別字であることが示されている。惺窩校正本諸本はいずれも楷書で「刺」と書かれており、疑いがない。このことから、惺窩校正本の底本は文永十年本ではないと推測される。

(例9)……安佐欲比尓《アサヨヒニ》　見都追由可牟乎《ミツツユカムヲ》　於伎氐伊加波乎志《ヲキテイカハヲシ》　（巻十七・四〇〇六）

・於伎底伊加婆乎思…宮、細、無、附、(天)
・於伎弖伊加婆乎思…元、温、陽
・於枝弖伊加婆乎思…広
・於枝弖伊加波乎志…西（「枝」を「伎」と直す）
・於伎弖伊加波乎志…紀、矢、近、京
・於伎氏伊加波乎志…前、八、白

当該箇所で惺窩校正本の採る「氐」を持つ本は『校本万葉集』所収の『万葉集』諸本には存在しない[注18]が、この一

字については後述することとする。末尾三字について見ると、「婆乎思」とするものと「波乎志」とするものとがある。惺窩校正本写本三本と同じ「波乎志」を持つ本は、仙覚文永三年本系と考えられている紀州本、西本願寺本と、仙覚文永十年本系のうち寂印成俊本である大矢本、近衛本、京大本である。（例7）および（例8）の考察から、惺窩校正本の底本は文永十年本ではないと考えられること、（例6）で惺窩校正本が西本願寺本と同一の本文を有することから、惺窩校正本の底本となった仙覚本は、現存諸本の中では西本願寺本に最も近い文永三年本の系統である可能性が高いのではないか（注19）。

以上の考察の結果、惺窩校正本は仙覚本を底本として用いており、それは近世初期に広く書写の行われた仙覚文永十年本ではなく、西本願寺本に近い文永三年本の系統である可能性が高いと推測される。そして、漢字本文に関しては底本の本文を比較的忠実に保持していると言えるのではないだろうか。

三、惺窩校正本のイ本注記

前節において、惺窩校正本の底本は仙覚文永三年本の可能性が高いと推測した。では、高野氏が指摘するように、冷泉家本（所謂、定家本系『万葉集』）が校訂に使われた可能性はあるのだろうか。惺窩校正本には、歌本文に割注形式でイ本注記を持つものがある。このイ本注記から惺窩校正本の本文校訂について考えてみたい。

（例10）①且戸《アサト》遣《ヤリ》（一無 遣字）乎《ヲ》　②速《シキリ ハヤク》（一作 連）莫開《ナアケソ》　味沢相《アチサハヒ アチサハフ》　目之乏《ミシトモシ メノホ》　流君《クキミカ ルキミカ》　今夜《コヨヒ》③来座有《キマサセ ママセル》（一作 省）　（巻十一・二五五五）

①・且戸遣乎…細、紀、温、陽、京、附、[前]、[白]、[天]

・且戸遣乎…宮、西、文、矢、近、[八]

・且戸遣手…無

・且戸乎…温（書入）、京（書入）、前（書入）、白（書入）、天（書入）

・旦戸乎…嘉、広、西（書入）、文（書入）、矢（書入）、近（書入）、八（書入）

②・速莫開…嘉、宮、細、紀、西、文、温、陽、矢、近、京、無、附、前、八、白、（天）

・連莫開…広、西（頭書）、文（頭書）、温（頭書）、陽（頭書）、矢（頭書）、近（頭書）、京（頭書）、前（書入）、八（書入）、白（書入）、天（書入）

③・来座有…嘉、宮、細、紀、西、文、温、陽、矢、近、京、無、附、前、八、白、（天）

・来座省…広、西（書入）、温（書入）、陽（書入）、矢（書入）、近（書入）、京（書入）、前（書入）、八（書入）、白（書入）、天（書入）

惺窩校正本諸本において当該歌は本文をそれぞれ「且戸遣乎」「速莫開」「来座有」とし（ただし、八雲軒本は「且」を「旦」に作る）、その下に割注で「一無遣字」「一作連」「一作省」と書き入れている。惺窩校正本が本文として採るのはいずれも仙覚本にある本文である。割注にある本文を持つのは、広瀬本等の非仙覚本系の本である。しかし、①については、西本願寺本、京大本等仙覚文永本系諸本で「遣」字の左に「古無」の書入があり、文永本の校訂の際に用いた古本に「遣」字のない本文のあったことが分かる。②についても、文永本系諸本の「速」字に対して、頭書に「連イ」とあり、文永本校訂の際のイ本に「連莫開」の本文のあったことが知られる。③も同様で、文永本系諸本の「有」字の下に「省イ」の書入がある。(注20) そのため、惺窩校正本においては底本である文永本の書入を元にイ本注記を記した可能性がある。この例からは冷泉家本等の非仙覚本系の影響を受けていると断定できない。

（例11）……之《シ》努《ノ》比《ヒ》都《ツ》追《ツ》　有争《アラソフ》波《ハ》之《シ》尓《ニ》　許《コ》能《ノ》久《ク》礼《レ》罷《ヤミ》能或云　四《ウ》月《ツキ》之《シ》立《タテ》者《ハ》……　（巻十九・四一六六）

・許能久礼罷…元、類、広、宮、細、紀、西、温、陽、文、矢、近、京、無、附、前、八、白、（天）

・許能久礼能…西（頭書）、温（頭書）、陽（頭書）、前（書入）、八（書入）、白（書入）、天（書入）

惺窩校正本に「或云能」とある「能」字は、『万葉集』諸本が本文として採らない字である。しかし、西本願寺本等一部の文永本の頭書に「能イ」とある。当該箇所の「能」字に関しては、広瀬本等非仙覚本系諸本にも存しない本文であることから、惺窩校正本は底本とした文永本のイ本注記を書き入れたのであろうと思われる。(注21)

（例12）楽浪乃《サヽナミノ》　国都《クニツ》美《ミ》神乃《カミノ》　浦佐《ウラサ》備《ヒ》而《テ》　荒有京《アレタルミヤコ》　見者《ミレハ》悲寸《カナシキ》或作毛《モ》　（巻一・三三）

・悲毛…古、類、冷（訓「モ」の右に「或本キ」）、広（訓「モ」の下に「或本キ」）、紀、宮、細、西、温、
　陽、文、矢、近、京、無、附、天（下に「或作寸《キ》」）

・悲寸…前（下に「或毛《モ》」）、八（下に「或作毛《モ》」）、白（下に「或作毛《モ》」）

天理本は古活字本のまま「悲毛」を本文とした上で、「或作寸《キ》」と割注にする。一方、前田家一本、八雲軒本、白雲書庫本はいずれも「見者悲寸」を本文とし、「ミレハカナシキ」と訓じた上で、「毛《モ》」を割注にしている。一方、『校本万葉集』所収の『万葉集』諸本に、当該歌結句を「見者悲寸」とするものは存在しない。訓の末尾を「カナシキ」とするのは、広瀬本、伝冷泉為頼筆本のイ訓のみである。ただし『五代集歌枕』(注22)には、

さゝなみのくにつみかみのうらさひて／あれたるみやこみれはかなしき《モ》（さゝなみのみやこ　近江国・一七九三）

として当該歌を掲出する。私見の限り、この他に当該歌末尾を「カナシキ」とする歌集は見られない。広瀬本、伝冷泉為頼筆本の言う「或本」は『五代集歌枕』を指す可能性がある。しかし、『五代集歌枕』も広瀬本、伝冷泉為頼筆本も当該箇所は仮名による掲出であり、「悲寸」はなお惺窩校正本のみが採る本文である。(注23)この例は、諸本にない本文を採っている点で問題のある部分ではあるが、『万葉集』諸本の中では冷泉家本系の本にのみ残る訓を受け継いでいることから、惺窩校正本の校訂に使われた本の中に冷泉家本系の本が存在した可能性は否定できない。(注24)

以上のことから、惺窩校正本のイ本注記の多くは、底本である仙覚文永本のイ本注記を書き入れたものである可能性が高い。冷泉家本系の本を校訂に使った可能性を示唆する例は存在するが、それを断定できる例はそれほど多

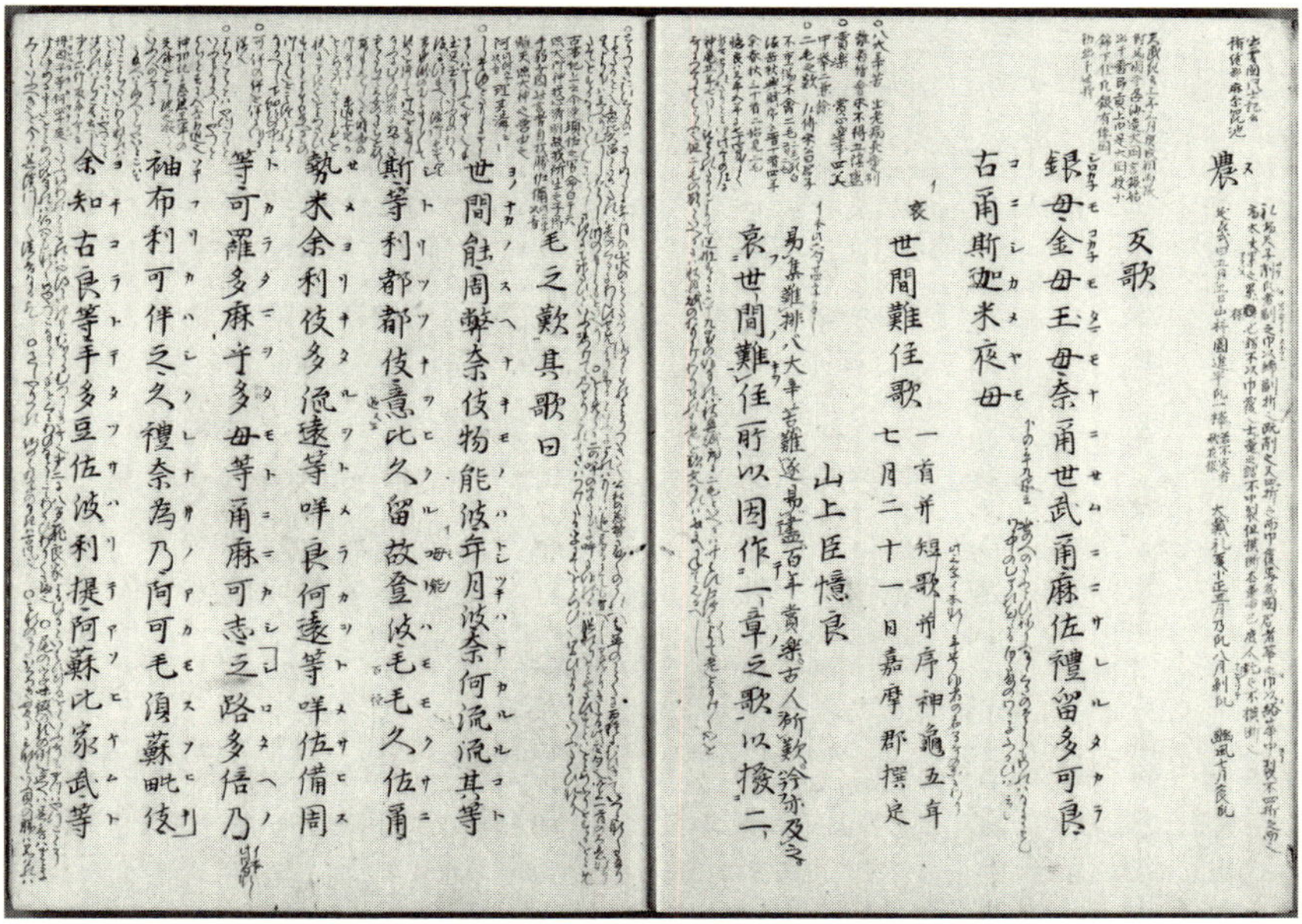

図８　白雲書庫本・巻五・第５丁裏〜第６丁表（東洋文庫所蔵）
「之路多倍之……阿可毛須蘇毗伎」の句がイ本（仙覚本）には存在しないことを示す後世の書入（欄外朱書入）がある。

くはないのである。

四、惺窩校正本の本文校訂

本書第五章において、惺窩校正本の巻五・八〇〇歌および巻二十・四四六五〜四四六七歌群の歌本文に、仙覚本諸本と大きく異なる本文のあることについて述べた。(注25) この二歌群の他、巻五・八〇四歌にも若干の相違が見られる。相違部分を白雲書庫本によって示す（仙覚本との相違点に対し、傍線、番号を私に付した）。前田家一本、八雲軒本も白雲書庫本と同様の本文を持つ。(注26)

……等利都都伎《トリツツキ》　意比久留《ヲヒクル》①故登波《コトハ》……可《カ》
羅多麻乎《ラタマヲ》　多母等尓麻可志《タモトニマカシ》　②之路多倍乃《シロタヘノ》
袖布利可伴之《ソテフリカハシ》　久礼奈為乃《クレナヰノ》　阿可毛須蘇毗《アカモスソヒ》
伎《キ》　余知古良等《ヨチコラト》　手多豆佐波利提《テタツサハリテ》……③尓《ニ》
能保奈須《ノホナス》　意母提乃宇倍尓《ヲモテノウヘニ》　伊豆久由可《イツクユカ》
斯和何伎多利斯《シワカキタリシ》　④都祢奈利之《ツネナリシ》　恵麻比麻《ヱマヒマ》

欲毗伎《ヨヒキ》　散久伴奈能《サクハナノ》　宇都呂比尓家里《ウツロヒニケリ》　余乃奈可伴《ヨノナカハ》　可久乃未奈良之《カクノミナラシ》　麻周羅遠乃《マスラヲノ》　遠刀古佐備周等《ヲトコサヒスト》……

①の「故登《コト》」は、寛永版本には「母能《モノ》」とある。西本願寺本に「母」が抜け、右に加えているが、その他、諸本に異同はない。②と④は、西本願寺本等『万葉集』諸本ではそれぞれ「或有此句云」「一云」として割書される部分である。③「尓能保奈須《ニノホナス》」の部分は、西本願寺本等『万葉集』諸本には「久礼奈為能《クレナヰノ》」とあり、その下に割書で「一云尓能保奈須《ニノホナス》」(注27)とある。これは、直前の②に「久礼奈為乃《クレナヰノ》」を含む四句を本文として挿入したため、歌句が重なるのを避けたものと考えられる。

歌句の大きな改変はこれら以外に見られないが、漢字本文については『校本万葉集』所収の『万葉集』諸本に見られない字を採っている箇所がある。本節では惺窩校正本の独自本文について取り上げ、その理由について考えたい。

(例13)日低《ヒクレナハ》　人可《ヒトヘシ》レ知《シリヌ》　今日《ケフノヒノ》　如《コトモ》二千歳《チトセノ》一　有与　鴨《アルヨシモカモ》　(巻十一・二三八七)

・日位…広、宮、細、無、附、温(頭書)、陽(頭書)、矢(頭書)、近(頭書)、京(頭書、楮)
・日促…西、紀、京
・日仡…矢、近
・日佷…温
・日役…陽
・日𠈇…文、西(頭書)
・日低…前、八、白、天

当該歌は、『万葉集』諸本で主訓を「ヒクレナハ」とする。西本願寺本、京大本等文永本系諸本で訓を朱書しているため新点歌と考えられるが、『仙覚抄』には言及がない。漢字本文は諸本に異同があり、一定しない。これは、いずれの本文も訓「ヒクレナハ」との対応が明確でなく、さらに「位」「促」「侶」等は草書体にした時に字形が非常に近く紛らわしいことに起因すると思われる。「低」の草書体も「促」「侶」等に非常に近い字形である。

ところで、第二節の（例9）において、『万葉集』諸本の多くが「弖」字に作るところで、惺窩校正本写本三本のみが独自に「氐」字に作っていた。(注28) 同様に、巻五・八九二「貧窮問答歌」において、西本願寺本等多くの写本で「弖」字に作る四箇所すべてを惺窩校正本写本三本は「氐」字に作る。(注29) さらに同歌において、西本願寺本等多くの写本で「寝屋度麻弖《ネヤトマテ》」とするところを、惺窩校正本写本三本では「寝屋度麻低《ネヤトマテ》」とする。(注30)

日本においては「弖」と「氐」とは通用字のように扱われているが、漢籍においては「弖」はあくまで正字「氐」に対する異体字、あるいは書体の違いであるとされている。(注31) したがって、『万葉集』諸本に「弖」とあるものをすべて「氐」に改めているところに、惺窩校正本の正字意識が存在するのではないか。同様に「侶」は、その正字が「低」であるという意識が働いたことが推測されるため、惺窩校正本の当該箇所は、西本願寺本頭書の「侶」を正字に改めて本文として採用した可能性がある。

次に字義については、「位」「促」「伇」「伋」「仡」はいずれも、「日が暮れる」「太陽が沈む」の意に解することはできない。(注32) しかし惺窩校正本の採る「低」は、「香風起，白日低。」（『玉台新詠』巻九「採蓮曲」）の例があり、太陽が低い位置にあることを表すことができる。惺窩校正本は、「ヒクレナハ」の訓に対応する漢字本文として「低」が適切と判断したと考えられる。またこの例によって、惺窩校正本では、底本と考えられる仙覚文永三年本のイ本注記を用いて本文校訂を行っていた可能性が指摘できる。(注33)

（例14）……父母波《チヽハヽハ》　枕乃可多尓《マクラノカタニ》　妻子等母波《メコトモハ》　足為方尓《アトスルカタニ》　囲居而《カコミヰテ》　憂吟《ウレヘサマヨヒ》……　（巻五・八九二）

・足乃…広、宮、細、紀、西、温、陽、矢、近、京、無、附

・足為…前、八、白、天

当該箇所の漢字本文は、『万葉集』諸本間に異同がない。にもかかわらず、惺窩校正本はいずれも「乃」を「為」に作っている。この部分の主訓は諸本「アトノカタニ」で異同がないが、西本願寺本、温故堂本、陽明本には「アトスル」の左訓がある。また、京大本代赭書入に「アトスルカタニ」とある。当該箇所は、文永三年本の左訓によって「アトスルカタニ」の訓を採ったと考えられる。そして、その訓に合わせる形で漢字本文を「為」としたのではないか。「為」の草書体を極端にくずした場合、「乃」字に非常に近い字形になる場合がある。惺窩校正本の当該箇所は、漢字本文を独自に改変したというよりは、「乃」字を「為」の草書体であると解釈した可能性がある。その理由は、字足らず回避にあったのではないか。当該歌には、惺窩校正本四本に「日《ヒ》波《ハ》月《ツキ》波《ハ》　安《ア》可《カ》之《シ》等《ト》伊《イ》倍《ヘ》騰《ト》」とする箇所があるが、「日《ヒ》波《ハ》月《ツキ》波《ハ》」の部分は『万葉集』諸本には「日《ヒ》月《ツキ》波《ハ》」とあって異同がない（ただし、神宮文庫本のみ「ヒトツキハ」と訓む）。この「波」字もまた字足らず回避のために惺窩校正本によって独自に補われたものと考えられる。（注34）

惺窩校正本においては、底本と考えられる文永三年本のイ本注記を大いに利用して本文校訂を行っていたと推測される。そしてそれは、訓を主とし、その訓に対応させるように漢字本文を選択するという方法であった。また、字体については正字で記そうとする態度も見られ、時には惺窩校正本独自の解釈によって本文が変更されることもあったと考えられる。

おわりに

以上の考察の結果、惺窩校正本は仙覚本を底本として用いており、それは近世初期に広く書写の行われた仙覚文永十年本ではなく、西本願寺本に近い仙覚文永三年本の系統であったと推測される。そして、底本のイ本注記等の書入もある程度保持しており、これを用いて本文校訂を行っている例も見られる。一方、惺窩校正本には独自本文と見られる例もある。これは、訓に対応させるために漢字本文を独自の解釈によって変更したものであると考えられる。

惺窩校正本において、底本の注記をある程度保持しつつ、しかし一方で自由な解釈によって本文の変更を行うことができたのは、惺窩自身が『万葉集』の本文を冒すべからざる古典とは認識していなかったためであろう。多くの写本を検討し漢字本文を定めた上での解釈、改訓を目指した仙覚とは異なり、惺窩校正本では、あくまで『万葉集』を和歌としてどのように訓むべきか、ということを主眼に本文校訂を行っていたと考えられる。そして、正字、楷書を用いたよりよいテキストを作ろうとする態度が見られる。それは客観的なテキストクリティックというよりは、『万葉集』を和歌集としてよりよいものにしようとする意味合いを強く持つように思われる。訓読を主としたこの本文校訂の態度は、北村季吟の『万葉拾穂抄』における本文校訂の態度にも繋がるものである。

注

（1）『校本万葉集　首巻』（岩波書店　一九三一年）の「万葉集諸本系統の研究」第三章「万葉集諸本各説」第三節「類聚、仮字書、抄出、改定に係る諸本」（三五七頁）。

（2）『万葉拾穂抄』総論に、「仙覚が本をもて妙寿院冷泉殿の校正し給へる本」とある。

（3）野村貴次氏『北村季吟の人と仕事』（新典社　一九七七年）の第二章「仕事」第四節「『万葉拾穂抄』」二「本文について」一・注（1）（三七三頁）。

（4）神宮文庫本、細井本が仙覚寛元本、西本願寺本が仙覚文永三年本、温故堂本、陽明本、京大本が仙覚文永十年本である。

（5）この校合元である仙覚本が仙覚寛元本である可能性があるとの指摘が田中大士氏「万葉集片仮名訓本（非仙覚系）

と仙覚校訂本」（『上代文学』第一〇五号　二〇一〇年十一月）にある。

（6）前田家一本、八雲軒本については本書第六章に、天理本については本書第五章に当該箇所を掲出した。

（7）惺窩校正本において、『万葉集』本来の左注、および西本願寺本等ですでにテキストとして存在する割注を除く、五十一首に亘り五十八箇所に見られる割注はすべて西本願寺本の朱の勘物の内容と合致する（ただし、そのうち一箇所の勘物は西本願寺本では墨で書き入れられている）。なお、この調査は天理本によって行った。ただし、仙覚本に存在するすべての勘物を割注として持つわけではない。惺窩校正本においては、その勘物を取捨選択して取り込んでいると考えられる。この取捨選択の基準については考察が至っていない。

（8）高野辰之氏『古文学踏査』（大岡山書店　一九三四年）の「万葉集所見」4「出でよ冷泉家伝本」（七六頁）。なお、『万葉拾穂抄』巻一冒頭の冷泉為経序は本書第三章に掲出した。

（9）注8高野氏論考では巻五・八〇〇歌、巻二十・四四六五～四四六七歌群の大幅な歌本文の改変を冷泉家伝本の本文にあったものと推定された。しかし、本書第五章にも指摘したように、後に世に出た冷泉家本系の広瀬本にはこの改変が行われていなかった。そのため、惺窩校正本におけるこの改変は広瀬本の祖本である定家本までは遡れないと思われ、惺窩自身による改変の可能性が高まった。

（10）本章における惺窩校正本の用例の掲出は白雲書庫本の本文に拠り、番号は私に付した。用例本文の諸本比較にあたっては前田家一本を前、八雲軒本を八、白雲書庫本を白、天理本を天と略称する。なお、天理本は古活字本書入のため、本文は必ずしも校合本の通りではない。そこで、本文を問題にする場合、天理本は（天）と記す。（）のない天は、墨書（巻四、巻十二の一部）または訂正があって確かに校合本にそうなっていたことが分かるものである。

（11）当該歌について、仙覚『万葉集註釈』に言及はない。

（12）ただし、元暦校本、類聚古集には平仮名別提訓がなく、元暦校本は代赭書入訓、類聚古集は片仮名傍訓に拠っている。

（13）訓の掲出にあたっては、平仮名と片仮名の区別はせず、すべて片仮名で記し、清濁は原本に従う。以下、訓の掲出の場合は同様。

(14)　引用は京都大学国語国文資料叢書別巻二『仁和寺蔵万葉集註釈』（臨川書店　一九八一年）に拠った。濁点、句読点は私に付した。

(15)　天理本自体は活字無訓本であり、巻十一・二五七七歌結句の「莫」を「真」に、巻二十・四三四六歌第四句の「古度」「曽」をそれぞれ「気等」「是」に訂正しているが、「婆」については訂正が見られない。

(16)　当該箇所の字体については、藍紙本はe国宝―国立博物館所蔵国宝・重要文化財―ホームページ（http://www.emuseum.jp）で、紀州本、活字無訓本（請求番号：WA7-47／書誌ＩＤ：000007317434）、活字附訓本（請求番号：WA7-109／書誌ＩＤ：000007317439）は国立国会図書館デジタルコレクション（http://dl.ndl.go.jp/）で、京大本、陽明本は京都大学附属図書館ホームページ貴重資料画像（http://edb.kulib.kyoto-u.ac.jp/exhibit/index.html）で、広瀬本は関西大学アジア文化研究センターホームページ（http://www.dbl.csac.kansai-u.ac.jp/csac/book.php）で、温故堂本、細井本は国文学研究資料館所蔵のマイクロフィルムで、類聚古集は龍谷大学善本叢書20『類聚古集』（龍谷大学仏教文化研究所編　思文閣出版　二〇〇〇年）で、西本願寺本は『西本願寺本万葉集（普及版）』（おうふう　一九九三～一九九六年）で確認した。また、近衛本は公益財団法人陽明文庫において原本を確認した。これら影印等を見ると、藍紙本、類聚古集、紀州本、西本願寺本は異体字「刔」に作る。伝壬生隆祐筆本、大矢本は未見。なお、春日本は『校本万葉集』新増補に「□月」「隠惜毛」ノ四字ノミカスカニ見ユ。」とあり、当該箇所は現存しないと考えられるため、掲出しなかった。

(17)　『校本万葉集　十八』新増補追補（岩波書店　一九九四年）の「広瀬本万葉集解説」五「巻第七～十」（一〇七頁）。

(18)　『校本万葉集』では、「弖」と「氐」の異同が掲出されていない。注16と同様に影印等で確認した。元暦校本は東京国立博物館ホームページ（http://webarchives.tnm.jp/imgsearch/index）で確認した。

(19)　巻十二には西本願寺本の本文と惺窩校正本とに異同のある例がある。例えば、惺窩校正本および他の仙覚本、類聚古集、広瀬本に「真坂者《マサカハ》君尓《キミニ》」（巻十二・二九八五）とあるところで、西本願寺本は元暦校本、古葉略類聚鈔と同じ「吾尓」の本文を持つ（ただし、右に「君或」とある）。また、惺窩校正本および他の仙覚本、広瀬本に「相之始《アヒシソメケム》」（巻十二・三一三〇）とあるところで、西本願寺本は元暦校本、類聚古集、古葉略類聚鈔と同じ「相云始」の本文を持つ（ただし、左に「之イ」とある）。巻十二において西本願寺本との相違が見られるのは、西本願寺本が巻十二のみ別系統であるためである。

(20) 訓についても、神宮文庫本、細井本、西本願寺本、金沢文庫本、温故堂本、陽明本、大矢本、近衛本、京大本の漢字の左に「シキリナアケソアチサハヒミシトモシルク　キマサセ」とある。

(21) イ本注記ではないが、同様の措置と考えられるものとして次のような例もある。

旅尓《タビニ》之而《シテ》　物恋之《モノコヒシキノ》　鳴事毛《ナクコトモ》　不《サ》レ所《エ》レ聞有《キコリ》世《セ》者《ハ》　孤悲《コヒ》而《テ》死万《シナマ》思《シ》　（巻一・六七）

・物恋之…元（右に「伎」）、類、冷、広、紀、西（頭書）、温（頭書）、陽（頭書）、京（行間朱書入）、[前]、[八]、[白]、[天]

・物恋之伎乃…温、陽、文、矢、近、京（赭にて「伎乃」を消し、左に赭「伎乃」）、附

・物恋之伎…宮、細、無

・物恋…西（右に「之」、左に「伎乃」）

当該歌第二句は、非仙覚本系諸本が「物恋之」、仙覚寛元本系諸本が「物恋之伎」、仙覚文永十年本系諸本が「物恋之伎乃」に作る。西本願寺本は本文を「物恋」とし、右に「之」、左に「伎乃」を書き入れている。惺窩校正本は非仙覚本系の本文を採っていることになる。しかし、西本願寺本と文永十年本のうち温故堂本、陽明本には「伎乃多本無之但法性寺殿御自筆本有之」（ただし温故堂本、陽明本は「自筆本有之」を「自筆在之」とする）の頭書がある。また、京大本の当該箇所の行間に朱にて「此伎乃両字多本無之但法性寺殿御自筆本有之」とある。惺窩校正本は、仙覚文永本の一部にある頭書を本文として採用した可能性がある。

(22) 引用は黒田彰子氏の愛知文教大学叢書8『五代集歌枕』（みずほ出版　二〇〇六年）に拠った。

(23) この歌の直前の三二歌末尾の漢字本文は「見者悲寸」で諸本に異同がない。広瀬本、伝冷泉為頼筆本の「或本キ」という書入は、この二本の祖本である定家本『万葉集』が目移りによって誤ったものを受け継いでいる可能性もある。

(24) 巻一・七二歌第四句「枕《マクラノ》之《セ》辺《アタリ》《シ》人《ヒトリ》」のイ訓「マクラセシヒトリ」も非仙覚本系の一本から書き入れられた可能性がある。惺窩校正本四本はいずれも「マクラノアタリ」「セシヒト」（白雲書庫本のみ「セシヒトリ」）と二種の訓

が付されている。この部分は漢字本文にも異同があり、神宮文庫本、細井本は「人」字を持たないが、元暦校本、類聚古集、広瀬本、紀州本および仙覚文永本系諸本、惺窩校正本四本は本文に「人」字を持つ。仙覚本諸本ではすべて主訓を「マクラノアタリ」としている。仙覚文永本は漢字本文の「人」字を衍字とする扱いである。西本願寺本、京大本等で「アタリ」を青字で書いているため、これは仙覚による改訓箇所と見られる。一方、「マクラセシヒト」の訓を持つのは、元暦校本（朱）、類聚古集、広瀬本、および寂印成俊本（仙覚文永十年本系の一種）である大矢本、近衛本、京大本の左訓である。前節の考察の結果、惺窩校正本の底本は文永十年本ではないと推測されるため、非仙覚本系の本から書き入れられた可能性は残る。ただし、当該歌は『新拾遺集』に「たまもかるおきべはゆかし白妙の枕せし人わすれかねつも」（巻十四・恋歌四・一三〇七・題しらず・式部卿宇合）として入集しており、ここからの影響も考えられる。

（25）本書以前に注8高野氏著書、永井義憲氏「惺窩校訂の万葉集に就いて」（『国文視野』第四輯　一九三七年三月）、太田兵三郎氏「藤原惺窩の人と学芸」（『藤原惺窩集　上巻』思文閣出版　一九四一年）等にもこの二歌群の改変についての指摘がある。

（26）天理本では、①の古活字本「母能」を「故登《コト》」に訂正し、②と④は割書に訓を付す。③は古活字本「久礼奈為能」に訓を付さず、割書「尓能保奈須」（古活字本「酒」を「須」に訂正）に訓を付す。

（27）『校本万葉集』所収写本のうち、細井本、広瀬本には「尓能保奈酒」とある。

（28）惺窩校正本写本三本の巻十七・四〇〇六歌には、「氏」字が（例9）にあげた箇所を除いて六箇所ある（天理本は古活字本のまま訂正なし）。元暦校本、西本願寺本等多くの写本では、そのうち五箇所を「弖」とし、「多氏流都我能奇」の一箇所のみ「氏」字に作る。神宮文庫本、細井本、活字無訓本、活字附訓本ではすべて「底」に作る。惺窩校正本のようにすべてを「氏」に作る写本は、『校本万葉集』所収写本のうち影印を確認できたものの中にはない。

（29）影印を確認できたもので「弖」字に作る写本は紀州本、神宮文庫本、細井本、西本願寺本、京大本、広瀬本である。陽明本、温故堂本のみ四箇所すべてで「氏」に作る。なお、天理本は古活字本のまま訂正がない。

（30）影印を確認した写本は注29に同じ。陽明本、温故堂本のみ「寝屋度麻氏」に作る。なお、天理本は古活字本のまま訂正がない。

(31)　紅林幸子氏「書体の変遷―『氐』から『弖』へ」(『訓点語と訓点資料』第一一〇輯　二〇〇三年三月)。

(32)　「役」、「侵」はいずれも「役」の略字である。「伇」は「促」を極端にくずした字形と考えられる。

(33)　注21に示した例によっても言えることである。また、次の例もある。

……於《ヲ》毛《モ》波《ハ》奴《ヌ》尓《ニ》　横《ヨコ／ヨコキル》　風《カセ》乃《ノ》　尓母布敷可尓《シカニシモ　シクシクカ　シカ》　覆《ヲホヒ／フ》　来《キヌレ／キヌ》礼婆《ハ》……　(巻五・九〇四)

〔本文〕

・尓母布敷可尓布敷可尓…宮、細、西、温、陽、矢、近、京、無、附

・尓布敷可尓布敷可尓…紀（右に「母」）、広（右に「母イ」）、春

・尓母布敷可尓…宮（朱）、西（書入）、温（書入）、陽（書入）、矢（書入）、近（書入）、京（書入）、前、八、白、天

〔訓読〕

・ニモシクシクカニフクカニ…宮（「フクカニ」を朱にて消す）、西（「シクシク」元青）、温、陽、矢、近（「シクシク」青）、京（「シクシク」青、その右に赭「フフ」）、附

・シカニシモフクカニ…西（左）、温（左）、陽（左）、矢（左）、近（左）、京（左）

・ニモフフカニ…紀

・ニフフカニフフカニ…広、細

・シカニシモシクシクカシカ…前、八、白、天

惺窩校正本諸本において「尓母布敷可尓」とする部分は、仙覚本系諸本には「尓母布敷可尓布敷可尓」とする。ただし、神宮文庫本は下の「布敷可尓」を朱で消し、西本願寺本、温故堂本、陽明本、大矢本、近衛本、京大本は下の「布敷可尓」の左に「四字古本無之」とある。つまり、惺窩校正本が採用する本文は、仙覚文永本系諸本に「古本」として注記されているものである。これもおそらくは底本とした仙覚文永三年本の注記に従って「古本」の本文を選択したのであろう。その理由は、訓の変更にあると思われる。惺窩校正本の当該箇所の訓「シカニシモシクシクカシ

カ」は『万葉集』諸本にないものである。おそらく惺窩校正本独自の改訓であろう。仙覚本の訓は音数が合わず、意を得ない。惺窩校正本は音数を合わせて意味をなす句にしようと試みたものと考えられる。なお、当該箇所は現在、紀州本、広瀬本等にある「母」のない本文を採り、下の「布敷可尓」を衍字として「ニフフカニ」と訓まれているが、本文にも問題があり、語義は未詳である。

(34)　当該歌の現行訓（『新校注万葉集』和泉書院　二〇〇八年）が字足らずとなる箇所は他に「雨布流欲乃《アメフルヨノ》」「雪布流欲波《ユキフルヨハ》」「引可賀布利《ヒキカガフリ》」「飢寒良牟《ウヱコユラム》」の四箇所である（訓はすべて片仮名傍訓形式で示した）。しかし、西本願寺本ではこれらをそれぞれ「アメノフルヨノ」「ユキノフルヨハ」「ヒキテカカフリ」「ウヘサムカラム」としており、いずれも字足らずとなっていない。惺窩校正本はこのうち「引可賀布利」を除く三箇所で西本願寺本と同一の訓を採る（八雲軒本のみ「雪布流欲波」を「ユキフルヨハ」と字足らずに訓むが、他の三本がいずれも「ユキノフルヨハ」とすることから、これは八雲軒本による単独の脱字と考えられる）。「引可賀布利《ヒキカカフリ》」は字足らずになるものの、直後の一句で「布《ヌ》可多衣《ヌノカタキヌ》《コロモ》」と二重に訓が付されている。つまり、イ訓として「ヒキカカフリヌ　カタコロモ」と字足らずにならない訓を提示しているのである。ここからも、惺窩校正本の字足らず回避の姿勢がうかがえる。なお、西本願寺本の当該箇所は「引 可賀布利《ヒキテカカフリ》《ヌ》　布可多衣《ヌノカタキヌ》《コロモ》」（「ヌノ」「キヌ」元青。上の「布」に対する左訓「ヌ」は本来、下の「布」にあるべきものと思われる）とあり、紀州本、細井本、広瀬本に「ヒキカカフリテ　カタコロモ」の主訓がある。ここも惺窩校正本のイ訓は、非仙覚本系片仮名訓本から仙覚文永三年本に引き継がれた左訓を用いたものであろう。

第八章　惺窩校正本「反惑歌」について

はじめに

本書第五章では天理図書館所蔵「古活字本万葉集」書入（以下、天理本）を用いて惺窩校正本の枠組について再検討し、様式や本文の改変が藤原惺窩自身によるものである可能性が極めて高いことを論じた。第六章では惺窩校正本の現存諸本間の関係について、第七章では惺窩校正本作成の底本となった『万葉集』の本文系統と、惺窩校正本の本文校訂の態度について論じてきた。しかしながら、ここまでの論は、惺窩校正本がどのように仙覚本『万葉集』の形を変えてしまったかということに重点を置いたものであり、改変された歌本文から一首の歌がどのように理解されるかという視点では述べてこなかった。この視点をもってしなければ、様式のみならず序や歌本文にまで及ぶ改変が行われた意図を十分に理解できないのではないか。

惺窩校正本において歌本文にまで大幅な改変が加えられているのは、巻五・八〇〇歌、巻二十・四四六五～四四六七歌の二歌群である。本章ではこの二歌群のうち、巻五・八〇〇歌を取り上げ、近世期の諸注釈を参考にしつつ(注1)、惺窩校正本「反惑歌」がどのような作品として仕上がっているのかについて考えたい。

一、惺窩校正本「反惑歌」序

惺窩校正本の零本に、高野辰之氏旧蔵の紙背文書がある〔注2〕（以下、高野氏旧蔵紙背本）。本章では、惺窩自筆本と目されるこの高野氏旧蔵紙背本によって、惺窩校正本「反惑歌」の解釈を考えてみたい。ここに高野氏旧蔵紙背本八〇〇歌の序および歌本文をあげる。なお、本書第七章に述べたように、惺窩校正本の底本は仙覚文永三年本系の一本である可能性が高い。そこで、惺窩校正本との比較には、文永三年本系の西本願寺本を用いることとする。

〔凡例〕

一、清濁は原本に従い、字体は通行のものに改める。
一、改行は必ずしも原本に従わない。
一、引用内の「　」は欄外挿入であることを表す。
一、両本の主たる異同箇所に番号、傍線を私に付す。

【高野氏旧蔵紙背本】

反《カヘサヒシマトヒヲ》レ惑　歌　長歌一首幷《ヒ》短歌一首　山上臣憶良《ノウエノヲンヲクラ》

①或人《ハヒト》②知《レトモ》レ有《ルコトヲ》二父母《カソイロ》一、忘《ワスレ》二於孝養《ヲヤヲモヒノヒタシニ》一、③不《ズテ》レ顧《カヘリミ》二人倫《ヒトスゲヲ》一、軽《カロンシ》二於脱屣《ヨリモヌケルウキクツ》一、自《ミツカラ》称《ナノリ》二④離《ハナレタル》レ俗《タ、フト》先生《サキントヽ》一、意《コ、ロダツ》気《イキザシドモ》雖レ揚《アガラヘ》二青《アヲヤカノ》雲之上《クモノ》一、⑤心《コ、ロネノ》

【西本願寺本】

令反惑《ノ》情歌一首幷序

①或有人《ハテ》一②知《テ》レ敬《コトヲ》父母《ヲ》一忘《レ》於侍養《ヲ》一③不《シテ》レ顧妻子《ヲ》一軽《ス》於《ヨリモ》脱屣《シ》一　自《ミ》称《シテ》④畏俗先生《ト》一意気雖《トモ》レ揚《アカルト》　青雲之上《ウヘニ》一⑤身体猶在《テ》塵俗之中《ナカニ》一未《タ》験《セ》修行得道之聖《ヲ》一　蓋是《シレ》⑥亡命山

志猶《ヲモサシナヲ》在二塵泥之中一《リテチリヒヂノウチニ》、未《タ》レ験《ココロミ》二修《ヲサメ》レ行《ワザヲ》得《ウル》レ道《ミチヲ》之聖《ヒシリヲ》一、蓋《シク》是《レ》⑥亡《ウシナヒシ》レ命《ミコトノリヲ》之民［也］《ナラシ》、所以《コノユヘニ》⑦指二示《ムネトシシメシ》［三徳更開］五教《ノヲシエヲ》一、遺《ヲクルニ》レ之《ニ》以《シテ》レ歌《ヲ》、令《シメ》レ反《シカヘサヒセ》二其惑《ノヲ》一、

歌曰《ニイヒケラク》

父母乎《チヽハヽヲ》、美礼婆多布斗斯《ミレハタフトシ》（見尊）、⑧妻夫美礼婆《メヲミレハ》（見）、米具斯宇都《メクシウツ》（憐厳）久志《クシ》、⑨遁路得奴《ノカロエヌ》（遁不得）、兄弟親族《ハラカラウカラ》、遁路得奴《ノカロエヌ》（遁不得）、老見幼見《ヲヒミイハケミ》、［朋友乃《トモカキノ》 言問交之《コトトヒカハシ》］余能奈迦波《ヨノナカハ》（世間者）、加久叙許等和理《カクソコトワリ》（是理）、母智騰利乃《モチトリノ》、可可良波志母与《カカラハシモヨ》（如レ是有者）、⑩宇既具都遠《ウキクツヲ》（履）、奴伎都流其等久《ヌキツルコトク》（脱如）、布美奴伎提《フミヌキテ》（踏脱）、由久智布比等波《ユクチフヒトハ》（行云人者）、伊波紀欲利《イハキヨリ》（石木自）、奈利提志比等迦《ナリテシヒトカ》（生人）、⑪名能良佐祢《ナノラサネ》（称）、⑫阿米奈良婆《アメナラハ》（天在）、阿米《アメ》（天）乃麻尓麻尓《ノマニマニ》（之随意）、都智奈良婆《ツチナラハ》（地在者）、大王伊摩周《ヲホキミイマス》（在）、許能提羅周《コノテラス》（此照）、日月能斯多波《ヒツキノシタハ》（之下者）、阿麻久毛能《アマクモノ》（天雲之）、牟迦夫周伎波美《ムカフスキハミ》（向伏彊）、多尓具久能《タニククノ》（谷潜之）、佐和多流伎波美《サワタルキハミ》（渉彊）、企許斯遠周《キコシヲス》（御食）、久尓能麻保良叙《クニノマホラソ》（国守）、可尓迦久尓《カニカクニ》（彼此）、保志伎麻尓麻尓《ホシキマニマニ》（欲随意）、斯可尓波阿羅慈迦《シカニハアラシカ》（然有不乎）

沢之民《ナリ》　所以《ニ》⑦指示《シテ》　三綱《ヲ》二更開《ニク》五教《ヲ》一　遺《オクルニ》　之《ヲ》以《テ》レ歌令《ヲシム》
反《サ》其《ノ》惑《ヒヲ》一歌曰

父母乎《チヽハヽヲ》　美礼婆多布斗斯《ミレハタフトシ》　⑧妻子美礼婆《メコミレハ》　米具斯宇《メクシウ》都久志《ツクシ》　⑨　余能奈迦波《ヨノナカハ》　加久叙許等和理《カクソコトワリ》　母智騰《モチト》利乃《リノ》　可可良波志母与《カカラハシモヨ》　⑩由久弊斯良祢婆《ユクヘシラネハ》　宇既具《ウキク》都遠《ツヲ》　奴伎都流其等久《ヌキツルコトク》　布美奴伎提《フミヌキテ》　由久智布比等《ユクチフヒト》波《ハ》　伊波紀欲利《イハキヨリ》　奈利提志比等迦《ナリテシヒトカ》　⑪奈何名能良佐《ナカナノラサ》祢《ネ》　⑫阿米弊由迦婆《アメヘユカハ》　奈何麻尓麻尓《ナカマニマニ》　都智奈良婆《ツチナラハ》大王伊摩周《オホキミイマス》　許能提羅周《コノテラス》　日月能斯多波《ヒツキノシタハ》　阿麻久毛《アマクモ》能《ノ》　牟迦夫周伎波美《ムカフスキハミ》　多尓具久能《タニククノ》　佐和多流伎波美《サワタルキハミ》企許斯遠周《キコシヲス》　久尓能麻保良叙《クニノマホラソ》　可尓迦久尓《カニカクニ》　保志伎《ホシキ》麻尓麻尓《マニマニ》　斯可尓波阿羅慈迦《シカニハアラシカ》

まずは序について、仙覚本と異なる箇所を中心に、その差異の意味を検討する。

相違点①を、仙覚本では「或有《ハ》人《テ》二」とする。これは、「かういふ風な人がある」(注3)という程度の意味で、「その人

と名を挙げないで、或る一人を提示している」[注4]と解されている。惺窩校正本で「或《ハ》人《ヒト》」とすることによって、以下に記すようなことが特別の人について言うものではなく、「ともすれば人はこうなってしまうものだ」という一般論になると考えられる。そうすることによって、当該歌を読む人が自分への訓戒としてこれを読むように誘導するねらいがあったのではないだろうか。

相違点②は、仙覚本「知《テ》レ敬《コトヲ》父母《ヲ》一忘《レ》於侍養《ヲ》二」が、惺窩校正本では「知《レトモ》レ有《ルコトヲ》二父母《カソイロ》一、忘《ワスレ》二於孝養《ヲヤヲモヒノヒタシニ》一」となる。『万葉集』中の憶良の歌や漢詩文には『抱朴子』の影響が強く、当該作品も全体が『抱朴子』に拠っているという指摘が小島憲之氏にある。[注5]「敬父母」を知りながら、「侍養」しないというあり方も『抱朴子』などに見ることができる。[注6]しかし、惺窩校正本では「敬」を「有」に変えることにより、「人」が父母を敬い養うことなく軽んじる姿を描き出すものとなっている。一方、『万葉集略解』にも「宣長云、知の上不の字脱ちたるか。」とあり、宣長は「不知敬父母」とあるべきところで「不」を脱字したものと解釈していたことが分かる。近世期の知識人にとって、仙道修行をし得道することこそが世俗的な意味の「孝」であるとする道教的な発想は受け入れがたいものであったと考えられる。

また、仙覚本にある「侍養」は『日葡辞書』や『節用集』には立項されておらず、[注7]中世・近世において父母への孝行を指す言葉は、惺窩校正本にある「孝養」であったと見られる。『日葡辞書』に「Cǒyǒ. カゥヤゥ（孝養）例, Bumouo cǒyǒ suru.（父母を孝養する）子としての愛情をもって父や母を扶養する.」、『和漢通用集』に「孝養《けうやう》おやにかう〳〵の義」、文明本『節用集』に「孝養《ケウヤウ》仏事《ツ、シヒヤシナウ》」などとある。また、『義経記』[注8]巻第一「常盤都落の事」に、次のような例がある。

　母の命を助けんとすれば、三人の子共斬らるべし。子共を助けんと思へば、老いたる親の命失せなんとす。親の嘆き、子の思ひ、いづれもおろかならざれども、親には子をいかが代ゆべき。親の孝養する者は、堅牢地神も納受したまふなれば、子共の為となりなんと思ひつつ、三人の子共引き具して、泣く泣く京へぞ行きける。

相違点③の惺窩校正本「不《ズテ》レ顧《カヘリミ》二人倫《ヒトスゲヲ》一」では、仙覚本の「妻子」を「人倫」に変更している。本書第五章でも述べたが、惺窩にとって「人倫」は自らの儒者としての立場を確立するにあたって最も重視した言葉であった。仙覚本の序冒頭に見える「父母」「妻子」の対は歌冒頭四句に対応しているが、惺窩校正本では「妻子」を「人倫」に変更することによって、序の後半に見える「三徳」「五教」という表現や、歌全体の内容と対応するよう、序冒頭で当該歌の主題となり得る表現を提示したのである。

相違点④「離レ俗　先生《ハナレタルタ、フトサキント、》」については、仙覚本の中でも「畏俗先生」「倍俗先生」など異同があり、現在も諸説が分かれている。（注9）しかし、「離俗先生」の本文を持つ写本はなく、これも惺窩校正本の独自本文と考えられる。岸本由豆流『万葉集攷証』は、惺窩校正本を底本とする『万葉拾穂抄』の「離俗」説を引き、『淮南子』（人間訓篇）の「倍レ世離レ俗」をその根拠としてあげている。

相違点⑤「心　志《コ、ロネノヲモサシ》猶《ナヲ》在《リテ》二塵泥《チリヒヂノ》之中《ウチニ》一」は、仙覚本では「身体猶在《テ》塵俗之中《ナカニ》」となっている。仙覚本は、直前の「意気」（＝精神）と「身体」とが対になっており、分かりやすい。惺窩校正本ではあえて身体性を排除し、「意気」「心志」といういずれも精神性を意味する言葉でもって対比させている。

高野氏旧蔵紙背本の当該歌序は、過剰なほど丁寧に訓読されている。ここも「コ、ロダツイキザシ」「コ、ロネノヲモサシ」と訓が付されている。そこで、それぞれの訓読からその改変の意図を考えてみたい。まず、「いきざし」とは、『孟子抄』巻第二に（注10）「イキザシガ理ガ有バカワラヌゾ。理ガナケレバ気ザシガアライゾ。」とあり、感情的で道理を失った理想的でない状態と捉えられていたようである。一方、「おもざし」とは、『日葡辞書』に「Vomozaxi. ヲモザシ（面差）すなわち，Vomotenofujei.（面ノ風情）顔の表情，すなわち，人が心中に思い描いていることとか，したいと思っていることとかが推測されるような顔つき．」とあり、「こころね」は「Cocorone.

ココロネ（心根）心の底，あるいは，心の中.」とある。つまり、惺窩校正本のこの部分は、荒々しく気負い、気概を感じさせるような振舞いはしているものの、顔の表情を見れば、心の奥底にある本心は俗世間に穢れている、と「離俗先生」を酷評するのである。身体性をあえて排除することで、「離俗先生」の精神性の穢れに言及し、形式的、身体的にのみ俗を離れることの愚かさ、無意味さを説いていると考えられる。

次に、相違点⑥は、仙覚本に「亡命山沢之民《ナリ》」とある部分が、惺窩校正本では「亡《ウシナヒシ》レ命《ミコトノリヲ》之民［也《ナラシ》］」となり、「山沢」が削除される。「亡命山沢」は史書等にも確認できる表現である。

山沢に亡命し、軍器を挟蔵して、百日首さぬは、復罪ふこと初の如くせよ。

（『続日本紀』慶雲四年七月十七日詔（注11））

凡そ叛謀れらば、絞。……即し命に亡げ山沢にして、追喚に従はずは、謀叛を以て論せよ。

（賊盗律4・謀叛条（注12））

仙覚本「亡命山沢之民」からは、これらの例に見えるような、名籍を脱して「山沢」へと逃れ住む人物が想定されることになる。「惺窩先生行状（注13）」には「先生幼くして学び、壮に至りて怠らず。釈老に出入し、諸家を閲歴す。兼ねて日本紀、万葉集、歴代倭歌、詩文等を習ふ。」と見え、惺窩が『日本書紀』や『万葉集』に関心を持っていたことが知られる。特に『日本書紀』については、神代巻に「一大改修を施さうと企てた」ことが知られている（注14）。『続日本紀』等も読んでいた可能性は高く、惺窩自身は史書における「亡命山沢」の意味を理解していたと考えられる。その上で惺窩校正本において「山沢」を削除するのは、「亡命之民」に名籍からの逃亡者とは違った人物像を与えるための措置であろう。

高野氏旧蔵紙背本の訓読に従えば、この部分は「ミコトノリヲウシナヒシ民ナラシ」となる。「ミコトノリ」とは「詔」、つまり大君の御言葉、御命令である。とすれば、「ミコトノリヲウシナ」うとは即ち、大君の御言葉を失う、大君の御命令に背くということになる。儒教道徳において重視される「三綱（三徳）五教」の中でも、「君臣」のあり方というのは最重要とされるものである。惺窩校正本では、律令社会からの逃亡というよりもっと直接的に、俗を離れることは「君臣」という儒教道徳に反することである、とここに表現したのではないだろうか。

最後に、相違点⑦の惺窩校正本「指二示《ムネトシシメシ》〔三徳更開〕五教《ノヲシエヲ》一」について触れておく。この部分は、仙覚本には「指示《シテ》三綱《ヲ》一更《ニ》開《ク》五教《ヲ》一」とある。儒教の基本理念は「三綱五教」または「三綱五常」と言われる。「君臣」「父子」「夫婦」の道を「三綱」、それに「兄弟（長幼）」「朋友」の道を足したものを「五教（五常）」といい、[注15]それぞれの理想的なあり方は、「父子有レ親、君臣有レ義、夫婦有レ別、長幼有レ序、朋友有レ信。」（『孟子』[注16]滕文公章句上）とされる。惺窩校正本で「三綱」を「三徳」としたのはなぜだろうか。『三国伝記』[注17]巻第一「第二　孔子出生事」に「君臣・父子・夫婦《ノ》三徳《ヲ》開《ク》」の例もあるため、「三徳」を「三綱」と同義と解釈することも可能である。しかし、「綱」字の草書体は「徳」字と非常に字形が近くなる。惺窩校正本では、このような字形の近似を利用して独自の解釈によって本文を変更するという例がいくつか見られる。[注18]当該箇所も、惺窩校正本による意図的な変更である可能性が高い。

「三徳」は儒教の経書において、例えば『尚書』（周書・洪範）では「正直」「剛克」「柔克」という人の性格の持つ三つの特色であるとし、『周礼』（地官・師氏）では「至徳」「敏徳」「孝徳」の三つであるとするなど様々に説かれている。[注19]中でも『中庸』[注20]には、

天下の達道五。之を行ふ所以の者三。曰く、君臣なり、父子なり、夫婦なり、昆弟なり、朋友の交なり。五の者は天下の達道なり。知・仁・勇の三つの者は、天下の達徳なり。之を行ふ所以の者は一なり。

と説かれ、「五道（＝五教）」を行うために人が持つべき三つの徳であるとしている。先に惺窩校正本が「離俗先生」の精神性の穢れに言及していると述べたが、ここでは「五教」を行うための前提となる「三徳」としての

「知・仁・勇」を示唆していると捉えることもできる。

ここまでの考察から、惺窩校正本当該歌序は、ともすれば「離俗先生」となりがちな人間に対し、「人倫」という主題を前面に出した訓戒となるよう改変していることが明らかになった。身体性を排除し、「離俗先生」の精神性の穢れに言及することで形式的、身体的にのみ俗を離れることの愚かさを説き、俗を離れることが即ち儒教道徳に反することであるとして、「三徳五教」により忠実な内容になっていると言えるだろう。

二、惺窩校正本「反惑歌」長歌本文

前節で、相違点②の「侍養」から「孝養」への改変に大きな意味の変化はなく、中世・近世における一般的な表現への変更であることを述べた。歌本文においても、中世・近世における語法に則った改変や解釈が見られる。本節では先にその点について触れておきたい。

まず、惺窩校正本冒頭四句にある相違点⑧の「宇都久志《ウツクシ》」に対して、高野氏旧蔵紙背本では「厳」と振り訓字している。室町期以降、「うつくし」と「いつくし」は語形の類似から相互に連想が働き、意味的な混同が進んだ。「いつくし」が本来持っていた霊威の概念を後退させ、可憐な美を意味する用法を獲得した一方、「うつくし」は目下の者への慈愛、可憐さの意味に加え、事態の整った端正さを表す用法を獲得した。(注21)「厳」の振り訓字は、「いつくし」の語義に引かれた解釈と見ることができる。

また、こうした混同の中で「うつくし」は、「絵ハ青黄赤黒ヲ先画テ其アワイニ白イ粉ヲヒケバウツクシウアワイガ分レテキツカト見ユルゾ」(注22)（『史記抄』一〇「弟子第七　六十七」）の例に見られるように、物事がはっきりと区別されている状態をも表すようになる。すると、仙覚本「妻子美礼婆《メコミレハ》」から惺窩校正本「妻夫美礼婆《メヲミレハ》」への改変は、

「三徳五教」の説く「夫婦」のあり方、つまり「夫婦有レ別」を説くものとして解釈されるのである。

惺窩校正本当該歌において最も特筆すべきことは、相違点⑨、つまり冒頭四句の次に「遁《ノカ》路《ロ》得《エ》奴《ヌ》、兄弟親族《ハラカラウカラ》、遁《ノカ》路《ロ》得《エ》奴《ヌ》、老見《ヲヒミ》幼見《イハケミ》〔朋友乃《トモカキノ》　言問交之《コトトヒカハシ》〕」の挿入されていることである。ここで繰り返される「遁《ノカ》路《ロ》得《エ》奴《ヌ》」の語構成は動詞「逃る」＋動詞「得」＋助動詞「ず」と考えられるが、(注23)「逃る」の語は『万葉集』に例がない。上代の散文資料の中には見られるものの、いずれも「具体的な何かから逃げる、遠ざかる、免れる」の意であり、この文脈で言うような「しがらみとなる縁・絆を断ち切る」の意で用いたものは私見の限り見られない。一方、中世以降、連体修飾「のがれぬ」の形で「血縁・主従関係・信義などのうえで、切っても切れない間柄である」（『角川古語大辞典』）ことを表す次のような例が見られるようになる。

今は残り留まりたる物とては、三族に遁れぬ一家の輩、重恩を与へし譜代の侍、わづかに七十余人なり。

（『太平記』(注24) 巻第十一「北国探題淡河殿自害の事」）

此比沢田松原にての事承るに、源内殿の御事は御自分遁ざる間なれば、我とても他に存ぜず。

（『懐硯』(注25) 巻二「（三）比丘尼に無用の長刀」）

「遁《ノカ》路《ロ》得《エ》奴《ヌ》」を含む惺窩校正本の挿入部分は、室町期以降の語句の用法に基づいて付加されたものと考えざるを得ない。このようなことから、相違点⑨の挿入は室町期を遡るものではあり得ず、藤原惺窩による独自の改変である可能性は一層高まったと言えるだろう。

ここからは再び惺窩校正本の改変意図について考察を進める。この長大な歌句の挿入によって歌冒頭の内容は、「三徳五教」のうち、「父子（親子）」「夫婦」「兄弟（長幼）」「朋友」のあり方を諭したものとなる。「朋友乃《トモカキノ》　言問《コトトヒ》交之《カハシ》」が挿入記号によって挿入されているのは、「三徳五教」の形を整えるために、原案を推敲して加えられたものなのではないか。すると、直後の「余能奈迦波《ヨノナカハ》、加久叙許等和理《カクソコトワリ》」という表現が明確に儒教的「人倫」としての

「三徳五教」を表すものとして立ち現れてくる。

仙覚本冒頭四句「父母を　みればたふとし　妻子みれば　めぐしうつくし」について、近世の注釈では次のように解釈されている。

父母をばたふとびて孝養すべく、妻子をばめぐみうつくしむべく、世上はかくのごとくぞ、道理は有物をなり。

（契沖『万葉代匠記（初稿本）』）

父母を尊み仕へて孝行を尽し、妻子をあはれみ愛するこそ、今日人道の常当然の道理と也。

（荷田信名『万葉集童蒙抄』）

いずれも父母、妻子への自然の感情としての愛情についてではなく、父母に孝行し養う、また妻子を可愛がり守るという行動を「道理」と言っている。惺窩校正本においても同様に、「父子（親子）」「夫婦」「兄弟（長幼）」「朋友」の関係性において為すべき行動が「道理」として規定されていると考えられる。

では、儒教理念において最重要とされる「君臣」のあり方についてはどこに示されるのか。相違点⑫「阿米奈良《アメナラ》婆《ハ》、阿米乃麻尓麻尓《アメノマニマニ》」以下の表現がそれに当たろう。仙覚本で「天へ行かば」と「畏俗先生」の行為として述べていたところを、「天ならば（天に在らば）」に改変している。このように存在の叙述に変更することにより、下の「地ならば」と明確な対を成す表現となる。

『日本書紀』(注26)巻第二十二・推古天皇十二年四月条にある「憲法十七条」第三条には次のようにある。

君は天なり、臣は地なり。天は覆ひ地は載す。……君言ふときは臣承る、上行ふときは下靡く。故、詔を承りては必ず慎め。謹まずは自づからに敗れなむと。

惺窩が『日本書紀』に並々ならぬ興味を持っていたことは先に述べた通りである。惺窩校正本における「天」と「地」の対は、「憲法十七条」第三条にあるように、「君」「臣」の対として解釈されるのではないか。仙覚本に従えば、大君に奉仕すべき地に対し、天へ行ったならば「汝がまにまに」となるところ、惺窩校正本では、天においては天の道理に従い、つまり君主には君主のあるべき振る舞いがあり、臣下にあっては大君に従うことがあるべき振る舞いであると、君臣の道を説いているのである。

以上のように、惺窩校正本当該歌は、「三徳五教」の説く「君臣」「父子（親子）」「夫婦」「兄弟（長幼）」「朋友」の関係性において為すべき行動規範を具体的かつ明確に示すものへと改変されているのである。

最後に、韻律の都合で削除された二箇所、相違点⑩⑪について見ておきたい。まず、相違点⑩は、仙覚本にある「ゆくへしらねば」の一句を惺窩校正本で削っている。この一句によって五・七・七の韻律となるため、現在はここが段落の切れ目であると考えられている。しかし近世においてはここで段落を切らず、この上に五音の脱文があるものと考え、下句の家族を棄てて出て行くことの根拠と解釈しているものが多い。主な説をいくつかあげておく。

ユクヘシラネバ、若此上ニ、一句五字ノ落タルカ。此マ、ニテ意得バ、今マデハカ、ハラシキヲ忍テモ過シツレド、猶此ユクヘ如何バカリナラント〈モ〉シラネバナリ。（契沖『万葉代匠記（精撰本）』）

此句解しがたし。決めて此上に一句脱したると聞ゆる也。尤下の句へつゞけたる五文字とも聞ゆる也。行方知らずも、世をふりすてゝ出行人はとよめる句とも見るべし（荷田信名『万葉集童蒙抄』）

此句の上に一句脱文あらんと魚彦いへり、いかさま続きわろし、もし白雲のなどありつらんか、そはとまれこの詞、行方しらねばといふは、世の無常にあたる詞ならんか、

五字一句脱あらんとは先輩も既にいへり、白雲ノもおもしろし、ゆくへしらねばは心得ぬ詞也、（『万葉問聞抄』田中道麿問・本居宣長答）

『万葉集童蒙抄』に「此句解しがたし」と言い、『万葉問聞抄』（宣長答）に「心得ぬ詞也」ともあるごとく、近世の諸注釈でも理解しがたい句と考えられていたようである。惺窩校正本は、意味の上でも、また長歌の途中で

五・七・七と句切れていることからも、不自然かつ不要な句と考えて削除したものと考えられる。(注27)同様に相違点⑪の、仙覚本に「汝が名告らさね」とあって五・七・七の句切れになっているところが、惺窩校正本では「名能良佐《ナノラサ》祢《ネ》」と五音にされている。意味は変えず、音数だけを変更しているのである。これも長歌の途中で五・七・七と句切れるのを嫌ったための措置と考えられる。

以上のことから、改変箇所の語法から見て惺窩校正本の本文が室町期を遡るものではあり得ず、藤原惺窩による改変である可能性が一層高まったこと、そして序や歌本文の改変の内容から、「人倫」という主題を前面に出し、「三徳五教」の説く「君臣」「父子（親子）」「夫婦」「兄弟（長幼）」「朋友」の関係性において為すべき行動規範を具体的かつ明確に示した倫理的訓戒の色を一層強めたものになっていることを指摘し得た。

おわりに

以上述べ来たったように、惺窩校正本の当該歌は、おおよそ本文校訂などとは言えないような歌本文の大幅な改変が施されている。

藤原惺窩は堂上家である下冷泉家の生まれであるが、幼くして仏門に入り、朝鮮国使との交流などを通じて儒者となる。そして、徳川家康や赤松廣通をはじめ多くの大名と交友があり、経書を講ずるなどしている。浅野幸長もその一人である。「惺窩先生行状」によれば、惺窩は慶長十一年からの数年間に、紀州に赴いて浅野幸長のために経書を注解し、『古文真宝』を講じ、厚遇を受けている。また、惺窩校正本の一本によって訓点を書き入れたものである天理本巻二十末尾にある墨書の書写奥書には、天理本の校合本が、浅野幸長の所望によって惺窩が点を改めた本の写しである旨が記されている。(注28)惺窩に経書の講義を受けた浅野幸長が惺窩校正本を所望したというのである。

『万葉集』研究はこの後、国学者たちによって大きく進められることになる。『万葉集童蒙抄』は当該歌群反歌について、「此歌などをもて、今日我国の教をもしめすべき也。神道の教のはしともなるべきはかやうの歌也。畢竟人道の常を守れよと示せる歌也」と言う。城﨑陽子氏は、[注29] 荷田春満が「神祇道学」を唱え、「道義」「人倫」といった儒教倫理思想に基づく万葉歌による「教誡」を志しており、この時期には「「自然の情」である歌を儒教倫理教化の一つの手段とする考え方は、既に一般的な考え方として認められていた」と述べる。惺窩が万葉歌を儒教倫理に基づき、より具体的、教訓的なものに書き換えて解釈したことは、万葉歌による儒教的「教誡」の先蹤として位置付けられるのではないか。さらに賀茂真淵に至って、古学に基づく『万葉集』本来の姿を捉えようとする方向へと進む。仏教的要素を排除し、儒教的に『万葉集』を解釈しようとした惺窩校正本と、儒仏などの外来思想を排除して日本古来の思想のみを抽出しようとする国学のあり方とは、表現の上での相違はあるものの、方向性に通底するものがあるように思われる。

注

（1）近世諸注釈の引用は、北村季吟『万葉拾穂抄』は古典索引刊行会編『万葉拾穂抄 影印翻刻』（塙書房　二〇〇二～二〇〇六年）、契沖『万葉代匠記』は『契沖全集』第一～七巻（岩波書店　一九七三～一九七四年）、荷田信名『万葉集童蒙抄』は『復刻版荷田全集』第二～五巻（名著普及会　一九九〇年）、賀茂真淵『万葉考』は『賀茂真淵全集』巻一～五（続群書類従完成会　一九七七～一九八五年）、田中道麿問・本居宣長答『万葉問聞抄』は『本居宣長全集』第六巻（筑摩書房　一九七〇年）、橘千蔭『万葉集略解』は覆刻日本古典全集『万葉集略解』（現代思想社　一九八二年）、鹿持雅澄『万葉集古義』は『万葉集古義』（国書刊行会　一九一三年）、岸本由豆流『万葉集攷証』は万葉集叢書第五輯『万葉集攷証』（臨川書店　一九七二年）に拠った。なお、濁点は私に補ったところがある。

（2）本書第五章、第六章に触れた。この文書は現所蔵者不明であるが、巻五・八〇〇～八〇一歌の全部と巻二十・四四六五歌の冒頭は高野辰之氏『古文学踏査』（大岡山書店　一九三四年）に影印が載る。翻刻はこの影印に拠って行った。

（3）沢瀉久孝氏『万葉集注釈　巻第五』（中央公論社　一九五九年）。

（4）武田祐吉氏『増訂万葉集全註釈　五』（角川書店　一九五七年）。

（5）小島憲之氏『上代日本文学と中国文学　中』（塙書房　一九六四年）の第五篇「万葉集の表現」第六章「山上憶良の述作」（三）「憶良の詩文」（九八三頁）。

（6）『抱朴子』対俗篇には「蓋、聞く、身体を傷らざる、之を終孝と謂ふと。況や仙道を得て、長生久視し、天地と相畢らんには、全を受けて完を帰すことに過ぐること亦遠からずや。」「仙を求めんと欲する者は、要するに当に忠孝和順仁信を以て本と為すべし。若、徳行修まらずして、但方術を務むるも、皆長生を得ざるなり。」とあり、勤求篇には「明師の恩は、天地よりも過ぎ、父母よりも重しと為すこと多し、之を崇ばざる可けんや、之を求めざる可けんや。」とある（書き下し文は石島快隆氏訳註『抱朴子』（岩波文庫　一九四二年）に拠った）。秋月観暎氏（「道教と仏教の父母恩重経——両経の成立をめぐる諸問題——」『宗教研究』第三九巻第四輯　一九六六年）は『抱朴子』について、「仙道の修業と孝道は何等矛盾しないのみか、却って孝道の実践が得道の要件であり、寧ろ得道こそが世俗的な意味における孝道の最たるものであると云う立場をとっていることが窺われる。」（三〇（四二二）頁）と言い、増尾伸一郎氏『万葉歌人と中国思想』（吉川弘文館　一九九七年）の第二部「山上憶良と中国典籍」第一章「嘉摩三部作と道仏二教の『父母恩重経』」——「『令反惑情歌』の倍（畏）俗先生」（六五頁〜六八頁）もこれを首肯する。

（7）調査には、『邦訳日葡辞書』（岩波書店　一九八〇年）、『古本節用集六種研究並びに総合索引』（風間書房　一九六八年）、『文明本節用集研究並びに索引』影印篇（風間書房　一九七〇年）、『印度本節用集古本四種研究並びに総合索引』（勉誠社　一九七四年）、『印度本節用集和漢通用集他三種研究並びに総合索引』影印篇（勉誠社　一九八〇年）を用いた。以下、『日葡辞書』等の引用はすべてこれらに拠る。

（8）引用は新編日本古典文学全集に拠った。

（9）廣川晶輝氏「山上憶良『令反或情歌』の『畏俗先生』について」（『甲南大学紀要　文学編』一五三　二〇〇八年三

月）に詳しい。『校本万葉集』によれば、諸本「畏俗先生」とある中、紀州本のみ「倍俗先生」とする。広瀬本は「畏」の右に別筆にて「異カ」の書入が見られる。近世諸注釈においては、『万葉代匠記』（初稿本／精撰本）に「畏《ハ》疑《ノ》異魯魚耶」と言い、『万葉考』、『万葉集古義』が「異」を採る。

（10）京都大学附属図書館蔵本（請求記号：1-66/モ/1貴）による。調査は京都大学電子図書館貴重資料画像（http://edb.kulib.kyoto-u.ac.jp/exhibit/index.html）に拠った。濁点、句読点は私に付した。

（11）引用は新日本古典文学大系に拠った。以下、『続日本紀』の引用はすべて同じ。当該箇所の本文は「亡二命山沢一、挟二蔵軍器一、百日不レ首、復罪如レ初。」である。なお、和銅元年正月十一日詔、養老元年十一月十七日詔にもほぼ同義の文が見える。

（12）引用は日本思想大系3『律令』に拠った。当該箇所の本文は、「凡謀レ叛者絞。……即亡二命山沢一。不レ従二追喚一者。以二謀叛一論。」である。

（13）太田兵三郎氏『藤原惺窩集　上巻』（思文閣出版　一九四一年）所収「惺窩先生文集　行状」（一二頁）に拠って、私に書き下し文に改めた。

（14）注2高野氏著書の「藤原惺窩の神代紀改修」（四二九頁）。本章で用いている高野氏旧蔵紙背本の神代紀部分を指している。高野氏著書に一部影印が載る。

（15）本書第五章に「君臣父子の道のないは薄《ウスイ》ぞ。是を厚うする道があるぞ。上には夫婦君臣父子の三綱の道を云て、こゝで広《ヒロウ》なつたぞ。夫婦父子君臣の三綱ばかりではないぞ。朋友兄弟もぞ。」（清原宣賢講述『毛詩抄　詩経（一）』岩波書店　一九九六年）を引用して述べた。

（16）引用は新釈漢文大系第4巻『孟子』（明治書院　一九六二年）に拠った。なお、「五教（五常）」については戸令国守巡行条の「敦く五教を喩し、農功を勧め務めしめよ。」に対して、『令義解』に「謂。五教者。五常之教。則父義。母慈。兄友。弟恭。子孝。是也。」（新訂増補国史大系22『律／令義解』。「戸令国守巡行条」の引用は、私に書き下し文に改めた）と釈される。上代における「五教」の理解はこのようであったと考えられる。一方、『万葉拾穂抄』当該歌序頭注に「虞書舜典曰《ニ》、敬《テ》敷《ク》二五教《ヲ》一。註父子有レ親、君臣有レ義、夫婦有レ別、長幼有レ序、朋友有レ信、以二五者《ノハ》一当然之理《ナルヲ》一而為《ス》二教令《ヲ》一也。」（註は宗の蔡沈のもの）、『浮世物語』巻第四「六　天の命ずる性といふ事」に「五倫とは、君臣と父子と夫婦と兄弟と朋友となり。……つねに行ふて捨てざるべきが故に五常とは名づくるものなり」（新編日本古典文学全集『仮名草子集』）とあり、中世・近世においてはこの解釈が一般的であったか。惺窩校正本の歌本文から考えると、惺窩校正本の「五教」理解はこちらであったと考えられる。

(17) 引用は中世の文学『三国伝記（上）』（三弥井書店　一九七六年）に拠った。

(18) 本書第七章に詳しく論じた。

(19) 清・阮元校勘『十三経注疏附校勘記』（中文出版社　一九七一年）に拠り、『尚書』は全釈漢文大系第十一巻『尚書』（集英社　一九七六年）を参照した。

(20) 引用は全釈漢文大系第三巻『大学・中庸』（集英社　一九七四年）に拠った。なお、この語釈に、「朱子は、むしろ五道の成立根拠としての三達徳を強調するから、「達徳」とは、「天下古今同じく得る所の理なり」という。」とある。

(21) 『日本国語大辞典』第二版、『時代別国語大辞典（室町編）』に拠る。

(22) 引用は『抄物資料集成　第一巻』（清文堂出版　一九七一年）所収、内閣文庫蔵本『史記抄』に拠った。濁点は私に補った。

(23) このように解した場合、正しくは「のかれえぬ」と活用するべきである。あるいは、惺窩校正本の表題に「カヘサヒ」の訓があるため、動詞「逃る」＋接尾語「ふ」＋助動詞「ず」とも考えられる。接尾語「ふ」は通常、四段活用動詞の未然形に接続するが、「うつろふ」など動詞活用語尾がオ段音に転じる場合もある。また、通常は「ふ」自体も四段活用するが、「ながらふ」など下二段活用となる場合もある（『時代別国語大辞典（上代編）』を参照した）。ただ、その場合は「のかろへぬ」あるいは「のかろひえぬ」とならねばならず、前者は訓字「得」の表意性も無視することになる。いずれにせよ、語構成として無理のある句と言わざるを得ない。

(24) 引用は新編日本古典文学全集に拠った。

(25) 引用は『決定版　対訳西鶴全集５』（明治書院　一九八三年）に拠った。

(26) 引用は新編日本古典文学全集に拠った。

(27) なお、この直前にある「可可良波志母与《カカラハシモヨ》」の解釈は現在も諸説割れているが、近世においても様々な説が試みられていた。主な説は以下の通りである。

Ⅰ、そうであるならば…『万葉拾穂抄』、『万葉問聞抄』田中道麿問

Ⅱ、煩わしいものだ…『万葉代匠記（精撰本）』、『万葉集古義』

Ⅲ、離れ難いものだ…『万葉問聞抄』本居宣長答、『万葉集略解』

Ⅳ、そうあるようにせよ…『万葉集童蒙抄』

高野氏旧蔵紙背本では、「可可良波《カカラハ》」の部分に「如レ是有者」と振り訓字がある。惺窩校正本は『万葉拾穂抄』と同じように、「そうであるならば」の意と考えていたことになる。季吟が『万葉拾穂抄』の底本に用いた惺窩校正本には、高野氏旧蔵紙背本と同じように振り訓字があったか（「久尓能麻保良《クニノマホラ》」についても高野氏旧蔵紙背本には「国守」の振り訓字があり、『万葉拾穂抄』に「国のまほら　国の守《マモ》り也。守るべき国法ぞといふ心也。」と、惺窩校正本の振り訓字を継いだと見られる説を用いている）。一方、惺窩校正本諸本の中で、「志母与」の「与」を「ト」と訓むか「ヨ」と訓むかに異同がある。

・志母与《シモト》……前田家一本、八雲軒本

・志母与《シモヨ》……高野氏旧蔵紙背本、白雲書庫本、天理本、（『万葉拾穂抄』）

「可可良波《カカラハ》」を「如レ是有者」と解釈し、句末を「ヨ」と訓む場合、「志母《シモ》」は強意の副助詞、「ヨ」は詠嘆の間投助詞と解せられるので、「そう（三徳五教が世の道理）であるならば、ああ（なお一層のこと）、家族を捨て去って出て行く人は……」というように、下に続く句を強調することになるだろう。一方、句末を「ト」と訓む場合、それは引用の意と解せられる。すると、「「そうであるならば」と言って家族を捨て去って出て行く人は……」となり、続きが悪い。引用と解する場合、「可可良波志母《カカラハシモ》」を契沖のように「煩わしいものだ」の意に解したほうが、「「（世の道理は）煩わしいものだ」と言って家族を捨て去って出て行く人は……」となり自然である。「与」を「ヨ」と訓み「如レ是有者」の意とするのが惺窩校正本の決定稿であると筆者は考えている。

(28) 「惺窩先生行状」および天理本奥書の本文は本書第五章に掲出した。

(29)　城﨑陽子氏『近世国学と万葉集研究』（おうふう　二〇〇九年）の第三章「荷田春満の万葉集研究・円熟期」第六節「荷田春満の「神祇道学」とその継承」二「春満の「神祇道学」」（一四五頁〜一五四頁）。

〔補注〕原論文発表後、浅田徹氏より以下の内容についてご教示いただいた。高野氏旧蔵紙背本の当該歌序は、徹底的に和語で付訓され、「先生」「人倫」にまで和語が充てられている。また、「脱屣」の「屣」を「ウキクツ」と訓んでいるのは、当該長歌中の「宇既具都」に合わせたものと考えられ、つまり漢文を上代語によって訓もうとしたものと見られる。「父母」は「カゾイロ」と訓まれ、長歌中の「チ、ハ、」と一致しないものの、『日本書紀』の古訓に「カゾイロ」「カゾイロハ」などとあり、「上代語」として認識されていた言葉と考えられる。一方、長歌中の振り訓字は、分かりにくい語に訓字を充てたのではなく、漢字のみで意味がたどれるようにしたものと見える（「父母」「日月」など、元々の漢字本文が漢語のものには振り訓字は充てられていない）。すると、草稿、あるいは手控え本と見られる高野氏旧蔵紙背本は、漢文部分を和語化し、長歌部分を漢文化して、相互に対照しようとしたものとも考えられる。

第九章　惺窩校正本「諭族歌」について

はじめに

本書第六章に述べたように、惺窩校正本諸本のうち惺窩自筆と目される零本である高野氏旧蔵紙背本は、巻五・八〇〇〜八〇一「反惑歌」（『万葉集』諸本においては「令反惑情歌」）、巻二十・四四六五〜四四六七「諭族歌」（『万葉集』諸本においては「喩族歌」）の二歌群で成立している。また惺窩校正本の完本四本を見ても、歌本文に『万葉集』諸本には全く見られない長大な歌句が挿入されているのはこの二歌群の他にはない。このことから、この二歌群は藤原惺窩にとって対をなす重要な歌群であったと考えられる。

では、『万葉集』に数多い長歌を含む歌群のうち、なぜこの二歌群が特に選ばれたのであろうか。この二歌群に共通する特徴はまず、いずれも教喩形式で書かれているという点である。惺窩校正本においてこの二歌群が特に選ばれたのは、第一義的には惺窩の儒者としての立場から、儒教的「人倫」を教え諭すための教材と為すためであると思われる。巻五・八〇〇〜八〇一歌群において、『万葉集』諸本にある「令反惑情歌」という題詞を「反惑歌」としたのも、「反惑歌」「諭族歌」を『万葉集』から独立した二首対の作品として構成し直そうとしたためではないか。

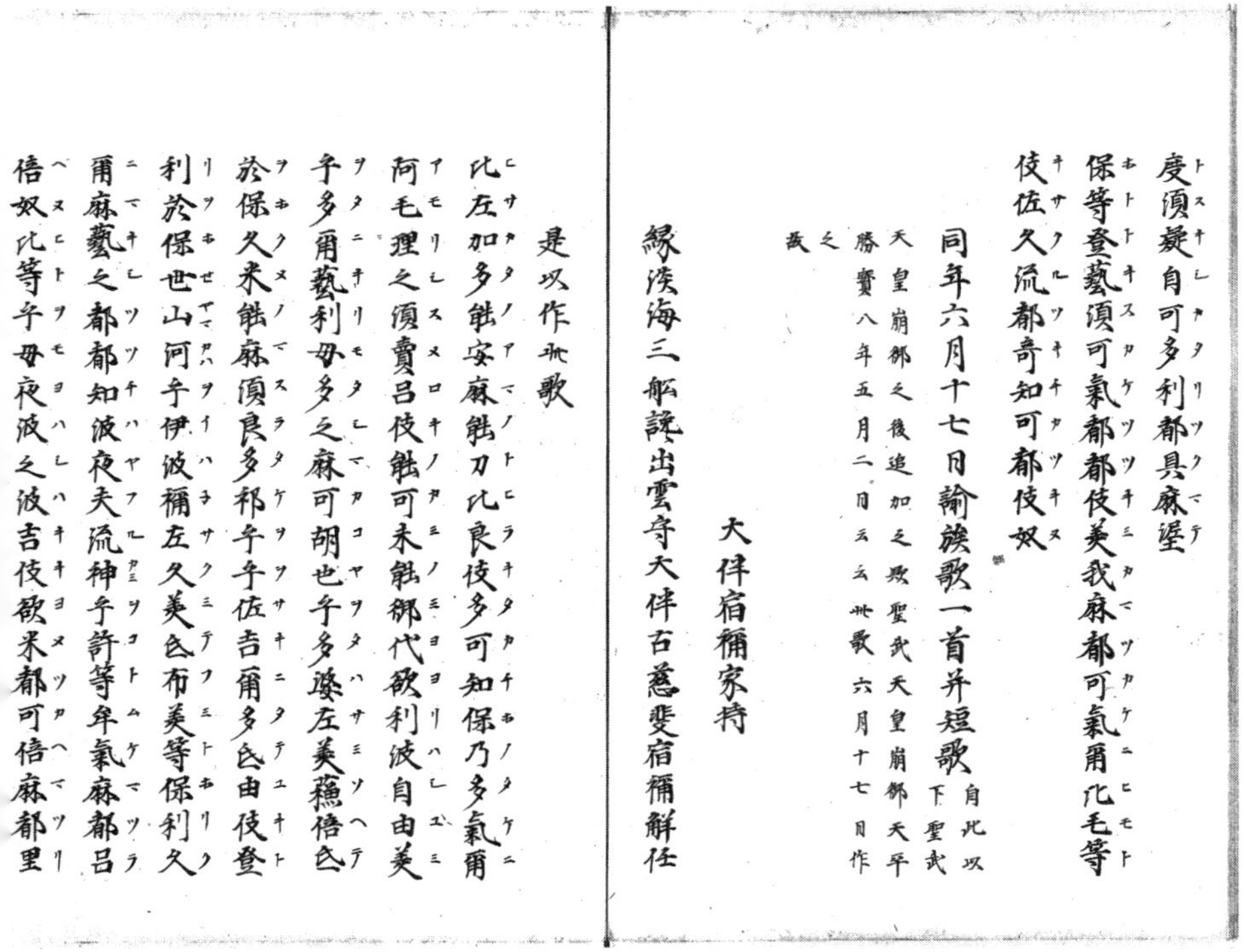
度須疑自可多利都具麻埿
保等登藝須可氣都都伎美我麻都可氣尓比毛等
伎佐久流都奇知可都伎奴
同年六月十七日諭族歌一首并短歌 自此以下聖武天皇崩御之後追加之歟聖武天皇崩御天平勝寶八年五月二日云云卅歌六月十七日作之歟
大伴宿祢家持
縁淡海三船讒言出雲守大伴古慈斐宿祢解任
是以作此歌
比左加多能安麻能刀比良伎多可知保乃多氣尓
阿毛理之須賣呂伎能可未能御代欲利波自由美
乎多尓藝利母多之麻可胡也乎多婆左美蘇倍氐
於保久米能麻須良多祁乎乎佐吉尓多氐由伎登
利於保世山河乎伊波祢左久美布美等保利久
尓麻藝之都都知波夜夫流神乎許等牟氣麻都呂
倍奴比等乎母夜波之波吉伎欲米都可倍麻都里

図９　前田家一本・巻二十・第41丁裏～第42丁表（尊経閣文庫所蔵）
「諭族歌」冒頭部分

一方、「諭族歌」は、本書第五章においては、儒教における「三徳五教」の中で最も重要とされる「君臣」のあるべき姿をモチーフにしたものとして「反惑歌」と並んで重視されたと述べるにとどめた。しかし、「反惑歌」が第八章に述べたように惺窩の当時置かれていた境遇を反映して「三徳五教」という儒教的倫理観による行動規範を具体的に示す歌として構想されたものであるとすれば、「諭族歌」の構想が単に「三徳五教」のうち「君臣」のみを再度取り上げたものとすると、二首対として見たときにこの歌群の位置付けが弱くなりすぎる。そこで本章では巻二十・四四六五～四四六七歌群について取り上げ、惺窩校正本「諭族歌」がどのような作品として仕上がっているかを確認するとともに、当時の藤原惺窩の置かれた境遇を踏まえて、当該歌群の構想の意味を考えてみたい。

一、惺窩校正本「諭族歌」と西本願寺本「喩族歌」

当該歌群の検討にあたっては、前章と同じく、惺窩自筆と目される高野氏旧蔵紙背本を用いるべきであろう。しかし、高野氏旧蔵紙背本の当該歌群には歌に訓が付されておらず、影印も長歌前半までしか確認できない。(注1)そこで本章では、現存写本のうち最も古い形態を残すと考えられる前田家一本を底本として用い、(注2)高野氏旧蔵紙背本については訓の付されている題詞、左注のみを掲出することとする。なお、前章と同じく、比較する仙覚本には、文永三年本系の西本願寺本を用いる。

〔凡例〕
一、清濁は原本に従い、字体は通行のものに改める。
一、改行は必ずしも原本に従わない。
一、両本の主たる異同箇所に番号、傍線を私に付す。

【高野氏旧蔵紙背本】

①諭《サトセシ》レ族《ヤカラヲ》歌　長歌一首并《ヒ》短歌二首
⑥大伴宿祢《ノスクネ》家持《ヤカモチ》

④縁《ヨリテ》二淡海《ノ》三船讒《カシコヂコトニ》一、出雲守《ノモリヒト》　大伴古慈斐宿祢《ノクシヒノスクネ》解《トケリ》レ任、是《ヨサシヲ》以《ヲ》作《テル》二此歌《ノ》一

【前田家一本】

⑤同年六月十七日①諭族歌一首幷短歌自此以下聖武

天皇崩御之後追加之歟聖武天皇崩御天平勝宝八年五月二日云云此歌六月十七日作之故

⑥大伴宿祢家持

④縁淡海三船讒出雲守大伴古慈斐宿祢解任是以作
此歌

比左加多能《ヒサカタノ》　安麻能刀比良伎《アマノトヒラキ》　多可知保乃《タカチホノ》　多気尓阿《タケニア》
毛理之《モリシ》　須売呂伎能《スメロキノ》　可未能御代欲利《カミノミヨヨリ》　波自由美乎《ハシユミヲ》
多尓芸利母多之《タニキリモタシ》　麻可胡也乎《マカコヤヲ》　多婆左美蘇倍氏《タハサミソヘテ》　於保《ヲホ》
久米能《クメノ》　麻須良多祁乎乎《マスラタケヲヲ》　佐吉尓多氏《サキニタテ》　由伎登利於保《ユキトリヲホ》
世《セ》　山河乎《ヤマカハヲ》　伊波祢左久美氏《イハネサクミテ》　布美等保利《フミトホリ》　久尓麻芸《クニマキ》
之都都《シツツ》　知波夜夫流《チハヤフル》　神乎許等牟気《カミヲコトムケ》　麻都呂倍奴《マツラヘヌ》　比《ヒ》
等乎母夜波之《トヲモヨハシ》　波吉伎欲米《ハキキヨメ》　都可倍麻都里氏《ツカヘマツリテ》　安吉豆《アキツ》
之万《シマ》　夜万登能久尓乃《ヤマトノクニノ》　可之婆良能《カシハラノ》　宇祢備乃宮尓《ウネヒノミヤニ》
美也波之良《ミヤハシラ》　布刀之利多氏氏《フトシリタテテ》　安米能之多《アメノシタ》　之良志売《シラシメ》
之祁流《シケル》　須売呂伎能《スメロキノ》　安麻能日継等《アマノヒツキト》　都芸氏久流《ツキテクル》　伎《キ》
美能御代御代《ミノミヨミヨ》　加久左波奴《カクサハヌ》　安加吉許己呂乎《アカキココロヲ》　須売良《スメラ》
敝尓《ヘニ》　伎波米都久之氏《キハメツクシテ》　都加倍久流《ツカヘクル》　於夜能都可佐等《ヲヤノツカサト》
許等太氏氏《コトタテテ》　佐豆気多麻敝流《サツケタマヘル》　宇美乃古能《ウミノコノ》　伊也都芸《イヤツキ》

【西本願寺本】

①喩族歌一首幷短謌

比左加多能《ヒサカタノ》　安麻能刀比良伎《アマノトヒラキ》　多可知保乃《タカチホノ》　多気尓《タケニ》
阿毛理之《アモリシ》　須売呂伎能《スメロキノ》　可未能御代欲利《カミノミヨヨリ》　波自由美《ハシユミ》
乎《ヲ》　多尓芸利母多之《タニキリモタシ》　麻可胡也乎《マカコヤヲ》　多婆左美蘇倍弖《タハサミソヘテ》
於保久米能《オホクメノ》　麻須良多祁乎々《マスラタケヲヽ》　佐吉尓多弖《サキニタテ》　由伎登《ユキト》
利於保世《リオホセ》　山河乎《ヤマカハヲ》　伊波祢左久美弖《イハネサクミテ》　布美等保利《フミトホリ》
久尓麻芸之都々《クニマキシツヽ》　知波夜夫流《チハヤフル》　神乎許等牟気《カミヲコトムケ》　麻都《マツ》
呂倍奴《ロヘヌ》　比等乎母夜波之《ヒトヲモヨハシ》　波吉伎欲米《ハキキヨメ》　都可倍麻都《ツカヘマツ》
里弖《リテ》　安吉豆之万《アキツシマ》　夜万登能久尓乃《ヤマトノクニノ》　可之婆良能《カシハラノ》
宇祢備乃宮尓《ウネヒノミヤニ》　美也波之良《ミヤハシラ》　布刀之利多弖氏《フトシリタテテ》　安米《アメ》
能之多《ノシタ》　之良志売之祁流《シラシメシケル》　須売呂伎能《スメロキノ》　安麻能日継《アマノヒツキ》
等《ト》　都芸弖久流《ツキテクル》　伎美能御代々々《キミノミヨヽヽ》　加久左波奴《カクサハヌ》　安《ア》
加吉許己呂乎《カキココロヲ》　須売良弊尓《スメラヘニ》　伎波米都久之弖《キハメツクシテ》　都加《ツカ》
倍久流《ヘクル》　於夜能都可佐等《オヤノツカサト》　許等太弖氏《コトタテテ》　佐豆気多麻《サツケタマ》
敝流《ヘル》　宇美乃古能《ウミノコノ》　伊也都芸都岐尓《イヤツキツキニ》　美流比等乃《ミルヒトノ》
可多里都芸弖氏《カタリツキテテ》　伎久比等能《キクヒトノ》　可我見尓世武乎《カカミニセムヲ》　②
安多良之伎《アタラシキ》　吉用伎曽乃名曽《キヨキソノナソ》　於煩呂加尓《オホロカニ》　己許呂《ココロ》
於母比弖《オモヒテ》　牟奈許等母《ムナコトモ》　於夜乃名多都奈《オヤノナタツナ》　大伴乃《オホトモノ》

都岐尓《ツキニ》　美流比等乃《ミルヒトノ》　可多里都芸氐氐《カタリツキテテ》　伎久比等能《キクヒトノ》
可我見尓世武乎《カカミニセムヲ》　②吉用良之伎《キヨラシキ》　它真尓茂世武乎《タマニモセムヲ》　安《ア》
加良之伎《カラシキ》　都流芸刀倶倍之《ツルキトクヘシ》　伊尓之敝由《イニシヘユ》　安多良曽乃《アタラソノ》
名曽《ナソ》　於煩呂加尓《ヲホロカニ》　己許呂於母比氐《ココロヲモヒテ》　牟奈許等母《ムナコトモ》　於《ヲ》
夜乃名多都奈《ヤノナタツナ》　大伴乃《ヲホトモノ》　宇治等名尓於敝流《ウチトナニヲヘル》　麻須良乎《マスラヲ》
能等母《ノトモ》

反歌

之奇志麻乃《シキシマノ》　夜末等能久尓尓《ヤマトノクニニ》　③安伎良気倶《アキラケク》　須売良《スメラ》
布毛能乎《フモノヲ》　己許呂都刀米与《ココロツトメヨ》
都流芸多知《ツルキタチ》　伊与余刀倶倍之《イヨヨトクヘシ》　伊尓之敝由《イニシヘユ》　佐夜気久《サヤケク》
於比氏《ヲヒテ》　伎尓之曽乃名曽《キニシソノナソ》

宇治等名尓於敝流《ウチトナニオヘル》　麻須良乎能等母《マスラヲノトモ》
之奇志麻乃《シキシマノ》　夜末等能久尓々《ヤマトノクニ、》　③安伎良気伎《アキラケキ》　名尓《ナニ》
於布等毛能乎《オフトモノヲ》　己許呂都刀米与《ココロツトメヨ》
都流芸多知《ツルキタチ》　伊与余刀具倍之《イヨヨトクヘシ》　伊尓之敝由《イニシヘユ》　佐夜気《サヤケ》
久於比弖《クオヒテ》　伎尓之曽乃名曽《キニシソノナソ》
④右縁テ淡海真人三船讒言ニ㆒出雲守大伴古慈斐宿祢
解任　是以家持作此歌㆒也
＊四四七〇歌の左注に「以前歌六首⑤六月十七日
⑥大伴宿祢家持作」とあり。

二、惺窩校正本「諭族歌」の解釈

当該歌群の題詞、左注における仙覚本との最も大きな相違は、④の左注の内容が題詞の直後に置かれ、序のような役割を担わされている点である。(注3)惺窩校正本では通常、左注は題詞または歌の下に割注形式で書かれる。(注4)割注にせず、序のように題詞の次行に独立した形で置くという措置は他の箇所には見られない。

当該歌群の左注にのみ異例の措置を施したのはなぜか。一つには、「反惑歌」と二首対にするべく同形式に整えたためと考えられる。しかし、それは単に形式的な問題には留まらないだろう。「反惑歌」序では、「修行得道」の

ために家族を捨てようとする「離俗先生」の行動を「惑」とし、歌で以て儒教的「三徳五教」を教え諭すのだと、その作歌理由について述べている。「諭族歌」でも、序化されたこの左注は作歌理由を述べたものである。その理由とは、淡海三船の讒言によって作者大伴家持の同族である大伴古慈斐が任を解かれたというものである（『続日本紀』の記述との相違については次節に述べる）。この事件を背景に、同族の者を「諭」すために作歌したと言うのである。惺窩校正本にとって、第三者の讒言によって同志・同族の者、あるいは近しい者が無実の罪により罰せられたということが作歌背景として序とするに値する重要な意味を持っていたというべきであろう。

長歌本文の内容に関わる改変箇所は、相違点②の一箇所である。仙覚本に「安多良之伎《アタラシキ》　吉用伎曽乃名曽《キヨキソノナソ》」とあるのを、「吉用良之伎《キヨラシキ》　它真尓茂世武乎《タマニモセムヲ》　安加良之伎《アカラシキ》　都流芸刀倶倍之《ツルキトクヘシ》　伊尓之敝由《イニシヘユ》　安多良曽乃名曽《アタラソノナソ》」と、長大な歌句にしている。これは、本来「あたらし」「清し」の二つの形容詞のみで表現していた「大伴の名」について、「玉にす」「剣磨ぐ」という比喩表現、そして「いにしへゆ」という時間表現を加えることによって、いっそう強調したものである。直前の「伎久比等能《キクヒトノ》　可我見尓世武乎《カカミニセムヲ》」と対応させてみると、大伴氏を「鏡」「玉」「剣」という三種の神器のごとき存在として表現したことになる。つまり、大伴氏の存在が天皇にとっての三種の神器「鏡」「玉」「剣」に等しく、その働きによって天皇を支えるべき存在なのだと主張していることになる。大伴氏と天皇との関係性を強調する表現となっているのである。

特に、「剣磨ぐ」という表現は、第二反歌「剣大刀　いよよ磨ぐべし　いにしへゆ　さやけく負ひて　来にしその名そ」に拠ったものと見られる。仙覚本の反歌から表現を受け取り、長歌に挿入したことにより、長歌において三種の神器の一つとして大伴の名を比喩するものであった「剣」を、反歌で再び取り上げるという構成になる。長歌の表現を詳細に見ると、「鏡」「玉」については「〜にせむ」と表現されている。これは「後代の亀鑑にもし、玉にもすべく曇らぬ心也」（刊本『万葉拾穂抄』四四六五歌頭注）と説明されるように、手本となるものの比喩として用いられている。一方、「剣」は、契沖『万葉代匠記』精撰本四四六七歌注に(注5)「弥磨《トグ》ベシトハ、志ヲハゲマスベシト〈イフ〉ナリ」とあるように、心や技術を磨く行動を言う表現である。刊本『万葉拾穂抄』頭注では次のように解釈している。

あからしきつるぎとぐべし　さびたるつるぎをとげと讒言を晴よの心を云。
いにしへゆ　古よりのゆへを思へば無礼の名をとるは惜しき事ぞと也。（四四六五歌頭注）
つるぎたちいよゝとぐ　古より大伴といふ名は曇ぬ名ぞと也。深く讒を歎く心也。なが歌のつるぎとぐべしの心也。（四四六七歌頭注）

「剣磨ぐ」の表現は、「鏡」「玉」とは異なり、直接的に「讒言を晴」らすための行動を意味すると考えることができる。逆に言えば、惺窩校正本において当該長歌および第二反歌は、「讒言を晴」らし、大伴の名を回復することの重要性を説いたものとしてあるということができよう。そのように「讒言を晴」らすことを説くものとして存在させるためには、左注に書かれた内容が重要となる。これを割注の勘物扱いにすることはできなかったのではないか。当該歌の序化された左注は、惺窩校正本において『万葉集』本文として重要な役割を担わされていると考えられる。

もう一点、第一反歌の③「安伎良気伎《アキラケキ》　名尓於布等毛能乎《ナニオフトモノヲ》」が「安伎良気倶《アキラケク》　須売良布毛能乎《スメラフモノヲ》」に改変されている。『万葉集』中に「すめらふ」という動詞は例がないが、当該歌群長歌に「加久左波奴《カクサハヌ》　安加吉許己呂乎《アカキココロヲ》　須売《スメ》良敝尓《ラヘニ》　伎波米都久之氐《キハメツクシテ》」とあるのが参考になるだろう。

近世期の主な注釈書には、次のようにある。

あまの日つぎと　……かくさはぬ、見安云隠《カク》しさはらぬ也。
あかきこゝろ　見安云心《シン》の臓は赤き故にいふ也。愚案日本紀に赤心と書てきよきこゝろとよむ。

すめらべに　見安云すめらぎと同事也。　（刊本『万葉拾穂抄』頭注）

あかき心は、長流がいはく、明なる心なり。もの、ふの野心なき心なりといへり。日本紀に、赤心丹心とかきてきよきとよみ、又丹心をまことの心とよめり。黒心をきたなきこゝろとよめるに対しておもへば、赤心にや。あかき物はきよく見え、くろきものはきたなくみゆる事のおほければ、黒心赤心などはかけるなるべし。……すめらべは、すめろぎのほとりになり。第十八に、おほきみの、へにこそしなめとよめるにおなじ。　（契沖『万葉代匠記』初稿本）

加久佐波奴は　かくさぬ也。無レ隠也
須売良弊　はすめらみことに也。天子へ赤心を尽して也　（荷田信名『万葉集剳記』（注6））

安加吉許己呂乎。安加吉の加は吉良の約にて、あきらけき也、　須売良弊尓。皇方《べ》にと云、　伎波米都久之弖。武《タケキ》心も忠心も極めつくして也、　（賀茂真淵『万葉考』（注7））

これらによると、長歌の当該箇所は、「隠れなき清い忠心を天皇のお側で極め尽くして」というように解釈される。すると、第一反歌の改変箇所は、「隠れなき清い忠心を持って天皇のお側に仕えてきたものを」というような意味と考えられる。第一反歌はこの改変によって、「心努めよ」と表明する理由を「大伴」を名に負う氏であることに求めるのではなく、「すめらふ」、つまり天皇の側に仕える臣下であることに求めることになる。「名」について述べることは長歌と第二反歌に任せ、第一反歌には天皇の臣下であることを述べる役割を担わせたのである。天皇の臣下としての忠誠心を述べることは、長歌の改変箇所において大伴家の存在を三種の神器に比喩させていることからもうかがえる。

当該歌群は、大伴の名を守るために努めるべきことを述べた仙覚本の内容から、左注の内容を序化し『万葉集』本文として存在させることで当該歌の作歌理由を明示し、「讒言を晴」らし「大伴の名」を回復すべきことを述べる一方、大伴氏が君主たる天皇の側に隠れなき忠心を持って仕える臣下であることを強調することで、「君臣」の関係性をいっそう明確に示したものになっていると言える。

三、惺窩校正本「論族歌」における改変の意図

前節では、惺窩校正本における改変箇所の内容から、惺窩校正本「論族歌」の解釈を試みた。本節では、序化された左注の示す歴史的な事柄と、惺窩校正本構想当時の藤原惺窩の置かれた境遇とを踏まえて、その改変の意図を探ってみたい。

当該歌左注の事件について、『続日本紀』には違った立場から書かれている。

○癸亥、出雲国守従四位上大伴宿祢古慈斐・内竪淡海真人三船、朝廷を誹謗して、人臣の礼无きに坐せられて、左右衛士府に禁せらる。○丙寅、詔して、並に放免したまふ。（『続日本紀』[注8]天平勝宝八歳五月）

『万葉集』の当該歌左注では、淡海三船の讒言によって大伴古慈斐が解任されたとある一方、正史である『続日本紀』の記述には、古慈斐と三船とが共に朝廷を誹謗したとされる。[注9]さらに、『続日本紀』の古慈斐薨伝にも別の記事が載る。

勝宝年中、累に遷りて従四位上衛門督となり、俄に出雲守に遷さる。疎外まれてより、意常に鬱々とあり。紫微内相藤原仲満、誣ふるに誹謗を以てし、土左守に左降せしめ、促して任に之かしむ。未だ幾もあらずして、勝宝八歳の乱（橘奈良麻呂の乱：筆者注）に、便ち土左に流さる。（『続日本紀』宝亀八年八月十九日）

これによると、古慈斐は天平勝宝年中に政治の中心であった藤原仲麻呂に疎まれ、出雲守、そして土佐守に左遷され、橘奈良麻呂の乱に縁坐して流罪となったという。

藤原惺窩が史書に精通していたことは本書第五章、第八章にも述べた。朝廷誹謗により罪を得たという『続日本

紀』天平勝宝八歳五月条の記事、そしてその背景に、藤原仲麻呂の計略があったとする古慈斐薨伝の内容を知識として持っていた可能性は高い。史書の記述との齟齬を認識していたとしてもなお、惺窩校正本にとって「縁《ヨリテ》ニ淡海三船讒《カシコヂコトニ》一」という部分が、当該歌の作歌背景を示すための序として必要だったのである。

本書第六章に述べたように、惺窩校正本の構想開始時期は慶長五年頃と推定される。林羅山編「惺窩先生行状」(注10)によれば、慶長五年九月、藤原惺窩は深衣道服して家康に謁見し、五山僧時代の旧相識であった僧に対し、人倫こそ真であり、「人間の世」を廃する僧侶こそが「人倫」を顧みない「俗」であると述べている。これは、「三徳五教」の説く、人間が本来持つべき人間関係をうち捨てて出て行く「離俗先生」を、精神性の穢れた人物だと非難する「反惑歌」序と思想的に似通う部分がある。藤原惺窩は「反惑歌」の「離俗先生」を、近世期の僧侶と相通じるものと考えていた可能性がある。つまり、当時の惺窩自身の身に起こった出来事と惺窩校正本との間にはある種の影響関係が考えられるのである。

慶長五年にはもう一つ、惺窩にとって重大な事件があった。惺窩と親交があり、僧籍離脱後の惺窩を擁護していた赤松廣通(注11)が家康の命によって切腹したことである。赤松氏切腹の事情については、阿部吉雄氏(注12)が次のように述べている。

四月姜沆が帰国して間もなく六月になると、天下の形勢は風雲ようやく急を告げ、ついに九月十五日には関が原の大合戦となり、西軍に加担した廣通は丹後田辺城に細川幽斎を囲み、終戦を聞いて竹田城にひき返し、その進退に窮していた。ついに亀井武蔵守茲矩に誘われて鳥取城攻略を助け功を立てたのではあったが、すでに家康の方針はきまっていたのであろう。攻略に際して民家に火を放ったというかどで自刃を命ぜられ、数奇を極めた一生を終り、二百数十年続いた赤松家はここに断絶した。

赤松氏の死を惺窩が悲しんでいたことは、「惺窩先生行状」に「明年庚子（慶長五年：筆者注）、三成敗死す。是に赤松氏自殺す。先生甚だ慟す。(注13)」とあることによって知られる。また、「惺窩先生倭謌集　巻第五」には「悼赤松氏三十首(注14)」が載る。この三十首の中には、赤松廣通の文を見つつ、生前の姜沆や賀古宗隆との交友を思い起こしたもの、また、「歳暮」「元日」「小祥忌」「大祥忌」の詞書を持つものなどがあり、ある程度の期間に亘って詠まれた歌を後に編集したものと考えられる。その冒頭には、次のようにある。

赤松左兵衛佐廣通はゆかりあるぬしにて、もとよりしたしかりけるが、一とせ世の乱し時、亀井の何がししこぢごとにより、つみなくて切腹せしが、年比ひめをきし書物など形見にのこして、文いとねんごろにかきをく(羅本以上ノ序ナシ)りけるをみて、

かくばかり終りたゞしき筆のあとをみるかひもなくみだれてぞおもふ

神無月おもふもかなしゆふじものをくやつるぎのつかのまの身を

つるぎはのくだきてし身を鴛鳥のおしむかひなく我ぞなくなる

赤松氏切腹までの経緯は惺窩の耳にも入っていたことになる。この詞書の「亀井の何がししこぢごとにより、つみなくて切腹せし」という表現は、「論族歌」左注の「縁《ヨリテ》二淡海《ノ》三船讒《カシコヂコトニ》一　出雲守《ノモリヒト》　大伴《ノ》古慈《ク》斐《シ》宿祢《ヒノスクネ》解《トケリ》レ任《ヨサシヲ》」を踏まえているとは考えられないだろうか(注15)。

「悼赤松氏三十首」の冒頭三首のうち二首に「つるぎ」の語が用いられている。前者の「つるぎ」は「つか」を導き出す序として機能し、赤松氏が「つかのまの身」であったことを悲しむものである。後者の「つるぎ」は赤松氏が「身」を「くだきて」いたことを惜しむ序として機能し、その甲斐もなかったと嘆く。比喩する内容に異なりはあるものの、いずれも赤松氏の身を象徴するものとして「つるぎ」を用いている。特に後者は、鳥取城攻略に際して赤松氏が「身」を「くだきて」家康のために功を立てたにもかかわらず、その甲斐もなく讒言によって切腹に追いやられたことを惜しんだものと考えられる。惺窩は「つるぎ」を君主のために立てた武功を比喩するものとし

て用いているのである。(注16)

すると、「諭族歌」第二反歌「剣大刀いよよ磨ぐべし」の表現を長歌に取り込み、三種の神器の中でも特に「つるぎ」の反復によって「讒言を晴」らすための行動を強調したのは、赤松氏切腹という惺窩にとって重大な事件を反映してのことではないかと考えられてくる。憶測の域を出るものではないが、亀井氏の讒言によって傷ついた赤松氏の名誉の回復を願ったことから、臣下としての忠誠心と「讒言を晴」らすための行動とを強調して描く惺窩校正本「諭族歌」の形が出来上がったのではないだろうか。

おわりに

惺窩校正本「反惑歌」の目的が近世仏家を批難し、「令反惑情歌」に描かれる儒学思想をより具体的に改変して示すことで儒者としての所信表明を行うことにあるとするならば、「諭族歌」の目的は、「反惑歌」と二首対の形式にすることによって、左注にある作歌背景を身近に起きた出来事へと連想させ、赤松廣通の死を悼むものとして詠み直すことにあると考えられる。このように考えると、惺窩校正本の構想段階においてこの二首がまず選ばれたのは、いずれも藤原惺窩自身の境遇に深く関わるものとしてこの二首が存在したためであることが諒解されるのではないだろうか。

注

（1）当該本は現所蔵者不明であり、高野辰之氏『古文学踏査』（大岡山書店　一九三四年）に掲載された影印に拠るほかはない。しかし、この影印も四四六五歌の前半までしか掲載されていない。

（2）本書第六章に論じた。
（3）高野氏旧蔵紙背本には題詞中に⑤の日付、①のうち割注勘物部分が存在しない。これについては本書第六章に論じた。
（4）八雲軒本、白雲書庫本、天理本、および前田家一本巻十一以降で左注は割注形式になっている。これについては本書第五章および第六章で論じた。
（5）引用は『契沖全集　第七巻』（岩波書店　一九七四年）に拠り、濁点は私に補った。以下、『万葉代匠記』の引用はすべて同じ。
（6）引用は『復刻版荷田全集　第五巻』（名著普及会　一九九〇年）に拠った。
（7）引用は『賀茂真淵全集　巻六』（続群書類従完成会　一九八〇年）に拠った。
（8）引用は新日本古典文学大系に拠った。以下、『続日本紀』の引用はすべて同じ。
（9）左注と『続日本紀』との相違をどう説明するかについては、近世から現在まで様々に論じられている。川口常孝氏『大伴家持』（桜楓社　一九七六年）の第四章「華厳教学の確立と奈良政界」第五節「喩族歌と世間厭離の歌」（九四六頁～九八一頁）に諸説が整理されている。
（10）太田兵三郎氏『藤原惺窩集　上巻』（思文閣出版　一九四一年）の「惺窩先生文集　行状」（八頁）に記述がある。本書第五章に本文を掲出し、第六章に太田氏著書の「藤原惺窩略伝」を引いて論じた。
（11）高野氏旧蔵紙背本の書状面にも、藤原惺窩と賀古宗隆が赤松廣通と親交を結んでいた様子が書かれている。本書第六章にこの書状の一通を掲出した。
（12）阿部吉雄氏「藤原惺窩と赤松廣通」（『東京大学教養学部人文科学科紀要』第三〇号　一九六三年五月）（一九一頁）。また、当該阿部氏論文中の六「資料」（六）「因幡民談記」（1）「赤松左兵衛尉殿切腹附怨霊之事」（二〇三頁～二〇四頁）に次のように書かれている。

（亀井氏が：筆者注）赤松殿へ申さるゝは、上方にて御身上安堵の事随分繕ひ託言仕るべし。御内の近臣一両人相添らるべしと有りしかば、赤松殿は兎も角も頼入候とて、（原本此間欠字）と云ふ者両人相添て上ぼされける。

武蔵守上洛あつて、当国無事の由言上せられ、赤松加勢の儀共委細ニ申上られしに、鳥取表に於ての事情疾く已に上聞に達し、御機嫌更に宜ろしからず、「国中和平の儀を専とし、人民安堵する様に籌策を廻らすべきに城下を焼討にし、人民を損する事仕様悪し、」との上意なれば、「是は赤松が人数不慮の狼藉にて候」と、申上《（ママ）》けられしに、「偖は悪しき次第也。其の身の重科と云ひ其の上に於て此狼藉に及ぶ事、言語に絶たる事なり。早々に腹を切らせよ」と、頻りに立腹せられたれば、赤松は落人の事なれば、侘言せざるのみならず、悪様にのみ言為して、兎角身の難なき様にと執成したるにや。御赦免有るべき様子に非らず。

これによれば、亀井氏は赤松廣通の助命嘆願のために家康のもとに赴いたものの、鳥取城攻略の際に城下を焼討にしたとの情報を既に家康が得て不機嫌であったため、亀井氏は保身のために赤松氏の狼藉と讒言し、切腹に追いやったということになる。

(13) 引用は注10太田氏著書の「惺窩先生文集　行状」（八頁）に拠り、私に書き下し文に改めた。

(14) 引用は注10太田氏著書の「惺窩先生倭謌集　巻第五」（一三四頁）に拠り、濁点は私に付した。

(15) 「悼赤松氏三十首」の中には、次のような歌もある。

しるよしして侍りし磯辺といひし所は、海にもあらず、江にもあらで、名に聞ゆるにはたがひぬ、さらでだに偽りおほき世のふたおもてになん、ねぢけしたぐひはげにこの手がしはよりも茂りあひつゝ、時しもよきたよりありてやおもひけん、かゝる所のさまもなき名にたちし《て》波のさはぎに、人をおとしめしもあはれと聞物から、……さても世ははかなき物かな、かくばかりなさけなきむくひのほども、よせてはかへる波のなきならひとやはおもふ、

たちかへれをのれよせくる世を海の磯べともなき波のぬれぎぬ

ここからも、「偽りおほき世」の中で赤松氏が「おとしめ」られ、「なき名」を立てられたことに対し、惺窩がその名誉の回復を願っていたことが分かる。

(16) 万葉歌における「つるぎ」は、巻二十・四四六七歌や、

……ますらをの　心振り起し　剣大刀　腰に取り佩き　梓弓　靫取り負ひて……　（巻三・四七八・大伴家持）

……大伴と　佐伯の氏は……大君に　まつろふものと　言ひ継げる　言の官そ　梓弓　手に取り持ちて　剣大刀　腰に取り佩き　朝守り　夕の守りに　大君の　御門の守り……（巻十八・四〇九四・大伴家持）

のように、「ますらを」の象徴として描かれるもののほか、特に相聞歌において

剣大刀　名の惜しけくも　我はなし　君に逢はずて　年の経ぬれば（巻四・六一六・山口女王）

のように、「名」を惜しむことの枕詞とするもの、また、

……なびかひし　夫の命の　たたなづく　柔肌すらを　剣大刀　身に副へ寝ねば……（巻二・一九四・柿本人麻呂）

剣大刀　身に取り添ふと　夢に見つ　何の兆そも　君に逢はむため（巻四・六〇四・笠女郎）

のように、「つるぎ」「たち」が男の所持品の代表であることから、男に逢うことや、共寝を比喩するものとして用いられることも多い（万葉歌の引用は新編日本古典文学全集に拠り、巻四・六〇四歌頭注を参照した）。一方、中古以降は、「地獄絵につるぎのえだに人のつらぬかれたるを見てよめる」との詞書を持つ、

あさましやつるぎのえだのたわむまでこはなにの身のなれるなるらん（『金葉集』二度本・巻第十・雑部下・六四四・和泉式部）

など、地獄絵を題材に詠むものが増える。また、

いけ水にをしのつるぎはそばだててつまあらそひのけしきはげしも（『新撰和歌六帖』・第三帖・をし・九三四）

を本歌とし、「鴛鴦の妻争い」に関係して「つるぎ」が詠まれることも多い。近世中期以降の『万葉集』摂取による長歌以外に、「つるぎ」を臣下としての「ますらを」の象徴として描くものはほとんど見られず、この点で藤原惺窩の歌は特異である。

終　章　本書のまとめと研究の展望

一、本書のまとめ

本書では、後に国学と言われる実証的上代文学研究の基礎が築かれる近世初期の『万葉集』の受容の様相を明らかにするため、契沖が『万葉代匠記』を著す以前の地下歌壇における『万葉集』の継承のありようについて、北村季吟と藤原惺窩のそれぞれの『万葉集』研究を取り上げて検討してきた。

ここで改めて本書における各章の梗概を記しておきたい。

序章「『万葉拾穂抄』と惺窩校正本『万葉集』」では、北村季吟が刊本『万葉拾穂抄』（以下、『拾穂抄』）の執筆にあたり、寛永版本等当時の流布本『万葉集』ではなく、惺窩校正本と呼ばれる特殊な形態を持つ本を底本として用いていることを指摘し、刊本『拾穂抄』が如何なる基準で底本の本文を採否しているかについて論じた。平安期の和歌集の形態へと改変された惺窩校正本が、『万葉集』の初学者にとって学びやすく有益であるとの考えからこれを底本としたことが『拾穂抄』の総論から読み取れる。しかし、惺窩校正本にはそのような形態の改変だけでなく、仏教思想に関わる漢文序等が削除され、歌本文に他本にはない詞句が加えられるなど、内容に関わる改変も施されている。これら惺窩校正本に特有の本文に対しては、『拾穂抄』は「文意」「首尾」の整った伝本としてこれを尊重している。

するものの、和歌のことばとして不適切な部分は流布本系の『万葉集』によって改めている。『拾穂抄』における本文校訂は、「文意」「首尾」が整い、和歌として完成度の高い『万葉集』を作り上げることを目的としたものであったことが把握されるのである。

第一部は「北村季吟の『万葉集』研究」と題して四章を立て、従来、「彼の創見なり新説を求めることは出来ない」(注1)などと否定的に評価されてきた季吟の『万葉集』研究を再検討した。

第一章「『万葉拾穂抄』の著述態度について―定家説引用部分を中心に―」では、『拾穂抄』が尊重した藤原定家の説の引用箇所を分析し、仙覚に対する態度との比較から、その著述態度について論じた。まず、『拾穂抄』において「万時」と記され、特に尊重されている定家説が『万葉集長歌短歌説』に書かれた説であることを指摘し、これを引用する箇所を主たる分析対象とした。『拾穂抄』は仙覚の実証的な訓読の方法を尊重し継承しており、仙覚への批判は、伝統をないがしろにして自説をみだりに主張する傲慢な態度に対して向けられていることが明らかになった。一方、歌学の権威である定家については、訓読に際しての歌ことばの規範、和歌理解における規範、そして古典註釈態度の規範としていた。この態度は、『拾穂抄』の読者として想定されたのが、季吟の弟子を中心とする、すでに歌学の知識を持つ万葉初学者「童蒙初学の者」であったことに起因している。そして、『拾穂抄』を学び終え、さらに学ぶ意欲のある「就学の人」に対しては、別注した『万葉集秘訣』(以下、『秘訣』)に季吟の自説を用意していたのである。

第二章「『万葉拾穂抄』における「可随所好」について」では、『拾穂抄』の注釈部分において二十四箇所に存する「可随所好」等の言葉に着目した。この言葉は定家以来の二条派流古典解釈の方法を示すものだが、定家のそれと季吟のそれとは、同一の表現ながら時代背景を異にしており、その意味する内容も自ずと異なる。自らの属する「家」(御子左家)と他家(六条家)との相違という意識からこの術語を使用した定家とは異なり、季吟には配慮するべき「家」という存在はありえなかった。季吟は仙覚の訓読に対する尊重と、仙覚の和歌理解の浅さへの非難の共存した思いをこの術語で表したのであった。

第三章「『万葉拾穂抄』自筆稿本について―岩瀬文庫本の検討から―」では、西尾市岩瀬文庫所蔵の『拾穂抄』自筆稿本巻一と、刊行、流布した刊本『拾穂抄』巻一との本文の相違を検討し、その間の注釈態度の変化について論じた。季吟は自筆稿本巻一の執筆を始めてから刊本の浄書を始めるまでの一年半あまりの間に惺窩校正本を披見し、それが初学者に益するとの考えから、改めて惺窩校正本を底本として注釈し直したと推測される。実際の注釈内容の変化から、自筆稿本では仙覚の説を基とする専門的な内容であったものを、刊本においては中世歌学の権威である俊成、定家、また宗祇といった「古賢の例」を規範とする内容へと書き換えられていることが知られる。それは、季吟が刊本『拾穂抄』作成にあたって、歌学の知識を持つ万葉初学者への便宜を考えた結果と考えられる。

第四章「『万葉集秘訣』の意義」では、石川武美記念図書館に所蔵される『秘訣』について取り上げた。当該本は、『拾穂抄』において詳しく述べず、「口訣」「秘訣」とのみ記したものを、二十一項目で別注したものである。『拾穂抄』は「童蒙初学の者」に対し、『万葉集』の基礎知識、つまり表説を示したものであった。一方、『秘訣』は、『拾穂抄』をすでに学んだ者のうち、さらに学ぶ意欲のある「執学の人」に対して、文献的根拠を明示して万葉歌を独自に解釈した裏説であった。この二十一項目の多くは、仙覚に対する批判や、仙覚と異なる見解を述べるものである。仙覚の述べる「義」、つまり「歌の心」に納得できなかったものに対して、一首の「義」を「分明」にすることを目指した注釈なのである。『秘訣』ではこの二十一項目のうち、特に重要と見た「久米之若子」「弱女之惑」「玉勝間」の三項目を、「古今伝授三箇之大事」を模して「三箇之大事」と定めている。これら三項目はいずれも万葉歌に見られる「久米之若子」「弱女」「玉勝間」をそれぞれ一人の人物であると捉え、『日本書紀』等の史書の中に、それに当てはまる人物を見出せた例である。『秘訣』は、『万葉集』に書かれた事柄を歴史的事実として捉えることによって「義」を「分明」にすることを目指したものと考えられる。『秘訣』に書かれた解釈の中には、強引と言わざるを得ないものもある。しかし、季吟が二条派歌学の伝授思想の中に身を置きながらも、『秘訣』を著すにあたって丹念に資料にあたり、文献的証拠を示した上での立論を目指したことは、以後、国学と言われる実証的上代文学研究の先蹤として評価できるだろう。

以上、北村季吟は『万葉集』の注釈を成すにあたって先人に対する尊重と批判的態度、文献主義的態度を持ち、その上で、『拾穂抄』は万葉初学者を対象として二条派流古典解釈の方法を用いて基礎的知識を記し、さらに意欲ある「執学の人」を対象とした『秘訣』には文献を基にした自説を展開していたことが分かる。それは実証的研究というには未熟なものではあるが、少なくとも国学へと連なる実証的研究の萌芽が季吟の時点ですでに見られると言えるのではないだろうか。これまで、季吟は中世的万葉学の最後の人物、契沖は近世的万葉学の最初の人物として位置づけられてきた。しかし筆者は、季吟の研究と契沖の研究とは隔絶したものではないと考えている。季吟と契沖の方法論の共通性、差異性については今後の課題であるが、本書では国学へと続く近世の上代文学研究のさきがけをなすものとして季吟の研究を位置づけ直しておきたい。

第二部は「藤原惺窩と『万葉集』」と題し、惺窩校正本の現存諸本の相互関係と、その改変の意図について検討した。惺窩校正本は、刊本『拾穂抄』が底本としたことで知られるが、それ自体の研究は『校本万葉集　首巻』(注2)に書誌的紹介がなされて以来ほとんど進展が見られなかった。

第五章「惺窩校正本『万葉集』について―天理図書館所蔵「古活字本万葉集」の検討から―」では、惺窩校正本の形態について天理図書館所蔵「古活字本万葉集」書入（以下、天理本）を用いて検討した。惺窩校正本は平安期以来の勅撰集に準ずる形へと様式が改変されている他、巻五・八〇〇歌、巻二十・四四六五～四四六七歌群には儒学的な「人倫」思想――君臣・父子・夫婦・兄弟・朋友の「五教」――に基づいて歌本文に改変が加えられており、さらに巻五の漢文序等においては仏典に関わる箇所が削除されている。これは仏教思想を廃し、儒者として「人倫」を重んじた藤原惺窩が、自身の信条に基づいて改変を施したものと考えられる。諸大名への経書の講義を行っていた惺窩にとっては、『万葉集』もまた「人倫」を説くための資料であったのではないかと思われる。

第六章「惺窩校正本『万葉集』の成立—前田家一本・八雲軒本・白雲書庫本の比較から—」では、惺窩校正本の現存写本である前田家一本、八雲軒本、白雲書庫本の三本を取り上げ、惺窩校正本の成立過程について論じた。前田家一本は他の惺窩校正本に比べ仙覚本の形を留めていることから、写本三本の中で最も古い形であると推測される。前田家一本の段階ですでに題詞等の様式や歌本文への大幅な改変が施されているが、巻五の漢文序等の削除は行われていない。惺窩はまず前掲二歌群の歌本文を改変し、平安期の勅撰集の様式を用いた前田家一本の形の『万葉集』を作成し、これが成立した後も手元に残った手控え本を用いて仏典関係箇所を削除するなど改変を続け、その各段階において弟子たちの求めに応じて貸し出し、八雲軒本、白雲書庫本、そして天理本が成立したと考えられる。惺窩校正本の現存諸本は、一本の完成した原本を書写した兄弟関係にあるのではなく、原本の度々の改変の形跡をそれぞれに留めたものと考えられるのである。

第七章「惺窩校正本『万葉集』の底本と本文校訂」では、惺窩校正本が底本として用いた『万葉集』が、『万葉集』諸本系統のどこに位置するものかについて検討した。惺窩校正本の底本については、多く仙覚訓を採ることからこれまでにも仙覚本の一本であることが指摘されていたが、その校訂の実態については知られていなかった。ここでは、惺窩校正本の底本が近世初期に広く書写の行われた仙覚文永十年本ではなく、文永三年本に近いものであることを明らかにし、その校訂に際しては、底本に存在したイ本注記などの書入を用いて行っていたことを指摘した。一方、惺窩校正本には独自本文と見られる例も存在する。これは、訓に対応させるために漢字本文を独自の解釈によって変更したものと考えられる。惺窩校正本は客観的なテキストクリティックを目指したのではなく、『万葉集』を和歌集としてよりよいものにしようとする意味合いを強く持つように思われる。この本文校訂の態度は、『拾穂抄』における本文校訂の態度にも繋がるものである。

第八章「惺窩校正本「反惑歌」について」では、惺窩校正本において歌本文にまで大幅な改変が加えられている巻五・八〇〇歌に焦点をあて、惺窩校正本「反惑歌」がどのような作品として仕上がっているのかについて検討を加えた。歌本文の改変箇所については、挿入部分が室町期以降の語句の用法に基づいて付加されたものであることから、この部分の付加が室町期を遡るものではあり得ず、惺窩校正本が、第五章で推定したように藤原惺窩による独自の改変である可能性は一層高まった。そして序や歌本文の内容は、「人倫」という主題を前面に出し、「三徳五教」の説く「君臣」「父子（親子）」「夫婦」「兄弟（長幼）」「朋友」の関係性において為すべき行動規範を具体的かつ明確に示したものとなっており、仙覚本「令反惑情歌」と比較して、倫理的訓戒の色の一層強いものになっていた。『万葉集』を儒教倫理教化の手段とすることは、荷田春満にも見られるものである。（注3）さらに賀茂真淵に至ると、儒仏など外来思想を排除して日本古来の思想のみを抽出しようとする国学へと進む。仏教的要素を排除し、儒教的に『万葉集』を解釈しようとした惺窩校正本と、外来思想をすべて排除しようとする国学のあり方とは、表現の上での相違はあるものの、方向性に通底するものがあるように思われる。

第九章「惺窩校正本「諭族歌」について」では、「反惑歌」と同様に惺窩校正本において歌句に大幅な改変が施されている巻二十・四四六五〜四四六七「諭族歌」に焦点をあて、これがどのような作品として仕上がっているかを確認するとともに、当時の藤原惺窩の置かれた境遇を踏まえて、当該歌群構想の意味を探った。当該歌群は、仙覚本における左注を序化し、『万葉集』本文として存在させていた。これによって、「反惑歌」と二首対になるよう形式を合わせるのみならず、讒言によって同族の者、近しい者が無実の罪により罰せられたという作歌背景を、歌群にとって重要な要素として存在せしめている。また、歌本文については、「讒言を晴」らし「大伴の名」を回復すべきことを述べる一方、天皇と大伴氏との「君臣」の関係性をいっそう明確に示したものとなっている。この改変の意図は、「諭族歌」を同じく教諭形式で書かれた「反惑歌」と二首対にすることによって、惺窩自身の身近に起きた出来事へと連想させ、惺窩の庇護者であった赤松廣通の死を悼むものとして詠み直すことにあったと考えられる。

以上、第二部では惺窩校正本の特異性と、その成立過程について論じた。惺窩は多くの大名と交友があり、儒者として同時代に大きな影響を与え、その門下からは林羅山など幕府の要人となる人材も輩出した。林羅山は『万葉集』の活字化に大きく貢献した人物である。近世初期における『万葉集』、あるいは古典解釈に対する姿勢を把握する上で、惺窩校正本の存在は非常に大きなものであると言えよう。惺窩校正本は、『万葉集』写本としては確かに特異な存在ではあるが、その内容を精査すれば、惺窩の行った『万葉集』の校訂作業は、それに続く季吟、あるいは荷田春満、賀茂真淵ら国学者による『万葉集』研究の方法と重なる部分が多い。惺窩校正本は、近世の地下歌壇における『万葉集』の継承という流れの先頭に位置する存在と言えるのではないだろうか。

序章にも述べたが、近世初期は季吟・契沖から真淵・宣長へと続く国学の流れが始まりつつある一方、堂上歌人たちの間でも『万葉集』の書写、利用が盛んになる。智仁親王を中心とする宮廷文化サロンの中での『万葉集』の書写活動の普及はその一例である。季吟をはじめとする地下歌壇の『万葉集』研究と、堂上歌壇を中心とする『万葉集』の普及への動きは、ほぼ同時期に興ったものと言えるだろう。そしてそれは、それぞれが無関係のものではない。下冷泉家の出であり、後陽成天皇ほか堂上歌人たちと関わりのあった藤原惺窩の学問が、地下歌人である季吟の研究にも影響を与えたように、両者は互いに影響し合って一時代の流れを形作っているのである。

本書では、この近世初期における『万葉集』の受容、継承という大きな流れの中の、地下歌壇における『万葉集』研究に焦点をあて、北村季吟の『万葉集』研究と、刊本『拾穂抄』の底本となった惺窩校正本について取り上げた。今後は堂上歌壇における『万葉集』の書写、利用の様相についても検討し、それぞれの『万葉集』受容のありようを関連づけながら、この時期の古典理解の方法を総合的に把握する必要がある。

この時期の『万葉集』受容における大きな動きとして、古活字本『万葉集』の刊行ということがある。先に述べたように、これには惺窩門の林羅山が大きく関わっている。『万葉集』テキスト初の活字本である所謂活字無訓本は、林道春（羅山）校本を底本として成った。そしてこれは、本書第五章で取り上げた天理本のように、訓等を写本から書写するなど、書入本として利用される。このように、刊行された『万葉集』テキストの利用状況からも、『万葉集』の受容の様相は理解されるのである。

次に、筆者の研究の今後の展望について簡潔に述べておく。

二、研究の展望

1、陽明文庫所蔵「古活字本万葉集」書入の書誌的性格

公益財団法人陽明文庫（以下、陽明文庫）には、古活字本『万葉集』十冊（二十巻）すべてに墨、朱、緑、紫（巻一目録部分のみ黄）で書入が施された本が所蔵される（以下、「古活字本」）。「古活字本」は、慶長年間に刊行されたとされる所謂活字無訓本であり、それ自体は序跋、奥書、刊記等一切を欠いている。しかし、当該「古活字本」は巻二十に奥書の補写が見られる。また、書入は、その筆跡から近衛信尋《のぶひろ》・尚嗣《ひさつぐ》によるもののあることが知られ、書入時期は近世初期と推定される。その内容は、古活字の歌本文の左右に付された片仮名傍訓の他、「写本細注以下大略同」（「古活字本」では本文として書かれている文字が、校合本には割注になっていることを指摘する注記）等の校合本の体裁に関する書入、朱による考証注記が見られる。仙覚文永本系の写本では、仙覚以前の付訓を墨、仙

覚改訓箇所を紺青、そして仙覚が新たに訓を付した箇所を朱で書くのが常である。また、中院本系の本では、代赭または紫で禁裏御本との校合を記している。（注4）当該本の書入においても、基本的な訓の色分けはこれに従う（ただし、紺青の代わりに緑に近い色を用いている）。

当該「古活字本」巻二十に見られる補写奥書には、以下の六種が存する。

① 文永三（一二六六）年八月二十三日（紫にて文永二年九月十三日に訂正）仙覚奥書
② 応長元（一三一一）年十月二十五日寂印奥書
③ 文和二（一三五三）年八月二十五日成俊奥書
④ 永和元（一三七五）年十一月二十五日由阿奥書
⑤ 応永二十五（一四一八）年卯月上旬範政奥書
⑥ 和歌一首「かきよせてきよむとすれとよろつ葉のおつるはたえぬ松のした庵」

このうち、①〜③、④⑤がそれぞれ同筆であるが書写者は不明、⑥は尚嗣の筆である。①〜③は、仙覚文永十年本のうち寂印成俊本と言われる系統の本に存する奥書である（紫の書入部分は除く）。当該「古活字本」において、奥書①の末尾「文永三年歳次丙寅八月廿三日」の左に紫にて「文永二年歳次乙丑九月十三日」に訂正があるのは、校合本との校異を書き記したものと考えられる。④〜⑥は、今川範政が仙覚文永本を底本とし、仙覚寛元本を校合して作ったとされる所謂禁裏御本から出た奥書である。奥書②の末尾に「陰蘿芝代玉松之枝緒吹風赤土与路律《ママ》葉分野佐佐良之光波　桑門寂印在判」と歌の書き付けられていることを考えると、奥書⑤の後に添えられた和歌⑥もまた今川範政がその校合を終えた際に記したもの、つまり範政奥書の一部と考えられる。

『万葉集』巻二十にこの①〜⑥のすべての奥書を持つ本としては、他に中院本系に属する京都大学附属図書館所蔵曼朱院本『万葉集』（以下、京大本）がある。京大本は、奥書①の日付について、代赭にて「丙寅」を「乙丑」に、

「八」を「九」に、「廿」を「十」に訂正してあるが、「三」から「二」への訂正は見られない。これについて、『校本万葉集　首巻』には「歳次乙卯《マヽ》の年は文永二年であり、……すべて文永二年の奥書として妥当に覚えるから、日附のところの文永三年は見落して直さなかつたものであらう。[注5]」とある。京大本は、奥書①に相当する箇所の冒頭に代赭にて合点を記し、これが禁裏御本にも存したことを記している。当該「古活字本」書入の紫による奥書訂正も同様に禁裏御本に由来のものと考えて誤らないだろう。以上のことから、当該「古活字本」書入は、中院本系に近い本を校合本として成立したものと考えられる。

ところが、奥書⑤の範政の署名の下に、京大本を含む中院本諸本には花押の代わりに「判」と記してあるところ、当該「古活字本」補写奥書では校合本に存したと思われる花押をそのまま写している。このことから、当該「古活字本」の補写奥書④～⑥および紫による書入は、本来花押を持つべき原本である禁裏御本を直接書写したものである可能性が高い。少なくとも、中院本とは別の経路で禁裏御本との校異を書き入れたものであると言ってよい。

2、当該「古活字本」の発見による系統関係の見直し

『校本万葉集』以来、禁裏御本書入を持つ本の大部分を現存しない中院本原本と直属関係にあるものと推定し、それを中院本系統として分類してきた。現存する中院本周辺諸本の一部について、『校本万葉集　首巻』等を参考に従来の説に従って系統図を作成すると、**〔系統図1〕**のようになる。[注6]

〔系統図1〕

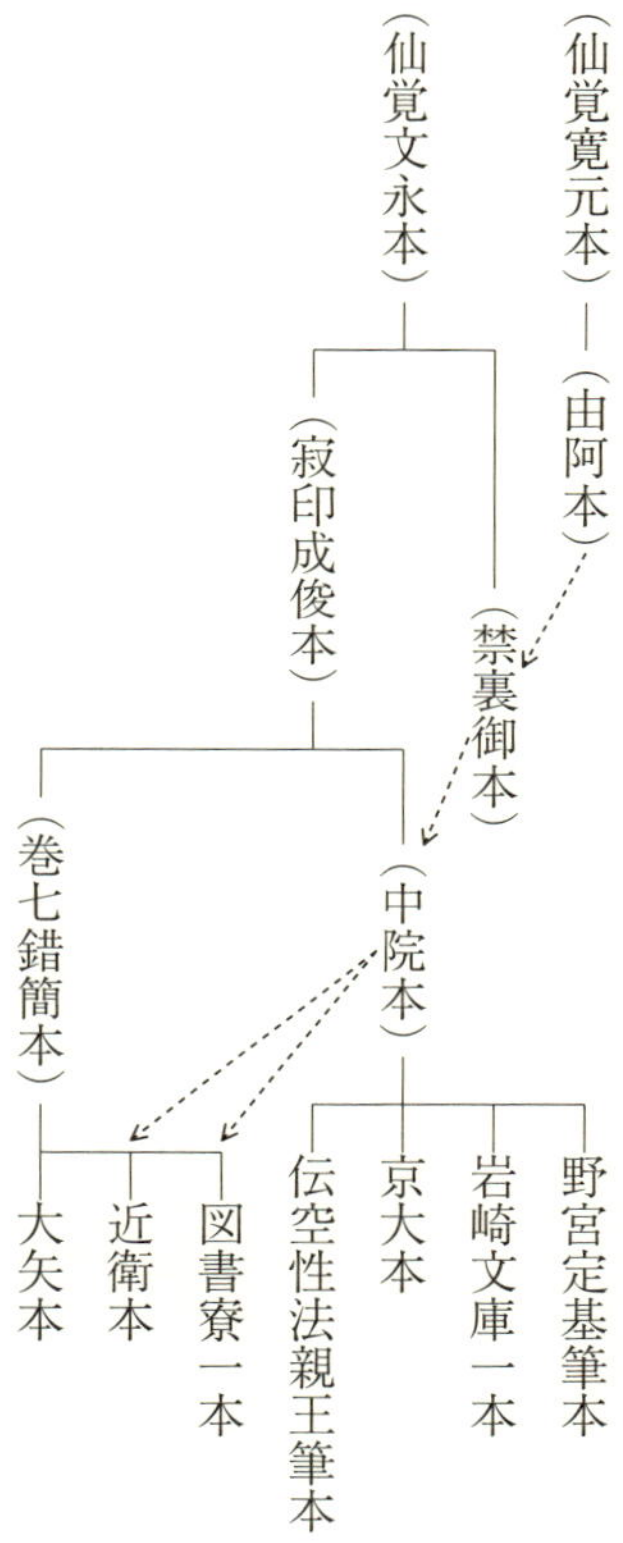

現存の禁裏御本書入本は、所謂中院本系統に属さない本も含め、すべて現存しない中院本原本を経由したものと考えられている。非中院本系の禁裏御本書入本としては図書寮一本（宮内庁書陵部所蔵）および近衛本（陽明文庫所蔵）が指摘されている。これら二本は巻七に錯簡が見られる他、中院本系統本とは訓等に若干の相違が見られる。近衛本は巻一の奥に禁裏御本奥書のあることが特徴で、禁裏御本の訓に関する書入はない。

図書寮一本、近衛本を含む大矢本系と言われる本の最も大きい特徴は、巻七に錯簡のあることである。「古活字本」自体に錯簡はないが、当該「古活字本」の巻七・一二〇八歌「妹尓恋……」の歌の下に、信尋筆と見られる「自此歌以下十五首粟嶋尓許枳将渡等ト云歌ノ奥ニ入」という書入がある。また、一二二三歌「綿之底……」の頭に、同じく信尋筆と見られる「写本妹尓恋ノ歌ヨリ以下十五首コ、ニ入」との書入がある。この記述から、当該「古活字本」の墨等による書入の校合本が巻七錯簡本であったことが知られる。当該「古活字本」は、巻七錯簡本と禁裏御本（または中院本以外の禁裏御本書入本）の二本を校合して成ったと推定される。

先に述べたように、従来、現存する禁裏御本書入本はすべて、中院本原本を経由していると考えられてきた。しかし〔系統図2〕に示したように、中世末期から近世初期の堂上の間で、寂印成俊本系の本を書写し、それを禁裏御本、もしくは中院本等の禁裏御本書入本によって校合するという作業が、これまで考えられていたより広く行われていた可能性を考えることができそうである。（注7）

〔系統図2〕

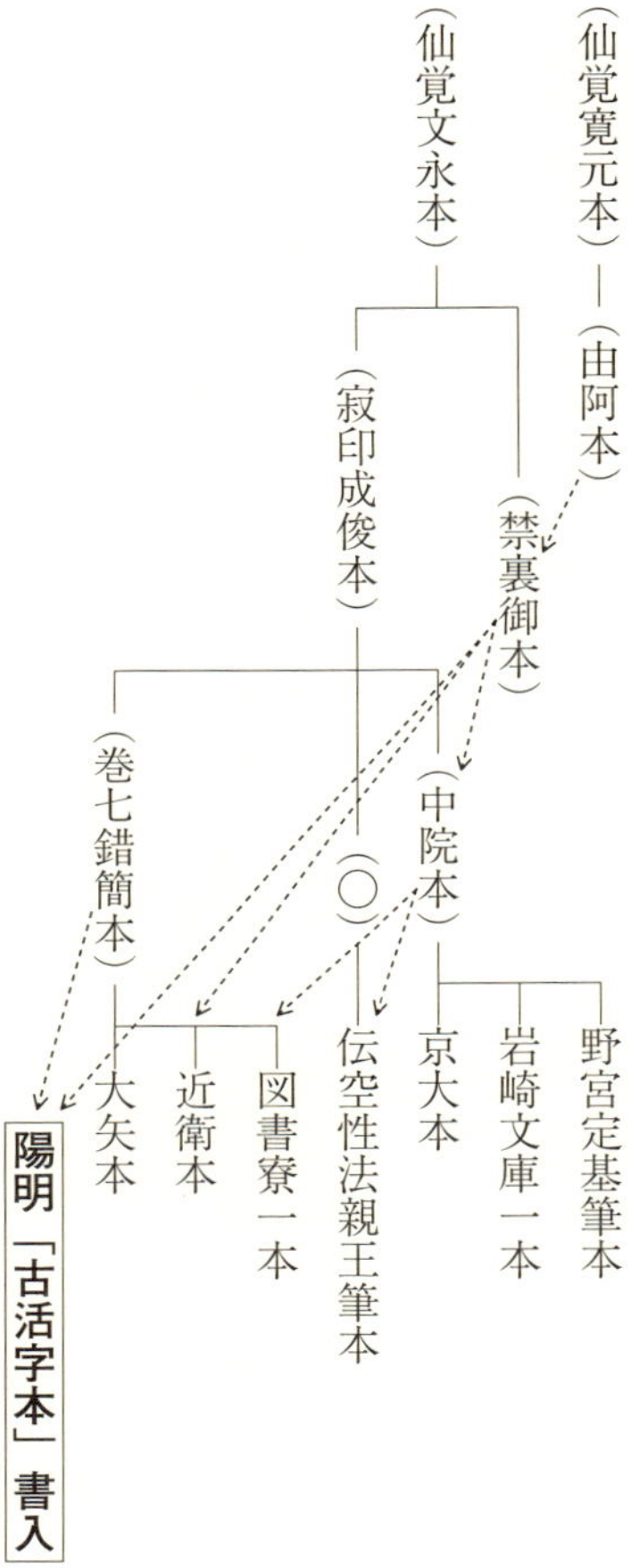

3、当該「古活字本」書入を調査する意義

当該「古活字本」書入の価値は、主として次の二点があげられる。一つ目に、近世初期における『万葉集』受容の一側面として、近衛家の当主が『万葉集』を研究した痕跡をうかがい知ることができる点である。もう一つは、『万葉集』写本の系統的研究の側面から、中院本とは別の経路で禁裏御本との校異を書き入れたものとして、禁裏御本、ひいては仙覚寛元本の復元のための資料となり得る点である。『万葉集』の受容史を考える上で、今後、こ

の双方の観点からの検討が必要である。

当該「古活字本」の紫による書入は、先に述べたように、禁裏御本を直接書写した可能性を持ち、それは現存本としては唯一のものである。禁裏御本を復元することの意義については、田中大士氏[注8]に詳しく論じられている。田中氏は、禁裏御本を書き入れたものとされる京大本代赭書入の調査から、京大本代赭書入に見える禁裏御本訓は神宮文庫本等現存する仙覚寛元本系の本には残らない、寛元本本来の姿をとどめたものであることを証明した。そして、「これらの訓を、仙覚寛元本の訓として分析することで、仙覚の校訂作業の過程が飛躍的に明らかになることは想像に難くない。[注9]」と禁裏御本訓解明の意義について説明する。

神宮文庫本は現存する仙覚寛元本系の代表とされるが、『校本万葉集　首巻』においてすでに「その（寛元本の：筆者注）純粋なるものではない[注10]」とされている。仙覚寛元本の奥書（京大本巻一禁裏御本奥書所引寛元本奥書）には、次のようにある。

　此等の如き道理に依りて、漢字の右に仮名付け了んぬ。他本の和に難有る歌の時は、墨を以て又字の左に之を点ず。其の和の間、言辞の道理と云ひ、符合せざるの所は、字の左に朱を以て愚点し了んぬ。[注11]

これによれば寛元本は、底本の訓を右に、難ある歌についてはイ訓を墨で左に、仙覚自身の訓は左に朱で書く、とある。しかし、神宮文庫本は仙覚訓を左に書く場合と右に書く場合とが巻によって異なり、寛元本的な巻と文永本的な巻とが混在しているのである。つまり、完全なる寛元本は現存していない。そこで、寛元本の姿をとどめた禁裏御本の復元が重要な課題となるのである。

一方、小川靖彦氏[注12]は禁裏御本の資料性について、「南北朝から江戸初期にかけての多岐に亘る『万葉集』の研究と享受を見通すための有力な手懸かりが、「禁裏御本」であろう。」と述べ、当時の一見多様な『万葉集』の注釈書、部類書、抄出書の訓が、禁裏御本に見られるような寛元本と文永本の両方の訓を持った本の書写、利用の結果によるものであるという。そして、「南北朝から江戸初期にかけての校合」が「文化の集積・統合を意図したものであったと思われる」と、当時の文化の集積・統合として禁裏御本の価値を認める。今後、なぜ近世初期という時代に禁裏御本という書物が尊重され、広く書写されたか、という視点を持つことの必要性を示したのである。

禁裏御本を中院本とは別の経路で校合した当該「古活字本」の禁裏御本訓を精査することにより、京大本代赭書入のみでは成しえなかった寛元本の復元を高い精度で行うことが可能になる。それと同時に、当該「古活字本」書入によって、近世初期の堂上における『万葉集』の書写活動の普及の一端を近衛家が担っていたことが知られる。当時の宮廷文化サロンにおける『万葉集』を通じた文化活動の広がりを把握することに繋がる資料と言えるのである。そうして今後、近世初期の堂上歌壇における『万葉集』の書写、利用の実態を明らかにし、この時代の『万葉集』という書物の文化的広がりについて総合的に検討する必要がある。

注

（1）野村貴次氏『北村季吟の人と仕事』（新典社　一九七七年）の第二章「仕事」第四節「『万葉拾穂抄』」一「この書物の大略」（三六〇頁）。

（2）『校本万葉集　首巻』（岩波文庫　一九三一年）の「万葉集諸本解説」第三部「類聚、仮字書、抄出、改定に係る諸本」第四種「改定本」（二〇五頁〜二〇六頁）、および「万葉集諸本系統の研究」第三章「万葉集諸本各説」第三節「類聚、仮字書、抄出、改定に係る諸本」（三五五頁〜三五七頁）。

（3）城﨑陽子氏『近世国学と万葉集研究』（おうふう　二〇〇九年）の第三章「荷田春満の万葉集研究・円熟期」第六節「荷田春満の「神祇道学」とその継承」二「春満の「神祇道学」」（一四五頁〜一五四頁）。

（4）仙覚文永本における訓の色分けについては、西本願寺本等仙覚文永本巻一の文永三年仙覚奥書に書かれている。また、禁裏御本訓については、注2『校本万葉集　首巻』の「万葉集諸本解説」第一部「古写本および古刊本」第二種

「訓を漢字の傍に附せる諸本」第十四類「中院本（寂印成俊本の二）」（一四四頁～一五六頁）および「万葉集諸本系統の研究」第三章「万葉集諸本各説」第二節「訓を漢字の傍に附せる諸本」第三項「仙覚文永本」第十三「京都帝国大学本およびその類本（寂印成俊本の二、中院本）」（三三八頁～三四四頁）を参照した。

(5) 注2『校本万葉集　首巻』の「万葉集諸本系統の研究」第三章「万葉集諸本各説」第二節「訓を漢字の傍に附せる諸本」第三項「仙覚文永本」第十三「京都帝国大学本およびその類本（寂印成俊本の二、中院本）」（三四一頁）。

(6) 本の名称は注2『校本万葉集』に従う。（　）書きの本は現存しないことを表し、矢印は校合関係を表す。

(7) 本章の「二、研究の展望」における以上の内容は、拙稿「陽明文庫所蔵「古活字本万葉集」について―校合関係に関する調査を基に―」（『万葉』二〇八号　二〇一一年三月）に論じた内容をまとめたものである。

(8) 田中大士氏「万葉集京大本代赭書き入れの性格―仙覚寛元本の原形態―」（『国語国文』第八一巻第八号　二〇一二年八月）。

(9) 注8田中氏論文（一四頁）。

(10) 注2『校本万葉集　首巻』の「万葉集諸本系統の研究」第三章「万葉集諸本各説」第二節「訓を漢字の傍に附せる諸本」第二項「仙覚寛元本」第九「神宮文庫本およびその類本」（三二三頁）。

(11) 万葉集叢書第八輯『仙覚全集』（臨川書店　一九七二年）の翻刻をもとに私に書き下し文に改めた。

(12) 小川靖彦氏『万葉学史の研究』（おうふう　二〇〇七年）の終章「万葉学史の研究の課題」一「今後の研究課題」（五六一頁～五六二頁）。

資料篇　岩瀬文庫本『万葉拾穂抄』翻刻

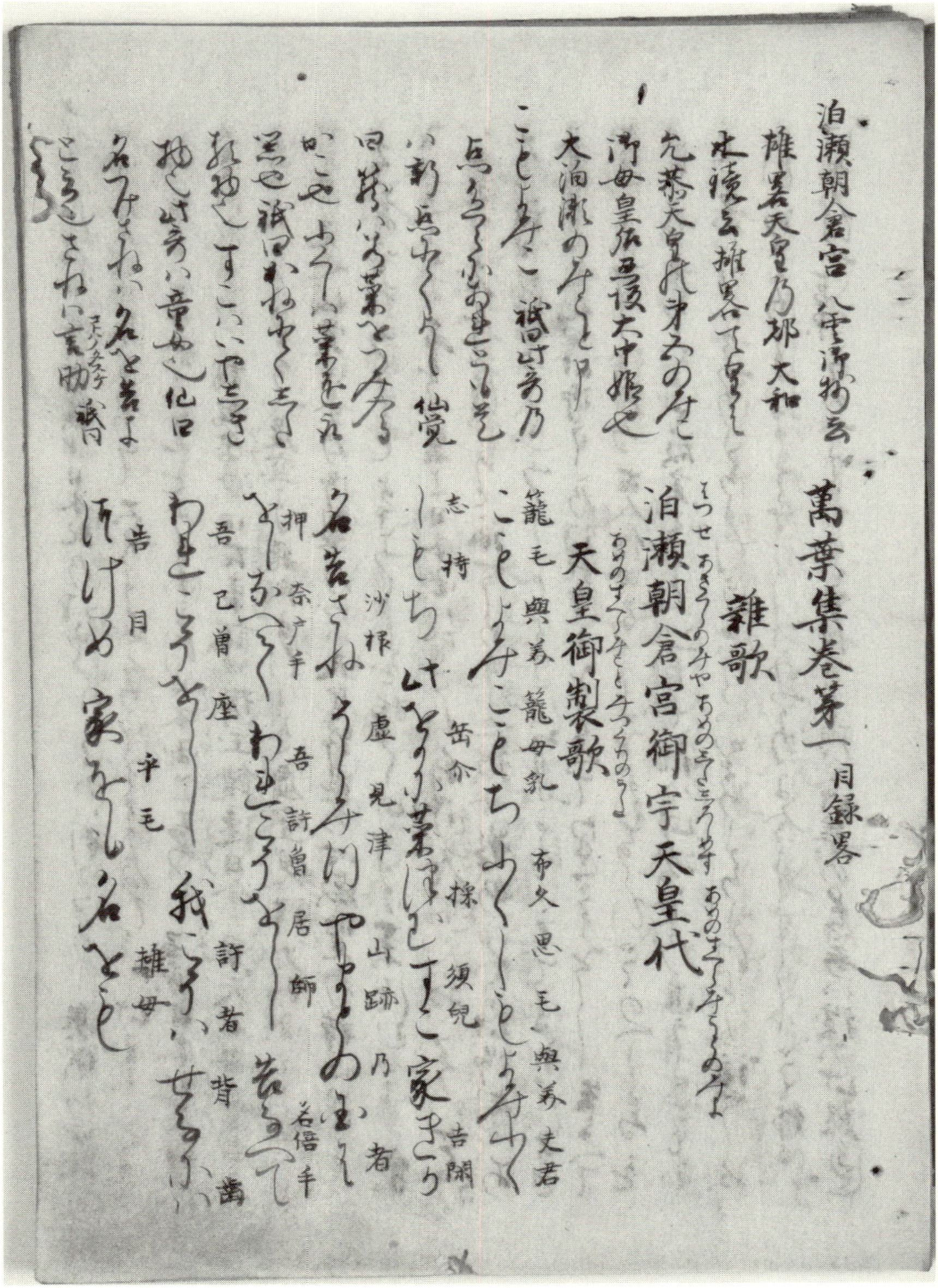

図10　岩瀬文庫本『万葉拾穂抄』巻一・16丁表

いづこにかふなはてすらん
ふなはてはふね乃泊をいふ
かくもいへり 仙覺云
乃埼は三河国 こぎたみ
ゆきしはこぎめぐりゆ
きし也 棚なし小舟とは
ちいさき舟には棚なき
ゆへ也 見安船泊舟ヲ泊云
ながらふる流ゆく風
仙覺ながらふる事こそ
よるの衣を論じて
なげる事をいく風也
きみがわが背乃きみも
我ひとりねんといふ云
かぜてよめる也 日本紀
曰吾夫君《アナタセ》此云阿我儺勢《アガナセ》

何所《いづこにか》船泊《ふなはて》爲《すらん》安礼《あれ》の埼
榜多味行之《こぎたみゆきし》棚無《たなゝし》小舟《をふね》
右一首高市連《タケチノムラジ》黒人《クロヒト》
譽謝《ヨサノ》女王作歌
流經《ながらふる》妻《つま》吹《ふく》風の寒《さむき》夜《よ》に
吾《わが》せの君《きみ》は獨《ひとり》か宿《ねん》
長皇子御歌 一品長親王天武天皇皇子
暮相而朝面無美隱介加氣長《よひにあひてあしたおもなみかくれにかけながき》
妹之廬利爲里計武《いもがいほりせりけん》
舍人娘子《ヲトメ》從駕《オホミトモ》作歌

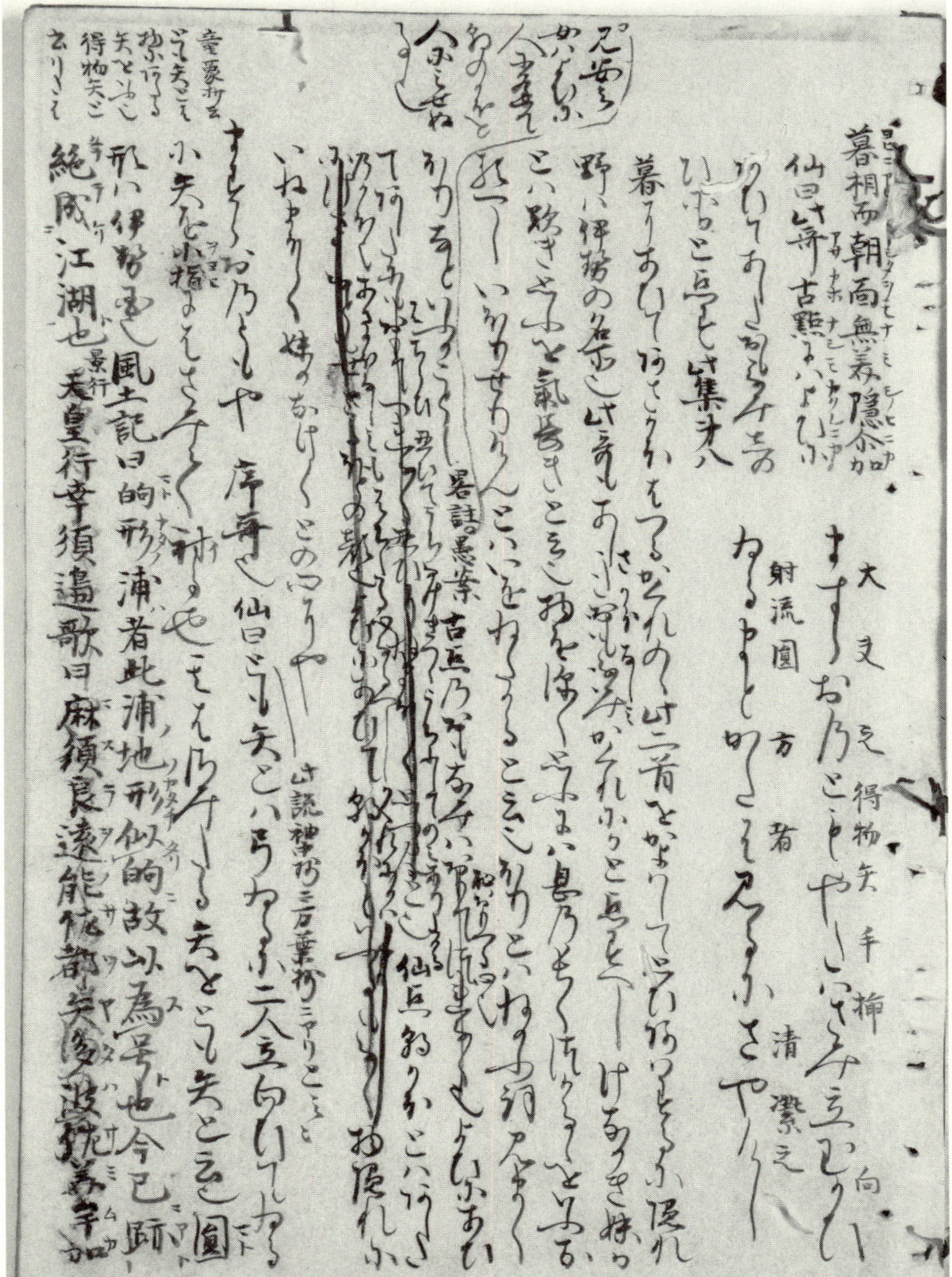

図11　岩瀬文庫本『万葉拾穂抄』巻一・43丁裏〜44丁表

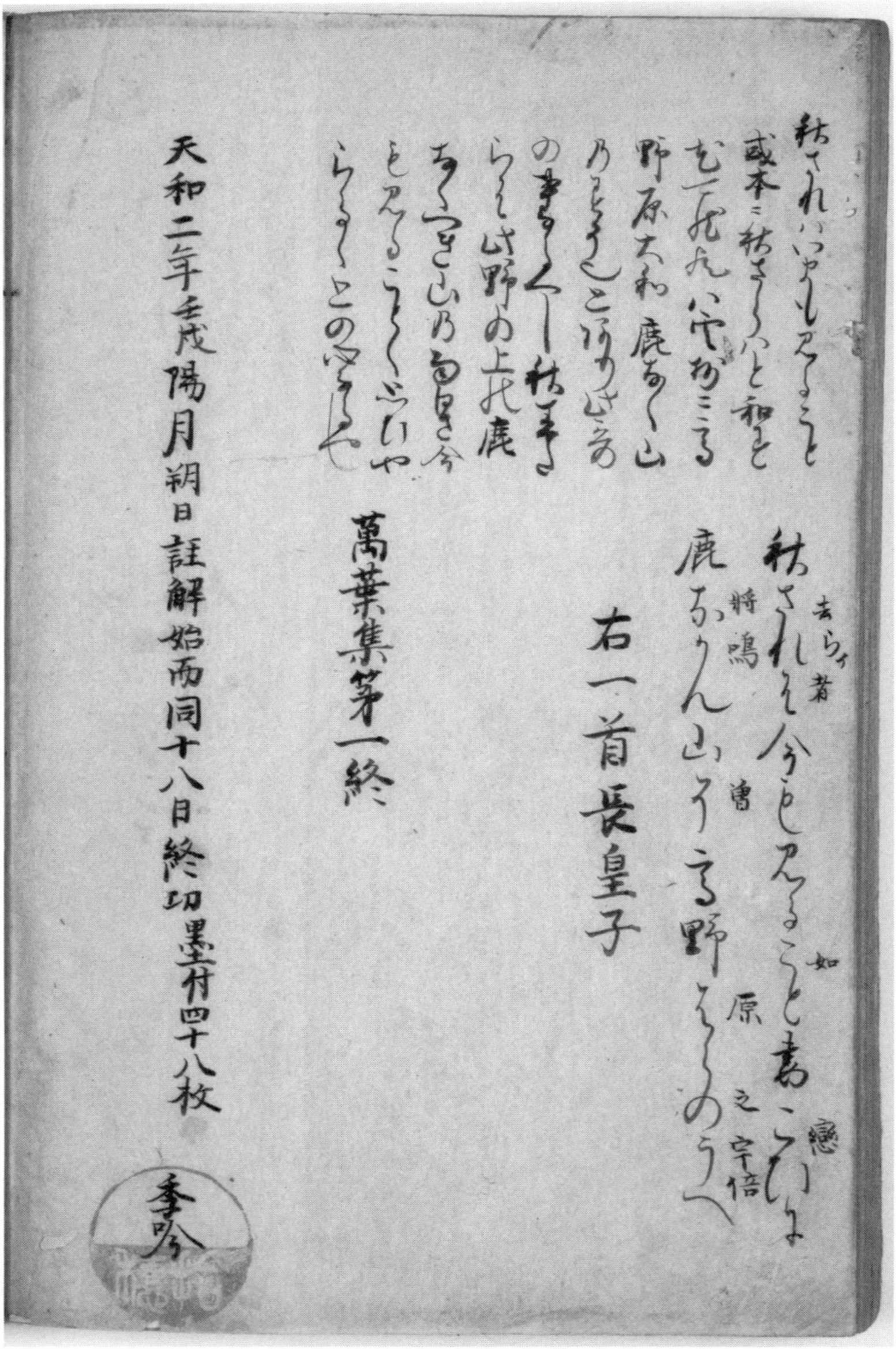
右一首長皇子

萬葉集第一終

天和二年壬戌陽月朔日註解始而同十八日終功墨付四十八枚

図12　岩瀬文庫本『万葉拾穂抄』巻一・50丁裏

〔凡例〕

一、翻刻は西尾市岩瀬文庫所蔵の『万葉集拾穂抄』（貴110−121）に拠った。

一、翻刻の用字は、以下の要領に従った。

・翻刻は原本の表記に従うことを原則とし、明らかな誤字のある箇所もそのまま翻刻した。

・漢字字体は原則として通行の字体とし、「ヿ」「〆」等はそれぞれ「コト」「シテ」等に統一した。

・仮名遣い、清濁は原本の通りとするが、濁点符は通行の形に統一し、不濁点符は漢字の右肩に「°」を付した。

一つの文字に濁点符と不濁点符が同時に付されている場合（「か゚」）は、以下のように示した。

（例）さか°《が》る両点也。

・句読点は私に付し、漢文部分の連合符は省略した。

一、書式構成については、以下の要領に従った。

・原本の頭注形式を改め、『万葉集』本文部分（題詞・歌本文・左注等）の左側に該当する注釈本文を掲げ、その注釈本文中の当該歌句・題詞等の引用部分を「◇」と「―」ではさみ見出しとして明示した。ただし、見出し句を注釈本文の一部とする場合は「―」を示さない。改行については原本の体裁には必ずしも従わない。

・丁数は『万葉集』本文部分と注釈本文の各々に付したが、本書の書式構成上、一部、注釈本文の欄外書入に関して正確な丁数表記がかなわなかった所があるため、原本を確認されたい。

・歌本文は句ごとにスペースを設け、その頭には旧国歌大観番号を付した。

（例）

反歌

004 たまきはる《玉刻春》 内のおほ野に 馬なめて《〔ムマ〕数而》 あさ《朝》ふますらん その草ふけ《深》野」18オ 」18ウ＊

◇反歌―八雲云、常の……長歌に読し心をかへさ」18ウうして……

＊18ウには『万葉集』本文部分が存在しないことを示す。

・イ訓のある場合は、以下のように該当する歌句の下に小字で記した。

（例）さ《雖》きく《幸》あれ《有》と古来風体さちはあれと

一、本文への加筆訂正等は、以下の要領に従った。

・原本に虫損等があり、推定される文字を補う場合は、以下のように記した。

（例）古は内のおほのといへり。

・ミセケチ、墨消、擦消等のある場合、該当箇所を〈　〉として記した。

・抹消した箇所等に新たな書入のある場合、該当箇所を〔　〕として記した。

・欄外への書入のある場合、注釈本文の該当箇所に［　］として記した。

・貼紙による書入のある場合、注釈本文の該当箇所に【　】として記した。

・欄外への書入にミセケチがある場合や、欄外への貼紙による書入がある場合は、約物を重ねて示した。

（例）〈［見安、……うつくしき也云々。］〉　［【祇曰、別て程へぬれは……よめるうた歟。】］

・朱の書入のある場合、約物をゴチック体にして示した。

（例）新古今**【夏】**、百人一首、……　**【玉葉秋下】**童蒙抄云、……　霞たつ〔立〕……

・濁点のみ朱筆の場合は、以下のように示した。

（例）いま《今》はこ〔゛〕きこな

一、前に原本の図版を適宜抜粋して掲げた。本書は本文への加筆訂正が多くあるため、その様子をうかがう参考にされたい。

巻一翻刻

古人有レ言《ヘルコト》 本朝《ノ》之於レ歌如《シ》二中華《ノ》之詩《ノ》一也。造《イタシテ》二 端《ヲ》於陰陽神《ノ》之唱《ヘニ》一而始《ル》二於素盞《ノ》之咏《ニ》一。其《ノ》後難波津明石浦《ノ》之春花朝霧相継《テ》而発起《ス》。橘《ノ》諸兄《カ》之万葉集紀貫《カ》之之古今集尓《シカウシテヨリ》 以来《タ》諸家《ノ》之集車載斗量也。昔人又《タ》以為《ク》万葉集《ハ》似二古詩《ニ》一古今集《ハ》似《タリト》二 唐詩《ニ》一。故《ニ》前《ニ》所謂本」1オ 朝《ノ》之歌中華《ノ》之詩可《シ》二併《セ》按《シツ》一矣。蓋万葉集《ノ》之一書家々《ノ》之註解簡編為《ナス》レ堆《ヲ》弃《ナルカナ》 哉。季吟具《ヲヨフマテ》レ明《ニ》廃《シ》レ寝昊《ヲタクルマテヒ》 レ晷忘《ル》レ餐《ヲ》。捜二求之《ヲ》一撰二択之一露抄雪纂手録《シテ》 以《テ》畢《フ》レ事《ヲ》。名《テ》謂二拾穂抄一。積《テ》三十巻豈特為《ニタヽタルノミナラン》二 自家《ノ》之敝帚十襲《ノ》之珍一乎《ヤ》。乃《チ》知《ヌ》盛《ニ》行《ンコトヲ》二 于世《ニ》一矣。冀《クハ》 良玉《ノ》之遇二卞嬌〈室〉〔宝〕剣《ノ》之得《ンコトヲ》二 雷煥二。」1ウ 可謂此書《ノ》之捷径《ナリト》 矣。一日懐《シ》二其《ノ》巻一来《テ》乞《フ》レ序《センコトヲ》 レ之《レニ》。噫《ア、》吾老《タリ》 矣。且《ツ》汎漂《ノ》之単恵公事家私徒《ニ》廃二筆硯一如二久《ク》不《ルノ》レ吹《カ》寒竿《ヲ》一。況又《タ》此《ノ》書不《ルヲヤ》 レ遑二審覧《ニ》一乎。屢乞《テ》不レ止至二于再一至二于三一故《ニ》忘《テ》二其《ノ》固陋《ヲ》一而以《テ》弁《ラシム》二 其《ノ》巻端《ニ》一。其《ノ》大旨大用今不レ贅《セ》二序内《ニ》一。恐《クハ》 有レ毀《リ》二于其《ノ》後《ニ》一。旹貞享丁卯季夏日 小」2オ 盧主人信処武静書於長春院

印判アリ」2ウ

万葉集二十巻

歌員　八雲御抄曰、四千三百十五首、長歌二百五十此内也。但万葉有両説。奥五十首或無。

袋草子曰、四千三百十三首、此中長歌二百五十九首。但本々不同。難用定数。

此集はならのみかとの御時、左大臣橘諸兄公勅をうけ給りて撰ひ給へり。中納言家持も相続て撰ひをはれり。是俊成卿の古来風体、定家卿抄、清輔袋草子、仙覚由阿等の諸抄の義也。ならの帝と申にとりて文武天皇と申、聖武天皇と申す両説まち〳〵難決に」3オ つきてまつ此集におゐては聖武と決定し侍るに諸抄文証道理あきらけし。古人説。

古来風体曰、ならのみや、聖武天皇の御時になん橘の諸兄の大臣と申人勅を承りて万葉集を撰此抄俊成卿自筆為相卿奏覧のよし詞林采葉に註す。八雲御抄にも俊。成卿の作云々後鳥羽院の百首を召れしとき、定家卿于時権少将彼人数にもれたるに俊成卿愁の訴状を進せられしにも、ならの東大寺の大仏つくらせまし〳〵て後、聖武天皇の御時万葉を撰れて候と云々詞林采葉。京極中納言入道定家卿抄曰、時代の事、近代の歌」3ウ 仙等おほく喧嘩相論の事等有といへと粗集の載る所をうか丶ふに第十七巻より当時出来る歌を註し付るに似たり。事《コトノ》体《テイ》見《ミユメリ》レ集《ニ》。天平二年より二十年に至る。第十八巻は天平二十年三月廿三日より同勝宝二年正月二日《二月十一日カ本ノマヽ》に至る。第十九は同年三月一日より同五年正月廿五日に至る。第廿は同五年八《五イ》月より天平宝字三年正月一日に至る。凡和漢の書籍多く注し載る所を以其時代の書とす。何そ本集の見る所を抛《ナケウツ》て徒に他集《古今歟》の序の詞を勘むや。頗其いはれなきに似たり拾芥集に在。」4オ 慥なる説なし。世継物語に云、万葉集は高野の御時諸兄大臣これをうけ給はると云々。但件の集、橘の大臣薨の丶ちのうたおほく書之。家持卿の注する所に似たり。尤以不当なり拾芥に有。徹書記物語に定家卿の。自筆の万時有と云々

【愚案拾芥抄の説は定家卿の万時にか丶せ給へるおもむき也。文体所々略してかけり。其心はへ万葉集は孝謙

天皇の宝字二三年の撰集にて平城天皇の御ときにはあらすとの心に聞え侍にや。】

袋草子曰、此集聖武の撰歟。其故は彼帝の御時和歌興るよし古今の序にあり。随てよく和歌を作らしむと云々。

愚案古今序云、かくつたはるうちにもならの御時よりそひろまりにける。彼御よや歌の心をしろしめしたりけん。

同草子曰、皇代記云天平《聖武》元年正月十四日奏諸歌云々。［由阿曰、此則万葉之監觴也。］但彼集のことくは天平勝宝二三八年の歌等載之。」4ウ 若《モシ》孝謙の時に太上皇の撰歟如《シ》二金葉幷詞花集《ノ》一。

同草子曰、世継物語《栄花物語也》のことくは万葉集は高野の御時に諸兄大臣奉《ウケ玉ハテ》レ之《ヲ》撰《ス》云々。高野は孝謙也。然者愚意にかなふ。孝謙の時太上天皇撰註する所歟。

　猶仙覚抄、詞林采葉等に聖武に決する証説委。

或説曰、古今序曰、平城天子詔侍臣令撰万葉集。自尓以来時歴十代数過百年。しかれは此集は大同天子の撰なるへし。平城天皇より延喜の帝十代、大同より延喜五年まて百年といふにあひかなへりといへり。非也。其故は彼序にて平城天子をならのみかとゝ読り。」5オ ならのみかとゝは元明、聖武、大同天子をも申へきにとりて大同は平安城にて位につかせ給ひて御在位四年にておりゐのゝち奈良にはおはしけれは、うちまかせてならの朝とは申かたし。聖武をならのみかとゝ申すことは続日本紀、公卿補任、尾張備中筑前等の風土記なとにも見えたり仙覚由阿等抄に有。但於古今者有子細大同天子は山陵に付て只平城天皇と申すはかり也。又古今序かのならのみかとの御時人丸ありて歌のひしりなりしよし見ゆるに、人丸、大同の朝まてなからふましきむね袋草子に人丸勘文明白なり。且又撰者諸兄公は孝謙の天平宝字元年」5ウ 正月六日に薨。家持卿は桓武の延暦二年に中納言に任し同五《四イ》年十《八》月五日に卒す。二人ともに大同の朝に及はす。又此集に入し歌の作者の官位、家持をはしめて大中臣清麿、藤原八束改真楯、大納言家嗣なとも皆大同より已前の公卿なるに此集には極官をかゝす。聖武孝謙の比の浅官をしるせり。是大同の朝の撰集ならさるしるし也。其外大同の朝の集なるまじき故あまた有て、袋草子、仙覚抄、詞林采葉等にことはりたれと文しけく煩はしけれはしるさす。彼古今序の時歴十代数過百年といへるは文筆の習ひ若は過、若は減、」6オ 皆大数の儀を存して余数をすてゝ十代をとる歟。同序に云、こゝに古き事をもしり歌をもしれる人わつかに二人みたりなりといひてあくる所は六人也。又ちうたはたまきといへとも実は千九十九首也。かくのこときの事は文花に付て必しも定数を称せさる歟と袋草子に論せられしを仙覚由阿も用ひ侍り。

此集撰者諸兄公と家持卿とに決する事

仙覚抄云、万葉集奥書云、天平勝宝五年左大臣橘諸兄撰《ス》二万葉集《ヲ》一云々。何可《ソヘキ》レ不《サル》レ用《モチヒ》レ所《ヲ》レ註《スルヤ》乎。就《ク》レ中《ニ》第十九巻に少納言大伴家持歌、しら雪のふりしく山をこえゆかん」6ウ 君をそもとないきのおに思ふ、左大臣尾をかへていきのおにするといへり。家持猶喩《サトシテ》曰如レ前誦レ之也。これ左大臣撰者なる間甘心せさる句におゐて換之。しかるを家持あひともに撰者たるによりてまへのことく誦之由を喩せる歟。両人撰者の故此評判にをよへり。第廿巻云、右八首昔年訪《ノ》人歌諸君抄写 贈《シテヲクル》二兵部少輔大伴宿祢家持《ニ》一云々。かくのことくの見所あるによりて両人相共に撰者たりといふと云々。或は山上憶良の撰といひ或は藤原真楯の撰なと異説あり。何も不用仙覚抄略註。詞林采葉同。

撰者之伝」7オ

左大臣橘諸兄は敏達天皇より六世贈従二位美奴王の子、始は葛城王といへり。和銅元年十一月廿五日の御宴に聖武天皇忠誠の至を誉て浮杯の橘を賜ふ。勅《シテ》曰橘者《ハ》果子《ノ》之長上人《ノ》所レ好《ム》柯《エタハ》凌《シノイテ》二霜雪《ヲ》一而繁茂《シ》葉《ハ》経《テ》二寒暑《ヲ》一而不《ス》レ彫《シホマ》。与《ト》二珠玉一共《トモニ》競《キソヒ》レ光《ヲ》交《テ》二金銀《ニ》一以逾レ美《ヲ》。是以汝姓《カ》者賜《タマフ》二橘宿祢《ヲ》一也此時有二御製一、則入二此集一。如此の勅を承りて終に天平八年十一月丙戌従三位葛城王上表して壬辰に橘宿祢を給ふ。同十五年五月授二従一位一拝《ス》二左大臣《ニ》一。天平勝宝元年三月橘諸兄公を正一位に叙するよし続日本紀に委。

中納言大伴宿祢家持は大納言安麿の孫、大納言旅人の子。延暦二年七月十九日中納言に任し、三年二月持節征東将軍に任公卿補任。并此集委

此集題号之事」7ウ

仙覚曰、此集を万葉となつくるはよろつのことのはの儀也。詩賦は漢家の文花、歌は我朝の風俗也。毛詩序心にあるを志といひ言にあらはるゝを詩といふ。うたも亦しか也。されは古今序にやまとうたは人の心をたねとしてよろつのことの葉とそなれりけるとかけるも此心也。又曰、古今より以来代々の撰集みな和歌集とかくに万葉集には和歌の両字なきもよろつのことのはといへるはすなはち和歌なれは也略注。

〔愚案万葉といふ字は劉禹錫秋風《ノ》賦《ニ》曰、百虫迎《ムカヘ》レ暮《ヲ》兮万葉吟《ス》レ秋《ニ》。〕

万葉集点和

天暦のみかとの御とき、広幡の女御のすゝめ申さ」8オせ給ひけるによりて源順、大中臣能宣、清原元輔、坂上望城、紀時文謂之梨壺五人にみことのりして昭陽舎梨壺におゐて和点をくはへしめ給ふ。これを古点といへり。其後、法成

寺関白道長公上東門院にまいらせられんとて漢字の外に仮名のうた別にか丶しめ給ふ藤原家経書之。其外に大江佐国《スケクニ》、藤原孝言《タカトキ》、権中納言匡房《マサ》、源国信《サネ》、源師頼、藤原基俊等をの〳〵点をくはへらる。これを次点といへり。又権律師仙覚点をくはふるを新点といふ。此新点を　後嵯峨院御宇に献二上《スニ》仙洞一。仙覚奏状略曰《ニ》、去《ヌル》寛元四年夏比《ノ》抄二出《シテ》諸本無点歌《ノ》長歌旋頭合百五十二首一《ヲ》、七月十」8ウ四日終《ツインシテ》以加二推点一《ヲ》畢。所レ点《スル》有《ハ》レ誤者弃置《キチ》何有《ソン》レ恨、所レ点無《クハ》レ誤者採用何無《ソン》レ許《ユルサレコヒネカハクハ》。羨　達《シテ》二天聴一《ニ》欲《ス》レ遂二地望一《ヲ》。其理叶《ハ》者勿《レ》レ嫌《コト》二桑門下智之僧徒一《ヲ》。其事若宜《クハ》者勿《レ》レ賤《ムコト》柳城辺地《ノ》之凡侶一《ヲ》。匹夫言《ノコトハ》　聖人《イ》択《エラフコトハ》レ之《ヲ》蓋《シ》此謂《ノイヒカ》歟。為《メニ》レ散《ンカ》二余熱《ヲ》於万葉之古風一《ニ》只加《フ》二数点《ヲ》於一身《ノ》之底露一《ニ》。採用難レ知、任《ス》二浮沈《ヲ》於竜池之水一《ニ》。叡賞不レ弁、待二許容《ヲ》於鳳闕《ノ》之雲一《ニ》而已。

此状　天聴に達するによりて叡感ありて万葉得業のよし院宣を下し給ふ。続古今集にめしくはへらる云々詞林采葉。

愚案新点尤規模なから又歌書に古より用来れる詞有て改難き事おほし。可為用捨者歟。

仙覚所調之新点本者」9オ

正二位前大納言征夷大将軍頼経光明峯寺殿息御本

松殿入道殿下基房御本帥中納言伊房手跡

光明峯寺前摂政左大臣家道家公後京極殿息御本

鎌倉右大臣家実朝公御本

六条修理大夫経盛刑部卿忠盛息本彼本者以二条院御本書之経盛自筆

左京大夫顕輔正三位修理大夫顕季息本

右大弁光俊入道真観按察中納言光親息本基長中納言書

已上七本をもて校合せしめ、古点次点は以墨点之、新点は朱をもて点《ス》レ之《ヲ》。所調本云、文永元年十月廿五日依中務卿親王家仰令献上訖詞林采葉にあり。万葉。第一の奥書之略也」9ウ

万葉集書様

詞林采葉曰、当集四種の書やうあり。一には真名仮名、二には正字、三には仮字《カリ》、四には義読。これを開きて七種とす。中におゐて真名仮名は古語を勘るにあきらかなる博士なり。次に正字におゐて通正字あり、別正字あり。通正字とは雪月花　春霞　秋風等也。別正字とは霍公鳥《ホトヽキス》郭公　芽子《ハキ》萩　黄葉《モミチ》紅葉也。次に仮字におゐて全仮字あり、半仮字あり。全仮字とは川津《カハツ》蝦　日倉足《ヒクラシ》蜩　垣津旗《カキツハタ》杜若　朝貌《アサカホ》槿等也。半仮字とは乳鳥《チトリ》千鳥　秋津羽《アキツハ》蜻蛉羽　打背貝《ウツセカイ》空背貝。義読におゐて全義読、半義読あり。全義読とは」10オ　春鳥《ウクヒス》鶯　三五夜《モチツキ》望月　水鳥《ウ》鵜　丸雪《アラレ》霰　小沼《イケ》池　東細布《ヨコクモ》横雲　留鳥《アミ》網　不行《ヨト》淀　風流《ヨシ》由　日月《ホト》　火気《ケフリ》　多集《スタク》　無用《イタツラ》徒　潔身《ミソキ》　入風《スキマ》　恋水《ナミタ》　左右《トニカクニ》　礒廻《アサリ》　求食《アサリ》　喚鶏羊《ツヽシ》　蹄《ツ》母准《ヽシ》　八十一《クヽ》　追馬《ソ》喚犬《マ》　馬声《イ》蜂音《ブ》石花《セ》　遑羅縷。半義読とは金風《アキカセ》　白風《アキカセ》同　商風《アキカセ》同　若月《ミカツキ》　鴨頭草《ツキクサ》　若児《ミトリコ》　楽々《サヽ》浪《ナミ》　神楽《サヽ》浪《ナミ》同　朝烏《アサヒ》　細竹《シノ》　風流士《タハレヲ》　喚犬《マ》追馬《ソ》鏡《カヽミ》　暮三伏《ツ》一向《ク》夜《ヨ》ユウツクヨ。如此七種のかきやうひろく一部にかうふらしめあまねく古来にわたる者也。しけきによりて略《スル》レ之《ヲ》。

愚案万葉集におゐて仙覚由阿委き者とみゆ。但其説におゐては故実を沙汰せすしてみたりに自見をなせりと」10ウ見ゆる所々すくなからす。且又出所来歴とてかき出し中に不審なきにしもあらす。よく正しあきらめすして両法師の詞を証拠とし用侍らはあやまりを伝る事おほかるへし。先師逍遊軒貞徳若きより八旬余歳までに万葉集を抄出せん

心たえすして諸本をあつめ諸抄を求めて吟翫せられしに、学者に講習のいとま予をめして申さるゝやう、彼御堂殿の上東門院へまいらせられしかなの万葉集見出る事ありやと多年心にかけたりといへといまた見出す。わつかに敦隆の類聚万葉を得たり。此本かなに書て真名をかたはらに書そへられし。同しくは全部如此あらまほし」11オ けれと眼病堪かたくて今にこゝろさしをとけす。筆受仕らは思ひ立なん。其次手に諸抄を勘へて註解をもすへしと予に語らひて二年はかりのほとに第一第二の巻出来たりし。されと終に事ならすして身まかりぬ。其草案のさま予か胸臆にのこれりしも卅年前のことなれは忘却のみなから猶先師の遺意をむなしくせしと斗に筆を染侍し。彼仙覚由阿か説の中に故実にたかへりし所のましはれるはとるにたらすといへと亦此説を捨ては手舞足踏たつきあるましけれは先師も是をもととし、宗祇の抄とて五巻侍る其義を祖述し、又万葉」11ウ 難義一名万葉見安といふ物あり。詞の注解こまやかなるを撰ひ用ひられ侍し。此度も偏に其体にならひて他本を合せかうかへつゝかなにかき真名をかたはらに書そへ、或は類聚万葉の和点を用ひ、亦範兼卿の童蒙抄、清輔の奥儀抄、顕昭の袖中抄、八雲御抄等の中に此集の注義ある所々をとり用ひ其和点をもましへしるしてもはら初学のたすけとし、其外日本紀、続日本紀、和名類聚等にも此集のたよりとなるへき所あるを勘へあつめて万葉拾穂抄と名付侍し。彼仙覚由阿等の抄に日本紀、風土記を証拠としてやすみしるといへる古点をやすみしゝと改め、なりたつを」12オ にきたつとよみ、あちさけをうまさかとよみしたくひの所々をも古より和歌によみ詞にもかきて先達の用ひきたれる名目は今更改めかたかるへきによりて其まゝ古点を用ひ、或は新古両点をもならへしるし侍し。まして仙覚由阿みつから了簡して古点をあらため其義をかへたる所々はたゝ古人の歌によみきたれるにまかせて、一向に用ひさる事ともおほく侍し。これも往しをとかむる罪はのかれぬわさなから、かつは故実をたてかつは後学のまよひを晴しめんとなり。是亦先師の遺意なれはやむにもよしなき物なるへし。」12ウ

此集古人の用捨少々

基俊の悦目抄云、歌をよまんとおもはゝ、此道をふかくすへし。万葉集より初めて三代集を見心得て古き詞によりて其心を作るへし。いはゝよき詞もなくわろき詞もなし。只つゝけからに善悪はある也。万葉の詞なれはとてこはくあしからんをはよむへからす。古今によめはとて散そめてたき、わひしらに、へらなといへる詞はよむへきにあらすといへり。

八雲御抄にも此詞あるには万葉集にあれはとてよしゑやし、はしけやしなといひ、古今によめれはとてと云々。」13オ

定家卿庭訓抄云、万葉集はけに世もあかり人の心もまして今の世には学ふとも及ふへからす。但稽古年かさなり風骨よみ定りてのちは又万葉のやうを存せさらん好士は無下の事とそ覚え侍る。稽古のゝちよむへきにとりて心あるへきにや。すへてよむましき姿詞侍る也。よむましき詞といふはあまりに俗にちかく又おそろしけなるたくひを申へし。よろしくそれは今更不レ及ニ定申《スニ》一。此したにて御了簡候へ。

為家卿八雲口伝云、万葉集の歌なとの中にうつくしかりぬへき事のなひやかにもくたりてよき詞わろき詞のましりて」13ウ聞にくきをやさしくしなしたるはめつらしき風情聞ゆ。

八雲御抄云順徳院御抄、稽古といふは天竺震旦の事をみるにもあらす。只古き歌の心をよく〳〵見るへし。才学といふは万葉集、古今より外いつる事なし。

長明無明抄云、清輔朝臣、晴の歌よまんとては大事はいかにも古集を見てこそといひて万葉集をかへすかへす見られ侍し。

阿仏房口伝云、御法のしるへは聖教世に猶と、まりて候。歌のしるへは万葉集、古今、猶あとと、まりけり。

俊成卿古来風体云、万葉集の歌はよく心を得て」14オ とりても読へき事とそ古き人申をきたる也。

千五百番歌合俊成卿判詞云、猶中古の歌は万葉の心にをよひかたかるへし。仍以左為レ勝誰をけふまつとはなしにの歌判。

同歌合判云、大かたは万葉集にもおかしきやうなる事をとりて詠なりとこそ古き物も申侍れ。こせの春野しゐてこひねかふへきにはあらさるにや季能卿駒なへての歌。

六百番歌合俊成卿判詞云、左命にむかふや万葉集なとに侍るめれと殊に不《サル》レ可《ラ》二庶《ソ》幾《キス》一よし云々。猶あまたあり。

二条大閤愚問賢注云、頓阿云、本歌をとる事万葉の歌を古今にもとりたれとも昔はまれに見ゆ。正治建仁の比」14ウ よりさかりになれり。

八雲御抄云、万葉の歌なとをは本歌とるやうとしもなくすこしをかへてよめるもおほし。人ことは夏の、草のしけくとも妹と我としたつさはりなはといふ歌をとりてことは夏の、しけくともとよめり。足引の山橘の色に出て我恋なんをやめんかたなしといふを山橘の色にいつなと、れり下略。

同御抄云、すへて末代の人いまは歌の詞もよみ尽しさのみあたらしくよき事は有かたけれは、只よは〳〵とある歌はよろつの人にかはりたる所もなきを、上」15オ 手のけちめあらんとておそろしき万葉集の詞古歌とりなとして前をはらふは必よくよめりとおもはねと、すこしけちめあらんとする也悦目抄の詞なり。

愚問賢註云、天地をうこかし鬼神を感せしむるも文花をかさり風情をもとむへしと覚えたり。しかあれは万葉の古語も三代集の艶言もひろく学ひて俗言俗態をさるへき也。

猶此たくひあけてしるしかたし。」15ウ

万葉集巻第一目録略

雑歌

泊瀬《はつせ》朝倉宮御宇天皇代《あさくらのみやあめのしたしろしめすあめのすへらみことのみよ》

天皇御製歌《あめのすへらみことみつくりのうた》

001

こも《籠毛》　よみこもち《与美籠母乳》　ふくしも《布久思毛》　よみふくしもち《与美夫君志持》　此をか《岳》に《尓》　菜つむ《採》すこ《須児》　家きか《吉閑》　名告さね《沙根》　そらみつ《虚見津》
やまとの《山跡乃》国は《者》　をしなへて《押奈戸手》　われこそをらし《吾許曽居師》　告なへて《名倍手》　われこそをらし《吾己曽座》　我こそは《許者》　せ《背》なには《歯》つけ《告》め《目》　家
をも《乎毛》名をも《雄母》」16オ」16ウ

◇泊瀬朝倉宮―八雲御抄云、雄略天皇の都、大和。水鏡云、雄略天皇は允恭天皇の第五のみこ。御母皇后忍坂大中姫也。大泊瀬のみこと申。
◇こもよみこ―祇曰、此歌の点色々にあれとも是は新点にてよし。仙覚曰、籠は若菜をつみ入るかこ也。ふくしは菜を取器也。祇曰、かねにてしたる物也。すこはいやしき物也。此歌は童女也。仙曰、名つけさねは名を告よ

と云也。さねは言助《コトハノタスケ》祇同。」16オ

◇そらみつやまととは、祇曰、日本紀の詞にて、こゝには別に心なし。奥儀抄曰、饒速日命《ニキハヤヒノミコト》乃天乃磐船《アマノイハフネ》にのりて大宮にめくりいたるに及ひて此国を見てあまくたります故に是をそらにみつ日本《ヤマ》国《トノクニ》となつく。愚案日本紀三神武天皇の紀にあり。詞林采葉曰、古事記曰、櫛玉饒速日命《クシタマニキハヤヒノ》乗《ノリテ》二天石舟《ノイハフネニ》一葦原の国を見めくり給ふ。虚空《ソラ》に飛翔《トヒカケリ》給ひしを虚空《ソラ》見津《ミツ》大和国と申也云々。せなは夫也。仙覚曰、今の御製の心は天皇野遊の時叡覧《エイラン》の体也。籠も、よき籠を持、ふくしも、よきふくしを持て、此をかに菜つむ女子か家をきかしめよ、名をも告よ、日本国は皆これ我御《ミ》座《マシ》所也、我こそはせなには家をも名をもつけめと詠せしめ給ふ也。彼女艶妙《ウルハシクタヘナル》ゆへに此御製ある歟。祇曰、籠もよく、ふくしもよきはおもふもの、もてるほとによきと見ゆる也。仙曰、此御うたの詞の中に、をしなへてわれこそをらし告なへてわれこそをらしの句、古人伝曰、なかうたをよむならひと、のへたる句をよめるをもちて其故実とすといへり。されは此次下の御うたともにも、くにはらはけふりたちたつうなはらはかまめたちたつとも詠せしめ給ひ、あさかりにいまたゝすらしゆふかりに今たゝすらしとも侍るは此習ひ也。愚案とゝのへたる句とは重ねたる詞也。此集の長歌は誠に此類多し。」16ウ後代にはあなかちにかゝはらさるにや。古今より以下の集其儀なし。此歌、我こそはせなにはつけめとは、我をこそはせなにはして家をも名をも告めと也。夫には何事をもつゝます語告る物なれは也。家きか名つけさねの首尾也。

高市岡本宮御宇《たけちをかもとのみやあめのしたしろしめす》　天皇代　息長足《おきなかたらしひ》日広額《ひろぬかの》　天皇

天皇登《のほりて》二香《か》具《く》山《やまに》一望《のそみ給ふ》レ国《を》之時御製《のみつくり》歌

002
やまとには《山常庭》　村山有《あれ》《あり》と《等》　とりよろふ《取与呂布》　あまのかく山《天香具》　のほりたち《騰立》　国見をすれは《乎為者》　国はらは《原波》　煙立籠《たちたつ》八雲こめ【竜イ】
うなはらは《海原波》　かまめたちたつ《加万目立多都》　おもしろき《怜可》　国そあきつしま《曽蜻島》　やまとのくには《八間跡能国者》」17オ

◇高市崗本宮―八雲抄曰、大和飛鳥也。舒明云々。

◇息長足日広額―すなはち舒明の御名也。水鏡曰、敏達《ビダツ》天皇の御子に彦人大兄《ヒコヒトノヲホエ》と申し皇子の御子也。御母糠手姫《ヌカテヒメ》。

◇やまとにはむら山有と―祇点ありと八雲抄同、仙点はあれと、義は同。祇曰、大和にはくた〳〵しく村々なる山おほき国也。

◇とりよろふ―詞林采葉曰、」17オ曰とりよる也云々。天乃香具山二条家かく山清。冷泉家濁て読。大和風土記曰、天上有《ニ》レ山、分《レテ》而堕《ヲチテ》レ地《ニ》一片《ハリ》為二伊予国《ノ》天山《ノアマト》一一片《ハ》為二大和国《ノ》之香山《ト》一。日本紀二香山此云《ニ》二介遇夜摩《カクヤマト》一。［一説とりよろふはとりこめたる也云々。如何。］

◇国見をすれは―祇曰、彼山にて遥に国をのそみてあそはしけるさま也。国はらとは只惣国のひろきさま也。それに民の戸の煙立たるさま也。海原は大和より海のみゆへきならねと日本のあるしにてまします間、海内も心の内にして鷗は海にある物なれは煙なとに対して読給へる也。眺望の心も侍にや。面白き国も其心たるにや。又国栄たるも君の御心さも侍へし。［国見、高きに上りて遠く国の有さまをみる事也。］

◇あきつしまやまと―例の重ね詞也。日本紀二神武天皇卅一年四月天皇巡幸　望《シテ》二地勢《テノヲ》一曰国形《クノカタチ》　如二蜻蛉《シトアキツムシノ》一。因《テ》レ是有《ニリ》二秋津《アキツ》島之名《シマノナ》一云々。此御歌の心は和州にはむら〳〵に山あれと中にも今取よるかく山に国中を見めくらし給へは国広く民家栄へて朝夕の煙絶す。海原には鷗立遊ひなと面白くたのしき大和国にてありとなるへし。八雲御抄に此歌万葉集なかうたの中には詞つゝきよき也と云々。

003

天皇遊《カリシ玉フ》二猟内野《ウチノニ》一之時中皇 命《トキナカウシノミコトシテ》使《シムル》下間人 連 老《ハシヒトノムラシヲヒ》一献《タテマツラ》上 歌《ニ》幷短歌」17ウ

やすみしる《八隅知之》　わかおほきみの《我大王》　あしたには《朝》　とりなてたまひ《取撫賜》　夕には　いよせたてゝし《伊縁立》　みとらしの《御執》　あつ《梓》さの弓の　なかはすの《奈加弭》　音すなり《為》　あさかりに《朝猟》　今たゝすらし《立》　ゆふかりに《暮猟》　いまたゝすらし《今立》　みとらしの《御執》　あつさの弓の《梓》　なかはすの《弭》　をとすなり

◇天皇―是も舒明なるへし。

◇内野―仙覚曰、大和国宇知郡の野也祇同。」17ウ

◇やすみしる―八隅知之。古点はやすみしる也。八雲抄、帝王のしたにもやすみしると有。新古今後京極殿の序にも、今はやすみしる名をのかれてと有。此集にても古点の如く可読歟。［定家卿はやすみしりしと和給。俊成卿古来風体にはやすみしると有。此両卿の説の外用ましくこそ。］仙覚由阿等は八隅知之をやすみしるとよめは之の字和せられす。やすみしゝと読へし云々。然共之の字はよまてよむ事文法例有。其外此集に此間をこゝとよみ、此集三に何物をなにと読たくひ也。八隅は八嶋の儀と仙覚説さもあるへし。又仙覚由阿やすみしゝと点する故は、日本紀十一同十四にやすみしゝと云詞あれは也。風土記巻向日《ニマキモクノヒ》代宮《シロノミヤ》大八洲照臨《テラス》」18オ 天皇之《アメスヘラキノ》世大倭《ミヨヲホヤマトシ》志紀弥豆垣《キミツカキノクニ》国大八島国所知天皇《ノクニシロシメスアメスヘロキノミカト》朝庭なといへる心と同略注。此点可随所好。

◇とりなて給ひ―仙覚曰、弓のはすを也。いよせたてゝしは、いは発語の詞也。

◇みとらし―仙曰、御弓也。又みたらしともいふ。ととたと五音通。弓をたらしといふは、天竺の多羅葉、其たけ

七尺五寸、弓のたけも亦七尺五寸也。故に是を多羅子と云也。なかはすといふは物によりてはすを付るに矢若は張殿のしゐし等のはすは中をえりてうらうへのはしにつく。弓のはすは中に付る物なれは中はすといふ。又はずはなづといふ同言也。同韻相通する也。弓は兵《ツハモノ》殊にかき撫る物なれは朝には取なて給ひと詠する也。

[祇曰、御たらしの梓の弓はかさなる詞なり。]

◇中はすのをとす也―仙曰、弓の絃はすとはすうらはすにかけてはりたれは、つるうちの音も妙なれは中はすのをとす也といふ也。広韻《ニ》曰、釈名《ニ》曰、弓其末《ヲ》曰《フ》レ簫《ハス》《ト》。又謂《イフ》二之《ヲ》弭《ハス》一《ト》。以レ骨為《ツクル》レ之《ヲ》。滑《ナメラカ也》　弭《ハ》弭也。中央《ヲ》曰レ弣《ト》。弣《ハ》撫也。又所《ロ》二撫持一也以上仙抄。愚案此御製《うた》の心は八洲の国をしろしめしける我大君のとりなてよせたて朝夕もてあそひ給ふ御弓のはすの音妙なり、いま朝夕の遊猟にも此弓をしたてはなたせ給ふはすのをと妙也と重てほめ奉る心なるへし。彼字書《ジショ》にも弓は撫する事あれは也。[或説に長弭也。うらはすの事也。うらはすは長くつくれは長はすといふ也。然共古来中はすと用来也。]

反歌

004　たまきはる《玉刻春》　内のおほ野に　馬《〔ムマ〕》なめて《数而》　あさ《朝》ふますらん　その草ふけ《深》野」18オ」18ウ

◇反歌―八雲云、常の卅一字かへしうたと云。師説長歌に読し心をかへさ」18ウうしてよめる心也。此集なかうたの跡に幷に短歌といへる是也猶委云。奥儀抄

◇たまきはるうちのおほ野―仙覚曰、うちといふは内裏也。玉きはるとは厳麗きはまるといふ詞也。是内といはんためによそへよめる詞也。仁徳天皇の武内大臣に給ふ御歌もたまきはるうちのあそとよませ給へる此意也。又

曰、常の釈には魂《タマシイ》きはまる儀、臨終のよしを釈す。まことにたまきはる命なとよめる歌にはしかるへし。但如此事は詞は同しけれとも下の心かはる事おほし。それを言惣意別《ゴンソウイヘツ》と云也。此歌はたましゐきはまる儀ならはいかてか天皇遊猟のとき〈いかてか〉さる禁忌の詞を詠進すへきや以上仙覚抄。宗祇同。詞林采葉云、玉極ル内裏と云也。荘厳極ると云也。玉楼金殿の心也。一には黄帝蚩尤《シユウ》を涿鹿《タクロク》の野《ヤ》にて討《ウチ》、眼を毬打の玉にして打事をたまき春うつと云也袖中抄同。愚案馬なへては駒を並《ナラ》へて也。草ふけ野は草深き野也。天皇の御猟に供奉の人々駒をのりならへて朝に草ふみ分るさま也。内の大野は内野をいふなるへし。目安云、あさふますらんとは朝狩に鳥をふみたつる也云々。遊猟の時なれは此説可然歟。〔祇曰、うちの大野とは大和国宇智郡の野也。今は内野といへり。古は内のおほのといへり。玉きはるうちのおほのはまくら詞也。〕」19オ

005

幸《いてます》二讃岐《さぬきの》国安益郡《あやのこほりに》一之時軍王《ときいくさのおほき》見レ山作《をつくれる》歌」19オ

霞たつ〔立〕　なかき〔長〕春日の　くれ《晩》にける　わつきもしらす《和豆肝》　むらきもの《村肝》　心をいたみ《痛》　ぬえこ鳥《奴要子》　うらなきをれ《卜歎居》〔フレイ〕
は〔者〕　たまたすき〔珠手次〕　かけ《懸》のよろしく〔宜久〕　とをつかみ《遠神》　わかおほきみ《吾大王》の　みゆき《行幸》の〔能〕　山こし《越》の風の　独をる《座》〔居イ〕　我衣
手に　朝夕に　かへらひ《還比》ぬれは　ますらお《大夫》と　思へる〔念在〕我も　草枕　たひ《客》にしあれは〔有者〕　思ひやる《遣》　たつき〔鶴寸〕
〈も〉〔を〕〔乎《ヲ》イ白土〕しらに　あみの浦《網之》の　あまをとめらか《海処女等》　やくしほ《焼塩》の　おもひ〔念〕そやくる《所焼》　わか〔吾〕下こゝろ《情》

◇わつきもしらす―仙覚曰、侘しきもしらす也。〔目安、たつきもしらす也云々。〕

◇むらきもの―村肝。仙覚曰、余事を忘て一向《ヒタスラ》思ひ歎《ナケ》く其肝《キモ》むねの間にこれる《凝》也。詞林采葉曰、思ひ切《セツ》なる時は肝寸《スン》々に切ると云。

◇ぬえこ鳥―仙曰、ぬえ鳥のうらなきをれはとはしたなくを云也。愚案和名曰、唐韻云鵼《コウ》漢語抄云沼江怪鳥也。海篇鵺音也。
うらは助語也。
◇たまたすきかけの―仙云、玉たすきは懸る物なれはかけのといはん」19ウとて也。愚案懸《カケ》の宜《ヨロシ》くは懸て宜くと幸《ミユキ》を云詞也。
◇とをつかみ吾大君―仙曰、天皇を神といへる也。神といへるは万をかゝみ給ふ儀也。明王は天下の諸の高きいやしき者をかゝみ給ひ古をも今をもかゝみ給ふ事百練鏡のことく明らかにましませは遠神わかおほきみのとはいへるなり。
◇かへらひ―詞林曰、帰《カヘリ》ぬれは也。
◇ますらお―仙曰、たけきもののふを云。増荒男とかくは此義也。たつきとはたより也。しらには詞林曰、しらす也。
◇あみのうら」20オ―仙曰、定れる名所に非る歟。海人の網引浦の惣名云々。非也。八雲抄に讃岐と見えたり。愚案此歌は軍《イクサノ》王幸《ミユキ》の供奉に来て旅館の夕暮鵺《ヌエ》鳥物悲しく鳴比、独古郷の方の山をうち詠めて妹を思ひやりてよめる也。歌の意は、春の夕旅客の物侘しき心をもぬえ鳥はしらていたましき声に鳴をれは、かけて宜き君のみゆきに越来たる山の山風の独なかめゐる我袖に朝夕吹かへりぬれは、鳥のね風の気色とりあつめて旅懐をいとゝ催して丈夫のたけき心も心よはく古郷の妹を思ひやらるゝに、思ひやるたつきもしらすそことなきに思ひこかるゝ心なるへし。網の浦のあまをとめらのやくしほのといふ迄は思ひそやくるをいはんとて也。

反歌」19ウ

006
山越の　風をとき《時》しみ　ぬる《寐》よ《夜》おちす《不落》　いへ《家》にある《在》いもを《妹》　かけて《懸》しのひつ《而小篠櫃》
右検《ルニ》二日本書紀《ヲ》一無レ幸《ニ》二於讃岐国《ノニ》一亦軍王《ノ》未レ詳也。山上　憶良大　夫《ヤマカミノヲクラノマウチキミノ》類聚歌林曰、記《ニ》曰天皇十一年己亥冬十二月己巳朔壬午幸二于伊与温湯《ノユノ》宮《ミヤニ》一云々。一書云、是時宮《ノ》前《ノニ》在二二樹《ノ》木《キ》一。此《ノ》之二樹《ノ》斑鳩《ニイカルカ》【比イ】此《シ》　米《メ》二鳥《ノ》大《オホク》集《アツマル》　時《ニ》勅《シテアマタカケテイナホヲ》　多　掛二稲穂一而養《ヤシナウ》レ之《ヲ》。乃作歌云云。若疑《シラクハヨリ》　従レ此便《コレスナハチ》　幸《スルコヽニカ》レ之歟。」20オ
◇山こしの風を時しみ—仙覚曰、しみはしげしといふ詞也。詞林曰、ぬる夜おちすとは夜ごとに也。愚案山こしの風時にしけく吹に家にと、めし妹をかけて忍はぬよもなく夜ことにこひしのひつるとなるへし。山風のしけきに思ひを被催心也。
◇是時宮前在《ノニ》二二樹木《ノ》一—仙覚曰、伊与国風土記云、二木者《ハ》椋《ムクノ》　木、一者臣《ヲミ》ノ木ト云リ。臣《ヲミノ》　木可尋之。私勘臣木ハモミノ木也。
◇従レ此便幸《チス》レ之歟—此記にいへる伊与の湯宮に幸の時これより讃岐へも行幸にやと也。
明日香《あすか》川原宮御《かはらのみやあめのしたしろしめす》　宇　天皇代　天豊財《あめとよたから》」20ウ　重《イカシヒ》　日足　姫《タラシヒメノ》　天皇
額田王《ヌカタノオホキミ》　未レ詳

007
あき《金》の《野》【乃イ】ゝに　みくさ《美草》かり《刈》ふき《葺》祇をはなかりふき　やとれりし　うち《兎道》のみや《宮》こ《子》の　かり《借》いほ《五百》しそおもふ《念》
日本紀廿六巻
右検《ルニ》二山上《ノ》憶良《ノ》大夫類聚歌林《ヲ》一曰《ニ》一書戊申《ノ》年幸《シテ》二比良宮《ノニ》一大御歌《ト》。但紀曰《ニ》、五年春正月己卯朔辛巳天皇至《イタリマス》二自紀温湯《ノユヨリ》一三月戊【朔】寅天皇幸《シテ》二吉野宮《ノニ》一而肆《トヨノアカリキコシメス》【也イ】　宴　焉。庚辰《ノ》日　天皇幸《ス》二近江之平《ノ》　浦《ヒラノニ》一。」21オ

◇明日香川原宮―八雲曰、」20ウ 大和。皇極天皇重祚有二遷都一。袋草子、皇極也云々。
◇天豊財重日足姫―皇極天皇御名也。
◇額田王　未レ詳―此歌の作者額田王といひ伝へたれとも類聚歌林には天皇の大御歌と註にあれは未詳と云也。
◇あきの、にみくさかりふき―【新勅旅】此歌、詞林曰、所註の日本紀を推すに吉野の宮より比良の宮に幸《イテマ》す中途にて宇治の故宮に借庵結《ムス》ひおはしましける事を」21オ 思ひ出てよみ給ふ。腰句にやとれりしといひて第五句にしそ思ふといへり略註。仙覚曰、みくさとは薄也。或はおはなと点せり。諸草の中に高くお、しき草なれは真草の義にて此歌にはみくさと点したり。人丸歌、人皆は萩を秋といふいな我はおはなか末を秋とはいはん、諸草おほしといへと草花と書て此集におはなとよめり。是薄まことの草なるか故也。詞林曰、古説に宇治の都とは行宮也。京都にあらすといへとも、日本紀十一曰、太子兎道《ウチ》稚郎子《ワカイラツコ》興《ツクリテミ》二宮室《ヤヲ》於兎道《ウチニ》一而居《マシマス》之云々。又曰、従二難波一馳《テ》之到二兎道宮《ノニ》一。山城風土記《ニ》曰、謂《イフ》二宇治《ト》一者《ハ》宇治若郎子《ワカイラツコ》造《テ》二桐原日桁宮《ヲ》一以為二宮室《ト》一。因名号《テナツク》二宇治《ト》一。本名《ノハ》曰《フ》二許乃国《ト》一矣。かれこれうちの都無相違者歟。

後崗本《ノヲカモトノミヤ》　宮御宇天皇代　天豊財重日足姫天皇位《ノ》後即《ツキ玉フ》二位崗本宮《ニ》一〔後イ〕

008

額田王《ノ》歌

なりたつに《熟田津》　ふなのりせんと《船乗》　月まては《待》〔ゞ〕」21ウ　しほもかなひぬ《潮》　いまはこきこな《今》〔ゞ〕

右検《ルニ》二山上憶良大夫類聚歌林一曰、飛鳥岡本宮御宇天皇《ノノ》《舒明》元年己丑九年《日本紀為十一年》丁酉十二月己巳朔壬午天皇大后《舒明皇極》幸《ス》二于伊与湯宮《ニ》一。後岡本宮駅宇天皇《ノノ御同斉明》七年辛酉春正月丁酉朔壬寅御船《ミフネ》〔西〕而征《テ》始就《テツク》二于海路《アマチニ》一。庚戌御船《ミフネ》泊《ル》二于伊与《ノ》熟田《ニキタ》津石湯行宮《ツノイシユノカリミヤニ》一。天皇御二覧昔日猶存之物《ミソナハスムカシヨリナヲナカラフルモノヲ》一。当時忽起《ソノカミタチマチヲコス》二感愛之《ノ》情《ミコヽロヲ》一。所以因製《コノユヘニヨリテツクリテ》レ歌詠為《テス》二之哀傷《ヲ》一也。

即《チ》此歌者《ハ》天皇御《ミ》」22オ製《ツクリ也》焉。但《シ》額田王《ノ》歌《ノ》者《ハ》別有《ニ》二四首一。

◇後崗本宮―袋草子曰、斉明天皇、皇極《ノ》重祚也。愚案位《ノ》後即二位《ニ》崗本《ノ》宮《ニ》一といふも是也。

◇なりたつにふなのりせんと―仙曰、熟田津《ニキタツ》《ナリタツ》、古点にはむまたつ、或はなりたつと点す。」21ウ 日本紀廿六曰、庚戌御船泊《ル》二伊与熟田津石湯行宮《ニ》一熟田津此《コヽニハ》云二你枳駝豆《ニキタツト》一。日本紀のことくはにきたつと和すへし。にきたつといふは渡海の安穏を祈る義也。にきと云は祈禱を致して神慮をやはらけ奉る儀也以上仙覚。愚案奥儀抄万葉の所《ノ》名、八雲御抄名所部等にも、なりたつ伊与有二臨幸一云々可随所好歟。歌の心は、「八雲云、しほもかなひぬは舟なとにのるによく成たる也。」熟田津にて御舟にのらんと月の出んをまち月の出しほを待給へは、汐」22オ時も至りかなひたり、今はこきゆかんと也。こなは来なん也。行むといふとおなし心也。此歌天皇の御製にて額田王にあらすと註に在。

幸《ノ》二于紀温泉《ノイテユニ》一之時額田王《ヌカタノ》作歌

009

莫囂円隣之《ゆふづきの》　大相兄爪《【コヒイ】》謁気《あふぎてとひし》　吾瀬子之《わがせこが》　射立為兼《いたゝせるかね》　五可新何本《いつかあはなん》

◇莫囂円隣之《ユフツキノ》大相兄気《アフキテ》―仙曰、ゆふ月は十三四日の夕の月也。いたゝせるかねは、いは発語の詞。よめる心は、夕月のことくあふきてとひし我せこか立てやあるらん、いつかあはんとよそへよめる也。是は愚老新点の歌のはしめの歌也。彼新点の歌百五十二首侍る中に是は委釈を書そへて侍る歌也。委むねをしらんとおもはん人は彼釈を披見せらるへし。

010　中皇《ナカウシノ》命《ミコト》往《イマスキ》二紀伊《ノ》温泉《イテユニ》一之時御歌《ノミウタ》

きみかよ《君之歯》も　わかよもしれや《吾代所知哉》　いはしろ《磐代》の」22ウ　をか《岡》の草《かや》《くさ》根を　いさむすひ《去来結》てな

◇きみかよもわかよもしれや―仙曰、此歌も有馬皇子のいはしろの松をむすひ給へりけるを本縁としてよまし」22ウめ給へるとみえたり。孝徳天皇、有馬皇子の位をえたもつましき気色を見知《シリ》給ひてゆつり給はさりけれは、世を恨てうかれありき給ひて岩代の松の枝を結ひて、〳〵岩代の浜松か枝をひきむすひまさきくあらは又かへり見んとよみ給へりけり。然は又是も君か代も我世も知らん岡のかやねをいさむすはんとよみ給へる成へし。愚案しれやは知らん也。彼幸あらはとよみしをうけて、君か代わか代の幸をしらんなれは此をかの草を結ひてんと也。

011　わかせこ《吾勢子》は　かりいほ《借廬》つくらす《作良須》　草《かや》なくは《無》　小松かしたの　草《かや》をかり《刈》さね【核】

◇わかせこはかりいほつくらす―つくらすは作らする也。草の借庵作らするとならは此小松の下の草をかりふけとなるへし。旅舘なと作る心にや。

012　わか《吾》ほり《欲》しおもひし祇点　野嶋は見せつ【一云　わかおもひし　嶋は見つるを】　底深き　あこねのうら《阿胡根浦》の　たま《珠》そひろ《不》はぬ《拾》」23オ

或頭云　吾ほりし《欲子》　嶋はみつるを《見遠》

右検山上憶良大夫類聚歌林曰、天皇御製《のみつくりのうた》歌云々。

◇わかほりし野嶋はみせつ―仙曰、あこねの浦、紀伊国也。愚案欲《ホリ》しはわか見まくほしく思ひし野嶋は見せつる、

いまはあこねの玉をひろはぬ斗そと也。野嶋」23オ見て本望をとけよろこひをよめる歌なるへし。八雲御抄云、
野嶋は範兼抄に淡路と云々。

◇吾ほりし嶋はみつるを―野嶋は見せつといふ歌、或説にはかくありと也。

013
中大兄《なかおほえ》　近江宮《あふみのみや》御宇天皇三山《みつやまの》歌一首
高山《かく》は　うねひお、し《雲根火雄男》と　み、なし《耳梨》と　あひあらそひき《相諍競》　神代より　か、る《如此》にあらし　いにしへ《古昔》も　しか《然尔》に
あれこそ《有許曽》　うつせみ《虚蟬》も　つま《嬬》を　あひうつらしき《相格良思吉》【イつまを見るにて　かくらおもひき】

◇中大兄　近江宮御宇―仙曰、中大兄とは天智天皇御諱《イミナ》也。いまた皇子の時の御歌なれは御諱《イミナ》をか、れたる也。
愚案近江宮は大津朝志賀都是也。

◇三山―仙曰、畝火《ウネヒ》、香山《カク》、耳梨山《ミヽナシ》也。昔は山川も夫婦有き。かく山は女山也。畝火山と耳梨山とは男山也。然に耳梨山始《ハシ》めにかく山を懸想《ケサウ》」23ウせしに、かく山うけひきなからうねひ山又かく山をけさうせしに、うねひ山姿《スカタヲ、》 雄男しくよかりけれは是に心うつりにけり。雄男しとはけたかくよき也。其故に耳梨山と畝火山とた、かふ。是を三山のた、かひと云也。此御製に彼本縁をよませ給ふ以上仙覚略注。

◇高山はうねひお、しと―此歌の註仙覚抄の如《シ》。神代よりか、るにあらしとは、このみつ〈の〉山のあらそふ事、神代よりかくこそあるらしと也。うつせみとは仙曰、わか身をうつくしむ義也。むかしは物をほむる詞にうつともいつとも万物にいへるなり。愚案しかにあれこそは古も然《シカ》にあれはこそ也。男として女をうつくしふ事」24オ古もしかあれはこそ今此身も妻をあひ恵《ム》みうつくしふらしと也。きは助字也。仙曰、高山、古点にはたかやま

と点せり。かく山はうねひと和すへし。かとたと同韻相通也。高麗《カウライ》をかの国の人はかくりといふ。香山《カウサン》と書てもかく山《ヤマ》と読、同事也。播磨風土記云、香山里《カクノ》本名《モトナツクカ》㆓鹿来墓《クノツカト》㆒。至《テ》㆓道守《チ》臣《モリノヲンナル》為㆑掌《ツカサト》之時《ニ》㆒及改《テ》㆑名為《ヲス》㆓香山《カクト》㆒。可㆑思㆑之云々略注。

反歌」23ウ

014
高山《かく》と　みゝ《耳》なし《梨》山と　あひ《相》しとき《時》　たち《立》て見にこし　伊奈美《いなみ》国はら〔ウネ〕ひ〔イ〕

◇高山とみゝなし山とあひし―仙曰、いなみくにはらといへるは彼耳梨山を嫌《キラ》ひてあはされは、いなみ国はらといへるなるへし。私云播磨国風土記云《ニ》、出雲国《ノ》阿《ア》菩大《ボノヲヽンカミ》神聞《キヽテ》㆓大和国《ノ》畝火香山《カク》耳梨三山相闘《タヽカフト》㆒此欲《ニ》㆓諫《シテイサメヤメント》止㆒上来《ル》。到《テ》㆓於此所《ノニ》㆒乃聞《テ》㆓闘《タヽカヒヤムトクツカヘシテ》止㆒覆㆓其所乗之船《ヲ》㆒而坐《イマス》㆑之《ニ》。故号《ニス》㆓神集《カミツトヘノ》之形覆《ト》㆒。これをもてこれを思ふにたちて見にこしいなみ国はらとよめるは此阿菩大神播磨まて来る事をいへるにや。神集もし印南の辺歟。風土記をもて猶可了簡。

015
わたつみ《渡津海》の　とよはた《豊旗》雲に　入日さし《沙之／イ祢之》　こよひの月夜　すみあかく《清明》こそ

右一首歌《ノ》、今案《スルニ》不㆑似《ス》㆓反歌《ニ》㆒也。但旧本《シキウホン》以㆓此歌《ヲ》㆒載㆓於反歌《ノスニ》㆒。故今《ニ》猶載《ナヲノスルコヽニカ》㆑此歟。亦紀曰《ニ》〔日本紀廿七巻〕、天豊財重日足姫天皇先《サキノ》四年乙巳立《ニタテヽ》㆓（衍文カ）為天皇《ヲ》㆒為《ス》㆓皇太子《天智》《ト》㆒。」24オ」24ウ

◇わたつみのとよはた雲に―【玉葉秋下】童蒙抄云、とよはたとは大きなる旗といふ。豊の字おほき也といふ詞也。夕日焼《ヤケ》して赤き雲の紅旗に似たる見れは、雨のふらぬによりて今夜の月は晴たらんするとよめり。袖中抄云、とよはた雲は海雲の古語也。瑞応図云、豊旗雲者《ハ》瑞雲《ズイウン》也。帝徳至《テイトクノイタル》時出現雲《ノ》也。雲勢《ノ》者《ハ》似㆑旗《ニ》也云々。仙曰、

夕日にあたりて雲赤色也。旗に似たる雲也。入日の時は月清光也云々。此歌仙覚由阿本には入日祢之とあり。仙は入日ねしはやはらく心といへり。由阿は六臣註文」24ウ選に寝は息也とあり。日も天の行度をはる〳〵とめくりて入日に成ては閑かに息むと言也。愚案此歌、敦隆の類聚万葉にも入日さしと有。童蒙、袖中等の諸抄にも玉葉集にもかくのことし。世間流布の万葉の本仙覚跋アリにも伊理比沙之とそかける。義理にておゐてもさしは安く聞え、ねしはむつかし。類多《ルイヲホ》く義直なるに付て此本入日さしを用ひ侍り。

016

近江大津宮《ノ》御宇天皇代　天命開別《アメミコトヒラカスワケノ》天皇

天皇詔《ミコトノリシテ》二内大臣《ウチノオホイマウチキミ》藤原朝臣《ニ》一競《キソヒアハレミ玉フ》二憐春《ノ》山《ノ》万花《ノ》之艶《ミヤヒカナル》秋《ノ》山《ノ》千《チ、ノハノ》葉之彩《イロヲ》一時《ニ》額田王《ノ》以レ歌判《ヲワカツ》レ之歌

冬木《こ》なり《成》　春さ《去》〈れ〉〔り〕来《く》れは　なかさりし《不喧有之》　鳥も来《き》なきぬ《鳴奴》　さかさりし《不開有之》　花もさけれと　山をしけみ《茂》　入てもとらす《不取》　草深《ふか》み　とりても《執》見えす《不見》　秋山の　木」25オのはを《葉乎》見ては　もみちを《黄葉》は　とりて《取》そ忍ふ〔思努布〕　あを《青》きをは《乎者》　をきて《置》そなけく《歎》　そこしうらみし《曽許之恨之》　秋山そわれは《吾者》

◇天命開別天皇―天智天皇の御名也。舒明天皇の第二のみこ。御母斉明天皇也水鏡。

◇内大臣藤原朝臣―大職冠鎌子。

◇ふゆこなり春さりくれは―仙曰、いまた冬木のすかたにて春のくればと云也。

◇山を茂み―山の木茂き故にさのみとりもて」25オあそはすとなるへし。

◇青きをはをきてなけく―紅葉を愛するからにそめさるを置て歎と也。

◇そこしうらみし秋山そ―仙曰、うらといふは下といふ詞也。そこしはそこはく也。そこはく下心にかけて見し。

秋山そ我はと云は秋の情《ナサケ》を勝《マサ》れりと判歌也。

017

額田王《ノ》下二近江国一時作《ル》レ歌《ヲ》井戸王《ノ》即《スナハチ》和《スル》歌

あちさけ《味酒》の　みわ《三輪》の山　あをによし《青丹吉》　なら《奈良》の山の　山際《やまきは》に【ノマニ】　いかくる《伊隠》ゝまて《万代》　みちのくま《道隈》　いつもるまて《伊積万代》に
まくはしも《委曲》【毛】　見つゝゆかんを　しはしはも《数々毛》　見さけ《見放》ん　やま《八万》を　こゝろ《情》なき　雲の　かくさふ《隠障》へしや

◇あちさけのみわの山―味酒、仙曰、古点はあちさけと点せり。然共古語によらはうまさかといふへきなり。日本紀五崇神天皇八年十二月以二大田田根子《ヲホタタネコヲ》一令レ祭《ラ》二大神《ヲ》一。是《コノ》」25ウ日活日《イケヒ》自《ミツカラ》挙《テ》二神酒《ミキヲ》一献二天皇《ニ》一。天皇歌《ウタヒテ》之曰宇磨佐《ウマサ》階《カケ》。彌和能等能々《ミワノトノノ》。阿佐姑珥毛《アサコニモ》。於辞寐羅筒祢《ヲシヒラカネ》。彌和能等能渡焉《ミワノトノトヲ》。しかれはうまさかといふへき也。さかさけ皆同し事にとりて男声を用ひてさかといふへき也。神の酒をみわといへは、うまさかのみわとつゝくる也。土佐の国の神河《ミワ》の水をもちて為二大神《ヲホノ》一醸《カモシ》レ酒《ヲ》たりしがことにめてたかりけれは彼川の名をとりて神酒をみわといふ也。土佐風土記《ニ》曰、神河《ミワ》訓《ス》二三輪河《ト》一。源出《トテ》二此河之中《ウチヨリイタル》一届二伊与国《ノニ》一。水清《キヨキカ》故為《ニタメニ》二大神《ノ》一醸《カモス》レ酒《ヲ》也。用《ル》二此河水《ノヲ》一故《ニ》為二酒名《ノト》一也。［祇本、うまさかのみわ。祇注、あちさけと点する本あり。酒のみとつゝくる由也。〈神の佐香と作たる酒殊にめてたけれは〉愚案日本紀には宇磨佐開彌和とあり。仙本、佐階と書、不審。とかくにさけといひて可作歟。」

◇あをによしなら―仙曰、青丹吉奈良とつゝくる事、先達の釈まち〳〵也。或は昔ゑかく丹の具の青丹を奈良坂にてとりけり。外の青丹よりよけれは也といへり。或は崇神天皇十年七月武埴安彦《タケハニヤスヒコ》をうつに忌瓮《イハヒヘ》《インヘ》を以和珥《ワニ》の武《タケ》」26オ鍬《スキノ》坂上《ノ》に鎮坐《スフ》。すなはち精兵《シラケ》をひきゐて進《スヽ》みて官軍屯聚《アツマリ》て草木を蹢跙《フミナラス》。よりて其山をなつけて那羅山といふ。

此忌瓮《インヘ》はあをじ也。されはあをしよしならとはいふ也。あをには訛《アヤマリ》也。愚案此事日本紀第五にあり。其草木をふみならすによりてならといふ事は有。忌瓮をあをしといふ事は日本紀釈等にも見えす。不審也。只ならの枕詞にあをによしといへり。足引の山、ちはやふる神のたくひなるへし。日本紀釈曰、楢ノ木ノ之葉ノ色如シ二青玉ノ一。故喩テ言レ之也是正説カ。

◇いかくるゝまて―仙曰、伊は発語の詞也。かくるゝまて也。伊積るまてにも如此。愚案万の物たひかさなれはつもる心にてたひ〳〵見る事をいはんとて也。道のくまは道のかくれ也。まくはしもは委曲と書。くはしくつふさなる心也。見放《サケ》んとは振さけ見んとの心也。歌の心は、三輪の山をならの山きはより陰かくるゝまて道のくまにたひ〳〵見てゆかん、しは〳〵ふりさけ見まほしき三輪山を心なく雲のかくしさはるへき事かはと也。

反歌」25ウ

018 みわやま《三輪山》を　しか《然》も《毛》かくす《隠》か　雲たにも　こゝろ《情》あら《有》なん　かくさふへしや

右二首歌、山上ノ憶良ノ大夫類聚歌林曰、遷《ウツス》二都ヲ近江国ニ一時御《ミソナハス》二覧三輪山ノヲ一御歌《ミウタ》焉。

巻二十七天智天皇紀
日本書紀曰、六年丙寅春三月辛酉ノ朔己卯ノ遷《ウツス》二都ヲ于近江ニ一。」26オ

◇三わ山をしかもかくすか―さもかくす哉也。心は明也。

〔和歌〕

019 そまかた《綜麻形》の　はやし《林》はしめ《始》の　狭野榛《さのはき》の　ころも《衣》にき《着》なし　め《目》につくわかせ

右一首ノ歌、今案スルニ不レ似二和歌ワスルニ一。但シ旧本載ノス二」26ウ于此次ニ一。故ニ以猶載ノスレ焉コヽニ。

◇そまかたのはやし始の―八雲、そまかた木の茂き也。」26ウ 仙曰、そまかたとは林の茂《シゲ》くして杣山なとの形《カタチ》のことくはやしはしむる也。愚案さ野榛《ハギ》は野の萩也。わかせは我背子也。杣山の形のことくはやし初し萩の衣をよく着なして我せこか目につくとの心にや。

◇不レ似二和《ワスル》歌《ニ》一―撰者の詞也。仙曰、凡和の歌と云は月花万の事におゐて先《マヅ》詠する人のよめる題を同しく詠する也。和とは答《コタ》ふる儀、和《クハ》ふる儀也。しかるにいま額田王の長歌は三輪の山を心なき雲のかくせる由を詠《エイ》ず。反歌又長歌の心に同し。次に綜麻形の歌は井戸王《ノ》の和する歌ときこえなから前の長歌反歌の心にあらされは不レ似二和《スル》歌《ニ》一といふ也。

020　天皇遊二猟《カリシ玉フ》蒲生野《カマウノニ》一時額田王《ノ》作歌

あかねさす《茜草指》　むらさき野ゆき《行》【逝イ】　しめの行《標野ゆき》　のもり《野守》は見すや《不見哉》　きみ《君》か袖ふる」27オ

◇あかねさすむらさきの―紫野しめ野、八雲抄皆近江としるさせ給へり。仙曰、紫野しめの蒲生野に在といへり。紫は根を用ゆ。其根赤き物なれはあかねさす紫とつゝけ名付る也。字訓にも紫は深赤とかけるは此儀也。皇太子の答へ」27オ 給ふ御歌に、むらさきのにほへるいもとつゝけ給へるも、赤きを丹といへは紫の匂へると詠せしめ給ふ也。愚案今皇太子なとの御狩の袖を此野守は見奉すやと也。奥儀抄には此野に遊ひありく女共の体はみるやとよめり。行幸供奉の女共也云々。清輔の説なから如何にや。

021　皇太子答御歌《ノミウタ》　明日香宮《アスカノ》御宇天皇

むらさき《紫草》の　にほへるいも《妹》を　にくゝあらは　人つま《嬬》ゆへに　わか《吾》こひ《恋》めやも

巻二十七
紀曰、天皇七年丁卯夏五月五日縦《カリシ玉フ》二猟於蒲生野《ニ》一于時《トキニ》天皇弟《ヒツキノミコ》諸王《ヲホキミタチ》 内臣《ノマウト》及《ヲヨヒ》群臣《マチキンタチ》 皆悉《ナコト〳〵ク》 従《ヲホントモ》 焉《ナリ》。」27ウ

◇明日香宮—袋草子、天武天皇とあり。日本紀に天智天皇の御弟、天智の元年に皇太子と成給ふ由有。

◇むらさきのにほへる妹を—奥儀抄云、只今紫の見ゆれはたとへにとりてかくよめり。古歌の習ひ也。愚案匂へる妹とは内に美なる婦徳有て外にあらはる、うるはしさをいふ也。人つまゆへに恋るとは君子のために求め恋る心にや。天皇の御ために婦徳にくからぬ女をとおほす心なるへし。たとへは詩の関睢《クハンシヨ》に窈窕《ヨウテウタルミヤヒヤカナル》 淑女《シユクシヨ》

寤寐《サメテモイネテモ》 求《ム》レ之《コレヲ》、求《モトムレトモ》レ之不《ヲス》レ得《エ》、寤寐《サメテモイネテモ》 思服《ヲモヒヲモフ》といへるたくひにや。」27ウ

明日香清御原宮《アスカキヨミハラノミヤノ》【御宇】天皇代　天渟中原瀛真人《アマノヌナカハラヲキマヒトノ》 天皇

十市皇女《トヲチノ》参《マイリヲモムク》二赴 於伊勢神宮《ノニ》一時見《テ》二波多横山《ハタノヨコヤマノイハヲヲフキノト》 巌一 吹黄刀自作《シレル》 歌

022

かはかみ《河上》の ゆつはのむら《湯都盤村》に 草むさす つねにも《常丹毛》かもな とこおとめ《常処女》にて

吹黄刀自未《タ》レ詳《スラカナラ》 也。但紀曰《シニ》、天皇四年乙亥春二月乙亥朔丁亥十市皇女《ノ》阿閉《アベノ》皇女参二赴《ムク》 於伊勢神宮《ノニ》一。

◇天渟中原瀛真人—天武天皇の御諱《イミナ》也。

◇十市皇女—天武《ノ》皇女。母は額田姫《ヌカタヒメ》、鏡《カヽノ》王女《ノムスメ》。

◇波多《ハタノ》横山—伊勢雲出河南。

◇かはかみのゆつはのむらに—河上ゆつはの村、はたの横山の辺也。仙曰、草むさすは不生也。彼村の草も生さるか如く我も常にとこ乙女にて君につかへんと也。愚案此山の岩斗なる故に草の生さる也。扨、常にもと読也。

［或説、湯都磐村ゆついは〈の〉むらとよむへし。ゆつは五百津也。ゆついはむらは岩のおほき心也。日本紀

に五百津磐村と有。同心也。口訣。」

◇阿閉皇女—袋草子曰、元明天皇也。」28オ

023　麻続王《ヲミノヲホキミナカサル、》流ニ　於伊勢国伊良虞島《ノイラコノニ》一之時人哀《カナシミイタンテ》　傷　作《レル》歌」28オ

〔打〕
うつ麻《あさ》を袖中うめるをゝ　をみの《麻続》おほきみ《王》　あま《白水郎》なれや　いらこかしまの　たまもかり《珠藻苅》食《しく袖中点》《ます仙点》

◇うつあさををみの—仙曰、うつとは物をほむる詞の随一也。よき麻のをといふ詞也。見安云、麻のをゝうむとつゝくる也。愚案袖中抄にはうめるをゝと有。麻続の枕詞也。又玉藻かりしくと読てくは助字と有。心は彼王のあまのしわさにやつるゝを憐む心也。

麻続王聞《テ》レ之感傷《ヲメデイタミテ》　和《スル》歌

024　うつせみの《空蝉》　いのち《命》をおしみ《惜》　浪にひ《所》〈て〉〔ち〕《湿》　いらこのしまの《伊良虞乃島》　たまもかり《玉藻苅》食《しく》

右案《スルニ》　日本紀《廿九巻》曰、天皇四年乙亥夏四月戊戌朔乙卯三品〔位イ〕麻続王《ノ》有《アリテツミ》レ罪流《サル》ニ于因幡《ニ》一。一子《ツノコヲハ》　流《ス》ニ伊豆島《ノニ》一。一子《ノヲ》流ニ血鹿島《チカノニ》一也。是《コヽニハイフ》　云レ配《スト》ニ伊勢国伊良虞島《ノイラコノニ》一者　若疑《ノハモシウタカフラクハ》　後人《ノ》縁《ヨッテ》レ歌辞《ノニ》而誤《アヤマリキスルカ》　記　乎。」28ウ

◇うつせみのいのちをおしみ—空蝉ははかなき身上をいへり。浪にひて〔ち〕はひちぬるゝ心也。かゝるうきめ見んよりとく死ぬへき身のはかなき命を惜み」28ウ　てなからへて浪にひたり玉もかりやつるゝ事となけく心なるへし。

◇縁《テ》ニ歌辞《ノコトハニ》一　而誤記《リスルカ》　乎—因幡にてよみ給ふならんをいらことい ふ歌によりて伊勢国と誤りたるかと也。

025　天皇《天武》御製《みつくりの》　歌

みよしのゝ《三吉野》　みゝかの《耳我》嶺に　ときなくそ《時無》　雪はふりける《落》　ひまなくそ《間無》　雨はふりける《零》　その《其》雪の　ときなき《時無》

かこと《如》　その《其》雨の　ひまなき《間無》かこと《如》　くま《隈》おちす《不落》　思ひつゝ《乍》そくる《来》　そのやまみちを《其山道乎》

◇みよしの、み、かのみねに―くまもおちす思ひつゝそくるとは、くまは物のかくれ也。くまもおちすとはくまごとに也。前にぬる夜おちすといへるたくひの詞也。時なく隙なく思ひのこすくまなくさま〳〵思ひつゝ其山道を来ると也。日本紀を考ル」29オ に天武天皇は天智の御弟にて春宮なりし時、天智の御子大友皇子ねたむ御心おはし、大臣なとも大友に心よせするけしきあり。天智御位を天武へ御ゆつりあらんとするに、蘓我の臣安麻侶、天武へ心しらひして御返事申させ給へといさめける故に、天武多病なれは天下はえたもつましきよし天智へ申給ひて出家して吉野山へのかれいらせ給ひつゝ、時を待て終に大友をほろほし帝位につかせ給ひけり。されは此御歌は彼吉野におはしけるほと大事をさま〳〵思慮せさせ給ふ心なるへし。彼吉野へおはしける比も冬の事ときこえ侍るに、此歌、雪のさまをのつから折にかなひ侍るにや。

或本歌

026
三《ミ》吉野之《ノ》　耳我山尓《ミヽカノヤマニ》　時自久曽《トキシクソ》　雪者落等言《ユキハフルトイフ》　無間曽《ヒマナクソ》　雨者落等言《アメハフルトイフ》　其雪《ソノユキノ》不時《トキナキ》【トキナラヌ】如《カゴト》　其雨《ソノアメノ》
無間如《ヒマナキカコト》　隈《クマ》【イ毛】不堕《モヲチス》　思《ヲモヒ》」29オ　乍叙来《ツヽゾクル》　其山道乎《ソノヤマミチヲ》
右、句々《クヽ》相換《アヒカハル》。因《ヨツテ》レ此《コレニ》重《カサネテ》載《ノス》レ焉《コヽニ》。」29ウ

◇或本歌―これははしめのうたの異本あるに句々相かはれるゆへ重ねてかけると也。

◇時自久曽《トキシクソ》―仙曰、しくはしけき也。時しけくといふ也。日本紀第六云、非時《トキシクノ》香菓《カクノミ》云々。下に其雪の時なきかこと、よめり。時にあらさる雪といふ儀歟云々。愚案時しくは時しけく雪ふる儀。時なくと下にあるもまなく時なくふる儀なるへし。時にあらさる儀にはあるましくや。へしもとゆふかつらき山にふる雪のまなく時なくおもほゆる哉と古今によめるにて心得へし。此歌、初めの歌に詞は少しかはれとも儀はおなしかるへし。」29ウ

027　天皇幸二于吉野宮ノニ一時御製歌

よきひと《淑人》の　よしと《良跡》よく《吉》みて《見》　よしと《好常》いひし《言師》　芳野よく《吉》見よ〔多イ〕《良》　よきひと《人》よきみ

紀曰《日本紀廿九巻》、八年己卯五月庚辰朔甲申幸二于吉野宮ニ一。

◇天皇幸于吉野宮—天武也。是御運をひらかせ給ひてのちなれは、うけはりて幸とかけり。注の日本紀にてよくきこえ侍り。はしめの御うたには其事なし。彼こもりおはせしほとの事といふ事しられたり。

◇よきひとよよしと—よしとよくみてよしといひし例重詞也。

藤原宮《ノ》御宇《ノ》天皇代　高天原広野姫《タカマノハラヒロノヒメノ》天皇

天皇御製歌

028　はる《春》過て　夏来にけらし　そきぬらし古来風体　白妙の　ころも《衣》さらせり《乾有》〔ホシタリイ〕　あまのかく山《天之香来》」30オ

◇藤原宮御宇—袋草子曰、持統天皇。高天原広野姫則持統御諱也。

◇春過て夏来に—新古今〔夏〕、百人一首、詠歌大概、衣ほすてふと有。彼抄委。」30オ　春は霞めるか春過て首夏の天に此山明白にみゆるを白妙の衣乾とはよみ給へり云々。

過《ヨキレル》二近江荒《ノアレタル》都《ヲ》一時《ノ》柿本朝臣人麿作歌

029　玉たすき《手次》　うねひ《畝火》の山の　かしはら《橿原》の　ひしり《日知》のみよより《御世従》ゆイ　あれましし　神のあらはす《書》　樛《とが》の木の

いやつき〳〵《弥継嗣》に　あめのした《天下》　しらしめし《所知食》ゝを〈イ食来《クル》〉　そらにみつ《天尔満》　やまと《倭》を置て　あをによし《青丹吉》　なら《平》山を
越　いかさまに《何方》　おほしめしてか《御念食》　あまさかる《天離》　ひな《夷》にはあれと《雖有》　石《いは》はしる　あふみ《淡海》の国の　さゝなみ《楽浪》の
おほつ《大津》の宮に　あめのした《天下》」30ウ　しらしめしけん《所知食兼》　すめろき《天皇》の　神のみこと《御言》の　おほみや《大宮》は　こゝと《此間等》
きけとも《雖聞》　おほとの《大殿》は　こゝ《此間》といへとも《雖云》　わかくさ《春草》の　しけく《茂》おひ《生》たる《有》　かすみ《霞》たつ《立》　春ひ《日》のきれる《霧流》　もゝ《百》
しき《磯城》の　おほみやところ《大宮処》　見れはかなし《悲》も〈或云　見者左夫思母《みれはさふしも》〉」31オ　」31ウ

◇近江荒都―志賀旧都也。

◇玉たすきうねひの―仙曰、是は田をすく詞也。畝火山をいひ出んために玉田耕とはをける也。田に畝あるか故也。玉は物をほむる詞也。順和名云、諸田広《ヒロサ》一歩長《ナカサ》二百四十歩為レ畝《ト》〈詞林采葉。同義なり〉。うねひ、大和也。［或説、玉タスキハ采女と云。女官ノ装束也。ウネメノ声近き故玉タスキウネヒトツ、クル也。雄略ノ御宇ウウヒヲ采女ト聞まかへ給し事日本紀にも有。］

◇橿原《カシハラ》のひしりのみよゝり―仙曰、神武天皇みことのりをくたさしめての給はく、観夫畝傍《ミレハカノウネヒ》山東南《ヤマノタツミノスミ》橿原地者《カシハラノトコロハ》蓋国《ケタシクニノ》之墺区《モナカ》乎《カ》。」30ウ　可治《ミヤコツクルヘシ》之。是月《コノツキ》即命《チコトヲホセテ》二有司《ツカサ〳〵ニ》一経《ツクリ》二始《ハシム》帝宅《ミヤコヲ》一委日本紀第三。愚案ひしりのみよとは神武天皇を申なるへし。橿原は神武の都なれはかくよめり。同日本紀三に畝傍《ウネヒ》之《ノ》橿原《カシハラニ》也太二立宮柱《ミヤハシラフトシキタテ》於底《シタツイハ》磐之根《ネニ》一とも有。

或本にはひしりのみやよりとありとそ。

◇あれましし―仙曰、むまれましますといふ詞也。愚案生《アレ》の字形《アレ》の字をあれとよむ。【続日本紀一、文武天皇詔《ミコトノリシテ》曰、天皇《スヘラミコトノミ》御子《コ》之《ノ》阿礼《アレ》坐《マサン》牟弥継継《イヤツキ〳〵ニ》尔大八島《ヲホヤシマヲ》将知《シロシメスヘシ》　云々。此詞にや。綏靖《スイセイ》】天皇、安寧《アンネイ》天皇等より垂《スイ》仁《ニン》天皇、景行《〈ケイカウ〉》天皇なとまて所はかはれとも皆大和におはせり。

◇神のあらはす樛の木の―仙曰、神は人のおかしあやまちをとかめ給ふ物なれは也。万葉集見安云、とかの木のいやつき〳〵にとよめるは枝を次第〳〵にさす木也。

◇あをによしなら山をこえ或云青丹吉平山《ナラ》越而―大和を出て天智の近江におはせし事也。」31オ

◇おほしめしてか或云所念計《ヲホサレケ》米《メ》可《カ》―是異本を書そへたり。所々皆如此。

◇あまさかるひなにはあれと―仙曰、ひなはゐなかをいふ。日の字をいはんとてあまさかるとをく也。日は長時不断に空をさかり行給へは也略注祇同義。さ。かる《が》両点也。

◇石はしるあふみの国の―仙淡海《アフミ》といふに付て水の淡《アハ》の石に流《ナカ》れ走《ハシ》る心の枕詞也。

◇さゝなみの大津の宮に―天智の内裏を近江の志賀にたてゝ天下をおさめさせたまひし事也。日本紀廿七曰、六年三月辛酉朔己卯遷《ウツス》二都《ヲ》于近江《ニ》一。さゝなみは大津にかきらす近江の枕詞也。或は天智、志賀に崇福寺を建立の時、仙人古仙《ノ》霊崛伏蔵《ノ》地佐々名実《サヽナミ》長等山といひし事の故也。是日本紀に有なと顕昭袖中抄、由阿詞林采葉にもいへりけれと日本紀に見えす、不審童蒙抄ニハ此事崇福寺縁起ニ在云々。

◇すめろきの神のみことの―天子の御ことを貴《タット》みて神のみことゝよめり。前にひしりの御世よりあれましゝ神のといひかけしも代々の帝の生れ出させ給へる事をいひかけしなるへし。大宮は大殿は、皆天智の宮殿をよめり。

◇春日《ハルヒ》之《ノ》霧流《キレル》或云霞《カスミタツ》立春日《ハルヒ》香《ガ》霧流《キレル》夏草《ナツクサ》香《カ》繁成奴《シケクナリヌ》留《ル》―是もイ本也。きれるは春日のくもれる心也。春草茂く日霞みて荒たるさま也。

◇百磯城之《モヽシキノ》大宮処―仙曰、大内には百官の直廬のやしきあれはも、しきといふ也。愚案見れは悲しもをイ本ニさふし
もとあるはさひしき心也。」31ウ

反歌

030　さゝなみ《楽浪》の　しかのからさき《思賀辛崎》　さきくあれと《雖幸有》古来風体さちはあれと　おほみやひと《大宮人》の　ふね《船》まちかねつ

◇さゝなみのしかの―さきく、幸《サキク》の字也。さしも天智の都せさせ給ふほとの幸はある所なから今古京と成て宮人な
とも来る事稀なれは舟待兼ると也。

031　さゝなみ《楽浪》の　しかのおほわた《一云比良乃大和太》　よとむとも　むかしのひと《昔人》に　またもあはめやも《亦相》【イアハントモヘヤ】

◇さゝなみのしかの大わた―滋賀大海《シカノヲホワタ》、湖水なり。此湖水の流れはよとむ事有とも昔の都人に此海又あふへしやと
也。荒都を歎く心ふかし。

高市古人感ニ傷シテ近江ノ旧堵ヲ一作歌　或書云高市連黒人

032　ふるひと《古人》に　我あるらめや《有》　さゝ波《楽浪》の　ふるきみやこ《故京》を　みれはかなし《見者悲》〈も〉〔き〕《寸》

◇ふるひとにわれあるらめ―古き物は類を以古きを惜む。我名も古人」32オ なれは一入故京の感傷ふかき心なるへし。

033　さゝなみの　くにつみ《国都美》神の　うらさひて《浦》」32オ　あれたるみやこ《荒有京》　見れはかなしも《見者悲毛》【イ寸キ】

◇さゝなみの国津御神―地祇クニツカミとよめり。こゝに国津御神と申は天智天皇をよめるにや。人丸の長歌にも
天皇《スヘロキ》の神のみことゝよめり。其外帝を神と申す事此集にあまた所あり。此歌によりて後法性寺殿、〽さゝなみ
や国津みかみの浦さひて古き都に月独すむとよみ給へるを、由阿詞林采葉に此歌の国津みかみは山王七社の内

地主権現大宮とてたゝせ給ふをよみ給へるよし注したり。是は後代の歌なれはさもあるへし。万葉集は延暦以前、日吉いまたあらはれ給はさる時の歌なれは此集の此歌は天智成へし。

034　幸《ミユキノ》二 于紀伊《キノ》国《ニ》一 時川島《カハシマノ》 皇子御作《ミツクリ》歌　或云山上臣憶良

しらなみ《白浪》の　はまゝつかえ《浜松之枝》の　たむけくさ《手向草》すまひくさの点不用　いくよまてにか《幾代左右》　年のへぬらん《乃経去良武》一云年者《トシハ》経《ヘ》尓《ニ》計《ケ》武《ン》」32ウ

日本紀《卅巻ニ》曰、朱鳥《持統》四年庚寅秋九月天皇幸二紀伊国《ノニ》一也。

◇川島皇子━紹運録に天智の御子川島皇子《母色夫古娘》贈浄広一浄大参と有。

◇しらなみのはまゝつ━【新古雑中】白浪よする浜の浜松といふ心也。手向草は一条」32ウ禅閤只手向といはんと也。松をも結ひ又時にしたかひて花紅葉をも折て手向るを云也《歌林良材。袖中抄同》。祇曰、神に奉る物を松枝に懸置たるを浜松かえの手向草云々。仙覚由阿は女蘿と注せり。然とも只手向の説可用歟。年へたる浜松か枝に手向したるを見て、いくよまてにかくあらんとよみ給ふ成へし。

035　越《ル》二勢《セノ》能山《ヲ》一時阿閉皇女御作歌

これ《此》やこ《是》の　やまと《倭》にしては　我恋る　きちにあり《木路有》といふ《云》　名におふ《負》せの山

◇勢能山━紀伊の背の山也。

◇これやこのやまとにしては━是やは背の山をさし、此は日本をさして也。我恋るは見まほしく思召心也。背とは夫をいへは其名に付て恋るとよませ給ふなるへし。やまとは日本、きちは紀伊路なり。」33オ

幸《キ》二 于吉野宮《ノニ》一 之時柿本朝臣人麿作

036

やすみしる《八隅知之》　わかおほきみ《吾大君》の　きこしめす《所聞召》　あめのした《天下》に　国はしも　さはに」33オ　あれとも　山川の　きよ《清》き
かうち《河内》と　み心を　よしの《吉野》ゝ国の　花ちらふ《散相》【クラヘイ】　秋津の野へに　宮柱　ふとしきませは《太敷座者》　もゝしき《百磯城》の　大
みや《宮》人は　舟なへて《並》　あさ《旦》川わたり《渡》　舟きほひ《ふな競》　ゆふ《夕》河わたり《渡》　此川の　たゆる《絶》事なく　此山の　いや《弥》
たか《高》ゝらし　たま《珠》水の　たき《激滝》のみやこ《宮子》は　見れとあかぬ《不飽》かも」33ウ

◇国はしもさはにあれとも―しもは助字。仙曰、さはにあれともとはおほくあれといふ詞也。日本紀に多の字をさ
はとよめる也。

◇きよきかうち―清き河の内といふ也。

◇御こゝろをよし野―御心よく思召との心にて吉野をいはん枕詞也。

◇花ちらふ―散相と文字にはかけり。字のまゝにてもなから宮つくりにかけては花ちりはむ心にや。秋津のゝへは
八雲抄に大和。此集六ニ三吉のゝ秋津の宮と有。

◇宮柱ふとしきませは―宮柱ふとしきたてゝと日本紀、中臣祓なとにある詞也。内裏つくらるゝをほむる詞也。ふ
としきませはとは宮柱ふとしくておはしませはと也。」33ウ

◇舟なへて―舟をならへて也。あさゆふ舟競《キヲ》ひしあそふさま也。舟きをひは舟の遅速をあらそふ心也。異朝の競渡
戯のたくひなるへし。元微之か競舟の詩に楚俗不レ愛セレ力ヲ、費シテレ力ヲ為ニ競渡一事文類聚、競舟屈原事に起。

◇此川のたゆる事なく此山の―川たえす山高き美景なるへし。

◇たま水の滝〈津〉のみやこ―是も吉野の宮の事なるへし。光明峯寺殿、月影の宿りてみかく玉水の瀧津の宮に秋

風そふく名寄。此長歌、拾遺に入。詞少異也。

反歌

037 みれと《雖見》あか《飽》ぬ《奴》 よしの《吉野》丶川の とこなめ《常滑》の たゆる《絶》こと《事》なく《無》 またかへり《復還》みん《見》

◇みれとあかぬよしの丶―仙曰、とこなへとは常になめらかなるいはほ也。

038 やすみ《安見》しる わかおほきみの 神なから《長柄》 神さひせすと【カサナレルイ】 よしの《芳野》川 たきつかうち《河内》に たかとの《高殿》を たかし《高知》りまし《座》」34オ て のほり《上》たち《立》 国見をすれ《為》は たゝなはる《畳有》 あをかき《青垣》山の 山神《やまつみ》の たつる《奉》みつき《御調》と はる《春》へ《部》には 花かさし《挿頭》持《もち》 秋たて《立》は 黄葉かさせり《頭刺理 一云黄葉加射之》 ゆふ川の 神も おほみけ《大御食》に つかへまつる《奉》と かみつ《上》瀬に 鵜川をたて《立》 下つせ《瀬》に さてさしわたし《小網刺渡》 山川も よりて《依》つかふる《奉》 神のみよ《御代》かも

◇やすみしる―是も人丸の歌也。大きみは持統也。

◇神なから―仙曰、日本紀廿五に惟神《カミナカラ》 惟神者謂下随《マニ〳〵》二神道《ニ》一亦自有《ラルヲ》中神道上。

◇神さひせす―仙、神さひすと」34オ いふ也。男さひ、乙女さひなといふかことし。［神裏と書へし。上久とも書。］

◇たかとの―高殿。仙曰、楼閣也。

◇高知まして―高くしろしめす心也。楼閣をおほし立て作り給ふ儀也。中臣祓に高天原《タカマノ》に千木《チギ》高知《タカシリ》て吾皇御《ワカスメミ》孫尊《マノミコト》の みづの御舎《ミアラカ》に仕奉《ツカフタテマツリ》 てとある心にて知へし。即此詞也。

◇たゝなはる青垣山―畳有《タヽナハル》。仙曰、たゝなはるとはかさなれると云也。山似屏風なといふ心也。屏風のことく たゝなはれる也。［日本紀七たゝなつく青垣山、釈云、青山並立之義也。］

◇青垣山―八雲抄云、大和吉野云々。」34ウ
◇ゆふ川遊副川―仙曰、吉野にある河の名也。かしこにはゆかはと云也。是同事歟。
◇おほみけに大御食―王の供御也。万葉見安に有。愚案御朝食《ケ》夕食《ケ》なと也。
◇鵜川をたて―鵜川をまうけたてし心也。
◇山川もよりて仕奉る―仙曰、山も川もよりて仕《ツカ》ふる神の御代といふ詞也。是は上《カミ》にいひ連《ツラ》ねたる山神の奉《タツ》る御調《ミツキ》と春部には花かさしもち秋たては紅葉かさせりといふは、山神の守りめくみて奉給ふ御調也。ゆふ川の神もおほみけにつかへまつると上つ瀬に鵜かはらたて丶下つ瀬にさてさしわたしといふは、河伯《カハク》の守り恵みて奉給ふ御調也。是をふさねていふ詞に山川もよりてつかふるとは詠する也。愚案神の御代と当代を貴む詞也。前にわかおほ」35オ　きみの神なから神さひせすと丶よめる詞の首尾なり。

反歌

039

やま川も　よ《因》りて《而》つか《奉》ふる　神なから《長柄》」34ウ　たきつかうちに　ふなてするかも

右日本紀曰《ニ卅巻》、三年己丑正月《辛未》天皇幸二吉野宮一。八月《甲申》幸二吉野宮一。四年庚寅二月《甲子》幸二吉野宮一。五月《丙子》幸二吉野宮一。

五年辛卯正月《乙未》幸二吉野宮一。四月《丙辰》幸《ス》二吉野宮《ニ》一。者《テイレハ》未《タ》《ス》レ詳《ラカニシラ》二知何《レノ》月《ニ》従《テ》レ駕《ニ》作《レル》歌《ト》一。」35オ

◇やま川もよりてつかふる―此反歌も山神河伯もよりてつかふるさまをよめり。神なから〈滝津河内にとは〉〈とは是も帝を申也。〉か丶る山河の神〈なから君にはつかへて〉〈もつかふるきみなから〉此河に舟出すると也。
◇注者未詳知何月―是は前の詞書に幸吉野宮といへるはかく日本紀卅巻に持統の行幸あまた丶ひの中のいつれの月

の事と詳にしらすと也。

幸二于伊勢国《ノニ》一時留《トヽマリテ》レ京《ニ》柿本朝臣《ノ》人麿作歌

040　鳴《を》呼《み》〈あみ〉見の浦に　船《ふな乗》のりすらん　をとめら《嫐嬬》か　たまも《珠裳》のすそに　しほみつらんか

◇鳴呼見のうらに船のり―敦隆の類聚万葉、八雲、名寄等にをみの浦とよむ。拾遺集にはおふのうらとあり。仙覚はあみのうらとよめり。古点捨かたし。をみを可用歟。歌の心は行幸供奉の女房の海辺に遊ふらんさまを思ひやる心なるへし。［万見安云、鳴呼見浦、いせの国の名所なり。］

041　たちはき《剣著》の　たふしのさき《手節乃崎》に　けふ《今》もかも　おほみやひと《大宮人》の　たまもかる《玉藻苅》らん

◇たちわきのたふしの」35ウ　―仙曰、たふしのさきは所の名也。たふしをいひ出んためにたちはきのとをける也。たは詞の助、ふしはもの、ふしと云詞也。もの、ふといふも同事也。もの、ふは帯剣《タイケン》の器《キ》なれは剣着《タチハキ》のたふしとつ、けたるなり。八雲云、たふしの崎、伊勢。〔仙曰、もの、ふしは悪き輩を降伏すれはいふなるへし。〕

042　しほさゐ《潮左為》に　いらこ《五十等児》のしまへ《島辺》　こくふね《榜船》に　いものる《妹乗》らんか　あらきしまわ《荒島回》を」35ウ

◇しほさゐにいらこの―五十等児《イラコ》の嶋、八雲にいせとあり。しほさい、同抄云、汐さしあふ波也。仙曰、汐さき也。しほさきは波あらき事によめる歌、此集の中に第三しほさひの波をかしこみ、第十一牛窓の波の塩さゐしまひゞき、第十五おきつしほさゐ高く立来《キ》ぬ。愚案此十五巻の歌、八雲の御説によくかなへり。しまわとは嶋のめくり也。あらき嶋回は波風荒る嶋のほとりの心也。〔祇曰、塩さきは波あらくて舟こく事大事なれは荒き嶋回を無心元想像也。〕

043

当麻真人《タヘマノマット》麿　妻《マロカツマ》作歌

わかせこ《吾》は　いつちゆくらん《何所行》　おきつもの《巳津物》【ヲノツマノイ】　かくれのやまを《隠山》　けふかこゆらん《今日越》」36オ

◇当麻真人—当麻は氏、真人は尸、麿は名也。麿、行幸の供奉せしに其妻《ツマ》京にとゝまりゐて読歌成へし。

◇わかせこはいつちゆく—吾背子は夫也。巳津、おきつとよむへし。玉篇巳除里《ニシハシヨリノ》」36オ切《カヘシ》、起也云々。起の字おきとよめは通用の字にて巳をもおきとよむなり。仙覚、巳竿畢の巳といへるは誤れるにや。仙曰、おきつもはかくれたる物なれは、おきつもの隠れの山とつゝくへし。此集十一にもおきつ藻をかくさふへしやとよめり。隠の山、伊勢也八雲にも同。

044

石上大臣《麿》従駕《ヲントモシテ》作《レル》　歌

わきもこ《吾妹子》を　いさみのやまを《去来見山》　高みかも　やまとの見えぬ《日本不所見》　くにとをみかも《国遠》

右、日本紀《三十巻》曰、朱鳥《アカミトリ》六年壬辰春三月丙寅朔戊辰以二浄広肆広瀬王《ノ》等《ラヲ》一為《ス》二留守官《ト、マリマモルツカサト》一。於レ是中納言三輪《ノ》朝臣高市麿脱《ヌイテ》二其冠位《カウフリヲサヽケテ》一擎二上於朝《ニ》一重諫《テ》曰《テマウサクナリハヒノ》　農作之（日本紀節《トキ》）前車駕《サキキミ》未《ス》レ可《イマタヘカラ》二」36ウ以動一。辛未天皇不《ス》レ従《シタカハイサメニ》レ諫、遂幸《ニス》二伊勢《ニ》一。五月乙丑朔庚午御《ヲハシマス》二阿胡行宮《ノカリミヤニ》一。

◇わきもこをいさみの山を—仙曰、去来見山、伊勢国也。愚案わきもこをいさ見んといふ心にての枕詞也。いさみ山の高くて故国大和の見えさる歟。国の遠き故にてかと也。伊勢にて故国をしたふ心なるへし。

◇浄広肆広瀬王—浄広肆とは天武天皇十四年正月に爵位の号を改め十二階」36ウは諸王以上の位とし外に四十八階諸臣の位とし給へる、其十二階に明位浄位といふ事ある、浄位の中の第四を浄広二といふ也。肆と二と同。

045

軽《カルノワウジ》皇子宿《ヤトレル》二于安騎野《アキノニ》一時柿本朝臣人麿作歌

やすみしる《八隅知》　わかおほきみの《吾大王》　たかてらす《高照》定家卿はたかくてると和ス　日のわかみこ《皇子》は　神なから　神さひせすと
ふとしきし《太敷為》　みやこをきて《京置而》　こもりくの《隠口》　はつせ《泊瀬》の山は　真木たて《立》る　あら《荒》山道を　いはかね《石根》の　ふせき《禁樹》
をしなみ《押靡》　さかとり《坂鳥》の　あさこえまして《朝越座》　玉きはる《限》　夕さりくれは《去来者》」37オ　み雪ふる　阿騎《あき》の大野《おほの》に　はた《旗》
す、き　しのをしなみ《押靡》　草まくら《枕》　たひやとりせす　むかしおもひて《古昔念而》」37ウ

◇軽皇子―袋草子、文武云々。

◇わかおほきみのたかてらす日のわかみこ―大王《ヲホキミ》は持統を申にや。高照す日のわかみこは日《ヒ》並《ナミノ》皇子の事也。持統の御子東宮におはしまして御威光あるを貴みてよめる詞なるへし。日並は草壁皇子御事也。

◇神なから神さひせす」37オ―前の歌に持統を申せしとおなし心なるへし。

◇ふとしきしみやこを置て―宮柱ふとしき立し宮古《ミヤコ》をきてとの心也。日並ノ皇子王宮をさしをきてあきの、に遊ひ給ふ心也。

◇こもりくのはつせ―隠口、敦隆の類聚万葉にはかくらくとよめり。然共此集十三に己母理久《コモリク》乃泊瀬とも書。日本紀雄略天皇紀に挙暮利矩能播都制《コモリクノハツセ》ともあれは、仙覚由阿等こもりくのはつせとよむへしといへり。但和歌にはこもりくともこもり江ともかくらくともよめり。定家卿かくらく云々。

◇あら山道をいはかねのふせきをしなみ―あらき山道の岩か根の禁樹なとをしなひかしてあさもこえ夕さりにも此阿騎の野におはすと也。仙曰、阿騎野は大和吉野のかたにありといへり。文武天皇の父草壁皇子、彼あきの、

を面白からせ給ひて折ふしには行啓有ける也。其御跡をしたひ給て文武天皇いまた皇子にておはしましける時わたらせ給ひて御夜宿有けるなるへし。彼道々の間初瀬山を〈とを〉」37ウ とをらせおはしましけるときこえたり。坂鳥とは坂の上より朝に鳥のわたるを云。愚案坂鳥のは朝こえましてをいはんとて也。玉きはる夕さりくれはは日の夕はたましひきはまる心なれは夕さりくれはをいはん枕詞によめり。

◇み雪ふる阿騎の大野―是はしのをしなみ草枕といはんとて也。雪ふりて此野の薄や篠ををしなひかすをいひかけたる也。詞つかひたくみなるは歌仙の天性の妙所なるへし。見安云、阿騎大野は吉野也。

◇はたすゝき―童蒙抄にしのすゝきを云とあり。されはしのとつゝけたるへし。袖中抄には花すゝきを云とあれと是には童蒙可然。

◇旅やとりせす―仙曰、旅やとりすといふ詞也。せは詞の助也。愚案すの字すみてよむへし。むかしおもひてはかの草壁の御事を今軽の皇子思召て此野にやとり給ふ心なるへし。

短歌

046　阿騎の野に《尓》祇本あきのゝに　やとる《宿》旅人　打なひき《靡》　いもねらじやも《寐毛宿》　いにしへ《古部》おもふに」38オ

◇阿騎乃尓やとる旅人―仙曰、初句多くはあきのゝにと点せり。然共初句を」38オ 四字に読る事、此集、日本紀、風土記等の歌にもおほかるへし。愚案四字ある歌を五文字によみつくる事、此集の習ひ也。古点に任て阿騎の野にとよむへし。仙曰、うちなひきはぬるをいへり。古の事を思ふにいもねられしやもと読る也。［祇曰、ぬるすかたをなひくとよめり。］

047
真草《みくさ》《まイ》かる　あら《荒》野には定あらのはトヨムあれと《雖有》　葉過ゆく《去》　きみ《君》かたみ《形見》の　あと《跡》よりそこし《曽来》

◇真草かる荒野には―仙曰、古点にはまくさかると云々。長歌にも旗薄とよめり。み草は薄也前注。葉過去《ユク》は仙曰、葉はことのは也。彼日なめの皇子《みこ》のふる事になり給ひたれは葉過ゆくとよめる也。薄かるほとのあら野にはあれと君か形見の跡より来たり給へるといへるなるへし。愚案秣かる、古点も害なきにや。［見安云、葉過は比の過たる也。或説、薄葉のちり過ゆくに皇子の死をたとへ云。」

048
あつまの《東野》ゝ　けふり《炎》のたてる《立》　ところ《所》みて《見而》　かへり《反》みすれは《見為者》　月かたふきぬ《西渡》

◇あつまのゝけふりの―仙曰、此野を東野とよめる、いかに侍るにか。若辺鄙のあつまといふ事侍れは此野も都にあらさるいやしき野といはんとてよめるにや。」38ウ 愚案此説如何。東野は大和の名所也。東《ヒカシ》の方にある野にや。かへり見すれは月かたふきぬといふにて心得へし。此歌、玉葉集羇旅部に入。詞林云、東野吉野の辺云々。
［東野の煙は野火にや。」

049
日双斯《ひなみしの》　皇子《みこ》のみことの《命》　馬なへて《副而》　御猟立《みかりたち》しゝ　ときは《時》来むかふ《向》」38ウ

◇日双斯皇子命―草壁皇子の御名也。或は日並知皇子尊《ヒナヘシノミコノミコト》ともかけり。天武の御子、御母は持統。朱鳥三年四月春宮にてかくれさせ給ふを岡本天皇と追号せり。御猟たちとは只狩し給ひし事也。旅立なといふ詞のたくひ也。時は来向ふとは草壁のむかし狩し給へる時はふたゝひ来向へと草壁はふたゝひおはさすとの哀傷なるへし。

050
藤原《ノ》宮之《ノ》役民作歌《エダスタミノツクレルウタ》
やすみしる《八隅知之》　わかおほきみの《吾大君》　たかてらす《高照》　ひのわかみこは《日之皇子》　あらたへの《荒妙》　藤原かうへに　をしくにを《食国》　め

したまは《賜》んと　みやこ《都宮》には　たかしる《高所知》らん《武等》と　神なから　おもほす《所念》なへに　あめつち《天地》も　より《縁》て　あれこそ《有許曽》
いはゝしる《磐走》」39オ　淡海のくに《国》の　衣手の　たなかみやま《田上山》の　真木佐苦《まきさく》　檜《ひ》の嬬手《つまて》を　ものゝふの　やそうち《八十氏》
川に　玉もなす《藻成》　うかへなかせれ《浮倍流礼》　そをとると《其乎取登》　さはく御民《みたみ》も　家《いへ》わすれ《忘》　身もたなしらす《不知》　鴨自物《かもしもの》　水
に浮《うき》ゐて　わかつくる《吾作》　日之御門《ひのみかと》に　不知国《いそのくに》《しらぬくに》より　巨勢道《こせぢ》より　我国《わか》は　とこ《常》世にならん　ふみおへる《図負留》
あやし《神》き亀《かめ》も　あたらよ《新代》と　いつみ《泉》の川に　持こせる《もち越流》　真木のつまてを　もゝたらす《百不足》　五十日太《いかだ》に　作《つく》り
のほすらん《泝》」39ウ　いそはく見るは　神のまゝならし《随尓有之》

右、日本紀曰《ニ》、朱鳥七年癸巳秋八月幸二藤原宮地一《ノトコロニ》。八年甲午春正月幸二藤原宮一《ニ》。冬十二月庚戌朔乙卯遷《ウツリ》二
居《マス》藤原宮一《ニ》。」40オ　」40ウ

◇藤原宮之役民―宮木ひきはこふ土民の歌也。

◇ひのわかみこ―是は帝をたふとみていへるなるへし。

◇あらたへの―仙曰、是は藤といはん諷詞也。藤はいたくこまやかにもあらぬ物からうつくしけれは荒妙の藤といへり。あらたへの布の」39オ　衣をたにといへる同《キ》レ之《ニ》歟。

◇をしくに―仙曰、食国《ヲシクニ》とはおほやけに貢物《ミツキモノ》侍る国を云也。

◇おもほすなへに―思召故に也。食国をめししらんと思召故に天地もよりて田上の真木を宇治河にうかへなかすとの心也。

◇いはゝしる淡海―仙曰、岩走《ル》水は泡《アハ》の立物なれはよそへつゝくる也。あはうみとは汐海にあらさる水海なれは也。

衣手のたな上とは衣の袖は手の上にかゝれはよそへつゝくる也同祇。
◇真木佐苦檜乃嬬手」39ウ—仙曰、檜の木は良木なれは宮造の材木に用《モチヒラ》るれは真木のさい《幸》はふ木といふ也。嬬手《ツマテ》は【見安に云、小材木也云々。仙抄につまはつゝく手はながしなといふ説むつかしき歟。】「仙覚、此儀鑿せり。正説アリ。出処等口訣に抄せり。」
◇ものゝふのやそうち川に—仙曰、武士は矢を持故にやといはんとて物のふのやそうち川とつゝくる也。定家卿云、八十氏とは世にあるおほくの人といふ心也。これに付て宇治川をやそうち川とよむ僻案抄。玉藻なすとは藻は水に浮へる物なれはうかひなかせれの枕詞也。
◇そをとるとさはく—其流せる筏の宮木をとるとて役民のさはく心也。
◇家忘れ身もたなしらす—君の御恵みになつける民の家を忘れ身をも不知、水に浮居ていとなむ心也。たなは語の助也。
◇鴨自物—仙曰、しもといふは詞の助也。此集の歌にしゝしものといふは鹿の事也。詞林云、かもしものは鴨也。愚案水にうきゐてといはん枕詞にをく也。」40オ
◇不知の国より巨勢道より—仙曰、此句古点にはしらぬ国よりこせちよりと点せり。しらぬいつくそや、荒涼也。いその国といふへし。大和に礒上郡あり。よしのゝ国、なにはの国ともいへるたくひ也。是彼いその国より巨勢道より文をへる亀のきたれりとよめるなるへし。不知の字、男声にはいさ、女声にはいそといふ。
◇わか国はとこ世にならん〈と〉—常世は蓬莱也。君をいはひ奉りて亀の持来るといふ事のよせ也。蓬莱は亀のお

へる山なれは也。

◇図負る神《フミヲヘ》　亀《アヤシキカメ》—是洛書の事なるへし。易　繫辞伝《エキノケイシノテンニ》　曰、河《カ》出《ス》レ図《トヲ》、洛《ラク》出《ス》レ書《ヲ》。聖人則《ノツトル》レ之《ニ》。孔安国《カ》曰、河図《カ》者《トハ》伏義氏王《タリシトキ》二　天下《ニ》一龍馬出《ツ》レ河《ヲ》。遂《ツヰニ》　則《ツテ》二其文《ニ》一以画《ク》二八卦《ヲ》一。洛書者《ハ》禹治《ヲサムル》　レ水《ヲ》時神亀負《ヲヒテ》レ文《ヲ》而列《ル》。於レ背有レ数至レ九。仙曰、賢王聖主の御宇にあひあたりて神亀出来る事を詠する也。又我朝にも霊亀元年八月廿九日、左京大夫高田首《ノヲフト》久比《クヒ》麿献《マロタテマツル》　霊亀長《タケ》七寸濶《ヒロサ》　六寸着《アラハシ》二　頭《ニ》三公《ヲ》一負《ヲフ》二背《ニ》七星《ヲ》一。又天平元年五月十六日、京職大夫従三位藤原朝臣麿負《ル》レ図《ヲ》亀一頭献上《ス》。長《タケ》五寸三分濶《ヒロサ》　四寸五分其背《ソヒラニ》　有レ文云《ク》、天皇貴平《ククケクシ》　和百年《ナラン》　云々。是藤原宮より後の事なれとも所二書載《カキノスル》一也。祇曰、か丶る世に文をへる霊亀も出来なんとよめる也。

◇あたらよ—仙曰、新代新都をいはひ奉る詞也。泉の河、大和也。愚案出と添たり。

◇百不足《モヽタラス》五十日太尓《イカダニ》作《リ》—仙、五十をいとよめは是をいはんとて百不足《モヽタラス》と置也。」40ウ　百にたらさる数にはいつれにもいふへし云々。真木のつまて是も小材木なるへし。

◇いそはく見るは神のま丶ならし—仙曰、いそはくはそこはく也。神のま丶ならしとは此巻のはしめにも見えたることく帝を神と申也。

従《ヨリ》二明日香宮《ノ》一遷《ウツリ》二居《ヰシ》《マスイ》　藤原宮《ノニ》二之後志貴皇子《ノ》御作《ミツクリノ》　歌

051　たをやめ《嫋女》の　袖吹かへす　あすか《明日香》風　みやこ《京都》をとを《遠》み　いたつら《無用》にふく

◇志貴皇子—施基皇子同みこにや。天智皇子、光仁天皇御父、追号田原天皇。

◇たをやめの袖ふきかへす—【続古旅　田原天皇】あすか風、飛鳥に吹風也。祇曰、飛鳥の都にて有し時は飛鳥風も宮女の袖を朝夕吹返したるか、今都移りて遠さかりけれはいたつらに吹と読り。

052

藤原宮《ノ》御《ミ》井《ヰノ》歌

やすみしる《八隅知之》　わかおほきみ《大王》の　高たらす《照》　日のわかみこ《皇子》は　あらたへ《麁妙》の　藤井か《我》原に　おほみかと《大御門》　はしめ《始》
たま《賜》ひて　埴安《うへやす古》《はにやす》の」41オ　堤のうへ《上》に　あり《在》たゝし《立之》　見したまへれは　やまと《日本》の《乃》　青かく《香具》山は　日のたて《経》の
おほきみかと《大御門》に　春の山路　しみさひたてり《之美佐備立有》　うねひ《畝火》の　此みつ《美豆》山は　日のぬき《緯》の　おほきみかと《大御門》に　みつ《弥豆》
山と　山さひいます《佐備伊座》　みゝたか《耳高》の　あをすけやま《青菅山》は　そとも《背友》の　大きみかとに　よろし《宜》なへ　神さひたてり
名くはし《細》　よしの《吉野》ゝ山は　かけとも《影友》の　おほき御門に　雲ゐにそ　遠く有ける　たかしる《高知》や　あめのみ《天御》
かけ《蔭》の　あめしる《天知》や」41ウ　日のみかけ《御影》の　水こそは　ときは《常婆》にあらめ《有米》　御井《みゐ》の　清水《きよみつ》

◇埴安乃堤奥儀八雲ウヘヤス新点ハニヤス—日本紀神武曰、天皇以二前《ノ》年《ノ》秋九月《ヲ》一潜《ヒソカニ》取二天香《ノカク》」41オ山《ノ》之埴土《ハニツチヲ》一以造《テツクリヤ》二八十《ソ》平瓮《ヒラヘヲ》一躬自斉戒《ミツカラモノイミシテ》祭《ル》二諸神《ヲ》一。遂得《ニエタリシツムルコトヲアメノシタヲ》レ安二定区宇一。故号《ニナツケテ》二取《ル》レ土之処《ヲ》一曰二埴安《ハニヤスト》一云々。

◇青かく山—八雲抄、大和云々。見安云、かく山の青く見ゆる也。

◇日のたて—見安云、東西也。日のぬき南北也。仙曰、東の門。東は春を用れは春の山路しみさひ立りとつゝけたり。そともの大御門とは北の門に当れり。影友の大御門は南大門也。初の二つは日経緯にて方角を顕はしたり。」41ウ　後の二つはかさねて山の陰陽をあらはせる也。日本紀七成務天皇五年秋九月令《ノリコトシテ》二諸国《ニ》一以二国郡《ヲ》一立二造長《ミヤツコヲ》一。県邑《アカタムラニヲク》置二稲置《イナヲキヲ》一。并賜《ニタマテタテホコヲ》二楯矛一以為《ス》レ表《シルシト》。則隔《サカイテ》二山河《ヲ》一而分《ツ》二国県《クニアカタヲ》一。随《テ》二阡陌《タテヨコノミチニ》一以定《サタム》二邑里《ヲ》一。以《テ》二東西《ヲ》一為《シ》二日《ノ》縦《タテト》一、以二南北《ヲ》一為《ス》二日横《ヒノヨコト》一。山陽《ノミナミヲ》曰二影面《カケトモト》一山陰《ノキタヲ》曰二背面《ソトモト》一。是以《コゝヲ》百姓《モゝノヲンタカラ》安《シテスミカヲ》レ居天下《ノ》無レ事《ワサ》。愚案しみさびは詞林《ニ》繁《シケキ》義云々。畝火山美豆山、皆大和也。耳高の青菅山、大和と八雲抄ニアリ。よろしなへは宜き心也。名細、名の吉《ヨキ》也。〈[見安、しみさひたてり、しけくさひてたてり也。見安名細ニは名のうつくしき也云々。]〉

◇高知や天のみかけの―仙曰、たかくしられて空の影もうつろひ空にしられて日の影もうつろへる水こそときはにあらめとよめる也。

短歌

053 ふちはら《藤原》の　おほみや《大宮》つかへ　あれせんや《衝哉》　をとめか《処女之》の《イ》友は　しきりめすかも《之吉召賀聞》」42オ

右歌作者未詳

◇ふちはらのおほみやつかへ―仙曰、之吉召賀聞《シキリメスカモ》と点す。千手陀羅尼に悉吉多伊蒙《シキリタイモウ》とよめる也。吉の字ちとりと同韻相通なれは也略注。愚案あれせんやは我せん也。乙女の友はしきりてめすなれは我もめされて宮つかへせんと也。」42オ

大宝元年辛丑秋九月太上天皇幸《ノ》二于紀伊《キノ》国《ニ》一時歌

054 こせ《巨勢》山の　つら〳〵つはき《列列椿》　つら〳〵《都良々々》に　見つゝ《乍》おもふな　こせのはる野を

右一首坂門人足《サカトノヒトタル》

◇大宝元年―文武年号也。

◇太上天皇―持統也。水鏡曰、十年と申に位をさり給て太上天皇と申き。

◇こせ山のつら〳〵椿―巨勢山、奥儀抄大和云々。袖中抄曰、つら〳〵椿列々と書り。つらなれる椿と云歟。本草

に女貞ツラツハキとよむ。是ををしかへしてよめる歟。つら〳〵といふ詞にそふる也。仙曰、目もはなたすみるをつら〳〵見るといふ祇同。〔祇曰、つら〳〵椿、きら〳〵としたる椿を云也。〕

055　あさもよひ《朝毛吉》　きひと《木人》ともしも《乏》　まつち《赤打》山　ゆきくと《行来跡》見らん　きひとともしも

右一首調　首　淡海《ミツキノヲフトアハウミ》」42ウ

◇あさもよひきひと乏母《トモシモ》―袖中抄曰、万葉五巻抄序云、式部卿石川卿説《ノノニ》云、朝　炊レ飯《アシタニカシクイヒヲ》　謂二之《イフコレヲ》　あさもよひ一《ト》也。紀《キ》は薪《タキ、》」42ウ也。以レ燎之炊レ飯《シテヲカシクイヒヲ》。因レ是《テ》将レ曰《ニシテントキ》二紀伊国《ト》一発レ言《シテ》以為《ヲスル》二あさもよひ一《と》耳《ノミ》。奥儀抄同義也。愚案木人は紀伊人也。赤打《マツチ》山は紀伊国也。此集四麻裳《ニアサモ》吉木《ヨイキ》道《ヂ》尓《ニ》入立真《イリタチマ》土《ツチ》山とあり。心は此まつち山をゆくと来るとにみるにもあかす、紀伊の国人のおも白き心ちすると也。〔目安云、きひと、もしもは面白と云也。〕仙覚、木人は樵夫なといふ説如何にや。是も紀伊国御幸の時の歌成へし。

或本歌

056　かは《河》か《上》みの　つら《列》〳〵《列》椿　つら〳〵に　見れとも《雖見》あかす《安可受》　こせ《巨勢》の春野は

右一首春日《カスカ》蔵　首　老《クラノヲフトオヒ》

◇かはかみのつら〳〵つはき―河上は即巨勢山をよめるにや。つら〳〵見れとも此野の美景にあかすと也。

二年壬寅太上天皇幸二于参河国一《ニ》時歌

057　ひく《引》まの《馬野》に　にほふ《榛》はきはら《原》　いり《入》みたれ《乱》　ころも《衣》にほはせ　たひのしる《知》し《師》に

右一首長　忌寸《ヲサノイミキ》　奥麿《ヲキマロ》」43オ

◇ひくまのににほふ萩原―仙曰、引馬野、参河なり。〈愚案此歌はしめのこせ山の歌に大同小異也。或本歌といへるはイ本にかく有とにや。歌の心は明也。〉【愚案野を分行に萩の入乱たるか面白きにわか旅衣にうつり匂へといへる心なるへし。】」43オ

058

いつこにか《何所》　ふなはてすらん《船泊為》　あれの崎《安礼》　こきたみゆきし《榜多味行之》　たなゝしをふね《棚無小舟》

右一首高市連黒人《タカイチノムラシクロヒト》

◇いつこにかふなはてすらん―ふなはては舟の泊りにかゝりゐる事也。仙曰、安礼の崎は三河国、こきたみゆきしはこぎめくりゆきし也。棚なし小舟とはちいさき舟には棚をせねはいふ也。見安、船泊、舟ヲ留ル云々。

059

誉謝《ヨサノ》女王作歌

なからふる《流経》　つまふく風の《妻吹》　さむきよに《寒夜》　わかせのきみは《吾君》　ひとりかぬらん《独宿》

◇なからふるつまふく風―仙曰、なからふる妻とはよるの衣を踏くゝみてねたる妻を〔云〕。ふく風も寒き夜にわか背のきみは独かぬらんといたはしく思ひやりてよめる也。愚案日本紀曰、吾夫君《アカナセ》《ワカセノキミ》此《コレヲ》云二阿我灘勢《アカナセト》一。〔【祇曰、別て程へぬれはなからふる妻とよめる歟。然は夜の嵐なとの身に寒く吹たる時男を思ひやりてよめるうた歟。】〕」43ウ

060

長《ヲサノ》皇子御歌　一品長親王天武天皇皇子

暮相而《よひにあひて》　朝面無美《あしたをもなみ》《あさかほなしみ》　隠尓加《しのひにか》《かくれ》　気長《けなかき》　妹之《いもか》　盧利為里計武《いほりせりけん》

◇暮相而朝面無美隠尓加《ヨヒニアヒテアシタヲモナミシノヒニカ》《アサカホナシミカクレニカ》―仙曰、此歌古点にはよひにあひてあしたおもなみしのひにかと点す。此集第八、暮

にあひてあさかほはつるかくれの、、此二首をかよはして思ひあはするに隠れ野は伊勢の名所也。此歌もあ〈したおもなみ〉〔さかほなしみ〕かくれにかと点すへし。けなかき妹かとは歎き思ふを気長きと云也。物を深く思ふには息の長くつかる、をいふなるへし。いほりせりけんとはいをねたかると云也。ほりとはねかふ詞、見まくほりなといふかことし略註。〔見安云、女はよひに人に逢て朝のかほを人にみせぬ事也。〕愚案古点のおもなみは〈おもてつれなく也。〉〔恥おもへる心也。〕よひにあひてあしたに〈もおもてつれなく忍ひにねまほしく思ふらん〉〔はちらひ忍ひてうちなけきつ、うちふしてのみありたかる〕と也。仙点、朝かほとはあした〈にけさうなともせさるほとの顔也。よひにあひて朝かほといふ事もなく〉〔のかほ也。あさかほなしみもはちたる心なるへし。かくれにかは〉物隠れにいねまほしく妹かなけくとの心にや。

舎人娘子《ヲトメ》従駕《ヲントモニテ》作《レル》歌」43ウ

061　ますらおの《大夫之》　ともやたはさみ《得物矢手挿》　立むかひ《向》　ゐるまとかたは《射流円方者》　見るにさやけし《清潔之》」44オ

◇ますらおのともや―序歌也。仙曰〔此説袖中抄ニ万葉抄ニアリと云々〕、とも矢とは弓ゐるに二人立向ひてゐるに矢を小《ヲ》指《ヨヒ》にはさみて射《イ》る也。其はさみたる矢をとも矢と云也。円形《マト》は伊勢国也。風土記曰、的形《マトカタノ》浦者《ハ》此浦《ノ》地形《ノカタチ》似《タリ》レ的《ニ》。故以為《ス》レ号《ト》也。今已跡絶《ニアトタチテ》成《レリ》二江湖《ト》一也。天皇《景行》行幸須辺歌曰、麻須良遠能《マスラヲノ》　佐都矢多波佐美《サツヤタハサミ》　牟《ム》加《カ》」44オ　比多知《ヒタチ》　伊流夜麻度加多《イルヤマトカタ》　波麻乃佐夜気佐《ハマノサヤケサ》。今の歌、此御製に同き歟。〔童蒙抄云、とも矢とは物にあたる矢をいふ也。得物矢と書り。たはさみとは二つも三つも手にはさみてぬきている也。〕

三野連《ミツノノムラシ》　名闕入唐《ノ》時春日蔵《ノ》首老作歌

062

ありねよし《在根良》　つしまのわたり《対馬渡》　わたなかに《渡中》　ぬさとりむけて《幣取向》　はやかへり《早還》こね

◇ありねよしつしまの―在根良、仙覚等の抄に其説なし。対馬の枕詞にや。対馬の渡りする海中に幣を取手向て早く帰朝せよと也。わたは海也。舟旅にも知夫利《チフリ》の神に手向して幣《ヌサ》とる事土左日記等にもある也。［見安云、在根良[峯]の面白き也。」

063

山上臣憶良《ヤマカミノヲンヲクラ》在㆓大唐㆒憶㆓本郷《ヲ》㆒歌《アリテモロコシニヲモフ》

いさことも《去来子等》　はや《早》日の本へ　おほともの《大伴》　みつのはま松《御津浜》　まちこひぬらん《待恋奴良武》

◇いさこともはや日の本へ―五文字は人をさそふ詞也。三津の浜松は津の国の所の名を待恋ぬらんといはんとて也。故国の人々」44ウ 待恋らんに早故国日本へ帰んと也。新古今に入。

慶雲三年丙午幸㆓于難波宮《ニ》㆒時

志貴皇子御作歌

064

あしへゆく《葦辺行》　かも《鴨》のはかひに《羽我比》　霜ふりて《零而》」44ウ　さむきゆふへに　やまとしそおもふ

◇あしへゆく鴨の羽かひ―仙曰、鴨の羽かひは左右の羽の行あひ也。愚案やまとは藤原宮古をよめるにや。［祇曰、誠さひしき物にて古郷を思ふ心もさこそと思はる丶歌也。」

長皇子御歌

065

霰打《仙あられ みそれふる》　安良礼松原《あられまつはら》　住吉之《仙すみのえ すみよしの》　弟日《おとひ》　娘与《仙おとめ むすめと》　見礼常不飽香聞《みれとあかぬかも》」45オ

◇霰打安良礼《アラレフルアラレ》《ミゾレフル》松原住吉之―仙曰、此歌古点には、みそれふるあられ松原住よしのおとひむすめとよめり。霰の字はみそれあられ、もとより両訓有。玉篇云、霰《セン》思見切暴雪《アラキユキ》。東宮切韻曰、霰、雨雪雑下也略下。ともに本説あり。但公任卿朗詠集にあられに用らる。今の歌、霰打と書。打の字、あられふるとよむへき歟。住吉、摂津風土記曰、本名沼名椋之長岡之国、今俗《ノ》略レ之直《タヽ》称二須美乃叡《ト》一云々。娘の字、おとめとよむ常の事也云々。愚案八雲御抄、あられ松原摂、万、住よし、みそれふるとしるさせ給へるも此歌の事ときこゆ。道理におゐてとかなくは古点を捨ましきにや。おとひおとめ〈と〉〔は〕仙覚、弟娘子と聞えたる歟といふ説可用にや。歌の心は、彼住吉娘子とともに此松原を霰の比みれともあかすとなるへし。娘子の奉れるうた此あとに有。取合せて可吟味。

［おとひのひ文字助字也。おとむすめ也。］」45オ

太上天皇幸《キノ》二于難波宮《ノニ》一時《ノ》歌

066　おほともの《大伴》　たかしのはまの《高師浜》　松か根を《之》　枕にぬれど《宿杼》　家しのはゆ《之所偲由》祇おもほゆ 古来風体いへそおもほゆ

右一首置始東人《ヲキソメノアツマヒト》

◇おほとものたかしのはまの━枕宿杼古まくらにぬれと 仙枕にねぬと祇同。祇曰、高師の浜、津の国也。大伴高師の浜松、所面白し。其松根を枕にぬれと猶古郷の恋しきとよめる歟。仙曰、松か根を枕にてねたらんは尤家を忍ふへけれは枕にねぬと、和《ス》。

067　【在置始東人下〈身人部王〉上

たひにして《旅》　物こひしきの《恋之伎乃》　なくことも《鳴事毛》　きこえさりせは《不所聞》　こひてしなまし《死》

右一首高安大嶋

◇たひにして物こひしきの―物恋しきに鳴をよせて是にたに慰ますは恋死んとなるへし。】

068　おほとも《大伴》の　みつ《美津》の浜にある　忘れ貝　いへ《家》にある妹を　忘れて°《で》おもふや仙《おもへや》

右一首身人部王《ミトベノヲホキミ》

◇おほとものみつの浜にある―祇曰、忘れて思ふやとはみつの浜にあるといへと家にある妹をいかて忘れぬそと云也。やはとかめたるや也。仙忘れでおもへやは序歌也。て文字にこるへし。」45ウ

069　草枕　たひゆくきみと《客去君》　しらませは《知》　きしのはにふに《岸埴布》　にほはさましを

右一首清江《スミノエノ》娘子《ヲトメ》進《タテマツル》二長《ヲサノミ》皇子《コニ》一姓氏未詳」45ウ

◇草まくらたひゆくきみと―清江の娘子か長の皇子に進し歌也。八雲抄云、はにふ黄土也云々。きしのはにふは住吉の岸の土地をいふなるへし。にほふとはあそふ心なり。此集おくにもあまたこの詞あり。此長の皇子かく旅たちゆきてと、まるましき君としらは岸の土地にあそはしめていますこしと、めん物をとなり。

◇清江娘子―すみの江のおとめとよむへし。下に姓氏未詳とは長皇子の事にはあらす。此おとめか事なるへし。住吉にすめるゆへ清江のおとめといへり。姓氏は未詳といふなるへし。前に長皇子の歌に、霰ふるあられ松原住吉のおとひむすめと見れとあかぬかもとよみ給へるも、此おとめの事なるへし。長皇子は天武の皇子、前に注す。姓氏の沙汰に及ふへからす。

太上天皇幸二于吉野宮《ノニ》一時高市連《タカチノムラシ》黒人《クロヒト》作歌

070　やまとには《倭尓者》　なきてかくらん《鳴而歟来》　よふこ鳥《呼児》　きさのなかやま《象中山》　よひそこゆなる《呼越》」46オ

◇やまとにはなきてか—仙曰、吉野の山中にきさ山といふ山あり。八雲抄に象中山、象山ともいふ由みゆ。鳴てかくらんは鳴てや来るらんの心也。」46オ

071　大行天皇幸二于難波宮ニ一時歌
やまと《倭》こひ《恋》　いのねられぬに《寐之不所宿》　こゝろなく《情無》　こゝのすさきに《此渚崎》　たつなく《鳴》へしや
右一首忍坂部乙麿《ヲシサカヘノヲトマロ》

◇大行天皇—仙曰、文武也。聖武の父大王なる事をあらはさんために大行の称有此集発端略注。

◇やまとこひいのねられぬに—只にも故郷を恋てねられぬに鶴の声にいと、ねかたきを恨てかく鳴へき事かは、心なき事よと也。

072　たまもかる《玉藻苅》　おき《奥》へはこかし《不榜》　しきたへ《敷妙》の　まくらのあたり《枕辺》　わすれ《忘》かねつも
右一首式部卿《シキブキヤウ》　藤原宇合《ノノキアヒ》

◇たまもかるおきへはこかし—是も故郷の妹を思ふより遥の沖へは舟出せしとよめるにや。奥儀抄云、敷妙はぬる所の物をはしきたへといふ。しくと云心にや。〔愚案まくらをしきなるゝ心也。〕

◇式部卿藤原宇合」46ウ　—不比等男、参議、式家祖。

073　長皇子御歌
わきもこ《吾妹子》を　はや見はま《早見浜》風　やまと《倭》なる《有》　わ(イ)か《われ》《吾》松つはき《椿》　不吹有勿勤《ふかさるなゆめ》」46ウ

◇わきもこをはやみ浜風—はやみ浜、見安云、名所也。愚案筑後か名に負浜風なるを吾妹子をはやみんとそへたる

也。妹を早見るといふ浜風ならは故郷の吾宿の梢をもふきをとつれよとなるへし。［われ松椿とは我をまつとそへて也。］

074
大行天皇幸二于吉野《ノ》宮《ニ》一時《ノ》歌
みよしの《見吉野》ゝ　山下風の　さむけく《寒久》に　はたやこよひも《為当也今夜》　わ《我》〈れ〉〔か〕《古来か》ひとり《独》ねん《宿牟》

右一首或云天皇御製歌

◇みよしのゝ山下かせの―はたやは又や也。こよひもといふに幾夜の心有。［祇曰、旅の心也。］

075
うちま山《宇治間》　あさかせさむし《朝風寒之》　旅にして　ころもかすへき《衣応借》　いももあらなくに《妹有勿久尓》

右一首長屋王　高市皇《ノ》子《ノ》息、号二佐保大臣《ト》一。

◇うちま山あさ風寒し―宇治間山、仙曰、大和国。是も吉野御幸の時の歌也。」47オ

076
ますらお《大夫》の　ともの《鞆》をと《音》す也　物部《もののふ》の　おほまうちきみ《大臣》　たてたつらし《楯立》も」47オ

和銅元年戊申天皇御製歌

◇ますらおのともをと―鞆は弓小手也。日本紀臂《ニタヽムキニハハキ》著二稜威《イツ》之《ノ》高《タカ》鞆《ヲ》一といへる物也。順和名には鞁の字をともとよみて日本紀等に鞆の字を用。在レ臂避《ニサクル》レ弦《ヲ》具也。臂鞁《ヒカン》以二朱革《ヲ》一為《ツクル》レ之《ヲ》といへり。此歌の鞆のをとゝは弦の音なるへし。歌の心は明也。元明天皇の和銅元年の比は国家大平にて弓矢をうこかすほとの軍事なしといへとも、文武崩御のゝち聖武はおさなくおはしけれは文武の母君として位につかせ給へは、安けれとも危きを忘れ給はす、治まれとも乱ん事を忘れ給はさりけんに、かやうによませ給へるなるへし。続日本紀四、和銅元年正月武

蔵《ノ》国秩父《チヽフ》郡より銅をたてまつりし時の詔《ミコトノリ》にも挟《サシハサミカクシテ》二蔵　軍器《ヲ》一百日不《サルヲハマウサ》レ首　復《スルコト》レ罪《ヲ》如《クセン》レ初《ノ》とあり。其御つゝし
みのほとをしはかるへし。［見安云、ともは革を張てよくぬりて弓い（囲み）る時手にぬき入るもの也。古来風体云、
此御歌なとそ誠にめてたく覚え侍。］

　御名部皇女《ノ》奉《レルヲ》レ和御歌

077
わか《吾》みかと《大王》　物なおもほしそ《莫御念》　すめ神の《須売》　つきて給へる《嗣而賜》　われならなくに《吾莫勿久尓》

◇御名部皇女―天智皇女、母石川麿大臣女。
◇わかみかと物なおもほしそ―すめかみは皇神《スメカミ》。天照皇大神を申せとこゝは先帝《センテイ》をよみ給ふにや。わか大王さのみ
危く思召そ、」47ウ　御徳によりて皇神のゆつり嗣せまいらせ給ひし御位也、そゝろに無徳の我らに嗣て給へるに
はあらすと慰め申給ふ心也。
和銅三年庚戌春〈二〉〔三〕《三カ》月従二藤原《ノ》」47ウ　宮一遷《ウツリ玉フ》二于寧楽宮《ナラノ》一時《ニ》御輿《ミコシヲトヽメ玉フテ》停二　長屋原《ノ》一迥《ニ》　望《ハルカニノソミテ》二　古郷《ヲ》一御作《ミツクリノ》　歌

　一書云太上天皇御製

078
とふとりの《飛鳥》　あすかの里を《明日香》　〈お〉〔を〕きていなは《置而》　きみかあたりは《君之当者》　見えすかもあらん《不所見香聞》

　　一云　君かあたりを　見すてかもあらん

◇和銅三年庚戌二月―続日本紀四云、三月辛酉始遷都于平城。
◇とふとりのあすかの―【新古旅　元明天皇】此歌新古今に入。東野州抄云、飛鳥とはあすかの里といはんとての
枕詞也。君かあたりとは文武天皇の陵《ミサヽキ》の事也。彼みさゝきに御なこりをおしませ給ひてあそはされたる御製

也。吟味かきりなきさまなるへし。愚案続日本紀三、文武天皇火二葬《シテ》於飛鳥岡《ニ》一奉《ル》レ葬二於檜隈《ヒノクマノ》安古山陵《ノミサヽキニ》一と有。［祇、此歌新古今にいれり。をきていなはと云に、おくのおかける本有。不可然。古郷のあすかを置ていなは過にし君かあたりは見えすかもあらんとよみ給へるならし。」

079

或本従《ヨリ》二藤原京《ノ》一遷《ウツル》二于寧楽宮《ノニ》一時《ノ》歌

すめろき《天皇》の　みこと《御命》かしこみ《畏》　にきひにし《柔備尓之》」48オ　いへ《家》をえらひて《択》　こもりく《隠国》の　はつせの河《泊瀬川》に　舟うけて《舡浮而》
わか《吾》ゆく《行》河の　川くま《隈》の　やそ阿《八十くま》おちす《不落》　よろつ《万》たひ《段》　かへりみ《顧》しつゝ《為乍》　玉ほこ《桙》の　道ゆき《行》くらし《晩》　青丹
よし《吉》　なら《楢》のみやこ《京師》の　さほ《佐保》川に　いゆき《伊去》いたりて《至而》　わか《我》ねたる《宿有》　ころも《衣》のうへ《上》に　あさつくよ《朝月夜》　さやかに《清》
見れは　栲《たへ》の穂《ほ》に　よる《夜》の霜ふり《落》　いはとこ《磐床》と《等》　川のひこりて《氷凝》　さゆる《冷》よ《夜》を　やむ《息》こと《言》もなく《無》　かよひ《通》
つゝ《乍》　つくれる《作》いへ《家》に　千代にても　きませ《来坐》おほきみ《多〈王〉公》と《与》　われ《吾》」48ウ　もかよはん

◇みことかしこみ―元明」48オ　天皇の詔命をたふとむ心也。続日本紀《ノ》四和銅一年三月戊寅詔《シテ》曰、上略方《マサニイマナ》今平城《ラノ》之地《ハ》四禽叶《ヒ》レ図《ツニ》三山作《ナス》レ鎮《ヲ》。亀筮《キセイ》並従《ニシタフ》。宜《ヘク》レ建《ク》二都邑《ヲ》一、宜《ヘシ》二其営《ク》構《レス》一下略。これ遷都の命也。

◇にきひにし―柔備。仙曰、にきはへるといふ詞也。

◇いへをえらひて―新都に作んとにきはひし家材をえらひとりて舟なとにてはこひうつすさまなるへし。

◇やそくまおちす―やそのくまくま毎に〈彼家材に心を〉〔て古京をかへりめを〕とめてゆく心なるへし。［見安云、河くま河のまかりたる所也。」

◇わかねたる衣の上に―新都のいまた家もとゝのほらて」48ウ　ねたる衣上に月うつると也。

◇朝月夜《アサツクヨ》─仙曰、あしたによりて出る月也。下紘巳後の月にあたれる也見安云、アリア。ケと云点も有

◇栲《タヘ》乃穂《ホ》─詩唐風曰、山有《ニ》レ栲。註栲《ハ》山樗。似《ニテ》レ樗色《ニ》小《スコシク》白《シ》。葉差狭《ヤ、セハシ》云々。和名樗《ニ》ぬてと読。〈此集十三に、たへのほに麻きぬきると読るは白き衣裳也。こゝは〉言《イフコ、ロ》は栲の穂のことく白妙に霜降しと也。仙覚、たへはほむる詞といふ。愚案穂は顕る心也。

◇いはとこと川のひこりて─仙曰、川水の岩床なとのやうに氷るといふ也。氷をひと云。

◇つくれる家に千世にても─かく寒夜にもやます作りし殿舎に千世も君きませ、我もかよひ仕へ奉んと也。此長歌に玉鉾の道の説、仙覚由阿説に何も不愷。只道の枕詞とそ。

反歌

080　あをによし《青丹吉》　ならのいへには《寧楽家》　よろつよに《万代》　われもかよはん《吾将通》　わするとおもふな《忘念勿》

右歌作主未詳

◇あをによしならのいへ─万代に我もかよはんとは長歌に千世にてもきませ大きみといひしをうけてよろつに我もとよめり。」49オ

和銅五年壬子夏四月遣《ツカハセル》ニ長田王《ノヲ》于伊勢《ノ》」49オ斎宮《イツキノミヤニ》ー時山辺《ノノ》御井《ニテ》作《レル》歌

081　やまのへの《山辺》　みゐを《御井》見かてり《我氏利》　かみかせの《神風》　いせのおとめら《伊勢処女等》　あひ見つるかも《相鶴鴨》

◇やまのへの御井を─見安云、山辺御井、伊勢也。愚案家隆卿の歌にもよめり。見かてりは見かてらといふ詞なるへし。神風のいせといふ事、仙抄に風土記伊勢を引て委。伊勢津彦の神、神武天皇に伊勢国をまいらして立さ

らんと天日別命にいへる詞、風土記にあり。云、吾《アレ》以二今夜一起《ヒヲ》二八《シテヤクサノ》風一《ヲ》吹二海水一《ウシヲ、》乗《テ》レ波《ナ》浪《ミニ》将《マサニ》東《ニ》入《ン》。此則《コレ》吾之《カ》却《カヘリナンシルシ》由也。天日《ノヒ》別《ワケノ》命整《トヽノヘテ》レ兵《ヲ》窺《フニ》レ之《ヲ》比《ホヒ》レ及《フ》二中夜一《ニ》、大風四方《モニ》起《チア》扇《ケ》二挙《テ》波《ナ》瀾《ミヲ》一光耀《クコト》如レ日。陸《ク》国《ニツ》海《ウナハラ》共《ニテレリ》朗。遂《ツキニ》乗《テ》レ波《ニ》而東《ス》焉。古語《ニ》云神風《ク》伊勢《ノ》国常世《トコヨノ》浪《ノ》寄《スル》国《トハ》者蓋《ケタシコレイフ》此謂レ之《ヲ》也風土記略註。〔祇曰、長田王を斎宮に遣す時山辺の御井にてよめり。別に心なきか。〕

082　うらさふる《浦佐夫流》　こゝろ《情》さま見じ　久かた《堅》の　あま《天》のしくれ《四具礼》の　なかれ《流》あふ《相》みば

◇うらさふるこゝろさま━仙曰、うらさふるはさひしきを云也。此歌は時雨をあはれむうたと聞えたり。空かき曇り時雨るゝ」49ウ 雨のなかれあふを見は、したさひしき心さまも見えしとよめる也。〔或説、心さまみしとは心寒しと云事也云々。髣髴也。難用也。〕

083　わたつみ《海底》の　おきつしら波《奥津白波》　立田山」49ウ　いつかこえなん《何時鹿越》　妹かあたり《当》みん

右二首、今案不《ルニ》レ似二御井《ニテ》所《ロニ》レ作《ル》。若疑《モシウタカフラクハソノカミ》当時誦《スルコノ》二之古歌《ルヲ》一歟《カ》。

◇わたつみのおきつ白波━祇曰、此歌も同所にてよめり。立田山といはんとて沖津白波といふ。おきつしらなみといはんとてわたつみのといへり。敷嶋のやまとにはあらぬから衣のことし。されは以此歌、顕昭法師は彼おきつしらなみたつた山夜半にや君か独の歌をもぬす人ならすともといへるにや。愚案古郷立田山をこえてゆく所なれは、いつかこえて妹かあたり見んといへり。此五文字、海底の字、仙抄に古点にはみなそこのとよみしといへり。不審也。二条家、六条家ともに昔よりわたつみのとよみし歌也。其故は古今の顕註密勘に此歌を引て彼夜半にや君かの歌の証歌にわたつみのおきつしらなみとかきたり。是仙覚よりはるか昔のことなり。」50オ

084
寧楽《ナラノ》宮長《ニテヲサノ》皇子与《トト》二志貴皇子一於《テ》二佐紀宮《ノニ》一倶《トモニ》宴《スル》歌」50オ
秋さ《去》れらイは《者》　今も見るこ《如》と　妻こひ《恋》に　鹿なか《将鳴》ん山そ《曽》　高野はら《原》の《之》うへ《宇倍》
右一首長皇子

◇秋されはいまも見ること―或本に秋さらはと和す。尤可然歟。八雲抄に高野原大和、鹿なく山のすそ也とあり。此歌の事なるへし。秋来たらは此野の上の鹿なくへき山の面白さ、今も見ることく思ひやらる丶との心なるへし。

万葉集第一終」50ウ

天和二年壬戌陽月朔日註解始而同十八日終功墨付四十八枚　季吟（印）」50ウ

巻四翻刻

万葉集巻第四
相聞
難波天皇妹《ノ》奉《タテマツル》下上在《イマスル》二山跡《ヤマトニ》一皇兄《ニ》上御歌一首

484
ひと《一》日こそ《社》　人も待つけ《告》　なかき《長》気《け》を　かくまたるれは《如此所待》　あり《有》えたへすも《不得勝》

◇相聞─此集第二巻に八雲抄の御説を注すといへとも、又童蒙抄云、花紅葉を翫ひ雪月を詠せるにはあらて思ふ心をいかさまにもいひかへて人にしらする歌をあひきかする歌と名付たるへし。

◇難波天皇─仁徳帝成へし。御妹は数多有。誰そや。

◇ひとひこそ人も待告─なかき気は気長く成ぬといふに同。嘆息也。有えたえすは堪忍し難き心也。

485
岳本天皇御製一首并短歌

神代より《従》　あれ《生》万時うみつぎくれは《継来》　人さはに《多》万時おほく　国にはみちて《満而》　あちむらの《味村》　いさとは《去来者》さはきは万時ゆけ《行》と《跡》　わか《吾》恋る　君にしあらね《不有》あらす万は　ひるは《昼》日の　くるゝまて　よるは《夜者》よは万時夜の　明る」1オ　寸食《きはみ》《万きけ》　おも《念》ひつゝ《乍》　いも《寐》ね《宿》かてに《難》と　あかしつらくも　なかき《長》此夜を万時ねなくにとあかしつらんも

◇岳本天皇─舒明天皇歟。

◇あれつぎくれは─生継来。」1オ　神代より人生れ継〳〵て国土にみちておほき心也。伊《イ》弉冊尊《サナミノミコト》、国民を日々に千頭《チカウヘ》くびりころさんとの給ふに、伊《イ》弉諾尊《サナギノ》、かくの給はは我は日々に千《チカウヘアマリイ》　五百《ヲ》頭《カウヘ》生しめんとの給ひけれは、国民は数そふ事、日本紀に見えたり。

◇あちむらのいさとはゆけと─仙曰、味村は鳥也。いさとはゆけとゝは鳥の立羽音《ハヲト》ざと聞ゆれは云。又村鳥の習ひ一つも立初れは皆さそはれたては、いさとはゆけとゝよそへよめる也。[定家卿万時には、あちむらのさはきはゆけととあり。此義を可用也。]　愚案味村の」1ウ　とはいさとはゆけとゝいはん枕詞也。国にみちて人おほくさそひゆけとも我まつ君にあらねは終日終夜思ひつゝ〈つらくも〉長き夜をいねかたくてあかすとの心なるへし。

◇夜のあくる寸食《キハミ》—夜のあくるかきり、明るまでになといふ詞とそ。きはみは極め也。〔あかしつらくもは明しつる也。らくは事也。もは助字也。〕

反歌

486　やま《山》のは《羽》に　あち《味》むら《村》さはき《騒》　去《仙ゆく万時いぬ》なれと　吾はさふむ古来幷万時しゑ　君にしあらねは《不在》

◇山のはにあちむらさはき—仙曰、さひしといふ詞を此集にてはさふしとかける事あまたみえ侍也。ひとふと同内相通也。〔愚案但古来風体、万時にもわれはさむしゑとあり。可有之。〕愚案あちむらのむらかりさはくも我まつ君にしあらねはさひしきと也。ゑは助字也。是袖中抄の義也。古来風体、味村こまとよめるは本のかはりにや。

487　あふみち《淡海路》の　とこ《鳥籠》の山なる《有》　いさや《不知哉》川　気《俊成け》のころころ《己呂其侶》は定家けふこのころは　恋つゝ《乍》もあらん《将有》

右、今案《スルニ》高市岳本宮《ノ》後岡本宮《ノ》二代二帝各有レ異焉。但称《セウスル》二岡本天皇《ト》一。未《タ》レ審《ツマヒラカニセ》二其指《コトヲ》一。」1ウ

◇あふみちのとこの山なる—とこの山いさや川、淡海《アフミ》の名所也。此歌下句、気乃己呂其侶を〔定家卿万時幷に〕類聚万葉にはけふこのころはと和せり。たとひ〔俊成卿古来風体のやうに〕けのころ〳〵はとよむとも心はけふ此比はといふなるへし。扨此上句はあふみといふも逢といふ詞、とこの山は床とそへ、いさや川はいさ〈とさそふ詞。長歌にいさとはゆけと、あるもさそふ〉〔やといふ詞也。逢といひ床といふもいさやあはてありといふ〕儀也。この詞にきこゆる国の名、山河の名をよみてそれに心を催しおこして我は逢みぬ床に〔けふこのこ

ろは」恋つゝあらんを也。〈誰さそふ物もなけれは〉〔さてのちはいかゝせん〕と也。

額田王思《ヲモヒテ》二近江天皇《ヲ》一作歌一首

488 君まつ《待》と　我《吾》こひ《恋》をれ《居》は　我屋と《戸》の　すたれ《簾》うこか《動》し《之》　秋の風〈の〉《イあきかせそ》ふく」2オ

◇君まつと吾こひ―【勅恋四】君か来てすたれうこかしいりくる事を待に君は」2オ来たらて秋風の吹と也。

鏡王女作歌一首

489 風をたに　こ《恋》ふるはとも《乏》し《之》　風をたに　こん《将来》としまたは《待者》　いか《何》ゝなけかん《将嘆》

◇風をたにこふるはともし―たとへは炎天なとに風をこふれは思ふまゝにはふかてともしき也。されは風をたに必来んとまたはかくともしくはいかゝなけかん、まして君をまつ歎き思ひやれと也。

吹黄刀自歌二首

490 真野の浦の　よとの継橋　こゝろ《情》ゆも《田毛》　思ふや妹か　いめにし見ゆる《所見》

◇真野のうらのよとのつき橋―こゝろ由毛は心にもと也。仙曰、たとへは従文字をにともをともよりとも所によりてよめとも何の詞も皆こめてそへたる也。愚案真野継橋、八雲抄、摂津云々。いめは夢也。ゆめはしらぬ世界にもゆく事、谷川なと隔てし所にもゆく橋のことし。されは源氏物かたりには夢浮橋といへり。夢にみゆるといはん序にまのゝうらのよとのつきはしとよめるなるへし。

491 河上の　伊都藻の花の　いつも《何時》〳〵　来ませわかせこ《我背子》　時わかめやも」2ウ

◇河上のいつもの花の―是もいつも〳〵時わかす来ませといはん序に河上のいつもの花のと」2ウいへり。仙曰、物をほむるには何にもいつの詞をそゆる習ひなれは是も藻の花をほむる詞也。日本紀第三に名《ナツケテヲ》二所置垣瓮《キノハニヘヲ》一為二厳《イツ》瓮《ヘト》一、又火《ノ》名《ヲ》為二厳香来雷《イツカクツチト》一、水《ノ》名《ヲ》為二厳罔象女《イツノミツハノメト》一、粮《カテノ》名《ヲ》為二厳稲魂女《イツノウカノメト》一、薪《ノ》名《ヲ》為二厳山雷《イツヤマツチト》一、草《ノ》名為二厳野槌《イツノノツチト》一といへり。是道臣《ヲミノ》命にたかみむすひのみことをまつらしめ給ふ時の事也。愚案見安には藻の花は水より出る故いつ藻と云云々。猶仙説可用か。

田部忌寸櫟子《タナヘノイミキイチイコ》任《スル》二太宰《ニ》一時《ノ》歌四首

492　ころもて《衣手》に　とり《取》と、こほり　なくこ《児》にも　まされる《益有》吾を　をき《置》て《而》いか《如何》、せん《将為》

◇ころもてにとりと、こほり—親をしたひて袖にとり付引と、こほる子にもまさりてしたふ我を置てはいか、別せんと也。

493　をきていかは《置而行者》　妹こひんかも《将恋》　しきたへ《敷細》の　くろかみしきて《黒髪布而》　なかきこ《此》の夜を

◇をきていかは妹恋ん—妹ををきて別ゆかん跡に黒かみしきたへて長きよを独ねつ、我を恋んと也。

494　わきもこ《吾妹児》を　あひしらせ《相令知》けん　人をこそ　こひのまされは《恋益者》　うらめしみおもへ《恨三念》」3オ

◇わきもこをあひしらせ」3オ—妹にあはせし故、此別の歎きも恋もまされは、あひしらせけん人をこそうらめしくおもへと也。わりなきあまりの事成へし。

495　朝日影　にほへるやま《山》に　てる《照》月の　あかさる《不猒》仙あかすや君を　山こし《越》にをき《置》て

◇朝日影にほへる山に—【祇曰、心は西の山のは近き有明の月は光も照しなから夜の明るに随ひ朝日出なんとするよそほひのうつろふはあかぬ名残によそへ読り。山こしはへたつる心也。】

柿本朝臣人麻呂歌四首

496 三熊野の　浦の浜木綿《はまゆふ》　もゝへなる《百重成》　こゝろ《心》はおもへと《雖念》　たゝに《直》あはぬかも《不相》

◇三熊野の浦の浜ゆふ―【拾恋一】倚語抄云、浜ゆふは芭蕉《ハセヲ》葉にゝたる草の浜に生る也。葉のもゝかさね」3ウある也。三熊野は紀伊国のくまのゝ浦を云也云々。但童蒙抄には此みくまの伊勢也。大饗の時は鳥の足包む料に伊勢の国みくまのゝうらへはまゆふをめすといふ云々。【祇曰、歌の心は百重に思へともあはぬとなけく也。此はまゆふに恋しき人の名を書て枕にもし衣なとにそへてしけは夢に思ふ人みゆるとなん。定家卿、〽時のまのよはの衣の浜ゆふや歎きそふへき三熊野の浦。】

497 いにしへに《古》　ありけん《有兼》人も　わかことか《如吾歟》　妹に恋つゝ《乍》　いねかてにけん《不宿勝家牟》

◇いにしへにありけん人も―いねかてにけんとはいねかたかりけん也。

498 今のみ《耳》の　わさ《行》にはあらす《不有》　古の　人そまさりて《益而》　ねにさへなきし《哭鳴》

◇今のみのわさにはあらす―恋はむかしより有しといはんとて也。

499 もゝへ《百重》にも　来をよへかもと《及毳》　おもへかも《念》」3ウ　きみか《公之》使ひの　見れとあかさらん《雖見不飽有哉》

◇もゝへにもきをよへかもと―たひ〳〵来よとおもふか君か使のたひ〳〵来て見れとあかさりけんと也。目高き人なとの及ひなくおもふあたりより懇志あるを悦ふ心にや。

500 碁檀越往《シ》㆓伊勢国《ニ》㆒時留《レルノ》妻作歌一首

かみかせの《神風之》　いせ《伊勢》の浜荻　折ふせて《伏》　たひねやすらん《客宿也将為》　荒き浜辺に

◇かみかせのいせの浜荻—童蒙抄云、浜おきとは彼国に芦を云也八雲同。祇曰、男の伊勢へ下るを思ひやりてよめる也。」4オ 新古今に入。

柿本朝臣人麻呂歌三首」4オ

501　おとめらか《未通女等之》　袖ふる《振》山の　みつかき《水垣》の　ひさしきよゝり《久時従》　おもひき《憶寸》吾は

◇おとめらか袖ふる山の—袖振山、八雲抄、大和吉野也云々。袖振といはんとておとめらかといへり。童蒙抄此歌の註云、人丸は天平の時の人也。崇神天皇三年秋九月に都を磯城《シキ》に移《ウツ》さしめ給ふ。是を瑞籬《ミツカキノ》宮と云也。委日本紀第五に見えたり。されは水かきのおこりかの時也。久しきよゝりとは昔よりといはんとてみつかきのとはよめる歟云々。但此抄には此歌おとめこかと有。とまりもおもひそめてきとあり。是拾遺集に如此入たるを被レ用たるにや。［或説、乙女らか袖といふ迄は諷詞にて布留山をよめり。ふるの明神おはせはみつ慥其ゆへ云々。然とも不用之。」

502　夏野ゆく《去》　をしかのつの《小牡鹿角》ゝ　つかのまも《束間》　いもか〔之〕こゝろ《妹心》を　わすれておもへや《忘而念》おもふやイ古来思へは

◇夏野ゆくをしかのつのゝ—【新古恋五】仙曰、五月《ノ》夏至《ゲシ》日《ノ》鹿角解《ロクカクゲ》すなといひてあり。礼記の春にみえたり。扨其もとの角おちて今生る角は手にとる斗生ぬるによせてつかのまもとはよめる也。愚案つかのまは時の間也。わかあまり忘れかたき」4ウ ゆへに時のまなりとも妹か心を忘れておもへと我もいへり。イおもふやは思んや也。

503　たまきぬ《珠〔之〕衣》の　さゐ〳〵しつ《〔之〕沈》〈み〉〔む〕仙み　家の妹に　物いはす〔之〕《不語》来て　思ひかねつも」4ウ

◇たまきぬのさゐ〳〵しつ〈み〉〔む〕—袖中抄曰、たまきぬはほむる詞也。さゐ〳〵は〈い〉〔ゐ〕とやと同音也。

きぬの新しきはさや〱となる也。しつむは扨しつかに居たりしと云歟。愚案玉きぬのあさやかなる衣《キヌ》のをとなひさや〱としてしつまりゐたりし妹に物をもいはて来ておもひ侘たりと成へし。

柿本朝臣人麻呂妻歌一首

504　きみ《君》か家に　吾《われ》すみ《住》坂の　いへち《家道》をも　われ《吾》はわすれ《不忘》し　いのち《命》しなすは《不死者》

◇君か家に吾住坂の―住坂は所の名也見安義。君か家、我住とそへて夫の家に女は帰《トツキ》住事をいひかけて、我命のあらむかきり君か家路をもわすれましきと也。

安倍女郎歌二首

505　いまさら《今更》に　何をかおもはん《将念》　打なひき《靡》　こゝろ《情》は君に　より《縁》にし物を

◇いまさらに何をかおもはん―祇曰、此歌は君になひきてよる心の外に更に何をか思はんといへり。」5オ 師説打なひきは一向に同。

506　わかせこ《吾背子》は　物なおもひ《莫念》そ　事しあらは《有者》」5オ　火にも水にも　吾ならなくに

◇わかせこは物なおもひそ―仙曰、いかなる事有とも火にも水にも成てうすへき我にてもなし。我せこは物な思ひそとよめる也。

駿河采女歌一首

507　しきたへ《敷細》の　枕をくゝる　なみた《涙》にそ　うきね《浮宿》をしける　恋のしけき《繁》に

◇しきたへの枕をくゝる―浮ねとは水鳥のうきねなと水上にねる事也。恋のしけき故の泪のふかきをいはんとて也。

三方沙弥歌一首

508　ころもて《衣手》の　わく《別》今夜より《従》　妹も吾も　いたく《甚》恋んな　あふよし《相因》をなみ

◇ころもてのわくこよひ―逢時は妹背衣をかはすを別るゝ時は袖と袖わくるを衣手のわく」5ウ　といふ也。かく別る今夜より又逢由なけれはいたく恋んと也。

丹比真人笠麻呂《タチヒノマウトカサマルカクタルツクシノクニヽ》下二筑紫国一時作歌一首幷短歌

509　臣女《まうとめ》の　くしけ《匣》に　のする《乗有》　かゝみなす《鏡成》」5ウ　見つ《津》の浜辺に　狭丹《さに》つらふ《頰相》　ひもとき《紐解》さけ《不離》〈ぬ《すイ》〉〔す〕　わきも《吾妹》こ《児》に　恋つゝ《乍》　居《をれ》は　あけぐれ《明晩》の　あさ《旦》霧《きり》隠〔こもり〕〈かくれ〉〈こもり〉　なく《鳴》たつの　なき《哭》のみ《耳》そなく《哭》　わかこふる《吾恋》　千重のひと《一》へ《隔》も　なくさむる《名草漏》　こゝろ《情》も有やと　家のあたり《当》　わか《吾》立見れは　青はた《旗》の　かつらき《葛木》山に　たなひける　白雲隠れ　あま《天》さかる　ひな《夷》の国へ《辺》に　たゝむかふ《直向》　あはち《淡路》を過て　あはしま《粟嶋》を　そかひ《背》に見つゝ《乍》　朝なきに　かこ《水手》のをとよひ《音喚》　ゆふなき《暮》に」6オ　梶のをと《声》しつゝ《為乍》　波の上を　いゆき《五十行》さくゝみ　いはのま《磐間》を　いゆき《射往》もとをり《廻》　いなひつま《稲日都麻》　うらみ《浦箕》を過て　鳥自物《し》　なつさひゆけは　家の嶋　荒磯のうへに　打なひき《靡》　しゝ《四時》に《二》生たる　なのりそ《莫告》か《我》　なとかも妹に　つけす《不告》来にけん」6ウ

◇臣女《マウトメ》―見安云、朝に仕《ツカフ》る女也。匣に乗《ノス》る鏡成迄は三津をいはん諷詞也。鏡はみれは也。

◇狭丹頰相《サニツラフ》―袖中抄に匂ふと同、ほむる詞也云々。下の吾妹児にかゝれる詞なるへし。

◇明晩の旦霧隠《コモリ》　鳴たつの迄はなきのみそなくの諷詞也。

◇青旗の葛木山―仙曰、木にはひかゝりて手の長くしけきは青旗に似たれは青旗の葛木とつゝくる也。

◇たゝむかふ―淡路は〈住吉〉〔三津の浜〉より」6オ たゝちに向へはかくいふ成へし。

◇粟嶋をそかひに見つゝ―粟嶋、八雲抄、勅撰名所集等阿波云々。淡路を過ては、阿波嶋はうしろさまにみる心なるへし。此集三にも、むこの浦をこきまふ小舟あは嶋をそかひにみつゝともしき小舟。

◇かこのをとよひは舟子共の声よばふ心也。

◇[い]ゆきさくゝみいはのまを―仙曰、さくゝみは早《ハヤ》くゝると云也。舟の波の上をゆられゆくは波をくゝるやうに見ゆる也。岩のまをいゆきもとをりはめくるをもとをると云。岩のあるところを梶をひきまはしてめくりゆけはいゆきもとをりと云り。

◇稲日《イナヒ》都麻《ヅマ》―仙曰、播磨国也。うらみを過ては浦を見過ての心なるへし此儀如何。［見安云、いなひ妻、妻のいなと云心也。恨の枕詞也。恨の磯の事也。為尹千首、果は恨の磯の松風と読る所也。此説可用之。分口決。］

◇鳥自物なつさひゆけは―鶏《トリ》は人になつく物なれはなつさひをいはん諷詞也。浦々しま〳〵見なれそなれゆく事をなつさひゆけはと云也。」6ウ

◇家の嶋―八雲抄、播磨云々。見安し、におひたるはしけく生たる也。愚案なのりそかは神馬藻也。かの字にこりてよむとすむと両説也。にこれはなのりそのといふに同。下に不レ告《ツケス》来にけんとあり。是をいはん枕詞也。莫《ナノ》告《リソ》と書故也。允恭天皇の衣通姫の海の浜藻のとよみしを是歌《コノ》不《ス》レ可レ聆《ヘカラキカシムアタシヒトニ》二他人一との給ひしより時の人浜藻を名つけて名のりそもといふ事、日本紀十三にあり。此心にて莫告と書故なるへし。

◇なとかも―もは助字也。我つくしにゆきていつかへりこんなと委告しらせよく契置て来へき事をさる事もいはて

来たるをくやむ心なるへし。

反歌

510　しろ《白》たへ《妙》の　袖とき《解》かへ《更》て　かへ《還》り来ん　ほとをかそへ《月日乎数》て《而》　ゆき《往》てこ《而来》ましを《猿尾》

◇しろたへの袖ときかへて―見安云、たかひに袖をときかへて切に契る心なり。愚案妹か袖と我袖をかたみにとりかへていつのほと帰りこんなと月日をもかそへてこそつくしに行へき物を、なとかはさる事もいはて来けんと悔む心、なかうたに読しを立かへり云也。

幸ノ二伊勢国ニ一時当麻麻呂ノ大夫カ妻作歌一首

511　わ《吾》かせ《背》こ《子》は《者》　いつち《何処》ゆくらん《将行》　おきつもの《已津物》」7オ　かくれ《隠》のやま《山》を　今日かこ《超》ゆらん

◇幸伊勢―聖武行幸の時歟。

◇わかせこはいつちゆくらん―奥津藻は波路に隠れ」7オ 生る物なれは隠の山の枕詞にをく也。隠の山は伊勢也。八雲にあり。

草嬢歌一首

512　秋の田の　穂田のかり《刈》はか《婆加》　かより《香縁》あはゝ《相者》　そこ《彼所》もか人の　吾を《乎》こと《事》なさん《将成》

◇秋の田のほたのかりはか―童蒙抄云、かりはとはさかりといふ也。仙曰、田のかりきはと云心也。かよりあはゝそこもか人の我を事成《ナサ》んとは、田を此方彼方より刈ゆく程になかばによりあひぬれは共になすへき事遂るにたとへて云也。[穂田は穂に出し田也。]

513
志貴皇子御歌一首
大原の　此市柴の　いつしかと《何時鹿跡》　わかおもふ《吾念》妹に　今夜あへる《相有》かも
◇大原のこのいちしはの━序歌也。市柴のいつしかといはんとて第一二の句はいへり。大原山城か。［或説ニ大なる原のいつくしき芝也。道のへのいつ芝原と」7ウ よみし類也といへと非也。中務親王、夜終此市柴を折敷て雪にそ明す大原の里。又信実、大原に行て見ましいつしかと咲市柴の花のしたへに。］

514
阿倍女郎歌一首
吾背子か　き《蓋》せる衣の　針目おちす《不落》　いり《入》にけらしも《なイ》　わかこゝろさへ《我情副》」7ウ
◇わかせこかきせる衣の━此せこかきせる衣と云はきませる衣と云也。針目おちすは針目毎に也。夫か衣の針目ことに心を入てぬふといひて深切をあらはせり。

515
中臣朝臣東人贈㆓阿倍女郎㆒歌一首
ひとりねて《独宿而》　絶にしひも《紐》を　ゆゝしみ《忌見》と　せんすへしらに《為便不知》　ねのみしそ《哭耳泣》なく
◇ひとりねて絶にし紐━ゆゝしみはいまはしき也。あはぬ独ねに紐の切《キレ》たるは中絶る事のやうなれはゆゝしみといふ。せんすへしらには為方《センカタ》不知也。

516
阿倍女郎答歌一首
わかもたる《吾以有》　三相《江本点みつあひ》によれる　糸もちて　つけてまし物を　今そ悔しき
◇わかもたる三相に━此第二句みつあひにと江本の点のよし仙覚説也。歌の心は、東人か紐のたゆるをいみて歎けは、我三つなひによりし糸をもちたるに其糸を其紐につけん物を、さあらはさやうにたゆましきに悔しと也。

仙覚説如此。〔三相、糸三筋合せし糸也。つよくせん心也。〕」8オ

大納言兼大将軍大伴卿歌一首」8オ

517　さかき《神樹》にも　手はふる《触》といふ《云》を　うつたへ《打細》に　人つま《妻》といへ《云》は　ふれぬもの《不触物》か〈な〉〔も〕《古来かは》

◇さかきにも手はふると—榊は神木なるたに手を〈う〉〔ふ〕るゝに人妻には手ふれかたしと也。うつたへはうちつけになといふ心也。奥儀抄には偏にと有。

518　石川郎女歌一首

春日野の　山辺の道を　よそりなく《無》　かよひし《通之》君か　見えぬ《不見》ころかも

◇春日野の山への—仙曰、よそりなくとはよそへよる事もなくかよひしとよめる也。

519　大伴女郎歌一首

あまさはり《雨障》　常する《為》きみ《公》は　久かた《堅》の　昨日《よふへ》《きのふ》の雨に　こりにけんかも《将懲鴨》」8ウ

◇あまさはり常するきみ—雨障とは雨にはさはりて来ぬ君也。常に雨をいとふ君はよんへの雨にはこり果てもはや此のちはこさらんかと也。心さしふかき人は雨にもさはらねと浅きゆへ雨をいとふなれは也。久かたのとは雨にこりけんといはんとて也。久堅のはにふのこやにこ雨ふりといふ歌をも久かたのこさめと」8ウいふへきを、つゝきをいたはりて詞の上下したる也と奥儀抄にいへるたくひなるへし。

後ノ人追《ヲヘル》㆓同歌《ヲナシウタヲ》㆒一首

520
久堅の　雨もふらぬか《落糠》　あまつゝみ《雨乍見》　君にたくひて《於君副而》　此日くらさん《令晩》

◇久堅の雨もふらぬか—ふらぬかはふらぬ哉也。雨つゝみは雨衣也。油衣也。雨包して来〈ぬ〉〔る〕君を待女の歌也。雨包みは身にそひたくふを枕詞に置て、君にたくひて暮すへきに雨もふらぬ哉、雨ふらは君か雨包の如く君にそはん物をと也。［師説、雨つゝみ、雨隠れ也。雨をつゝしむ也。雨中に共にこもりゐる心也。此義を可用也。」

藤原宇合《ノノキアヒノ》大夫《マウチキミ》遷任《センニンシテ》上《ル》レ京《ニ》時常陸娘子《ノヲトメ》贈《ヲクレル》歌一首

521
庭にたつ《立》　あさてかりほし《麻手刈干》　しきしのふ《布慕》　東《八あつまをとめ 古あつまをんな》女を　わすれたまふな《忘賜名》」9オ

◇遷任—受領の四ヶ年の後こと国にうつり任する也。

◇庭に立麻手かりほし—東女、奥儀抄にあつまをんなとよみて、あさては麻の事也。又庭立のあさてとも有云々。童蒙抄にもあつまをんなと和して、しきしのふはしきりに忍ふといふ也云々。八雲抄、あつまおとめ。【仙点も如此。古来風体はをんなと有。両点】可用之。」9オ

京職《ミサトノツカサノカ》大夫《ミ 草イ》藤原麻呂《ノマロ》大夫《ノマウチキミ》贈《タマフ》二大伴郎女《トモノヲトメニ》一歌三首

522
おとめらか《娍嬬等》　玉くしけなる《珠篋有》　玉くしの《櫛》　めつらしけんも《神家武毛》　いもにあはすあれは《妹有》

◇京職大夫—左京右京なとの大夫なるへし。

◇おとめらかたまくしけなる—童蒙抄云、玉櫛とはよきくしと云也。愚案序歌也。玉くしけは櫛の箱也。めつらしけんは珍しからん也。もは助字也。あは、珍しからん妹に逢されは恋しと也。

523　よく《好》渡る　人は年にも　あり《有》てふ《云》を　いつのま《何時間》にそも　わか《吾》恋にける《来》

◇よく渡る人は年にも―【見安云、七夕の事也。愚案七夕の年の渡りとて年に一度渡りても心よく有てふを我は絶間もなく逢見なからいつの間にはやかく恋にけるそと也。】〈〔見安云、よくわたる人は年にも、七夕の事也。七夕は〕〉」9ウ

524　あつ《烝》ふすま《被》　なこやかした《下》に　ふせ《雖臥》れとも　妹と《与妹》しねゝ《不宿》は　はた《肌》し寒しも《霜》

◇あつふすまなこやかしたに―烝被《アツフスマ》なごやが下にとは仙曰、厚くあたゝかなれは寒き事もあるましくやはらきたる下にふせれとも君とねゝは寒しと読る也。なこやといへるやの字は助の詞也。愚案柔《ナコ》、和の字也。

大伴郎女和《スル》歌四首

525　さほ《狭穂》川の　さゝれ《小石》ふみ《践》わたり《渡》　ぬは《夜干》玉の」9ウ　こま《黒駒》の来る夜は　年にも有糠《あらぬか》《あるか》

◇さほ河のさゝれ石ふみ―此歌は彼よく渡る人は年にも有てふをとよめるに和する歟。こまのくる夜とは、麻呂大夫か駒にてくる事は年の渡にあらぬかはと也。類聚万葉にはあるかと和す。ある哉也。心は同し。〔古来風体にはあるかなと有。〕」10オ

526　千鳥なく《鳴》　佐保の河瀬の　さゝ《小》れ浪　やむ《止》時もなし《無》　吾こふ《恋》らくに

◇千鳥なく佐保の河瀬の―序歌也。波の止時なきか如我もやむ時なく恋ると也。

527　来ん《将来》といふ《云》も　こぬ《不来》時ある《有》を　こし《不来》といふを　こん《将来》とはまたし《不待》　こし《不来》といふ《云》物を

◇こんといふもこぬ時あるを―心は明なるへし。とまりのこしといふ物をはこしといふをゝ又云也。

528
千鳥なく《鳴》　佐保のかはと《河門》の　瀬を広み　打橋わたす《渡》　なか来《く》とおもへ《念》は

右、郎女者《ハ》佐保大納言卿《ノ》之女《ムスメ》也。初嫁《ハシメトツキテ》二一品穂積皇子《ホツミノミコニ》一被《カフルコトイツクシミヲ》レ寵無レ儔《タクヒ》而皇子薨之後《テノチ》時藤原麻呂《ノ》

大夫《マウチキミ》」10オ娉二之《コノ》郎女《ヲ》一焉。郎女家《イエヰス》二於坂上里《ノノニ》一。仍族氏号《ヤカラナツケテ》曰二坂上郎女《ノノヲトメト》一也。

◇千鳥なく佐保の河門の―見安云、河門は河へかよふ道ある所也。愚案なかくは汝来也。

又大伴《トモノ》坂上《ノノ》郎女歌《カ》一首

529
佐保河の　きし《涯》のつかさ《官》の　小歴木《古わかくぬき　仙しば》なかりそ《莫刈》　ありつゝ《在乍》も《毛》　春しきたら《来》は　立隠るかに

◇佐保河のきしのつかさの―一条殿歌林良材につかさはきはの心也。愚案此わかくぬきをからて有つゝも春来たらは枝葉栄ん陰に隠れんほとにと也。小歴木、良材にもわかくぬき也。然に仙覚はしばとよむ。岸のつかさはきしのつゝき也と云々。正しき由緒あらは可用歟。[或説、きしのつかさは岸の高き所也。野つかさも同といへり。不用之。]

天皇賜《タマフ》二海上《ウナカミノ》女王《ニミ》一御歌一首

530
あか《赤》駒の　越馬柵《こゆるまかき》の　しめゆひし《緘結師》　妹かこゝろ《情》は　うたかひ《疑》もなし

右、今案此歌《ニ》擬《スル》レ古《ヲ》之作也。但以二往昔便《ノヲ》一」10ウ賜二斯歌一歟。

◇あか駒の越馬柵の―馬柵のしめゆひしとは、柵は」10ウ玉篇曰編《ニアム》二竪木《ヲ》一也マカキ。和名にはサクとあり。馬の越へき所をもよくまかきししめゆひて守る心也。さやうにかたく心を守り節を立る妹なれは疑事なしとなり。馬なとにておはします所の柵《マカキ》のさまなと御覧して、それにつきて女の貞心をも感しおほしめして読せ給ふなるへし。

見安には馬柵《ムマヲリ》と読。〈如何。〉[むまをりと馬をこめ置をり也。さくのことく木をゆひて馬ふせきにせし物也。]

海上《ウナカミノ》女王奉和歌一首

531　あつさ弓《梓》　つまひく《爪引》夜音の《よと》　遠音にも《とをと》　君かみゆきを《御幸》　聞之好毛《きくかうれしも古点　きくはしよしも仙点》

◇あつさ弓爪引よとの―爪引夜音《ツマヒクヨト》とは紘打するよるのをとなるへし。よるの紘音は遠く聞る物なれは遠ねにもきくといはん序歌なるへし。君を待奉るからにみゆきの由を遠く聞も嬉しと也。きくか嬉しもは類聚万葉にもかくよめり。[宿衛の随身なとのつるうちする心なるへし。]

大伴宿奈麻呂宿祢歌二首

532　うち日さす　宮にゆくこを《行児》　ま悲しみ《真》　と丶むれは《留》くるし《者苦》　やれはすへなし《聴去為便無》

◇うちひさす宮にゆくこ―内日さす前に注。此歌は宮仕人なと稀に逢見て」11オ　別を歎く歌成へし。ま悲みは只悲しき也。宮中へ帰りゆく女をとむるもとめくるしくゆるしやるもすへなく悲しと也。

533　なにはかた《難波方》　しほひのなこり《塩干名凝》　あくまてに《飽左右二》」11オ　人の見るこを《児》　われしともしも《吾四乏毛》

◇なにはかたしほひの名残―名残はあとまてうつ波也。あくまてといはん序歌也。人はあくまてに見る女を我は乏しくかれ〳〵にみて侘しき心なるへし。

安貴王謌一首并短歌

534　とをつまの《遠嬬》　こ丶にあらねは《此間不在》　玉ほこの《桙》　道をたとをみ《手遠》　思ふ空　やすからなくに《安莫国》　なけくそら《嘆虚》　やすからぬ物を《不安》　みそらゆく《水空往》　雲にもかもな《欲成》　高く飛　鳥にもかもな《欲成》　あすゆきて《明日去》　妹にこと丶ひ《於妹言問》　わかために《為吾》　妹

もことなく《事無》　妹かため《為妹》　吾も事なく《無》　今も見ることく《如》　たくひ《副》てもかな《而毛欲得》」11ウ

◇遠つまのこゝにあらねは―遠く隔し采女を思ふ歌也。

◇たとをみ―たは助字也。雲か鳥に成てあらは明日妹かり行てたかひに無事を問はん物をと也。」11ウ

◇今も見ること―空飛雲鳥の今も見ゆるか如く八上采女に相副《ソハ》まほしきと也。

535 反歌

しきたへ《敷細》の　手枕まかす《不纏》　へたてをきて《間置而》　年そへにける《経来》　あはぬおもひは《不相念者》

右、安貴《ヤスタカノ》王娶《メトリテ》㆓因幡《ノ》八上采女《ヲ》㆒係《ケ》念極《ネンキハメテ》　甚《ハナハタシク》愛情《アイシヤウ》尤《モ》盛《ン也》。於時《トキニ》勅《シテ》断《コトハリテ》㆓不敬之《ノ》罪《ヲ》㆒退㆓却《タイキヤクセシム》本郷《ニ》㆒焉。

于是《コヽニ》王《ヲホキミノ》意《コヽロ》悼怛《イタミテ》聊《カニ》作《ル》㆓此歌《ヲ》㆒也。

◇しきたへの手まくらまき―八上采女にひさしく逢はぬなけき也。下の註に委。

◇退却本郷―因幡に返し給ふ也。凡采女は諸国の郡司のむすめの形容端正なる者を奉らしめ、従丁従女なとの料をも公より給ひ一百戸を采女一人の粮に宛《アツ》といへり。日本紀職員令委　かくて宮仕へして六年都に侍る物也。陪膳御湯殿の役を仕者也。然に八上采女、安貴王に」12オ　密通して不敬の罪ある故因幡にかへされしと也。

536 門部王恋歌一首

おう《飫宇》の海の　しほひのかたの《塩干潟》　かた思《片念》ひに　思ひやゆかん《将去》　みち《道》のなかて《永手》を」12オ

右門部王《ハ》任《スル》㆓出雲守《ニ》㆒時娶《メトル》㆓部内《ノ》娘子《ヲ》㆒也。未《イマタアラスシテ》㆑有㆓幾時《イクハクモ》㆒既絶《ニタエヌ》㆓往来《ヲ》㆒。累月之《ルイノ》後更起《ニス》㆓愛心《ヲ》㆒。仍作《テ》㆓此歌《ヲ》㆒贈《ヲクリ》㆓致《イタス》娘子《ニ》㆒。

◇おうの海のしほひのかた―おうの海、八雲に出雲云々。序歌也。第一第二の句は任国の海の名をよみて片思ひにといひかけて我は更に思へとも娘子は思ふましき片思ひに道の長手を只に行へき歟。但相思ひ給ふへきにやとふくめたる心なるへし。

高田女王贈《ル》二今城王《ノ》《ニ》一歌六首

537 事清く　いたく《甚》もいはし《莫言》　ひと《一》日たに　君いしなくは《哭》　いたききすそも《痛寸取物》

◇事清くいたくもいはし―仙曰、事清けにもおもはんにいたくもいはし、一日成共君たにもなくは痛き疵なとあらんやうに可《ヘシ》レ悲《カル》と」12ウ よむ也。［愚案仙説不叶か。此歌は君思ふしぐ〳〵ある折なとの歌にや。よし〳〵君なくともなといひはなたんと思ひ乍さのみ事清くもいはし、一日も君なくては我疵そと也。］愚案君いしなくはのいしは助字にや。

538 ひとこと《他辞》を　しけみこちたみ《繁言痛》　あはさりき《不相有寸》　こゝろあること《心在如》　おもふなわかせ《莫思吾背》

◇ひとことをしけみこちたみ―さま〳〵のうき人事しけくこと〳〵しき故にえあはさりし世に、あたなる心ある物のことく思ひなすな我せこよと也。

539 吾せこし《背子師》　とけんといはゝ《遂常云者》　人事は」12ウ　しけくあり《繁有》とも　いてゝあは《出而相》ましを

◇吾せこしとけんといはゝ―せこしのしは助字。今城王たに末とけて心さしかはらしとならは、たとひうき人事くせちしけくとも出あはんと也。

540 わかせこ《吾背子》に　またはあはしかと《復者不相香常》　思へはか《基》　けさのわかれ《今朝別》の　すへなかりつる《為便無有》

◇わかせこに復はあはしかと―けさ別て後は今城王に又はえあふましきかと思故か、いつにすくれてわかれかたくすへなくせんかたなかりしと也。

541　この世《現》には　人事しけィみし《繁》　こんよ《来生》にも　あはんわかせこ《将相吾背子》　今ならすとも《不有十方》

◇この世には人事しけみ―現世には自由にあひかたけれは来世にてもと也。

542　とことはに《常不止》　かよひ《通》し君か　使こす《不来》　今はあはしと《不相》　たゆたひ《絶多比》ぬらし」13オ

◇とことはにかよひし君か―仙曰、とことはには常にと云也。たゆたひとはたゆむと」13オ云事也。愚案猶予の心也。いまはあはしとためらふ心あるらん、使ひの常にかよひしも此比は来すと也。

543　神亀元年甲子冬十月幸《ミユキノ》二紀伊国《ノニ》一之時為《タメニヲクランオントモノ》レ贈《ニ》二従駕　人《ニレテ》一所レ誂《アツラヘラ》二娘子《ニノ》一笠朝臣金村作歌一首并短歌

すめろき《天皇》の　みゆきのまゝに《行幸随意》　もの、ふ《物部》の　やそとものおと《八十伴雄》　出ゆきし《去之》　うつくしつまは《愛夫者》　あまとふや《天翔》　かるの道より《軽路従》　玉たすき《田次》　うねひ《畝火》を見つゝ《管》　あさもよひ《麻裳吉》　きちにいりたち《木道入立》　まつち山《真土》　こゆらんきみは《越公》　もみちはの《黄葉》　ちりとふ見つゝ《散飛乍》　むつましき《親》　われをはおもはし《吾者不念》　草枕　たひを《客》」13ウたよりと《便宜》　おもひつゝ《思乍》　きみはあらんと《公将有》　あそゝには《安蘇蘇》　かつはしれとも《且者雖知》　しかすかに　もたえあらねは《黙然得不在者》　わかせこか《吾背子》　ゆきのまにまに《往万万》　をはんとは《将追》　ちたひおもへと《千遍雖思》　たをやめの《手嫋女》　わか身にしあれは《吾有》　みちもりの《道守》　とはんこたへを《将問答》　いひやらん《言将遣》　すへをしらすと《為便不知》　たちてつまつく《立而爪衝》

◇神亀元年甲子冬十月幸―続日本紀九元正天皇神亀元年十月辛卯天皇幸《ス》二紀伊国《ニ》一。壬寅詔《シテ》曰登レ山望レ海此間最好《モシ》。不《スシテ》レ労《セ》二遠行《ヲ》一足《タレリ》二以遊覧《スルニ》一。故改《ニテ》二弱浜名《ワカノヲ》一為二明光浦《ト》一。宜置《テ》二守戸《ヲ》一勿レ令《レ》二荒穢《コト》一。春秋《ノ》二時差《ニ》二遣官人《ヲ》一奠二祭《セシム》　玉津嶋ノ之神明光浦ノ之霊ヲ中略。

◇うつくしつまは―此娘子か男行幸に供奉したりし事也。

◇むつましき吾をは―したしくおもふ我をは思はしと也。」13ウ

◇たひをたよりと―此たひの旅行を便宜にて我を置ゆくならんとは知《シレ》共と也。

◇あそゝには―仙曰、あそゝとはあそ〳〵と云詞也。人の物いふにさそあるらんといふ心也。和語の習ひ重点を云には後は上を略する也。きら〳〵をきらゝ、はら〳〵をはらゝ、たはゝ、あさなさなの類也。

◇もたえあらねは―もたしてもえあらねは也。只にもあられぬ也。

◇ゆきのまに〳〵―往し跡追んと也。

◇道守の―関守と見安に注す。

◇立てつまつく―え行やらぬ心也。」14オ

反歌

544　をくれゐて《後居》　恋つゝ《乍》あらすは《不有者》　き《木》の国の　妹背の山に　あらまし《有益》物を」14オ

◇をくれゐて恋つゝあらすは―をくれゐて恋るにあるにあられすは也。妹背山は紀伊也。前注ニ。恋つゝあられすはきの国に行て妹背のむつひせまほしき心也。

545　わかせこか《吾背子》　あとふみ《跡履》もとめ《求》　をひゆかは《追去者》　きのせきもり《木関守》や　いとゝめんかも《伊将留鴨》

◇わかせこか跡ふみもとめ―伊とゝめんかも、伊は助字也。長歌にわかせこかゆきのまに〳〵をはんとはなといふ

心也。

二年乙丑春三月幸㆓三香ノ原ノ離宮ニ㆒之時得テ㆓娘子ヲ㆒作歌一首并短歌

笠朝臣金村

546

みか《三香》の原　たひ《客》のやとり《屋取》に　珠ほこ《桙》の　道のゆきあひ《去相》に　あま《天》雲の　よそ《外》にのみ《耳》見つゝ《管》　こととはん《言将問》　よし《縁》のなけれは《無》　こゝろ《情》のみ《耳》　むせつゝ《咽乍》あるに《有》　あめつち《天地》の　かみことよせて《神祇辞因而》　しきたへ《敷細》の　衣手」14ウ かへ《易》て　わかつま《自妻》と　たのめるこよひ《憑有今夜》　秋のよ《夜》の　もゝよ《百夜》の長さ　有与宿鴨《あるよぬるかも》《ありよいもかも》

◇道のゆきあひに―彼娘子を道に行あひみし心也。

◇あま雲の―よそにといはん諷詞也。

◇あめつちのかみことよせて―天地の神祇のことによせ」14ウ て陰陽の語らひせしとなり。衣手かへてとはたかひに袖をかはす也。

◇百夜の長　有与《ナカサアルヨ》《アリヨ》宿鴨《ヌルカモ》《イモカモ》―仙曰、よひとは心よくいをぬるをいふ也諸本如此。愚案此仙抄は左の点を新点して注せしにや。ヨイはさもあるへし。モカモの上のモ、不快にや。ネを書違へるにやあらん。右の点あるよぬるかもは今夜の新枕のたのしみ秋の百夜の長さも此一夜にありとにや。

反歌

547

あま《天》雲の　よそ《外》に見しより　わきもこ《吾妹児》に　こゝろ《心》も身さへ《副》　よりにしものを《縁西鬼尾》

◇あま雲のよそにみしより―見しより思ひ付たりと也。

548　今夜之《このよらの》《こよひ》　はやく《早》あく《開》れは　すへをなみ《為便無》　秋のもゝよ《百夜》を　ねかひつるかも《願鶴鴨》

◇今夜の早くあくれは」15オ　―心は明也。いせ物かたり、ちよをひとよにも是を本歌なるへし。

五年戊辰太宰ノ少弐石川ノ足人ノ朝臣遷任《スルニセンスル》餞二于筑前ノ国蘆城駅家《アシキノウムヤニ》一歌三首」15オ

549　あめつち《天地》の　神もたすけ《助与》よ　草まくら《枕》　たひゆくきみか《羇行君》　いへにいたる《至家》まて《左右》

◇あめつちの神もたすけよ―此已下三首作者不知。もし足人朝臣の妾なとの歌にや。無事下着を天神地祇に祈る心深切也。

550　大船の　おもひたのみし《念憑師》　君かいなは《去者》　われはこひんな《吾者将恋名》　たゝにあふまてに《直相左右二》

◇大船のおもひたのみし―大船はさりともとたのもしき物なれは思ひたのみしの枕詞にをけり。こひんなのなは助字也。

551　やまとちの《山跡道》　嶋のうらわ《浦廻》に　よする《縁》浪　あいた《間》〈なけんに〉〈もなけん《無牟》〉　わか《吾》恋巻者《こひまくは》

右三首作者未レ詳」15ウ

◇やまとちの嶋のうらわ―序歌也。波はまもなくよする故、あいたなからん我恋る心はといはんとて上句はよめり。なけんにのには助字。恋まくはは恋はといふまて也。見まくほし、いはまくなとのまくとおなし。仙曰、やまとちの嶋のうらわとは古の都はおほく大和国にあり。されは都へ上りくたるをやまとちといひて、つくしなんとより上る間の道をよむとては、やまとちのきひの小嶋を過《イテ》てゆかはなとよめり。八雲抄云、嶋の浦筑前。」15ウ

大伴宿祢三依歌一首

552
わかきみは《吾君者》　わけをはしねと《和気死常》　おもへかも《念》　あふ《相》夜あはぬ《不相》夜　一走《よませなるらん》《ふたゆくならん》　良武

◇わかきみはわけをは死ねと━わけは我也。袖中抄戯奴《アヌ》の註《ニ》有。よませは相夜あはぬ夜のましる心也。逢ぬ夜の歎きの深切をよめり。但仙抄にはわけは男也。落句二走良武をふたゆくならんと和して、ふたゆくとは一すちならすして二道なるをいへりといへり。然共古点可然歟。わけ、見安にも我をは也と有。

553
丹生《ニフノ》女王贈《ル》二太宰帥大伴卿《ノ》一歌二首

あま雲の《天》　へたてのきはめ《遠隔極》　遠けとも《鶏跡裳》　こゝろしゆけは《情志行者》　恋るものかも《物》

◇あま雲のへたてのきはめ━遠けともは遠けれとも也。宰府は遠けれとも心ゆきかよへは恋しと也仙抄同義。

554
古の　人ののませる《令食有》　きひのさけ《吉備酒》　やもはゝすへな《痛者為便無》　ぬきすたまはん《貫簀賜牟》

◇古の人ののませるきひの」16オ━袖中抄云、きひの酒は所の名歟。備前備中備後を吉備三ヶ国と云。かの国々に吉備津宮と申神祝はれ給へり。又万葉抄には黍《キビ》にても酒を作るといへり。其酒に酔てやもはゝ貫簀《ヌキス》給はりて反吐つかんと云。貫簀は簀子也云々。仙曰、きひの酒は黍を以作る酒也。貫すは竹にてみすのやうにあみて盥《タライ》の上に敷て手水のたはしりの御衣に懸さらん為也。

太宰帥《タサイノソチ》大伴卿《ノキヤウヲクルタイニ》贈三大弐丹比県守卿《タチヒノアカタモリノキヤウセンニンスルニ》遷二任民部卿《ニ》一歌一首」16オ

555
きみかため《為君》　かみしまち酒《醸之待》　やすの野に　ひとりやのまん《独哉将飲》　友なしにして《無》

◇きみかためかみし待酒━かみしは仙曰、酒を作るを云。やすのゝは筑前に野聚の郡有。彼野を詠する歟。私云、筑紫には待人のために作る酒をまちさけと云是迄仙抄。愚案醸、常にはかもすると云。かもかみ五音通。此歌は守卿京官に任して太宰を上る別をしたひてよめり。日本紀一曰、醸《カミ》二八醞《ヤシホヽリノ》酒《ヲ》一。こゝにかみとよむ。

賀茂女王贈《ル》二大伴宿祢三依《ニ》一歌一首

556 つくし《筑紫》船　またもこされ《未毛不来》は　あらかしめ《預》　あらふるきみ《荒振公》を　見るか《見之》のィ悲しさ

◇つくし船またもこされはーあらかしめは兼てよりの心也。あらふる公は心あらく〵しき人にや。あらふる神なとのたくひなるへし。筑紫は遠国なれはまたこぬをいはん枕詞に筑紫舟と云也。待に未レ来《イマタキタラサレ》は兼てより我に細やかならぬ心をみると也。」16ウ

土師宿祢《ハシノスクネ》水道《キヨミチ》従二筑紫一上《ル》レ京《ニ》海路《ニテ》」16ウ作歌二首

557 大船を　こきのすゝみ《榜進》に　いはにふれ《磐触》　かへらはかへれ《覆者覆》　妹によりては《因而者》

◇大船をこきのすゝみにーこぎすゝむ時にと也。いはにふれ、見安に岩にあたる也云々。たとひ舟をくつかへすとも妹故にならはくるしからすとなるへし。

558 ちわやふる《千磐破》　神の社に　我かけし《掛師》　ぬさ《幣》はたはらん《将賜》　妹にあはなくに《不相国》

◇ちはやふる神の社にー幣奉しも妹にあはねは所願のかひなけれは其幣返し給はらんとにや。

大宰《ノ》大監《ゲン》大伴《ノ》宿祢百代恋歌《ノ》四首

559 事もなく《無》　ありこし《生来》物を　老なみに　かゝるこひ《如此恋》にも　吾はあへる《遇流》かな

◇事もなくありこしー若きほとより無事の身にて有こしに老の身に如此恋にもと也。老なみは老の身に也。」17オ

560 恋死なん　後は何せ《為》ん　生る日の　ため《為》こそ妹を　見まくほり《欲見》古来ほしすれ《為礼》」17オ

◇恋死なん後は何せん―拾遺集【恋一】には、いける身のためこそ人は見まくほしけれと有。類聚万葉にも見まくほしけれと和す。心は同。〔古来風体にはほしすれと有。〕

561　おもはぬ《不思》を　思ふといは《云者》ゝ　大野なる　三笠のもり《杜》の　神し知《しる》らみ《三》

◇おもはぬを思ふといはゝ―仙曰、大野なる三笠森は筑前云々。但、歌枕、八雲等には大和云々。祇曰、心は我偽なき心をかゝみて知給はんと読り。〔日本紀九、神功皇后御笠ヲ飄風ノ吹おとせし所ヲ御笠と云。〕

562　いとまな《無暇》〈み〉《きイ》〔き〕　人のまゆね《眉根》を　いたつら《徒》に　かゝしめ《令掻》つゝ《乍》も　あはぬ《不相》妹かも

◇いとまな〈み〉〔き〕人のまゆねを―仙曰、恋しき人をみんとては眉根をかくといふ童蒙抄同義。〔遊仙窟、昨日《キノフ》眼皮《マユメカユ》瞤《カリシテ》　今朝良人見《キヨル》。〕

大伴坂上郎女歌二首

563　くろかみ《黒髪》に　しろ《白》髪ましり《交》　おふるまて《至者》　かゝる《如是》恋には　またあはなく《未相》に

◇くろかみにしろかみましり―至者、類聚万葉にはおふるまてと和《ス》。仙点は老たれと。心は同。

564　山すけ《菅》の　みならぬ《実不成》事を　われにより《吾尓所依》　いは《言》れしきみ《礼師君》は　たれとかぬらん《与孰宿》」17ウ

◇山菅のみならぬ事を―和名幷童蒙抄にも麦門冬をやますけとよめり。あをき実なれり。然るをみならぬとは無実の事を我ゆへにいはれし君と也。なき名立」17ウて終にあはてやみしを云也。

賀茂女王歌一首

565　おほとも《大伴》の　みつ《見津》とはいはし《不云》　あかねさし《赤根指》　てれる《照有》月夜に　たゝにあへり《直相在》とも

◇おほとものみつとはいはし―大伴の三津をいひかけて、あかねさし照る月夜にあへりとも見つとは人にいはしと也。

太宰《ノ》大監大伴《トモノ》宿祢百代《モヽヨ》等《ラ》贈《ル》㆓駅使《ハイマツカヒヲ》㆒歌二首

566 草枕　たひゆく《羇行》君を　うつくしみ《愛見》　たくひてそこし《副而来四》　しかのはまへを《鹿浜辺》

右一首大監《ダイゲン》大伴《ノ》宿祢百代

◇太宰大監―太宰府に帥《ソチ》《カミ》、大弐《タイニ》《ヲホイスケ》、少弐《セウニ》《スナヒスケ》、大監《ゲン》《ゼウ》、少監《ケン》《ゼウ》、大典《サクハン》、少典《サクハン》とてあり。大監は相当正六位下、少典正八位上。

◇草枕たひゆく君を―うつくしみは其駅使を大切におもふ心也。いとをしなといふ儀也。たくひてこしは送来る也。鹿の浜、筑前也。

567 すはうなる《周防在》　いはくに山を《磐国》　こえん日は《将超》　手向よくせよ《好為与》　あらきそのみち《荒其道》」18オ

右一首少典山口忌寸《ノイミキ》若麻呂《ワカマロ》

以前《イセンハ》天平二年庚午夏六月帥大伴卿《ノ》忽《タチマチニ》生《シ》㆑瘡《カサヲ》脚疾《アシイタミテ》苦《クルシム》㆓枕席《シンセキヲ》㆒。因《ヨツテ》㆑此《コレニ》馳《ハセ》㆑駅《ハイマヲ》上奏《ソウシテ》望《ノソミテ》請《コフテ》㆓庶弟稲公《シヨテイイナキミ》姪胡麻呂《ヲイエヒスマロヲ》㆒欲《ス》㆑語《ント》㆓遺言《ヲ》㆒。者《テイレハ》勅《シテ》㆓右兵庫助《ノ》大伴《ノ》宿祢稲公、治部少丞《シブノセウ》大伴《ノ》宿祢胡麻呂《ニ》㆒両人給《タマフテ》㆑駅発遣《ヲハツケンシ》令《シム》㆑看《カンセ》《ミ》㆓卿《カ》病《ヲ》㆒。而逕《イタリテス》㆓数旬《シユンニ》㆒幸得《ニエタリ》㆓平復《ヘイフクスルコトヲ》㆒。于時《トキニ》稲公等以㆓病既療《ステニイユルヲ》㆒発《ハツシテ》㆑府《ヲ》上《ル》㆑京《ニ》。於是《コヽニ》大監大伴宿祢百代、少典山口忌寸若麻呂及《ヲヨヒ》卿男《カムスコ》」18ウ家持等相《テ》㆓送駅使《ヲ》㆒共到《ニテ》㆓夷守駅家《ノムマヤニ》㆒聊飲《カノンテ》悲《ミテ》㆑別《ヲ》乃作《チル》㆓此歌《ヲ》㆒。

◇すはうなるいはくに山を」18オ―手向とは行旅の人、道中の無事をいのるとて道祖神に幣奉る事也。周防のいはくに山は難所なれは手向よくしてつゝかなくこえ給へと也。深切の心なるへし。風俗通云、共工氏之子好《ム》二遠遊《ヲ》一。故《ニ》其死後《ニ》以為レ祖一サヘノカミト。順和名ニアリ。

◇数旬―数十日也。

◇病既療―旅人卿得二平復一也。

◇発レ府―太宰府を発足して上京せらるゝ也。」18ウ

◇駅使―稲公と胡麻呂とをいふなり。

太宰《ノ》帥大伴《ノ》卿被《ラレテ》レ任《セ》二大納言《ニ》一臨《テ》二入《イル》レ京《ミヤコニ》　之時《ニ》一府官人《ノ》等餞《ラ》二《センスル》　卿《ヲ》于筑前国《ノ》蘆城駅家《アシキノムマヤニ》一歌四首

568　みさきわ《三埼廻》の　荒磯《ありそ》によする《縁》　いをへ《五百重》浪　たち《立》てもゐ《居》ても　我おも《念》へるき《流》み

右《ノ》一首《ハ》筑前掾門部連《ノゼウカトベノムラジ》　石足《イソタル》

◇府官人等―大宰府官人石足《イソタル》、陽春《ヤハル》、四綱《ヨツナ》等なり。

◇卿―旅人卿なり。

◇みさきわの荒磯に―八雲抄にかねのみさきをみさきと斗いふもこゝの由見えたり。筑前なり。三埼廻はみさきの辺と同し。いをへ波ははかりなき波の事也。此上句は立てもゐてもの序歌也。

569　から《辛》人の　衣そ《染》むとい《云》ふ　むらさき《紫》の　こゝろ《情》にし《染》みて《而》　おもほゆる《所念》かも《鴨》」19オ

◇から人の衣そむといふ」19オ―序歌也。紫を染れはしむなれは心にしみて旅人卿の別を思ふといはんとての上句なり。

570 やまとへ《山跡辺》に　君かたつ《之立》日の　近かれは《者》　野に立てかも《鹿毛》　動《とよみて》而曽鳴《そなく》

右二首大典《ダイテン》《ヲホサクハン》　麻田連《アサタノムラシヤ》　陽春《ハル》

◇やまとへに君かたつ日の—君かとは旅人卿ならの京に帰る事を名残おしみていへり。動而はいたくなけく心也。もの字心有。

571 月夜よし《吉》　河音清し　いさこゝに《率此間》　ゆくもとまるも《行毛不去毛》　あそひてゆかん《遊而将帰》

右一首防人《サキモリノスケ》　佐大伴《ノヨ》四綱《ツナ》

◇月夜よし河音清し—ゆくは旅人卿、とまるは府の官人等也。又はかたき会合なれはこよひの清景に乗して雅遊すへしと也。

太宰帥大伴卿上レ京之時沙弥満誓贈《ヲクル》レ卿《ニ》歌二首

572 まそかゝみ《真十鏡》　見あかぬ《不飽》君に　をくれてや《所贈哉》　あしたゆふへ《旦夕》に　さひつゝをらん《左備乍将居》」19ウ

◇まそかゝみ見あかぬ君に」19ウ　—真十鏡は見あかぬをいはん諷詞也。さひつゝとはさひしと思ひてと也。鏡の縁也。

573 ぬは玉《野干》の　黒髪かはり《変》　しらけても《白髪手裳》　いたき《痛》恋には　あふときありけり《相時有来》

◇ぬは玉の黒髪かはり—いたき恋はいたく恋る心也。いたく恋る心あれはたとひ白髪の老後年へても逢期あるといへは我も恋しき卿には終に逢期あらんと也。

大納言大伴卿和《スル》歌二首　上京の後の和なるへし 其故大納言と書り

574 こゝ《此間》に在て　つくしや《筑紫》いつこ《何処》　白雲の　たなひく《棚引》山の　かたに《方》しあるらし《西有良思》

◇こゝにありてつくしやー満誓かたを恋る心なるへし。此歌新古今【羇旅】には、たなひく山の西にあるらしと入。

575　草香江の　入江にあさる《求食》　芦たつ《鶴》の　あなたつ〱し　友なし《無》にして

◇草香江のいり江にあさるーくさか江、仙曰摂津国。愚案序歌也。あなたつ〱しはたと〱し也。友なくして便りもなき心なるへし。」20オ

太宰帥《ノ》大伴卿上京之後筑後守《ノ》葛井連《カツラキノムラシ》　大成悲嘆《カナシミナケキテ》　作《レル》歌一首

576　いまより《従今》は　きやま《城山》の道は　さひしけん《不楽牟》」20オ　わ《吾》かかよはん《将通》と　おもひしもの《念之物》を

◇いまよりはきやまの道はー城山《キヤマ》、八雲抄、在《アリ》二太宰府《ニ》一云々。大伴卿をいつまても宰府にをきて我かよひ見むと思ひし物を、上京し給へは人もかよはて此山道さひしからんと也。

大納言大伴卿新袍《アタラシキウヘノキヌヲ》　贈《ル》二摂津大夫《ツノマウチキミ》高安王《ノ》一歌一首

577　わ《吾》かきぬ《衣》を　人になきせ《莫著》そ　あひきする《網引為》　なにはおとこ《難波壮士》の　手にはふるとも《雖触》

◇わかきぬを人になせきせそー我心さす袍なれはみつから着給へといはんとて人になきせそといへり。若気にいらすは一向に網引男に捨あたへ給ふともと也。摂津大夫なれは難波男をのつから余情あるにや。

大伴宿祢三依悲《メル》レ別《ヲ》歌一首

578　あめつちと《天地与》　とも《共》に久しく　住《すま》はんと　おもひてありし《念而有師》　家の庭はも

◇あめつちとともに久しくー大伴卿いつまても住給はんとおもひし家庭の本意たかひし事よと也。」20ウ

金《カネ〔ノ〕》明《アキ〈ノ〉》軍《イクサ》与《アタフル》二大伴宿祢家持《ノ》《ニ》一歌二首

579
見まつりて《奉見而》　いまた《未》時たに　かはらねは《不更者》」20ウ　とし月のこと《如年月》　おもほゆる《所念》君
◇見まつりていまた時たに―宰府におはしたるほと見奉りて今別てもまた時もかはらねは宰府にて相そひたりしほとのことくおほゆると也。

580
あしひきの《足引》　山におひたる《生有》　菅の根の　ねもころ《懃》見まく《巻》　ほしき《欲》君かも
◇あしひきの山におひたる―序歌也。すかの根のねもころとうけて相見まほしき心のをろそかならすと也。

大伴《ノ》坂上家之大娘報二贈《ムクヒヲクル》　大伴《ノ》宿祢家持《ニ》一歌四首

581
いきてあれは《生而有者》　見まく《巻》もしらす《不知》　何しかも《如毛》　しなんよ《死与》妹と《常》　夢に見えつる《所見鶴》
◇いきてあれは見まくも―生て此世にては見る事も自由ならす、いさ死なんよ妹との給ふと夢にみしと也。何しかもは何かと打捨たる詞也。家持にかくいはせまほしくせまほしき事を夢に見しといひていひしらする歌なるへし。自由に難逢折なといひやりし歌にや。」21オ

582
ますらおも《丈夫》　かく《如此》恋けるを　たおやめ《幼婦》の　恋るこゝろ《情》に　ならへ《比》らめやも《有目八方》」21オ
◇ますらおもかく恋けるを―是は家持の自由にえあはて歎く心をいひやりけん返歌なとなるへし。男のおもふより女の心はふかゝるへきを、ますらおたにかく恋るを我女として思ふをしはかれ、比難《クラヘカタ》しと也。

583
月草の　うつろひやすく《徒安》　おもへかも《念可母》　わかおもふ《我念》人の　事も告こぬ《不来》
◇月草のうつろひやすく―月草は露草也。あを花なれはうつろふ物なれはうつろひやすき枕詞にをけり。思へかもは思ふかもと同し。我に心かはりやすく思ふにや。事告こする便もせすとなるへし。

584　春日山　朝立雲の　ゐぬひなく《不居日無》　見まく《巻》のほし《欲》き《寸》　君にもあ《有》るかも

◇春日山朝たつ雲の―居ぬ日なくといはむ序歌也。此人我かたに居ぬ日もなくてとの心也。

大伴坂上郎女歌一首

585　出ていなん《将去》　時しはあらんを《将有》　ことさらに《故》　つまこひしつゝ《妻恋為乍》　たちてゆくへしや《立而可去哉》

◇出ていなん時しはあらんを」21ウ―妻恋に堪かねて出てゆく事をよめり。出て行も時はいつにてもあらんをかゝる恋の故にこと更に出て行へしや、如何と也。

大伴宿祢稲公贈《ル》㆓田村大嬢㆒歌一首

586　あひみすは《不相見者》　こひさらましを《不恋有益乎》　妹を見て」21ウ　もとなかくのみ《本名如此耳》　こひはいかゝせん《恋者奈何将為》

右一首姉坂上郎女作

◇あひ見すは恋さら―袖中抄云、もとなとはよしなといふ心とみえたり。万葉の歌共其心なり。愚案逢みすは恋ましきを、よしなく妹をみてかくのみ恋るはいかゝすへきそとの心なるへし。

笠《ノ》女郎贈《ル》㆓大伴宿祢家持《ニ》㆒歌廿四首

587　わかかたみ《吾形見》　見つゝ《管》しのはせ　あら玉の《荒珠》　年のおなかく《緒長》　我もおもはん《吾将思》

◇わかかたみ見つゝしのはせ―わかかたみを見て我を思ひ忍はせ給へ、我も年のおなかく世とゝもに思はんと也。あら玉のは年をいはんまくら詞なるへし。

588　白鳥の　とは《飛羽》山松の　まちつゝそ《待乍》　わか恋わたる《吾度》　この月ころを《此比》」22オ

◇白鳥のとは山松の―白鳥は鳥羽の枕詞也。山城、名所也。序歌也。松の待つゝそ」22オ とつゝけんとて也。心は明也。

589　ころも《衣》て《手》を　うち《打》わ《廻》の里に　ある《有》われ《吾》を　しら《不知》てそ人は　まて《待》と《跡》来ず《不来》ける

◇ころもてをうちわの里―うちわの里、八雲抄、大和云々。衣を打とそへて也。夫を待女の衣をうつ事、文選にあり。余情有。きすけりは不《サリ》ㇾ来《キタラ》ける也。

590　あら《荒》たま《玉》の　年のへ《経》ゆけ《去》は《者》　今しはと　ゆめ《勤》よ《与》わ《吾》かせ《背》こ《子》　わ《吾》か名告すな《為莫》

◇あら玉の年のへゆけは―我中もやう〳〵年へゆけは若は我名を人に告ることもあらん、努々《ユメ》よ今はと心を思ひたゆみて人に告る事をすなと也。

591　わ《吾》かおもひ《念》を　人にしら《令知》すや《哉》　玉くしけ《匣》　ひらき《開》あけつと　夢にし見ゆる《所見》

◇わかおもひを人にしらすや―玉くしけをひらきあけつと夢に見ゆるは、我おもひをもし君人にいひしらせしむるにやと也。はこをあくるは胸中をあらはすかことくなれは也。

592　くら《闇》き夜に　な《鳴》くなるたつ《鶴》の《之》　よそ《外》にのみ《耳》　き《聞》ゝつ《乍》ゝかあら《可将有》ん　あ《相》ふとはなしに」22ウ

◇くらき夜になくなるたつ―序歌也。夜鶴のよそに聞ゆるをいひかけて逢事はなくて」22ウ よそにのみ聞て有んかと也。

593　君にこひ《恋》　いと《痛》も《毛》すへ《為便》な《無》み《見》　なら《楢》山の　小松かした《下》に　たち《立》なけ《嘆》くかも

◇君にこひいともすへなみ―いともは心なし。君を恋侘てせんかたなさに奈良山の松下に立嘆と也。

594
わ《吾》かや《屋戸》との　ゆふ《暮》かけ《陰》草の　しら《白》露の　け《消》ぬか《蟹》にもとな《本名》　おもほゆる《所念》かも《鴨》

◇わかやとのゆふかけ草─詞林采葉云、此歌は只夕陰の草とみえたり。然に此集に〽かけ草の生たる宿の夕陰に鳴蛬きけとあかぬかも。此歌は夕陰草といふ草有と見えたり。爰に夜一夜草と云草有。此草は夕陰に花さき夜明れはしほむ物也。夕陰草と可申也中略。愚案此夜一夜草の説さもあるへけれと古人は只夕陰の草と斗いへり。今案の儀難用にや。けぬかにもとなおもほゆるとは消るか消さるかにおもふはよしなやと也。上句は例の序歌也。

595
吾いのち《命》　またけん《将全幸》かきり《限》　忘れめや　いや《弥》日にけ《異》には《者》　おもひ《念》ます《益》とも《十方》」23オ

◇吾いのちまたけんかきり─まつたからんほとは忘れましきと也。いや日にけにはとは日ことにいよ〳〵思ひますともと也。けにはのけ清《スミ》てよむ。ことなる儀也。」23オ たとひいよ〳〵日々にことに思ひまさりはすとも忘るゝ事はあらし、命の限は忘れめやと也。見安云、またけんはまつたくあらんと云心なり。

596
やをかゆく《八百日往》　浜のまさこ《沙》も　わかこひ《吾恋》に　あに《豈》まさらめや《不益歟》　おきつしまもり《奥島守》

◇やをかゆく浜のまさこも─嶋守は浜の案内知物なれは我恋の数にあにまさらんやと問心也。拾遺集、八百日ゆく浜のまさこと我恋といつれまされりとあり。心はおなしかるへし。

597
うつせみ《宇都蝉》の　人目をしけみ《繁見》　石走《いははし》の　まちか《間近》き君に　恋わたる《度》かも

◇うつせみの人目をしけみ─奥儀抄云、蟬はもぬけてからをは置て行去《サル》物なれは、人もしかあれははかなき物にそへて人といはんとてうつせみとは置也。愚案石橋は間近恋渡るの諷」23ウ詞也。心は人目しけさに逢事なくて間ちかき中も恋わたると也。

598　恋にもそ　人はしに《死》する《為》　みなせ《水瀬》河　したに《下従》われ《吾》やす《痩》　月に日にけに《異》

◇恋にもそ人はしにする―みなせ河、八雲抄、摂津云々。古今集にもみなせ川したにかよひてとよめり。此歌も下に我痩といはん枕詞也。月日にまして下に思ひやすれは恋にも人は死ぬへきことそと也。

599　あさ《朝》霧の　ほの《欝》にあひみし《相見》　人故に　いのち《命》しぬへく《可死》　恋わたる《渡》かも

◇あさ霧のほのにあひみし―ほのにといはんとて朝霧のといへり。霧には物のほのかにみゆれは也。ほのにはほのかに也。

600　伊勢の海の　礒もとゝろ《動》に《尓》よする《因流》浪」23ウ　かしこき《恐》人に　恋わたる《渡》かも

◇伊勢の海の礒もとゝろに―【序歌也。祇曰、かしこきは恐る心也。我より上の人を恋る心か。】

601　こゝろにも《従情毛》　われは《吾者》おもはす《不念》　山河も　へた《隔》ゝらなくに《莫国》　かく《如是》恋んとは

◇こゝろにもわれは思はす―山河へたてゝこそあはて恋る事あらめ、隔らぬにあはて恋んとは思はすと也。

602　ゆふされは《暮去者》　物おもひまさる《念益》　見し人の　ことゝひ《言問》しさま《為形》　おもかけ《面景》にして《為而》

◇ゆふされは物思ひまさる―夕にはかの人の事問きたりし様体の俤に立て思ひのますと也。」24オ

603　おもひにし《念西》　しにする《死為》物に　あら《有》ませは　千遍《ちへに》《ちたひ》そ《曽》われは《吾者》　死かへらまし《変益》」24オ

◇おもひにし死する物に―類聚万葉には下句の千遍曽をちへにそと和せり。心はちたひも同。拾遺集には五文字恋するにと有て下句ちたひそと有。又作者人丸とあり。

604　つるきたち《剣太刀》　身に取そふ《副》と　夢に見つ　なにのさとしそも《何如之怪曽毛》　君にあはん《相》ため《為》

◇つるきたち身に取そふと━下句自問自答の歌也。此夢は何のさとしそやと問て、君にあはんためならん、身に取そふと見しほとにと也。さとしとは兼而物をさとらしむる心也。

605　あめつち《天地》の　神もことはり《理》　なくはこそ《無者社》　わかおもふ《吾念》君に　あはぬしにせめ《不相死為目》

◇あめつちの神もことはり━吾思ふ人にあはしめ給へと祈置し其かひなくはあらし、若天神地祇も道理なき物ならはこそ不逢死せめと也。［日本紀廿三、山背大兄王云天神地祇共《ツミツ》証《ニコトハリ玉ヘ》之。］

606　われもおもふ《吾念》　人もわするな《莫忘》　おほなはに《多奈和丹》　うらふく風の《浦吹之》　やむときなかれ《止時無有》

◇われもおもふ人も忘るな」24ウ━八雲云、おほなは、おほかたといふ心也。愚案浦吹風は大方《ヲホカタ》止ぬ物なれはやむ時なかれといはん諷詞也。我も思へは君も忘れすしてやむ時なく相思へと也。

607　皆人を　ねよとのかねは《宿与殿金》　うつ《打》なれと　君をしおもへは《念者》　いねかてにかも《寐不勝》

◇皆人をねよとのかねは━仙曰、ねよとのかねとは初夜のかね也。愚案君をおもへはいねかたしとの下句なり。

608　あひおもはぬ《不相念》　人をおもふは《思者》　おほてらの《大寺》」24ウ　かきのしりへに《餓鬼之後》　ぬかつくかこと《額衝如》

◇あひおもはぬ人をおもふは━童蒙抄云、昔は寺に餓鬼をつくりすへたりけり。それをしらてをろかなる人、仏と思ひてぬかをつきたりける也。されは思はぬ人を思ふなん似たるといへり仙覚説も此義を用。礼拝する事也。八雲御抄云、是はあひ思はぬ人を思はんはせんなき事也。大寺にては仏にこそぬかをもつくへきに、かきのしりへに額突《ヌカツカ》むはせんなき事なるといへり。［古来風体云、是ハ垣ノシリヘニト申也。サレト又餓鬼ヲモ寺ニハ書テモ作テモアレハカヨハシテ書ル也。」

609　こゝろにも《従情毛》　我はおもはす《不念》　又さらに《更》　わかふるさとに《吾故郷》　かへりこんとは《将還来者》

◇こゝろにも我はおもはす—古郷は家持の方を云。一たひ別出て又更に故郷に帰らんとはわか思はすと【家持を恨る】心なるへし。注に相別後更にをくる由あるにて心得へし。

610　ちかくあれは《近有者》　みねともあるを《雖不見在乎》　いやとをに《弥遠》　君かいましなは《伊座者》　ありてもたへし《有不勝》

右二《ノ》首相別《ハアヒワカレテノチニ》　後　更来《ニキタシヲクル》　贈」25オ

◇ちかくあれはみねともあるを—君とちかくありてはたとひみぬときもこゝろやすし。」25オ 然るにかく別ていやとをに君かなりおはしまさは世にありもえたへじと也。ありてもたへしとは有もこたへしとの心也。

大伴家持和《スル》　歌二首

611　今更に　妹にあはめやと《将相八》　おも《念》〈へ〉〔ふ〕　かも《可毛》　こゝたわかむね《幾許吾胸》　いふかしからん《欝悒将有》

◇大伴家持和歌—かの二首の別後の歌に和答也。

◇今更に妹にあはめやと—一たひ別て後今更に妹にあはん哉、あはしと思へともこゝら我胸中にいふかしくやあらん、又あひ見ると也。おも〈へ〉〔ふ〕かもは思〈へとも〉〔ふかな〕也。こゝたはそこはく也。

612　中〳〵に　もたもあらましを《黙毛有益》　何すとか《為》　あひ見そめけん《相見始兼》　不遂《とけさらまく》〈等〉〔尓《に》〕

◇中〳〵にもたもあらましを—黙止《モタシ》て中〳〵にあはてあるへき物を何に又あひ見そめしそ、末も遂ましきにと也。

山口女王贈大伴宿祢家持歌五首

613　物おもふ《念》と　人に見せしと《不見》　なましゐに　つね《常》に思へり《念》　あり《在》そかねつる

◇物思ふと人に見えしと」25ウ ―常には物思ふ気色なと人にはみゆへき事かはとなましゐに人めを思ひし君故の深き思ひはさのみつゝみてはありそ兼ると也。

614　あひおもはぬ《不相念》　人をやもとな《本名》　白たへ《細》の」25ウ　袖ひつ《漬》まて《左右》に　ねのみしな《哭耳泣》くも

◇あひおもはぬ人をやもとな―もとなはよしな也。袖ひつはひたる也。鳴ものもは助字也。

615　わかせこ《吾背子》は　あひおもは《不相念》すとも《跡裳》　敷たへ《細》の　君か枕は　夢に見えこそ《乞》

◇わかせこはあひおもはすとも―見えこそは見え来よ也。そは助字也。一説、見えこそすれといふへきを含し詞とそ。

616　つるきたち《剣太刀》　名のおしけ《惜》くも《雲》　吾はなし《無》　きみ《君》にあはすて《不相而》　年のへ《経》ぬれは

◇つるきたち名のおしけく―剣太刀には銘あり。よりて名の枕詞也とそ。君にあはすして年へぬれはしはしこそ名をもおしみつゝみけれ、今はおしくもなしと也。

617　あしへより《従蘆辺》　みちくるしほ《満来塩》の　いやまし《弥益》に　おもふか《念歟》君か　わすれかねつる《忘金鶴》」26オ

◇あしへよりみちくるしほの―第一第二の句はいやましにといはん序歌也。君か忘れかねつるとは君かわすれかたきといふ心也。伊勢物語には此下句、君に心を思ひます哉と有。」26オ

618　大神《ヲホカノ》女郎贈二大伴宿祢家持一歌一首

さよ《狭夜》中に　ともよふ《友喚》千鳥　物おもふ《念》と　わひたる時に　なきつゝ《鳴乍》もとな《本名》

◇さよ中に友よふ千鳥─友よふ千鳥の物さひしきこゑに一入夜思の催さるれはよしなやと也。鳴つゝといふに我思ひ侘る心をもよほしそふる心を含めり。

619

大伴坂上郎女怨恨歌一首并短歌

押照《おしてれる》《おしてるや》なには《難波》の菅の　ねもころに　君か聞しを　年深く　長くしいへは《云者》　ます《真十》鏡　ときし心を《磨師情》　ゆるし《縦》てし《手師》　其日のきはみ《極》　浪のむた《共》　なひく《靡》珠藻の　とにかくに《云云》　こゝろは《意》もたす《不持》　大船の　たのめる《憑》時に　ちはや《千磐破》ふる　神やかれけん《将離》　空蝉の」26ウ　人かいむらん《歟禁》　かよひせし《通為》　君もきまさす《不来座》　玉つさの《梓》　使ひも見えす《不所見》　成ぬれは　いともすへなみ《痛毛為便無三》　ぬは玉の《夜干玉》　よる《夜》はすからに　あからひく《赤羅引》　日もくるゝまて《至闇》　なけゝとも《雖嘆》　しるしをなしみ《知師無三》　おもへとも《雖念》　たつき《田付》をしらに《白二》　たをやめと《幼婦》　いはく《言》もしるく《雲知久》　たわらはの《手小童》　ねのみなき《哭耳泣》つゝ《管》　たちとまり《俳佪》　君かつかひ《使》を　まちやかねてん《待八兼手六》」27オ

◇押照なにはの菅の─菅は根長くなと根をもてはやせは懇といはん枕詞也。次に深く長くも其縁語なるへし。心は我事を懇に君か聞し由を年ふかくへて長くたえすいひよれはと也。

◇ます鏡ときし心をゆるし─人の心は鏡にたとふ。ときし心といはん枕詞、余情有。」26ウ　ときし心とは本心を物にまよはしとつゝしみし心なるへし。さやうにつゝしみ守し心を君にゆるして其日の極めになひきまいらせて、とにかくとためらふ心はもたす一向に君をたのみしと也。其日のきはみは其日をかきりなといふ心也。いつく〳〵と契るやうの心也。波のむたは波とともに藻のなひく事をそへて我なひきし事を云也。

◇ちはやふる神やかれけん─神か見捨はなれけん、人かいみはゝかりし中やらんの心也。

◇あからひく日も━見安云、赤裳引也。愚案紐を日モと云也。終夜終日歎くしるしもなくおもふにたよりもしらすと也。たをやめといはくもしるくとは、たをやめ」27オ とてよはき物にいふもいちしるくねのみなきたちもとをりて君か玉章の使や来ると待兼ると也。たわらはのたは助字也。童は鳴物なれはねのみ鳴つゝの枕詞に置也。

反歌

620　はしめより《従元》　長くいひつゝ《謂管》　たのめすは《不念恃者》　かゝるおもひに《如是念》　あはまし《相益》物か

◇はしめより長くいひつゝ━かく絶るとならははしめより年深く長くいひ契りたのめすもあれかし、さやうにたにたのめすは今かく中絶られて歎くにしるしもなく思ふにたつきなき思ひにあはん物かは、うらめしやと也。

［長歌年《ニ》ふかくなかくしいへはと有し心なるへし。］

621　西海道《ノ》節度《セツト》使《シノ》判官《ハウクハン》佐伯《サエキノ》宿祢東人《アツマウトカ》妻贈《ル》二夫君《セノキミニ》一歌一首

ひまもなく《無間》　恋るにかあらん《有》　草枕　たひなるきみか《客有公》　夢にし見ゆる《所見》

◇ひまもなく恋るにか━心の間断もなく君を恋るにやあらん、よるの夢にしもみゆると也。よるひるの間なく恋る心を云也。

佐伯宿祢東人和《スル》歌一首

622　草枕　たひに《客》ひさしく《久》　成ぬれは《宿者》」27ウ　なれを《汝》こそおもへ《社念》　な《莫》恋そわきも《吾妹》

◇草枕たひに久しく」27ウ ━西海道の節度使の判官にて旅に久しく成たる身なれは、此方こそ其方をおもへ、さのみわれを妹はこひそと也。節度使は賊などおこる時おほやけより追罰のため御しるしを給りて行使也。四分あり。

其判官也。

池辺王《イケヘノヲホキミ》宴誦《エンニズウシタル》歌《ウタ》一首

623　松の葉に　月はゆつりぬ《由移去》　もみちはの《黄葉》　すきぬやきみか《過哉君之》　あはぬ夜おほく《不相多鳥》

◇松の葉に月はゆつりぬ━仙曰、月はゆつりぬとは月はうつりぬと云也。愚案此歌、童蒙抄に註《ス》。紅葉の散過て松に月〈をゆ〉「のう」つりたりといふなるへし。いまゝて紅葉にうつしたる月を松にゆつりて散過ぬるを序歌によみて逢ぬ夜おほく過たりと也。注略。

天皇思《テ》二酒人女王《ノ》一御製《ミツクリノ》歌一首

624　道にあひて《相而》　えみせしからに《咲之柄》　ふる雪の《零》　けなはけぬかに《消者消香二》　恋てふわきも《云吾妹》

◇道にあひてえみせしからに━道行すりにあひ見かはしほゝえみつるからに消えは消るほと恋ると也。ふる雪は消なはといはん諷詞也。」28オ

高安王《ノ》裹《ツヽミテフナヲヲクルヲトメニ》レ鮒贈二娘子一歌一首」28オ

625　おきへゆき《奥往》　へにゆきいまや《辺去》　妹かため《為妹》　わかすなとれる《吾漁有》　もふしつか鮒《藻臥束》

◇おきへゆきへにゆきいまや━童蒙抄曰、へにゆきとはほとりへ行といふ也。もふしつかふなとは藻にふしたるひとにきりの鮒といふ也。[今やのやは助字也。]

八代女王《ノ》献《タテマツル》二天皇《ニ》一歌一首

626　君により《因》　ことのしけきを《言繁》　ふるさとの《古郷》　あすかの河に《明日香》　みそきしにゆく《潔身為去》

◇君によりことのしけきを―君ゆへに世のうるさき人言しけきゆへ、かやうのさはりあらさゝらんためあすか河に御祓すると也。注一尾云と此歌の下句かやうに一説にありと也。上句五七を首と云、下句五七々を尾といふなるへし。

一尾云　竜田こえ《超》　三津の浜辺に　みそき《潔身》し《四》に《二》ゆく《由久》

627
娘子報二贈《ムクヒヲクル》ノ佐伯宿祢赤麻呂ニ一歌一首
わかたもと《吾手本》　まかん《将巻》と　おもはん《念牟》　ますらお《大夫者》は　なみた《恋水》にしつみ《定》　しらかおひにたり《白髪生二有》」28ウ

◇わかたもとまかんと―袂をまくとは袖枕する」28ウをいふなるへし。赤まろか心さしふかきを感する心にや。誠に白髪なるにはあらす。

628
佐伯宿祢赤麿和《スル》歌一首
しらかおふる《白髪生》　事はおもはす《不念》　なみた《恋水》をは　かにもかくにも　さためてゆかん《定而将行》

◇しらかおふる事は思はす―詞林云、かにもかくにもは【とにもかくにも也。愚案白髪は実ならねはさも思はす、泪に沈みの事は実否とにかくに定んと也。誠ならは哀しれとの心也。】

629
大伴四綱宴席歌一首
なにゝ《奈何》しか《鹿》　使のきつる《来流》　君をこそ《社》　とにもかくにも《左右》　まちかてにすれ

◇なにゝしか使のきつる―しかはさやうに也。君をこそ待兼れ、使は何にさは来しそと也。

佐伯宿祢赤麻呂歌一首

630　初花の　ちるへきものを《可散物》　人事の　しけき《繁》によりて《因而》　とまるころかも《止息比者鴨》

◇初花のちるへきものを―花をちらし興あらすへき物を、さかなき人事により」29オ てさる事もなしと侘る也。［初花のちるへきとは初て逢見ん事をよそへいへるにや。］

湯原王贈ル二娘子ニ一歌二首」29オ

631　うはへなき《無》　物かも人は　しかはかり《然許》　とをきいへちを《遠家路》　かへすと思へは《令還念者》

◇うはへなき物かも人は―仙曰、うはへなきとは上もなきと云心也。是ほとに情なき事は又上もあらしといふ事也。愚案逢はて帰すを恨む心なるへし。［八雲抄云、うはへなき、得羽重無とかけり。情なき心也。］

632　目には見て　手にはとられぬ《不所取》　月の内の　かつら《楓》のことき《如》　妹をいかにせん《奈何責》

◇目には見て手には取れぬ―【勅恋五】此歌、伊勢物語に落句少かはれとも心は同。童蒙抄曰、月の桂とは月中に桂樹有。高さ五百丈。下にひとりの人有、樹《キ》をきる。姓は呉、名は剛。是を桂男と云。婁炭経《ロウタン》ニ云、閻浮提《エンフタイ》の地に閻浮樹《シュ》有。一名は波利質多《ハリシッタ》、一名は竜樹《リウシュ》。高さ八万四千里。樹影《エイ》月中に現《ゲン》せり。世人月を見るに樹有。まことにはなし。すなはち是閻浮樹の影なり云々。

娘子報《ムクヒル》贈歌二首

633　いくそばく《幾許》　思ひけめかも《異目鴨》　しきたへの《敷細》　枕かたさり《片去》　夢に見えこし《所見来之》」29ウ

◇いくそはく思ひけめかも―枕上少さりゐると君か夢に見え来しはいくはく我を思ひけんと也。［片去の片は助字也。枕辺に遠く」29ウ 在しと夢にみし心也。］

634
いへにして《家二四手》　見れとあかぬを《雖見不飽》　草まくら《枕》　たひ《客》にもつまと《毛妻与》　あるかともしさ《有之乏左》

◇いへにして見れとあかぬを―家にゐて朝夕相みるたにあかぬ王《ヲホキミ》を旅にても二人ある事の乏《トモシ》くまれなれは弥あかすと也。つまとあるかとは妻とともにある事の乏きと也。

湯原王亦贈歌二首

635
草まくら《枕》　たひ《客》にはいもは《者嬬者》　いさへとも《雖率》　はこのうちなる《有匣内之》　珠とこそおもへ《社所念》

◇草枕たひにはいもは―いさへともはさそひ来たれとも也。はこの内なる玉は其光をあらはさゝる心にや。美色も旅中かひ〈なき〉〔なくあふ事のともしきことの〕たとへなるへし。論語曰、有《アリ》二美玉於斯《ヒキヨクコヽニ》一韞《ヲサメテヒツニ》レ匱而蔵《カクシタリ》　といふも子貢孔子の其徳有なからつかへたまはぬ事を匱の中の玉にたとへし也。

636
わかきぬを《余衣》　かたみ《形見》に奉《またす》　しきたへの《布細》　まくら《枕》不離《からさす》　まきてさねませ《巻而座》」30オ

◇わかきぬをかたみに―わか衣を形見に奉れはまくらをはなたすをき身にもまきてね給へと也。さねませはね給へといふ事也。」30オ

娘子復報贈歌一首

637
わかせこか《吾背子之》　形見の衣　つまとひ《嬬問》に　わか《余》身はさけし《不離》　事とはす《不問》とも

◇わかせこか形見の衣―つまとひは妻恋に也。妻とふ鹿なといふもつまこふ心にておもふへし。事とはすともとは、かたみの衣は物いはねは事とひかはす事なくとも、恋しき形見なれは身をはなつましきと也。

湯原王亦贈歌一首

638　たゝ《直》ひと《一》夜　隔てしからに　荒玉の　月かへ《経》ぬる《去》と《跡》　おも《心》ほゆ《遮》るかも

◇たゝ一夜へたてしからに―詩経に一日不見如三秋なといへるに同。和漢をのつから通する心奇妙にや。

娘子復報贈歌一首

639　わか《吾》せこ《背子》か　かく《如是》こ《恋》ふれ《礼》こそ《許曽》　ぬは《夜干》玉の　ゆめ《夢》に見え《所見》つゝ《管》　いね《寐》られすけれ《不所宿家礼》

◇わかせこかかくこふれこそ―君も我かく思ふことく」30ウ　こふれはこそ君か夢に見え来りて我もねられさりけれと也。

湯原王亦贈歌一首」30ウ

640　はしけ古来風体きやし　まち《不》かき《遠》里を　雲居にや　恋つゝ《管》をらん《将居》　月もへな《不経》くに《国》

◇はしけやしまちかき里―はしけやしとは女を云と喜撰式の説にて、俊頼の髄脳、綺語抄、奥儀等にも其説を用。顕昭は物をよしとほむる詞也。はしきやし、はしけやし、同詞也なといへりけれと所によるへし。此歌は女をいふにてよく聞え侍るにや。此女にあひみてのち月もへぬに、まちかき里なるを雲居はるかなる心ちして恋しきといふなるへし。古来風体にははしきやし云々。〔はしきやしはよしといふ詞也。よし〳〵なといふ詞也。是にてもよくきこゆ。〕

娘子復報贈和歌一首

641　たゆ《絶》といへ《常云》は《者》　わひしみせんと　やき《焼》たち《太刀》の　へつか《隔付》ふ《経》こと《事》は《者》　よしや《幸也》わか《吾》きみ《君》

◇たゆといへはわひしみせんと―仙曰、やきたちのへつかふとは太刀かたなにきり入たるきずのあるをへといふ也。

へとはつゝかすて隔てのある也。されは此歌は彼やき太刀の隔《ヘ》付《ツク》事の悪きをたとへにかりて、絶といへは侘させんとおもふかやきたちのへの付たるはよき事かはとよめる也。但異説へつかふのへは辺也。太刀は辺《リ》はなたねは辺に付経《ル》と云也。絶といへは侘しからんとて辺に付そふはよしやと也。〔やきたち、刃よきたち也。やいかまのとかまのたくひ也。〕」31オ

湯原王歌一首」31オ

642　わきもこ《吾妹児》に　恋てみたる《乱在》、　久流部寸《童蒙クルメキ》《クルヘキ》に　かけ《懸》て《而》しよれ《縁》と《与》　わか《余》恋そめ《始》し

◇わきもこに恋てみたるゝ―童蒙抄云、反転《クルメキ》とは糸を懸てくる物也云々。仙曰、くるへきは糸をかけてくる物也。わくといふ物に似ておほきなる也。愚案心は吾妹児に恋て乱れたり、懸て我方により来れと吾恋初をと立帰りいへり。反転は懸てよれの枕詞也。

紀女郎怨恨歌三首

643　世のなか《間》の　おとめ《女》にしあらは《有者》《イあれは》　わか《吾》渡る　痛背《あなせ》の河を　わたり《渡》かね《金》めや

◇世の中のおとめにしあらは―痛背川《アナセ》、所は未《イマタ》《サレ》レ勘《カンカヘ》共、其字をみるに痛き背とは添《ソヒ》かたく苦痛ある夫《ヲット》の心成へし。かく憂瀬のわたりかたきを我はたへしのひて渡るを、世の中の女ならは我ことく渡りかねめや、たゝにわたらてあらんと也。怨恨歌なれはうき男を恨心成へし。〔イ世の中――〕

◇【イ世の中のおとめにしあれは―我も世をはなれぬ女なれはかゝるうき瀬をも渡れり。あなせの川とても渡りかねんやと也。】」31ウ

644　今はわれは《吾羽》　わひそしにける　いきのをに《気緒》　おもひし君を《念師》　ゆるさく思へは《縦左》

◇今はわれ侘そしにける―別を歎く歌なるへし。いきのをは命也。命のことくに別おしく思ひし君をさのみもと、めかたけれはゆるしやらんと思へは、今は我侘そしにけるといへり。

645　白妙の　袖わかるへき《可別》　日を近み　こゝろに《心》むせひ《咽飲》　ねのみしなかる《哭耳所泣》イなきのみしそなく」31ウ

◇しろたへの袖別るへき―別るへき比ちかくなれは心むせひ悲しと也。

大伴宿祢駿河麻呂歌一首

646　ますらおの《丈夫》　思ひわひつゝ《乍》　あまたゝひ《遍多》　なけくなけきを《嘆嘆》　おはぬものかも《不負物可聞》

◇ますらおの思ひわひつゝ―是は難面人を歎く歌にや。かく思ひわひつゝ歎くなけきはつれなき人おひて其むくひもあるへきに、さるしるしもなきはおはぬ物かと也。木を負にそへてなけきをおふといふ也。

大伴坂上郎女歌一首

647　心には　忘るゝ日なく　おもへとも《雖思》　人の事こそ《社》　しけき君にあれ《繁》

◇心には忘るゝ日なく―さかなき人事しけくさま〳〵もてあつかはるゝ中なれは不《ス》レ忘なから不《サル》レ逢歎也。

大伴宿祢駿河麻呂歌一首

648　あひ見すて《不相見而》　けなかく成ぬ《気長久》　此ころは《日者》」32オ　いかに《奈何》好去哉《よしゆきや》　いふかしわきも《言借吾妹》

◇あひ見すてけなかく成ぬ」32オ ―気《ケ》長《ナカ》くなりぬとは嘆息の心、前注《ニ》。好去哉はよろしくおはすやといふ心なるへし。いふかしはゆかしとおなし。

649
大伴坂上郎女歌一首
夏《ナツ》葛《クツ》《イタマカツラ》の　たえぬ使《不絶》の　かよはね《不通》は　ことしもあること《言下有如》　おもひ《念》つるかも
右、坂上郎女者《ハ》佐保大納言卿《ノ》女《ノ》也。駿河麻呂此《ハ》高市大卿《ノ》之孫也。両卿兄弟之家《ノ》女孫姑姪之族《ヤカラ也》。是以《ヲ》題レ歌送《ソウ》答《タウシテアヒ》《ヲクリコタフ》相二問《トフキ》起居《キヨヲ》一。
◇夏葛のたえぬ使の―夏葛とはよく茂りて絶ぬ物なれは、たえぬ使といはん枕詞也。日比は絶ぬ使の此比しもかよはねは何事そ事しもある如く思はれて心もとなしと也。
◇佐保大納言卿―長屋也。
◇高市大卿―天武天皇御子、長屋王父、太政大臣。
◇相問起居―安否を相問心也。

650
大伴宿祢三依離復相歓《ワカレテマタアヒナケク》歌一首
わきもこ《吾妹児》は　とこ《常》世の国に　住けらし」32ウ　むかし《昔》見しより《従》　わかへましにけり《変若益尓家利》
◇わきもこは常世のくに、」32ウ―常世国、八雲抄云、是より北の世界也。とこよは仙家をもいふへし。すへてときはなる国也。愚案わかへは若やきますと也。離別の、ちほとへて相見るに容貌もとにかはらぬ事をよめる也。

651
大伴坂上郎女歌二首
久堅の　あま《天》の露霜　をき《置》にけり　いへ《家》にある《有》人も　まち《待》恋ぬらん
◇久堅のあまの露霜―夏《ナツ》去秋来り、秋もふかく露霜をくまて外に有て景物に感発して家をおもふ心なるへし。

652　玉もり《主》に見安ぬしに　たま《珠》はさ《授》つけて《而》　かつ《勝》〳〵《且》も　まくら《枕》と《与》われ《吾》は　いさ《率》ふたり《二》ねん《将宿》

◇玉もりにたまはさつけて—思ふ男を玉にひし其本妻の男を制するを玉もりといふにや。」33オ

大伴宿祢駿河麻呂歌三首

653　こゝろ《情》には《者》　わすれ《不忘》ぬ物を　たま〳〵《儻》も　見ぬ《不見》日かず《数》おほく《多》　月そへにける《経去来》

◇こゝろにはわすれぬ物を—心は明なり。

654　あひ《相》見ては《者》　月もへなくに《不経》　恋といへ《云》は《者》」33オ　をそろとわれ《吾》を　おもほ《於毛保》さん《寒》かも《毳》

◇あひ見ては月もへなくに—仙曰、をそろとは空言《ソラコト》と云也。東《アツマ》詞也。逢みて月もへぬに恋しといはゝ、空言といはんかとよめる也。［あは助字か。］

655　おもはぬ《不念》を　思ふといは《云》ゝ《者》　あめ《天》つち《地》の　かみ《神祇》もしる《知》かに《寒》　さとれ《邑礼》さかはり《左変》

◇おもはぬをおもふといはゝ—さかはりは見安云、神も我身に入かはりてと云也。愚案我心を照覧せんと也。［さかはりのさは助字なり。］

大伴坂上郎女歌六首

656　われ《吾》のみ《耳》そ　君には恋る　わかせこ《吾背子》か　こふ《恋》といふ《云》事は　ことの《言》なくさそ

◇われのみそ君にはこふる—童蒙抄曰、わかせことは男を云。ことのなくさそとはことのなくさめそといふなり。

657　おもはしと《不念》　いひ《曰》てし《手師》物を　はね《翼》す《酢》色の　うつろ《変》ひやすき《安寸》　わか《吾》こゝろ《意》かも」33ウ

◇おもはしといひてし—翼酢《ハネス》又唐棣《ハネス》花。袖中抄云、はねすといふ花のあるにこそ。万葉十一に、はねす色のあかも

の姿とよめり。赤き色によれり中略。仙曰、はねす《唐棣花》を釈す」33ウるに各異説あり。庭桜《ニハサクラ》、李花《スモヽノハナ》、木蓮《キハチス》なとあれと慥に証拠を書のせす。検《カンカフルニ》二本草《ヲ》一云陸機草木疏《クリクキカノシヨニ》云唐棣《タウテイハ》即奥李《イクリ》也。乃至其花或白或赤《ハクハシ》。六月実成《ニミ》云々。それにとりてははねすといへる色は世の用る所赤色なるへし。十一巻歌に、はねす色のあかもの姿とよめるか故也。又日本紀第廿九天武天皇十四年秋七月乙巳勅《シテ》定明位已下進位已上之《ノ》朝服色《ノヲ》一浄位已上着《ハキル》二朱花《ハネスヲ》一。朱花此《ニハ》云二波泥《ハネ》須《スト》一と云々略注。愚案是袖中抄の説に符合歟。詞林采葉云《ニ》、奥李《イクリ》、庭桜《ニハ》、月草等は姿振舞相叶はす。木蓮《キハチス》なるへき歟。彼花夏開実なるもうつろひやすきとよめるも木芙蓉と見えたり云々。然とも日本紀朱花と書り。是正説とすへし。口訣有。歌の心は、一たひおもはしといひなから又恋しきによりてうつろひ安《ヤス》き我心哉といへり。

658
おもへとも《雖念》　しるしもなしと《知僧無》　知物を　なそかくはかり《奈何幾許》　わかこひわたる《吾恋渡》

◇おもへともしるしもなし―思ふしるしもなく難面人と我も知なから何に恋わたるそと也。

659
かねてより《預》　人事しけく《繁》　かくしあらは《如是有者》　しゑやわかせこ《四恵吾背子》　奥《お〈く〉〈き〉》裳何如荒海藻《もいかゝあらも》」34オ

◇かねてより人事しけく―しゑやはよしや也。お〈く〉〈き〉も」34オいかゝあらもは行末もいかゝあらんといふ心也。

［おくかなし、おくかもしらす、皆行末の心也。］

660
なをとわを《汝乎与吾乎》　人そさくなる《離》　いてわきみ《乞吾君》　人の中言　きゝたつなゆめ《聞起》

◇なをとわを人そわくなる―汝と我の中を人そいひさまたけさくる間、いてわか君、人の中言をゆめ〳〵聞入なと也。いては発語の詞。

661
こひ〳〵て《恋々而》　あへる時たに《相有》　うつくしき《愛寸》　事つくしてよ《尽手四》　長くとおもはゝ《常念者》

◇こひ〳〵てあへる時たに—うつくしき事は愛相らしくやさしき心はせをつくせと也。長くと思は、とは末とけて逢そはんと思は、と也。

市原王歌一首

662　網児《あこ》の山　いをへかくせる《五百重隠有》　さて《佐堤》の崎　左手《さて》はへし子《蠅師こ》の　夢にし見ゆる《所見》

◇網児《アコ》の山いをへかくせる—あこの山、八雲抄、伊勢云々。佐堤《サデ》の崎も同国也。あこの山のいくへもかくせるさでの」34ウ 崎は、左手はへしこといはん序也。さてさしはへなといふやうに左手つかひし女なるへし。和名曰纚《サデ》、文選註云、纚網《サテハアミノ》如《シテミノ》二箕形一狭《クシヲ》レ後広《クスルヲ》レ前名也。〔然るに顕昭、さてはししとよみて袖中抄あやまれり。〕

安部宿祢年足歌一首

663　さほわたり《佐穂度》　わきへ《吾家》の上に　鳴鳥の　こゑなつかしき《音夏可思吉》　おもひつまのこ《愛妻児》」34ウ

◇さほわたりわきへ《吾家》のうへに—佐穂わたりは大和の佐保のほとりに年足か家の在しなるへし。扨上句は序歌にて、こゑなつかしきおもひつまの女子也との心成へし。

大伴宿祢像見歌一首

664　いそのかみ《石上》　ふるとも雨に《零十方》　さはらめや《将関哉》　妹にあはんと《相》　言義之《いひてし》《ちきりし》ものを《鬼尾》

◇いそのかみふるとも雨に—石上は大和、ふるといはん枕詞也。雨にも障りとせすして妹かりゆきてあはんと也。此歌類聚万葉には、妹にあはんといひてし物をとあり。仙点にはちきりし物をと和す。

安倍朝臣虫麻呂歌一首

665
むかひゐて《向居》　見れとも《雖見》あかぬ《不飽》　わきもこに《吾妹子》　たちわかれゆかん《立離往六》　たつきしらすも《田付不知毛》

◇むかひゐて見れともー八雲抄云、たつきはたより也。愚案たちわかれむ方もおほえす茫然たる心なるへし。」35オ

大伴坂上郎女歌二首」35オ

666
あひ見では《不相見者》　いく久し《幾久》〈さ〉〔く〉も《毛》　あらなくに《不有国》　こゝはくわれは《幾許吾者》　恋つゝ《乍》もあるか

◇あひ見てはいく久し〈さ〉〔く〉もーこゝはくはいくはく也。あるかはある哉也。あひ見すしてはさしていく久しき日数もあらぬにいくはく恋る哉と也。前歌の返也《シ》。

667
恋〳〵て　あひたる物を《相有》　月しあれは《有者》　夜はこもるらん《隠良武》　しはしはありまて《須臾蟻待》

右《ハ》大伴《ノ》坂上《ノ》郎女之母《カ》石川内命婦《ノナイミヤウフ》与《ト》二安部《アヘノ》朝臣虫満《ムシマロカ》之母安曇外命婦《アツミノゲミヤウフト》一同居《トウキヨス》。姉妹同気之《ノ》親《ムツミナリ》焉。縁《ヨリテコレニ》レ此郎女《ト》虫満相見《アヒマミエテス》不レ疎《ヲロソカナラ》　相談《カタルコトステニキヒシ》　既密《ミソカ也》。聊作《カテ》二戯《タハフレノ》　歌一以《ヲ》為《ナス》二問答一《ヲ》也。」35ウ

◇恋〳〵てあひたる物をー仙曰、此歌第四句よはこもるらんと和すへし。月しあれは夜はまたあるらん、しはしまてといへる也。［ありまて、まちてあれ也。］愚案此歌も虫麿か別れを歎く歌に和して猶しはしまて、別を急く事なかれといふ也。註郎女と虫麿と従兄弟なれはしたしく見えしらかひ」35ウてうち物かたらひつゝ此たはふれのうたをよみかはせりと也。内命婦《ナイミヤウフ》、外《ゲ》命婦とは、婦人の五位以上を帯るを内命婦といふ也。五位以上の妻《ツマ》を外命婦と云よし令《リヤウノキ》義解《ゲ》に有。又周礼註に内命婦は九嬪世婦《キウヒンセイフ》也。外命婦は公卿大夫《コウケイタイフノ》妻也云々。

厚見王謌一首

668
あさに日に《朝尓》　色付山の　白雲の　おもひ過へき《可思過》　君にあらなくに《不有国》

◇あさに日に色付山の―あさにのには助字なり。朝日影に色付たる雲の面白くよそに思ひ過しかたきを序歌によみて心は恋の歌なるへし。

春日王歌一首

669　足引の　山橘の　いろにいて、《色丹出而》　かたらひつきて《語言継而》　あふ事もあらん《相事将有》

◇足引の山たちはなの―山橘、やぶかうじといひて赤き実なる物なれは色に出てといはん諷詞によめり。かく忍ひこめてのみあらんより色に出てかた」36オ らひ継てたえすいは、逢事もあらんほとにと也。

湯原王歌一首

670　月よみの《読》　ひかりにきませ《光来益》　あしひきの《足疾》」36オ　山を隔て　とをからなくに《不遠国》

◇月よみの光りに来ませ―月読、月夜見、月弓、皆月神の事のよし日本紀に見ゆ。月影によるもおはせ、遠き所ならねはと也。

和《スル》歌一首　作者なし、もし自和するにや

671　月よみの《読》　ひかりは清く《光》　てらせとも《雖照有》　まとふこゝろは《惑情》　たへすおもほゆ《不堪念》

◇月読の光りはきよく―月清くて来る道は迷ふへくもあらねと恋しき心まとひはたへかたしと也。

安倍朝臣虫麻呂歌一首

672　しつたまき《倭父手纏》　数にもあらぬ《不有》　いのちもて《寿持》　なそかくはかり《奈何幾許》　わか《吾》恋わたる《渡》

◇しつたまき数にもあらぬ―しつたまき、八雲御抄にけすす也。数ならぬ事也云々。賤のをた巻もいやしき物の由、奥儀抄にいへる其略せし」36ウ詞にや。しつたまきいやしきわれとも奥にも有。

大伴坂上郎女歌二首

673　まそかゝみ《真十鏡》　ときし心を《磨師》　ゆるしては《縦者》　のちにいふとも《後雖云》　しるしあらめやも《験将有八方》」36ウ

◇まそかゝみときし心を―此郎女、前の怨恨歌にも此詞あり。わか本心を日々に勉てみかきときてこそあらめ、一旦ゆるしをこたりていろにけかれて身もおちいらはいかに後に悔いふともかひあらしと也。尤可思歌成へし。

674　またまつく《真玉付》　をちこちかねて《彼此兼手》　いひはいへと《言歯五十戸常》　あひてのちこそ《相而後社》　くひにはありといへ《悔有五十戸》

◇またまつくをちこちかねて―真玉付とは玉は緒に付る物なれは、をといはん枕詞也。〔見安の儀也。〕をちこちかねてとは遠き慮《ヲモンハカリ》なきときは近きうれへある理を知て、とぎし心をゆるしては後にいふ共なといひはいへと、とにかくに人にあひそめてのちには人の心のまことある事まれなれは悔しき事有と也。

中臣女郎贈《ル》二大伴宿祢家持ニ一歌五首

675　をみなへし《娘子部四》　さく沢に生る《咲》　花かつみ《勝見》　かつてもしらぬ《都毛不知》　恋もするかも

◇をみなへしさく沢に―序歌也。童蒙抄云、花かつみとは花咲たる蔣《マコモ》を云。」37オ

676　わたつみの《海底》　おきをふかめて《奥乎深目手》　わかおもへる《吾念有》　君にはあはん《将相》　としはへぬとも《年者経十方》」37オ

◇わたつみのおきをふかめて―古今にもある詞也。おくふかくわか思ひそめし君には一旦こそ自由ならすとも年へてのちにもつゐにあはんと也。

677　春日山　あさゐる雲の《朝居》　鬱《類并祇おほつかな》《おほゝしく》　しらぬ人にも《不知》　こふる物かも《恋》

◇【春日山朝ゐる雲の―祇曰、朝ゐる雲のふかくていつこともしられぬを初めたる人なとによそへたる也。愚案此歌、祇注、類聚】にはおほつかなと和せり。仙点はおほゝしくとよむ。おほ〳〵しくおほつかなき心同。

678　たゝ《直》にあひ《相》て《而》　見てはのみ《耳》こそ《社》　玉きはる《霊剋》　いのち《命》にむかふ《向》　わか《吾》恋やまめ《止眼》

◇たゝにあひて見てはのみ―見てはのは助字也。玉きはるは命の枕詞也。此集第一委注。只に逢みてのみこそ命にかけて思ふ恋をやむへけれ、逢もみもせてはいかてとの心也。」37ウ

679　いなといはゝ《不欲常云者》　しゐんやわかせ《将強哉吾背》　菅の根の　おもひみたれて《念乱》　恋つゝもあらん《管母将有》

◇【いなといはゝしゐんや―菅の根は思ひみたれての枕詞也。わかいなといはは我せこかしゐて是非あはんといははんや、思ひみたれて只に恋つゝも有かせんと心よはく思ひやる心なるへし。】

大伴宿祢家持与ト二交遊《カウユウ》一別ル歌三首

680　けたしく《蓋》《イいさにし　いかにそ》も《毛》　人の中こと《言》　きける《聞》かも《可毛》　こゝたく《幾許》まてと《雖待》　君かきまさぬ《不来益》」37ウ

◇けたしくも人の中言―蓋くものくもは助字也。こゝたくはいくはく也。人の中言をきゝてかくいくはく待とも帰りこぬかと也。交遊は友達なるへし。

681　中〳〵に　たえ《絶》ねとしいはゝ《云者》　かくはかり《如此許》　いきのを《気緒》にして　わか《吾》こひめやも《将恋八方》

◇中〳〵にたえねとしいはゝ―思ひたえてあれ待とも帰るましきといはゝかく命にかけて恋めや、恋ましきにさもいひはなたぬ故、中〳〵に心つくしなると也。

682　おもひなん《将念》　人にあらなくに《有莫国》　ねもころ《懃》に　こゝろつくし《情尽》て　こふるわれ《恋流吾》かも

◇おもひなん人にあらなくに—とてもあひおもふへき交遊にもあらぬをと也。

大伴坂上郎女歌七首

683　いふことの《謂言》　さかなき《恐》国そ　くれなゐの《紅之》　色にないてそ《莫色曽》　おもひしぬとも《念死》」38オ

◇いふことのさかなき国—紅のは色に出その枕詞也。口さかなき所なれはと也。」38オ

684　今はわれは《吾》　しなんよ《将死》　わかせ《吾背》　いけりとも《生十方》　われによるへしと《吾可縁》　いふといはなくに《言云莫苦荷》

◇今はわれはしなんよわかせ—生て有とも我に君かよるへしともいはぬに死なんと也。いふといはなくは重詞也。

685　人ことを《事》　しけみ《繁》イしゝみや《哉》君を　ふたさやの《二鞘之》　家をへたて《隔而》ゝ　恋つゝをらん《乍将居》

◇人ことをしけみや—二さやは二家也。家は身を入る事、如刀鞘也。かくうき人事をしけくしてあはてのみ恋つゝをらむかと歎く心也。

686　このころに《比者》　ちとせやゆきも《千歳八往》　過ぬると《与》　われやしかおもふ《吾哉然念》　見まくほり《欲見》イ見まほしみかも《鴨》

◇このころにちとせや—はやく見まほしと思ふほとの久しさは此比に千年も行過ぬるかとおもふと也。しかは〈さやう〉」38ウ　さやうにとの心也。

687　うつくしと《愛常》　わかおもふこゝろ《吾念情》　はや河の《速》　せくとせくとも《雖塞〈突〉塞友》　猶やくつれん《将崩》

◇うつくしとわか思ふ心—心はや河とは恋ふる心のいらるゝさま也。古今集、滝つ心をせきそかねつるといふにおなしかるへし。

688　青山を　よこきる《横殺》雲の　いちしろく《灼然》　われとえみして《吾共咲為而》　人にしらるな《所知名》」38ウ

◇青山をよこきる雲の—青山の白雲は外よりいちしろかるへけれは灼然《イチシロク》の序に読り。人も見るめのまへなとにて我とえみせは我中をしられんと也。［青山、八雲御抄、播磨国云々。］

689　海やま《山》も　へた《隔》丶らなく《莫国》に　なにしか《奈何》も　見る《目》ことを《言》たにも　こ丶た《幾許》ともしき《乏寸》

◇海山もへた丶らなくに—こ丶たはこ丶たくの下略、いくはくの心也。海山も隔たらぬに何に見る事たに常にともしきそと也。見る事をたにといふにてあふ事はましてとの心有。

大伴宿祢三依《ミツヨリ》悲レ別ヲ歌一首

690　て《照》れる日を　や《闇》みに見な《成》して　な《哭》く涙　こ《衣》ろもぬ《沾》らしつ　ほ《干》す人なし《無》に

◇てれる日をやみに見なし—なみたに目もくれて照日をもやみに見なしたる心也。」39オ

大伴宿祢家持贈ル二娘子ニ一歌二首」39オ

691　も丶しき《百礒》の　大宮人は　おほかれと《雖多》さはにあれとイ　こ丶ろ《情》にの《乗》りて《而》　おもほゆる《所念》妹

◇も丶しきの大宮人は—宮つかへ人はおほきなかにと也。奥儀抄云、心にのりては心にかけて也。

692　うはへなき《得羽重無》　妹にもあるか《有》も《鴨》　かくはかり《如此許》　人のこ丶ろ《情》を　つくす《令尽》とおも《念》へは《者》

◇うはへなき妹にもある—前にうはへなき物かも人はとあるに同歟。但情なき心也と八雲御抄に有。

大伴宿祢千室歌一首　未詳

693　かく《如此》しのみ《耳》　恋やわたらん《将度》　秋津野に　たなひく雲の　過とはなしに《無》

◇かくしのみ恋やわたらん—かくしのしは助字也。秋津野、八雲抄、紀伊云々。思ひ過す事なくかくのみ恋やわた

らんといはんとて秋の〻棚引雲のといふなるへし。

広河《ノ》女王《ノ》歌二首

694　恋草を　ちから《力》くるま《車》に　な〻《七》車　つみ《積》て《而》恋らく　わか《吾》心から《柄》」39ウ

◇恋草を力車に」39ウ ―恋のおもき事を云也。詞林云、此恋草は草にはあらす。恋の数也。種々物思ふ事の数を読り。然に近来先達、草の名に詠せり引歌略之。〔勅恋二〕「力車はおも荷をつみはこふ車也。七車は七つに限らすおほき事也。」

695　こひ《恋》は今は　あらし《不有》と　われ《吾》は　おもひし《念》を　いつこ《何処》の恋そ　つかみか〻れる《附見繋有》

◇こひは今はあらしとわれは―心に恋のおこり出るをつかみか〻るといへり。

石川朝臣広成歌一首

696　家人に　恋過めやも　かはつなく《川津鳴》　いつみ《泉》の里に　年のへ《歴》ゆけは《去者》

◇家人に恋過めやも―仙曰、いつみの里、山城国。見安《ニ》家人は家の女なり。家あるしと云心也云々。

大伴宿祢像見《カタミカ》歌三首

697　わかき〻《吾聞》に　かけ《繋》てないひそ《莫言》　かりこも《刈薦》の　みたれ《乱》て　おもふ《念》　君か直香《たゝか》そ

◇わかき〻にかけてないひそ―た〻香、見安云、君か在所也。

◇【わかき〻にかけてな―我聞やうにかけてないひそと也。大和物語に、なき人を君かきかくにかけしとてといへる心に同し。かりこもは乱てといはん枕詞也。た〻かとは、見安には直香まさかとよみて君か在所《アリカ》也。又寝所

をも云といへり。又は直香をあたりとよむ。義は大かた同。たゝかもまさかと同義なるへし。師説正しき有さま也。】

698　春日野に　朝居る雲の　しく〳〵《敷布》に　われ《吾》は恋ます《益》　月に日に異《け》に」40オ

◇春日野に朝居る雲の」40オ ―しく〳〵にはしき〳〵と同。しきりにと云心也。月日にますといふなるへし。

699　一瀬《ひとつせ》《ひとせ》二波《になみち》《には》千遍《へ》《ちたび》障良比《さらひ》《さはらひ》　逝水之《ゆくみつの》　後毛将相《のちにもあはん》　今尓不有十方《いまにあらすとも》

◇一瀬《ヒトツセ》《ヒトセ》二波《ニナミチ》《ニハチ》千遍《ヘ》《タタ》障良比《サラヒ》《サハラヒ》―右は古、左は仙新点也。一瀬の石なとある波、千重にさはりてわかれ行水の末には流れあふ事を序歌に恋の心をよめり。新点も心は同なから、ちたひさはらひは聊心をたやかならさるにや。

大伴宿祢家持到《イタリテ》二娘子之門《ニ》一作歌一首

700　かくしてや《如此為而哉》　猶やかへらん《八将退》　ちかゝらぬ《不近》　みちのあいたを《道之間》　なつみまいりて《煩参来而》

◇かくしてや猶やかへらん―けふも猶不逢帰らんかと也。[猶やはたゝにやの心也。]

河内百枝娘子《モヽエノイラツコ》贈《ル》二大伴宿祢家持《ノ》《ニ》一歌二首

701　はつ〳〵に　人をあひみて《相見》　いかならん《何将有》　いつれの日《何》にか　又よそに見ん《外将見》

◇はつ〳〵に人をあひみて―はつ〳〵にははつかに逢也。」40ウ かくはつかなる中は終に末とく〳〵もあらねは、いつれの日かよそにみんと歎く心也。

702　ぬは玉《夜干》の　其夜の月夜　けふまてに《至于今日》」40ウ　われはわすれす《吾者不忘》　まなくしおもへは《無間苦思念者》

◇ぬは玉の其夜の月夜―其夜とは逢みし夜を云也。思はぬ間も有てこそ忘るゝ事もあらめ、まなく思へはけふまても不忘と也。

巫部麻蘇《カンナイヘマソカ》娘子歌二首

703　わかせこ《吾背子》を　あひみ《相見》し其日　けふまでに《至于今日》　わかころもて《吾衣手》は　ひるとき《乾時》もなし

◇わかせこをあひみし其日―其日よりけふまでにと也。

704　たくなは《栲縄》の　永き命を　ほしけくは《欲苦波》　たえすて《不絶而》人を　見まくほりこそ《欲見社》

◇たくなはの永き命を―童蒙抄云、たくなはとはあみの手縄をいふ也。日本紀ニ曰、以二千《チ》尋《ヒロノ》栲縄《タクナハヲ》一結《ユヒテ》為《セン》二百《モヽムスヒアマリ》八十《ヤソ》紐《ムスヒ》一云々。愚案古今集にあまのなはたきとあるもおなしくたくる縄なるへし。歌の心は、おもふ人をたえす見は命もなかくあらんといはんとて、たくなはのは永きといはん枕詞也。永き命をほしくはたえす君を見は命なかゝるへし、あはれたえす人を見まくほしくこそとの心也。」41オ

大伴宿祢家持贈《ル》二童女《ワラハメニ》一歌一首」41オ

705　はねかつら《葉根蘰》　今する《為》妹を　夢に見て　こゝろのうち《情内》に　こひわたるかも《恋度鴨》

◇はねかつら今する妹を―袖中抄云、是は女の花の鬘《カツラ》を敦隆類聚古集に葛の篇に入たる如何。文字も蘰とかけり。葛にまきるへからす仙抄同義。［愚案花かつら今する妹は、はしめてかんさししかつらかけし女也。］

童女来報歌一首

706　葉根かつら《蘰》　います《今為》る妹は　なかりし《無四乎》を　いかなる《何》妹そ　こゝた《其幾許》恋たる

◇葉根かつらいまする妹は―顕昭説のことくならは葉根は花也。根となと五音通すれは也。花鬘する妹はなかりし

物を、何たる妹をそこはく恋給と也。［見安云、はねかつら、花かつら、同事也。］

粟田娘子贈大伴宿祢家持歌二首

707 おもひやる《思遣》　すへ《為便》のしらねは《不知者》　かたもひの《片垸之》　そこ《底》にそ我《吾》は　恋なり《成》にける

◇おもひやるすへのしらねは―仙曰、もひとは茶垸《チャワン》也。私云或人《ノ》云、延喜式《ニ》云片垸者《クカタモイハ》底深《ソコフカキ》器《ト》云々。可見是迄仙覚抄。

吾思ひを君かかたへやる便」41ウ りなけれは底にのみこふると也。片垸は底にそといはん諷詞なり。

708 またもあはん《復毛相》　よしもあらぬか《因有奴可》　白たへ《細》の　わか《我》衣手に　いつき《斎》いはひイと、めん《留目六》」41ウ

◇またもあはんよしもあらぬか―別を惜む歌也。我衣手にいつきと、めんはいつきかしつきと、めんと也。一本、いはひと、めんと和せり。義は同かるへし。

豊前国娘子大宅女歌一首

709 夕やみ《闇》は　みちたつ〳〵し《多豆多頭四》　月待て《待月而》　ゆか《行》んわかせこ《吾背子》　其ま《間》にも見ん《将見》

◇夕やみは道たつ〳〵し―【勅恋四】或点にはたと〳〵と有。月待て帰ゆかんと留めて其間成共と惜む心也。【かへれわかせこ】

安都扉《アトノトホソカムスメノ》　娘子歌一首

710 みそらゆく《三空去》　月の光りに　たゝ《直》一目　あひ《相》みし人の　夢にし見ゆる《所見》

◇み空ゆく月の光りに―心に思ふをいはんとて也。

丹波大娘子歌三首

711　かもとり《鴨鳥》の　あそふ《遊》此池に　木葉落て　うかへる《浮》こゝろ《心》　わか《吾》おもはな《不念》くに《国》

◇かも鳥のあそふ此池に」42オ―序歌也。うかへる心とはまめ〳〵しからぬ心也。

712　あちさけ《味酒》〈の〉〔を〕《呼》　みわ《三輪》のはふり《祝》か　いは《忌》〈ひ〉〔ふ〕枕」42オ　手ふれ《触》しつみ《罪》か《歟》　君にあひ《遇》かたき《難寸》

◇あちさけをみわの―味酒三輪、此集第一註。いはふ枕とは、枕は三輪の神木なれは祝子もいつきかしつく心也。不浄の身にて神物に手ふるゝは神のとかむるを恋の歎きにかくよめり。

713　かきほなす《垣穂成》　人こと《辞》聞て　わかせこか《吾背子》　こゝろ《情》たゆたひ　あはぬこのころ《不合頃者》

◇かきほなす人こと聞て―かきほなす人とは我を隔つる讒人を云。心たゆたひはやすらふ心也。我を思ふ心の少をろそかになる心なるへし。〔見安云、人ことして我を人のへたつる也。〕

大伴宿祢家持贈ル二娘子一ニ歌七首

714　こゝろ《情》には　思ひわたれ《渡》と　よしをなみ《縁無》　よそにのみして《外耳為而》　なけきそわかする《嘆曽吾為》

◇こゝろには思ひわたれと―思ひ渡れといひよるよしなくてよそにしてゐる」42ウ【なけきをよめり。】

715　千鳥なく《鳴》　佐保のかはとの《河門》　清き瀬を　馬うち《打》わたし　いつか《何時》かよはん《将通》

◇【千鳥なくさほの河と―祇曰、我恋る人のなひきていつか馬打渡し通んと也。】

716　よるひると《夜昼》　いふわき《云別》不知《しらす》　わかこふる《吾恋》　こゝろ《情》はけだし《蓋》　夢に見えきや《所見寸八》」42ウ

◇よるひるといふわき不知―昼夜分す恋る心は君か夢にはみえすやと也。

717　つれもなく　あるらん《将有》人を　かたおもひ《片念》に　われしおもへは《吾念者》　まとひ《惑》もあるか

◇つれもなくあるらん人を―あるかは哉也。心は明也。

718　おもはすに《不念》　妹かえまひを《咲儛》　夢にみて《見而》　心の中に　もえつゝそをる《燎管》

◇おもはすも妹かえまひ―えまひはえみ也。妹か笑顔を也。もえつゝは思ひを火にそへて燎ると云。

719　ますらおと《丈夫》　おもへる吾を《念流》　かくはかり《如此許》　見つれに見つれ《三礼二見津礼》　片思ひをせん《責》

◇ますらおともへる吾を―見つれは乱れ也。みたれ〳〵て片思ひをせんと也。

720　むらきもの《村肝》　こゝろくたけて《於摧而》　かく許《如此はかり》　わか恋らくを《余良苦》　しらすかあるらん

◇むらきもの心くたけて」43オ―むらきも、思《ヲモヒナケ》歎くに肝の胸にこれる也。第一巻委。

献《タテマツル》二天皇《ニ》一歌　イ大伴坂上郎女ト作者アリ

721　足引の　山にしをれは《居者》　よしをなみ《風流無》」43オ　わかするわさを《吾為和射》　とかめたまふな《害目賜名》

◇足引の山にしをれは―よしをなみ、風俗なる事をしらて賤きをも山住の身なれは見免し給へと也。

大伴宿祢家持歌一首

722　かくはかり《如此許》　恋つゝあらすは《乍不有》　いは木にも《石》　ならまし物を《成益》　物おもはすして《不思》

◇かくはかり恋つゝあらすは―恋つゝあられすは心もなき木石にならん物を、物思はすしてあらんにと也。

大伴《ノ》坂上《ノ》郎女《ノ》従《ヨリ》二跡見庄《トミサト》一贈《ヲクリタマフ〈リウタクノ〉》二賜留《トヽムルイヘニ》レ宅女子大嬢《ムスメノヲトメニ》一歌一首并短歌

723　とこよにと《常呼》　わかゆかなくに《吾行莫国》　こかなとに《小金門尓》　物悲しらに　おもへりし《念有之》　わかこのとし《吾児刀自》〈の〉〔を〕《緒》　ぬは玉の《野干》　よるひるといはす《夜昼不言》　おもふにし《念》　わか身はやせぬ《吾瘦》　なけくにし《嘆丹師》　袖さへ」43ウ　ぬれぬ《沾》　かくはかり《如是許》　もとなし《本名四》

こひは《恋者》　ふるさとに《古郷》　此月ころも　有かてましを《勝益士》

◇とこよにとわかゆかなくに―［跡見庄、大和奈良近ニ。］仙曰、とこよは蓬莱嶋也。心は蓬莱へ尋ゆかんこそ徒《イタツラ》に舟中に年をつみて悲しからめと也。小金門にとは立出かたきによそふる也是迄仙抄。［愚案こかなとはこかね也。金門は都に金のかさりせしを云也。心は子の刀自、古郷に在て女の自由にいてあはぬを悲しく思ひし心也。］43ウ

◇物かなしら―物悲しくも也。

◇わかこのとしを―刀自は女官也。和名に負《トジ》と書。老女を云と有。然共こゝは女官。禁秘抄ニ衣唐衣体ノ也。結《ユフ》レ中ヲ等ある物なるへし。［見安云、刀自は女の惣名也云々。此儀可然也。］

◇思ふにしのしは助字也。

◇嘆くにしのしも助字也。

◇もとなし恋ば―もとなはよしなや也。恋ば、濁《ニコリテ》読也。ありかては有堪へき物を也。

反歌

724　あさかみの《朝髪》　おもひみたれて《念乱》　かくはかり《如是許》　なにの恋そも《名姉曽》　夢に見えける《所見》

右歌報二賜大嬢ニ一歌也此注イニナシ、尤可然。

◇あさ髪のおもひみたれ―朝髪、いまたかみあけさる朝ね髪也。乱れてといふへき諷詞也。何事の恋そやかく夢にしもみゆると也。

725
献《ル》二天皇《ニ》一歌二首
にほとり《二宝鳥》の　かつく《潜》池水　こゝろあらは《情有者》　きみにわかこひ《君吾恋》　こゝろしめさね《情示左祢》」44オ

◇にほ鳥のかつく池水―鳰とりのかつく池水も心あらはきみに我恋」44オ心を告示《ツケシメ》し申せと也。媒なとにいふやうによめるは天子に直に申は恐あれは也。水の心といへはかつく池水心あらはといへり。示は玉篇《ニ》以レ事《ヲ》告《ルヲ》レ人《ニ》曰《フ》レ示《ト》と云々。

726
よそにゐて《外居》　恋つゝ《乍》あらすは《不有》　君かいへ《家》の　池にすむといふ《住云》　鴨にあらましを《二有益雄》

◇よそにゐて恋つゝ―恋つゝあられすは也。

727
大伴宿祢家持贈《ル》二坂上《ノ》家《ノ》大嬢《ニ》一歌二首　雖二絶《タエテ》数年《ナリト》一後会《ニシテ》(復イ)相聞往来《ス》
わすれ草《萱》　わか《吾》下紐に　つけたれと《著有跡》　をにのしこ《鬼乃志許》草　ことにしありけり

◇雖絶数年―家持与大嬢、中たえて年へたりといへと又後にあひていひかはせりと也。

◇わすれ草わか下紐《シタヒモ》に―八雲抄云、たえて久しき女にあへる恋の歌也。忘れんとすれともえ忘れすといへる心也上下略、歌林良材同。奥儀抄云、忘れ草とは萱草《クハンサウ》を云也。兼名苑には忘憂草といへり。是をみれはうれへを忘るゝ也。をにのしこ草は紫苑《シヲン》也。是を」44ウ見れは物忘れせすといへり下略。袖中抄曰、をにのしこ草とは別の草の異名にあらす。忘草はうれへを忘るゝ草なれは恋しき人を忘れん料に下ひもに付たれと更に忘るゝ事なし、忘草といふ名は只異《コト》にこそ有けれ、猶恋しけれは鬼のしこ草成けりと云也。心はまことの鬼にはあらす。わろしと云詞也。しこといふもわろしと嫌ふ詞也。日本紀第一に不須《イナ》也。凶目《シコメ》汚穢之処《キタナキトコロト》云々。されはしこはわろき心也。凶といふ字をよめり略註仙同義。奥儀抄と義こと也。両説可随所好歟。[をにしこくさ、顕昭儀はきたなき草ときらふ心也。]

728
人もなき《無》　国《有》もあらぬか《糠》　わき《吾》もこ《妹児》に　たつさひ《携》ゆき《行》て　たくひ《副》て《而》をらん《将座》」44ウ

◇人もなき国もあらぬか―人めにせかれて思ふまゝにえあひそはぬを歎きてよめる歌也。

729
大伴坂上大嬢贈㆓大伴宿祢家持ニ㆒歌三首

たま《玉》ならは《有者》　手にもまかん《将巻》を　うつ《欝》せみ《膽》の　世の人あれは《有者》　手に巻かた《難》し《石》

◇たまならは手にもまかん―玉は手にとりても人とかめす、君は世の人めあれは玉のことくには手にまきかたし、哀君を玉ならは手にも巻ん物をと也。

730
あはん《将相》夜は　何時《いつ〈に〉も》《いつしか》　あらん《将有》を　なにすとか《何如為常香》　か《彼》よ《夕》にあひ《相》て　事のしけ《繁》きも《毛》」45オ

◇あはん夜はいつ〈に〉もしかイ」45オ―逢んは夜はいつなりともあるへきに彼夜にしも何するとてあひてかく人事しけくいひたてらるゝ、そと悔む心也。

731
わか《吾》名はも《者毛》　千名のいを《五百》名に　立ぬ《雖》とも《立》　君か名たゝ《立》は　おしみ社泣《こそなかめ》《なけ》

◇わか名はもちなにいを名―もは助字也。我名はさま〳〵立ともおしからし、君か名立んはおしみなかんと也。

又大伴宿祢家持和《ワスル》歌三首

732
い《今》ましはし《時者四》　名のおし《惜》けくも《雲》　吾はなし《無》　妹により《因》ては《者》　千遍《ちへ》にたつ《立》とも《十方》

◇今しはし名のおしけく―今しのし、はしのし、皆助字也。今は也。大嬢か故によりては千重に我名立ともおしからすと也。

733　うつせみの《空蝉》　よやもふたゆく《代也毛二行》　何すとか《為》　妹にあはすて《不相而》　わかひとりねん《吾独将宿》

◇うつせみの世やもふたーふたゆくは我身にふたゝひきたるかはとの心也。［二ゆくを書ニ分れゆくの儀不用。］世やもものもは助字也。」45ウ 此歌は大嬢か何すとか彼よにあひて事のしけきもといふに和する歌なるへし。かくふたゝひ来らぬはかなき世に、たとひ人事しけくとも何するとてかあはて独はねん、いつも〳〵あはんこそほいならめとなり。

734　わかおもひ《吾念》　かくてあらすは《如此而不有者》　玉にもか　まこと《真》も《毛》妹か《之》　手にまかれなん《所纏牟》」45ウ

◇わかおもひかくてあらすはー此歌は玉ならは手にもまかんをといふに和せり。かくてあらすはとはかく人目にせかれてのみあられすはと也。玉にもか、玉に我身成てもかなと也。まことものもは助字也。たゝまことに也。女の玉ならは手にも巻んをと云を請て也。

同坂上大嬢贈二家持一歌一首

735　かすか山《春日》　霞たなひき　こゝろくゝ《情具久》　てれる月夜に《照》　ひとりかもねん《独鴨念》

◇かすか山霞たな引ー仙曰、心くゝとは心あやしくと云也。奇の字をくゝとよむ也。詞林、心ぐゝと読。

又家持和《スル》二坂上大嬢《ニ》一歌一首

736　月夜には　門に出たち《立》　ゆふけとひ《夕占問》　あしうらをせし《足卜乎曽為之》　ゆかまくをほり《行欲焉》」46オ

◇月夜には門に出たちー夕占問は夕に出て辻占なと問也。足占は足ふみして其数にて占なふ也。ゆかまくを」46オ ほりはゆかまほしさに也。

同大嬢贈二家持一歌二首

737　とに《云》ィかにかくに《云》　人はいふとも《雖云》　わかさちの《若狭道》　のちせ《後瀬》の山の　後もあはん君

◇とにかくに人はいふとも―とにかくには古来風体点也。若狭路の後瀬の山は後といはん諷詞也。とにかくと人はいひさはくとも後にも猶逢んと也。

738　世のなかの《間》　くるしき《苦》物に　有けらく《家良久》　恋にたへすて《不勝》　しぬへく《可死》おもへは《念者》

◇世のなかのくるしき物に―有けらく〈けらしと同。〉〔けると同し。〕恋にこたへすしぬへけれは恋は世の中の苦き物と也。

又家持和《スル》二坂上大嬢《カヲ》歌一二首

739　後湍《のちせ》山　のちもあはんと《後将相》　おもふ《念》社《こそ》　しぬへき《可死》物を　けふまても《至今日》あれ《生有》

◇後せ山のちもあはん―後もあはんと思へはこそけふまてもあれ、さなくは死へき物をと也。

740　事のみを《耳》　後もあはんと《相》　ねもころに《懃》　われを《吾》たのめて《令憑》　あはさらめかも《不相》」46ウ

◇事のみを後も」46ウ　―言葉のみをのちもあはんと懇にたのめなから逢給はしにやと也。

更大伴宿祢家持贈《ル》二坂上大嬢《ニ》一歌十五首

741　夢のあひは《相》　苦しかりけり《有》　をとろきて《覚而》　かきさくれとも《掻探》　手にもふれねは《不所触者》

◇夢のあひはくるし―夢中の逢瀬は苦しき、さめての、ちはあたりに有しと思ひし妹も手にさはらねはと也。

742　ひとへ《一重》のみ　妹かむすひし《将結》　帯をすら《尚》　三重むすふへく《可結》　わか《吾》身はなり《成》ぬ

◇ひとへのみ妹かむすひし—恋にやせて腰のほそりたりといへる心也。

743　わか《吾》恋は　千ひき《引》の石を　なゝばかり《七許》　くひにかけても《頸将繫母》　神のもろふし《諸伏》
47オ

◇わか恋は千ひきの—〔此うたさま〳〵の説あり。用るにたらす。〕八雲御抄云、千ひきの石は千人してひく石也。なゝはかりは七ッばかり也。それをくひにかけたるやうにいつともなくねんと云心也。かみのもろふしは神之諸伏とかけり。いつともなくふす由有ル二因縁一歟。委細説ノ不レ能レ勘レ之。〔師説、神のもろふしは神はもろといはんため也。もろは室也。社也。もろともにふさんといふ心をもろふしといふ。神に心なし。〕47オ

744　ゆふされは《暮去者》　やとあけまげて《屋戸開設》　わかまたん《吾将待》　夢にあひ見に《相》　こんといふ人を《将来》

◇ゆふされはやとあけまけ—やとあけまけてはあけまうけて也。思ふ人はきたらねは夢にあふ人をまたんと也。佗つゝいへる心成へし。

745　あさゆふに《朝夕》　見ん時さへや《将見》　わきもこか《吾妹》　見れと見ぬこと《雖見如不見》　なを《由》恋しけん

◇あさゆふに見ん時さへや—朝夕見んもまゝなる時さへや見れともみぬかことく猶恋しからんと也。まして見すは如何と也。

746　いける世に《生有代》　われはまた見す《吾者未見》　事絶て　かくあはれけに《如是怜》　ぬへるふくろは《縫流嚢者》

◇いけるよに我はまたみす—此世に終に見すと也。事絶てとは言語同断といふ心也。女の袋なと縫をこせし返事の歌にや。

747　わきもこか《吾妹児》　かたみの衣《形見服》　したにきて《下着》　たゝにあふまては《直相左右》　我ぬかめやも《吾将脱八方》

◇わきもこかかたみの衣」47ウ　—なつかしく思ふ心深し。

748　恋死ん　それ《其》も同しそ《曽》　なにせんに《奈何為二》　人目ひとこと《他言》　こちたく吾せん《辞痛将為》」47ウ

◇恋死んそれもおなしそ—こちたくはこといたくいとふ心也。人目をいとひ人ことをいたみてあはて物思はゝ、恋死んに同しけれは、さのみこといたくいとふましと也。

749　夢にたに《谷》　見えはこそあらめ《社有》　かくはかり《如此許》　見えすてあるは《不所見有者》　恋て死ねとか

◇夢にたに見えはこそ—見えすては見えすして也。

750　おもひたえ《念絶》　わひにし物を　中〳〵に　なにかくるしく《奈何辛苦》　あひ見そめけん《相始兼》

◇おもひたえ侘にし物を—難面りしときは一向思ひ絶て侘つゝも有し物を、中〳〵にあひそめては弥心くるしさもさま〳〵物思ひまされはかくよめり。

751　あひ《相》見ては　いくかもへぬを《幾日毛不経乎》　こゝはくも《幾許久毛》　くるひにくるひ《久流比尓久流必》　おもほゆるかも《所念》

◇あひみてはいくかも—こゝはくはいくはくも也。あひみてのち、さまてへたつる日かすもなきに、いくはく物くるはしくも〈恋〉〔逢見まほ〕しくおもほゆると也。狂に狂也。〔或説、来る日に来る日也。来る日ことにと云也云々。〕」48オ

752　かくはかり《如是許》　おもかけにのみ《面影耳》　おもほえは《所念者》　いかにかもせん《何如将為》　人目しけくて《繁而》」48オ

◇かくはかりおもかけにのみ—俤にのみ立そひて忘れかたくおほえなは終にいかゝはせん、さらは自由にあひみる

中にもあらす人めしけくあれはと也。

753　あひ見ては《相者》　しはしも《須臾》恋は　なきんかと　おもへといと《雖念弥》ゝ　恋まさりけり《益来》

◇あひ見てはしはしも─恋はなきんとは、心のなきて恋しさもやまんかと思へと、あひみてはいとゝ恋まさると也。

754　夜のほとろ《穂杼呂》　わか出てくれは《来》　わきもこか《吾妹子之》　おもへりしくよ《念有四九四》　おもかけにみゆ《面影》

◇夜のほとろわか出て─詞林云、よのほとろは夜の明るほと也。愚案おもへりしくよのくよは事よなり。

755　よのほとろ《夜穂杼呂》　出つゝくらく《来》　あまたゝひ《遍多数》　なれはわかむね《成者吾胸》　きりやくかこと《截焼如》

◇よのほとろ出つゝくらく─くらくは来る事也。夜明るほと出てくる事数多たひになれは胸切やくかことしと也。

大伴ノ田村ノ家之大嬢《ヲフナ》贈《ヲクル》二妹《イモウトノ》　坂上ノ大嬢ニ一歌四首

756　よそにゐて《外居》　恋はくるし《苦》　わきもこを《吾妹子》　つきてあひ見ん《次相》　事はかりせよ《計為与》」48ウ

◇よそにゐて恋れは苦し」48ウ─此わきもこは吾いもうとの事也。つきてあひみんとは絶す相次て相まみえむ計《ハカラヒ》を
せよと也。

757　遠くあれは《有者》　わひてもあるを《和備而有乎》　里近く　ありと聞つゝ《有常乍》　見ぬかすへなさ《不見之為便》

◇遠くあれはわひても─遠所は一向侘てもある物を近所と聞なからあひみぬかせんかたなきとなるへし。

758　白雲の　たなひく山の　たかく〳〵に《高々》　わかおもふいもを《吾念妹》　見んよしもかも《将見因》

◇白雲のたな引山─高々に思ふとは積重ねし心なるへし。此いももいもうとの事也。

759　いかならん《何》　時にかいもを《妹》　むくらふの　けかしきやとに《穢屋戸》　入まさしめん《将座》

右、田村《ノ》大嬢《ヲフナ》坂《ノ》上《ノ》大嬢《ハ》幷《ニ》是右大弁大伴《ノ》宿奈《スクナ》麻呂卿《ノ》之女《ムスメ》也。卿居《ル》二田村《ノ》里《ニ》一。号《シテ》曰《イフ》二田村《ノ》大嬢《ト》一。但《シ》妹《ノ》坂《ノ》上《ノ》大
嬢《ハ》者母居《ス》二坂上《ノ》里《ニ》一。仍曰《テイフ》二坂《ノ》上《ノ》大嬢《ト》一」49オ　于時《トキニ》姉妹諮問《トフニ》以《シテ》レ歌贈答《ヲソウタウス》。

◇いかならん時にか妹を―葎生は葎しけり荒たりし所也。我宿」49オ　をけからはしき宿なと卑下していふなるへし。

◇以歌贈答―坂上大嬢和答あるへし。脱簡にや。

大伴坂上郎女従《ノ》二竹田庄《ノ》一贈《ムスメノ》二賜女子大嬢《ニ》一歌二首

760　うち《打》わたす《渡》　竹田の原に　鳴たつの《鶴》　まなく《間無》時なし《無》　わかこふらくは《吾恋良久者》

◇うちわたす竹田の原―見安に山城の竹田の里同云々。序歌にわか里の名をいへり。鶴のしきりなくを下句にいひかけて女子を恋る心の隙なきを云。

761　はや川の《早河》　瀬にゐる鳥の《湍居》　よしをなみ《縁》　おもひて有し《念而》　わかこは《吾児》もあはれ《㤅怜》

◇はや河の瀬にゐる鳥―早河の瀬によるかたなくたゆたふ鳥を腰句によみかけて相かたらふよしもなき思ひ子を憐む心也。

紀女郎《ノヲトメル》贈《ノ》二大伴宿祢家持《ニ》一歌二首　女郎名曰《ハフ》二小鹿《ト》一

762　神さふと《左夫》　いなとには《不欲者》あらす《不有》　やゝおほは《八也多八》」49ウ　かくしてのちに《如是為而後》　さふしけんかも

◇神さふといなにはあらす―〔神さふは古し心也。神さひ〕」49ウ【古し身なから逢ましきな】らねとも、かく有て後にさみし、捨給ひやせんと也。［やゝおほは漸おほくは也。多分はと同。］

763　玉の緒を　あはをによりて《沫緒搓而》　むすへらは《結有者》　ありてのちにも《在手後二毛》　あはさらめやも《不相在目八方》

◇玉のを、あはをにより―伊勢物語に、むすへれはたえての、ちもあはんとそ思ふと入し歌也。緒をあはせよりて結ては引はなちても又より合ことく、ありくての、ちにもあふましきかはと也。

大伴宿祢家持和《スル》歌一首

764　百年に　老舌出て　よゝむとも《与余牟》　われ《吾》はいとはし《不厭》　恋はますとも《益》

◇百年におひした出て―見安云、老舌出てよゝむともは老て口たれ舌の出るを云。愚案よゝむはとよむ也。老しをも不嫌と也。［此歌、神さふとの歌を和《ス》。］

在《アリテク》二久迩京《ニノミヤコニヲモフト、ムルナ》一思下留二寧楽宅《ラノイヘニ》一坂上大嬢《ノヲフナヲ》上大伴宿祢家持《ノカ》歌一首

765　ひとへ《一隔》山　かさなる《重》物を　月夜よみ《好見》　門にいてたち《出立》　妹かまつらん《可将待》」50オ

◇ひとへ山かさなる物を」50オ―一隔山《ヒトヘ》、山城也。一重山のかさなり隔て、道遠《トヲ》きに妹か門に立て月みるさまにて我を待んと也。

藤原郎女聞《ノヲトメキ、テコレヲ》レ之即和《スル》歌一首

766　みち《路》とをみ《遠》　こし《不来》とはしれる《知》　物からに　しか《然》そまつらん《将待》　君かめ《目》をほり

◇みちとをみこしとは―ほりは欲の字也。君に見えん事を欲おもひて坂上大嬢かしかさやうにまちゐるらんと也。

大伴宿祢家持更《サラニヲクル》贈二大嬢《ニ》一歌二首

767　都路を　とを《遠》くや《哉》妹か　このころは《比来者》　うけひて《得飼飯而》ぬれと《雖宿》　夢に見えこぬ《不所見来》

◇都路をとをくや妹か―袖中抄云、うけひは日本紀に或は祈と書、或は誓と書り。此うけひてぬとよめるは祈と聞

えたり。誓ふとは少たかへり。愚案都路の遠くやあるらん、祈てぬれとも此比は妹か夢にも見え来ぬと也。」50ウ
見え来ぬといはんとて都路の遠くやとよめり。夢見んとては妙童菩薩の名を唱へ衣を返しなと祈る事あれはなるへし。

768 今そしる《知》　くに《久迩》の都《京》に　妹にあはす《不相》　久しく成ぬ　行てはや見《早見》〈ん〉〔な《奈》〕

◇今そしるくにのみやこに━奉公いそかはしくて妹にあはて久しく成ぬとも〔覚さりしに〕今そ知たる、行て早く見なんと也。

大伴宿祢家持報ヒ二贈ル紀女郎ニ一歌一首

769 久堅の　あめ《雨》のふる《落》日を　たゝ《直》ひとり《独》」50ウ　山辺にをれ《居》は　いふせ《欝》かりけり《有来》

◇久堅の雨のふる日を━いふせは心もとなき心也。

大伴宿祢家持従二久迩京一贈二坂上大嬢一歌五首

770 人め《眼》おほみ《多見》　あはさる《不相》のみ《耳》そ　こゝろ《情》さへ　妹をわすれ《忘》て　わか《吾》おもは《念》なくに《莫国》

◇人めおほみあはさるのみそ━身こそ不逢あらめ、心は不忘と也。

771 いつはり《偽》も　似付てそする《為》　うちしきも《打布裳》　まこと《真》わきもこ《吾妹児》　われ《吾》にこひ《恋》めや《目八》

◇いつはりも似付てそする━うちしきは〈一向といふ〉〔打しきりの〕心也。妹か我を恋とは似付ぬ偽と也。〔見安云、似付而、につかはしくすると云也。〕

772 夢にたに《谷》　見えん《将所見》と我は　ほとけとも《保杼毛友》　あひしおも《不相志思》はねは　うへ《諾》見えさらん《不所見武》

◇夢にたに見えんと吾は」51オ ― 【見安云、ほとけともはほとめけともと云也。】妹か心をおもひはかりて、夢にたにみえんとすれと妹か相思はねはむへも見えさらんと也。〈〔見安云、ほとけはほとめけとも也云々。如何。〕〉

773　事とはぬ《不問》　木すら《尚》味狭藍《アチサイ》　諸茅等《モロチラ》か」51オ　ねり《練》の村戸に　あさむかれけり《所詐来》

◇事とはぬ木すら味狭藍―仙抄曰、ことゝはぬ木すらあちさひとは草木は物いはぬ物なれは也。愚案是より以下、仙抄義理分明ならす。仍て不註。口訣。

◇【ことゝはぬ木すら―此歌、仙抄、見安等の儀信用しかたき物也。愚案こととはぬ木すらは、中臣祓にことゝふいはね木《コ》のたち草のかきはもことやめてとある詞を用ひて、物いはぬ木さへといふ事勿論也。味狭藍は紫陽草也。是草なれとも植物の類なれは大やうにいへるなるへし。諸茅等は次の歌にも〈ゝ〉〔ろ〕ちらかねりの詞とも有。人の名ときこゆ。ねりは鍛練の儀也。むらとは順和名等に腎の字をよめり。腎蔵は腹中に有。ねりのむらとゝは腹中に物を鍛練したる心なるへし。いせ物かたりに、はらにあちはひてといへる詞にて心得へし。扨歌の心は、物いはぬ木さへ味あるやうに味狭藍有、彼諸茅〈等〉なとか偽おほく鍛練せし腹中にてせしわさにはかなくあさむかれしよなと、女のことくにあさむかれたるを恨る心也。】

774　もゝちたひ《百千遍》　恋《こふ》といふ《云》とも《友》　もろちらか《諸茅等之》　ねり《練》のことはし《言羽》　われ《吾》はたのます《不信》

◇もゝちたひこふといふとも―諸茅は人の名にや。ねりの詞は季練月鍛なとの心にて弁口長練せし事なるへし。よりて我はたのますと也。詞しのしは助字也。」51ウ

大伴宿祢家持贈紀女郎歌一首

775　うつらなく《鶉鳴》　故郷従《ふるさとよりも》《ふるきさとより》　おもへとも《念友》　なにそも妹に《何如裳》　あふよしもなき《相縁無寸》

◇うつらなく故郷従—鶉は古郷になく物なれは也。彼野とならは鶉と成て鳴をらんとよめる心を思ふへし。故郷は恋しき物なれは妹を思ふ事のふかきをいはんとてくらへ物にしたるへし。故郷よりも猶妹をおもへとももと也。

紀女郎報㆓贈家持ニ㆒歌一首

776　ことてしは《事出之者》　たかことにあるか《誰言有》　小山田の　なはしろ水の《苗代》　中よとにして《与杼》」51ウ

◇ことてしは誰かことに—仙曰、小山田は平地ならす高下あるに、せきいる、苗代水も始はをとなへとも其一畝《ヒトアゼ》に水たまりぬれは後は音もせすなるをたとへにひきてよめり。愚案ことてしとは、ことに出て故郷より思ふなとの給ふは誰かことにあるやらん、こなたへは苗代水の中によとあることくよとみとたえてと也。仙抄の儀に及はす共歟。

大伴宿祢家持更贈ル㆓紀女郎ニ㆒歌五首

777　わきもこか《吾妹子》　やとのまかきを《屋戸籬》　見にゆかは《往者》　けたし門より《蓋従門》　かへしてんかも《将返却可聞》

◇わきもこかやとの籬を—籬をみにゆかはとは物いはんとてゆく事をそへてよめり。相思はるへき身にもあらねは蓋門よりかへして逢給ふましきにやと也。次の歌可見合。

778　うつたへに《打妙》　まかきのすかた《前垣酢堅》　見まくほしみ《欲見》イミマクホリ　ゆかんといへや《将往常云哉》　君を見にこそ

◇うつたへにまかきのすかた—此腰句、類聚万葉には」52オ 見まくほしみと和す。うつたへにとは八雲御抄、奥儀抄等ひとへにといふ心にや云々。袖中抄にはうちはへてといふ心歟云々。歌心は、籬のありさま見まほしさにゆかんと口にては偏にいへや、まことは君を見にこそはゆけと也。袖中抄にまかきのすかたとは籬に立休らふ姿歟といへと君を見にこそといふに不叶。

779　板ふき《蓋》の　黒木の屋根は　山近し」52オ　明日《あけん日》《あ》取而《とりて》《すもとりては》　もて《持》まい《将参》り《来》こん

◇板ふきの黒木の屋根は―此歌も紀女郎か家作りにつきて我深切の心をあらはしたり。山近き所なれは板ふきするやねの黒木は明日もてまいらんと也。

780　黒樹取《くろきとり》　かや《草》かり《刈》つゝ《乍》　つか《仕》へめと　ゆめ《勤》しり《知》にき《気》と《登》　ほめ《将誉》んともあらす

一云　つか《仕》ふとも《登毛》

◇黒木とりかやもかりつゝ―かゝる雑役もしてつかへめとも、紀女郎難面人なれは、ゆめも其労を知にしとほめ給ふへくもあらすと也。此歌よまんとて先前の歌よめるにや。

781　うは玉《野干》の　ようへ《昨夜》はかへる《令還》　こよひ《今夜》さへ　われ《吾》をかへ《還》すな《莫》　みち《路》の長手を

◇うは玉のようへはかへる―みちの長手は道の長く遠き心也。縄手と同。」52ウ

紀女郎裹《ツヽミテ》レ物贈《ヲヲクル》レ友《ニ》歌一首　女郎名曰小鹿」52ウ

782　風高み　へ《辺》にはふけ《雖吹》とも　いも《為妹》かため　袖さへぬれ《所沾》て《而》　かれる《刈流》たま《玉》藻そ

◇風高みへにはふけとも―此歌、紀女郎、女友達の我より若きに送るなるへし。妹かためとよめり。風高みは風いたく吹、波高き心をこめたるへし。袖さへぬれてといへるに其心きこゆるにや。

大伴宿祢家持贈娘子歌三首

783 をとゝし《前年》の　さき《先》つ年より《従》　ことしまて《至今年》　こふれ《恋》となそも《跡奈何毛》　妹にあひかたき《相難》

◇をとゝしのさきつ年―久しき恋をよめり。

784 うつゝ《打乍》には　更にもいはす《不得言》　夢にた《谷》に　いもかたもと《妹手本》を　まきぬとし《纏宿》見は

◇うつゝには更にもいはす―妹か袂をまきぬとは我身ふれたりと見は嬉しからんとの心也。まきぬのぬは畢ぬ、としのしは助字也。

785 わかやと《吾屋戸》の　草のうへ《上》白く　をく《置》露の　いのちもおしからす《寿母不有惜》　妹にあはされは《不相有者》

◇わかやとの草の上白く―序歌也。上句は露の命」53オといはん諷詞なるへし。

大伴宿祢家持贈ル二藤原ノ朝臣久須《クズ》」53オ麻呂ニ一歌三首

786 はる《春》の雨は　いやしきふるに《弥布落》　梅花　いまたさかなく《未咲》　いとわかみかも《久伊等若美》

◇はるの雨はいやしきふるに―いやしきふる、弥しきりふる也。いと若みかもとはまた若木ゆへかと也。

787 ゆめのこと《如夢》　おもほゆるかも《所念鴨》　よしゑやし《愛八師》　君かつかひ《之使》の　まねくかよへ《通》は

◇ゆめのことおもほゆるかも―よしゑやし前注。まねく、間なく也。此歌、袖中抄には直にまなくかよへはと有。君か使間なく有て嬉しきに如夢思ふと也。

788 うらわかみ《浦若見》　花さきかたき《咲難寸》　梅を殖《うへ》て　人の事しけみ《重三》　おもひそ《念》吾する《為》

◇うらわかみ花咲かたき―若木の梅時過て花さかねは人のあやしみいふ事しけく我も花待兼る思すると也。」53ウ

又家持贈藤原久須麻呂歌二首

789　こゝろ《情》くゝ《八十一》　おもほゆる《所念》かも　春かすみ《霞》　たなひくときに《軽引時》　事のかよへは《通者》」53ウ

◇こゝろくゝおもほゆるかも―霞のおほ〳〵しくたな引時にしも事かよはせは心あやしく覚ると也。

790　春風の　をと《声》にし出なは　ありゆきて《有去》　いまならすとも《不有今友》　君かまに〳〵《随意》

◇春風のをとにし出なは―春風のはをとにし出なはといはん諷詞也。ありゆきてはかく有もて行ての心也。今ならすとも音に出て聞え置なはかく有ゆきて終には君かともかくも御心あらんと也。まに〳〵は君か心に任せよといひて、よも心有んと含《フクメ》たり。

藤原朝臣久須麻呂来報歌二首

791　おく《奥》山の　いはかけにおふる《磐影生流》　菅の根の　ねもころわれも《懃吾》　あひおもはされや《不相念有哉》

◇おく山のいはかけにおふる―序歌也。菅の根のねもころといはんため也。あひおもはされやとは、ねんころに我もあひおもはさらんや、あひおもはんと也。

792　春雨を　まつとにしあらし《待常二師有四》　吾やとの《屋戸》　わか《若》木の梅も　いまたくゝめり《未含有》

◇春雨をまつとにしあらし―しの字すむ。八雲云、いまたくゝめりはつほめり也。雨待て咲んとにやとの心也。」54オ

万葉集巻第四」54オ

天和二年霜月廿七日染筆而十二月十二日註解畢墨付五十四枚　季吟（印）」54ウ

初出一覧

＊既発表の論文は、本書におさめるにあたり加筆修正した。
＊論文間の重複は極力削除したが、本書の構成上、あえて残したところもある。

論考篇

序　章　「『万葉拾穂抄』と惺窩校正本『万葉集』」
『叙説』四〇号　一九三頁〜二〇七頁（二〇一三年三月三一日）

第一部　北村季吟の『万葉集』研究

第一章　「『万葉拾穂抄』の著述態度について─定家説引用部分を中心に─」
『万葉』二〇三号　三六頁〜六六頁（二〇〇九年一月三一日）

第二章　「『万葉拾穂抄』における「可随所好」について」
『叙説』三七号　三二一頁〜三三四頁（二〇一〇年三月三一日）

第三章　「『万葉拾穂抄』についての一考察─自筆稿本巻一との比較を通して─」
『人間文化研究科年報』二四号　二六二頁〜二七〇頁（二〇〇九年三月三一日）
「岩瀬文庫本『万葉拾穂抄』解題と翻刻（上）」（解題部分）
『叙説』三六号　九七頁〜一四二頁（二〇〇九年三月一〇日）

第四章　「北村季吟『万葉集秘訣』の意義」
『和歌文学研究』九八号　四三頁〜五五頁（二〇〇九年六月一〇日）

第二部　藤原惺窩と『万葉集』

第五章　「惺窩校正本『万葉集』について―天理図書館所蔵「古活字本万葉集」の検討から―」
　『古代学』一号　一〇九頁～一二〇頁（二〇〇九年三月三〇日）
第六章　書き下ろし
第七章　「惺窩校正本『万葉集』の底本と本文校訂」
　『叙説』四三号　二一頁～四〇頁（二〇一六年三月一八日）
第八章　「惺窩校正本「反惑歌」について」
　『上代文学』一一六号　九七頁～一一一頁（二〇一六年四月三〇日）
第九章　書き下ろし
終　章　一、本書のまとめ
　書き下ろし
　二、研究の展望
　「禁裏御本書入本の系統関係再考―近世初期の書写活動」
　『万葉写本学入門　上代文学研究法セミナー』八〇頁～八四頁（笠間書院　二〇一六年五月三一日）

資料篇

「岩瀬文庫本『万葉拾穂抄』解題と翻刻（上）」（翻刻部分）
　『叙説』三六号　九七頁～一四二頁（二〇〇九年三月一〇日）
「岩瀬文庫本『万葉拾穂抄』解題と翻刻（下）」
　『叙説』四一号　八五頁～一四七頁（二〇一四年三月七日）

あとがき

近年、『万葉集』研究の分野で書誌学研究・文献学研究が見直されている。大正期に『校本万葉集』が上梓されて伝本研究は完成したものと見做され、以降、直接文献に基づく研究は退潮傾向にあった。その後、平成に入って広瀬本『万葉集』の存在が知られたことにより、文献学研究がここ数年で特に活発になってきた印象がある。本書はその一環として、国学成立の夜明け前とも言える近世初期の、地下歌壇における『万葉集』の受容・継承の一端を明らかにするものである。

筆者が文献学研究に興味を持ったきっかけは、奈良女子大学大学院博士前期課程一年時に鈴木広光先生の演習で『日本書紀抄』を読んだことにある。当時の奈良女子大学は国文学と国語学の組織が異なるという、いわば「泣き別れ」の状態にあった。筆者は文学を学ぶコースに在籍し、枕詞・序詞など『万葉集』の表現について学んでいたが、語学コースの鈴木先生の演習で『日本書紀』を扱うと知り、受講することにした。しかし、この演習で『日本書紀』本文は一度も登場しなかった。テーマは「『日本書紀抄』を読む」であり、扱ったのは一条兼良『日本書紀纂疏』、吉田兼倶『日本書紀兼倶抄』、清原宣賢『日本書紀抄』等の抄物である。当時の筆者は中古以降の文学研究に暗く、「抄」が注釈を意味するという知識さえ持たなかったが、この演習を通じて『日本書紀』の内容そのものではなく、それを研究した人や、その研究書自体の研究が『日本書紀』研究として存在し得ることを認識するに至った。

文献に興味を持った筆者は、学部時代からの指導教員であった坂本信幸先生に、修士論文では『万葉集』の研究史に関わる研究がしたいと相談したところ、丁度刊行中であった古典索引刊行会編『万葉拾穂抄 影印翻刻』（塙書房二〇〇二～二〇〇六年）に関わる研究を示唆してくださった。それが本書へと繋がった。

本書は、二〇一〇年一月に奈良女子大学に提出した博士論文（二〇一〇年三月博士（文学）授与）を大幅に加筆訂正し、さらにそれ以降に成した論文を加えたものである。

大学院在学中から現在に至るまで、近世文学研究の立場からご指導くださった大谷俊太先生、『万葉集』の研究史の立場からご指導くださった奥村和美先生、日本学術振興会特別研究員の受入研究者としてご指導くださり、本書の刊行にあたって序文を寄せてくださった乾善彦先生、また、『万葉集』伝本の書写形態についての調査研究の一員に加えてくださり、多くの見識をお与えくださった田中大士先生、『万葉集』写本の文化的広がりという世界観をお示しくださった小川靖彦先生、国学研究の立場から近世期の『万葉集』のありようについてご教示くださった城﨑陽子先生、論文をお送りする度に和歌史研究の立場から丁寧なご指導をくださった浅田徹先生のお名前を記し、心より感謝を申し上げたい。また、原論文および本書の作成にあたり、貴重書の閲覧・調査をご許可くださった諸機関、本書への図版・翻刻掲載をご許可くださった諸機関に改めて感謝を申し上げたい。

さらに、日本学術振興会特別研究員の受入機関である関西大学、ならびに本書の出版をお引き受けくださった和泉書院の廣橋研三社長に感謝申し上げる。

なお、本書の出版に際し、独立行政法人日本学術振興会平成二八年度科学研究費助成事業（科学研究費補助金）（研究成果公開促進費「学術図書」）（課題番号16HP5035）の交付を受けた。

二〇一六年十一月

大石真由香

索　引

＊索引は、論考篇を対象とし、人名索引と書名索引から成る。現代仮名遣いの読みにより、五十音に排列した。

＊人名索引には、古代から近世までの主な人名（神名を含む）、および近代以降の研究者を掲出した。

＊書名索引には、主な和歌集、歌学書等の書名を掲げ、近代以降の研究書名は掲出しなかった。『万葉集』は伝本、系統名を掲げ、後に（万葉集）と記した。惺窩校正本の伝本は、当該項目の下位項目として掲出した。

人名索引

あ　行

か　行

さ　行

た　行

な　行

は 行

ま 行

や 行

ら 行

わ 行

書名索引

あ　行

か　行

さ　行

た　行

な　行

は 行

ま 行

や 行

ら 行

わ 行

■著者紹介

大石真由香（おおいし　まゆか）

一九八三年、愛知県生まれ。二〇〇五年、奈良女子大学文学部卒業。二〇一〇年、奈良女子大学大学院博士後期課程修了。博士（文学）。

奈良女子大学文学部教務補佐員等を経て、現在、日本学術振興会特別研究員PD、奈良女子大学文学部非常勤講師、摂南大学外国語学部非常勤講師。

日本上代文学、特に万葉集受容史専攻。

共著『万葉写本学入門　上代文学研究法セミナー』（笠間書院　二〇一六年）。

研究叢書485

近世初期『万葉集』の研究
北村季吟と藤原惺窩の受容と継承

二〇一七年二月二五日初版第一刷発行
（検印省略）

著者　大石真由香
発行者　廣橋研三
印刷所　亜細亜印刷
製本所　渋谷文泉閣
発行所　有限会社　和泉書院
大阪市天王寺区上之宮町七－六
〒五四三－〇〇三七
電話　〇六－六七七一－一四六七
振替　〇〇九七〇－八－一五〇四三

ISBN978-4-7576-0827-6　C3395